U0690645

國家『十二五』重點圖書出版規劃項目

新編元稹集

十四

[唐]元稹 原著

吴偉斌 輯佚 編年 箋注

陝西新華出版傳媒集團
三 秦 出 版 社

新編元積集第十四册目録

長慶三年癸卯(823)四十五歲(四十七首)

長慶二年壬寅(822)　四十四歲(續)

■ 類集序(一)①

據白居易《唐故武昌軍節度處置等使正議大夫檢校户部尚書鄂州刺史兼御史大夫賜紫金魚袋尚書右僕射河南元公墓誌銘并序》并《册府元龜》、《舊唐書・元稹傳》

[校記]

（一）類集序：元稹本佚失之文所據白居易《唐故武昌軍節度處置等使正議大夫檢校户部尚書鄂州刺史兼御史大夫賜紫金魚袋尚書右僕射河南元公墓誌銘并序》，見《白氏長慶集》、《册府元龜》、《舊唐書》，未見異文。

[箋注]

① 類集序：白居易《唐故武昌軍節度處置等使正議大夫檢校户部尚書鄂州刺史兼御史大夫賜紫金魚袋尚書右僕射河南元公墓誌銘并序》："公著文一百卷，題爲《元氏長慶集》。又集古今刑政之書三百卷，號《類集》，並行於代。"《册府元龜・文章第五》："稹……所著詩賦、詔册、銘誄、論議等雜文一百卷，號曰《元氏長慶集》；又著古今刑政書三百卷，號《類集》，並行於世。"《舊唐書・元稹集》："所著詩賦、詔册、銘誄、論議等雜文一百卷，號曰《元氏長慶集》；又著古今刑政書三百卷，號《類集》，並行於代。"元稹三百卷《類集》，今已佚失，因爲《類集》雖然有洋洋灑灑三百卷，但都是收集他人文章資料而成，不能

認爲是元稹的作品;但《類集》前面的《序》必不可少,那應該是出自元稹的手筆,想來也隨同《類集》一起佚失,今據此補入元稹的佚失文章之列。　類集:謂將相同或相關的文篇彙集成一類。葛洪《抱朴子·省煩》:"次其源流,總合其事,類集以相從。"歐陽修《江鄰幾文集序》:"故余於聖俞子美之歿,既已銘其壙,又類集其文而序之。"類集也同於"類書",輯録各門類或某一門類的資料,並依内容或字、韵分門别類編排供尋檢、徵引的工具書。以門類分的類書有二:兼收各類的,如《藝文類聚》、《太平御覽》、《玉海》、《淵鑒類函》等;專收一類的如《小名録》、《職官分記》等。以字分的類書,亦有二:齊句尾之字,如《韵海鏡源》、《佩文韵府》等;齊句首之字,如《駢字類編》。阮葵生《茶餘客話·文章分類》:"《唐志》:類事之書,始於《皇覽》。《通考》:類事之書,始於梁元帝《同姓名録》。晁氏亦云:齊梁喜徵事,類書當起於此時。"而元稹的《類集》,則以"古今刑政"爲類而集。

[編年]

《元稹集》未收録,未見《年譜》、《編年箋注》、《年譜新編》收録與編年。

既然元稹的《類集》以"古今刑政"爲收集的範圍,根據元稹的仕歷,《類集》應該合成於元稹祠部郎中知制誥任、翰林承旨學士任以及任職宰相期間。據此,元稹的《類集序》也應該撰成於同一時期的後期,地點自然在長安。

◎ 同州刺史謝上表[①]

臣稹言:伏奉今月三日制書,授臣使持節同州諸軍事,守同州刺史,兼本州防禦使[(一)]。臣罪重責輕,憂惶失據,慮爲臺府迫逐(二),不敢徘徊闕庭,便自朝堂匍匐進發(三),謹以今月九日到州上訖(四)②。臣稹辜負聖朝(五),辱累恩獎,便合自求死所,豈宜尚忝官榮(六)?臣稹誠恐誠慚(七),死罪死罪③!

臣八歲喪父,家貧無業。母兄乞丐,以供資養。衣不布體,食不充腸④。幼學之年,不蒙師訓。因感鄰里兒稚有父兄爲開學校,涕咽發憤,願知《詩》、《書》。慈母哀臣,親爲教授⑤。年十有五,得明經出身。自是苦心爲文(八),夙夜强學⑥。年二十四,登吏部乙科(九),授校書郎。年二十八,蒙制舉首選,授左拾遺⑦。

始自爲學,至於升朝,無朋友爲臣吹嘘,無親黨爲臣援庇,莫非苦己,實不因人。獨立成性(一〇),遂無交結⑧。任拾遺日,屢陳時政,蒙先皇帝召問延英(一一)。旋爲宰相所憎,貶臣河南縣尉⑨。及爲監察御史,又不敢規避,專心糾繩,復爲宰相怒臣不庇親黨,因以他事貶臣江陵判司⑩。

廢棄十年,分死溝瀆。元和十四年,憲宗皇帝開釋有罪,始授臣膳部員外郎⑪。與臣同省署者,多是臣初登朝時舉人;任卿相者,半是臣同諫院時拾遺補闕(一二)。愚臣既不能低心曲就(一三),輩流亦以此望風怒臣(一四)⑫。不料陛下天聽過卑,知臣薄藝,朱書授臣制誥,延英召臣賜緋。宰相惡臣不出其門,由是百計侵毀(一五)⑬。陛下察臣無罪,寵奬逾深,召臣面授舍人,遣充承旨翰林學士(一六),金章紫服,光飾陋軀,人生之榮(一七),臣亦至矣⑭!

然臣益遭誹謗,日夜憂危。唯陛下聖鑒照臨,彌加保任。竟排群議,擢備台司(一八)⑮。臣忝有肺肝,豈並尋常宰相?況當行營退散之後,牛元翼未出之間,每聞陛下軫念之言,微臣恨不身先士卒⑯。所以問于方計策(一九)、遣王友明等救解深州(二〇),蓋欲上副聖情,豈是别懷他意?不料奸人疑臣殺害裴度,妄有告論。塵黷聖聰,愧羞天地⑰。

臣本待辨明一了(二一),便擬殺身謝責。豈料聖慈尚在,薄貶同州。雖違咫尺之顔,不遠郊畿之境⑱。伏料必是宸衷獨斷,乞臣此官。若遣他人商量,乍可與臣遠處藩鎮,豈肯遣臣俯近闕庭(二二)⑲?臣所恨今月三日尚蒙召對延英,此時不解泣血仰辭天顔,便至今日竄逐⑳。

臣自離京國,目斷魂銷。每至五更朝謁之時,臣實制泪不得㉑。若餘生未死,他時萬一歸還,不敢更望得見天顔,但得再聞京城鐘鼓之音(二三)。臣雖黄土覆面,無恨九原(二四)。臣某無任自恨自慚(二五),攀戀聖慈之至㉒。

然臣一日未死,亦合有所陳論。或聞黨項小有動摇(二六),臣今謹具手疏陳奏,伏望恕臣死罪,特留聖覽㉓。臣此表并臣手疏(二七),並請留中不出(手疏今在論邊事卷)(二八)。謹差知衙官、試殿中監馬弘直奉表謝罪以聞(二九)㉔。

録自《元氏長慶集》卷三三

[校記]

(一)"臣稹言"五句:原本、楊本、叢刊本無,據《英華》、《全文》補。

(二)慮爲臺府迫逐:楊本、叢刊本、《全文》同,《英華》作"慮爲臺府逼逐",語義相類,録以備考,不改。

(三)便自朝堂匍匐進發:蘭雪堂本、叢刊本、《英華》、《全文》同,楊本作"□自朝堂匍匐進發",刊印之誤,不改。

（四）謹以今月九日到州上訖：楊本、叢刊本、《全文》同，《英華》作“謹以今月六日到州上訖”，僅備一説，不改。

（五）臣稹辜負聖朝：原本作“臣某辜負聖朝”，楊本、叢刊本、《全文》同，盧校宋本作“臣某辜負聖明”，《舊唐書・元稹傳》作“臣稹辜負聖明”，且無此上各句。據《英華》改。

（六）豈宜尚忝官榮：楊本、叢刊本、《全文》同，《舊唐書・元稹傳》、《英華》作“豈謂尚忝官榮”，語義有别，不改。

（七）臣稹誠恐誠慚：原本作“誠恐誠慚”，楊本、叢刊本、《全文》同，據《英華》補。《舊唐書・元稹傳》以“臣稹死罪”四字代替“臣稹誠恐誠慚，死罪死罪”，各備一説，不改。

（八）自是苦心爲文：楊本、叢刊本、《舊唐書・元稹傳》、《全文》同，《英華》作“由是苦心爲文”，語義相類，不改。

（九）登吏部乙科：原本作“登乙科”，楊本、叢刊本同，據《英華》、《舊唐書・元稹傳》、《全文》補改。

（一〇）獨立成性：楊本、叢刊本、《全文》同，《舊唐書・元稹傳》、《英華》作“獨立性成”，語義相類，不改。

（一一）蒙先皇帝召問延英：楊本、叢刊本、《全文》同，《英華》作“蒙先皇帝召對延英”，《舊唐書・元稹傳》作“蒙先皇帝召問於延英”，各備一説，不改。

（一二）半是臣同諫院時拾遺補闕：原本作“半是臣同諫院時遺闕”，楊本、叢刊本同，據《舊唐書・元稹傳》、《英華》、《全文》補改。

（一三）愚臣既不能低心曲就：楊本、叢刊本、《英華》、《全文》同，《舊唐書・元稹傳》無“愚臣既”以下六字。

（一四）輩流亦以此望風怒臣：原本作“輩流亦以望風怒臣”，楊本、叢刊本、《全文》同，據《英華》補。《舊唐書・元稹傳》無此句。

（一五）由是百計侵毁：楊本、叢刊本、《全文》同，《英華》作“由是百方侵毁”，《舊唐書・元稹傳》作“由是百萬侵毁”，語義相類，各備一説,不改。

(一六) 遣充承旨翰林學士:原本作“遣充承旨學士”,楊本、叢刊本、《全文》同,據《舊唐書·元稹傳》、《英華》補改。

(一七) 人生之榮:原本作“生人之榮”,楊本、叢刊本、《全文》同,據《舊唐書·元稹傳》、《英華》改。

(一八) 擢備台司:楊本、叢刊本、《全文》同,《舊唐書·元稹傳》、《英華》作“擢授台司”,各備一説,不改。

(一九) 所以問于方計策:原本作“所以問計策”,楊本、叢刊本同,《舊唐書·元稹傳》作“所問于方計策”,《全文》作“所問於方計策”。據《英華》改。

(二〇) 遣王友明等救解深州:原本作“遣于友明等救解深州”,楊本、叢刊本同,據《舊唐書·元稹傳》、《英華》、《全文》改。關於“王友明”,《資治通鑑·考異》作“于友明”、“于啓明”,僅備一説。

(二一) 臣本待辨明一了:原本作“臣本待辨明亦了”,楊本、叢刊本同,《英華》作“臣本待辨明示了”,盧校宋本作“臣本待辨明未了”,語義不明,據《舊唐書·元稹傳》、《全文》改。

(二二) 豈肯遣臣俯近闕庭:楊本、叢刊本、《舊唐書·元稹傳》、《全文》同,《英華》作“豈有遣臣俯近闕庭”,語義相類,不改。

(二三) 但得再聞京城鐘鼓之音:原本作“但得再聞天城鐘鼓之音”,據楊本、叢刊本、《舊唐書·元稹傳》、《英華》、《全文》改。

(二四) 無恨九原:楊本、叢刊本、《舊唐書·元稹傳》、《全文》同,《英華》作“無恨九泉”,語義相類,不改。

(二五) 臣某無任自恨自慚:楊本、叢刊本、《全文》同,《舊唐書·元稹傳》作“臣無任自恨自慚”,《英華》作“臣某無任自恨自悲”,各備一説,不改。

(二六) 或聞黨項小有動摇:楊本、《英華》、《全文》作“或聞党項小有動摇”,在古代文獻中,“黨項”與“党項”常常混用,不害文意,不改。

(二七) 臣此表并臣手疏：楊本、叢刊本、《全文》同，《英華》作"今此表並臣手疏"，語義相類，不改。

(二八) 並請留中不出(手疏今在論邊事卷)：楊本、叢刊本同，《全文》作"並請留中不出"，《英華》作"並望留中不出"，各備一説，不改。

(二九) 謹差知衙官試殿中監馬弘直奉表謝罪以聞：原本作"謹遣某官某乙奉表謝罪以聞"，楊本、叢刊本同，據《英華》、《全文》補改。《舊唐書·元稹傳》無最後十句。

［箋注］

① 同州：州郡名，地當今陝西大荔縣。《舊唐書·地理志》："同州(上輔)：隋馮翊郡，武德元年改爲同州，領馮翊、下邽、蒲城、朝邑、澄城、白水、郃陽、韓城八縣……天寶元年改同州爲馮翊郡，乾元元年復爲同州……舊領縣九，户五萬三千三百一十五，口二十三萬二千一十六。天寶領縣六，户六萬九百二十八，口四十萬八千七百五。在京師東北二百五十五里，至東都六百二里。"王建《寄同州田長史》："除聽好語耳常聾，不見詩人眼底空。莫怪出城爲長史，總緣山在白雲中。"劉禹錫《酬喜相遇同州與樂天替代》："舊託松心契，新交竹使符。行年同甲子，筋力羨丁夫。"　刺史：古代官名，原爲朝廷所派督察地方之官，後沿爲地方官職名稱。漢武帝時分全國爲十三部(州)，部置刺史。成帝改稱州牧，哀帝時復稱刺史。魏晉于要州置都督兼領刺史，職權益重。隋煬帝、唐玄宗兩度改州爲郡，改稱刺史爲太守，後又改郡爲州，稱刺史，此後太守與刺史互名。《漢書·百官公卿表》："武帝元封五年初置部刺史，掌奉詔條察州，秩六百石，員十三人。"顧炎武《日知録·隋以後刺史》："漢之刺史猶今之巡按御史；魏晉以下之刺史，猶今之總督；隋以後之刺史，猶今之知府及直隸知州也。"韓愈《次潼關先寄張十二閣老使君》："荆山已去華山來，日出潼關四扇開。刺史莫辭迎候遠，相公親破蔡州迴。"柳宗元《種柳戲題》："柳州柳刺

史，種柳柳江邊。談笑爲故事，推移成昔年。”　謝上表：即“謝表”，舊時臣下感謝君主的奏章。《東觀漢記·和熹鄧皇后傳》：“後遜位，手書謝表，深陳德薄不足以奉宗廟，充小君之位。”趙昇《朝野類要·文書》：“帥、守、監司初到任，並陞除，或有宣賜，皆上四六句謝表。”關於元稹這次出貶，《唐大詔令集·元稹同州刺史制》可以爲我們提供一點思考：“宰相者位列巖廊，權參造化。内操政柄，上代天工。朕嗣守丕圖，思與至治。每於擢用，冀獲雋良。爲善有聞，必資奬寵。罹於愆謗，用罷台階。通議大夫、守尚書工部侍郎、同中書門下平章事、上柱國、賜紫金魚袋元稹，遊藝資身，明經筮仕。累膺科選，益振榮華。茂識宏才，登名晁董之列；佳辭麗句，馳聲謝鮑之間。頃在憲臺，嘗推舉職；比及遷黜，亦以直聞。是以擢在周行，典斯誥命，洎參處密近。旋委台衡，宜竭謀猷，盡以匡贊，而乃不思弘益之道，遂纓詿誤之愆。察以衷情，雖非爲己；行兹左道，豈曰效忠？體涉異端，理宜偕罷。朕以君臣之分，貴獲始終；任使之時，亦獻誠懇。每思加膝，寧忍墜泉？猶弘在宥之心，俾列專城之寄。左郡之大，三輔推雄。控壓關河，連屬宫苑。勉於政績，副我優恩。可使持節同州諸軍事，守同州刺史，充本州防禦使、長春宫等使，散官、勛、賜如故（長慶二年六月）。”與本文開頭元稹自述官職對照，惟缺“長春宫使”一職，當是後來追削。《舊唐書·元稹傳》衹記述：“諫官上疏，言責度太重，稹太輕。上心憐稹，止削長春宫使。”似乎是一邊倒的議論，而白居易眼看好友元稹遭到如此不公平的待遇，却爲何一言不發？我們奇怪爲何没有看到白居易像元和五年《論元稹第三狀》那樣激烈争辯的文章？讀者也許在他《長慶二年七月自中書舍人出守杭州路次藍溪作》的詩中，多多少少體會詩人流露出來的情緒，衹不過白居易没有直接表白而已，詩云：“太原一男子，自顧庸且鄙。老逢不次恩，洗拔出泥滓。既居可言地，願助朝廷理。伏閤三上章，戇愚不稱旨。聖人存大體，優貸容不死。鳳詔停舍人，魚書除刺史。冥懷齊寵辱，委順隨行止。”從“既居”

八句來看，詩人的牢騷是顯而易見的，但白居易究竟爲何而發？從表面看來，好像是爲了他在長慶初年平叛中幾次論河朔用兵的建議不被朝廷採用，即所謂的"伏閤三上章，憨愚不稱旨"；實際上白居易何嘗没有看到，元稹的冤屈而自己又無力救助的悲憤與無奈的成分在内，他根據元和十年先出貶元稹接著貶謫自己的歷史事件，擔心像元稹這樣的厄運再次降臨到自己的頭上，故而行"三十六計走爲上"之謀，以自動要求出守外地的辦法躲避新的打擊。元稹與白居易都在京城風光了一場，現在又都出守爲外地刺史，但兩者還是有所不同，元稹爲被迫，白居易爲主動；兩人的心態也是有所區别，元稹是怨憤不平，而白居易是消極回避。如何評判元稹白居易兩人的區别與兩人的不同，我們相信讀者不難找到合理的解釋合理的答案。關於"元稹謀刺裴度"這件歷史公案，明代王褘《大事記續編》卷六四探索事情的真相，有比較客觀公正的評價："六月甲子，裴度元稹罷，兵部尚書李逢吉爲門下侍郎同平章事。解題曰：按《舊・裴度傳》，初'度與李逢吉素不協，度自太原入朝，而惡度者以逢吉善於陰計，足能構度，乃自襄陽召逢吉，爲兵部尚書。度既復知政事，而魏弘簡、劉承偕之黨在禁中。逢吉用族子仲言之謀，因醫人鄭注與中尉王守澄交結，内官皆爲之助。'余見《通鑑》、《通鑒考異》，以惡度者不過元稹與宦官，彼欲害度，其術甚多，何必召逢吉也？葉夢得曰：李逢吉遣于方刺，以新舊紀修裴度事，逢吉元稹傳皆不詳載，其實稹欲立奇功，令方募士反間王庭凑以出牛元翼爾。而刺度事則出於逢吉之誣，韓皋、鄭覃既雜治無迹，度與稹宜無罪，乃反遭罷，逢吉以兵部尚書與治此獄，故得自隱其始謀。不然逢吉正當獨坐，况得相乎？皋與覃皆號端士，亦不能暴之，何也？唐史但書其事，殊不别白其所以然，亦可恨云。"請讀者注意，本文是元稹爲自己申訴冤屈的重要文獻，讀者可與《舊唐書・元稹傳》、《新唐書・元稹傳》以及《資治通鑑》等等有關元稹的傳記對照起來讀，相信讀者自會得出符合歷史真相符合元稹生平實際的結論。

② 今月三日：據《舊唐書·穆宗紀》：長慶二年"六月庚申朔，甲子，司徒平章事裴度守尚書右僕射，工部侍郎平章事元稹爲同州刺史。"知正式貶謫元稹在六月五日。本文又云："臣所恨今月三日，尚蒙召對延英，此時不解泣血仰辭天顔，便至今日竄逐。"知六月三日之時，朝廷尚没有公佈貶謫元稹的詔命，甚至還没有作出貶謫元稹於外任的決定。　制書：古代皇帝命令的一種。蔡邕《獨斷》："其(皇帝)命令：一曰策書，二曰制書，三曰詔書，四曰戒書。"沈佺期《上之回》："制書下關右，天子問回中。壇墠經過遠，威儀侍從雄。"白居易《遊豐樂招提佛光三寺》："漢容黄綺爲逋客，堯放巢由作外臣。昨日制書臨郡縣，不該愚谷醉鄉人。"　持節：古代使臣奉命出行，必執符節以爲憑證。《史記·張釋之馮唐列傳》："是日令馮唐持節赦魏尚，復以爲雲中守。"韓愈《送殷員外序》："丞相其選宗室四品一人，持節往賜君長，告之朕意。"也爲官名，魏晉以後有使持節、持節、假節、假使節等，其權大小有别，皆爲刺史總軍戎者，唐初諸州刺史加號持節。《南史·林邑國》："詔以爲持節，督緣海諸軍事，威南將軍，林邑王。"　防禦使：職官名，唐武則天時始設於夏州，安史之亂時分設於中原軍事要地，掌本區軍事，以刺史兼任，常與團練使互兼，以後廢置無常。杜甫《奉送蜀州柏二别駕將中丞命赴江陵起居衛尚書太夫人因示從弟行軍司馬佐》："中丞問俗畫熊頻，愛弟傳書彩鷁新。遷轉五州防禦使，起居八座太夫人。"賈至《授竇紹山南東道防禦使等制》："紹可江陵防禦使，伯陽可襄陽防禦使，餘並如故。"　憂惶：憂愁惶恐。《後漢書·明德馬皇后》："今數遭變異，穀價數倍，憂惶晝夜，不安坐卧。"韓愈《潮州刺史謝上表》："臣少多病，年纔五十，髮白齒落，理不長久，加以罪犯至重，所處又極遠惡，憂惶慚悸，死亡無日。"　臺府：御史府。《宋書·武帝紀》："〔永初元年〕秋七月丁亥，原放劫賊餘口没在臺府者，諸流徙家並聽還本土。"《舊唐書·李渤傳》："如妄訴無理，本罪外加一等。準敕告密人付金吾留身待進止。今欲留身後牒臺府，冀止

絶凶人。”也指中央政府機構。《南齊書・王晏傳》:“論薦黨附,遍滿臺府。”　迫逐:猶驅逐。《左傳・襄公十四年》:“昔秦人迫逐乃祖吾離於瓜州,乃祖吾離被苫蓋,蒙荆棘,以來歸我先君。”《三國志・孫策傳》:“時吴景尚在丹楊,策從兄賁又爲丹楊都尉,繇至,皆迫逐之。”　闕庭:亦作“闕廷”,朝廷,亦借指京城。《史記・秦始皇本紀》:“將閭曰:‘闕廷之禮,吾未嘗敢不從賓贊也。’”《後漢書・伏隆傳》:“臣隆得生到闕廷,受誅有司,此其大願。”　朝堂:漢代正朝左右官議政之處,亦泛指朝廷。《周禮・考工記・匠人》:“九卿朝焉!”鄭玄注:“如今朝堂諸曹治事處。”賈公彦疏:“鄭據漢法,朝堂諸曹治事處,謂正朝之左右爲廬舍者也。”《後漢書・明帝紀》:“夏五月戊子,公卿百官以帝威德懷遠,祥物顯應,乃並集朝堂,奉觴上壽。”　匍匐:盡力。《詩・邶風・谷風》:“凡民有喪,匍匐救之。”鄭玄箋:“匍匐,言盡力也。”柳宗元《叔父殿中侍御史墓表》:“行軍司馬侍御史韋重規等匍匐救助,事用無闕。”　今月九日:《舊唐書・穆宗紀》:長慶二年“六月庚申朔,甲子,司徒平章事裴度守尚書右僕射,工部侍郎平章事元稹爲同州刺史……壬申,諫官論責裴度太重,元稹太輕,乃追稹制書,削長春宫使。”《資治通鑑・唐穆宗長慶二年》:“六月甲子,度及元稹皆罷相,度爲右僕射,稹爲同州刺史……諫官上言裴度無罪,不當免相,元稹與于方爲邪謀,責之太輕,上不得已,壬申削稹長春宫使。”兩書記載大致相同,但按干支推算,六月庚申朔,“甲子”爲六月五日,而“壬申”已經是六月十三日,但元稹本文列舉自己的職銜僅僅是“使持節同州諸軍事,守同州刺史,兼本州防禦使”,並没有涉及“長春宫使”,如果没有“追制”,元稹不會不提及這一帶有榮譽性質的職銜,説明“追稹制書”應該發生在元稹到職之前,也許“今月九日”是“今月十九日”之誤,但元稹本文稱“慮爲臺府迫逐,不敢徘徊闕庭,便自朝堂匍匐進發”,所以元稹在京城停留的時日不會太長。《元和郡縣志・同州》:“八到:西至上都二百五十里,東至東都六百五十里。”長安至同州間的距離僅僅衹有“二百五十里”，六月五日“便自朝堂匍匐進發”，“今月九日”毫無疑問應該到達同州。故疑“追稹制書，削長春宮使”之“壬申”，是“乙丑”、“丙寅”或“丁卯”，亦即初六、初七、初八之誤，故元稹“今月九日”之謝表没有提及“長春宫使”。僅此存疑，有待智者破解。

③ 辜負：虧負，對不住。陳壽《益部耆舊傳》：“臣當值聖明，受恩過量，加以疾病在身，常恐一朝隕没，辜負榮遇。”王禹偁《舍人院竹》：“西垣不宿還堪恨，辜負夜窗風雨聲。” 聖朝：封建時代尊稱本朝，亦作爲皇帝的代稱。李密《陳情事表》：“逮奉聖期，沐浴清化。”岑參《寄左省杜拾遺》：“聖朝無闕事，自覺諫書稀。” 辱：玷辱，辜負。《論語·子路》：“使於四方，不辱君命。”《史記·蒙恬列傳》：“自知必死守義者，不敢辱先人之教。” 累：連累，使受害。《書·旅獒》：“不矜細行，終累大德。”孔穎達疏：“若不矜惜細行，作隨宜小過，終必損累大德矣！”韓愈《送劉師服》：“士生爲名累，有似魚中鈎。” 恩奬：謂尊長給予的誇奬或奬勵。江淹《爲蕭驃騎讓太尉增封第二表》：“不能曲流慈炤，遂乃徒洽恩奬。”韓愈《與華州李尚書書》：“愈於久故遊從之中，伏蒙恩奬知待，最深最厚，無有比者。” 死所：死的地方。《左傳·文公二年》：“其友曰：‘盍死之？’(狼)瞫曰：‘吾未獲死所。’”杜預注：“未得可死處。”韓愈《答張十一功曹》：“未報恩波知死所，莫令炎瘴送生涯。” 忝：羞辱，有愧於。《書·堯典》：“否德，忝帝位。”孔傳：“忝，辱也。”《漢書·叙傳》：“陵不引决，忝世滅姓。”顔師古注：“忝，辱也。”常用作謙詞。《後漢書·楊賜傳》：“臣受恩偏特，忝任師傅，不敢自同凡臣，括囊避咎。” 官榮：官爵榮譽。徐陵《答諸求官人書》：“假以官榮，代於錢絹，義在撫綏，無計多少。”《北史·崔賾傳》：“每覽史傳，嘗竊怪之，何乃脱略官榮，栖遲藩邸？以今望古，方知雅志。” 誠恐：猶唯恐。張説《并州論邊事表》：“臣説誠惶誠恐，頓首頓首。”張九齡《荆州謝上表》“聞命皇怖，魂膽飛越，即日戒路，星夜賓士，屬小道使多，驛馬先少，以今月八日至州禮上，誠惶誠恐，頓首頓首，死罪死罪。”

誠慚:不安貌。令狐楚《代李僕射謝男賜緋魚袋表》:"荷天百禄,幸據於周詩;遺子一經,誠慚於漢史。"徐鉉《蔣莊武帝新廟碑銘》:"西川作頌,誠慚邑子見稱;南國刊銘,或望至尊所改。" 死罪:用作表章、函牘中的套語。王勃《上九成宮頌表》:"臣誠惶誠恐,死罪死罪。謹言。"陳子昂《諫用刑書》:"無以臣微而忽其奏,天下幸甚! 臣子昂誠惶誠恐,死罪死罪。"

④ 八歲喪父:元稹父親元寬,病故於貞元二年,時元稹八歲。元稹《唐故朝議郎侍御史内供奉鹽鐵轉運河陰留後河南元君墓誌銘》:"先府君棄養之歲,前累月而季父侍御史府君捐館。予伯兄由官阻於蔡,叔季皆十年而下,遺其家唯環堵之宫耳!"元稹《告贈皇考皇妣文》:"追念顧復,若亡生次。惟積洎稹,幼遭閔凶,積未成童,稹生八歲。蒙騃孩稚,昧然無識。" 業:猶家業,家産。《漢書·楊王孫傳》:"楊王孫者,孝武時人也。學黄老之術,家業千金,厚自奉養生,亡所不致。"封演《封氏聞見記·除蠹》:"有豪族陳氏爲縣録事,家業殷富,子弟復多。" 乞丐:乞求,請求。葛洪《抱朴子·仙藥》:"瞿謝受更生活之恩,乞丐其方。仙人告之曰:'此是松脂耳!'"元結《與李相公書》:"即日辭命擔囊,乞丐復歸海濱。" 資養:猶供養。蕭子良《净住子净行法門·緣境無礙門》:"若志在於資養,便覩縛纏更重。"蘇軾《答程全父推官書》一:"某與兒子粗無病,但黎蜑雜居,無復人理,資養所急,求輒無有。"

⑤ 幼學:《禮記·曲禮》:"人生十年曰幼,學。"鄭玄注:"名曰幼,時始可學也。"因稱十歲爲"幼學之年",後引申爲幼時的學業。竇牟《秋日洛陽官舍寄上水部家兄》:"壯年唯喜酒,幼學便詞文。及爾空衰暮,離憂詎可聞?"陸游《楊夫人墓誌銘》:"二子未從外塾,而於幼學之事,各已通貫精習,卓然爲奇童矣!" 師訓:師傅的訓誨。《文選·江淹〈雜體詩·嵇中散〉》:"曰余不師訓,潛志去世塵。"李善注:"嵇康《幽憤詩》曰:'恃愛肆怛,不訓不師。'"劉良注:"言不受師教訓而深遠

於俗事。”劉知幾《史通・自叙》:“既欲知古今沿革、曆數相承,於是觸類而觀,不假師訓。” 兒稚:小孩。司空曙《寄衛明府常見短靴褐裘又務持誦是以有末句之贈》:“柴桑官舍近東林,兒稚初髫即道心。側寄繩床嫌憑几,斜安苔幘懶穿簪。”元稹《夏陽縣令陸翰妻河南元氏墓誌銘》:“至於兒稚,不能有夏楚。” 學校:專門進行教育的機構。《孟子・滕文公》:“設爲庠、序、學、校以教之。”揚雄《百官箴・博士箴》:“國有學校,侯有泮宫。” 詩書:《詩經》和《尚書》。《左傳・僖公二十七年》:“《詩》、《書》,義之府也;《禮》、《樂》,德之則也。”王績《贈程處士》:“禮樂囚姬旦,詩書縛孔丘。不如高枕枕,時取醉消愁。”泛指書籍。張九齡《與袁補闕尋蔡拾遺會此公出行後蔡有五韵詩見贈以此篇答焉》:“轍迹陳家巷,詩書孟子鄰。偶來乘興者,不值草玄人。”劉長卿《送州人孫沅自本州却歸句章新營所居》:“故里歸成客,新家去未安。詩書滿蝸舍,征税及漁竿。” 慈母:古謂父嚴母慈,故稱母爲慈母。員半千《隴右途中遭非語》:“趙有兩毛遂,魯聞二曾參。慈母猶且惑,况在行路心!”李嘉祐《傷歙州陳二使君》:“憐君辭病卧滄洲,一旦云亡萬事休。慈母斷腸妻獨泣,寒雲慘色水空流。” 教授:把知識技能傳授給學生。《史記・仲尼弟子列傳》:“子夏居西河教授,爲魏文侯師。”薛用弱《集異記・蔣琛》:“霅人蔣琛,精熟二經,常教授於鄉里。”

⑥ 明經:漢代以明經射策取士,隋煬帝置明經、進士二科,以經義取者爲明經,以詩賦取者爲進士。宋改以經義論策試進士,明經始廢。韋應物《送五經趙隨登科授廣德尉》:“明經有清秩,當在石渠中。獨往宣城郡,高齋謁謝公。”鄭谷《送太學顔明經及第東歸》:“平楚干戈後,田園失耦耕。艱難登一第,離亂省諸兄。” 出身:指科舉考試中選者的身分、資格,後亦指學歷。韓愈《贈張童子序》:“有司者總州府之所升而考試之,加察詳焉!第其可進者,以名上於天子而藏之屬之吏部,歲不及二百人,謂之出身。”蘇軾《放榜後論貢舉合行事件》:“今來一次過省,殿試不合格,當年便得進士出身,此何義也?” 苦

心:費盡心思。《莊子・漁夫》:"苦心勞形,以危其真。"蘇洵《上韓舍人書》:"自兩制以上宜皆苦心焦思,日夜思念。"也指辛勤地耗在某種事情上的心力。杜甫《韋諷録事宅觀畫馬圖歌》:"借問苦心愛者誰?後有韋諷前支遁。" 夙夜:朝夕,日夜。《書・旅獒》:"夙夜罔或不勤,不矜細行,終累大德。"孔傳:"言當早起夜寐。"柳宗元《爲劉同州謝上表》:"庶當刻精運力,夙夜祗勤,上奉雍熙,旁流愷悌。"

⑦ 吏部:舊官制六部之一,漢尚書有常侍曹,主管丞相御史公卿之事,東漢改爲吏曹,主選舉祠祀,後又改爲選部。魏晉以後稱吏部,置尚書等官,主管官吏任免、考課、升降、調動等事。班列次序,在其他各部之上。張九齡《和吏部李侍郎見示秋夜望月憶諸侍郎之什其卒章有前後行之戲因命僕繼作》:"清秋發高興,凉月復閑宵。光逐露華滿,情因水鏡摇。"蘇頲《送吏部李侍郎東歸得歸字》:"泉溜含風急,山烟帶日微。茂曹今去矣!人物喜東歸。" 乙科:古代考試科目的名稱,漢時博士弟子射策甲科,補郎中,乙科補太子舍人。《漢書・儒林傳序》:"歲課甲科四十人爲郎中,乙科二十人爲太子舍人。"唐宋進士皆有甲乙科。《新唐書・韓休傳》:"休工文辭,舉賢良……與校書郎趙冬曦並中乙科,擢左補闕。"《文獻通考・選舉》:"自武德以來,明經唯丁第,進士唯有乙科而已。"元稹貞元十九年參加吏部乙科考試,及第者八人,元稹最爲年少,授職校書郎。元稹《酬哥舒大少府寄同年科第》:"前年科第偏年少,未解知羞最愛狂。九陌争馳好鞍馬,八人同着綵衣裳(同年科第:宏詞吕二炅、王十一起,拔萃白二十二居易,平判李十一復禮、吕四頻、哥舒大煩、崔十八玄亮逮不肖,八人皆奉榮養)。"蕭穎士《送張翬下第歸江東》:"地積東南美,朝遺甲乙科。客愁千里别,春色五湖多。"武元衡《長安秋夜懷陳京昆季》:"羇愁難會面,懶慢責微躬。甲乙科攀桂,圖書閣踐蓬。" 首選:科舉時代以第一名登第的人,元稹元和元年制舉考試,及第十八人,元稹以第一名登第,拜左拾遺。馮贄《雲仙雜記》卷四:"高郢夜課於豐亭,忽見一

鱉在案上，視之，石也。郢異其事，取千題散置楮中禱祝，令石鱉銜之，以卜來事。既而石鱉舉頭，乃是沙洲獨鳥賦。題出，果然，其年首選。”《宋史・選舉志》：“士人初進，便須别其忠佞，九成所對，無所畏避，宜擢首選。”

⑧ 爲學：做學問，治學。《老子》：“爲學日益，爲道日損。”韓愈《上考功崔虞部書》：“夫古之人四十而仕，其行道爲學既已大成，而又之死不倦，故其事業功德，老而益明，死而益光。” 升朝：上朝，到朝廷議事。張華《晉冬至初歲小會歌》：“庶尹群后，奉壽升朝。我有嘉禮，式宴百僚。”《舊唐書・薛登傳》：“昔冀缺以禮讓升朝，則晉人知禮；文翁以儒林獎俗，則蜀士多儒。” 吹嘘：比喻獎掖，汲引。《宋書・沈攸之傳》：“卵翼吹嘘，得升官秩。”杜甫《贈獻納使起居田舍人澄》：“揚雄更有河東賦，唯待吹嘘送上天。” 親黨：親信党與。袁宏《後漢紀・順帝紀》：“侍中杜喬奏免陳留太守梁讓、濟陽太守氾宫、濟北太守崔瑗臧罪狼籍，梁氏親黨也。”《資治通鑑・梁武帝大通二年》：“若不大行誅罰，更樹親黨，恐公北還之日，未渡太行而内變作矣！” 援庇：援引庇護。杜牧《上宰相求湖州第三啓》：“病孤之家，假使旁百强，近救援庇，借歲供衣，月給食，日問其所欠闕，尚猶慼慼多感無樂生意。”義近“援助”，支援，幫助。《後漢書・耿弇傳》：“永北還，而代令張曄據城反畔，乃招迎匈奴烏桓以爲援助。”《舊唐書・昭宗紀》：“王鎔感匡威援助之惠，乃築第於恒州，迎匡威處之。” 成性：天性。《易・繫辭》：“成性存存，道義之門。”朱熹本義：“成性，本成之性也。”形成一定的性格、習慣。《宋書・明帝紀》：“子業凶嚚自天，忍悖成性。” 交結：往來交際，使彼此關係密切。荀悦《漢紀・成帝紀》：“莽遂交結將相卿大夫，救贍名士，賑於賓客，家無餘財。”孟浩然《家園卧疾畢太祝曜見尋》：“平生重交結，迨此令人疑。”指勾結。《漢書・雋不疑傳》：“齊孝王孫劉澤交結郡國豪傑謀反，欲先殺青州刺史。”互相連接。何晏《景福殿賦》：“欂櫨各落以相承，欒栱夭蟜而交結。”馮贄

《雲仙雜記》卷三:“九仙殿銀井,有梨二株,枝葉交結,宮中呼爲雌雄樹。”

⑨ 時政:當時的政治措施。《後漢書·班超梁慬傳論》:“時政平則文德用,而武略之士無所奮其力能。”李百藥《贊道賦》:“中興上嗣,明章濟濟。俱達時政,咸通經禮。” 先皇帝:義同“先皇”,前代帝王。《晉書·鄭冲傳》:“翼亮先皇,光濟帝業。”杜甫《憶昔二首》一:“憶昔先皇巡朔方,千乘萬騎入咸陽。” 召問:又作“召對”,君主召見臣下令其回答有關政事、經義等方面的問題。崔祐甫《請召對待制官奏》:“陛下閑暇之際,時有召問,庶或上裨聖政。”蘇轍《謝除中書舍人又表》:“一封朝奏,夕聞召對之音;衆口交攻,終致南遷之患。” 延英:亦即“延英殿”,唐代宫殿名,在延英門内。《唐六典·工部》:“宣政之左曰東上閤,右曰西上閤,次西曰延英門,其内之左曰延英殿。”肅宗時,宰相苗晉卿年老,行動不便,天子特地在延英殿召對,以示優禮,後沿爲故事。白居易《寄隱者》:“昨日延英對,今日崖州去。”高承《事物紀原·延英》:“《唐書》:‘韓皋曰:延英之置,肅宗以苗晉卿年老難步,故設之耳!’後代因以爲故事。《宋朝會要》:‘康定二年八月,宋庠奏:唐自中葉已還,雙日及非時大臣奏事,别開延英賜對,今假日御崇政、延和是也。’” “旋爲宰相所憎”兩句:元和元年元稹在左拾遺任,因屢陳時政,特别是在《論追制表》中揭露杜佑庇護其親信杜兼的舉動,招來宰相杜佑的强烈不滿,藉口將元稹出貶爲河南縣尉,並冠冕堂皇以出任河南縣尉是正常調動,並非是貶職爲理由。元稹《上門下裴相公書》:“且曩時之窒閣下及小生者,豈不以閣下疏有‘居安思危’之字爲抵忌對上,以河南縣尉非貶官爲説乎?向非裴兵部一二明之,則某終老於窮賤,固其宜也!” 旋:不久,立刻。《史記·扁鵲倉公列傳》:“臣意診脈,曰:‘内寒,月事不下也。’即竄以藥,旋下,病已。”《後漢書·董卓傳》:“卓既殺瓊、珌,旋亦悔之。” 爲:介詞,被。《史記·屈原賈生列傳》:“身客死於秦,爲天下笑。”劉子翬《兼道攜古墨來感

作此》:“真主驅馳八極中,荒王逸樂孤城内。汗青得失更誰論?尤物競爲人寶愛。” 憎:厭惡,憎恨。《詩·齊風·雞鳴》:“會且歸矣!無庶予子憎。”毛傳:“毋見惡於夫人。”韓愈《送窮文》:“凡所以使吾面目可憎,語言無味者,皆子之志也。” 河南縣:河南府屬縣之一,縣治在洛陽城内。《舊唐書·地理志·河南府》:“永昌元年改河南爲合宫縣,神龍元年復爲河南縣,廢永昌縣,三年復爲合宫縣,景龍元年復爲河南縣。”張景《河南縣尉廳壁記》:“縣尉能禦盜,而不能使民不爲盜。盜賊息,非尉之能;盜賊繁,過不在乎尉矣!”韓愈《河南緱氏主簿唐充妻盧氏墓誌銘》:“元和四年正月二十二日卒,其年四月十五日,葬河南府河南縣之大石山下。”

⑩ 規避:設法躲避。周矩《諫制獄酷刑疏》:“頃者小人告訐,習以爲常,内外諸司,人懷苟免,姑息臺吏,承接强梁,非故欲其然,規避誣構耳!”歐陽修《大理寺丞狄君墓誌銘》:“已而縣籍强壯爲兵,有告訟田之民隱丁以規避者。” 糾繩:督察糾正。《魏書·高恭之傳》:“自頃以私鑄薄濫,官司糾繩,挂網非一。”司空圖《成均諷》:“掖庭絃吹,先罷賞於材人;司隸糾繩,次申嚴於權右。” “復爲宰相怒臣不庇親黨”兩句:這裏牽涉一段鮮爲人知的歷史史實,我們不得不花費一些筆墨向讀者作出負責任的交待:關於元稹的這次貶謫,《舊唐書·元稹傳》:“執政以稹少年後輩,務作威福,貶爲江陵府士曹參軍。”請讀者注意,這個“執政”就是杜佑,元稹在左拾遺任上爲了杜兼的追改問題,已經在《論追制表》中觸犯過杜佑的權威,因而出貶河南尉。元稹當時在《華之巫》中揭露的“女巫”,也就是這個宰相杜佑。到了元和五年,宰相杜佑仍然没有忘記元稹,也不肯放過鋒芒畢露的元稹,而杜佑要追討元稹“欠”的舊債仍然是《論追制表》中涉及了杜佑與杜兼,杜佑要追討的新賬則是元稹在洛陽監察御史任上懲辦誣奏書生尹太階的杜兼。杜佑如此不依不饒打擊元稹,實在使至今仍然對杜佑評價很高的人們大跌眼鏡。而“務作威福”這是個看來根本擺不上

桌面的"莫須有"理由，杜佑却理直氣壯地拿來，他的目的衹是爲了立即免去元稹的監察御史的職務，至於用什麼理由找什麼藉口都是無所謂的。一個本來應該講仁義道德與禮儀廉耻的李唐三朝宰相杜佑，竟然能够這麼不擇手段，究竟是爲了什麼？元稹後來撰寫的本文以及《表奏(有序)》揭示原因："宰相素以劾叛官事相銜，乘是黜予江陵掾。"元稹身後白居易所寫的《唐故武昌軍節度處置等使正議大夫檢校户部尚書鄂州刺史兼御史大夫賜紫金魚袋尚書右僕射河南元公墓誌銘并序》又一次揭示原因："内外權寵臣無奈何，咸不快意。會河南尹有不如法事，公引故事奏而攝之甚急，先是不快者乘其便相噪嗾。坐公專逞作威，黜爲江陵士曹掾。"本文中所説的"親黨"是指前任河南尹杜兼，而《唐故武昌軍節度處置等使正議大夫檢校户部尚書鄂州刺史兼御史大夫賜紫金魚袋尚書右僕射河南元公墓誌銘并序》説的"河南尹"是指繼杜兼之後任職河南尹的房式。《新唐書·杜兼傳》有記載："元和初入爲刑部郎中，改蘇州刺史……尋擢河南尹。杜佑素善兼，終始倚爲助力。所至大殺戮，裒蓺財貲，極耆欲。適幸其時，未嘗敗。"杜佑是德宗、順宗、憲宗的三朝宰相，權勢在所有宰臣之上。作爲中書省的首腦之一、宰相裴垍雖然支持元稹的鬥争，同情他的冤屈，但礙於杜佑的位高權重與專横，裴垍自己也無法出面，衹好由他的親信李絳、崔群、白居易出面營救。李絳、崔群先後呈上兩狀，論述仇士良與元稹争廳的是是非非。《舊唐書·白居易傳》："稹自監察御史謫爲江陵府士曹掾，翰林學士李絳、崔群上前面論稹無罪。"但執政杜佑蓄意報怨，對李絳、崔群的論奏置之不理。在這樣的情况下，白居易不顧廷争形勢的險惡和個人前程的安危，再次站出來面對至高無上的唐憲宗，其《論元稹第三狀·監察御史元稹貶江陵府士曹參軍》："右伏緣元稹左降事宜，昨李絳、崔群等再已奏聞，至今未蒙宣報。伏恐愚誠未懇，聖慮未回，臣更細思事有不可，所以塵黷至於再三。"並在《論元稹第三狀》中直接向憲宗陳述不可貶謫元稹的三條理由:“臣内察事情外聽衆議,元稹左降不可者三。何者?元稹守官正直人所共知,自授御史已來舉奏不避權勢。只如奏李公佐等之事,多是朝廷親情,人誰無私?因以挾恨,或假公議將報私嫌,遂使誣謗之聲上聞天聽。臣恐元稹左降已後,凡在位者每欲舉事,先以元稹爲戒,無人肯爲陛下當官執法,無人肯爲陛下嫉惡繩愆。内外權貴親黨縱横,有大過大罪者必相容隱而已,陛下從此無由得知,其不可者一也。”白居易接著説:“昨者元稹所追勘房式之事,心雖奉公事稍過當,既從重罰,足以懲違。况經謝恩,旋又左降,雖引前事以爲責詞,然外議喧喧,皆以爲元稹與中使劉士元争廳,自此得罪。至於争廳事理,已具前狀奏陳。况聞劉士元踏破驛門,奪將鞍馬,仍索弓箭,嚇辱朝官,承前已來,未有此事。今中官有罪,未見處置,御史無過,却先貶官,遠近聞知,實損聖德。臣恐從今已後,中官出使,縱暴益甚,朝官受辱,必不敢言,縱有被淩辱毆打者,亦以元稹爲戒,但吞聲而已。陛下從此無由得聞,其不可者二也。”白居易接著又説:“臣又訪聞元稹自去年已來舉奏嚴礪在東川日枉法收没平人資産八十餘家,又奏王紹違法給券令監軍神柩及家口入驛,又奏裴玢違敕旨徵百姓草,又奏韓皋使軍將封杖打殺縣令,如此之事前後甚多。屬朝廷法行悉有懲罰,計天下方鎮皆怒元稹守官。今貶爲江陵判司,即是送與方鎮。從此方便報怨,朝廷何由得知?臣聞德宗時有崔善貞,密告李錡必反,德宗不信,送與李錡。李錡大怒,遂掘坑縱火燒殺崔善貞,未數年李錡果反,至今天下爲之痛心。臣恐元稹左降後,方鎮有過無人敢言,皆欲惜身,永以元稹爲戒。如此則天下有不軌不法之事,陛下無由得知,此其不可者三也。”白居易在奏狀的最後,又情懇詞切地向唐憲宗提出請求:“若無此三不可,假如朝廷誤左降一御史,蓋是小事,臣何敢煩黷聖聽至於再三乎!誠以所損者微,所關者大,以此思慮,敢不極言!陛下若以臣此言爲忠,又未能别有處置,必不得已,則伏望且令追制,改與一京師閑官,免令元稹却事方鎮,此乃上裨聖政下愜人情。伏望細察事情,斷在聖意,謹具奏聞。謹奏。"白居易的這一篇奏章非常系統地揭示了元稹的爲人行事,提出了不可左降元稹的三條理由,十分恰當地提出伸張正義懲辦凶手的建議。雖然白居易爲了好友的無辜受辱心情難免激憤,但立論公正,辭意懇切,事實準確,讓唐憲宗他們無言以對。儘管唐憲宗等人無話可説,但如何處理却由不得白居易他們。處理的結果也實在大出人們的意料,《新唐書·仇士良傳》和《資治通鑑》"元和五年"條的記載竟然是"帝不直稹,斥其官","上復引前過,貶江陵士曹"。所謂"前過",就是白居易《論元稹第三狀》中所説的"雖引前事以爲責詞,然外議諠諠,皆以爲元稹與中使劉士元争廳,自此得罪",已經一針見血地揭示了是宦官的原因,其"前事"就是追究河南尹房式的違法之舉。就房式之事而言,元稹也是毫無錯誤可以被指責。但唐憲宗爲了掩蓋自己與宦官沆瀣一氣的關係,特地"引前事以爲責詞"。唐憲宗爲什麼要這樣庇護宦官?這是因爲仇士良是唐憲宗爲太子時的東宫屬官,《新唐書·仇士良傳》:"仇士良,字匡美,循州興寧人。順宗時得侍東宫,憲宗嗣位再遷内給事,出監平盧鳳翔等軍。嘗次敷水驛,與御史元稹争舍上聽,擊傷稹……帝不直稹,斥其官。元和大和間數任内外五坊使,秋按鷹内畿,所至邀吏供餉,暴甚寇盜。""暴甚寇盜"可謂對仇士良的的評,而這樣一個可惡的仇士良在唐憲宗的眼裏却是忠誠無比的親信,有過有錯也要給予庇護。唐憲宗在東宫爲太子之日仇士良有"親奉再飯,共歡九齡"的勤勞,憲宗登帝位之時仇士良又有"翼戴之勞"、"委遇之渥"的勛勞,故仇士良能如此跋扈而毫無顧忌,鄭薰《内侍省監楚國公仇士良神道碑》的吹捧告訴讀者個中的緣由:"公諱士良……公年未弱冠,入仕東朝,是時憲宗皇帝主器承華,體元儲兩。親奉再飯,共歡九齡……元和初以舊恩本固,新渥彌隆,既頒侍從之勤,首舉寵遷之命……皇帝念功軫慮,録舊申恩。惟楚公永貞時祖宫有翼戴之勞,元和時宣徽有委遇之渥。"關於仇士良的碑,清人倪濤《六藝之一録》有記載:"内侍監仇士良碑,鄭薰撰,朱玘行書,毛伯貞篆額,大中五年立(《京兆金石録》)。"宋人沈樞《通鑑總類·仇士良請以開府蔭子》也記載仇士良此後的一個笑話,從中可見仇士良身爲宦官而跋扈驕横而又愚蠢無比的令人捧腹的可笑面目:"五年,開府儀同三司兼内謁者監仇士良請以開府蔭其子爲千牛,給事中李中敏判云:'開府階誠宜蔭子,謁者監何由有兒?'士良慚恚。"宋代王應麟《困學紀聞》對《新唐書》的記載以及"七松處士"鄭薰的阿諛奉承提出嚴厲的批評:"《鄭薰傳》云:'宦人用階請蔭子,薰却之不肯叙,亦庶幾有守矣!'《英華》有薰所撰《仇士良神道碑》:'孰稱全德? 其仇公乎!'其叙甘露之事謂:'克殲巨孽,乃建殊庸。'以'七松處士'而秉此筆,乃得佳傳于《新史》,豈作史者未之考歟! 碑云:'大中五年念功録舊,詔詞臣撰述,不敢虚美。'以元惡爲忠賢,猶曰不虚美乎!"對元稹含冤被貶爲江陵士曹參軍這樣一個震驚中唐歷史的重大事件,《資治通鑑》也有記載:"河南尹房式有不法事,東臺監察御史元稹奏攝之,擅令停務。朝廷以爲不可,罰一季俸,召還西京。至敷水驛,有内侍後至,破驛門呼罵而入,以馬鞭擊稹傷面。上復引稹前過,貶江陵士曹。翰林學士李絳、崔群言稹無罪,白居易上言:'中使陵辱朝士,中使不問而稹先貶,恐自今中使出外益暴横人無敢言者。又稹爲御史,多所舉奏不避權勢,切齒者衆,恐自今無人肯爲陛下當官執法疾惡繩愆,有大奸猾陛下無從得知。'上不聽。"元稹秉公執法結果是貶職江陵,而"有不法事"的房式又將如何呢? 元稹貶職江陵以後,横行不法的房式不久即從河南尹轉任爲宣歙池觀察使,仍然受到重用,《舊唐書·憲宗紀》:"(元和五年)十二月丁卯朔,癸酉……以河南尹房式爲宣州刺史、宣歙池觀察、採石軍等使。"而白居易以唐憲宗名義發佈的《與房式詔》,稱讚房式在洛陽:"公忠無怠,聲績有聞。嘉嘆之深,寧忘寤寐。"竟然肯定房式以"良才"治理東洛,因"政能"調往宣城:"宣城重寄,深在得人。藉卿政能,往就綏撫。"文云:"敕:房式:卿以良才,尹兹東洛。公忠無怠,聲績有聞。嘉嘆之深,寧忘寤寐?宣城重寄,深在得人。藉卿政能,往就綏撫。授卿宣州刺史兼御史中丞充宣歙等州都團練觀察處置等使,並賜告身往。卿宜便起赴本道,勉修所任,以稱朕懷,想當知悉。”一邊是貶謫有功無過的元稹,貶爲外州下僚;一邊是獎掖横行不法的房式,委以劇鎮重任:這就是“公正”的歷史,這就是無情的事實。這是對元稹秉公舉職的又一次沉重打擊。對元稹的所作所爲,他的朋友韓愈和白居易等人早就有過中肯的評價,白居易有詩《和夢遊春》高度評價元稹的作爲:“糾廖静東周,申冤動南蜀。危言詆閽寺,直氣忤鈞軸。不忍曲作鉤,乍能折爲玉?捫心無愧畏,騰口有謗讟。只要明是非,何曾虞禍福!”白居易《和思歸樂》又評價道:“所以事君日,持憲立大庭。雖有回天力,撓之終不傾。况始三十餘,年少有直名。心中志氣大,眼前爵禄輕。君恩若雨露,君威若雷霆。退不苟免難,進不曲求榮。在火辨玉性,經霜識松貞。”白居易與元稹既是唱和的詩友又是志同道合的同志,他對元稹的瞭解是深刻的。我們以爲他向唐憲宗直接申訴的與政敵公開論理的《論元稹第三狀》中所反映的情况必然是真實而可信的,他在《和夢遊春》、《和思歸樂》詩中對元稹監察御史任上的評價也應該是中肯而恰當的。 判司:古代官名,唐代节度使、州郡长官的僚属,分别掌管批判文牍等事务,亦用以称州郡佐吏。《舊唐書·職官志》:“鎮軍滿二萬人以上諸曹判司。”韓愈《八月十五夜贈張功曹》:“州家申名使家抑,坎軻衹得移荆蠻。判司卑官不堪説,未免捶楚塵俟間。”白居易《自吟拙什因有所懷》:“趁向江陵府,三年作判司。”

⑪ 廢棄:棄置不用,拋棄。《漢書·尹賞傳》:“一坐軟弱不勝任免,終身廢棄,無有赦時。”司馬光《言御臣上殿札子》:“無功則降黜廢棄,而更求能者。” 溝瀆:比喻困厄之境。元稹《上門下裴相公書》:“及夫爲計不良,困於溝瀆者十年矣!”蘇軾《和王晉卿》:“謂言相濡沫,未足救溝瀆。” 開釋:釋放。《書·多方》:“開釋無辜,亦克用

勸。”孫逖《贈太子詹事王公神道碑》:“洎睿宗受命,亡辜開釋,授公申王府主簿,尋又增秩朝散大夫,於是乎見倚伏之回穴矣!” 膳部員外郎:禮部屬官,從六品上。《舊唐書·職官志》:“祠部郎中一員,員外郎一員……郎中、員外郎之職,掌祠祀、享祭、天文、漏刻、國忌、廟諱、蔔筮、醫藥、僧尼之事。凡祭祀之名有四:一曰祀天神,二曰祭地衹,三曰享人鬼,四曰釋奠於先聖先師。其差有三:若昊天上帝、皇地衹、神州、宗廟爲大祀。日月星辰、社稷、先代帝王、岳鎮海瀆、帝社、先蠶、孔宣父、齊太公、諸太子廟爲中祀。司中、司命、風師、雨師、衆星、山林、川澤、五龍祠等,及州縣社稷、釋奠爲小祀。大祀皇帝親祭,則太尉爲亞獻,光禄卿爲終獻。若有司攝事,則太尉爲初獻,太常卿爲亞獻。”獨孤及《唐故朝散大夫中書舍人秘書少監頓邱李公墓志》:“由太平尉爲金吾曹、監察御史、河南司録、美原令、膳部員外郎。天寶元年考功郎中、知制誥、修國史,二年中書舍人,五年秘書少監。七年十二月,終於京師。”劉禹錫《唐故尚書主客員外郎盧公集紀》:“名盛氣高,少所卑下。爲飛語所中,左遷齊、汾、鄭三郡司馬,入爲膳部員外郎。”

⑫ 省署:舊指中央官署。韋應物《送雲陽鄒儒立少府侍奉還京師》:“省署慚再入,江海綿十春。今日閶門路,握手子歸秦。”杜甫《解悶十二首》四:“沈范早知何水部,曹劉不待薛郎中。獨當省署開文苑,兼泛滄浪學釣翁。” 舉人:隋、唐、宋三代,被地方推舉而赴京都應科舉考試者。白居易《早送舉人入試》:“夙駕送舉人,東方猶未明。”權德輿《危語》:“被病獨行逢乳虎,狂風駭浪失櫂櫓。舉人看榜聞曉鼓,孱夫孽子遇妒母。” 卿相:執政的大臣。《史記·孫子吴起列傳》:“起不爲卿相,不復入衛。”杜甫《送顧八分文學適洪吉州》:“高歌卿相宅,文翰飛省寺。” 拾遺:官名,唐武則天時置左右拾遺,掌供奉諷諫,宋改爲左右正言,後隨設隨罷。王維《黎拾遺昕裴秀才迪見過秋夜對雨之作》:“促織鳴已急,輕衣行向重。寒燈坐高館,秋雨聞

疏鐘。”李頎《留別王盧二拾遺》:“此別不可道,此心當報誰? 春風灞水上,飲馬桃花時。” 補闕:官名,唐武后垂拱元年始置,有左右之分,左補闕屬門下省,右補闕屬中書省,掌供奉諷諫。北宋時改爲司諫,南宋及元明重又設置,均隨設隨罷。沈佺期《古意呈補闕喬知之》:“盧家少婦鬱金堂,海燕雙栖玳瑁梁。九月寒砧催木葉,十年征戍憶遼陽。”《新唐書·儀衛志》:“左補闕一人在左,右補闕一人在右。” 低心:猶屈意。韓愈《秋懷詩十一首》七:“低心逐時趨,苦勉祗能暫。”曾鞏《游鹿門不果》:“低心就薄禄,實負山水情。” 輩流:流輩,同輩。《北史·李穆傳》:“惇於輩流中特被引接,每有遐方服翫珍奇,無不班賜。”曾鞏《亳州謝到任表》:“臣性姿固塞,人品眇微。獨於輩流,素嗜文學。” 望風:謂平白無據。《魏書·元深傳》:“但以嫉臣之故,便欲望風排抑。”李德裕《論太和五年八月將故維州城歸降准詔却執送本蕃就戮人吐蕃城副使悉怛謀狀》:“其時與臣仇者,望風疾臣,遽興疑言,上罔宸聽。以爲與吐蕃盟約,不可背之,必恐將此爲詞,侵犯郊境。”

⑬ 天聽:帝王的聽聞。《三國志·高柔傳》:“三公朝朔望之日,又可特延入,講論得失,博盡事情,庶有裨起天聽,弘益大化。”獨孤及《諫表》:“百姓不敢訴於有司,有司不敢聞於天聽。” 朱書:用朱墨書寫的文字。《史記·趙世家》:“襄子齊三日,親自剖竹,有朱書曰:‘趙毋恤,余霍泰山山陽侯天使也。’”《舊五代史·唐武皇紀》:“戊子,天子賜武皇内弟子四人,又降朱書御札,賜魏國夫人陳氏。” 賜緋:賜給緋色的官服。唐代五品、四品官服緋,後世服緋品級不盡相同。段成式《和徐商賀盧員外賜緋》:“雲雨軒懸鶯語新,一篇佳句占陽春。銀黄年少偏欺酒,金紫風流不讓人。”羅隱《賀淮南節度盧員外賜緋》:“儉蓮高貴九霄聞,粲粲朱衣降五雲。驄馬早年曾避路,銀魚今日且從軍。” “宰相惡臣不出其門”兩句:我們以爲,元稹這裏説的主要是指蕭俛,他既是元稹“初登朝時舉人”,又是元稹“同諫院時拾遺補

闕”,還是身處位高權重之位的“宰相”,元稹所指是再明確不過了。而《舊唐書·武儒衡傳》云:“時元稹依倚内官得知制誥,儒衡深鄙之。會食瓜閣下,蠅集於上,儒衡以扇揮之曰:‘適從何處來,而遽集於此?’同僚失色,儒衡意氣自若。”這段資料被許多史籍引用,資料顯示武儒衡是對元稹攻擊最力的一個。對於武儒衡的話,吕思勉先生認爲是因妒忌而引起,其《隋唐五代史》云:“唐人務進取,有捷足者爲人所妒忌……儒衡……即此等見解,非知礪廉隅也。”吕思勉先生的話比較客觀公正,我們以爲應該信從。而就在上引“適從何處來”一段文字的前面,《舊唐書·武儒衡傳》有云:“(元和)十二年(武儒衡)權知諫議大夫事,尋兼知制誥。皇甫鎛以宰相領度支,剥下以媚上,無敢言其罪者。儒衡上疏論列,鎛密訴其事,帝曰:‘勿以儒衡上疏,卿將報怨耶!’鎛不復敢言……儒衡氣岸高雅,論事有風彩,群邪惡之,尤爲宰相令狐楚所忌。元和末年垂將大用,楚畏其明俊,欲以計沮之以離其寵。有狄兼謨者,梁公仁傑之後,時爲襄陽從事。楚乃自草制詞,召狄兼謨爲拾遺,曰:‘朕聽政餘暇,躬覽國書,知奸臣擅權之由,見母后竊位之事,我國家神器大寶將遂傳於他人。洪惟昊穹,降鑒儲祉,誕生仁傑,保佑中宗,使絶維更張,明辟乃復。宜福胄胤,與國無窮。’及兼謨制出,儒衡泣訴於御前,言其祖平一在天后朝辭榮終老,當時不以爲累。憲宗再三撫慰之,自是薄楚之爲人。”我們以爲令狐楚爲自己的好友皇甫鎛回擊武儒衡,曾經貶誹武家的祖宗,引起敏感異常的武儒衡的强烈不滿,泣訴於憲宗之前。這場派别之争肯定有對有錯,不應該各打五十大板。而武儒衡因爲令狐楚援引元稹,轉而攻擊與這場派别之争毫無干係的元稹,則明顯帶著意氣用事的成分,不應信從更不應肯定。　百計:謂想盡或用盡一切辦法。李肇《唐國史補》卷中:“韓愈好奇,與客登華山絶峰,度不可返,乃作遺書,發狂慟哭,華陰令百計取之,乃下。”蘇軾《次韵水官詩並引》:“京城諸權貴,欲取百計難。”　侵毁:侵害毁壞。《後漢書·王景傳》:“河决積久,日月侵毁,濟渠所漂數十許縣。"趙元一《奉天録》卷二:"滉將邱涔嚴酷,士卒日役數千人,去城數百里内,先賢邱墓,多被侵毁。"

⑭ 寵奬:指帝王給予的奬勵。《唐大詔令集·太和七年册皇太子德音》:"方鎮、刺史三考已下,不得輒議替换。如理有異等,委中書門下訪察,就加寵奬。"韓偓《乙丑歲九月在蕭灘鎮駐泊兩月忽得商馬楊迢員外書賀余復除戎曹依舊承旨還緘後因書四十字》:"旅寓在江郊,秋風正寂寥。紫泥虚寵奬,白髮已漁樵。"　承旨:官名,唐代翰林院有翰林學士承旨,位在諸學士之上,凡大誥令、大廢置、重要政事,皆得專對。劉禹錫《唐故中書侍郎平章事韋公集序》:"尋真拜夏官貳卿,由是内庭詞臣無出其右者。凡密旨必承乎權輿,故號承旨學士。"元稹《謝恩賜告身衣服並借馬狀》:"當日召見天顔,口敕授官,面賜章服,拔令承旨,不顧班資。近日寵榮,無臣此例。"　金章:金質的官印,一説爲銅質官印,因以指代官宦仕途。鮑照《建除》:"開壤襲朱紱,左右佩金章。"錢振倫注引《文選·孔稚圭〈北山移文〉》注:"金章,銅印也。"杜甫《陪柏中丞觀宴將士二首》一:"無私齊綺饌,久坐密金章。"仇兆鰲注:"金章,金印也。"　紫服:貴官朝服。元稹《有唐贈太子少保崔公墓誌銘》:"紫服金魚之賜,其尚矣!"《新唐書·魚朝恩傳》:"〔魚朝恩〕見帝曰:'臣之子位下,願得金紫,在班列上。'帝未答,有司已奉紫服於前,令徽拜謝。"　陋軀:對自身的謙稱。胡宿《乞解罷樞密院表》:"伏望皇帝陛下哀矜陋軀,保全孤節,俯從私欲,俾退仕途,别選耆英,用參機劇。"劉攽《爲韓侍郎讓加恩表》:"伏望皇帝陛下矜悃愊之愚衷,察滿盈之至戒,許還休命,特寢豐恩。下以遂微臣揣己知分之誠,上以隆聖朝酌言聽卑之要,外息曹謗,内寧陋軀。"

⑮ 誹謗:以不實之辭詆毁他人。《韓非子·難言》:"大王若以此不信,則小者以爲毁訾誹謗,大者患禍灾害死亡及其身。"韓愈《順宗實録》:"是時春夏旱,京畿乏食,(李)實一不以介意,方務聚斂徵求以給進奉。每奏對,輒曰:'今年雖旱,而穀甚好!'由是租税皆不免,人

窮至壞屋賣瓦木,貸麥苗以應官。優人成輔端爲謡嘲之,實聞之,奏輔端誹謗朝政,杖殺之。” 憂危:憂慮戒懼,憂慮惶懼。《書·君牙》:“心之憂危,若蹈虎尾,涉於春冰。”劉禹錫《賀雪鎮州表》:“遂令迷誤之徒,頓釋憂危之慮。” 聖鑒:指帝王或臨朝太后的鑒察。《晉書·桓温傳》:“今皇子幼稚,而朝賢時譽惟謝安、王坦之才識智能,皆簡在聖鑒。”《舊唐書·權德輿傳》:“陛下亦宜稍迴聖鑒,俯察群心。” 照臨:從上面照察,比喻察理。《詩·小雅·小明》:“明明上天,照臨下土。”鄭玄箋:“照臨下土,喻王者當察理天下之事也。”杜甫《風疾舟中伏枕書懷》:“朗鑒存愚直,皇天實照臨。” 保任:擔保。《周禮·秋官·大司寇》:“使州里任之,則宥而舍之。”賈公彦疏:“云使州里任之者,仍恐習前爲非而不改,故使州長里宰保任乃舍之。”特指向朝廷推薦人才而負擔保的責任。《漢書·爰盎傳》:“盎兄噲任盎爲郎中。”顔師古注引如淳曰:“盎爲兄所保任,故得爲郎中也。”《舊唐書·薛登傳》:“謹案漢法,所與之主,終身保任。楊雄之坐田儀,責其昌薦;成子之居魏相,酬於得賢。” 群議:衆人的議論。《後漢書·馬援傳》:“帝大喜,引入,具以群議質之。”劉禹錫《唐故韋公集紀》:“群議鬩然,俟公一言而定。” 台司:指三公等宰輔大臣。《文選·羊祜〈讓開府表〉》:“臣昨出,伏聞恩詔,拔臣使同台司。”李善注:“台司,三公也。”李白《宣城送劉副使入秦》:“寄深且戎幕,望重必台司。”

⑯ 肺肝:比喻内心。曹植《三良》:“黄鳥爲悲鳴,哀哉傷肺肝。”《新唐書·袁滋傳》:“性寬易,與之接者,皆謂可見肺肝。” 行營:出征時的軍營,亦指軍事長官的駐地辦事處。庾信《詠畫屏風詩二十五首》一五:“淺草開長埒,行營繞細厨。”劉長卿《寄李侍郎中丞行營五十韵》:“吴山依重鎮,江月帶行營。” 牛元翼:長慶年間忠於李唐王室、抗擊河朔叛鎮的名將。元稹《牛元翼可深冀等州節度使制》:“檢校右散騎常侍、深州刺史牛元翼,挺生河朔之間,迴鍾海嶽之秀。幼爲兒戲,營壘已成。長學神樞,風雲暗曉。衆推然諾,已任功名。善

用奇兵,尤精技擊。”元稹《授牛元翼成德軍節度使制》:“檢校左常侍、深冀等州節度觀察等使牛元翼,燕趙間號爲飛將,望其旗幟者莫不風靡雨散,圖其戰伐不可勝書。” 軫念:悲痛地思念。《梁書·沈約傳》:“思幽人而軫念,望東皋而長想。”《舊唐書·王同皎傳》:“陛下雖納隍軫念,亦罔能救此生靈。” 身先士卒:語本《史記·淮南衡山列傳》:“當敵勇敢,常爲士卒先。”後因以“身先士卒”謂作戰時將帥冲在士兵前面,奮勇殺敵。《三國志·孫輔傳》:“策西襲廬江太守劉勛,輔隨從,身先士卒,有功。”王維《送高判官從軍赴河西序》:“不待成師,固將身先士卒;常思盡敵,不以賊遺君父。”

⑰“所以問于方計策”六句:《舊唐書·元稹傳》:“時王廷湊、朱克融連兵圍牛元翼於深州,朝廷俱赦其罪,賜節鉞,令罷兵,俱不奉詔。稹以天子非次拔擢,欲有所立以報上。有和王傅于方者,故司空頔之子,干進於稹,言有奇士王昭、王友明二人,嘗客於燕趙間,頗與賊黨通熟,可以反間而出元翼。仍自以家財資其行,仍賂兵吏部令史,爲出告身二十通,以便宜給賜,稹皆然之。有李賞者,知于方之謀,以稹與裴度有隙,乃告度云:‘于方爲稹所使,欲結客王昭等刺度。’度隱而不發。及神策軍中尉奏于方之事,乃詔三司使韓臯等訊鞫,而害裴事無驗,而前事盡露,遂俱罷稹、度平章事,乃出稹爲同州刺史,度守僕射。諫官上疏,言責度太重,稹太輕,上心憐稹,止削長春宫使。” 救解:予以援助,使脱離危險或困難。《漢書·杜欽傳》:“〔欽〕數稱達名士王駿、韋安世、王延世等,救解馮野王、王尊、胡常之罪過。”韓愈《順宗實録》:“德宗以問炎,炎具道所以。德宗怒曰:‘此奸人,不可奈!’欲杖而流之,炎救解,乃黜爲衡州别駕。” 副:輔助。《素問·疏五過論》:“循經守數,按循醫事,爲萬民副。”楊上善注:“副,助也。”劉餗《隋唐嘉話》卷上:“寡人持弓箭,公把長槍相副,雖百萬衆亦無奈我何!” 聖情:皇上的情感。李百藥《賦禮記》:“玉帛資王會,郊丘葉聖情。重典開環堵,至道軼金篇。”杜甫《贈特進汝陽王

二十韵》:"服禮求毫髪,惟忠忘寢興。聖情常有春,朝退若無憑。"奸人:邪惡、狡詐的人。《史記·蘇秦列傳》:"凡群臣之言事秦者,皆奸人,非忠臣也。"《新唐書·李絳傳》:"君子者,遇主知則進,疑則退,安其位不爲它計,故常爲奸人所乘。" 告論:謂向官府控告,論,論罪。李存勖《減膳宥罪德音》:"除罪名顯著已從刑憲外,脅從者固是無辜,同惡者亦以歸命,一切釋放,更不勘尋,仍不得將今日已前事敢有告論。"唐代無名氏《禁園户盜賣私茶奏》:"若州縣不加把捉,縱令私賣園茶,其有被人告論,則又砍園失業。當司察訪,别具奏聞,請准放私鹽例處分。" 塵黷:猶玷污,塵,自謙之詞。《晉書·何琦傳》:"一旦煢然,無復恃怙,豈可復以朽鈍之質塵黷清朝哉!"元稹《論諫職表》:"如或言不詣理,塵黷聖聰,則臣自寘刑書,以謝謬官之罪。" 聖聰:舊稱揚帝王明察之辭。《漢書·谷永傳》:"臣前幸得條對灾異之效,禍亂所極,言關於聖聰。"王昌齡《夏月花萼樓酺宴應制》:"玉陛分朝列,文章發聖聰。" 愧羞:羞辱,羞慚。宋祁《禦戎論》:"干冒宸覽,臣無任愧羞戰慄之至。"范仲淹《讓樞密表》:"二年於兹,一功未立,屢叨進改,深負愧羞。" 天地:猶天下。《文選·張衡〈南都賦〉》:"方今天地之雎剌,帝亂其政,豺虎肆虐,真人革命之秋也。"李善注:"天地,猶天下也。"楊炯《和劉長史答十九兄》:"受禄寧辭死,揚名不顧身。精誠動天地,忠義感明神。"

⑱ 辨明:分辯明白,申明,辨通"辯"。張楚《與達奚侍郎書》:"其在銓管也,用僕爲京兆掾;其在台衡也,用僕爲尚書郎。隻字片言,曾蒙激賞;連讒被謗,備與辨明。"周密《齊東野語·王魁傳》:"不幸爲匪人厚誣,弟輩又不爲辨明。" 一了:一經了結。王庭珪《和李巽伯韵贈甥劉志道》:"此事一了了,昔賢當並馳。李卿句有眼,妙語真而師。"劉子翬《次明仲砙字韵詩》:"左提右挈倘聞道,一了快若船下瀧。" 殺身:舍生,喪生。《史記·楚世家》:"殺生以明君,臣之願也。"盧綸《雪謗後書事上皇甫大夫》:"豈言沈族重!但覺殺生輕。"

謝責:以言行謝罪責。李白《爲吴王謝責赴行在遲滯表》:"伏蒙聖恩,追赴行在……臣聞胡馬矯首,嘶北風以蹋顧;越禽歸飛,戀南枝而刷羽。"吕陶《謝責分司表》:"人臣之過,莫大於不忠;王者之刑,必誅而無赦。仰賴好生之德,俾從分務之司。"　聖慈:聖明慈祥,舊時對皇帝或皇太后的諛稱。《後漢書・孔融傳》:"臣愚以爲諸在冲亂,聖慈哀悼,禮同成人,加以號謚者,宜稱上恩,祭祀禮畢,而後絶之。"楊巨源《春日奉獻聖壽無疆詞十首》六:"造化膺神契,陽和沃聖慈。"　咫尺:周制八寸爲咫,十寸爲尺,謂接近或剛滿一尺,形容距離近。《左傳・僖公九年》:"天威不違顔咫尺。"牟融《寄范使君》:"未秋爲别已終秋,咫尺婁江路阻修。"　郊畿:京城郊外王畿之地。袁宏《後漢紀・和帝紀論》:"故郊畿固而九服寧,中國實而四夷賓。"李商隱《過故府中武威公交城舊莊感事》:"信陵亭館接郊畿,幽象遥通晉水祠。"

⑲ 宸衷:帝王的心意。沈約《瑞石像銘》:"泛彼遼碣,瑞我國東。有符皇德,乃眷宸衷。就言鷲室,栖誠梵宫。"《舊唐書・楊發傳》:"禮之疑者,决在宸衷。"　獨斷:獨自决斷,專斷。《管子・明法解》:"明主者,兼聽獨斷,多其門户。群臣之道,下得明上,賤得言貴,故奸人不敢欺。"《史記・李斯列傳》:"明主聖王之所以能久處尊位,長執重勢,而獨擅天下之利者,非有異道也,能獨斷而審督責,必深罰,故天下不敢犯也。"　乍可:衹可。元稹《蟲豸詩七篇・浮塵子三首》二:"乍可巢蚊睫,胡爲附蟒鱗?"蔣捷《瑞鶴仙・鄉城見月》:"勸清光,乍可幽窗相伴,休照紅樓夜笛。"寧可。駱賓王《代女道士王靈妃贈道士李榮》:"乍可怱怱共百年,誰使遥遥期七夕?"元稹《决絶詞三首》:"乍可爲天上牽牛織女星,不願爲庭前紅槿枝。"　藩鎮:唐代初年在重要各州設都督府,睿宗時設節度大使,玄宗時又在邊境設置十節度使,通稱"藩鎮"。各藩鎮掌管一個地區的軍政,後來權力逐漸擴大,兼管民政、財政,掌握全部軍政大權,形成地方割據,常與朝廷對抗。李頻《陝府上姚中丞》:"關東領藩鎮,關下授旌旄。覓句秋吟苦,酬恩夜坐

勞。”令狐楚《賀赦表》:“臣限守藩鎮,不獲稱慶闕庭,無任抃躍欣賀之至,謹遣某官奉表陳賀以聞。”

⑳ 今月三日:據《舊唐書·穆宗紀》“六月甲戌朔,甲子,司徒平章事裴度守尚書右僕射,工部侍郎平章事元稹爲同州刺史”的記載,此“今月三日”應該是長慶二年六月三日,當時元稹還在接受唐穆宗的召見垂詢。時間僅僅隔了一天,元稹就被免除相位,貶爲外州刺史,連本來應該兼任的“長春宫使”也一反常規被追回。　泣血:無聲痛哭,泪如血湧。又説泪盡血出,形容極度悲傷。《易·屯》:“乘馬班如,泣血漣如。”歐陽修《皇祐四年與韓忠獻王書》:“某叩頭泣血,罪逆哀苦,無所告訴。”指因極度悲痛而無聲哭泣時流出的眼泪。《晉書·王敦傳》:“聞之惶惑,精神飛散,不覺胸臆摧破,泣血横流。”　天顔:天子的容顔。趙曄《吴越春秋·勾踐歸國外傳》:“群臣拜舞天顔舒,我王何憂能不移?”杜甫《紫宸殿退朝口號》:“晝漏稀聞高閣報,天顔有喜近臣知。”　竄逐:放逐,流放。韓愈《謁衡嶽廟遂宿嶽寺題門樓》:“竄逐蠻荒幸不死,衣食纔足甘長終。”蘇舜欽《維舟野步呈子履》:“已忘竄逐傷,但喜懷抱空。”

㉑ 京國:京城,國都。曹植《王仲宣誄》:“我公實嘉,表揚京國。”牟融《贈韓翃》:“京國久知名,江河近識荆。”　目斷:猶望斷,一直望到看不見。丘爲《登潤州城》:“鄉山何處是?目斷廣陵西。”晏殊《訴衷情》:“憑高目斷,鴻雁來時,無限思量。”　魂銷:謂靈魂離體而消失,形容極度悲傷或極度歡樂激動。《舊唐書·鄭畋傳》:“自函洛構氛,鑾輿避狄,莫不指銅駝而眥裂,望玉壘以魂銷。”張先《南鄉子》:“何處可魂消?京口終朝兩信潮。”　朝謁:入朝覲見。《後漢書·東夷傳》:“光武封蘇馬諟爲漢廉斯邑君,使屬樂浪郡,四時朝謁。”文瑩《玉壺清話》卷一:“趙參政自延安還,因事被劾於尚書省,久不許見。時公(武惠)已復密使,三抗疏力雪之,方許朝謁,士論嘆伏。”

㉒ 餘生:猶殘生,指晚年。謝靈運《君子有所思行》:“餘生不歡

娱,何以竟暮歸?”白居易《祭弟文》:“爾塋之東,是吾他日歸全之位;神縱不合,骨且相依。豈戀餘生? 願畢此志。”倖存的性命。謝靈運《擬魏太子“鄴中集”詩·陳琳》:“餘生幸已多,矧迺值明德。”《新唐書·劉黑闥傳》:“我不以餘生爲王復讎,無以見天下義士!”　歸還:回到原來的地方。《戰國策·秦策》:“商君歸還,惠王車裂之,而秦人不憐。”《玉臺新詠·爲焦仲卿妻作》:“不久當歸還,還必相迎取。”　鐘鼓:鐘和鼓,古代禮樂器。賈誼《新書·數寧》:“使爲治,勞知慮,苦身體,乏馳騁鐘鼓之樂,勿爲可也。”韓愈《奉和僕射裴相公感恩言志》:“林園窮勝事,鐘鼓樂清時。”古代擊以報時之器。杜甫《院中晚晴懷西郭茅舍》:“復有樓臺銜暮景,不勞鐘鼓報新晴。”　黄土覆面:諱言死亡。　黄土:指墳墓。劉禹錫《和樂天題真娘墓》:“薝蔔林中黄土堆,羅襦繡黛已成灰。芳魂雖死人不怕,蔓草逢春花自開。”薛逢《潼關驛亭》:“河上關門日日開,古今名利旋堪哀。終軍壯節埋黄土,楊震豐碑翳緑苔。”　覆面:覆蓋,遮蔽。《吕氏春秋·音初》:“帝令燕往視之,鳴若謚隘,二女愛而争摶之,覆以玉筐。”王安石《禁直》:“翠木交陰覆兩檐,夜天如水碧恬恬。”　九原:春秋時晉國卿大夫的墓地。《禮記·檀弓》:“趙文子與叔譽觀乎九原。”劉向《新序·雜事四》:“晉平公過九原而嘆曰:‘嗟乎! 此地之藴吾良臣多矣! 若使死者起也,吾將誰與歸乎?’”泛指墓地。皎然《短歌行》:“蕭蕭烟雨九原上,白楊青松葬者誰?”韋莊《感懷》:“四海故人盡,九原新塚多。”九泉,黄泉。《舊唐書·李嗣業傳》:“忠誠未遂,空恨於九原。”蘇軾《亡妻王氏墓誌銘》:“君得從先大人于九原,余不能,嗚呼哀哉!”　無任:敬詞,猶不勝,舊時多用於表狀、章奏或箋啓、書信中。張九齡《請御注道德經及疏施行狀》:“凡在率土,實多慶賚,無任忻戴忭躍之至。”蘇軾《徐州謝獎諭表》:“庶殫朽鈍,少補絲毫,臣無任。”　攀戀:攀住車馬,不勝依戀。庾信《周車騎大將軍宇文顯和墓誌銘》:“在州遘疾,解任還朝,吏人攀戀,刊石陘山。”《隋書·伊婁謙傳》:“以疾去職,吏人攀戀，行數百里不絶。”

㉓ 陳論：陳事論述。《晉書・王羲之傳》：“頃所陳論，每蒙允納，所以令下小得蘇息，各安其業。”《舊唐書・魏徵傳》：“臣以事有不可，所以陳論，若不從輒應，便恐此事即行。” 黨項：亦稱“党項羌”，古族名，西羌的一支，南北朝時分佈在今青海、甘肅、四川邊緣地帶，從事畜牧，唐時遷居今甘肅、寧夏、陝北一帶，北宋時其族人李元昊稱帝，建立以党項族爲主的地方政權，史稱西夏。楊億《宋故樞密副使正奉大夫行給事中上柱國廣平縣開國伯食邑八百户食實封二伯户賜紫金魚袋贈尚書吏部侍郎宋公神道碑銘(并序)》：“命公知天雄軍府，兼兵馬部署。言事者以上郡之地，控扼黨項，宜修復城隍，大聚兵穀。”夏竦《答杜侍郎書》：“黨項餘蘖，跳梁徼外，宿舊亡没，靡所咨度，加以罷輭，無他智術。”黨項又作“党項”，在古代文獻中，並不嚴格區分，如白居易《代王佖答吐蕃北道節度論贊勃藏書》：“且如党項久居漢界，曾無征税，既感恩德，未嘗動摇。然雖懷此撫循，亦聞闕彼財貨。忘命而去，獲利而歸。但恐彼蕃不知，大爲党項所賣。”而朱鶴齡《李義山詩集注原序》：“黨項興師有窮兵禍胎之戒，以至漢宫瑶池華清馬嵬諸作，無非諷方士爲不經，警色荒之覆國，此其指事懷忠鬱紆激切，直可與曲江老人相視而笑。”至於在元稹的詩文中，“党項”與“黨項”也常常混用，除元稹本文用作“黨項”外，如元稹《和李餘古題樂府九首・估客樂》就有“求珠駕滄海，採玉上荆衡。北買党項馬，西擒吐蕃鸚”之句；又元稹《唐故使持節萬州諸軍事萬州刺史賜緋魚袋劉君墓誌銘》也有“至所治，党項諸羌來會聚，君告以忠信廉儉，皆出涕，無敢違告者”之表述。 手疏：親手書寫奏章。王維《送縉雲苗太守》：“手疏謝明王，腰章爲長吏。”《宋史・趙普傳》：“普手疏諫曰：‘伏覩今春出師，將以收復關外，屢聞克捷，深快輿情。’” 聖覽：猶御覽。裴鉉《進延壽赤書表》：“私心懼勞聖覽，是以披曆精要，載騰真聲，進明白於一貫，退光宣於少得。”崔衍《請減虢州賦錢疏》：“陛下拔臣牧大郡，委臣

撫疲民。臣所以不敢顧望,苟求自安,敢罄狂瞽,上干聖覽。”

㉔ 留中:指將臣子上的奏章留置宫禁之中,不向下交辦。《史記·三王世家》:“四月癸未,奏未央宫,留中不下。”《續資治通鑒·宋英宗治平二年》:“誨前後三奏,皆留中不行。” 奉表:上表。富嘉謨《爲建安王賀赦表》:“臣寄重軍州,地連肺腑,載覃天恩,不勝悦豫。無任踴躍之至,謹奉表陳賀以聞。謹言。”韓愈《賀雨表》:“微臣幸蒙寵任,獲覩殊祥……謹奉表陳賀以聞。” 謝罪:向人認錯,請求原諒,舊時官場或書表中的套語。賈誼《新書·淮難》:“淮南王來入,赴千乘之君,陛下爲頓顙謝罪皇太后之前。”《資治通鑑·晉惠帝永甯元年》:“帝自端門入,升殿,群臣頓首謝罪。”

[編年]

《年譜》編年本文:“長慶二年六月九日撰。”《編年箋注》編年:“此《表》云:‘謹以今月九日到州上訖。’則此《表》撰於長慶二年(八二二)六月九日以後。”《年譜新編》編年本文於長慶二年,有“六月”,“出爲同州刺史”的譜文説明。

我們以爲,本文應該撰成於元稹六月九日到達同州之後,但不會如《年譜》所説撰成於當天。因爲本文不是一般的“謝上表”,元稹的主要目的不是常規意義上的謝上,而是通過這次難得的“謝上”機會,爲自己辯明冤屈,意在引起唐穆宗的認真反思,從而作出再次重用自己的决定,因此本文不會是六月九日當天草草而就的文稿。但事關自己的政治生命,元稹也不會拖拖拉拉,《編年箋注》所説的“以後”没有明確究竟“以後”到何時。我們以爲,以“謝上表”不宜拖延時日計,以元稹超越他人的才幹計,本文當撰成於長慶二年六月十日或十一日間,地點在同州,元稹已經是同州刺史的身份。

■ 論黨項疏(一)①

據元稹《同州刺史謝上表》

[校記]

(一) 論黨項疏:本佚失之文所據元稹《同州刺史謝上表》,見楊本、叢刊本、《英華》、《舊唐書・元稹傳》、《全文》,不見異文。

[箋注]

① 論黨項疏:元稹《同州刺史謝上表》:"或聞黨項小有動摇,臣今謹具手疏陳奏,伏望恕臣死罪,特留聖覽。臣此表并臣手疏,並請留中不出(手疏今在《論邊事》卷)。"據此,元稹當有《論黨項疏》之文,今已經佚失,據補。　黨項:亦即"党項",亦稱"党項羌",古族名,西羌的一支,南北朝時分佈在今青海、甘肅、四川邊緣地帶,從事畜牧,唐時遷居今甘肅、寧夏、陝北一帶,北宋時建立以党項族爲主的地方政權,史稱西夏。《歷代名臣奏議》卷三二一:"杜佑拜司徒……黨項陰導吐蕃爲亂,諸將邀功,請討之。"費樞《廉吏傳・范希朝》:"以戰守功累遷振武節度使,部有黨項,室韋雜居,暴掠放肆,日入匿作,謂之刮城門。"

[編年]

《元稹集》未收録,《編年箋注》未收録與編年,《年譜》、《年譜新編》收録,文題作"論党項疏",編年長慶二年。

元稹佚失之《論黨項疏》,應該與元稹《同州刺史謝上表》一併進呈,而元稹《同州刺史謝上表》有"臣罪重責輕,憂惶失據,慮爲臺府迫逐,不敢徘徊闕庭,便自朝堂匍匐進發,謹以今月九日到州上訖。"據此,元稹

佚失之《論黨項疏》應該與元稹《同州刺史謝上表》賦成於同時，亦即長慶二年六月九日之後一二日内，地點在同州，元稹時任同州刺史。《年譜》、《年譜新編》編年長慶二年，不僅有點籠統，而且還存在着错誤。

◎ 故金紫光禄大夫檢校司徒兼太子少傅贈太保鄭國公食邑三千户嚴公行狀[①]

曾祖方約，皇利州司功參軍，贈太常少卿。祖挹之，皇徐州符離縣尉。父丹，皇殿中侍御史、東川租庸鹽鐵青苗等使，贈禮部尚書。某州某縣某鄉某里，嚴某，字某，年七十七[②]。

公少好學，始以大曆八年舉進士，禮部侍郎張謂妙選時彦，在選中。不數年，補太子正字，歷櫟陽尉，試爲大理評事、福建支使[(一)]。復以監察裏行爲宣歙觀察判官，轉殿中兼侍御史，充團副，加檢校著作郎，賜章服，入拜尚書刑部員外郎[③]。一年，轉太原少尹，賜金紫。尋加北都副留守，兼御史中丞。又加行軍司馬，檢校司封郎中。特命爲銀青光禄大夫，檢校工部尚書、河東節度支使[(二)]、營田觀察處置等使，兼太原尹、御史大夫、北都留守。再命加檢校尚書右僕射，三命加金紫光禄大夫，檢校尚書左僕射、扶風郡開國公、食邑二千户，四命加檢校司空，始特命。至是凡九年，朝京師，真拜尚書右僕射，依前檢校[④]。尋以檢校司空，拜荆南節度觀察支度等使，兼江陵尹、御史大夫，進封鄭國公、食邑三千户。後累歲遷山南東道節度、觀察處置、支度營田等使，兼襄州刺史，司空、大夫皆如故，就加淮西招撫使[⑤]。徵拜太子少保，依前檢校司空。换檢校司徒，兼太子少保，判光禄卿事。復换太子少傅，依前檢校司徒。疾告久之，有司上言："百日不視事，當絶俸。"特詔有司無絶俸。長慶二年五月二十七日，薨於家。上爲一日不聽朝，詔贈太保，出内帛以贈賻之，恩有加也⑥！

初，貞元中，宣歙觀察使劉贊以公勤信精盡，深所委異。十年之間，政無細大，一以咨之。及贊府除，掌贊餘務。德宗皇帝善公之所爲，是有刑曹之命，且欲任用焉〔三〕！會太原節度使李説嬰疾曠廢，遂命副助之，其實將代説矣！公事説愈謹，待下愈謙〔四〕，及説薨，而人人皆願爲帥，德宗皇帝因人焉⑦！

元和初，楊惠琳反於夏，公上言曰："陛下新即位，惠琳不誅，威去矣〔五〕！臣請偏師斷其頭！"優詔許之。公乃秣芻以載於車，烝糧以曝於日〔六〕，齎輓輕重〔七〕，人利百倍。惠琳誅，是有金紫大夫、尚書左揆、開國扶風之命焉⑧！

明年，賊闢劫蜀兵以叛，詔公分師以會伐，令司空光顔將往會〔八〕，公乃悉出帳下衞，以驍果之柄以付之，然後豐其資賞，副以兼乘，涉棧道者五千餘騎，人無徒步而進者。馬有羡力，兵不勞困，蜀人駭竄，自我功爲多。役罷，是有檢校司空之命焉⑨！

公之始帥太原也，内外乘馬不過千餘匹。三年，皂而秣之者六千匹〔九〕，出之於野者以萬數，及今十不能一二焉〔一〇〕！嘗大閲於并城東，種落畢會，旗幟滿野，周迴數十里不絶〔一一〕，時回鶻梅禄將軍來在會〔一二〕，聞金鼓震伏〔一三〕⑩。

其在江陵也〔一四〕，蠻酋張伯靖殺長吏，劫據辰錦諸州，連九洞以自固。詔公討之，公上言曰："緣溪諸蠻，狐鼠跧竄，王師步趨，不習嵌崄。泝水行舟，進寸退里。晝不得戰，夜則掩覆。攻實危道，招可懷來。臣今謹以便宜，未宣討詔。先遣所部將李志烈齎書諭旨，俟其悛心。”⑪不十餘日，伯靖果以隸黔六州之地乞降于公，天子褒異，一以委公。公命志烈復往，伯靖遂以其下舒秀和等來就戮，詔公皆署麾下，將以撫之。由是六州平，而伯靖亦卒爲我用⑫。

荆俗不理室居，架竹苫茅，卑庳褊逼，風旱摩戛，熇然自火。公乃陶瓦積材(一五)，半入其直，勉勸假借，俾自爲之。數月之間，廛閈如化，災害減少，人始歌之⑬。

及朝廷有淮蔡之師，乃命公爲襄陽節度以招撫之。既至，再旬而王師濟漢(一六)，器械車徒，皆若素具。俸秩廪禄，一以資軍⑭。

公之大略(一七)，推誠乎下(一八)，善用人之所長，故誅琳破闢，柔伯靖秀和，皆談笑指麾，而人人自輸其效。理身理家，和易孝敬，親喪不自愛(一九)，事兄嫂有過人者⑮。前後四顯親，而先府君位尚書，先夫人封虢國。朋友姻戚，泳游於德宇者如歸焉！自始建牙選將(二〇)，開幕壁於今，纔二十年矣！目擊爲將相者，逮不肖凡九人焉！其餘從公而同奉朝請者，可知矣⑯！

公之先，自兩漢至隋氏，郡守、列侯、駙馬、御史、郡丞、將軍、刺史、著作郎，數百年冠冕不絶代。若公之出入更踐，位與壽極，其上無如也⑰。高祖協，貞觀中文皇征遼，爲海東運糧使、洮州都督。自高祖至王考禮部府君，爲政皆嚴明，無趨避(二一)。初，府君爲松滋、江陵令，恃豪賴軍目氣勢者比比，皆杖殺，邑人相與刻石歌詠之⑱。先是開元、天寶間，安之尉京劇，挺之吏右職，破壞豪黠如神明。至是，挺之子武洎君(二二)，又著稱。有唐言剸斷者，先嚴氏焉⑲！

自公始用儒素，謙廉見推於早歲。及爲大官，益自勞謹，貴貴尊尊，而哀賤下於己者，雖走胥、負卒、幼子、童孫，終不得聞辱詬之言，而窺怠墮之容矣(二三)⑳！用是享年七十七，仕五十年，一爲尚書，三歷僕射，六兼大夫，五任司空，再踐司徒，三居保傅。階崇金紫，爵極國公㉑。荆、并、襄皆天下重地也，繼爲統帥者十有四年。前後奏名刺率百辟以慰慶吉凶者凡八載，然而褫免之誚不聞於耳，憂悔之緒不萌於心。非夫上取信於其君，下取信於其友，權近不疑於畏逼，戎旅賴我以安全(二四)，其孰能如此哉㉒？《詩》所謂"終温且惠，淑慎其身"，於實敢信，備録聞諸有司，謹狀上尚書考功㉓。

稹燮贊無狀(二五)，孤負明恩。天付郡符(二六)，官未稱責。日夜憂畏，豈暇爲文㉔？無何，太保公諸子以稹門吏之中恩顧偏厚，且狀官閥(二七)，且訃日時。願布有司，以旌懿行㉕。其間親承講貫，子孫不得而聞者，往往漏略。恐他人纂撰，益復脱遺。感念曩懷，遂書行實㉖。其所行事，由荆而下，皆所經見。由荆而上，莫非傳信。飾終定謚，期在至公。謹狀㉗。

録自《元氏長慶集》卷五五

[校記]

(一) 福建支使：原本作"福州支使"，叢刊本、《全文》同，唐代有福建節度使或福建觀察使，無福州節度使或福州觀察使，疑誤。楊本作"福□支使"，據宋蜀本改。

(二) 河東節度支使：原本誤作"河南節度支使"，《全文》同誤，楊本、叢刊本作“河南節度支使”,地名有誤,不從。度支是中央官署名,魏晉始置,掌管全國的財政收支,長官爲度支尚書,南北朝以度支尚書領度支、金部、倉部、起部四曹,隋開皇初改度支尚書爲民部尚書,唐因避太宗李世民諱,改民部爲户部,旋復舊稱。唐人詩篇中有諸多書證,如駱浚《題度支雜事典庭中柏樹(《語林》云:‘度支使見此。’《詩語》:‘李吉甫因顯用。’)》:“榦聳一條青玉直,葉鋪千疊緑雲低。争如燕雀偏巢此,却是鴛鴦不得栖。”又如權德輿《和王侍郎病中領度支煩迫之餘過西園書堂閑望》:“憑檻輟繁務,晴光烟樹分。中邦均禹貢,上藥驗桐君。”而支度即“支度使”,是地方官名,與“度支”不同。唐各道節度使多兼支度、營田、招討、經略使。其屬有支度判官。又金都運司内亦有支度判官。支度使非户部三司使中的度支使。錢大昕《十駕齋養新録·度支支度不同》:“度支者,户部四司之一……至各道節度使有帶支度營田使者,則其屬有支度判官,此外任幕職也。”本書稿中類如的書證比比皆是,如白居易《除趙昌撿校吏部尚書兼太子賓客制》:“前荆南節度、管内支度營田觀察處置等使、金紫光禄大夫、撿校兵部尚書兼江陵尹、上柱國、天水郡開國公趙昌……可撿校吏部尚書兼太子賓客,散官、勛、封如故。”又如白居易《除閻巨源充邠寧節度使制》:“可校挍尚書左僕射、使持節邠州諸軍事兼邠州刺史、御史大夫,充邠寧慶等州節度、管内支度營田觀察處置等使,功臣、散官、勛、封並如故。”白居易的制誥文就是兩個明顯的例證。

(三) 且欲任用焉:宋蜀本、叢刊本、《全文》同,楊本誤作“且欲任用爲”,不從不改。

(四) 待下愈謙:原本作“待下愈謹”,楊本、叢刊本、《全文》同,語義不佳,據宋蜀本改。

(五) 威去矣:宋蜀本、叢刊本、《全文》同,楊本作“戚去矣”,語義不佳,不從不改。

(六) 烝糧以曝於日:楊本、叢刊本、《全文》同,宋蜀本作“烝粱以曝於日”,各備一説,不改。

（七）齎輓輕重:楊本、叢刊本同,《全文》作“齎輓輕重”,語義不佳,不從不改。

（八）令司空光顔將往會:原本作“今司空光顔將往會”,楊本、叢刊本同,語義不通,據《全文》改。

（九）皂而秣之者六千匹:宋蜀本、叢刊本、《全文》同,楊本誤作“早而秣之者六千匹”,不從不改。

（一〇）及今十不能一二焉:原本作“及命十不失一二焉”,楊本、叢刊本作“及命十不能一二焉”,據《全文》改。

（一一）周迴數十里不絶:宋蜀本、叢刊本、《全文》同,楊本、叢刊本作“周迴七十里不絶”,各備一説,不改。

（一二）時回鶻梅禄將軍來在會:原本作“時回鶻梅緑將軍來在會”,楊本同,叢刊本、《全文》作“時回鶻悔緑將軍來在會”,據宋蜀本、新舊《唐書》、《通典》、《山西通志》、《續通志·柳公綽傳》等改。

（一三）聞金鼓震伏:楊本、叢刊本、《全文》同,宋蜀本作“鼓鼙震動”,盧校作“聞鼓鼙震動”,各備一説,不改。

（一四）其在江陵也:楊本、叢刊本、《全文》同,宋蜀本無,應該是刊刻之誤,不從不改。

（一五）公乃陶瓦積材:宋蜀本、叢刊本、《全文》同,楊本作“公乃陶九積材”,語義難通,不從不改。

（一六）再旬而王師濟漢:《全文》同,宋蜀本作“再旬而全師濟漢”,各備一説,不改。楊本、叢刊本作“再旬而□師濟漢”,僅録以備考。

（一七）公之大略:原本作“公之大概”,《全文》同,楊本、叢刊本作“公之大□”,據宋蜀本改。

（一八）推誠孚下:楊本、叢刊本、宋蜀本、《全文》作“推誠厚下”,各備一説,不改。

（一九）親喪不自愛:楊本、宋蜀本、叢刊本、《全文》作“親喪不自支”,各備一説,不改。

（二〇）自始建牙選將:原本作“自始建府選將”,據楊本、宋蜀本、叢刊本、《全文》改。

（二一）無趨避:楊本、宋蜀本、叢刊本、《全文》作“無畏避”,各備一説,不改。

（二二）挺之子武泊府君:原本作“挺之子武伯府君”,據楊本、宋蜀本、叢刊本、《全文》改。

（二三）而窺怠墮之容矣:楊本、叢刊本同,《全文》作“而窺怠惰之容矣”,宋蜀本、盧校作“而窺怠墮之容者”,各備一説,不改。

（二四）戎旅賴我以安全:《全文》同,宋蜀本作“武旅賴我以安全”,録以備考,楊本、叢刊本誤作“我旅賴我以安全”,不從不改。

（二五）稹燮贊無狀:原本作“稹從贊無狀”,據楊本、宋蜀本、叢刊本、《全文》改。

（二六）天付郡符:楊本、叢刊本、《全文》同,宋蜀本、盧校作“天府郡符”,語義不符元稹生平,勘誤,不從不改。

（二七）且狀官閥:楊本、宋蜀本、叢刊本、《全文》作“具狀官閥”,各備一説,不改。

[箋注]

① 故金紫光禄大夫檢校司徒兼太子少傅贈太保鄭國公食邑三千户嚴公行狀:本文的行狀主嚴綬對元稹“恩顧偏厚”,故本文是元稹爲他人撰寫行狀和墓誌中寫得最爲賣力最爲詳盡的一篇。但其中的大部份,都被採入嚴綬的史傳,讀者可以將嚴綬的史傳與本文對照起來審讀。《舊唐書·嚴綬傳》:“嚴綬,蜀人。曾祖方約,利州司功。祖挹之,符離尉。父丹,殿中侍御史。綬大曆中登進士第,累佐使府。貞元中由侍御史充宣歙團練副使,深爲其使劉贊委遇,政事多所咨訪。十二年贊卒,綬掌宣歙留務,傾府藏以進獻,由是有恩,召爲尚書

刑部員外郎。天下賓佐進獻，自綬始也。未幾，河東節度使李説嬰疾，事多曠弛，行軍司馬鄭儋代綜軍政。既而説卒，因授儋河東節度使。是時姑息四方諸侯，未嘗特命帥守，物故即用行軍司馬爲帥，冀軍情厭伏。儋既爲帥，德宗選朝士可以代儋爲行軍司馬者，因綬前日進獻，上頗記之，故命檢校司封郎中，充河東行軍司馬。不周歲儋卒，遷綬銀青光禄大夫，檢校工部尚書，兼太原尹、御史大夫、北都留守，充河東節度支度營田觀察處置等使。元和元年楊惠琳叛於夏州，劉闢叛於成都，綬表請出師討伐。綬悉選精甲付牙將李光顔兄弟，光顔累立戰功。蜀、夏平，加綬檢校尚書左僕射，尋拜司空，進階金紫，封扶風郡公。綬在鎮九年，以寬惠爲政，士馬蕃息，境内稱治。四年，入拜尚書右僕射。綬雖名家子，爲吏有方略，然鋭於勢利，不存名節，人士以此薄之。嘗預百寮廊下食，上令中使馬江朝賜櫻桃，綬居兩班之首，在方鎮時識江朝，叙語次，不覺屈膝而拜。御史大夫高郢亦從而拜。是日爲御史所劾，綬待罪于朝，命釋之。翌日，責江朝，降官一等。尋出鎮荆南，進封鄭國公。有溆州蠻首張伯靖者，殺長吏，據辰、錦等州，連九洞以自固，詔綬出兵討之。綬遣部將李忠烈齎書曉諭，盡招降之。九年，吴元濟叛，朝議加兵，以綬有弘恕之稱，可委以戎柄，乃授山南東道節度使，尋加淮西招撫使。綬自帥師壓賊境，無威略以制寇，到軍日遽發公藏以賞士卒，累年蓄積一旦而盡。又厚賂中貴人以招聲援，師徒萬餘，閉壁而已，經年無尺寸功。裴度見上，屢言綬非將帥之才，不可責以戎事，乃拜太子少保代歸。尋檢校司空，久之進位太傅，食封至三千户。長慶二年五月卒，年七十七，詔贈太保。綬材器不踰常品，事兄嫂過謹，爲時所稱。常以寬柔自持，位躋上公，年至大耋，前後統臨三鎮，皆號雄藩。所稱士，親睹爲將相者凡九人，其貴壽如此。”元稹《遊三寺回呈上府主嚴司空時因尋寺道出當陽縣奉命覆視縣囚牽於游行不暇詳究故以詩自誚爾》：“謝公恣縱顛狂掾，觸處閑行許自由。舉板支頤對山色，當筵吹帽落臺頭。”元稹《過襄陽樓呈上府主嚴司空樓在江陵節度使宅北隅》:“襄陽樓下樹陰成,荷葉如錢水面平。拂水柳花千萬點,隔林鶯舌兩三聲。” 故:過去,從前。《史記・李將軍列傳》:“今將軍尚不得夜行,何乃故也!”酈道元《水經注・原公水》:“縣,故秦置也。” 金紫:金魚袋及紫衣,唐宋的官服和佩飾,因亦用以指代貴官。劉禹錫《酬樂天見貽賀金紫之什》:“舊來詞客多無位,金紫同遊誰得如?”白居易《閑居》:“君看裴相國,金紫光照地。心苦頭盡白,纔年四十四。” 光禄大夫:文散官,並非實職。《舊唐書・職官志》:“左光禄大夫(從二品),右光禄大夫(正三品)……光禄大夫爲從二品,金紫光禄大夫爲正三品,銀青光禄大夫爲從三品……光禄大夫比今日上柱國,左光禄大夫比柱國,右光禄大夫及上大將軍比上護軍,金紫光禄大夫及將軍比護軍,銀青光禄大夫及上開府比上輕車都尉。”楊炯《瀘川都督王湛神道碑》:“酈食其之長者,逢漢祖而長揖;袁曜卿之茂才,見曹公而不拜。從平霍邑,授紫金光禄大夫。”李迴秀《唐齊州長史裴府君神道碑》:“曾祖澄,字静慮,後魏著作郎、諫議大夫、散騎常侍、金紫光禄大夫、汾州刺史,謚曰文。” 檢校:官名,晉始設,爲散官。張鷟《朝野僉載》卷一:“正員不足,權補試、攝、檢校之官。”陸游《老學庵筆記》卷四:“宣和末,鄭伸自檢校太師,忽落檢校爲真太師,國初以來所無有也。” 司徒:官名,相傳少昊始置,唐虞因之,周時爲六卿之一,曰地官大司徒,掌管國家的土地和人民的教化。漢哀帝元壽二年,改丞相爲大司徒,與大司馬、大司空並列三公。東漢時改稱司徒,歷代因之。蘇頲《贈司徒豆盧府君挽詞》:“寵贈追胡廣,親臨比賀循。幾聞投劍客,多會服緦人。”杜甫《散愁二首》一:“司徒(李光弼)下燕趙,收取舊山河。” 太子少傅:官名,從第二品,蕭嵩《奉和御製左丞相説右丞相璟太子少傅乾曜同日上官命宴都堂賜詩》:“入朝師百辟,論道協三光。垂拱咨元老,親賢輔少陽。”白居易《自賓客遷太子少傅分司》:“頭上漸無髪,耳間新有毫。形容逐日老,官秩隨年高。” 贈:賜死者以爵位或榮譽稱號。《後漢書・鄧騭傳》:

“悝闓相繼並卒，皆遺言薄葬，不受爵贈。”趙昇《朝野類要・入仕》：“生曰封，死曰贈。” 太保：古三公之一，位次太傅，周置，爲輔弼國君之官，春秋後廢，漢復置，後代沿置，多爲重臣加銜，以示恩寵，並無實職。岑參《奉送李太保兼御史大夫充渭北節度使（即太尉光弼弟）》：“詔出未央宫，登壇近總戎。上公周太保，副相漢司空。”竇常《奉賀太保岐公承恩致仕》：“君爲宫保及清時，冠蓋初閑拜武遲。五色詔中宣九德，百寮班外置三師。” 國公：封爵名，隋始置，自唐至明皆因之。《隋書・百官志》：“國王、郡王、國公、郡公、縣公、侯、伯、子、男，凡九等。”《宋史・職官志》：“列爵九等：曰王，曰郡王，曰國公，曰郡公，曰縣公，曰侯，曰伯，曰子，曰男。” 食邑：唐宋時亦作爲一種賜予宗室和高級官員的榮譽性加銜。袁枚《隨園隨筆・勛階封號食邑實封之分》：“其食邑與實封有别者，如余襄公食邑二千六百户，實封二百户是也。”楊炯《從弟去盈墓誌銘》：“曾祖諱初，周大將軍，隋宗正卿、常州刺史、順楊公，皇朝左光禄大夫、華山郡開國公，食邑本鄉二千五百户。”陳子昂《唐故循州司馬申國公高君墓誌》：“祖宗儉，字士廉，皇朝太子太傅、上柱國、申國公，食邑三千户。” 行狀：文體名，專指記述死者世系、籍貫、生卒年月和生平概略的文章，也稱狀、行述。張説《兵部尚書國公贈少保郭公行狀》：“公名震，字元振，本太原陽曲人也。”李翺《百官行狀奏》：“凡人之事迹，非大善大惡，則衆人無由知之，故舊例皆訪問於人，又取行狀謚議，以爲一據。”

② 參軍：官名，東漢末始有“參某某軍事”的名義，謂參謀軍事，簡稱“參軍”。晉以後軍府和王國始置爲官員，沿至隋唐，兼爲郡官，有多種名目，如户曹參軍、司功參軍等。庾抱《别蔡參軍》：“人世多飄忽，溝水易西東。今日歡娱盡，何年風月同？”盧照鄰《山行寄劉李二參軍》：“萬里烟塵客，三春桃李時。事去紛無限，愁來不自持。” 縣尉：官名，秦漢縣令、縣長下置尉，掌一縣之治安，歷代因之。姚合《寄陸渾縣尉李景先》：“微俸還同請，唯君獨自閑。地偏無驛路，藥賤管

仙山。”張喬《送麗百篇之任青陽縣尉》:“都堂公試日,詞翰獨超群。品秩台庭與,篇章聖主聞。” 殿中侍御史:官名,從七品上,《舊唐書·職官志》:“(御史臺)殿中侍御史,掌殿廷供奉之儀式。凡冬至、元正大朝會,則具服升殿。若郊祀、巡幸,則於鹵簿中糾察非違,具服從於旌門,視文物有所虧闕,則糾之。凡兩京城内,則分知左右巡,各察其所巡之内有不法之事。”韓休《授杜暹等侍御史制》:“敕:朝議郎、行殿中侍御史杜暹,禮樂之器,直方效節;通直郎、殿中侍御史、内供奉馮宗,文儒之業,堅正在心:咸以清公,副兹望實,風霜既肅,台閣推美。”楊炎《諭梁崇義詔》:“仍令殿中侍御史張著與使孟遊仙同往宣諭,佈告軍府,令悉朕懷。”

③ 時彦:當代的賢俊,名流。武少儀《和權載之離合詩》:“少年慕時彦,小悟文多變。”薛能《江上寄情》:“天際歸舟浩蕩中,我關王澤道何窮！未爲時彦徒經國,尚有邊兵耻佐戎。” 正字:官名,北齊始置,與校書郎同主讎校典籍,刊正文章。《隋書·百官志》:“〔北齊〕秘書省,典司經籍,監、丞各一人,郎中四人,校書郎十二人,正字四人。”孟浩然《寄趙正字》:“正字芸香閣,幽人竹素園。經過宛如昨,歸卧寂無喧。” 支使:官名,唐時節度使、觀察使的屬官,職掌略同掌書記。姚合《秋日寄李支使》:“山静雲初白,枝高果漸稀。聞君家海上,莫與燕同歸。”薛逢《奉和僕射相公送東川李支使歸使府夏侯相公》:“兩地交通布政和,上臺深喜使星過。歡留白日千鍾酒,調入青雲一曲歌。” 裏行:官名,唐置,宋因之,有監察御史裏行、殿中裏行等,皆非正官,也不規定員額。劉肅《大唐新語·舉賢》:“初,(馬)周以布衣直門下省,太宗就命監察裏行,俄拜監察御史。‘裏行’之名,自周始也。”《新唐書·百官志》:“開元七年……又置御史裏行使、殿中裏行使、監察裏行使,以未爲正官,無員數。” 判官:古代官名,唐代節度使、觀察使、防禦使均置判官,爲地方長官的僚屬,輔理政事。韓愈《董公行狀》:“崔圓爲揚州,詔以公爲圓節度判官。”徐鉉《稽神録·劉存》:“劉

存爲舒州刺史，辟儒生霍某爲團練判官，甚可信任。” 團副：都團練使的副手。吕温《湖南都團練副使廳記》：“湘中七郡，羅壓上流，右振牂蠻，左馳甌越，控交廣之户牖，扼吴蜀之咽喉，翼張四隅，襟束萬里，半天下安危係焉！”沈亞之《與福州使主徐中丞第一書》：“九月十日，都團練副使沈亞之，謹再拜狀，所願陳于閤下。” 章服：繡有日月、星辰等圖案的古代禮服，每圖爲一章，天子十二章，群臣按品級以九、七、五、三章遞降。《韓非子·亡徵》：“父兄大臣，禄秩過功，章服侵等，宫室供養太侈。”嵇康《與山巨源絶交書》：“而當裹以章服，揖拜上官，三不堪也。”

④ 少尹：官名，唐初諸郡皆置司馬，開元元年改爲少尹，是府州的副職。王維《酬嚴少尹徐舍人見過不遇》：“公門暇日少，窮巷故人稀。偶值乘籃轝，非關避白衣。”杜甫《赴青城縣出成都寄陶王二少尹》：“老恥妻孥笑，貧嗟出入勞。客情投異縣，詩態憶吾曹。” 北都：即太原，李唐時與西安、洛陽並稱“三都”。劉禹錫《令狐相公自天平移鎮太原以詩申賀》：“北都留守將天兵，出入香街宿禁扃。鼙鼓夜聞驚朔雁，旌旗曉動拂參星。”白居易《寄太原李相公》：“聞道北都今一變，政和軍樂萬人安。綺羅二八圍賓榻，組練三千夾將壇。” 留守：古時皇帝出巡或親征，命大臣督守京城，便宜行事，謂之“京城留守”。其陪京和行都則常設留守，多以地方長官兼任，至北魏始爲正式命官。《魏書·東陽王丕傳》：“〔高祖〕車駕南伐，丕與廣陵王羽留守京師，並加使持節。”《資治通鑑·齊武帝永明十一年》載此事，胡三省注曰：“留守之制因此。”韓愈《河南府同官記》：“留守之官，居禁省中，歲時出旌旗，序留司文武百官于宫門外而衙之。”太原爲李唐的發祥之地，故稱北都，有“留守”之官制。 行軍司馬：職官名，始建于三國魏元帝咸熙元年(264)，職務相當於軍諮祭酒。至唐代在出征將帥及節度使下皆置此職，實具今參謀長的性質，唐後期軍事繁興，多以掌軍事實權者充任。《新唐書·百官志》：“行軍司馬，掌弼戎政，居則習搜

狩,有役則申戰守之法,器械、糧糒、軍籍、賜予皆專焉!"《資治通鑑·魏元帝咸熙元年》:"(司馬)昭自將大軍從帝幸長安,以諸王公皆在鄴,乃以山濤爲行軍司馬。"胡三省注:"行軍司馬之號始此。" 司空:官名,相傳少昊時所置,周爲六卿之一,即冬官大司空,掌管工程。漢改御史大夫爲大司空,與大司馬、大司徒並列爲三公,後去大字爲司空,歷代因之。李嘉祐《訪韓司空不遇》:"圖畫風流似長康,文詞體格效陳王。蓬萊對去歸常晚,叢竹閑飛滿夕陽。"武元衡《送兄歸洛使謁嚴司空》:"六歲蜀城守,千莖蓬鬢絲。憂心不自遣,骨肉又傷離。" 真拜:真除,實授官職。韓愈《唐故國子司業竇公墓誌銘》:"八遷至檢校虞部郎中,元和五年真拜尚書虞部郎中。"范仲淹《答趙元昊書》:"按漢諸侯王相,皆出真拜。"

⑤ "尋以檢校司空"十三句:事見《舊唐書·憲宗紀》:"(元和六年)三月乙未朔……丁未,以檢校右僕射嚴綬爲江陵尹、荆南節度使……(元和九年)九月甲戌朔……丙戌……以荆南節度使嚴綬檢校司空、襄州刺史、山南東道節度使……十月甲辰朔……甲子制……宜以山南東道節度使嚴綬兼充申光蔡等州招撫使。" 尋:不久,接著,隨即。劉淇《助字辨略》卷二:"尋,旋也,隨也。凡相因而及曰尋,猶今之隨即如何也。"王昌齡《塞下曲四首》四:"功勛多被黜,兵馬亦尋分。" 累歲:歷年,連年。《後漢書·許揚傳》:"楊因高下形勢,起塘四百餘里,數年乃立,百姓得其便,累歲大稔。"《新唐書·蕭倣傳》:"滑州瀕河,累歲水壞西北防,倣徙其流遠去,樹堤自固,人得以安。"

⑥ 徵拜:徵召授官。劉長卿《送梁郎中赴吉州》:"但愁徵拜日,無奈借留何!"韓愈《韶州留别張端公使君》:"已知奏課當徵拜,那復淹留詠白蘋!" 有司:官吏,古代設官分職,各有專司,故稱。元結《舂陵行》:"軍國多所需,切責在有司。有司臨郡縣,刑法競欲施。"韓愈《赴江陵途中寄贈王二十補闕李十一拾遺李二十六員外翰林三學士》:"上憐民無食,征賦半已休。有司恤經費,未免煩徵求。" 上言:

進呈言辭。《韓非子·外儲説》:"王登爲中牟令,上言於襄主曰:'中牟有士曰中章、胥已者,其身甚修,其學甚博,君何不舉之?'"韓愈《薦士》:"上言愧無路,日夜惟心禱。" 視事:就職治事,多指政事而言。《左傳·襄公二十五年》:"饗諸北郭,崔子稱疾,不視事。"王維《贈房盧氏琯》:"秋山一何净!蒼翠臨寒城。視事兼偃卧,對書不簪纓。" 絶俸:停止領取俸禄。杜牧《爲堂兄慥求灃州啓》:"絶俸已是累年,孤外生及侄女堪嫁者三人,仰食待衣者不啻百口。"王禹偁《與李宗諤書》:"况昆仲三院,妻女九人,亡者未祔葬,生者待婚嫁,散於彼者餬口於人,繫於此者絶俸於官。" 特詔:帝王的特别詔令。《後漢書·王充傳》:"友人同郡謝夷吾上書薦充才學,肅宗特詔公車徵,病不行。"《晉書·平原王榦傳》:"榦有篤疾,性理不恒,而頗清虚静退,簡於情欲,故特詔留之。" 薨:死的别稱,自周代始,人之死亡,有尊卑之分,"薨"以稱諸侯之死。《禮記·曲禮》:"天子死曰崩,諸侯曰薨,大夫曰卒,士曰不禄,庶人曰死。"唐代則以薨稱三品以上大官之死。《新唐書·百官志》:"凡喪,三品以上稱薨,五品以上稱卒,自六品達于庶人稱死。" 贈賻:贈送財物以助治喪。《梁書·張率傳》:"昭明太子遣使贈賻。"《舊唐書·武元衡傳》:"册贈司徒,贈賻布帛五百匹、粟四百石,輟朝五日,謚曰忠愍。"

⑦ 劉贊:李唐貞元年間曾任職宣歙池觀察使,事見《舊唐書·德宗紀》:"(貞元三年)八月辛巳朔……壬申……常州刺史劉贊爲宣州刺史宣歙池觀察使……(貞元十二年六月)辛巳,宣歙觀察使、宣州刺史劉贊卒。"《舊唐書·食貨志》:"其後諸賊既平,朝廷無事,常賦之外,進奉不息。韋皋劍南有日進,李兼江西有月進,杜亞揚州、劉贊宣州、王緯李錡浙西,皆競爲進奉,以固恩澤。"《舊唐書·崔衍傳》:"貞元中,天下好進奉以結主恩,徵求聚斂,州郡耗竭。韋皋、劉贊、裴肅爲之首。" 勤信:猶"勤誠",勤勉忠誠。《隋書·煬帝紀》:"竭力王役,致身戎身,咸由徇義,莫匪勤誠。"猶"勤慎",勤勉謹慎。《三國

志·程昱劉放傳論》:"劉放文翰,孫資勤慎,並管喉舌,權聞當時。"　精盡:明察詳盡。《宋書·彭城王義康傳》:"義康性好吏職,鋭意文案,糾剔是非,莫不精盡。"蘇軾《書柳子厚大鑒禪師碑後》:"故《大乘》諸經至《楞嚴》,則委曲精盡,勝妙獨出者,以房融筆授故也。"　委異:猶"寵信",謂特别信任器重。《資治通鑑·宋文帝元嘉二十七年》:"(江)湛性公廉,與僕射徐湛之並爲主上所寵信,時稱江徐。"司馬光《言高居簡札子》:"而陛下特加寵信,待以腹心,中外指目,大玷聖德。"　刑曹:分管刑事的官署或屬官。元稹《授王播刑部尚書諸道鹽鐵轉運等使制》:"是用徵自益部,授之刑曹,復以舊務煩之,式所以藉爾奉力之熟耳!"秦觀《賀錢學士啓》:"炪册府校讎之號,洎刑曹勾稽之司。"　李説:李唐貞元年間曾任職河東節度使,事見《舊唐書·德宗紀》:"(貞元十一年)五月丁卯朔……癸巳,以通王諶爲河東節度使,以河東行軍司馬李悦爲河東節度營田觀察留後、北都副留守……(貞元十六年十月)乙丑,河東節度使,檢校禮部尚書、太原尹,兼御史大夫、北都留守李悦卒。"其中的"李悦"應該是"李説"之誤。又見《册府元龜》:"(貞元十二年二月乙亥)以河東節度度支營田觀察留後、太原尹,兼御史大夫、北都副留守李説爲檢校工部尚書、河陽三城懷州節度營田使。"令狐楚《爲鄭儋尚書謝河東節度使表》:"本使李説,暫嬰疾苦,奄從薨逝。"令狐楚《爲崔仲孫弟謝手詔狀》:"李説念臣以密親,署臣以散職,誓將裨補,義不依違。"　嬰疾:纏綿疾病。元稹《葬安氏誌》:"近歲嬰疾,秋方綿痼。"司馬光《上皇帝書》:"先帝天性寛仁,重違物意,晚年嬰疾,厭倦萬幾。"　曠廢:廢弛,荒廢。《漢書·孔光傳》:"百官群職曠廢,奸軌放縱,盜賊並起。"葉適《與趙丞相書》:"他日之法令事功,疏拙曠廢,將有面墻之羞,以辜朝廷器使之意。"　謹:謹慎,慎重。《漢書·尹賞傳》:"生時諒不謹,枯骨後何葬?"恭敬。《論語·鄉黨》:"其在宗廟朝廷,便便言,唯謹爾。"何晏集解引鄭玄曰:"便便,辯也,雖辯而謹敬。"　謙:謙虚,謙讓。《書·大禹謨》:"滿招損，謙受益。”韓愈《苦寒》：“太昊弛維綱，畏避但守謙。”

⑧ 楊惠琳：夏綏銀節度留後，謀反被誅，事見《新唐書·憲宗紀》：“（永貞元年）十一月己巳……夏綏銀節度留後楊惠琳反……（元和元年三月）辛巳，楊惠琳伏誅。”元稹《憲宗章武孝皇帝挽歌詞三首》二：“天寶遺餘事，元和盛聖功。二凶梟帳下，三叛斬都中（楊惠琳、李師道傳首京師，劉闢、李錡、吴元濟腰斬都市）。”韓愈《元和聖德詩序》：“臣伏見皇帝陛下即位已來，誅流奸臣，朝廷清明，無有欺蔽。外斬楊惠琳、劉闢以收夏蜀，東定青齊積年之叛，海内怖駭，不敢違越。” 偏師：指主力軍以外的部分軍隊。《左傳·宣公十二年》：“韓獻子謂桓子曰：‘彘子以偏師陷，子罪大矣！’”陸游《代乞分兵取山東札子》：“吊伐之兵，本不在衆，偏師出境，百城自下。” 優詔：褒美嘉獎的詔書。《南齊書·張欣泰傳》：“上書陳便宜二十條，其一條言宜毁廢塔寺，帝竝優詔報答。”白居易《唐贈尚書工部侍郎張公神道碑銘》：“優詔褒美，特授密縣主簿。” 秣芻：餵牲口的草，亦指準備飼料。宗澤《上王提刑書》：“噫！是馬也……秣芻以飼之，封藥以裹之”岳珂《太行道》：“感恩伏櫪飽秣芻，猶爲太行憂後車。” 烝：用蒸汽加熱，後作“蒸”。《詩·大雅·生民》：“釋之叟叟，烝之浮浮，”孔穎達疏：“炊之於甑爨而烝之，其氣浮浮然……既烝熟乃以爲酒食。”蘇軾《東坡酒經》：“吾始取麪而起肥之，和之以薑液，烝之使十裂。” 齎輓：用車輛運送。 齎：遣送，送。《戰國策·西周策》：“王何不以地齎周最以爲太子也。”鮑彪注：“齎，持遺也。”《舊唐書·王旭傳》：“其兄昌儀，先貶乾封尉，旭斬之，齎其首赴於東都。” 輓：車運，運輸。《史記·留侯世家》：“諸侯安定，河渭漕輓天下，西給京師。”《舊唐書·食貨志》：“是時淮河阻兵，飛輓路絶。” 左揆：左丞相。元稹《授趙宗儒尚書左僕射制》：“奉常正秩，左揆兼榮。”馬總《代鄭滑李僕射乞朝覲表》：“高祖淮安郡王神通，弼亮太宗，戮力締構，榮登左揆，以寵勛勞。” 開國：晉以後在五等封爵前所加的稱號。高承《事物紀原·開國》：“晉

令始有開國之稱,故五等皆郡縣開國。陳亦有開國郡公、縣侯伯子男,侯已降,無郡封。由唐迄今,因而不改。"王儉《褚淵碑文》:"封雩都縣開國伯,食邑五百户。"任昉《齊竟陵文宣王行狀》:"封聞喜縣開國公,食邑千户。"　扶風:古郡名,舊爲三輔之地,多豪邁之士。王勃《扶風晝届離京浸遠》"帝里金莖去,扶風石柱來。山川殊未已,行路方悠哉!"李白《扶風豪士歌》:"扶風豪士天下奇,意氣相傾山可移。"

⑨ "明年"十六句:參閲《新唐書・嚴綬傳》所云:"憲宗立,楊惠琳反夏州,劉闢反蜀,綬建言:'天子始即位,不可失威,請必誅!'選鋭兵,遣大將李光顔助討賊。二賊平,檢校尚書左僕射,封扶風郡公,進司空。"　李光顔:中唐名將,參與平定楊惠琳、劉闢、吴元濟的叛亂,屢立戰功。楊巨源《述舊紀勛寄太原李光顔侍中二首》二:"倚天長劍截雲孤,報國縱横見丈夫。五載登壇真宰相,九重分閫正司徒。"《新唐書・李光顔傳》:"從高崇文平劍南,數搴旗蹈軍,出入若神,益知名,進兼御史大夫。"　驍果:勇猛剛毅。《三國志・毌丘儉傳》:"揚州刺史前將軍文欽,曹爽之邑人也。驍果粗猛,數有戰功。"段成式《酉陽雜俎・器奇》:"開元中,河西騎將宋青春,驍果暴戾,爲衆所忌。"　資賞:賞賜。《新唐書・楊瑒傳》:"瑒進歷御史中丞、户部侍郎。帝常召宰相大臣議天下户版延英殿,瑒言利病尤詳,帝資賞。"魏了翁《顯謨閣直學士提舉西京嵩山崇福宫許公奕神道碑》:"又論用兵以來,資賞汎濫。"　兼乘:義近"兼兩",不止一輛車,兩,車輛。《後漢書・吴祐傳》:"恢欲殺青簡以寫經書。祐諫曰:'……此書若成,則載之兼兩。'"義近"兼副",謂兩套。《後漢書・祭肜傳》:"肜在遼東幾三十年,衣無兼副。"　棧道:在險絶處傍山架木而成的一種道路。《史記・高祖本紀》:"楚與諸侯之慕從者數萬人,從杜南入蝕中。去輒燒絶棧道,以備諸侯盜兵襲之,亦示項羽無東意。"司馬貞索隱引崔浩曰:"險絶之處,傍鑿山巖,而施梁爲閣。"趙氏《雜言寄杜羔》:"梁州秦嶺西,棧道與雲齊。"　徒步:步行。《後漢書・徐穉傳》:"穉嘗爲太尉

黄瓊所辟,不就。及瓊卒歸葬,穉乃負糧徒步到江夏赴之,設雞酒薄祭,哭畢而去,不告姓名。"杜甫《彭衙行》:"盡室久徒步,逢人多厚顔。" 羨:有餘,剩餘。《詩·小雅·十月之交》:"四方有羨。"毛傳:"羨,餘也。"《孟子·滕文公》:"以羨補不足,則農有餘粟,女有餘布。" 駭竄:驚惶逃竄。《舊唐書·楊國忠傳》:"辰時,至咸陽望賢驛,官吏駭竄,無復貴賤,坐宫門大樹下。"郭祥正《和常父初五日渡江》:"水陸駭竄伏,吟哦未及終。"

⑩ 皂:牛馬的食槽,亦泛指牲口欄棚。《淮南子·覽冥訓》:"青龍進駕,飛黄伏皂。"《史記·魯仲連鄒陽列傳》:"今人主沈於諂諛之辭,牽於帷裳之制,使不羈之士,與牛驥同皂。" 秣:餵養。《詩·周南·漢廣》:"之子於歸,言秣其馬。"韓愈《送李愿歸盤谷序》:"膏吾車兮秣吾馬。" 大閲:大規模地檢閲軍隊。《左傳·桓公六年》:"秋,大閲,簡車馬也。"張衡《東京賦》:"歲惟仲冬,大閲西園。" 種落:種族部落。《晉書·劉元海載記》:"天未悔禍,種落彌繁。"李白《出自薊北門行》:"單于一平蕩,種落自奔亡。" 回鶻:即回紇,古代民族名兼國名,爲袁紇後裔,初受突厥統轄,唐天寶三年滅突厥後建立可汗政權,貞元四年改稱回鶻,開成五年被黠戛斯所滅,餘衆分三支西遷:一遷吐魯番盆地,稱高昌回鶻或西州回鶻;一遷葱嶺西楚河畔,稱葱嶺西回鶻;一遷河西走廊,稱河西回鶻,後改稱畏吾兒(即今維吾爾),也叫回回。權德輿《送張閣老中丞持節册吊回鶻》:"金章玉節鳴驧遠,白草黄雲出塞寒。欲散别離唯有醉,暫煩賓從駐征鞍。"顧非熊《送于中丞入回鶻》:"風沙萬里行,邊色看雙旌。去展中華禮,將安外國情。" 梅祿將軍:回鶻的武職職名,猶李唐的龍驤將軍、遊騎將軍、驃騎將軍之類。《舊唐書·柳公綽傳》:"太和四年,復檢校左僕射、太原尹、北都留守、河東節度觀察等使。是歲,北虜遣梅祿將軍李暢以馬萬匹來市,託云入貢。"《續通志·柳公綽》:"太和四年,(柳公綽)爲河東節度使。歲惡,輟宴飲,衣食與士卒均。北虜遣梅祿將軍李暢以馬萬匹來

市，所過皆厚勞，飭兵防襲奪。”　金鼓：四金和六鼓，四金指錞、鐲、鐃、鐸，六鼓指雷鼓、靈鼓、路鼓、鼖鼓、鼛鼓、晉鼓。金鼓用以節聲樂，和軍旅，正田役，亦泛指金屬製樂器和鼓。《左傳・僖公二十二年》：“三軍以利用也，金鼓以聲氣也。”楊伯峻注：“莊十年《傳》云‘夫戰，勇氣也’，此氣即勇氣；又云‘一鼓作氣’，足見金鼓所以勵勇節氣者。金鼓以聲爲用而制其氣，故曰聲氣。”沈約《齊明帝哀策文》：“伐金鼓以清道，揚悲笳而啓路。”

⑪ 蠻酋：蠻人的首領。余靖《免轉工部侍郎狀》：“昨以蠻酋叛渙，嶺服震驚。雖分守土之權，莫展擒凶之策。”《宋史・仁宗紀》：“桂陽蠻降，授蠻酋三人奉職。”　長吏：指州縣長官的輔佐。《漢書・百官公卿表》：“〔縣〕有丞、尉，秩四百石至二百石，是爲長吏。百石以下有斗食、佐史之秩，是爲少吏。”王維《送縉雲苗太守》：“手疏謝明王，腰章爲長吏。”張籍《寄孫冲主簿》：“道僻收門藥，詩高笑古人。仍聞長吏奏，表乞鎖廳頻。”　辰州：州郡名，府治湖南沅陵，《元和郡縣志・辰州》：“今長沙武陵是也……開元元年改爲辰州，取辰溪爲名。謹按：辰州，蠻戎所居也……次南武溪，次南沅溪，次南辰溪，次東南熊溪，次東南朗溪……推其次第，相當則五溪，盡在今辰州界也。”韓翃《送李中丞赴辰州》：“白羽逐青絲，翩翩南下時。巴人迎道路，蠻帥引旌旗。”戎昱《謫官辰州冬至日懷》：“去年長至在長安，策杖曾簪獬豸冠。此歲長安逢至日，下階遥想雪霜寒。”　錦州：州郡名，在今湖南麻陽一帶。《元和郡縣志・錦州》：“本漢辰州盧陽之地，垂拱三年以地界闊遠，分置錦州。以州理前溪水多文石，望之似錦，因名。”柳宗元《柳州寄京中親故》：“林邑山連瘴海秋，牂牁水向郡前流。勞君遠問龍城地，正北三千到錦州。”曹松《南海陪鄭司空遊荔園》：“葉中新火欺寒食，樹上丹砂勝錦州。他日爲霖不將去，也須圖畫取風流。”　狐鼠：城狐社鼠，喻小人，壞人。《文選・沈約〈奏彈王源〉》：“雖埋輪之志，無屈權右，而狐鼠微物，亦蠹大猷。”李善注引《晏子春秋》：“景

公問晏子曰:‘治國亦有常乎?’對曰:‘讒佞之人,隱在君側,猶社鼠不熏也,去此乃治矣!’”文天祥《御試策一道》:“此何等狐鼠輩,而陛下以身庇之?” 跧竄:伏匿。元稹《崔方實試太子詹事制》:“蠻蜑之間有黄賊者,跧竄窟穴,代爲侵攘。”元稹《班肅授尚書司封員外郎制》:“聞爾爲祠部員外郎,值吾黜奸之日,遊其門者莫不跧竄奔迸,懼罹其身,唯爾安分不渝,進退有素。” 嵌:險峻。韋應物《遊西山》:“揮翰題蒼峭,下馬歷嵌丘。”上陷,凹陷。姚合《惡神行雨》:“風擊水凹波撲凸,雨漴山口地嵌坑。” 嶮:險要,險阻,危險。《逸周書·武稱》:“岠嶮伐夷,並小奪亂。”朱右曾校釋:“岠嶮,與‘距險’同。”彭乘《續墨客揮犀·崔球晝夢至家》:“夢魂不怕嶮,飛過大江西。” 泝水:逆水。何遜《還杜五洲》:“我行朔已晦,泝水復沿流。戎傷初不辨,動默自相求。”趙蕃《十三日逆風舟行甚遲》:“昨夜縱風幾喪生,今朝泝水頗留行。細看洶湧收帆脚,孰若夷猶聽槳聲?” 掩覆:掩蓋,掩飾,隱蔽。《三國志·曹衮傳》:“其微過細故,當掩覆之。”《舊唐書·德宗紀》:“朕志在推誠,事皆掩覆,禮遇轉厚,委任益隆。” 危道:危險的措施。《韓非子·安危》:“安術有七,危道有六。”《史記·高祖本紀》:“沛公雖欲急入關,秦兵尚衆距險。今不下宛,宛從後擊,强秦在前,此危道也。” 懷來:亦作“懷徠”,招來。陸賈《新語·道基》:“附遠寧近,懷來萬邦。”《後漢書·李善傳》:“以愛惠爲政,懷來異俗。” 齎:遣送,送。《戰國策·西周策》:“王何不以地齎周最以爲太子也?”鮑彪注:“齎,持遺也。”《舊唐書·王旭傳》:“其兄昌儀,先貶乾封尉,旭斬之,齎其首赴於東都。” 諭旨:曉諭帝旨。陸贄《奉天論李晟所管兵馬狀》:“臣初奉使諭旨,本緣糧賜不均。”孔平仲《孔氏談苑·楊大年不願富貴》:“真宗將立明肅作後,令丁謂諭旨於楊大年,令作册文。” 悛心:悔改之心。《宋書·王僧達傳》:“僧達屢經狂逆,上以其終無悛心,因高闍事陷之。”曾鞏《洪範傳》:“教之而猶不典式我也,則是其終無悛心,衆之所棄,而天之所討也,然後加之以刑,《多方》之所謂‘至於再、至於三’者也。”

⑫ 黔州：州郡名，府治今重慶市彭水。《元和郡縣志》：“黔州，今爲黔州觀察使理所……管縣六：彭水、黔江、洪杜、洋水、信寧、都濡。”苗發《送孫德諭罷官往黔州》：“中歲分符典石城，兩朝趨陛謁承明。闕下昨承歸老疏，天南今切去鄉情。”白居易《寄黔州馬常侍》：“閑看雙節信爲貴，樂飲一杯誰與同？可惜風情與心力，五年拋擲在黔中。”　乞降：請求投降。《東觀漢紀・穆宗紀》：“單于乞降。”《晉書・宣帝紀》：“權遣使乞降，上表稱臣。”　褒異：謂特殊的褒揚嘉獎。《春秋・文公九年》：“楚子使椒來聘。”孔穎達疏：“若有褒異，則或稱官。”《後漢書・明德馬皇后》：“黄門舅旦夕供養且一年，既無褒異，又不録勤勞，無乃過乎！”　就戮：受戮，被殺。陳子昂《請措刑科》：“逆臣賊子，頓伏嚴誅，所以虺貞群黨，同惡就戮。”張九齡《請東北將吏刊石紀功德狀》：“使遷善者自新，爲惡者就戮。”　麾下：即部下。《後漢書・滕撫傳》：“撫所得賞賜，盡分於麾下。”《新唐書・黄巢傳》：“(宋)威因奏大渠死，擅縱麾下兵還青州。”

⑬ 室居：房舍。《淮南子・時則訓》：“土事無作，無發室居。”蘇軾《魚蠻子》：“江淮水爲田，舟楫爲室居。”　苫：覆蓋，遮蔽。《晉書・郭文傳》：“洛陽陷，乃步擔入吴興餘杭大辟山中窮谷無人之地，倚木於樹，苫覆其上而居焉！亦無壁障。”梅堯臣《和孫端叟寺丞農具十三首》一：“但能風雨蔽，何惜茅蓬苫！”　卑庳：低下，不高。《左傳・襄公三一年》：“宫室卑庳，無觀臺榭。”宋無名氏《李師師外傳》：“帝麾止餘人，獨與迪翔步而入，堂户卑庳。”　褊逼：猶“褊迫”，狹窄，不寬廣。封演《封氏聞見記・第宅》：“高宗時，中書侍郎李義琰亦至褊迫。義琰雖居相位，在官清儉，竟終于方丈室之内，高宗聞而嗟嘆。”蘇軾《和陶雜詩十一首》七：“藍喬近得道，常苦世褊迫。”　熇然：熾熱貌。蘇舜欽《送外弟王靖序》：“師監於後世，歷數千百年外，道其名，熇然可暴炙人。”歐陽修《與劉侍讀二十八》一四：“某啓：熇然炎燎中，方不知所以逃生。”　陶瓦：燒製屋瓦。《新唐書・楊於陵傳》：“〔楊於陵〕出

爲嶺南節度使，辟韋詞、李翺等在幕府，咨訪得失，教民陶瓦，易蒲屋，以絶火患。"《宋史·周湛傳》："襄人不善陶瓦，率爲竹屋。" 勉勸：即勸勉。余靖《夏日江行》："追惟亡異才，承恩得爲縣。盤錯非所長，耕桑當勉勸。"陳襄《古靈集·易講義》："善者稱揚之，則天下之爲善者，莫不勉勸使民日遷善遠罪而歸於至治矣！" 假借：授予，給予，借給。《南齊書·崔慰祖傳》："聚書至萬卷，鄰里年少好事者來從假借，日數十袠，慰祖親自取與，未嘗爲辭。"王安石《上仁宗皇帝言事書》："臣故知當今在位多非其人，稍假借之權而不一一以法束縛之，則放恣而無不爲。" 廛閈：猶廛里。《文選·鮑照〈蕪城賦〉》："廛閈撲地，歌吹沸天。"李善注："鄭玄《周禮》注曰：'廛，民居區域之稱。'"張銑注："廛，里也；閈，里門。"《新唐書·杜佑傳》："佑爲開大衢，疏析廛閈，以息火災。"

⑭ 朝廷：指以君王爲首的中央政府。張説《洛橋北亭詔餞諸刺史》："離亭拂御溝，别曲舞船樓。詔餞朝廷牧，符分海縣憂。"東方虬《昭君怨三首》一："漢道方全盛，朝廷足武臣。何須薄命妾，辛苦事和親？" 再旬：連續兩旬，亦即連續兩個十天。崔湜《至桃林塞作》："去國未千里，離家已再旬。丹心恒戀闕，白首更辭親。"張九齡《賀雨狀》："伏以自春降澤，粟麥已滋。首夏再旬，時雨稍晚。"據《舊唐書·憲宗紀》，拜嚴綬爲淮西招撫使在元和九年十月十九日，"再旬而王師濟漢"，亦即"發赴"唐州之時，應該在十一月上旬。 王師：天子的軍隊，國家的軍隊。裴漼《奉和御製旋師喜捷》："殊類驕無長，王師示有征。中軍纔受律，妖寇已亡精。"許景先《奉和聖製送張尚書巡邊》："王師親賦政，廟略久論兵。漢主知三傑，周官統六卿。" 濟：渡河。《書·大誥》："予惟小子，若涉淵水，予惟往求朕攸濟。"孔傳："往求我所以濟渡。"越過，度過。《三國志·陳思王植傳》："西濟關谷，或降或升。" 漢：水名，漢水，也稱漢江，爲長江最長的支流。發源於今陝西省甯强縣，流經湖北省，在武漢市入長江。《書·禹貢》："嶓冢導漾，東流爲漢。"孔傳："泉始出山爲漾水，東南流爲沔水，至漢中東流爲漢

水。”《三國志・諸葛亮傳》:“荆州北據漢沔,利盡南海,東連吴會,西通巴蜀。” 器械:工具,亦泛指用具。《莊子・徐無鬼》:“百工有器械之巧則壯。”指武器。《舊唐書・牛仙客傳》:“仙客所積,倉庫盈滿,器械精勁,皆如希逸之狀。” 車徒:兵車和步卒。《漢書・刑法志》:“連帥比年簡車,卒正三年簡徒,群牧五載大簡車徒。”梅堯臣《依韵和李舍人旅中寒食感事》:“戢戢車徒九門盛,寥寥烟火萬家微。” 具:備辦,準備。《儀禮・特牲饋食禮》:“主人及賓兄弟群執事,即位於門外,如初,宗人告有司具。”《東觀漢記・符融傳》:“符融妻亡,貧無殯斂,鄉人欲爲具棺服。” 俸秩:俸禄。《北史・崔冏傳》:“冏性廉謹,恭儉自修,所得俸秩,必分親故。”元稹《告贈皇考皇妣文》:“遷换因循,遂階榮位。大有車馬,豐有俸秩。” 廩禄:禄米,俸禄。白居易《初除户曹喜而言志》:“俸錢四五萬,月可奉晨昏。廩禄二百石,歲可盈倉囷。”蘇舜欽《與歐陽公書》:“廩禄所入,不足充衣食。” 資:資助,供給。《左傳・僖公十五年》:“出因其資,入用其寵,饑食其粟,三施而無報,是以來也。”《後漢書・李恂傳》:“徙居新安關下,拾橡實以自資。”

⑮ 大略:遠大的謀略。《史記・酈生陸賈列傳》:“酈生曰:‘吾聞沛公慢而易人,多大略。’”陳亮《進中興五論札子》:“臣聞治國有大體,謀敵有大略。” 推誠:以誠心相待。《淮南子・主術訓》:“塊然保真,抱德推誠,天下從之,如響之應聲,景之象形。”《魏書・高祖紀》:“凡爲人君,患於不均,不能推誠御物。” 孚:信用,誠信。《詩・大雅・下武》:“王配於京,世德作求。永言配命,成王之孚。”鄭玄箋:“孚,信也,此爲武王言也。今長我之配行三后之教令者,欲成我周家王道之信也,王德之道成於信。”朱熹集傳:“言武王能繼先王之德,而長言合於天理,故能成王者之信於天下也。”《南史・殷景仁傳》:“體至公者懸爵賞於無私,奉天統者每屈情以申制,所以作孚萬國,貽則後昆。” 談笑:形容態度從容。蘇軾《念奴嬌・赤壁懷古》:“羽扇綸巾,談笑間、强虜灰飛烟滅。”陸游《書事》:“北征談笑取關河,盟府何

人策戰多?” 指麾:亦作“指揮”、“指撝”,發令調遣。桓寬《鹽鐵論·論功》:“是以刑省而不犯,指麾而令從。”劉知幾《史通·辨職》:“夫使辟陽、長信,指撝馬鄭之前;周勃、張飛,彈壓雷桐之右,斯亦怪矣!” 輸:報效。韓愈《復志賦》:“仰盛德以安窮兮,又何忠之能輸?”黄庭堅《和邢惇夫秋懷十首》七:“許國輸九死,補天鍊五色。” 理身:養生,修身。《後漢書·崔寔傳》:“爲國之道,有似理身,平則致養,疾則攻焉!”聶夷中《雜興》:“兩葉能蔽目,雙豆能塞聰。理身不知道,將爲天地聾。” 理家:料理家事。《後漢書·樊曄傳》:“數年,遷揚州牧,教民耕田、種樹、理家之術。”杜範《玉壺即事》:“陂湖漾漾初侵路,蜂燕紛紛各理家。” 和易:温和平静,温和平易。《禮記·學記》:“和易以思,可謂善喻矣!”白居易《故鞏縣令白府君事狀》:“公爲人沈厚和易,寡言多可。” 孝敬:孝順父母,尊敬親長。《詩大序》:“先王以是經夫婦,成孝敬,厚人倫,美教化,移風俗。”許渾《題衛將軍廟詩序》:“既而以孝敬睦閨門,以然信居鄉里。” 自愛:自己喜愛。劉長卿《聽彈琴》:“古調雖自愛,今人多不彈。”蘇軾《東坡》:“莫嫌犖确坡頭路,自愛鏗然曳杖聲。” 過人:超過别的人,超越一般人。《宋書·蒯恩傳》:“既習戰陣,膽力過人,誠心忠謹,未嘗有過失,甚見愛信。”程頤《程伯淳行狀》:“强記過人,十歲能爲詩賦。”

⑯ 顯親:謂使雙親榮顯。《晉書·劉頌傳》:“至於三代,則並建明德,及興王之顯親,列爵五等,開國承家,以藩屏帝室,延祚久長。”曾鞏《英宗實録院謝賜御筵表》:“上以副陛下顯親之心,下以盡愚臣歸美之志。” 先府君:對亡父的尊稱。元稹《唐故朝議郎侍御史内供奉鹽鐵轉運河陰留後河南元君墓誌銘》:“先府君棄養之歲,前累月而季父侍御史府君捐館。”白居易《唐太原白氏之殤墓誌銘》:“先府君諱季庚,大理少卿、山東别駕。” 尚書:唐代六部吏、户、禮、兵、刑、工的主官,本文是屬於榮譽性質的對死者的贈官,下句“先夫人封虢國”屬於同一性質。劉禹錫《唐故監察御史贈尚書右僕射王公神道碑》:“公

諱倰,字真長,其先葉黄帝。夫聖人之後,與庶姓不同。"吕温《故太子少保贈尚書左僕射京兆韋府君神道碑》:"元和元年三(正)月十二日薨於東都履信里之私第,享年六十有四,寵贈尚書左僕射。" 姻戚:猶姻親。杜甫《贈比部蕭郎中十兄》:"宅相榮烟戚,兒童惠討論。"陳亮《祭妻弟何少嘉文》:"恩莫隆於姻戚,義莫重於朋友。" 德宇:德澤恩惠的庇蔭。《國語・晉語》:"今君之德宇,何不寬裕也?"韋昭注:"宇,覆也。"曾鞏《到任謝職司諸官員狀》:"顧忝屬城之任,實諧德宇之依。" 建牙:引申指大臣出鎮。鮑溶《讀淮南李相行營至楚州》:"閫外建牙威不賓,古來戡難憶忠臣。"樓鑰《送趙子直貳卿帥三山》:"建牙帥七閩,人胡爲公疑?" 選:量才授官,銓選。荀悦《漢紀・武帝紀》:"始昌,魯人也……上甚重之,以選爲昌王太傅。"韓愈《河南少尹李公墓誌銘(李素也。據史,李素無傳,于〈李錡傳〉附見焉)》:"公諱素……以明經選,主虢之弘農簿,又尉陝之芮城。" 開幕:開建幕府等。庾信《侍從徐國公殿下軍行》:"置府仍開幕,麾軍即秉旄。"元稹《授鄭仁弼檢校祠部員外充横海判官制》:"近制二千石以上乘軺車者,則開幕選才,由古道也。" 將相:將帥和丞相。《史記・高祖本紀》:"諸侯及將相,相與共請尊漢王爲皇帝。"李涉《與梧州劉中丞》:"三代盧龍將相家,五分符竹到天涯。" 不肖:自謙之稱。儲光羲《酬李處士山中見贈》:"同聲既求友,不肖亦懷賢。"元稹《和樂天贈樊著作》:"千慮竟一失,冰玉不斷痕。謬予頑不肖,列在數子間。" 奉朝請:古代諸侯春季朝見天子叫朝,秋季朝見爲請,因稱定期參加朝會爲奉朝請。漢代退職大臣、將軍和皇室、外戚多以奉朝請名義參加朝會,晉代以奉車、駙馬、騎三都尉爲奉朝請,南北朝設以安置閑散官員,隋初罷之,另設朝請大夫、朝請郎,爲文散官。《漢書・霍光傳》:"光兩女婿爲東西宫衛尉,昆弟諸婿外孫皆奉朝請。"《東觀漢記・鄧禹傳》:"官罷以列侯就第,位特進,奉朝請。"

⑰ 郡守:郡的長官,主一郡之政事。秦廢封建設郡縣,郡置守、

丞、尉各一人，守治民，丞爲佐，漢唐因之。《漢書·嚴延年傳》："幸得備郡守，專治千里，不聞仁愛教化，有以全安愚民，顧乘刑罰多刑殺人。"陸游《老學庵筆記》卷五："郡守宴客，初就席，子溶遣縣吏呼伎樂伶人，即皆馳往，無敢留者。" 列侯：爵位名，秦制爵分二十級，徹侯位最高，漢承秦制，爲避漢武帝劉徹諱，改徹侯爲通侯，或稱"列侯"。《史記·秦本紀》："二十二年，衛鞅擊魏，虜魏公子卬，封鞅爲列侯，號商君。"《後漢書·侯霸傳》："漢家舊制，丞相拜日，封爲列侯。" 駙馬：駙馬都尉的簡稱。《後漢書·魯恭傳》："〔魯恭〕從巡狩南陽，除子撫爲郎中，賜駙馬從駕。"曹植《求通親親表》："駙馬奉車，趣得一號，安宅京室，執鞭珥筆。" 御史：官名，春秋戰國時期列國皆有御史，爲國君親近之職，掌文書及記事。秦設御史大夫，職副丞相，位甚尊；並以御史監郡，遂有糾察彈劾之權，蓋因近臣使作耳目。漢以後，御史職銜累有變化，職責則專司糾彈，而文書記事乃歸太史掌管。張九齡《郡南江上别孫侍御》："身負邦君弩，情紆御史驄。王程不我駐，離思逐秋風。"蘇味道《贈封御史入臺》："故事推三獨，兹辰對兩闈。夕鴉共鳴舞，屈草接芳菲。" 郡丞：郡守的副貳。元稹《授李昆滑州司馬制》："將議獎勞，是宜加秩。郡丞憲吏，用表兼榮。"白居易《北亭招客》："疏散郡丞同野客，幽閑官舍抵山家。春風北户千莖竹，晚日東園一樹花。" 將軍：官名。《墨子·非攻》："昔者，晉有六將軍。"孫詒讓閒詁："六將軍，即六卿爲軍將者也，春秋時通稱軍將爲將軍。"戰國時始爲武將名，漢代皇帝左右的大臣稱大將軍、車騎將軍、前將軍、後將軍、左將軍、右將軍等；臨時出征的統帥有别加稱號者，如樓船將軍、材官將軍等。魏晉南北朝時，將軍有各種不同的職權和地位，如中軍將軍、龍驤將軍等，多爲臨時設置而有實權；如驍騎將軍、遊擊將軍等，則僅爲稱號。唐十六衛、羽林、龍武、神武、神策等軍，均於大將軍下設將軍之官。崔國輔《從軍行》："塞北胡霜下，營州索兵救。夜裹偷道行，將軍馬亦瘦。"王維《送魏郡李太守赴任》："遥思魏公子，復憶李將軍。" 刺史:古代官名,原爲朝廷所派督察地方之官,後沿爲地方官職名稱。柳宗元《種柳戲題》:"柳州柳刺史,種柳柳江邊。談笑爲故事,推移成昔年。"劉禹錫《白舍人曹長寄新詩有遊宴之盛因以戲酬》:"蘇州刺史例能詩,西掖今來替左司。二八城門開道路,五千兵馬引旌旗。" 著作郎:官名,三國魏明帝始置,屬中書省,掌編纂國史,其屬有著作佐郎(後代或稱佐著作郎)、校書郎、正字等。晉元康中改屬秘書省,稱爲大著作。唐代主管著作局,亦屬秘書省。李華《著作郎贈秘書少監權君墓表》:"服除,遷起居舍人、著作郎,大曆元年四月某日不幸逝於丹徒。"顧況《宛陵公署記》:"庚辰年正月下旬日,前秘書著作郎顧況記。" 冠冕:比喻仕宦。《後漢書·郭太傳》:"〔賈淑〕雖世有冠冕,而性險害,邑里患之。"《南史·王裕之等傳論》:"觀夫晉氏以來,諸王冠冕不替,蓋亦人倫所得,豈唯世禄之所專乎?" 更踐:任職。李華《含元殿賦》:"又有銀璫珥貂,寺人巷伯,奉宣出納之令,更踐宫中之役。"王闢之《澠水燕談録·歌詠》:"王文正公曾、李文定公迪,咸平、景德間相繼狀元及第,其後更踐政府,乃罷相鎮青,又爲交承,故文正《送文定移鎮兗海詩》有'錦標奪得曾相繼,金鼎調時亦踐更'之句。" 位與壽極:意謂俸禄一直領取到生命的最後一刻,參閲前引《舊唐書·嚴綬傳》所述。 極:盡頭,終了。《詩·唐風·鴇羽》:"悠悠蒼天,曷其有極?"鄭玄箋:"極,已也。"《吕氏春秋·制樂》:"故禍兮福之所倚,福兮禍之所伏,聖人所獨見,衆人焉知其極!"高誘注:"極,猶終。" 無如:不如,比不上。《史記·高祖本紀》:"臣少好相人,相人多矣!無如季相,願季自愛。"崔顥《經華陰》:"借問路傍名利客,無如此處學長生?"

⑱ 高祖:曾祖的父親。《禮記·喪服小記》:"繼禰者爲小宗,有五世而遷之宗,其繼高祖者也。"鄭玄注:"小宗有四:或繼高祖,或繼曾祖,或繼祖,或繼禰,皆至五世則遷。"張説《滎陽夫人鄭氏墓誌銘》:"高祖述,北齊禮部尚書、太子太保、滎陽簡公。曾祖武叔,北齊洛州

刺史、中牟公。祖道授，隋宋城令。父世基，故吉陽令。” 貞觀中文皇征遼：李世民親征遼東，時在貞觀十九年(645)，見《舊唐書・太宗紀》以及《貞觀政要》卷九。賈至《燕歌行》：“隋家昔爲天下宰，窮兵黷武征遼海。南風不競多死聲，鼓卧旗折黄雲横。”韋莊《汴堤行》：“欲上隋堤舉步遲，隔雲峰㸹叫非時。纔聞破虜將休馬，又道征遼再出師。” 文皇：指唐太宗李世民，因太宗謚文武大聖皇帝，故稱。齊己《同光歲送人及第東歸》：“西笑道何光？新朝舊桂堂。春官如白傅，内試似文皇。”《宋史・寇準傳》：“上由是嘉之曰：朕得寇準，猶文皇之得魏徵也。” 王考：對已故祖父的敬稱。《禮記・祭法》：“是故王立七廟，一壇一墠，曰考廟，曰王考廟，曰皇考廟，曰顯考廟，曰祖考廟。”孔穎達疏：“曰王考廟者，祖廟也。王，君也。君考者，言祖有君成之德也。祖尊於父，故加君名也。”對已故父親的敬稱。韓愈《監察御史元君妻京兆韋氏夫人墓誌銘》：“王考夏卿以太子少保，卒贈左僕射。”梁章鉅《稱謂録・亡父》：“韓愈《監察御史元君妻京兆韋氏夫人墓誌銘》‘王考夏卿’，稱其父曰王考。案，《禮・祭法》祖稱王考廟，而此以稱父，亦變例也。” 嚴明：指賞罰分明。《吴子・勵士》：“武侯問曰：‘嚴刑明賞足以勝乎？’起對曰：‘嚴明之事，臣不能悉。’”嚴肅而公正，嚴格而明確。《後漢書・李固傳》：“清河王嚴明，若果立，則將軍受禍不久矣！” 趨避：疾走回避，趨利避害，趨吉避凶。《史記・吴王濞列傳》：“錯趨避東廂，恨甚。”陸游《容齋燕集詩序》：“車騎雍容，行者趨避。” 豪賴：猶“誣賴”，揑造事實硬説人有過惡或把自己的過惡推到别人身上。洪邁《容齋續筆・咸杬子》：“小人争鬥者，取其葉挼擦皮膚，輒作赤腫，如被傷，以誣賴其敵。”猶“厮賴”，抵賴。趙令畤《侯鯖録》卷四：“宋韓子華宴客，有姬人魯生舞罷，爲遊蜂所螫；旋持扇向蘇東坡乞詩，坡書云：‘窗摇細浪魚吹日，舞罷花枝蜂繞衣’云云。上句記姓，下句書蜂事。坡謂：‘惟恐他姬厮賴，故云耳！’” 軍目：指舊時軍隊中下級官佐。李覯《强兵策第三》：“竊觀近世鄉無軍目，人不知武事，家不藏兵器，寇賊之來，則以袒裼之軀，投餌於虎口。”　氣勢：氣焰，權勢。韓愈《送諸葛覺往隨州讀書》：“我雖官在朝，氣勢日局縮。屢爲丞相言，雖懇不見録。”李微《無題詩》：“我爲異物蓬茅下，君已乘軺氣勢豪。”　比比：謂到處都有或每每有之。《宋書·衡陽文王義季傳》：“此(指酒)非唯傷事業，亦自損性命，世中比比，皆汝所諳。”蔡絛《鐵圍山叢談》卷六：“宦人有至太保、少保、節度使、正使、承宣、觀察者，比比焉！”　杖殺：用杖打死。韓愈《順宗實録》：“奏輔端誹謗朝政，杖殺之。”《新唐書·懿德太子重潤傳》：“大足中，張易之兄弟得幸武后，或譖重潤與其女弟永泰郡主婿竊議，后怒，杖殺之。”　刻石：在石上雕刻。《史記·秦始皇本紀》：“始皇東行郡縣，上鄒嶧山。立石，與魯諸儒生議，刻石頌秦德。”白居易《蜀路石婦》：“後人高其節，刻石像婦形。”

⑲ 開元：李唐唐玄宗在位時的年號，起公元七一三年，止公元七四一年。韋應物《驪山行》：“君不見開元至化垂衣裳，厭坐明堂朝萬方。訪道靈山降聖祖，沐浴華池集百祥。”杜甫《憶昔二首》二：“憶昔開元全盛日，小邑猶藏萬家室。稻米流脂粟米白，公私倉廩俱豐實。”天寶：李唐唐玄宗在位時的年號，起公元七四二年，止公元七五六年。王建《贈閻少保》：“髭鬢雖白體輕健，九十三來却少年。問事愛知天寶裏，識人皆是武皇前。”劉禹錫《順陽歌》：“曾聞天寶末，胡馬西南鶩。城守魯將軍，拔城從此去。”　安之：即嚴安之，與嚴綬之祖嚴挹之爲同族兄弟，著名的酷吏，事見《舊唐書·吉温傳》：“初，開元九年有王鈞，爲洛陽尉。十八年有嚴安之，爲河南丞，皆性毒虐，笞罰人畏其不死，皆杖訖不放起，須其腫墳，徐乃重杖之，懊血流地，苦楚欲死，鈞與安之始眉目喜暢，故人吏懾懼。”《新唐書·周利貞傳》：“開元中，又有洛陽尉王鈞、河南丞嚴安之，捶人，畏不死，視腫潰，復笞之，至血流乃喜。”如果《舊唐書·吉温傳》、《新唐書·周利貞傳》的記載可信，那麼元稹“先是開元、天寶間，安之尉京劇，挺之更右職，破壞豪黠如神明”云云顯然有諛墓之嫌。　京劇：謂繁重的事務。京，大；劇，繁

多。李頎《望鳴皋山白雲寄洛陽盧主簿》:“故人吏京劇,每事多閑放。”劉長卿《洛陽主簿叔知和驛承恩赴選伏辭》:“一從理京劇,萬事皆容易。” 挺之:即嚴挺之,嚴綬從祖。唐玄宗時期幹練之臣,爲李林甫等所惡,鬱鬱而終。《舊唐書・嚴挺之傳》:“嚴挺之,華州華陰人……少好學進士,神龍元年制舉擢第,授義興尉,遇姚崇爲常州刺史,見其體質昂藏,雅有吏幹,深器異之。及崇再入爲中書令,引挺之爲右拾遺。”爲權臣所惡,“尋遷濮、汴二州刺史,挺之所歷皆嚴整,吏不敢犯。及莅大郡,人乃重足側息”。又爲張九齡所賞識,用爲“尚書左丞知吏部選”,準備引以爲相,因惡李林甫,出爲“岐州刺史”、“洺州刺史”,“移絳郡太守”,“挺之素歸心釋典,事僧惠義”。“及至東都,鬱鬱不得志,成疾,自爲墓誌曰:‘天寶元年,嚴挺之自絳郡太守抗疏陳乞,天恩允請,許養疾歸閑,兼授太子詹事。前後歷任二十五官,每承聖恩,嘗忝奬擢,不盡驅策,駑蹇何階,仰答鴻造?春秋七十,無所展用,爲人士所悲。’其年九月,寢疾終於洛陽某里之私第,十一月,葬於大照和尚塔次西原。”《舊唐書・睿宗紀》:“初,有僧婆陁請夜開門然燈,百千炬三日三夜,皇帝御延喜門觀燈縱樂,凡三日夜。左拾遺嚴挺之上疏諫之,乃止。” 右職:古人以“右”爲尊,以貶秩爲左遷,居高位曰右職,亦即重要的職位。張九齡《酬宋使君見贈之作》:“罷歸猶右職,待罪尚南荆。政有留棠舊,風因繼組成。”權德輿《建除詩》:“建節出王都,雄雄大丈夫。除書加右職,騎吏擁前驅。” 破壞:破除,消除。朱晝《喜陳懿志示新制》:“有文如星宿,飛入我胸臆。憂愁方破壞,歡喜重補塞。”沈作喆《寓簡》卷一:“更無巧僞可以破壞成法者。” 豪黠:指强暴狡猾的人。元稹《唐慶萬年縣令》:“豪黠僄輕,擾之則獄市不容,緩之則囊橐相聚。”《新唐書・韓滉傳》:“此輩皆鄉縣豪黠,不如殺之。” 神明:明智如神。《淮南子・兵略訓》:“見人所不見謂之明,知人所不知謂之神。神明者,先勝者也。”焦贛《易林・旅之漸》:“黄帝紫雲,聖且神明。” “至是”三句:事見《舊唐書・嚴挺之傳》:

“(嚴挺之)子武，廣德中黄門侍郎、成都尹、劍南節度使。”嚴武與嚴綬是同族的兄弟行，故有“武洎君”之言。　著稱：著名，出名。《後漢書·竇武傳》：“武少以經行著稱，常教授於大澤中，不交時事，名顯關西。”《新唐書·王璠傳》：“儀宇峻整，著稱於時。”　有唐：即李唐以來，有，助詞，無義，作名詞詞頭。劉長卿《唐睦州司倉參軍盧公夫人鄭氏墓誌銘》：“有唐大曆十三年九月二十一日，睦州司倉參軍、范陽盧公夫人鄭氏，終於所寓之官舍，享年四十八。”獨孤及《唐故正議大夫右散騎常侍贈禮部尚書李公墓誌銘并序》：“歲在丁未，七月丁卯，有唐故右散騎常侍李季卿薨，享年五十九。”　剸斷：裁决，决斷。韓愈《順宗實録》：“天下事皆專斷於叔文，而李忠言、王伾爲之内主，執誼行之於外。”高彦休《闕史·盧相國指揮鎮州事》：“丞相范陽公携，清苦律身，剸斷無滯。”　先嚴氏焉：意謂以嚴姓氏族爲第一。先，超越，居前。《楚辭·離騷》：“鳳皇既受詒兮，恐高辛之先我。”歐陽修《蘇主簿挽歌》：“諸老誰能先賈誼？君王猶未識相如。”

⑳ 儒素：儒者的素質，謂符合儒家思想的品格德行。《三國志·袁涣傳》：“霸弟徽，以儒素稱。”王讜《唐語林·德行》：“柳應規以儒素進身，始入省，便造新宅，殊不若且税居之爲善也。”　謙廉：謙恭廉正。《北史·遊明根傳》：“謙廉不競，曾撰《儒棋》，以表其志。”元稹《授牛元翼成德軍節度使制》：“而又忠孝謹廉，慈仁和惠，愛養士伍，均如鳲鳩，鎮之三軍，争在麾下。”　早歲：早年。王僧達《祭顔光禄文》：“惟君之懿，早歲飛聲。”王維《喜祖三至留宿》：“早歲同袍者，高車何處歸？”　勞謹：義近“勞瘁”，辛苦勞累。《詩·小雅·蓼莪》：“哀哀父母，生我勞瘁。”《後漢書·明德馬皇后》：“后於是盡心撫育，勞悴過於所生。”　貴貴尊尊：典見《荀子·大略篇》：“親親故故庸庸勞勞，仁之殺也；貴貴尊尊賢賢老老長長，義之倫也。”參見《讀禮通考·喪期》：“其恩厚者，其服重，故爲父斬衰三年，以恩制者也……以事君而敬同，貴貴尊尊，義之大者也，故爲君亦斬衰三年，以義制者也。”吕大

臨曰:“父子之道,天之合也,其愛不可解於心,以恩制者也。君臣之道,人之合也,義則從,不義則去,此以義制者也。” 哀賤:義近“哀恤”,憐憫撫慰。《左傳·文公十三年》:“子家賦《鴻雁》。”杜預注:“《鴻雁》,《詩·小雅》,義取侯伯哀恤鰥寡有征行之勞。”孔穎達疏:“《鴻雁》,美宣王勞來諸侯之詩也。”李翺《疏改税法》:“雖明詔屢下,哀恤元元;不改其法,終無所救。” 走胥:小吏。梅堯臣《矮石榴樹子賦并序》:“訪諸走胥,云非封植。”義近“走役”,供驅使的僕役。盧群玉《投盧尚書》:“無力不任爲走役,有文安敢滯清平?” 負卒:古稱從事肩挑背負等搬運工作的人,亦即“擔夫”、“僕卒”。葉適《朝議大夫秘書少監王公墓誌銘》:“韓侂胄死,緣坐竄流衢通道中不絶,至無擔夫可雇。”舊題柳宗元《龍城録·神堯皇帝破龍門賊》:“將軍,貴人也,某僕卒之賤,分不當逾。” 幼子:没有成年的兒子。杜甫《自京赴奉先縣詠懷五百字》:“入門聞號咷,幼子飢已卒。”孟郊《悼幼子》:“一閉黄蒿門,不聞白日事。生氣散成風,枯骸化爲地。” 童孫:幼小的孫子。《書·吕刑》:“伯父、伯兄、仲叔、季弟、幼子、童孫,皆聽朕言。”范成大《四時田園雜興六十首》三一:“童孫未解供耕織,也傍桑陰學種瓜。” 辱詬:猶辱駡。元稹《沂國公魏博德政碑》:“惟爾惟我,而今而後,爾雖穹崇,無忘辱詬。”《新唐書·楊慎矜傳》:“始,慎矜奪鉷職田,辱詬其母。” 怠墮:亦作“怠惰”,懈怠,懶惰。《國語·魯語》:“朝夕處事,猶恐忘先人之業,况有怠惰,其何以避辟?”《史記·司馬相如列傳》:“南夷之君,西楚之長,常效貢職,不敢怠墮。”

㉑ 用是:因此。《漢書·趙充國傳》:“車輸將軍張安世始嘗不快上,上欲誅之,卬家將軍以爲安世本持橐簪筆事孝武帝數十年,見謂忠謹,宜全度之,安世用是得免。”柳宗元《答吴武陵非國語書》:“恒恐後世之知言者,用是詬病。” 享年:敬辭,稱死者活的壽數。張説《馮潘州墓誌》:“享年八十有七,開元十七年五月十二日薨於西京來庭里。”張九齡《故開府儀同三司行尚書左丞相燕國公贈太師張公墓誌

銘并序》:"開元十九年三月壬戌薨于東都康俗里第,享年六十四。"僕射:官名,秦始置,漢以後因之,漢成帝建始四年初置尚書五人,一人爲僕射,位僅次尚書令,職權漸重。漢獻帝建安四年置左右僕射。唐宋左右僕射爲宰相之職,宋以後廢。《漢書·百官公卿表》:"僕射,秦官,自侍中、尚書、博士、郎皆有。古者重武官,有主射以督課之。"韓愈《答魏博田僕射書》:"季冬極寒,伏惟僕射尊體動止萬福。" 大夫:古職官名,周代在國君之下有卿、大夫、士三等,各等中又分上、中、下三級,後因以大夫爲任官職者之稱。秦漢以後,中央要職有御史大夫,備顧問者有諫大夫、中大夫、光禄大夫等。唐宋尚存御史大夫及諫議大夫。孫逖《送趙大夫護邊》:"外域分都護,中臺命職方。欲傳清廟略,先取劇曹郎。"盧象《奉和張使君宴加朝散》:"佐理星辰貴,分榮涣汗深。言從大夫後,用答聖人心。" 保傅:古代保育、教導太子等貴族子弟及未成年帝王、諸侯的男女官員,統稱爲保傅。《戰國策·秦策》:"居深宫之中,不離保傅之手。"賈誼《治安策》:"及太子既冠成人,免於保傅之嚴,則有記過之史,徹膳之宰。"

㉒"荆、并、襄皆天下重地也"兩句:意謂嚴綬前後任職河東(府治太原)、荆南(府治江陵)、山南東道(府治襄陽)三地節度使,其中河東任職在貞元十七年(801)至元和四年(809)之間,亦即本文所云"凡九年";荆南任職起自元和六年(811),至於元和九年(814),前後四年;調任山南東道節度使在元和九年九月十三日,離任在第二年的十一月八日,計約一年:前後相加,正爲"十四年"。 并州:古州名,即李唐的河東道的北都太原,相傳禹治洪水,劃分域内爲九州。據《周禮》、《漢書·地理志》記載,并州爲九州之一,其地約當今河北保定和山西太原、大同一帶地區。《周禮·夏官·職方氏》:"乃辨九州之國……正北曰并州,其山鎮曰恒山。"《太平寰宇記·并州》:"并州,太原郡舊理……《太康地記》曰:'并州,不以衛水爲號,又不以恒山爲名,而言并者,以其在兩谷之間乎?'" 重地:指地位重要或性質重要

的地方。皮日休《劉棗强碑》:“以某下走之才,誠不足污辱重地。”蘇軾《答宋寺丞書》:“彭城自漢以來,號爲重地。” 統帥:統率武裝力量的主帥。《宋書·索虜傳》:“輔國將軍、青冀二州刺史霄城侯蕭斌,推三齊之鋒,爲之統帥。”陸贄《冬至大赦制》:“統帥之任,以總制戎麾。”“前後奏名刺率百辟以慰慶吉凶者”兩句:嚴綬元和四年三月從太原歸朝,至元和六年三月出鎮荆南之前,在朝拜“尚書右僕射”,“居兩班之首”,前後兩年,至元和十年十一月從山南東道歸朝,直至長慶二年五月病故,前後約七年,除去病故之年“疾告久之”,“百日不視事”,兩次時間應該正是“八載”。 名刺:猶名片。《梁書·江淹傳》:“永元中,崔慧景舉兵圍京城,衣冠悉投名刺,淹稱疾不往。”元稹《重酬樂天》:“最笑近來黄叔度,自投名刺占陂湖。” 百辟:百官。劉公輿《望凌烟閣》:“靄靄浮元氣,亭亭出瑞烟。近看分百辟,遠揖誤群仙。”貫休《送劉相公朝覲二首》一:“九苞仙瑞曜垂衣,一品高標百辟師。魏相十思常自切,曹溪一句幾生知?” 吉凶:指吉事和喪事。《周禮·春官·天府》:“凡吉凶之事,祖廟之中,沃盥,執燭。”鄭玄注:“吉事,四時祭也;凶事,后王喪。”元稹《故中書令贈太尉沂國公墓誌銘》:“家家始以燈火相會聚,親戚吉凶通吊問。” 褫免:義近“褫氣”,謂懾於聲威,喪失膽氣。《後漢書·黨錮傳論》:“舉中於理,則强梁褫氣。”李賢注:“褫,猶奪也。”《新唐書·李揆傳》:“於是京師多盜,至駿衢殺人,屍溝中,吏褫氣。” 誚:責備。《書·金縢》:“王亦未敢誚公。”孫星衍疏:“誚者,《方言》云:‘讓也。’”柳宗元《佩韋賦》:“藺疏顔以誚秦兮,入降廉猶臣僕。”嘲笑,譏刺。孔稚珪《北山移文》:“列壑争譏,攢峰竦誚。”據《舊唐書·嚴綬傳》記載,嚴綬曾經向宦官馬江朝“屈膝而拜”,“爲御史所劾”,而嚴綬因此“待罪於朝”,如果《舊唐書·嚴綬傳》記載確切,元稹難逃諛墓之名。 憂悔:憂愁懊悔。陳子昂《感遇三十八首》三二:“疲屙苦淪世,憂悔日侵淄。”皎然《冬日山行過薛徵君》:“菜實縈小園,稻花繞山屋。深居寡憂悔,勝境怡耳目。” 取信:

取得信任。《漢書·劉向傳》:"唯陛下深留聖思,審固幾密,覽往事之戒,以折中取信。"韓愈《科斗書後記》:"愈叔父當大曆世,文辭獨行中朝,天下之欲銘述其先人功行,取信來世者,咸歸韓氏。" 權近:指親近帝王的權臣。元稹《授韓臯尚書左僕射制》:"逮於小子,歷事五君,勤亦至矣!而又處權近之位,未嘗以恩幸自寵於一時。"《新唐書·蕭倣傳》:"時天下盜起,宦人持兵柄,倣以鯁正爲權近所忌。" 畏逼:威迫。《新唐書·李石傳》:"始,訓注亂,權歸閹豎,天子畏偪,幾不立。"綦崇禮《兵籌類要·君命篇》:"李光弼陷於嫌隙,畏逼不終,此杜工部所以借喻於秋葉也!" 戎旅:軍旅,兵事。曹丕《與張郃詔》:"今將軍外勤戎旅,記憶體國朝。"元稹《觀兵部馬射賦》:"我有筆陣與詞鋒,可以偃干戈而息戎旅。" 安全:平安,無危險。焦贛《易林·小畜之無妄》:"道里夷易,安全無恙。"《百喻經·願爲王剃須喻》:"昔者有王,有一親信於軍陣中,歿命救王,使得安全。"

㉓ "終溫且惠"兩句:《詩經·燕燕》四章中的兩句,借喻嚴綬寬厚的美德,其一:"燕燕于飛,差池其羽。之子于歸,遠送于野。瞻望弗及,泣涕如雨。"其二:"燕燕于飛,頡之頏之。之子于歸,遠于將之。瞻望弗及,佇立以泣。"其三:"燕燕于飛,下上其音。之子于歸,遠送于南。瞻望弗及,實勞我心。"其四:"仲氏任只,其心塞淵。終溫且惠,淑慎其身。先君之思,以勖寡人。" 溫惠:溫和仁慈。《左传·昭公二十七年》:"平王之溫惠共儉,有過成莊,無不及焉!"獨孤及《前左驍衛兵曹參軍河南獨孤公故夫人京兆韋氏墓誌》:"孝慈貞儉,溫惠淑慎,文敏好禮,三者皆天機生知,不待師訓而至。" 淑慎:贤良谨慎。沈约《奏弹秘书郎萧遥昌》:"淑慎之迹未彰,違惰之容已及。"曾鞏《祖母陳氏追封蜀郡太守夫人》:"淑慎恭儉,化行閨門。" 備録:詳細記録,全部記載。蘇洵《議修禮書狀》:"欲乞備録聞奏。"尹洙《乞與鄭戩下御史臺對照水洛城事狀》:"臣昨于本司備録到水洛城始末一宗文字,欲乞令臣暫乘遞馬赴闕面奏事狀。" 考功:官名,三國魏尚書有

考功、定課二曹，隋置考功郎，屬吏部，掌官吏考課之事，歷代因之。韓愈《唐故秘書少監贈絳州刺史獨孤府君墓誌銘》："權公既相，君以嫌自列，改尚書考功員外郎，復史館職。"司空圖《寄考功王員外》："喜聞三字耗，閑客是陪遊。白鳥閑疏索，青山日滯留。"

㉔"積燮贊無狀"六句：指元稹受李逢吉等人誣陷，出刺同州之事以及他有怨無處申有屈無人理的痛苦心態。　燮贊：協調贊助。《陳書·皇后傳論》："若夫作儷天則，燮贊王化，則宣太后有其懿焉！"劉禹錫《上宰相賀改元赦書狀》："此皆相公弼諧之道，燮贊之功。"　孤負：違背，對不住。韓愈《感春》："孤負平生志，已矣知何奈！"劉過《臨江仙》："青眼已傷前遇少，白頭孤負知音。"　明恩：謂賢明君王的恩惠。謝莊《月賦》："昧道懵學，孤奉明恩。"王安石《被召作》："榮禄嗟何及！明恩愧未酬。"　郡符：郡太守的符璽，亦借指郡太守。韓愈《祭馬僕射文》："于泉於虔，始執郡符。遂殿交州，抗節番禺。"白居易《東南行一百韵》："翻身落霄漢，失脚到泥塗。博望移門籍，潯陽佐郡符。"自注："予自太子贊善大夫出爲江州司馬。"　稱責：猶"稱職"，德才和職位相稱，能勝任所擔當的職務。《漢書·成帝紀》："公卿稱職。"顏師古注："稱職，克當其任也。"歐陽修《外制集序》："州縣之吏，多不稱職，而民弊矣！"　憂畏：憂慮畏怯。蕭統《陶淵明集序》："宜乎與大塊而榮枯，隨中和而任放；豈能戚戚勞於憂畏，汲汲役於人間？"元稹《班肅授尚書司封員外郎制》："馳競之徒，能於寒暑之際，不以憂畏移其薄厚之道者鮮矣！"

㉕門吏：守門之吏。《戰國策·楚策》："春申君曰：'善。'召門吏爲汗先生著客籍，五日一見。"段成式《酉陽雜俎續集·貶誤》："余門吏陸暢，江東人，語多差誤，輕薄者多加諸以爲劇語。"門下辦事的人。孫樵《罵僮志》："吾聞他舉進士者，有門吏諸生爲之前焉！有親戚知舊爲之地焉！"這裏是作者的自謙之詞。　恩顧：謂尊長所給予的關心照顧。《周書·姚最傳》："宣帝嗣位……最以陪遊積歲，恩顧過

隆。"《舊唐書·蕭嵩傳》:"露布至,帝大悦,授嵩同中書門下三品,又官一子,恩顧第一。"　官閥:官階,門第。《後漢書·鄭玄傳》:"時汝南應劭亦歸於紹,因自贊曰:'故太山太守應中遠,北面稱弟子,何如?'玄笑曰:'仲尼之門考以四科,回、賜之徒不稱官閥。'"《新唐書·張説傳》:"吾聞儒以道相高,不以官閥爲先後。"　日時:日期與時辰。《後漢書·樊英傳》:"嘗有暴風從西方起,英謂學者曰:'成都市火甚盛。'因含水西向漱之,乃令記其日時。客後有從蜀都來,云'是日大火,有黑雲卒從東起,須臾大雨,火遂得滅。'"　懿行:善行。元稹《贈韋審規等父制》:"生有列爵,殁有懿行。德積於身,慶儲於後。"《新唐書·柳公綽傳》:"實蓺懿行,人未必信;纖瑕微累,十手争指矣!"

㉖ 講貫:猶講習。《國語·魯語》:"晝而講貫,夕而習復。"韋昭注:"貫,習也。"黄滔《啓薛舍人》:"金口開時,講貫則處其異等。"　漏略:遺漏疏忽。郭璞《爾雅序》:"雖注者十餘,然猶未詳備。並多紛謬,有所漏略。"司空圖《澤州靈泉院記》:"耐辱居士病且死,不忍其門人慧依、慧海之勤請也,直紀其事,惟以漏略爲愧。"　纂撰:編輯撰述。元稹《樂府古題序》:"纂撰者,由詩而下十七名,盡編爲《樂録》。"元稹《進西北邊圖經狀》:"尋於古今同籍之中,纂撰《京西京北圖經》,共成四卷。"　脱遺:遺漏。歐陽修《借觀五老詩次韵爲謝》:"脱遺軒冕就安閑,笑傲丘園縱倒冠。白髮憂民雖種種,丹心許國尚桓桓。"洪邁《容齋三筆·漢人希姓》:"兩《漢書》所載人姓氏,有後世不著見者甚多,漫記於此,以助氏族書之脱遺。"　曩懷:昔日之情懷,從前的抱負。徐陵《爲貞陽侯與太尉王僧辯書》:"親鄰之道,夙契逾深;無改曩懷,增感彌篤。"杜甫《上水遣懷》:"窮迫挫曩懷,常如中風走。"　行實:記述死者生平事迹的文章,即行狀。黄滔《華嚴寺開山始祖碑銘》:"十一年,其徒從紹疏師行實於闕,昇其院爲華嚴寺。"王安石《擬寒山拾得二十首》一八:"汝無行實者,以取著名高。行實尚非實,利名豈堅牢?"

㉗ 行事:行爲,事迹。《史記·孫子吴起列傳》:"吴起兵法世多

有,故弗論,論其行事所施設者。"范仲淹《與韓魏公》:"然始以之翰知師魯最深,又少與之遊,盡見其行事。" 荆:即荆南節度使府,嚴綬元和六年三月拜職荆南節度使,與已經貶職在江陵的士曹參軍元稹相識。武元衡《酬嚴司空荆南見寄》:"金貂再領三公府,玉帳連封萬户侯。簾捲青山巫峽曉,烟開碧樹渚宫秋。"韓愈《送李六(翱)協律歸荆南》:"早日羈遊所,春風送客歸。柳花還漠漠,江燕正飛飛。" 經見:親眼所見親耳所聞。柳宗元《永州龍興寺息壤記》:"昔之異書,有記洪水滔天,鯀竊帝之息壤以湮洪水,帝乃令祝融殺鯀於羽郊,其言不經見。"朱弁《曲洧舊聞》卷四:"歐公作《花品》,目所經見者,纔二十四種。" 傳信:非親身所見。顔真卿《開府儀同三司行尚書右丞相上柱國贈太尉廣平文貞公宋公神道碑銘》:"雖青史傳信實録,已編於方册;而豐碑勒銘表墓,願備於論譔。"柳宗元《送苑論登第後歸覲詩序》:"余受而書之編於群玉之右,非不知讓,貴傳信焉爾!" 飾終:謂人死時給予尊榮。《荀子·禮論》:"送死,飾終也。"陸游《王成之給事挽歌辭》:"贈極文昌貴,君恩厚飾終。" 謚:古代帝王、貴族、大臣、士大夫或其他有地位的人死後,據其生前業迹評定的帶有褒貶意義的稱號,亦指按上述情况評定這種稱號。《禮記·檀弓》:"公叔文子卒,其子戍請謚於君曰:'日月有時,將葬矣!請所以易其名者。'"鄭玄注:"謚者,行之迹。"《晉書·禮志》:"《五經通義》以爲有德則謚善,無德則謚惡,故雖君臣可同。" 至公:最公正,極公正。《管子·形勢解》:"風雨至公而無私,所行無常鄉。"《後漢書·荀彧傳》:"秉至公以服天下,大略也。" 謹狀:行狀、書狀結尾常用語,謂敬謹陳述。任昉《齊竟陵文宣王行狀》:"易名之典,請遵前烈。謹狀。"李德裕《與桂州鄭中丞書》:"伏恐製序之時,要知此意,伏惟詳悉。謹狀。"

[編年]

《年譜》編年本文:"當撰于長慶二年五月以後。"理由是:"《狀》云

‘長慶二年五月二十七日薨於家’,‘無何,太保諸子以稹門吏之中恩顧偏厚,具狀官閥,且訃日時,願布有司,以旌懿行’云云。”《編年箋注》引録本文“稹孌贇無狀……期在至公”一大段文字作爲理由,結論是:“元稹既已身爲同州刺史,則撰此《行狀》當在長慶二年(八二二)六月以後。”《年譜新編》節引《編年箋注》所引本文文字作爲理由,認爲:“長慶二年元稹至同州後作。”

我們以爲《年譜》、《編年箋注》、《年譜新編》的編年結論不僅含糊不清,而且都存在問題:嚴綬病故於長慶二年五月二十七日,“五月以後”的表述給人錯覺是包含整個“五月”,亦即“五月初一之後”,豈有人未歸天,就事先作好“行狀”的道理?而“六月以後”、“長慶二年元稹至同州後作”雖然比《年譜》有所進步,但“以後”、“後”的表述究竟“以後”、“後”到什麼時候?讓讀者如何認定?

據《舊唐書·穆宗紀》及元稹的《同州刺史謝上表》等,元稹長慶二年六月五日罷相出貶同州,隨後又追稹制書,削去長春宫使職銜,六月九日到達同州。所謂“五月以後”衹能指元稹在京城的時日,但與本文“稹孌贇無狀,孤負明恩。天付郡符,官未稱責。日夜憂畏,豈暇爲文”不符,可見元稹行文時,已經人是貶官身在同州職爲刺史,此文當作於長慶二年六月九日元稹到達同州之後不久,元稹任職同州刺史。

■ 狀奏一百八十八篇(一)①

據元稹《表奏(有序)》

[校記]

(一) 狀奏一百八十八篇:元稹本佚失之篇所據元稹《表奏(有序)》,分別見楊本、叢刊本、《舊唐書·元稹傳》、《册府元龜》、《全文》,

基本不見異文,唯"凡二百七十有七奏",《舊唐書·元稹傳》、《册府元龜》、《全文》作"凡二百二十有七奏",僅録以備考。據上文"二十有七軸",當取"凡二百七十有七奏"較爲合適。

[箋注]

① 狀奏一百八十八篇:元稹《表奏(有序)》:"始元和十五年八月得見上,至是未二歲。僭忝恩寵,無是之速者;遭罹謗咎,亦無是之甚者。是以心腹腎腸糜費於扶衛危亡之不暇,又惡暇經紀陛下之所付哉!然而造次顛沛之中,前後列上兵賦、邊防之狀,可得而存者一百一十有五。苟而削之,是傷先帝之器使也。至於陳情辨志之章,去之則無以自明於朋友也。其餘郡縣之請奏、賀慶之常禮,因亦附之於件目。始《教本書》,至爲人雜奏,二十有七軸,凡二百七十有七奏。終歿吾世,貽之子孫式,所以明經制之難行,而銷毀之易至也。"我們根據元稹自己的述説,又參照本書稿的"編年目録",點檢從元和元年《論教本書》起,至長慶二年同州刺史任《表奏(有序)》止,根據元稹述説"兵賦、邊防"以及"陳情辨志"、"郡縣之請奏"、"賀慶之常禮"的内容,前前後後除詩篇以外的文章,包括我們已經揭示的佚失文章在内,如"分務東臺奏章移文二十七篇",共計二百六十八篇,無論如何難以滿足"二百七十有七奏"的總數,其中肯定已經有文章佚失。此其一,其二,我們還應該特别注意"然而造次顛沛之中,前後列上兵賦、邊防之狀,可得而存者一百一十有五。苟而削之,是傷先帝之器使也"一段話的含義:長慶二年八月之前,唐穆宗尚在帝位,無論如何不應該稱爲"先帝",所謂的"先帝",應該指唐憲宗。那也就是説,在唐憲宗在位的元和年間,元稹撰作"兵賦、邊防之狀"共有"一百一十有五"。而在我們今天編列的元稹"編年目録"中,元和年間起自《論教本書》的文章僅僅五十六篇,尚有五十九篇文章不知去向。其三,"二百七十有七奏"的總數,減去元和年間的"一百一十有五"之數,得

“一百六十有二”,這應該是元稹長慶二年八月前所作的“陳情辨志之章”、“郡縣之請奏”、“賀慶之常禮”以及“爲人雜奏”的篇目,亦即穆宗朝元稹所作的文篇。而這四項内容根本没有涉及制誥,也就是就是皇帝的詔令在内。其四,根據我們的考證與統計,現存元稹在元和十五年、長慶元年内所撰寫的制誥文章共計一百七十二篇。這個數字如果加上元和年間元稹的“兵賦、邊防之狀”“一百一十有五”篇,其總數已達二百八十七篇,又與“二百七十有七奏”不符。而如果將一百七十二篇的制誥文章包含在内,其篇目又超出了元稹長慶二年八月前所作的“一百六十有二”之數。也就是説,如果加上元稹所作的制誥文章,既超出“二百七十有七奏”的總數,也不符長慶二年八月前“一百六十有二”的餘數。其五,所謂“制誥”,就是皇帝的詔令,對下而言。元稹《制誥(有序)》:“制誥本於《書》,《書》之誥命、訓誓,皆一時之約束也。”顔真卿《尚書刑部侍郎贈尚書右僕射孫逖文公集序》:“公凡所著詩歌、賦序、策問、贊、碑、志、表、疏、制誥等,不可勝紀。遭二朝之亂,多有散落。”而所謂“奏”,是臣子對帝王進言陳事,對上而言。《書·舜典》:“敷奏以言,明試以功,車服以庸。”孔傳:“諸侯四朝,各使陳進治禮之言。”韓愈《讀東方朔雜事》:“頷頭可其奏,送以紫玉珂。”兩者是不同的,應該有嚴格區别的。所以我們以爲元稹一百七十二篇對下的制誥文章不應該包括在對上的“奏”之内。而且,長慶元年十月十九日元稹被解除翰林承旨學士職務之後,曾經將自己在試知制誥任内、知制誥任内、翰林承旨學士任内的制誥文結集,並有《制誥(有序)》説明。我們以爲時間僅僅過去了一年不到,元稹没有必要把剛剛整理過的制誥文章重行整理,故一百七十二篇制誥文章確實應該排除在外。其六,如此,“二百七十有七奏”總數减去元和年間撰作的、至今存世的二十九篇,再减去長慶初年有關“陳情辨志之章”、“郡縣之請奏”、“賀慶之常禮”、“爲人雜奏”的文章三十三篇,應該是二百一十五篇。這二百一十五篇,元稹分務東臺期間已經佚失的二十七篇文稿不應該重複計算在内，應該扣除，實得一百八十八篇。而這一百八十八篇文稿，今天已經難覓其蹤影，我們以爲唯一合理的解釋就是它們已經成了佚失之篇。

[編年]

未見《元稹集》提及，也未見《編年箋注》、《年譜新編》提及與編年。《年譜》在引述元稹《文稿自叙》，亦即《表奏（有序）》的文字之後認爲："'二百二十有七奏'已亡多數。"雖然没有涉及具體的數字，也没有展示編年的時間，但根據我們的考證，《年譜》"已亡多數"的意見仍然是可取的。

我們以爲，元稹這佚失的一百八十八篇文稿，寫作年月應該起自元和元年左拾遺任之撰寫《論教本書》之時，終於長慶二年八月前《表奏（有序）》成稿之時。

◎ 表奏(有序)(一)①

劉秩云(二)："奏不可削(三)。"予以爲有可得而削之者，有不可得而削之者(四)②。貢謀猷，持嗜欲，君有之則譽歸於上，臣專之則譽歸於下。苟而存之，其讓也(五)，非道也③。經制度，明利害，區邪正，辨嫌惑，存之則事分著，去之則是非泯。苟而削之，其過也，非道也④。

元和初，章武皇帝(憲宗)新即位，臣下未有以言刮視聽者。予始以對詔在拾遺中供奉(六)，由是獻《教本書》、《諫職》、《論事》等表十數通⑤。仍爲裴度、李正辭、韋纁訟所言當行，而宰相曲道上語。上頗悟，召見問狀。宰相大惡之，不一月出爲河南尉⑥。

後累歲，補御史(七)，使東川。謹以元和赦書，劾節度使嚴礪籍塗山甫等八十八家，過賦梓、遂之民數百萬。朝廷異之，奪七刺史料，悉以所籍歸於人⑦。會潘孟陽代礪爲節度使，貪墨過礪(八)，且有所承迎，雖不敢盡廢詔，因命當得所籍者皆入資，資過其稱，榷薪盗賦無不爲，仍爲礪密狀不當得醜謚。予自東川而還，朋礪者潜切齒矣⑧！

無何，外莅東都臺(九)。天子久不在都，都下多不法⑨：百司皆牢獄，有栽接吏械人逾歲而臺府不得而知之者(一〇)，予因飛奏絶百司專禁錮⑩。河南尉叛官(一一)，予劾之，忤宰相旨⑪；監徐使死於軍(一二)，徐帥郵傳其柩，柩至洛，其下歐詬主郵吏，予命吏徙柩於外，不得復乘傳⑫；浙西觀察使封杖，决安吉令至死⑬；河南尹誣奏書生尹太階，請死之⑭；飛龍使誘趙實家逃奴爲養子；田季安盗娶洛陽衣冠女；汴州没入死商錢且千萬；滑州賦於民以千，授於人以八百；朝廷餽東師，主計者誤命牛車四千三十乘飛芻越太行(一三)……類是數十事，或移或奏，皆止之(一四)⑮。貞元以來，不慣用文法，内外寵臣皆喑嗚。會河南尹房式詐諼事發，奏攝之，前所喑嗚者皆叫噪。宰相素以劾叛官事相銜(一五)，乘是黜予江陵掾⑯。

後十年，始爲膳部員外郎。穆宗初，宰相更相用事(一六)，丞相段公一日獨得對，因請亟用兵部郎中薛存慶、考功員外郎牛僧孺，予亦在請中。上然之，不十數日次用爲給、舍⑰。他相忿恨者(一七)，日夜構飛語。予懼罪，比上書自明⑱。上憐之，三召與語，語及兵賦洎西北邊事(一八)，因命經紀之。是後書奏及進見，皆言天下事，外間不知，多臆度⑲。陛下益憐其不漏禁中語(一九),召入禁林(二〇),且欲亟任爲宰相⑳。

是時裴度在太原(二一),亦有宰相望,巧者謀欲俱廢之,乃以予所無構於裴。裴奏至,驗之皆失實㉑。上以裴方擁兵(二二),不欲校曲直,出予爲工部侍郎,而相裴之期亦衰矣㉒!不累月,上盡得所構者,雖不能暴揚之,遂果初意,卒用予與裴俱爲宰相(二三)㉓。復有購狂民告予借客刺裴者,鞫之復無狀,然而裴與予以故俱罷相(二四)㉔。

始元和十五年八月得見上,至是未二歲。僭忝恩寵,無是之速者。遭罹謗咎,亦無是之甚者㉕。是以心腹腎腸,糜費於扶衛危亡之不暇,又悪暇經紀陛下之所付哉㉖!然而造次顛沛之中,前後列上兵賦邊防之狀,可得而存者一百一十有五(二五)。苟而削之,是傷先帝之器使也㉗。至於陳情辨謗之章(二六),去之則無以自明於朋友也。其餘郡縣之請奏(二七),賀慶之常禮,因亦附之於件目㉘。始《教本書》,至爲人雜奏,二十有七軸,凡二百七十有七奏(二八)。終歿吾世,貽之子孫式,所以明經制之難行,而銷毁之易至也㉙。

録自《元氏長慶集》卷三二

[校記]

(一) 表奏(有序):楊本、叢刊本、盧校作"叙奏",《册府元龜》、《全文》作"文藁自叙",各備一説,不改。

(二) 劉秩云:楊本、叢刊本、《舊唐書·元稹傳》、《册府元龜》同,《全文》作"劉歆云",各備一説,不改。

(三) 奏不可削:楊本、叢刊本同,《舊唐書·元稹傳》、《册府元龜》、《全文》作"制不可削",各備一説,不改。

（四）有不可得而削之者：楊本、叢刊本、《册府元龜》同，《舊唐書·元稹傳》、《全文》無此句，刊刻之誤，不從不改。

（五）其讓也：楊本、叢刊本同，《舊唐書·元稹傳》、《册府元龜》、《全文》作"其攘也"，各備一説，不改。

（六）予始以對詔在拾遺中供奉：楊本、叢刊本同，《舊唐書·元稹傳》、《册府元龜》、《全文》作"予時始以對詔在拾遺中供奉"，各備一説，不改。

（七）補御史：原本作"補侍御史"，楊本、叢刊本同，元稹終生未歷"侍御史"之職，而曾任職監察御史，時歷一年，據《舊唐書·元稹傳》、《册府元龜》、《全文》改。

（八）貪墨過礪：楊本、叢刊本同，《舊唐書·元稹傳》、《册府元龜》、《全文》作"貪過礪"，各備一説，不改。

（九）外莅東都臺：楊本、叢刊本同，盧校、《舊唐書·元稹傳》、《册府元龜》、《全文》作"分莅東都臺"，各備一説，不改。

（一〇）有栽接吏械人逾歲而臺府不得而知之者：楊本、叢刊本、《舊唐書·元稹傳》、《册府元龜》同，《全文》作"有裁接吏械人通歲而臺府不得而知之者"，各備一説，不改。

（一一）河南尉叛官：原本作"河南尉判官"，楊本、叢刊本、《全文》同，據盧校、《册府元龜》、《舊唐書·元稹傳》改，下同。

（一二）監徐使死於軍：原本作"監徐帥死於軍"，楊本、叢刊本同，據元稹《論轉牒事》，病死者是"監軍孟昇進"，並非是"武寧軍節度使王紹"，并與下句"徐帥郵傳其柩"不符，故據《舊唐書·元稹傳》、《册府元龜》、《全文》改。

（一三）主計者誤命牛車四千三十乘飛芻越太行：楊本、叢刊本同，《舊唐書·元稹傳》、《册府元龜》、《全文》作"主計者誤命牛車四千三百乘飛芻越太行"，各備一説，不改。

（一四）皆止之：楊本、叢刊本《舊唐書·元稹傳》同，《册府元龜》、《全文》作“皆主之”，語義不佳，不從不改。

（一五）宰相素以劾叛官事相銜：楊本、叢刊本、《册府元龜》、《舊唐書·元稹傳》、《全文》同，盧校作“宰相素以劾叛官事相疑”，各備一説，不改。

（一六）宰相更相用事：原本作“宰相更用事”，楊本、叢刊本同，據《舊唐書·元稹傳》、《册府元龜》、《全文》改。

（一七）他相忿恨者：楊本、叢刊本同，《舊唐書·元稹傳》、《册府元龜》、《全文》作“他忿恨者”，各備一説，不改。

（一八）語及兵賦洎西北邊事：原本作“語及兵賦洎西北邊”，楊本、叢刊本同，據《舊唐書·元稹傳》、《册府元龜》、《全文》改。

（一九）陛下益憐其不漏禁中語：原本作“陛下益憐其不漏省中語”，楊本、叢刊本同，按其時元稹在祠部郎中知制誥任，以“禁中”爲宜，故據《舊唐書·元稹傳》、《册府元龜》、《全文》改。

（二〇）召入禁林：原本作“召入禁司”，楊本、叢刊本同，據《舊唐書·元稹傳》、《册府元龜》、《全文》改。

（二一）裴度在太原：原本作“裴太原”，楊本、叢刊本同，據《舊唐書·元稹傳》、《册府元龜》、《全文》改。

（二二）上以裴方擁兵：楊本、叢刊本同，《舊唐書·元稹傳》、《册府元龜》、《全文》作“上以裴方握兵”，各備一説，不改。

（二三）卒用予與裴俱爲宰相：原本作“卒命予與裴俱宰相”，楊本、叢刊本同，據《舊唐書·元稹傳》、《册府元龜》、《全文》改。

（二四）然而裴與予以故俱罷相：楊本、叢刊本同，《舊唐書·元稹傳》、《册府元龜》、《全文》作“然而裴與予以故俱罷免”，各備一説，不改。

（二五）可得而存者一百一十有五：楊本、叢刊本同，《舊唐書·元稹傳》、《册府元龜》、《全文》作“可得而存者一百一十五”，各備一説，不改。

（二六）至於陳情辨謗之章：原本作“至於陳情辨志之章”，楊本、叢刊本同，《册府元龜》作“至於陳暢辨謗之章”，據《舊唐書・元稹傳》、《全文》改。

（二七）其餘郡縣之請奏：楊本、叢刊本同，《舊唐書・元稹傳》、《册府元龜》、《全文》作“其餘郡縣之奏請”，各備一説，不改。

（二八）凡二百七十有七奏：楊本、叢刊本同，《舊唐書・元稹傳》、《册府元龜》、《全文》作“凡二百二十有七奏”，各備一説，不改。

［箋注］

① 表奏：上表奏事。《漢書・兒寬傳》：“寬表奏開六輔渠，定水令以廣溉田收租税。”王儉《褚淵碑文》：“固請移歲，表奏相望。”表文章奏，泛指臣下進呈帝王的文書。《文心雕龍・書記》：“戰國以前，君臣同書，秦漢立儀，始有表奏。”元稹本文即是被罷相出爲同州刺史之後向元稹以爲的恩遇之主唐穆宗述説自己冤屈的奏章，連同自己在京任職的二百二十七篇文章。　有：助詞，無義，作名詞詞頭。王禹偁《大閱賦》：“天祚有宋受禪于周太祖，以武功戡定，太宗以文德懷柔億兆。”夏竦《廣文頌并序》：“漢唐之制，廢缺垂盡。天啓有宋，拯我儒德。”　序：同“叙”，文體名稱，亦稱“序文”、“序言”，一般是作者陳述作品的主旨、著作的經過等，如司馬遷《太史公自序》。他人所作的對著作的介紹評述也稱序，如皇甫謐《三都賦序》。漢代之前，序在書末，後列於書首。唐代初，親友别離，贈言規勉，乃有贈序，如韓愈《送李愿歸盤谷序》。明代又演爲壽序體，用以祝壽，亦謂作序文。齊己《喜得自牧上人書》：“聞著括囊新集了，擬教誰與序離騷？”元稹在向唐穆宗呈上他在憲宗朝與穆宗朝前期的二百七十七篇文稿之同時，陳述這些作品的主旨、著作的經過，本文即是序言。故《舊唐書》過録本文時稱：“稹長慶末因編删其文稿，自叙曰……”《全文》過録本文，乾脆題作“文稿自叙”，而白居易《唐故武昌軍節度處置等使正議大夫

檢校户部尚書鄂州刺史兼御史大夫賜紫金魚袋尚書右僕射河南元公墓誌銘并序》則云:“又觀其述作編纂之旨,豈止於文章刀筆哉! 實有心在于安人治國,致君堯舜、致身伊皋耳!”一語而擊中主旨,評價到位,值得讀者與學界重視。

② 劉秩:唐代開元前後之人,劉知幾的父親,曾任左監門録事參軍、國子祭酒等職。《舊唐書·杜佑傳》:“開元末,劉秩採經史百家之言,取周禮六官所職,撰分門書三十五卷,號曰《政典》,大爲時賢稱賞,房琯以爲才過劉更生。佑得其書,尋味厥旨,以爲條目未盡,因而廣之,加以開元禮樂書,成二百卷,號曰《通典》。”《舊唐書·房琯傳》:“肅宗以琯素有重名,傾意待之。琯亦自負其才,以天下爲己任。時行在機務,多决之於琯,凡有大事,諸將無敢預言。尋抗疏,自請將兵以誅寇孽,收復京都。肅宗望其成功,許之,詔加持節招討西京兼防禦蒲潼兩關兵馬節度等使,乃與子儀、光弼等計會進兵。琯請自選參佐,乃以御史中丞鄧景山爲副,户部侍郎李揖爲行軍司馬,中丞宋若思起居郎、知制誥,賈至右司郎中,魏少遊爲判官,給事中丞劉秩爲參謀。既行,又令兵部尚書王思禮副之……琯之出師,戎務一委於李揖、劉秩,秩等亦儒家子,未嘗習軍旅之事。琯臨戎,謂人曰:‘逆黨曳落,河雖多,豈能當我?’劉秩等及與賊對壘,琯欲持重以伺之,爲中使邢延恩等督戰,蒼黄失據,遂及於敗。”蔡清《易經蒙引》:“范氏曰:唐肅宗任房琯,而房琯任劉秩,安得不敗乎?” 奏:臣子上帝王的文書。蔡邕《獨斷》卷上:“凡群臣上書於天子者,有四名:一曰章,二曰奏,三曰表,四曰駁議。”韓愈《讀東方朔雜事》:“頷頭可其奏,送以紫玉珂。” 削:删除,指删改文字。《左傳·襄公二十七年》:“削而投之。”孔穎達疏:“子罕削其字而又投之於地也。”《漢書·禮樂志》:“有司請定法,削則削,筆則筆,救時務也。”顏師古注:“削者,謂有所删去,以刀削簡牘也。”

③ 謀猷:計謀,謀略。《書·文侯之命》:“亦惟先正克左右昭事厥辟,越小大謀猷,罔不率從,肆先祖懷在位。”《宋書·劉穆之傳》:

“故尚書左僕射、前將軍臣穆之，爰自布衣，協佐義始，内端謀猷，外勤庶政。” 持：矜持，約束。宋玉《神女賦》：“頩薄怒以自持兮！曾不可乎犯干。”李白《江夏行》：“憶昔嬌小姿，春心亦自持。” 嗜欲：嗜好與欲望，多指貪圖身體感官方面享受的欲望。《南史·沈約傳》：“約性不飲酒，少嗜欲，雖時遇隆重，而居處儉素。”曾鞏《尚書都官員外陳君墓誌銘》：“其爲民去害興利，若疾病嗜欲在己。” 讓：謙讓，推辭。《書·堯典》：“允恭克讓。”孔穎達疏引鄭玄曰：“推賢尚善曰讓。”《楚辭·九章·懷沙》：“知死不可讓，願勿愛兮！”王逸注：“讓，辭也。” 道：道德，道義。《左傳·桓公六年》：“所謂道，忠於民而信於神也。”《孟子·公孫丑》：“得道者多助，失道者寡助。”

④ 制度：謂在一定歷史條件下形成的法令、禮俗等規範。《易·節》：“天地節，而四時成。節以制度，不傷財，不害民。”孔穎達疏：“王者以制度爲節，使用之有道，役之有時，則不傷財，不害民也。”王安石《取材》：“所謂諸生者，不獨取訓習句讀而已，必也習典禮，明制度。” 利害：利益與損害。《易·繫辭》：“情僞相感而利害生。”韓康伯注：“情以感物則得利，僞以感物則致害也。”《史記·龜策列傳》：“先知利害，察於禍福。” 邪正：邪惡與正直。《漢書·劉向傳》：“今賢不肖渾殽，白黑不分，邪正雜糅，忠讒並進。”蘇軾《學士院試春秋定天下之邪正論》：“爲《穀梁》者曰：成天下之事業，定天下之邪正，莫善於《春秋》。” 嫌惑：猶疑惑。顏延之《庭誥文》：“嫌惑疑心，誠亦難分，豈唯厚貌蔽智之明，深情怯剛之斷而已。” 事分：職分，名分，身分。王禹偁《官舍書懷呈羅思純》：“同年事分幾般同？墨綬透迤一郡中。”洪邁《容齋四筆·輕浮稱謂》：“至於當他人父兄尊長之前，語及其子孫甥婿，亦云‘某丈’，或妄稱宰相執政貴人之字，皆大不識事分者，習慣以然，元非簡傲也。” 是非：對的和錯的，正確與錯誤。《禮記·曲禮》：“夫禮者，所以定親疏，决嫌疑，别同異，明是非也。”陶潛《擬挽歌辭三首》一：“得失不復知，是非安能覺？” 過：過失，錯誤。《書·大禹

謨》:"宥過無大,刑故無小。"司馬光《駕部員外郎司馬府君墓誌銘》:"子孫僕役有過,徐訓諭之,不輕辱罵。"

⑤ 章武皇帝:即唐憲宗李純,章武是其死後群臣奏請所上的謚號。《舊唐書·憲宗紀》:"(元和)十五年……五月丁酉(四月二十六日),群臣上謚曰聖神章武孝皇帝,廟號憲宗。庚申,葬于景陵。"雖然《舊唐書》所示日期、干支有誤,"五月丁酉"應該是四月二十六日,但群臣給唐憲宗所上謚號不誤,章武皇帝就是指唐憲宗。令狐楚《唐憲宗章武皇帝哀册文》:"維元和十五年,歲次庚子,正月甲戌朔,二十七日庚子,移殯於大内太極殿之西階,粤五月十五日庚申,遷座於景陵禮也。"元稹《授嗣虢王溥太僕少卿等制》:"昔我憲宗章武皇帝法堯睦族,深惟本枝,乃詔執事曰……" 即位:亦作"即立",指開始成爲帝王、皇后或諸侯。《周禮·春官·小宗伯》:"小宗伯之職,掌建國之神位。"鄭玄注:"鄭司農云,'立'讀爲'位',古者立、位同字。古文《春秋經》'公即位'爲'公即立'。"韓愈《許國公神道碑銘》:"元和十五年,今天子即位。"唐憲宗即位在元和元年前一年的八月,亦即永貞元年的八月。而唐穆宗即位在元和十五年的閏正月初三,故韓愈文中的"今天子"是指唐穆宗。 視聽:看到的和聽到的,謂見聞。荀悦《漢紀·平帝紀》:"臣悦所論,粗表其大事,以參得失,以廣視聽也。"蘇軾《轉對條上三事狀》:"臣以此知明主務廣視聽,深防蔽塞。" 對詔:猶對策。韓愈《秘書少監贈絳州刺史獨孤府君墓誌銘》:"元和元年對詔策,拜右拾遺。二年,兼職史館。"元稹《授白居易尚書主客郎中知制誥制》:"而朝議郎行尚書司門員外即白居易,州里舉進士,有司升甲科。元和初對詔稱旨,翺翔翰林,藹然直聲,留在人口。" 供奉:特指貢獻給帝王。王建《老人歌》:"如今供奉多新意,錯唱當時一半聲。"曾慥《高齋漫録》:"今人秘色磁器,世言錢氏有國日,越州燒進爲供奉之物;不得臣庶用之,故云秘色。"

⑥ 裴度:《舊唐書·裴度傳》:"裴度……貞元五年進士擢第,登

宏辭科，應制舉賢良方正能直言極諫科，對策高等，授河陰縣尉，遷監察御史。密疏論權倖，語切忤旨，出爲河南府功曹。”元稹“訟所言當行”，正是裴度“密疏論權倖，語切忤旨”之事。爲此元稹還上達天聽，“上頗悟，召見問狀”，但由於宰相杜佑的“曲道上語”、“大惡之”，結果裴度出貶爲“河南府功曹”，而元稹則出貶爲“河南尉”，元稹因爲自己的直言敢諫，也因爲救助裴度，與裴度同赴貶所洛陽。元稹《上門下裴相公書》：“昔者相公之掾洛也，稹獲陪侍道塗。不以妄庸，語及章句。則固竊聞閣下以文皇初起居郎書‘居安思危’四字於笏上爲至戒矣！”元稹與裴度，可謂志同道合之盟友，但裴度後來仕途春風得意，很快忘記了元稹對自己的救助：元和十年，裴度以劉禹錫母“年八十餘”爲藉口，一心救助劉禹錫從遠惡的播州刺史改任連州刺史，但却對元稹出貶通州之事不置一言。元和末年，又對元稹在《上門下裴相公書》中的求救也不予理睬。長慶元年還三次上疏彈劾無辜的元稹，迫使唐穆宗不得不罷免元稹翰林承旨學士的職務。長慶二年，對他人誣陷元稹“謀刺裴度”之冤案故意作“壁上觀”，元稹因此而被罷相，出貶同州刺史。這就是元稹與裴度之間的是是非非，詳情請參閱拙稿《元稹考論・裴度的彈劾與元稹的貶職》。　李正辭：元和初期在諫列，裴垍信任的官員之一，後出爲外州刺史。《舊唐書・裴垍傳》：“垍在中書，有獨孤郁、李正辭、嚴休復自拾遺轉補闕，及參謝之際，垍廷語之曰：‘獨孤與李二補闕孜孜獻納，今之遷轉，可謂酬勞無愧矣！嚴補闕官業或異於斯，昨者進擬不無疑緩。’休復悚恧而退。”《舊唐書・憲宗紀》：“(元和十一年九月)丙子，新除吏部侍郎韋貫之再貶湖南觀察使。辛未，貶吏部侍郎韋顗爲陝州刺史，刑部郎中李正辭爲金州刺史，度支郎中薛公幹爲房州刺史，屯田郎中李宣爲忠州刺史，考功郎中韋處厚爲開州刺史，禮部員外郎崔韶爲果州刺史，並爲補闕張宿所搆，言與貫之朋黨故也。”　韋纁：元和初期爲裴垍信任的官員之一，後任國子司業。元稹《上門下裴相公書》：“獨憶得近日故裴兵部之納人也……稟政不累月，閣下自外寮爲起居郎，韋相自巴州知制誥，張河南自邕幕爲御史，李西川自饒州爲雜端……密勿津梁之地，半得其人，如故韋纁，如積等，拔於疑礙，置於朝行者又十數。"《册府元龜·不恭》："唐韋纁爲國子司業，憲宗元和八年九月戊午重陽，賜宰臣以下宴於曲江。辛酉，罰纁等一十四人各一月俸，以其不赴曲江之宴也。" 訟：爲人理冤、辯冤。荀悦《漢紀·宣帝紀》："(劉)向坐僞鑄黄金下獄，當死。德上書訟向，有司奏德訟子罪，失大臣之體。"《宋史·岳飛傳》："及紹興末，金益猖獗，太學生程宏圖上書訟飛冤，詔飛家自便。" 宰相：這裏指杜佑，據《新唐書·宰相表》，元和元年的四位宰相分别是杜佑、鄭餘慶、鄭絪、杜黄裳。杜黄裳主張征伐劉闢，與元稹政治主張一致，且關係不錯，元稹後來還把自己在世時唯一成年的女兒保子，嫁給杜黄裳女婿韋執誼的兒子韋絢爲妻。而鄭餘慶與元稹多多少少有一點親戚關係，此後與元稹的關係相當不錯，這本文稿中多處涉及。《舊唐書·鄭絪傳》："憲宗初勵精求理，絪與杜黄裳同當國柄。黄裳多所關決，首建議誅惠琳斬劉闢及他制置。絪謙默多無所事，由是貶秩爲太子賓客。"而杜佑身爲德宗、順宗、憲宗三朝的宰相，位高權重，崇榮無比。《舊唐書·杜佑傳》："杜佑……德宗崩，佑攝冢宰……順宗崩，佑復攝冢宰……元和元年册拜司徒同平章事，封岐國公……歲餘請致仕，詔不許，但令三五日一入中書平章政事。每入奏事憲宗優禮之，不名，常呼司徒。"問題的實質還不在於杜佑位高權重，更爲重要的是元稹在前不久的《論追制表》中因杜兼授職與追制的問題得罪了杜佑。被一再激怒的宰相杜佑，又在早就已經不滿元稹一再進諫，阻止自己縱私欲報私情的憲宗的默許下，於九月十三日出貶元稹爲河南尉。但他們又矢口否認這是"貶官"，美其名曰是正常調動，元稹《元和五年罰俸西歸》："拾遺天子前，密奏升平議。召見不須臾，憸庸已猜忌。朝陪香案班，暮作風塵尉。"元稹《上門下裴相公書》："且曩時之室閣下及小生者，豈不以閣下疏有'居安思危'之字爲抵忌對上,以河南縣尉非貶官爲説乎?"　曲道:彎曲的小路,引申作無根據的歪理。秦觀《遊湯泉記》:"馳八里,至龍洞山下。棄馬而徒步,山形斗起,蒙籠曲道。"沈遼《題徑山二首》二:"五峰相望勢如掌,中有紺園閟龍象。坦愛曲道兩盤迴,不知身出浮雲上。"　河南尉:元稹從左拾遺出貶的職務,但因母親病故没有到任。白居易《唐河南元府君夫人滎陽鄭氏墓誌銘》:"今天子始踐祚,策三科,以拔天下賢俊,中第者凡十八人,稹冠其首焉! 由校書郎拜左拾遺,不數月,讜言直聲動於朝廷,以是出爲河南尉。"白居易《唐故武昌軍節度處置等使正議大夫檢校户部尚書鄂州刺史兼御史大夫賜紫金魚袋尚書右僕射河南元公墓誌銘并序》:"二十八,應制策,入三等,拜左拾遺。即日獻《教本書》,數月閑上封事六七,憲宗召對,言及時政,執政者疑忌,出公爲河南尉。"

⑦ 累歲:不止一年,歷年,連年。《後漢書・許楊傳》:"楊因高下形勢,起塘四百餘里,數年乃立,百姓得其便,累歲大稔。"《新唐書・蕭倣傳》:"滑州瀕河,累歲水壞西北防,倣徙其流遠去,樹堤自固,人得以安。"元和元年,元稹母親鄭氏因元稹受屈出貶,驚嚇而故,元稹半途回歸長安守喪,直至元和四年出任監察御史,故言"累歲"。　東川:地名,即劍南東川,節度使府治在今四川三臺。韋應物《送閻寀赴東川辟》:"冰炭俱可懷,孰云熱與寒? 何如結髮友,不得携手歡。"杜甫《送裴五赴東川》:"故人亦流落,高義動乾坤。何日通燕塞? 相看老蜀門。"　赦書:頒佈赦令的文告。《魏書・高恭之傳》:"及尒朱榮之死也,帝召道穆付赦書,令宣於外。"趙昇《朝野類要・文書》:"赦書,常制恕刑之命也。"　劾:揭發過失或罪行。《漢書・翟方進傳》:"方進劾立懷奸邪,亂朝政,欲傾誤要主上,狡猾不道,請下獄。"《宋史・劉摯傳》:"蔡確爲山陵使,神宗靈駕發引前夕不入宿,摯劾之,不報。"　"劾節度使嚴礪籍塗山甫等八十八家"五句:事詳元稹《彈奏劍南東川節度使狀》。元稹《酬樂天聞李尚書拜相以詩見賀》:"初因彈

劾死東川，又爲親情弄化權（予爲監察御史，劾奏故東川節度使嚴礪籍没衣冠等八十餘家，由是操權者大怒。分司東臺日，又劾奏宰相親，因緣遂貶江陵士曹耳）。”白居易《唐故武昌軍節度處置等使正議大夫檢校户部尚書鄂州刺史兼御史大夫賜紫金魚袋尚書右僕射河南元公墓誌銘并序》：“又劾奏東川帥違詔條過籍税，又奏平塗山甫等八十八家冤事。名動三川，三川人慕之，其後多以公姓字名其子。” 過：超過，超越。《論語・公冶長》：“子曰：由也好勇過我，無所取材。”《文心雕龍・論説》：“過悦必僞，故舜驚讒説。” 賦：田地税，泛指賦税。《書・禹貢》：“厥賦惟上上錯。”孔傳：“賦，謂土地所生以供天子。”韓愈《送陸歙州詩序》：“當今賦出於天下，江南居十九。” 料：隋及唐宋时官吏於俸禄外所津贴的食料、口粮。《新唐书・杨绾传》：“故事，舍人年久者爲閣老，其公廨雜料獨取五之四。”李上交《近事会元・致仕给半禄料》：“唐德宗貞元五年四月，以太子太師蕭昕爲工部尚書，致仕給半禄料。” 人：民，百姓。《後漢書・光武帝紀》：“皇天上帝，后土神祇，眷顧降命，屬秀黎元，爲人父母，秀不敢當。”《新唐書・李密傳》：“今主昏於上，人怨於下，鋭兵盡之遼海，和親絶於突厥，南巡流連，空棄關輔，此實劉項挺興之會。”

⑧ 潘孟陽：嚴礪病故之後新任的劍南東川節度使，潘孟陽爲了自己今後能够中飽私囊時没有任何障礙，以非常抵觸的情緒對待元稹查獲嚴礪的種種罪行，以十分消極的態度執行中書省關於處置嚴礪及其部屬罪行或錯誤的臺旨，同時秘密上疏爲嚴礪及其部屬鳴冤叫屈，並且變换手法，以新的名目繼續盤剥那些苦主。潘孟陽爲什麽如此，讀讀《舊唐書・潘孟陽傳》也許就有了答案：“潘孟陽，禮部侍郎炎之子也。孟陽以父蔭進，登博學宏辭科，累遷殿中侍御史，降爲司議郎。孟陽母，劉晏女也，公卿多父友及外祖賓從，故得薦用，累至兵部郎中。德宗末王紹以恩幸，數稱孟陽之材，因擢授權知户部侍郎，年未四十。順宗即位，永貞内禪，王叔文誅，杜佑始專判度支，請孟陽

代叔文爲副。時憲宗新即位,乃命孟陽巡江淮省財賦,仍加鹽鐵轉運副使,且察東南鎮之政理。時孟陽以氣豪權重,領行從三四百人,所歷鎮府但務遊賞,與婦女爲夜飲。至鹽鐵轉運院,廣納財賄補吏職而已。及歸,大失人望,罷爲大理卿。三年出爲華州刺史,遷梓州刺史、劍南東川節度使。與武元衡有舊,元衡作相復召爲户部侍郎判度支,兼京北五城營田使,以和糴使韓重華爲副。太府卿王遂與孟陽不協,議以營田非便,持之不下,孟陽忿憾形於言。二人俱請對,上怒不許,乃罷孟陽爲左散騎常侍,明年復拜户部侍郎。孟陽氣尚豪俊,不拘小節。居第頗極華峻,憲宗微行至樂游原,見其宏敞,工猶未已,問之,左右以孟陽對,孟陽懼而罷工作。性喜宴,公卿朝士多與之游,時指怒者不一。俄以風緩不能行,改左散騎常侍。元和十年八月卒,贈兵部尚書。憲宗每事求理,常發江淮宣慰使,左司郎中鄭敬奉使,辭,上誡之曰:'朕宫中用度一匹已上皆有簿籍,唯賑恤貧民無所計算。卿經明行修,今登車傳命,宜體吾懷,勿學潘孟陽奉使所至但務酣飲遊山寺而已。'其爲人主所薄如此!"潘孟陽受到杜佑的恩遇與重用,又與武元衡有舊,而杜佑與元稹有過節,對元稹的所作所爲自然不會支持。潘孟陽迎合杜佑的喜惡,不問是非曲直拒不執行因元稹出使東川之後中書省所下的旨意,則是非常自然的事情。《唐大詔令集·令潘孟陽宣慰江淮詔》:"宜令度支及諸道鹽鐵轉運副使、户部侍郎兼御史大夫潘孟陽專往宣慰,諭安疲甿,詢訪便宜,蠲除疾苦,安人利國,稱朕意焉!"王晙《賀饗太廟拜南郊表》:"臣某言:臣得度支鹽鐵轉運副使、户部侍郎潘孟陽狀報,伏承皇帝陛下以來年正月四日謁玄元宫,五日饗太廟,六日拜南郊。制命施行,中外慶抃,臣某誠歡誠抃,頓首頓首。"　貪墨:貪污。語本《左傳·昭公十四年》:"貪以敗官爲墨。"杜預注:"墨,不絜不稱。"張義方《請納諫疏》:"今文武材行之士,固不爲乏,而貪墨陵犯,傷風教,棄仁義者,猶未革心。"陳□修《賄賂公行論》:"觀二人憤時之所作者如此,則知當朝士大夫貪墨成風,幾於不可救藥也。” 承迎:歡迎,接待。徐陵《諫仁山深法師罷道書》:“若不屈膝斂手,自達無因,俯仰承迎,未閑合度,如此專專,何由可與?”沈既濟《任氏傳》:“鄭縶驢於門,置帽於鞍,始見婦人年三十餘,與之承迎,即任氏姊也。” “因命當得所籍者皆入資”三句:意謂按照中書省的臺旨,所有被嚴礪盤剥的百姓財物都應該歸還,但潘孟陽却巧立名目,在歸還財物時另外徵收所謂的“手續費”,而“手續費”往往超過返還財物的數量。同時又侵吞下級官員的薪水俸禄,盜取國庫中的財物挪作他用。 籍:記録,登記。《左傳·成公二年》:“非禮也,勿籍。”杜預注:“籍,書也。”《史記·項羽本紀》:“〔沛公曰〕:‘吾入關,秋豪不敢有所近,籍吏民,封府庫,而待將軍。’” 資:貨物,錢財。《後漢書·桓榮傳》:“貧窶無資,常客傭以自給,精力不倦,十五年不闚家園。”韓愈《與于襄陽書》:“愈今者惟朝夕芻米僕賃之資是急,不過費閣下一朝之享而足也。” 稱:相當,符合。《孟子·公孫丑》:“古者棺槨無度,中古棺七寸,槨稱之。”汪遵《郢中》:“莫言白雪少人聽,高調都難稱俗情。” 榷:徵收,徵稅。《新唐書·何易于傳》:“鹽鐵官榷取茶利,詔下,所在毋敢隱。易于視詔書曰:‘益昌人不征茶且不可活,矧厚賦毒之乎?’”沈括《賀樞密薛侍郎啓》:“榷六路之饒,轉江淮之粟,而用不屈。” 薪:柴火。《詩·周南·漢廣》:“翹翹錯薪,言刈其楚。”陶潛《自祭文》:“含歡谷汲,行歌負薪。翳翳柴門,事我宵晨。”盜:偷竊,劫掠。《左傳·僖公二十四年》:“竊人之財猶謂之盜,況貪天之功以爲己力乎?”《史記·高祖本紀》:“殺人者死,傷人及盜抵罪。”引申爲用不正當的手段謀取。《後漢書·黄瓊傳》:“處士純盜虚聲。”司馬光《論夏令公謚第二狀》:“若有不令之臣,生則盜其禄位,死則盜其榮名。” 密狀:秘密向皇帝或自己信得過的機構報告不能公開的情況。李德裕《人君動敬天道》:“不敢對諸宰臣論奏,謹具密狀以聞,不任惶懼迫切之至。”李德裕《回鶻事宜狀》:“臣謹密狀聞奏,此狀望留中不出。” 醜謚:具有貶義的謚號,惡謚。《白孔六帖·謚》:

"雖敗而其忠可録,不當醜謚。"《新唐書·宋慶禮傳》:"禮部員外郎張九齡申駁曰:'慶禮國勞臣,在邊垂三十年……其功可推,不當醜謚。'" 切齒:咬牙,齒相磨切,極端痛恨貌。《戰國策·魏策》:"是故天下之遊士,莫不日夜搤腕瞋目切齒,以言從之便,以説人主。"《史記·衛將軍驃騎列傳論》:"自魏其、武安之厚賓客,天子常切齒。"

⑨ "無何"兩句:元稹元和四年"五六月"從東川返回,白居易《唐故武昌軍節度處置等使正議大夫檢校户部尚書鄂州刺史兼御史大夫賜紫金魚袋尚書右僕射河南元公墓誌銘并序》:"朝廷病東諸侯不奉法,東御史府不治事,命公分臺而董之。" 無何:不多時,不久。《史記·越王勾踐世家》:"居無何,則致貲累巨萬。"吴筠《建業懷古》:"銜璧入洛陽,委躬爲晉臣。無何覆社稷,爲爾含悲辛。" 涖:臨視,治理。《易·明夷》:"明夷,君子以涖衆。"孔穎達疏:"君子能用此明夷之道以臨於衆。"《漢書·刑法志》:"臨之以敬,涖之以强。" 東都:歷代王朝在原京師以東的都城,隋唐時指洛陽,因其時京都在長安,洛陽在長安之東。張説《東都酺宴》:"堯舜傳天下,同心致太平。吾君内舉聖,遠合至公情。"李嘉祐《送王諫議充東都留守判官》:"背河見北雁,到洛問東人。憶昔遊金谷,相看華髮新。" 臺:古代中央政府的官署,常指御史臺。《北史·元仲景傳》:"孝莊時,兼御史中尉,京師肅然。每向臺,恒駕赤牛,時人號'赤牛中尉'。"高適《九曲詞三首》一:"許國從來徹廟堂,連年不爲在疆場。將軍天上封侯印,御史臺中異姓王。" 天子久不在都:唐初定都長安,而唐高宗、武后以及唐玄宗常常東幸洛陽,百官相從,各個衙門在洛陽都有它的分司機構,其中也包括御史臺。"安史之亂"後,洛陽殘破,唐玄宗以及此後各位繼承人,再也没有東幸洛陽,至本文撰寫之時,時間已經有六十年之久。但各個衙門的分司機構,仍然作爲中央政府的派出機構在洛陽辦公,御史臺自然也是如此。于鄴《洛中有懷》:"潺潺伊洛河,寂寞少恩波。鑾駕久不幸,洛陽春草多。"崔湜《酬杜麟臺春思》:"春還上林苑,花滿

洛陽城。鴛衾夜凝思，龍鏡曉含情。”　不法：不合法度，違法。《左傳・莊公二十三年》：“君舉必書，書而不法，後嗣何觀？”楊伯峻注：“不法猶言不合法度。”《史記・韓信盧綰列傳》：“上令人覆案，豨客居代者，財物諸不法事，多連引豨。”

⑩ 百司：各種衙門。韓愈《論變鹽法事宜狀》：“又宰相者，所以臨察百司，考其殿最。”王安石《上仁宗皇帝言事書》：“公卿既得其人，因使推其類以聚於朝廷，則百司庶物，無不得其人也。”　牢獄：監獄。《管子・度地》：“虚牢獄，實廥倉。”《漢書・蕭望之傳》：“望之卬天嘆曰：‘吾嘗備位將相，年踰六十矣！老入牢獄，苟求生活，不亦鄙乎！’”　逾歲：超過一年。王充《論衡・道虚》：“夫草木無欲，壽不逾歲。”韓愈《奉和虢州劉給事使君三堂新題序》：“劉兄自給事中出刺此州，在任逾歲，職修人治。”　臺府：御史府。《宋書・武帝紀》：“〔永初元年〕秋七月丁亥，原放劫賊餘口没在臺府者，諸流徙家並聽還本土。”《舊唐書・李渤傳》：“如妄訴無理，本罪外加一等，準敕告密人付金吾留身待進止。今欲留身後牒臺府，冀止絶凶人。”　飛奏：飛快地表奏朝廷。劉餗《隋唐嘉話》卷中：“太宗征高麗，高宗留居定州，請驛遞表起居，飛奏事自此始。”楊凝式《大唐故天下兵馬都元帥尚父吴越國王謚武肅神道碑銘并序》：“還九夏之生魄，覽萬里之飛奏。當青帝之回時，果真王之歸壽。”　禁錮：監禁，關押。《後漢書・鮑昱傳》：“先帝詔言，大獄一起，冤者過半……宜一切還諸徙家屬，蠲除禁錮，興滅繼絶，死生獲所。”沈亞之《學解嘲對》：“禁錮連歲不解，歲千餘人，雖赦宥，而獄死者不可勝多矣！”

⑪ “河南尉叛官”兩句：白居易《唐故武昌軍節度處置等使正議大夫檢校户部尚書鄂州刺史兼御史大夫賜紫金魚袋尚書右僕射河南元公墓誌銘并序》：“時有河南尉離局從軍職，尹不能止……凡此者數十事，或奏或劾或移，歲餘皆舉正之。内外權寵臣無奈何，咸不快意。”　忤宰相旨：這位宰相，就是當時位高權重的杜佑，而這位“河南

尉叛官”，就是“杜佑在相位所借護”的杜兼。《舊唐書・杜兼傳》：“杜兼，京兆人，貞觀中宰相杜正倫五代孫。舉進士，累辟諸府從事，拜濠州刺史。兼性浮險，豪侈矜氣。屬貞元中德宗厭兵革姑息戎鎮，至軍郡刺史亦難於更代。兼探上情，遂練卒修武，占召勁勇三千人以上聞，乃恣凶威。録事参軍韋賞、團練判官陸楚皆以守職論事忤兼，兼密誣奏二人通謀扇動軍中。忽有制使至，兼率官吏迎于驛中，前呼韋賞、陸楚出，宣制杖殺之。賞進士擢第，楚兖公象先之孫，皆名家，有士林之譽。一朝以無罪受戮，郡中股栗，天下冤嘆之。又誣奏李藩，將殺之，語在藩事中。故兼所至，人側目焉！元和初入爲刑部、吏部郎中，拜給事中，除金商防禦使，旋授河南少尹知府事，尋正拜河南尹，皆杜佑在相位所借護也。元和四年卒於官。”元稹《酬樂天聞李尚書拜相以詩見賀》注：“分司東臺日，又劾奏宰相親，因緣遂貶江陵士曹耳！”從中可知，杜兼是宰相杜佑時時庇佑的親信之一，元稹竟然在《論追制表》以後又一次在太歲頭上動土，毅然向杜佑庇護的違反李唐法規的杜兼動手，杜佑對元稹的嫉恨是顯而易見的，接下來杜佑對元稹的凶狠報復也就不難預料。　忤：違逆，觸犯。《史記・魏其武安侯列傳》：“灌將軍得罪丞相，與太后家忤，寧可救邪？”韓愈《胡良公墓神道碑》：“以剛直齟齬不阿，忤權貴，除獻陵令。”

⑫“監徐使死於軍”六句：詳見元稹《論傳牒事》：“伏以凶柩入驛，穢觸典常。轉牒祗供，違越制敕。正僕射位崇端揆，合守朝章。徇苟且之請，紊經制之法。給長行人畜甚衆，勞傳遞牛夫頗多。弊緣路之疲人，奉一朝之私惠。恐須明罰，以勵將來。”　監徐使：由朝廷派出監督武寧軍節度使府的宦官使者，武寧軍節度使府治徐州，故言“監徐使”。由朝廷派出宦官監督各地節度使，這是李唐中後期寵信宦官的腐敗吏治，成爲李唐最終滅亡的原因之一。　監使：就是監督軍隊的監軍。《史記・司馬穰苴列傳》：“願得君之寵臣，國之所尊，以監軍。”《舊唐書・高力士傳》：“（宦官）監軍則權過節度，出使則列郡

辟易。” 徐帥：即武寧軍節度使王紹，永貞元年（八〇五年）至元和六年（811）在任，武寧軍節度使的使府在徐州，故言“徐帥”。 郵傳：轉運官物，傳送文書。《新唐書·崔衍傳》：“州部多巖田，又郵傳劇道，屬歲無秋，民舉流亡，不蠲減租額，人無生理。”《宋史·王全斌傳》：“郵傳不通者月餘，全斌等甚懼。” 柩：已裝屍體的棺材。《禮記·問喪》：“三日而斂，在床曰屍，在棺曰柩。”韓愈《祭郴州李使君文》：“憶交酬而迭舞，奠單杯而哭柩。” 歐：通“毆”，捶擊。《漢書·張良傳》：“良愕然，欲歐之。”顔師古注：“歐，擊也。”《新五代史·史弘肇傳》：“弘肇欲歐之。” 詬：辱駡，駡詈。《左傳·哀公八年》：“八年春，宋公伐曹，將還，褚師子肥殿。曹人詬之，不行。”杜預注：“詬，詈辱也。”葉適《中奉大夫太常少卿直秘閣致仕薛公墓誌銘》：“太守所遣卒詬於庭，公囚之。守怒，罷。” 郵吏：古代郵傳驛站的小官。元稹《梁州夢詩序》：“是夜宿漢川驛，夢與杓直、樂天同遊曲江，兼入慈恩寺諸院。倏然而寤，則遞乘及階，郵吏已傳呼報曉矣！”蘇軾《太白山下早行至横渠鎮書崇壽院壁》：“奔走煩郵吏，安閑愧老僧。” 乘傳：乘坐驛車，傳，驛站的馬車。《漢書·京房傳》：“臣出之後，恐必爲用事所蔽，身死而功不成，故願歲盡乘傳奏事。”蘇軾《冬季撫問陝西轉運使副口宣》：“永言乘傳之勞，未遑退食之佚。”

⑬ “浙西觀察使封杖”兩句：《舊唐書·憲宗紀》：“五年春正月壬寅朔，己巳，浙西觀察使韓皋以杖决安吉令孫澥致死，有乖典法，罰一月俸料。”詳見元稹《論浙西觀察使封杖决殺縣令事》：“浙西觀察使、潤州刺史韓皋，去年七月封杖决湖州安吉縣令孫澥，四日致死……並請准科，以明典憲。其諸道觀察使輒封杖决巡内官吏，典法無文，伏望嚴加禁斷，庶使遐方士子免有銜冤。” 浙西：李唐節度使府之一，府治在今江蘇省鎮江市。《舊唐書·地理志》：“浙江西道節度使，治潤州，管潤、蘇、常、杭、湖等州，或爲觀察使。”劉長卿《奉餞鄭中丞罷浙西節度還京》：“天上移將星，元戎罷龍節。三軍含怨慕，横吹聲斷

絶。”劉禹錫《和浙西李大夫晚下北固山喜徑松成陰悵然懷古偶題臨江亭并浙東元相公所和依本韵》:“一辭温室樹,幾見武昌柳。荀謝年何少? 韋平望已久。” 觀察使:官名,唐於諸道置觀察使,位次於節度使,中葉以後,多以節度使兼領其職。無節度使之州,亦特設觀察使,管轄一道或數州,並兼領刺史之職。凡兵甲、財賦、民俗之事無所不領,謂之都府,權任甚重。宋觀察使爲虚銜,無定員。韓愈《歐陽生哀辭》:“今上初,故宰相常衮爲福建諸州觀察使,治其地。”《新唐書・百官志》:“節度使封郡王,則有奏記一人;兼觀察使,又有判官、支使、推官、巡官、衙推各一人。”本文指當時的浙西觀察使韓臯。 封杖:猶民間傳聞的“上封寶劍”,有“先斬後奏”的特權。《新唐書・元稹傳》:“時浙西觀察使韓臯仗安吉令孫澥,數日死。”石介《上郭殿院書》:“浙右帥封杖,杖安吉令至死,子不敢訴。稹或奏或劾或移,皆舉正之。聲名揭然,聳動内外。風望凛凛,天下延想。” 决:責打。《北齊書・封隆之傳》:“帝遂决馬鞭百餘,放出,又遣高阿那肱重决五十,幾至於死。”張鷟《朝野僉載》卷六:“决二十放還,朝宗至晚始蘇,脊上青腫。” 安吉:縣名,屬湖州。《元和郡縣志・湖州》:“湖州……管縣五:烏程、長城、安吉、武康、德清……安吉縣(東北至州一百四十里),本漢故鄣縣地,漢靈帝中平二年,張角作亂,荆揚尤甚,惟此郡守險阻固,漢朝嘉之,故分立爲縣。”周朴《董嶺水》:“湖州安吉縣,門與白雲齊。禹力不到處,河聲流向西。”皎然《兵後送薛居士移家安吉》:“交情别後見,詩句比來新。向我桃州住,惜君東嶺春。” 令:官名,秦漢時大縣的行政長官。《漢書・百官公卿表》:“縣令、長,皆秦官,掌治其縣。萬户以上爲令……减萬户爲長。”自魏晉至南北朝末,凡縣之長官一律稱令,歷代相沿。李白《贈臨洺縣令皓弟(時被訟停官)》:“陶令去彭澤,茫然太古心。大音自成曲,但奏無弦琴。”權德輿《送從翁赴任長子縣令》:“家風本鉅儒,吏職化雙鳧。啓事才方愜,臨人政自殊。”這裏指當時的安吉縣縣令孫澥。

⑭ 河南尹:河南府的行政主官之一。《舊唐書·職官志》:"京兆、河南、太原等府(自秦漢已來,爲雍、洛、并州。周、隋或置總管都督,通名爲府。開元初,乃爲京兆府、河南府、太原府):三府牧各一員(從二品。牧,古官,舜置十二牧是也。秦以京城守爲内史,漢武改爲尹,後魏、北齊、周、隋又以京守爲牧。武德初,因隋置牧,以親王爲之。或不出閤,長史知府事),尹各一員(從三品。京城守,秦曰内史,漢曰尹,後代因之,隋爲内史。武德初置牧,以長史總府事。開元初雍、洛、并改爲府,乃昇長史爲尹,從三品,專總府事也)。"岑參《故河南尹岐國公贈工部尚書蘇公挽歌二首》一:"河尹恩榮舊,尚書寵贈新。一門傳畫戟,幾世駕朱輪。"劉禹錫《奉送李户部侍郎自河南尹再除本官歸闕》:"昔年内吏振雄詞,今日東都結去思。宫女猶傳洞簫賦,國人先詠衮衣詩。"這位河南尹是誰?説起來讀者也許會感到意外和不解,他就是原來的"河南尉叛官"杜兼,《舊唐書·杜兼傳》:"元和初入爲刑部、吏部郎中,拜給事中,除金商防禦使,旋授河南少尹知府事,尋正拜河南尹,皆杜佑在相位所借護也。元和四年卒於官。"這時的河南尹就是杜兼,讀者可參見郁賢皓先生《唐刺史考·河南府》。而杜兼是杜佑一直支持的心腹,元稹却一直盯著他的違法之舉,先是杜兼蘇州刺史的任命與追制改官,接著是杜兼是河南尉叛官從軍職,現在又是杜兼"誣奏書生尹太階,請死之"。元稹與杜兼較真,其實也就是與杜兼的保護神杜佑較真,接下來元稹就要自己吞下這枚苦果,被杜佑藉口敷水驛事件而出貶江陵。

⑮ 飛龍使:李唐管理皇家駿馬的職官,由宦官擔任。飛龍是指駿馬。張衡《南都賦》:"駟飛龍兮騤騤,振和鸞兮京師。"《文心雕龍·時序》:"馭飛龍於天衢,駕騏驥於萬里。"飛龍在李唐時特指御廄中右膊印飛字、左項印龍形的駿馬。蘇頲《奉和聖製春臺望應制》:"壯麗天之府,神明王者宅。大君乘飛龍,登彼復懷昔。"張説《奉和聖製暇日與兄弟同遊興慶宫作應制》:"巢鳳新成閣,飛龍舊躍泉。棣華歌尚

在，桐葉戲仍傳。”　奴：喪失人身自由，爲主人從事無償勞動的人。《周禮·秋官·司厲》：“其奴，男子入於罪隸，女子入於舂稿。”鄭玄注：“奴，從坐而没入縣官者，男女同名。”《史記·季布欒布列傳》：“而布爲人所掠賣，爲奴於燕。”　養子：收養的非親生的兒子。《後漢書·順帝紀》：“四年春二月丙子，初聽中官得以養子爲後，世襲封爵。”孫升《孫公談圃》卷上：“文莊尚幼，有道士愛之，乞爲養子。”　田季安：魏博節度使，卒於元和七年八月。《舊唐書·崔群傳》：“元和七年……魏博節度使田季安進絹五千匹，充助修開業寺。群以爲事實無名，體尤不可，請止其所進。”《舊唐書·憲宗紀》：“元和七年……八月丁亥朔……戊戌，魏博節度使田季安卒。”　衣冠：代稱縉紳、士大夫。《漢書·杜欽傳》：“茂陵杜鄴與欽同姓字，俱以材能稱京師，故衣冠謂欽爲‘盲杜子夏’以相别。”顔師古注：“衣冠謂士大夫也。”李白《登金陵鳳凰臺》：“吴宫花草埋幽徑，晉代衣冠成古丘。”　饋：輸送糧食等。賈誼《論積貯疏》：“卒然邊境有急，數十百萬之衆，國胡以饋之？”范仲淹《上攻守二策狀》：“久戍則軍情以殆，遠饋則民力將竭。”　東師：東征之師，這裹指元和四年李唐東討王承宗叛亂之事。《舊唐書·憲宗紀》：“（元和四年）冬十月癸酉朔……癸未，詔：‘成德軍節度使王承宗……而承宗象恭懷奸，肖貌稔惡，欺裴武於得位之後，囚昌朝於授命之中。加以表疏之間，悖慢斯甚，義士之所興嘆，天地之所不容。恭行天誅，蓋示朝典，承宗在身官爵並宜削奪。’以神策左軍中尉吐突承璀爲鎮州行營招討處置等使，以龍武將軍趙萬敵爲神策先鋒將，内官宋惟澄、曹進玉、馬朝江等爲行營館驛糧料等使。”　主計：漢代官名，主管國家財賦。《史記·張丞相列傳》：“〔張蒼〕遷爲計相，一月，更以列侯爲主計四歲。”司馬貞索隱：“謂改計相之名，更名主計也。”後泛指主管財政的官吏，王安石《太子太傅致仕田公墓誌銘》：“然欲有所掃除變更，興起法度，使百姓得完其蓄積，而縣官亦以有餘，在上與執政所爲，而主計者不能獨任也。”當時的“主計者”亦即判度支爲李元素,《舊唐書·李元素傳》:"元和初徵拜御史大夫……及居位一無修舉,但規求作相。久之浸不得志,見客必曰:'無以某官散相疏也。'見屬官必先拜,脂韋在列,大失人情……尋遷太常卿,轉户部尚書、判度支。""脂韋"在這裏比喻阿諛或圓滑,而李元素庸才居位,竟然擅自命河南等道發牛車四千餘輛爲鎮州行營搬運糧草,如果成行,事倍功半,元稹有《爲河南府百姓訴車狀》之文提出强烈的反對意見。　"朝廷饋東師"兩句:唐廷發兵征討,糧草成爲當務之急,這事本與監察御史的職責無關,元稹完全可以置之事外作壁上觀。但元稹覺得如果此事按照李元素的旨意辦理,受損失的是國家,受遭殃的是百姓。爲了避免國家的不必要損失,爲了減輕百姓的不必要負擔,元稹没有考慮自身的利害關係,毅然爲百姓向朝廷申訴,認爲李元素的命令衹能造成"賊未禽而河南民先困"的不良後果,《新唐書·房式傳》:"會討王承宗,鎮州索餉車四千乘,民不能具……御史元稹亦言:'賊未禽而河南民先困。'詔可。"當然元稹自然不會僅僅爲百姓訴苦,同時也要爲國家平叛大局著想。經過他細緻的計算,詩人建議在河南、鄭滑、河陽等地徵集的五百車草料不必興師動衆地車載牛拉,衹要把勞民傷財的陸運改爲較爲便利的水運就可以節財省力地直接送到鎮州前綫。這樣做,既滿足了戰事的需要,又滿足了明年春天農事的需求,也減輕了百姓的負擔。雖然僅僅衹是一個小小的點子,但却解決了不小的問題,從中可以看到元稹爲國也爲民的赤誠心腸,詳見元稹《爲河南府百姓訴車狀》:"況河南府耕牛素少,昨因軍過宰殺及充遞車,已無大半。今若更發四千餘車,約計用牛一萬二千頭。假令估價並得實錢,百姓悉皆願去,亦須草木盡化爲牛,方能充給頭數。今假令府司排户差遣,十分發得一二,即來歲春農必當盡廢,百姓見坐流亡。河南府既然,即鄭滑、河陽亦是小處,假使凶豎即擒,伏恐饑荒薦至。萬一尚稽天討,不知何以供求?稹忝在官司,備知利害。伏以事非職任,不敢上言。仰荷陶甄,冀裨萬一。"但這件利國利民的好事,首先提出的本來是元稹,但卻被史家首先記到了房式的頭上,然後才捎帶上元稹的身上。

⑯ 貞元:唐德宗在位時的年號,起公元七八五年,至公元八〇五年。吕渭《貞元十一年知貢舉撓悶不能定去留寄詩前主司》:“獨坐貢闈裏,愁多芳草生。仙翁昨日事,應見此時情。”歐陽詹《益昌行序》:“貞元年中,天子以工部郎中、興元少尹吴興陸公長源牧利州。其爲政五年,予旅遊于利,覩人安俗阜,欽所以美,作詩一章。利,故益昌郡也,目之曰益昌行。”　文法:法制,法規。《史記·李將軍列傳》:“程不識孝景時以數直諫爲太中大夫,爲人廉,謹於文法。”元稹《論浙西觀察使封杖決殺縣令事》:“封杖決人,殊非文法。”　寵臣:得寵之臣。《戰國策·楚策》:“以財交者,財盡而交絶;以色交者,華落而愛渝。是以嬖女不敝席,寵臣不避軒。”《史記·佞幸列傳》:“孝文時中寵臣,士人則鄧通,宦者則趙同、北宫伯子。”　喑嗚:小怒。《文選·左思〈吴都賦〉》:“睚眥則挺劍,喑嗚則彎弓。”李周翰注:“喑嗚,含怒未發。”怒喝。駱賓王《代李敬業傳檄天下文》:“喑嗚則山嶽崩頹,叱咤則風雲變色。”　“會河南尹房式詐諼事發”五句:白居易《論元稹第三狀》:“昨者元稹所追勘房式之事,心雖奉公,事稍過當,既從重罰,足以懲違。”這位河南尹是杜兼病故之後接任的房式。元和四年十一月河南尹杜兼病卒,而此後任職河南尹的就是房式,《舊唐書·憲宗紀》:“(元和四年)十一月癸卯朔……甲子河南尹杜兼卒……十二月壬申朔……以陝虢觀察使房式爲河南尹。”而房式,是前期宰相房琯的侄子,據《舊唐書·房式傳》記載,房式實際上也是一個奸佞無恥之徒:“式,琯之侄。舉進士,李泌觀察陝州,辟爲從事。泌入爲相,累遷起居郎,出入泌門爲其耳目。及泌卒,再除忠州刺史,韋皋表爲雲南安撫使兼御史中丞。皋卒,詔除兵部郎中。屬劉闢反,式留不得行。性便佞,又懼辟,每於座中數贊闢之德美,比之劉備,同陷於賊者皆惡之。高崇文既至成都,式與王良士、崔從、盧士玟等白衣麻蹻銜土請罪。崇文

寬禮之,乃表其狀,尋除吏部郎中。時河朔節度劉濟、王士真、張茂昭皆以兵壯氣豪相持短長,屢以表聞,迭請加罪。上欲止其兵,李吉甫薦式爲給事中,將命於河朔。式歷使諸鎮諷諭之,還奏愜旨,除陝虢觀察使兼御史中丞,轉河南尹……元和七年七月卒,贈左散騎常侍。”房式不顧朝廷典常,在洛陽爲所欲爲横行不法。元稹按照朝廷已有成例加以追攝,先令房式停止職務,罰其一月俸禄,繼飛表向長安奏聞。在這件事上元稹所作所爲則是完全應該的,但對元稹早就不滿的朝臣、宦官以及宰相杜佑抓住了元稹操之過急的所謂“問題”,乘機復仇報怨。政敵以所謂“專達作威”的莫須有“罪名”先罰元稹一季俸禄,繼召元稹還京聽候處理。《舊唐書·元稹傳》:“河南尹房式爲不法事,稹欲追攝,擅令停務。既飛表聞奏,罰式一月俸,仍召稹還京。”犯法的房式没有得到嚴肅的處理,而執法的元稹却被罷官,並且罰俸是房式罰一月俸料的三倍——罰一季俸禄。元稹受此打擊,厭倦仕途之情油然而生,其回京途中所作的《東西道》:“天皇開四極,便有東西道。萬古閲行人,行人幾人老?顧我倦行者,息陰何不早?少壯塵事多,那言壯年好?”元稹後來還有詩歌回憶這一段生活與心情,描述自己當時所處的險惡情勢,其《紀懷贈李六户曹崔二十功曹五十韵》:“赤縣才分務,青驄已回乘。因其度海鶻,擬殺蔽天鵬。縛虎聲空壯,連鰲力未勝。風翻波竟蹙,山壓勢逾崩。僇辱徒相困,蒼黄性不能。”而白居易也有詩回憶元稹的這段不該遭受的挫折,其《代書詩一百韵寄微之》:“水暗波翻覆,山藏路險巇。未爲明主識,已被倖臣疑。木秀遭風折,蘭芳遇霰萎。千鈞勢易壓,一柱力難支。騰口因成痏,吹毛遂得疵。”是的,元稹當時衹是一名小小的八品御史,僅僅憑他個人的力量和少數幾個大臣並非全力的支持,要與整個官僚集團抗衡,其失敗的結局,是早就可以預料到的。最後,在杜佑與宦官的合力打擊下,元稹走上了貶職江陵的遥途,而且一貶就是五年。剛剛召回京城僅僅數月,元稹又被出貶更爲荒僻的通州,時間又是五年。

⑰ “後十年”兩句：元稹元和五年出貶爲江陵士曹參軍，由於宦官頭目吐突承璀的阻擾，元和九年才奉詔回京，接著又出貶通州司馬，直到元和十四年，最後由於時相、摯友崔群借大赦令的幫助，才結束長達十年的貶謫生涯，又一次回京，拜職膳部員外郎，前後共是十年。　膳部員外郎：禮部屬官，從六品上。《舊唐書·職官志》：“膳部郎中一員(從五品上，龍朔爲司膳大夫，咸亨復也)，員外郎一員(從六品上)……郎中、員外郎之職，掌邦之祭器、牲豆、酒膳，辨其品數及藏冰食料之事。”杜甫《進雕賦表》：“亡祖、故尚書膳部員外郎先臣審言，修文於中宗之朝，高視於藏書之府，故天下學士，到於今而師之。”劉禹錫《唐故尚書主客員外郎盧公集紀》：“名盛氣高，少所卑下，爲飛語所中，左遷齊、汾、鄭三郡司馬，入爲膳部員外郎。”　宰相：據《新唐書·宰相表》，“穆宗初”，亦即元和十五年五月九日之前的宰相分别是令狐楚、蕭俛、段文昌。此與史書所述相合：《舊唐書·憲宗紀》：“(元和十四年七月)丁酉，以河陽三城懷州節度使、朝議郎、使持節懷州諸軍事、守懷州刺史、兼御史大夫、賜紫金魚袋令狐楚可朝議大夫、守中書侍郎、同中書門下平章事。”《舊唐書·穆宗紀》：“(元和十五年七月)丁卯，以門下侍郎、平章事令狐楚爲宣州刺史、兼御史大夫，充宣歙池觀察使。楚爲山陵使，縱吏於暈刻下，不給工徒價錢，積留錢十五萬貫，爲羡餘以獻，故及於貶。”“(元和十五年閏正月)戊申，上見宰臣於紫宸門外。辛亥，以朝議郎、守御史中丞、飛騎尉、襲徐國公、賜緋魚袋蕭俛爲朝散大夫、守中書(侍郎)；(中書)舍人、翰林學士、武騎尉、賜紫金魚袋段文昌爲中書侍郎、同平章事。上始御延英對宰臣。”王建《寄賀田侍中東平功成》：“戰馬散驅還逐草，肉牛齊散却耕田。府中獨拜將軍貴，門下兼分宰相權。”皇甫澈《門下侍郎平章事王縉》：“知己不易遇，宰相固有器。瞻事華壁中，来者誰其嗣？”　更相：相繼，相互。《史記·張丞相列傳》：“田文言曰：‘今此三君者，皆丞相也。’其後三人竟更相代爲丞相。”元稹《有唐贈太子少保崔公墓誌

銘》:“予與公更相知善有年矣!” 用事:執政,當權。《戰國策·秦策》:“今秦,太后、穰侯用事,高陵、涇陽佐之。”葛洪《抱朴子·審舉》:“靈、獻之世,閹宦用事,群奸秉權。” “丞相段公一日獨得對”五句:元稹這次升遷,史家一直以爲是宦官崔潭峻進獻元詩的結果,《舊唐書·元稹傳》:“穆宗皇帝在東宮,有妃嬪左右嘗誦稹歌詩以爲樂曲者,知稹所爲,嘗稱其善,宮中呼爲‘元才子’。荆南監軍崔潭峻甚禮接稹,不以掾吏遇之,常徵其詩什諷誦之。長慶初潭峻歸朝,出稹《連昌宮辭》等百餘篇奏御,穆宗大悦,問稹安在,對曰:‘今爲南宮散郎。’即日轉祠部郎中知制誥。朝廷以書命不由相府,甚鄙之。”《新唐書·元稹傳》:“稹之謫江陵,善監軍崔潭峻。長慶初潭峻方親幸,以稹歌詞數十百篇奏御,帝大悦。問稹今安在,曰:‘爲南宮散郎。’即擢祠部郎中知制誥。”有關宮中呼元稹爲“元才子”的内容,《資治通鑑》記載與《舊唐書·元稹傳》、《新唐書·元稹傳》大同小異,但“及即位”的時間顯然是確切的:“初,膳部員外郎元稹爲江陵士曹,與監軍崔潭峻善。上在東宮,聞宮人誦稹歌詩而善之。及即位,潭峻歸朝,獻稹歌詩百餘篇。上問:‘稹安在?’對曰:‘今爲散郎。’夏五月庚戌,以稹爲祠部郎中知制誥。”《通鑑總編》、《經濟類編》所載與《資治通鑑》大致相同,後世沿襲其誤,於是得出元稹依附宦官作到宰相的錯誤結論。拙稿《元稹考論》中有《宦官的跋扈與元稹的冤屈》等八篇拙作加以辯證,敬請審閲。其實元稹這次升職,是因爲宰相令狐楚的延譽和另一宰相段文昌的提名以及唐穆宗的最後同意,除本文之外,元稹《上令狐相公詩啓》:“竊承相公特于廊廟間道稹詩句,昨又面奉教約令獻舊文。”元稹《同州刺史謝上表》:“始自爲學至於升朝,無朋友爲臣吹嘘,無親黨爲臣援庇。莫非苦己,實不因人。獨立成性,遂無交結……不料陛下天聽過卑,知臣薄藝,朱書授臣制誥,延英召臣賜緋。”而令狐楚之所以要在穆宗面前稱讚元稹的詩歌,段文昌之所以要提名元稹,穆宗之所以能最後同意令狐楚的看法和批准段文昌的提名,主要原因有五：首先是元稹召回時所負的詩名，已被同樣是文人詩客的段文昌、令狐楚所知曉，已爲喜好文學的穆宗所知賞，《舊唐書·元稹傳》"穆宗皇帝在東宫，有妃嬪左右嘗誦歌詩爲樂曲者，知稹所爲，嘗稱其善"的一段話，雖然時間從登位之後提前至位居太子之時有待商榷，但穆宗喜愛元稹的詩歌則是客觀事實。而唐代君皇因喜愛其詩歌進而晉升其人的也絶非僅僅祇是唐穆宗一個，受此君皇恩惠的唐代詩人也絶非祇是元稹一人。其次，元稹與時相蕭俛，據《登科記考·元和元年》記載，是元和元年制科的同年，又同時拜爲左拾遺之職，交情自然非同一般。更重要的是元稹在《連昌宫詞》中提出的"調和中外無兵戎"、"努力廟謨休用兵"的銷兵主張正切合時相蕭俛的政見，也符合穆宗的施政意圖。《舊唐書·蕭俛傳》："蕭俛……貞元七年進士擢第。元和初復登賢良方正制科，拜右拾遺，遷右補闕。元和六年召充翰林學士，七年轉司封員外郎，九年改駕部郎中知制誥，内職如故。坐與張仲方善，仲方駁李吉甫謚議，言用兵徵發之弊由吉甫而生。憲宗怒，貶仲方，俛亦罷學士，左授太僕少卿。十三年皇甫鎛用事，言于憲宗，拜俛御史中丞。俛與鎛及令狐楚同年登進士第，明年鎛援楚作相，二人雙薦俛於上。自是顧眄日隆，進階朝議郎、飛騎尉，襲徐國公，賜緋魚袋。穆宗即位之月議命宰相，令狐楚援之，拜中書侍郎平章事，仍賜金紫之服，八月轉門下侍郎。十月吐蕃寇涇原，命中使以禁軍援之。穆宗謂宰臣曰：'用兵有必勝之法乎？'俛對曰：'兵者凶器，戰者危事，聖主不得已而用之。以仁討不仁，以義討不義。先務招懷，不爲掩襲。古之用兵，不斬祀不殺厲，不擒二毛不犯田稼。安人禁暴，師之上也，如救之甚於水火。故王者之師有征無戰，此必勝之道也。如或縱肆小忿，輕動干戈，使敵人怨結，師出無名，非唯不勝，乃自危之道也，固宜深慎！'帝然之……穆宗乘章武恢復之餘，即位之始，兩河廓定，四鄙無虞，而俛與段文昌屢獻太平之策，以爲兵以静亂，時已治矣！不宜黷武，勸穆宗休兵偃武。"當然蕭俛後來與元稹因令狐楚貶職詔令而交惡，但那是發生在後來的事情；傳文“元和初復登賢良方正制科，拜右拾遺”云云，據《唐大詔令集·放制舉人敕》，所指即是元和元年蕭俛登“才識兼茂明於體用”之制科。元稹作爲蕭俛元和元年的制科同年、曾經同任拾遺之職的同僚，政治見解相同相近，兩人因志同道合而蕭俛援引剛剛歸朝的元稹是十分正常的。第三，元稹“調和中外無兵戎”、“努力廟謨休用兵”的銷兵主張，也切合另一位時相段文昌不肯“輕動干戈”、“不宜黷武”的政見，除上引《舊唐書·蕭俛傳》涉及外，《舊唐書·段文昌傳》：“段文昌……十五年穆宗即位，正拜中書舍人，尋拜中書侍郎平章事。長慶元年拜章請退，朝廷以文昌少在西蜀，詔授西川節度使同中書門下平章事。文昌素洽蜀人之情，至是以寬政爲治，嚴静有斷，蠻夷畏服。二年雲南入寇，黔中觀察使崔元略上言，朝廷憂之，乃詔文昌禦備。文昌走一介之使以喻之，蠻寇即退。”段文昌與元稹，除了政治觀點相同相近這一主要原因而外，還有一個也算是原因的次要原因：《舊唐書·段文昌傳》：“段文昌……高祖志玄，陪葬昭陵，圖形淩烟閣……李吉甫刺忠州，文昌嘗文干之。及吉甫居相位，與裴垍同加獎擢。”新出土的元稹《有唐武威段夫人墓誌銘》：“唐少保贈僕射韋公幼子左千牛珮，母曰段夫人，家本武威人也。其四代祖褒國公、揚州都督、贈輔國大將軍諱志玄，有戰功在國史。”《資治通鑑·元和元年》：“(高)崇文……目段文昌曰：‘君必爲將相，未敢奉薦。’……文昌，志玄之玄孫也(段志玄，唐初開國功臣)。”《續通志·唐》：“凌烟閣者凡七人，徵、士廉、瑀、志玄、弘基、世南、叔寶，皆始終著名者也……段志玄之五世孫文昌，六世孫成式。”合前後材料我們可以得知：元稹與段文昌不僅有一點遠親關係，而且因爲兩人同時與裴垍的相識。第四，起用元稹等人是穆宗初登帝位時的政治需要與組織需要。穆宗登位後，殺反對擁立自己的宦官頭目吐突承璀，罷皇甫鎛令狐楚相位，用段文昌爲相。蕭俛也因爲與皇甫鎛、令狐楚爲同年，於長慶元年年初罷相。而據《舊唐書·

穆宗紀》及有關各人的本傳,元稹的朋輩崔群、李絳、李德裕、李紳、白居易、庾敬休、薛放、李景儉、韓愈等人過去大多因爲反對吐突承璀而受到過排擠打擊,這時都得到提拔和重用。元稹在元和五年和元和十年兩次受到以吐突承璀爲首的宦官勢力的殘酷打擊,貶斥江陵與通州長達十年。這自然容易引起穆宗的好感與信任,得到穆宗的提拔和重用。第五,據拙作《元稹考論・元稹與唐穆宗》考證:三宰相外,元稹因洛陽至交薛戎而與其弟薛放相識相交,元稹《唐故越州刺史兼御史中丞浙江東道觀察等使贈左散騎常侍河東薛公神道碑文銘》:"公爲河南令,余以御史理東臺,自是熟公之所爲。又嘗與公季弟放爲南北曹侍郎,公歿矣!非我傳信,孰當傳焉?"而薛放曾是穆宗在東宫時的侍讀,穆宗幾次欲拜其爲相,《舊唐書・薛放傳》:"遇憲宗以儲皇好書,求端士輔導經義,選充皇太子侍讀。及穆宗嗣位,未聽政間,放多在左右密參機命。穆宗常謂放曰:'小子初承大寶,懼不克荷,先生宜爲相,以匡不逮。'放叩頭曰:'臣實庸淺,獲侍冕旒,固不足猥塵大位,輔弼之任自有賢能。'其言無矯飾,皆此類也。穆宗深嘉其誠,因召對思政殿,賜以金紫之服,轉工部侍郎、集賢學士。雖任非峻切,而恩顧轉隆。"《資治通鑑》元和十五年:"閏(正)月丙午,穆宗即位於太極殿東序,是日召翰林學士段文昌等及兵部郎中薛放、駕部員外郎丁公著對於思政殿。放,戎之弟;公著,蘇州人:皆太子侍讀也。上未聽政,放、公著常侍禁中參預機密,上欲以爲相,二人固辭……癸丑,以薛放爲工部侍郎,丁公著爲給事中。"元稹能够知遇穆宗受到重用,薛放爲其延譽想來亦是情理之中的事情。最後,我們還要多説幾句:本文作於長慶二年六至八月唐穆宗在位段文昌在世之時、元稹受誣出貶之後,元稹顯然不會在當事人穆宗與段文昌面前説謊,以招新的罪責;據李珏《牛僧孺神道碑》:"授考功員外郎、集賢學士。唐穆宗即位,宰相稱其能,遷庫部郎中,掌書命。"元稹《中書省議賦税及鑄錢等狀》文末署名有:"庫部郎中知制誥臣牛僧孺、祠部郎中知制誥臣元積。”《舊唐書・穆宗紀》長慶元年正月十一日條，有“給事中薛存慶封還詔書”之記載，亦與本文元稹與牛僧孺、薛存慶同時升遷相合，可見本文值得相信，而所謂元稹依靠宦官而升職的説法，衹是已經證實的歷史冤案。　不十數日：據元稹被提拔爲祠部郎中知制誥臣亦稱“舍人”在元和十五年五月九日推算，段文昌在唐穆宗面前的提名應該發生在元和十五年四月下旬。　給舍：給，給事中，本文指薛存慶。舍，舍人，本文指庫部郎中知制誥臣牛僧孺與祠部郎中知制誥臣元稹。在唐代，知制誥臣又稱舍人。關於具體時間，《資治通鑑》：“（元和十五年）夏五月庚戌，以積爲祠部郎中知制誥（唐制：中書舍人六人，一人知制誥。開元初以他官掌詔敕，未命謂之兼知制誥）。”而《舊唐書・穆宗紀》標示元和十五年“五月壬寅朔”，據此推算，其月“庚戌”應是五月九日。而這次提拔元稹之時，令狐楚的山陵事件未發，令狐楚自然没有罷相出貶，令狐楚、蕭俛還相當青睞元稹，元稹《爲令狐相國謝賜金石凌紅雪狀》、《爲令狐相國謝回一子官與弟狀》以及元稹《爲蕭相讓官表》、《爲蕭相謝告身狀》、《爲蕭相國謝太夫人國號誥身狀》、《爲蕭相謝追贈祖父祖妣亡父表》都作于這一時期，故段文昌的提名，令狐楚、蕭俛都會贊同，至少不會表示異議。

⑱ 他相：其他的宰相。根據我們在上面提供的史料，當時的宰相衹有三個：令狐楚、蕭俛、段文昌，他們都爲元稹的升遷提供幫助或者贊同元稹升遷之人，爲什麼又突然改變態度，“日夜構飛語”中傷元稹？這位“他相”究竟是誰？或者是哪兩個？提議提拔元稹的宰相段文昌自然應該排除在外，是令狐楚，還是蕭俛，或者是他們聯合起來一致中傷元稹？政局的變化、世情的冷暖猶如夏天的氣候，一會晴一會雨，讓人難於琢磨。我們以爲，令狐楚、蕭俛對元稹態度變化的轉折點是唐憲宗山陵事發，事連令狐楚，據《舊唐書・憲宗紀》，元和十五年七月五日，令狐楚被免去宰相的職務，出貶“宣州刺史、兼御史大夫、充宣歙池觀察使”，八月二十九日，令狐楚“再貶衡州刺史”。而山

陵事件祇是一個導火索而已，皇甫鎛、令狐楚、蕭俛的行徑早就引得朝野群情難平，《舊唐書・令狐楚傳》："十五年正月，憲宗崩，詔楚爲山陵使，仍撰哀册文。時天下怒皇甫鎛之奸邪，穆宗即位之四日，群臣素服班於月華門外，宣詔貶鎛，將殺之。會蕭俛作相，託中官救解，方貶崖州。物議以楚因鎛作相而逐裴度，群情共怒，以蕭俛之故，無敢措言。其年六月山陵畢，會有告楚親吏贓污事發，出爲宣歙觀察使。楚充奉山陵時，親吏韋正牧、奉天令于翬、翰林陰陽官等同隱官錢，不給工徒價錢，移爲羨餘十五萬貫上獻，怨訴盈路，正牧等下獄，伏罪皆誅，楚再貶衡州刺史。"在這樣的情況下，元稹奉命撰寫"令狐楚再貶衡州刺史"的制誥，口氣也相當嚴厲，因此"楚深恨稹"。但令狐楚已經是"過街老鼠"，自顧不暇，焉能"日夜構飛語"中傷元稹？而蕭俛與皇甫鎛、令狐楚的關係非同一般，三人互相援引，蕭俛因皇甫鎛、令狐楚的援引而位極人臣。《舊唐書・蕭俛傳》："(元和)十三年，皇甫鎛用事，言於憲宗，拜俛御史中丞。俛與鎛及令狐楚同年登進士第，明年，鎛援楚作相，二人雙薦俛於上，自是顧眄日隆，進階朝議郎、飛騎尉、襲徐國公、賜緋魚袋。穆宗即位之月，議命宰相，令狐楚援之，拜(蕭俛)中書侍郎平章事，仍賜金紫之服。"當時皇甫鎛、令狐楚先後被罷免，蕭俛自然氣憤不已，但衆怒難犯，善於翻手爲雲覆手爲雨的蕭俛祇能遷怒撰寫貶謫令狐楚衡州制誥的元稹，散佈所謂"書命不由相府"的不實之言。我們不禁要問：難道宰相段文昌向唐穆宗的正式舉薦不是"相府書命"？難道宰相令狐楚"特於廊廟間道稹詩句"，"令獻舊文"的舉動以及對元稹詩文"深稱賞，以爲今代之鮑、謝也"的讚語算不得"相府書命"？　忿恨：忿怒怨恨。《漢書・趙充國傳》："岑父母求錢財亡已，忿恨相告。岑坐非子免，國除。"羅大經《鶴林玉露》卷八："李太白《去婦詞》……古今以爲絶唱，然以余觀之，特忿恨决絶之詞耳！"　飛語：猶流言。《漢書・灌夫傳》："乃有飛語爲惡言聞上，故以十二月晦論棄市渭城。"顏師古注引臣瓚曰："無根而至也。"《新唐書·楊嗣復傳》:"德裕曰:'飛語難辨。'"　上書:向君主進呈書面意見。《戰國策·齊策》:"〔齊威王〕乃下令:'群臣吏民,能面刺寡人之過者,受上賞;上書諫寡人者,受中賞;能謗議於市朝,聞寡人之耳者,受下賞。'"《史記·袁盎晁錯列傳》:"及絳侯免相之國,國人上書告以爲反,徵繫清室。"　自明:自我表白。《史記·萬石張叔列傳》:"人或毁曰:'不疑狀貌甚美,然獨無奈其善盜嫂何也!'不疑聞,曰:'我乃無兄。'然終不自明也。"王安石《再辭同修起居注狀五》五:"若令言者謂臣要君以僞,臣誠無辭可以自明。"

⑲ 三召與語:唐穆宗三次召見元稹。按本文的表述,具體時間應該在元和十五年八月二十九日出貶令狐楚、蕭俛日夜散佈"飛語"之後。　召:召唤,召見。《史記·司馬穰苴列傳》:"景公召穰苴,與語兵事,大説之,以爲將軍。"韓愈《寄盧仝》:"立召賊曹呼伍伯,盡取鼠輩尸諸市。"　賦:兵,軍隊。《論語·公冶長》:"由也,千乘之國,可使治其賦也,不知其仁也。"朱熹集注:"賦,兵也,古者以田賦出兵,故謂兵爲賦。"《新唐書·韓全誨傳》:"公既志輔社稷,請奉乘輿還宫,僕願以敝賦從。"　西北邊事:地處李唐西北與當時外族的外交、軍事諸多事宜,元稹現存有《進西北邊圖經狀》、《進西北邊圖狀》兩文,其中《進西北邊圖經狀》提及"又太和公主下嫁"以及元稹《有唐贈太子少保崔公墓誌銘》涉及的"太和公主嫁可汗",對照《舊唐書·穆宗紀》,"(長慶元年)五月丙申朔……壬戌……皇妹太和公主出降迴紇登羅骨没施合毗伽可汗……甲子,命金吾大將軍胡証充送公主入迴紇使,兼册可汗,又乙太府卿李鋭爲入迴紇婚禮使"之事在長慶元年五月二十七日以及五月三十日之間,與本文所述,前後時間基本一致。因爲"太和公主嫁可汗"是當時李唐與迴紇非常重要的一個事件,需要雙方亦即李唐與迴紇之間來往磋商和認真細緻的準備,也許時間延及半年以上,屬於非常合理的安排。當然,兩文《進西北邊圖經狀》、《進西北邊圖狀》的最後定稿,應該在長慶元年五月之時。　經紀:管理

照料。《三國志·朱建平傳》:“初潁川荀攸、鍾繇相與親善。攸先亡,子幼,繇經紀其門户,欲嫁其妾。”韓愈《柳子厚墓誌銘》:“自子厚之斥,遵從而家焉! 逮其死不去,既往葬子厚,又將經紀其家,庶幾有始終者。”　書奏:指書簡、奏章等。《史記·儒林列傳》:“寬爲人温良,有廉智,自持,而善著書、書奏,敏於文,口不能發明也。”元稹《唐故使持節萬州諸軍事萬州刺史賜緋魚袋劉君墓誌銘》:“凡烏之戰陣、謀取、案牘、書奏之事,皆咨之。”　進見:會見皇帝或尊長者。《漢書·五行志》:“後堪希得進見,因顯言事,事决顯口。”《資治通鑑·晉孝武帝太元二十一年》:“帝嗜酒,流連内殿,醒治既少,外人罕得進見。”臆度:主觀推測。陳子昂《諫曹仁師出軍書》:“且古來絶漠,多喪士馬,非臣臆度,輒敢陳聞。”岳珂《愧郯録·京師木工》:“珂嘗疑祖宗承平時愛民惠工以阜都邑,當未必如此。及考之典故,有意存而可見者,於是始有以信臆度之不誣。”

⑳ 禁中:指帝王所居宫内。王昌齡《蕭駙馬宅花燭》:“青鸞飛入合歡宫,紫鳳銜花出禁中。”《新唐書·柳芳傳》:“芳始謫時,高力士亦貶巫州,因從力士質開元、天寶及禁中事,具識本末。”　禁林:翰林院的别稱。元稹《寄浙西李大夫四首》三:“禁林同直話交情,無夜無曾不到明。”《舊唐書·鄭畋傳》:“禁林素號清嚴,承旨尤稱峻重。”據丁居晦《重修承旨学士壁记》,元稹被召入禁林在長慶元年二月十六日,與本文所述的時間也一一吻合。　亟:疾速,與“緩慢”相對。《詩·豳風·七月》:“亟其乘屋,其始播百穀。”鄭玄箋:“亟,急。”《史記·陳涉世家》:“趣趙兵,亟入關。”

㉑ “是時”兩句:當時裴度正在太原爲河東節度使。《舊唐書·穆宗紀》:“(長慶元年)八月甲子朔……乙丑,以河東節度裴度充幽鎮兩道招撫使。”　望:希望,期待。《孟子·梁惠王》:“王如知此,則無望民之多於鄰國也。”韓愈《與孟東野書》:“自彼至此,雖遠,要皆舟行可至,速圖之,吾之望也。”　巧者:元稹在本文中未言明“巧者”是誰?

從"謀欲俱廢"元稹和裴度的相位來揣測,此"巧者"應當是正在謀取相位之人。考長慶年間的諸多朝臣中,西川節度使王播自穆宗即位,"累表求還京師",於長慶元年七月徵還爲刑部尚書領鹽鐵使,很快又晉職中書侍郎平章事領鹽鐵使,甚得穆宗信任,元稹代唐穆宗所撰的《批王播謝官表》中稱:"便殿與語,得所未得,聞所未聞。昭然發矇,幾至前席。"時值幽鎮叛亂,河朔用兵,也正是元稹内助穆宗,裴度外負重任,都有"宰相望"之時,王播爲得相位,挑撥裴度彈劾元稹,促成鷸蚌相争,坐收漁翁之利。長慶元年十月,元稹罷爲工部侍郎,而王播入爲宰相。本文又云"不累月,上盡得所構者"而又"不能暴揚之",因其時王播尚在相位之故。長慶二年二月十九日與三月二十七日元稹、裴度先後拜相,而王播同時罷相出鎮淮南節度使,這既是爲無辜遭貶的元稹辨冤,也是對王播暗中挑撥的懲罰。先是貶稹升播,後又出播進稹,恐怕是王播扮演"巧者"角色之故。王播後來又勾結宦官王守澄,大和四年物故,牛党首領牛僧孺、李宗閔爲其作墓誌和神道碑,宋人趙明誠《金石録》卷九有"第一千七百九十二:《唐太尉王播碑》,李宗閔撰,柳公權正書,大和四年正月;第一千七百九十三:《唐王播墓誌》,牛僧孺撰,柳公權正書,大和四年四月"《寶刻叢編》卷四、卷十也有類似記載,也可説明一定問題。王播爲人爲官究竟如何?《御批資治通鑒綱目》卷四十九評:"冬十月,以王播同平章事:播爲相專以承迎爲事,未嘗言國家安危。"又云:"秋七月鹽鐵使王播進羨餘絹百萬匹:播領鹽鐵,誅求嚴急,正入不充而羨餘相繼。"又云:"六月以王播同平章事:播入朝,力圖大用,所獻銀器以千計,綾絹以十萬計,遂得宰相。"而另一宰臣崔植於元和十五年八月入相,於長慶二年二月罷爲刑部尚書。元稹爲河朔平叛出策之時崔植已經入相,不當是謀取相位之人。以上僅據當時形勢及人事變動而提出的揣測,不一定可靠,有待證之他日。 "裴奏至"兩句:《舊唐書·元稹傳》:"居無何,召入翰林,爲中書舍人、承旨學士,中人以潭峻之故,争與稹交,而知樞密魏弘簡尤與稹相善,穆宗愈深知重。河東節度使裴度三上疏,言稹與弘簡爲刎頸之交,謀亂朝政,言甚激訐。"《舊唐書·裴度傳》也有類似的記載,兩傳所記,是據裴度受巧者王播挑撥而上奏的三次論奏編造而成,不足爲信,我們已在拙稿《元稹考論·裴度的彈劾與元稹的貶職——三論"元稹與宦官"》論述此事之憑空虛誣,文長難録,拜請讀者参讀審閱。

㉒"上以裴方擁兵"三句:《舊唐書·元稹傳》:"穆宗顧中外人情,乃罷稹内職,授工部侍郎。"　擁兵:掌握、聚集軍隊。《漢書·張耳陳餘傳》:"始吾與公爲刎頸交,今王與耳旦暮死,而公擁兵數萬,不肯相救,胡不赴秦俱死?"韓愈《順宗實録》:"自勤擁兵繼掠,循淮而東。"　曲直:是非,有理無理。《荀子·王霸》:"不恤是非,不治曲直。"柳宗元《封建論》:"夫假物者必争,争而不已,必就其能斷曲直者而聽命焉!"　工部侍郎:工部尚書的輔官,但工部尚書往往衹是不視事的虚職,由工部侍郎實際負責工部的一切事務。《新唐書·百官志》:"工部尚書一人,正三品。侍郎一人,正四品下。掌山澤、屯田、工匠、諸司公廨紙筆墨之事。"張九齡《謝工部侍郎集賢院學士狀》:"伏奉今月三日制,除臣工部侍郎兼集賢院學士。"章孝標《歸燕詞辭工部侍郎》:"舊壘危巢泥已落,今年故向社前歸。連雲大廈無栖處,更望誰家門户飛?"　衰:減少。《戰國策·趙策》:"日食飲得無衰乎?"《淮南子·道應訓》:"將衰楚國之爵而平其制禄,損其有餘而綏其不足。"

㉓累月:多月,接連幾月。左思《蜀都賦》:"合樽促席,引滿相罰。樂飲今夕,一醉累月。"杜甫《送人從軍》:"今君渡沙磧,累月斷人烟。"　構:挑撥離間。《詩·小雅·青蠅》:"讒人罔極,構我二人。"孔穎達疏:"構者,構合兩端,令二人彼此相嫌。"《左傳·昭公十二年》:"叔仲子欲構二家。"杜預注:"欲構使相憎。"楊伯峻注:"構乃離間義。"　暴揚:暴露傳揚。《漢書·杜欽傳》:"假令(王)章内有所犯,雖陷正法,事不暴揚,自京師不曉,況於遠方。"劉知幾《史通·雜説》:

“昔漢王數項,袁公檄曹,若不具録其文,難以暴揚其過。” 初意:原先的意願。鄭谷《寄贈藍田韋少府先輩》:“館殿非初意,圖書是舊貧。”周密《齊東野語·作文自出機杼難》:“補之因重作亭,且爲之記……易而爲賦,且自序云:‘或請爲記,答曰:賦,可也。’蓋寓述作之初意云。” 卒用予與裴俱爲宰相:《舊唐書·穆宗紀》:“(長慶二年)二月癸亥朔……辛巳……以工部侍郎元稹守本官、同平章事……三月壬辰朔……戊午,司徒裴度復入中書知政事。” 卒:末尾,結局。《論語·子張》:“有始有卒者,其惟聖人乎!”曹丕《善哉行》:“寥寥高堂上,凉風入我室。持滿如不盈,有德者能卒。”終於,最後。《晏子春秋·内篇》:“晏子使晉,景公更其宅,反則成矣!既拜,迺毁之……卒復其舊宅。”《史記·孫武列傳》:“忌數與齊諸公子馳逐重射……既馳三輩畢,而田忌一不勝而再勝,卒得王千金。”

㉔“復有購狂民告予借客刺裴者”三句:《舊唐書·元稹傳》:“時王廷凑、朱克融連兵圍牛元翼於深州,朝廷俱赦其罪,賜節鉞,令罷兵,俱不奉詔。稹以天子非次拔擢,欲有所立以報上。有和王傅于方者,故司空頔之子,干進於稹,言有奇士王昭、王友明二人,嘗客於燕、趙間,頗與賊黨通熟,可以反間而出元翼,仍自以家財資其行,仍賂兵、吏部令史爲出告身二十通,以便宜給賜,稹皆然之。有李賞者,知于方之謀,以稹與裴度有隙,乃告度云:‘于方爲稹所使,欲結客王昭等刺度。’度隱而不發。及神策軍中尉奏于方之事,乃詔三司使韓臯等訊鞫,而害裴事無驗,而前事盡露,遂俱罷稹、度平章事,乃出稹爲同州刺史,度守僕射。諫官上疏,言責度太重,稹太輕,上心憐稹,止削長春宫使。稹初罷相,三司獄未奏,京兆尹劉遵古遣坊所由潛邏稹居第,稹奏訴之,上怒,罰遵古,遣中人撫諭稹。”讀者讀到這裏,自然要疑竇叢生。這三個審訊于方獄和辦理元稹謀刺裴度案件的人,讀者並不陌生:韓臯就是元稹在監察御史任上懲辦過的封杖决死安吉縣令的浙西觀察使;鄭覃是鄭朗的兄長,鄭朗在長慶元年進士考試中

因元稹同意考試重試而被榜落,鄭覃也因此受到元稹代穆宗所作詔文《戒勵風俗德音》的嚴厲指責;李逢吉是本案誣陷案的主謀,由誣諂的主謀來審訊被誣陷的苦主,看來滑稽可笑,但在李唐歷史上却是千真萬確的事實。由這樣三位審判官來審判,其結果自然也就可想而知。雖然"按驗無狀",但仍然要像模像樣處罰有關人員,以便爲罷去元稹的相位製造迷惑衆人的輿論與處理當事人的"理由",《流于方等詔》:"于方罪犯,合處極刑,以其父頔頃在襄陽,頗能幾諫,不陷不義,方實有之。又念其弟季友,嘗聯國姻。特宜免死,長流端州。李賞流潮州,郭元覽、于啓明、王昭,以于方既從減論,並放杖。郭元覽配流封州,于啓明配流新州,王昭配流雷州。""元稹謀刺裴度"這本來是"莫須有"的罪名,既然"按驗無狀",本來應該追究誣陷者的罪責,並爲元稹明誣辨冤,根本不應該罷免元稹的相位,但史實卻是罷免了元稹的相位。對此歷史冤案,白居易《唐故武昌軍節度處置等使正議大夫檢校户部尚書鄂州刺史兼御史大夫賜紫金魚袋尚書右僕射河南元公墓誌銘并序》描述:"公既得位,方將行己志答君知,無何有憸人以飛語構同位。詔下按驗,無狀。"近代著名史學家吕思勉先生《隋唐五代史》評述:"案于方之計,元稹所以然之者,《舊書》云:以天子非次拔擢,欲有所了立以報上;《新書》云:稹之相,朝野雜然輕笑,思立奇節報天子以厭人心:二者俱可有之。深州之圍,豈可不解? 欲解圍而不能用兵,不得已而思用間,雖云無策,亦不爲罪。結客刺度,事涉離奇,其必爲虛構可知。度聞之,隱而不發,蓋亦知其不足信。而神策遽爲聞奏,吹皺一池春水,底事干卿?"而長慶二年六月佚名《元稹同州刺史制》雖然肯定元稹前期"遊藝資身,明經筮仕。累膺科選,益振榮華。茂識宏才,登名晁董之列;佳辭麗句,馳聲鮑謝之間。頃在憲臺,嘗推舉職。比及遷黜,亦以直聞"的品行才華,但卻列舉元稹在宰相任上"不思宏益之道,遂纓詿誤之愆"、"行兹左道"、"體涉異端"的諸多罪名。這是李唐歷史的冤案,也是李唐歷史的笑話!　狂民:猶

“狂人”，狂妄無知的人。《法言·重黎》：“斯以留客至作相，用狂人之言，從浮大海。”柳宗元《答韋中立論師道書》：“今之世不聞有師，有輒嘩笑之，以爲狂人。”本文指李賞，當然他的背後還有更大的人物，李逢吉就是“狂民”的指使者。　鞫：審訊。《史記·酷吏列傳》：“湯掘窟得盜鼠及餘肉，劾鼠掠治，傳爰書，訊鞫論報。”裴駰集解引張晏曰：“鞫，一吏爲讀狀，論其報行也。”《新唐書·王縉傳》：“及敗，劉晏等鞫其罪，同載論死。”　無狀：没有事實，没有根據。《後漢書·竇武傳》：“抑奪宦官欺國之封，案其無狀誣罔之罪。”《新唐書·張嘉貞傳》：“〔嘉貞〕明年入朝，或告其反，按無狀，帝令坐告者。”　罷相：罷免宰相官職。李適之《罷相作》：“避賢初罷相，樂聖且銜杯。爲問門前客，今朝幾箇來？”白居易《和楊尚書罷相後夏日遊永安水亭兼招本曹楊侍郎同行》：“道行無喜退無憂，舒卷如雲得自由。良冶動時爲哲匠，巨川濟了作虚舟。”

㉕“始元和十五年八月得見上”兩句：從“元和十五年八月”下推“未二歲”，具體時間應該是長慶二年六月五日之後八月之前，當時元稹已經出貶在同州刺史任上。　僭忝：謂越分愧居上位，用爲謙詞。齊映《爲蕭復讓宰相表三首》二：“涓涘莫效，僭忝實多。”王禹偁《酬种放徵君》：“便蕃朱紫綬，僭忝絲綸閣。”　恩寵：謂帝王對臣下的優遇寵倖。王充《論衡·幸偶》：“無德薄才，以色稱媚……邪人反道而受恩寵。”韓愈《論淮西事宜狀》：“臣謬承恩寵，獲掌綸誥。地親職重，不同庶寮。”　遭罹：遭遇。韋莊《和鄭拾遺秋日感事》：“竄逐同天寶，遭罹異建康。”蘇軾《徐州謝獎諭表》：“此蓋伏遇皇帝陛下，天覆四海，子養萬民，哀無辜之遭罹，特遣使以存問。”　謗咎：譭謗和責罪。歐陽修《續思潁詩序》：“非才竊位，謗咎已盈。賴天子仁聖聰明，辨察誣罔，始終保全。”張方平《再對御札一道》：“苟且因循，求免謗咎，何暇展布心體，爲國家立事者哉？”

㉖是以：連詞，因此，所以。《老子》：“功成而弗居。夫唯弗居，

是以不去。"蘇舜欽《火疏》:"明君不諱過失而納忠,是以懷策者必吐上前,蓄冤者無至腹誹。" 心腹:心與腹。《戰國策・秦策》:"秦韓之地形,相錯如繡。秦之有韓,若木之有蠹,人之病心腹。"袁宏《後漢紀・順帝紀》:"譬之一人之身:本朝者,心腹也;州郡者,四支也。"引申作衷情,真意。王褒《四子講德論》:"是以海内歡慕,莫不風馳雨集……咸絜身修思,吐情素而披心腹。" 腎腸:猶言肺腑,比喻誠意。《書・盤庚》:"今予其敷心腹腎腸,歷告爾百姓于朕志。"孔傳:"布心腹,言輸誠於百官以告志。"孔穎達疏:"是腹心足以表内,腎腸配言之也。"傅咸《明意賦》:"敷腎腸以爲效兮,豈文飾之足修!" 扶衛:扶持衛護。元稹《告贈皇祖祖妣文》:"降及兵部,爲隋巨人,抑揚直聲,扶衛衰俗。"司馬光《駕部員外郎司馬府君墓誌銘》:"摧抑强猾,扶衛愚弱。" 危亡:危急,滅亡。《史記・酈生陸賈列傳》:"不下漢王,危亡可立而待也。"《南史・虞寄傳》:"況將軍釁非張繡,罪異畢諶,當何慮於危亡?何失於富貴?" 不暇:没有時間,來不及。《書・酒誥》:"罔敢湎於酒,不惟不敢,亦不暇。"《顔氏家訓・勉學》:"每至文林舘,氣喘汗流,問書之外不暇他語。" 惡:疑問代詞,相當於"何"、"安"、"怎麽"。《史記・滑稽列傳》:"先生飲一斗而醉,惡能飲一石哉?"張九齡《大唐金紫光禄大夫忠憲公裴公碑銘》:"物惡有滿而不溢、高而不危者哉?"

㉗ 造次:倉猝,匆忙。《後漢書・吴漢傳》:"漢爲人質厚少文,造次不能以辭自達。"吴兢《貞觀政要・公平》:"又天居自高,龍鱗難犯,在於造次,不敢盡言。" 顛沛:困頓挫折。《論語・里仁》:"君子無終食之間違仁,造次必於是,顛沛必於是。"曾鞏《祭黄君文》:"我之老姑,歸君爲婦。與君歷年,顛沛同有。" 先帝:前代已故的帝王。諸葛亮《前出師表》:"先帝創業未半,而中道崩殂。"韓愈《進順宗皇帝實録表狀》:"監修李吉甫授臣以前史官韋處厚所撰先帝實録三卷。"本文的"先帝"指元和十五年一月已經故世的唐憲宗李純。 器使:猶重用。秦觀《朋黨》:"(韓)琦、(富)弼、(范)仲淹等,旋被召擢,復蒙器使,遂得成其功名。"葉

適《與趙丞相書》:“遂躐他途以希進取,則不惟喪失名義,而他日之法令事功,疏拙曠廢,將有面墻之羞,以辜朝廷器使之意。”

㉘ 陳情:陳訴衷情。《楚辭·九章·惜往日》:“願陳情以白行兮,得罪過之不意。”王逸注:“列己忠心,所趨務也。”吴處厚《青箱雜記》卷一:“(陳)亞與章郇公同年友善,郇公當軸,將用之,而爲言者所抑。亞作藥名《生查子》陳情獻之。” 辨謗:對别人的譭謗加以申辯和駁正,辨,通“辯”。宋庠《初夏三司直宿》:“整冠誰辨謗?隱几獨忘形”孔平仲《續世説·讒險》:“唐次無故貶斥,久滯蠻荒,孤心抑鬱,乃采自古忠賢遭罹放逐,雖至殺身,而君猶不悟,著書三篇,謂之《辨謗略》,上之。” 請奏:義同“奏請”,上奏請示,上奏請求。《漢書·彭越傳》:“吕后令其舍人告越復謀反。廷尉奏請,遂夷越宗族。”《舊唐書·經籍志後序》:“及隋氏平陳,南北一統。秘書監牛弘奏請搜訪遺逸,著定書目,凡三萬餘卷。” 賀慶:慶賀。《周禮·春官·大宗伯》:“以賀慶之禮親異姓之國。”韋驤《謝生餼奏狀》:“恭修賀慶,已蒙宴犒之優;曲被恩私,更及餼牽之厚。” 常禮:通常的禮制。《漢書·郊祀志》:“古者壇場有常處,尞禋有常用,贊見有常禮。”韓愈《論孔戣致仕狀》:“七十求退,人臣之常禮。” 件目:文件細目。何超《晉書音義序》“先朝所撰《晉書》,帝紀十、志二十、列傳七十、載記三十,合一百三十篇。令升此《音》,紀志共爲一卷,其列傳載記,各自區分,都成三軸,件目如左:”郭威《改定鹽麴條法敕》:“以本處係省錢充,故斟酌輕重,立此科條,宜令三司施行。其中有合指揮件目,隨事處分以聞。”

㉙ 雜奏:難以區分與歸類的奏請文稿。 雜:混雜,參雜。《逸周書·程典》:“士大夫不雜於工商。”陸游《老學庵筆記》卷六:“有柟木版揭梁間,甚大,書杜詩,筆亦雄勁,體雜顔柳,不知何人書。” 奏:臣子對帝王進言陳事。《書·舜典》:“敷奏以言,明試以功,車服以庸。”孔傳:“諸侯四朝,各使陳進治禮之言。”韓愈《讀東方朔雜事》:“頷頭可其奏,送以紫玉珂。” 軸:字畫下端便於懸挂或卷起的圓杆,

亦指裝成卷軸形的書、畫。任昉《齊竟陵文宣王行狀》:“所造箴銘,積成卷軸。”王讜《唐語林·企羨》:“〔文宗〕會幸三殿東亭,見横廊架巨軸,上指謂畫工程修己曰:‘此《開元東封圖》也。’” 貽:遺留。殷仲文《南州桓公九井作》:“猥首阿衡朝,將貽匈奴哂。”趙與時《賓退録》卷六:“寓言以貽訓誡,若柳子厚《三戒》、《鞭賈》之類,頗似以文爲戲,然亦不無補于世道。” 經制:治國的制度。賈誼《治安策》:“豈如今定經制,令君君臣臣上下有差,父子六親各得其宜,奸人亡所幾幸,而群臣衆信,上不疑惑!”經理節制。《尉繚子·制談》:“經制十萬之衆。”范仲淹《泰州張侯祠堂頌》:“我公雄傑,經制楚越。” 銷毀:銷毀,散失。王禹偁《江州廣寧監記》:“故開元錢刓缺銷毁,時用漸稀。”樓鑰撰《論初政》:“明皇開元之初,以風俗奢靡,制乘輿服御金銀器玩,令有司銷毁,以供軍國之用。”

[編年]

本文未見《年譜》編年,也未見有任何譜文説明。《編年箋注》編年本文:“作於長慶四年(八二四),元稹時任浙東觀察使、越州刺史。”也没有説明編年理由。《年譜新編》編年本文於長慶三年,有“歲末,編輯自己文集,作《叙奏》”的譜文説明。

本文是元稹爲自己明誣辯冤的重要作品,《舊唐書·元稹傳》曾經全文引録,但作爲研究元稹生平的著作《年譜》,却無緣無故遺漏了對元稹來説如此重要的一篇作品,很不應該,如此粗製濫造的《年譜》,又讓讀者如何相信?《年譜新編》編年本文於長慶三年同樣不應該:元稹長慶三年并没有編輯自己的文集,《年譜新編》引録本文部份段落作爲理由,其中之一即是:“始元和十五年八月得見上,至是未二歲。”從元和十五年下推“未二歲”,應該是長慶二年八月之前,無論如何都不會延誤至長慶三年的“歲末”。《編年箋注》編年本文於長慶四年同樣錯誤:元稹長慶四年十二月確實編集白居易與自己的文集,分别命名爲《白氏長慶集》與《元氏長慶集》,元稹並有《白氏長慶集序》,撰成於長慶四年的十二月十日。但本文却不是《元氏長慶集》的“序言”,它並不是撰寫於長慶四年。本文是元稹向唐穆宗進呈事關李唐政事文稿時的“序言”,撰成於長慶二年出貶同州之後不久。《年譜》無故脱漏本文編年,《年譜新編》另闢新徑,居然胡説元稹在長慶三年曾經編集自己的文稿,同時與《編年箋注》一樣,也將元稹長慶二年與長慶四年兩次目的並不完全相同的文稿編集重要事件混爲一談,對一個以研究元稹自詡的專業工作者來説,發生這麽重大的失誤,多多少少有點不太應該。

我們以爲,本文不難編年。本文的下限應該是長慶二年八月之前,本文“始元和十五年八月得見上,至是未二歲”就是最有力也無法駁倒的證據。本文的上限應該是長慶二年六月五日元稹與裴度同時罷相之後,因爲本文已經提到“然而裴與予以故俱罷相”的事情。最後還應該搞清文中所稱的“先帝”究竟是誰?《編年箋注》:“先帝:指憲宗和穆宗。元稹寫作此文時,穆宗已崩。”因爲《編年箋注》編年本文於長慶四年,而長慶四年一月,唐穆宗確實已經歸天,也確實成了名副其實的“先帝”。但無論是長慶四年還是長慶三年,都與“始元和十五年八月得見上,至是未二歲”矛盾,無法説通。還有,如果唐穆宗誠如《編年箋注》所云也成了“先帝”的話,那末本文中的“上”、“陛下”又如何落實?“上憐之,三召與語”又該怎樣解釋?我們以爲“先帝”就是唐憲宗,而文中念念不忘的“上”、“陛下”即是唐穆宗。因爲本文所述,並不僅僅局限於穆宗朝,很多内容均是憲宗朝的,如事關憲宗朝的《教本書》、《諫職》、《論事》等等,有“一百一十有五”篇,占到全部文稿“凡二百七十有七奏”的近一半。又如“出爲河南尉”、“使東川”、“外莅東都臺”、“黜予江陵掾”等等,再如“河南尉叛官”、“監徐使死於軍”、“浙西觀察使封杖”、“河南尹誣奏書生”等等,這些事件都發生在“先帝”唐憲宗在位之時。因此我們認爲,本文應該編年長慶二年六月五日之後、同年八月之前，地點在同州，而不是在越州，元稹時任同州刺史，而不是浙東觀察使、越州刺史。

最後順便再説一句，《舊唐書·元稹傳》“稹長慶末因編删文稿”，其下即引述元稹本文，貿然定位“長慶末”顯然有誤，這是不是《編年箋注》貿然編年本文於長慶四年的根據所在？我們不得而知。

◎ 進雙雞等狀(一)①

同州防禦使供進烏鶻并雙雞，共四聯②。

右，臣當州元和十五年奉宣，令採雙雞五聯，各重四斤。頻年採取，一聯不獲。自臣到州，詢問採捕人等，皆云二十年前採得一聯雙雞(二)，爾後更不曾採得。昨旬日之内，併獲兩聯，斤兩輕重，稍符詔旨③。

況浚郊初啓，既以大剪豺狼；鷙鳥自來，可以助清梟獍④。臣所恨身無羽翼，不獲陪奉屬車，擒狡兔之根源，破妖狐之群黨(三)⑤。臣某無任忘軀思奮覩物感恩之至，謹遣某官某乙隨狀奉進，謹進。

録自《元氏長慶集》卷三五

［校記］

（一）進雙雞等狀：楊本、叢刊本、《全文》同，《英華》、《文章辨體彙選》作“同州進雙鷄等狀”，各備一説，不改。

（二）皆云二十年前採得一聯雙雞：原本作“皆云二十年採得一聯雞”，楊本、叢刊本同，似乎也可以理解爲“（貞元）二十年”，但語義含糊不明，故據《英華》、《文章辨體彙選》、《全文》改。

（三）破妖狐之群黨：楊本、叢刊本、《全文》同，《英華》、《文章辨體彙選》作“破狐狸之群黨”，各備一説，不改。

[箋注]

① 進：進奉，奉獻。《孟子·離婁》：“問有餘，曰‘亡矣’，將以復進也。”王建《宫前早春》：“内園分得温湯水，三月中旬已進瓜。” 雙：禽鳥兩隻。《周禮·秋官·掌客》：“乘禽日九十雙。”鄭玄注：“乘禽，乘行群處之禽，謂雉雁之屬，於禮以雙爲數。”孫詒讓正義：“《方言》云：‘飛鳥曰雙，雁曰乘。’《廣雅·釋詁》曰：‘雙、耦、匹、乘，二也。’”《左傳·襄公二十八年》：“公日膳雙雞。” 雞：本文指雉，鳥名，通稱野雞，肉味鮮美。李時珍《本草綱目·雉》：“雉，南北皆有之，形大如鷄，而斑色繡異。雄者文采而尾長，雌者文暗而尾短。”竇鞏《南陽道中作》：“東風雨洗順陽川，蜀錦花開緑草田。彩雉鬥時頻駐馬，酒旗翻處亦留錢。”韓愈《送區弘南歸》：“蜃沈海底氣昇霏，彩雉野伏朝扇翬。” 狀：文體名，向上級陳述意見或事實的文書。如：奏狀，訴狀，供狀。《漢書·趙充國傳》：“充國上狀曰：‘……臣謹條不出兵留田便宜十二事。’”韓愈《論今年權停舉選狀》：“謹詣光順門奉狀以聞，伏聽聖旨。”

② 鶻：鳥類的一科，翅膀窄而尖，嘴短而寬，上嘴彎曲並有齒狀突起，飛得很快，善於襲擊其他鳥類，也叫隼。李時珍《本草綱目·鴟》：“鶻，小於鴟而最猛捷，能擊鳩、鴿，亦名鷂子，一名籠脱。”杜甫《義鶻行》：“斯須領健鶻，痛憤寄所宜。”蘇軾《石鐘山記》：“而山上栖鶻，聞人聲亦驚起。” 聯：量詞，對，雙。段成式《酉陽雜俎·肉攫部》：“獲白兔鷹一聯，不知所得之處。”俞樾《茶香室叢鈔·鷹以聯計》：“唐則天初，京兆人季全聞性好殺戮，常養鷹鷂數十聯。是唐時畜鷹以聯計，殆以一雙爲一聯乎？”

③ 奉宣：宣佈帝王的命令。《漢書·黄霸傳》：“時上垂意於治，數下恩澤詔書，吏不奉宣。”杜甫《奉謝口敕三司推問狀》：“今日巳時，

中書侍郎平章事張鎬奉宣口敕,宜放推問。"　頻年:連年,多年。《後漢書·李固傳》:"明將軍體履忠孝,憂存社稷,而頻年之間,國祚三絕。"蘇軾《永興軍秋試舉人策問》:"是以頻年遣使,冠蓋相望於道。"　旬日:十天,亦指較短的時日。《周禮·地官·泉府》:"凡賒者,祭祀無過旬日。"《後漢書·楊賜傳》:"有形埶者,旬日累遷;守真之徒,歷載不轉。"　詔旨:詔書、聖旨。《後漢書·周舉傳》:"群臣議者多謂宜如詔旨。"俞文豹《吹劍四録》:"任法不如任人,苟非其人,雖法令昭昭,視如不見;詔旨切切,聽如不聞。"

④ 浚郊初啓:本文指長慶二年七月發生在宣武軍節度使府内李㝏叛亂前期。李㝏叛亂并最終平息之事見《舊唐書·穆宗紀》:"(長慶二年)秋七月己丑朔……戊戌,汴州軍亂,逐節度使李愿,立牙將李㝏爲留後……乙巳,詔南北省五品已上官議討李㝏。丙午貶李愿爲隨州刺史,以鄭滑節度使韓充爲汴州刺史、宣武軍節度使、汴宋亳潁觀察等使,鄭滑如故。以宣武軍節度押衙李㝏爲右金吾衛將軍。丁未,内出綾絹五十萬匹付度支,以供軍用……八月己未朔……癸酉,韓充奏今月六日發軍入汴州界,營於千塔。丙子,汴州監軍姚文壽與兵馬使李質同謀,斬李㝏及其黨薛志忠、秦鄰等。丁丑,韓充入汴州。"　浚郊:義近"浚都",語出《詩·鄘風、干旄》:"孑孑干旟,在浚之都。"浚,春秋衛邑名,後泛指衛地。劉禹錫《彭陽侯令狐氏先廟碑》:"擁節總戎,率身和衆,留惠於盟津,變風於浚都。"白居易《立秋夕即事詠懷寄汴州節度使李二十尚書》:"美人在浚都,旌旗繞樓臺。"　啓:始,開始。潘岳《在懷縣作二首》一:"初伏啓新節,隆暑方赫羲。"《顔氏家訓·慕賢》:"群小不得行志,同力遷之;既代之後,公私擾亂。周師一舉,此鎮先平。齊亡之迹,啓於是矣!"　豺狼:豺與狼,皆凶獸。《楚辭·招魂》:"豺狼從目,往來侁侁些。"比喻凶殘的惡人。李白《古風》一九:"俯視洛陽川,茫茫走胡兵。流血塗野草,豺狼盡冠纓。"　鷙鳥:凶猛的鳥,如鷹鸇之類。《孫子·勢》:"鷙鳥之疾,至於

毁折者，勢也。”杜甫《醉歌行》：“驊騮作駒已汗血，鷙鳥舉翮連青雲。” 梟獍：亦作“梟鏡”，舊説梟爲惡鳥，生而食母；獍爲惡獸，生而食父，比喻忘恩負義之徒或狠毒的人。張説《兵部尚書國公贈少保郭公行狀》：“頃者，梟獍生謀，干戈作釁，太上皇帝既命朕除討元振，又馳奉宸極。”高適《東征賦》：“大駕將去，群盗日起。尸禄者卷舌而偷生，直諫者解頤而後死。寄腹心於梟獍，任手足於蛇虺。”

⑤ 羽翼：禽鳥的翼翅。《管子·霸形》：“寡人之有仲父也，猶飛鴻之有羽翼也。”嚴忌《哀時命》：“勢不能淩波以徑度兮，又無羽翼而高翔。” 陪奉：敬辭，猶奉陪。沈約《齊故安陸昭王碑文》：“公陪奉朝夕，從容左右。”辛棄疾《臨江仙·簪花屢墮戲作》：“不管昨宵風雨横。依舊紅紫成行。白頭陪奉少年場。一枝簪不住，推道帽檐長。” 屬車：帝王出行時的侍從車，秦漢以來，皇帝大駕屬車八十一乘，法駕屬車三十六乘，分左中右三列行進。《漢書·賈捐之傳》：“鸞旗在前，屬車在後。”顔師古注：“屬車，相連屬而陳於後也。”《文選·張衡〈東京賦〉》：“屬車九九，乘軒並轂。”薛綜注：“副車曰屬。”借指帝王。《漢書·張敞傳》：“孝昭皇帝蚤崩無嗣，大臣憂懼，選賢聖承宗廟，東迎之日，唯恐屬車之行遲。”顔師古注：“不欲斥乘輿，故但言屬車耳！” 狡：少壯的狗。《説文·犬部》：“狡，少犬也。”傳説中的獸名。《山海經·西山經》：“〔玉山〕有獸焉！其狀如犬而豹文，其角如牛，其名曰狡。” 兔：動物名，通稱兔子，能跑善躍。《詩·王風·兔爰》：“有兔爰爰，雉離於羅。”常常與“狡兔三窟”聯繫在一起，比喻藏身的地方多。李白《送薛九被讒去魯》：“毛公一挺劍，楚趙兩相存。孟嘗習狡兔，三窟賴馮諼。”蘇軾《過嶺二首》一：“平生不作兔三窟，今古何殊貉一丘？” 狐：獸名，形似狼而體小，性狡猾多疑，通稱狐狸，常常比喻壞人、小人。《詩·邶風·北風》：“莫赤匪狐，莫黑匪烏。”《史記·趙世家》：“吾聞千羊之皮，不如一狐之腋。” 群黨：結爲朋黨的人們。劉向《説苑·君道》：“百吏群黨而多奸。”王充《論衡·譴告》：“惡其隨

非而與惡人爲群黨也。”

[編年]

《年譜》編年本文:“當撰於長慶二年六月。”理由是:“《狀》云‘自臣到州,詢問採捕人等……昨旬日之内,並獲兩聯’云云。”《編年箋注》編年:“此《狀》首云:‘當州元和十五年奉宣,令採雙雞五聯,各重四斤。’推知亦穆宗即位以後所下指令。既云‘自臣到州,詢問採捕人等’,則此《狀》撰於長慶二年(八二二)六月元稹改官同州刺史以後。”《年譜新編》引用本文自“同州防禦使供進烏鶻并雙雞,共四聯”至“破妖狐之群黨”幾乎是本文全篇文字之後不加任何論證,就直接得出結論:“當作於到同州後不甚久。”

我們不敢苟同《年譜》的編年結論。本文“自臣到州”,並非是“微臣到達同州的時候”,而是“自從微臣到達同州以來”,因此斷定本文作於長慶二年六月是没有任何根據的。本文又云:“况浚郊初啓,既以大剪豺狼,鷙鳥自來,可以助清梟獍。臣所恨身無羽翼,不獲陪奉屬車,擒狡兔之根源,破妖狐之群黨。”所謂“浚郊”,這裏是借用《詩經·鄘風·干旄》裏“在浚之郊”的話,浚是春秋時的衛地,這裏借指洛陽以東地區。據上引《舊唐書·穆宗紀》,長慶二年七月汴州發生兵變,驅逐節度使李愿,推牙將李岕爲留後。至八月(丙子)十八日,汴州監軍姚文壽與兵馬使李質同謀斬李岕及其黨羽薛志忠、秦鄰等,八月丁丑(十九日)韓充入汴州。元稹有賀表《賀汴州誅李岕表》:“伏見逆賊李岕已就誅夷,韓充入汴州訖。”本文應該作於李岕叛亂開始之後,但“浚郊初啓”的話告訴我們,它又不是作於李岕叛亂平息之後,故元稹信誓誓旦旦的表示:“臣所恨身無羽翼,不獲陪奉屬車,擒狡兔之根源,破妖狐之群黨。”據此,本文無論如何不應該作於長慶二年“六月”,而應該撰成於長慶二年七月“戊戌”,亦即七月十日之後,八月丁丑,亦即八月十九日韓充入汴州之前,地點在同州,元稹時任同州刺史之職。

《編年箋注》不僅誤將本文編年長慶二年六月，而其排列次序也頗引人尋味：本文竟然排列在《同州刺史謝上表》之前，而《同州刺史謝上表》元稹自己表明"以今月九日到州上訖"，其撰成應該在其後一二天之内，過分拖延是褻瀆皇權，必將招來罪責，尤其元稹這次是從宰相而貶放外州刺史。按照《編年箋注》對本文的排列，本文則應該撰成於長慶二年六月五日出貶同州之後，同月十日或十一日之前，亦即元稹到同州六七天之内，但不知又如何解釋本文"昨旬日之内，併獲兩聯"的話？更讓人難以理解的是，《編年箋注》註釋："浚郊：謂大梁之郊。大梁有浚水，唐人稱汴州節度皆曰浚郊。《舊唐書·穆宗紀》：長慶二年七月，'戊戌，汴州軍亂，逐節度使李愿，立牙將李岕爲留後'。八月'丙子，汴州監軍姚文壽與兵馬使李質同謀，斬李岕及其黨薛志忠、秦鄰等'。"既然六月撰成本文，并已經隨同"雙雞"一起送呈穆宗，又如何能够將七月與八月的内容寫入六月已送穆宗的文章之中？豈非怪事？不過如果我們再多説一句，讀者也許就不覺得奇怪了：《編年箋注》有個"參考"他人成果的喜好，如本文的編年結論是"參考"《年譜》的，但關於"浚郊"的解釋又是"參考"本人發表於《福州師專學報》二〇〇一年第三期《元稹詩文編年探析——〈年譜〉疏誤商榷》一文，拙文後來又編入二〇〇八年三月在河南人民出版社出版的《元稹考論·元稹詩文編年之我見——〈年譜〉詩文編年疏誤商榷》之中，但本人的結論與《年譜》並不相同，出版於二〇〇八年十二月的《編年箋注》不問青紅皂白就埋頭"參考"，因此鬧出啼笑皆非的笑話也就在所難免了。

◎ 告祀曾祖文[①]

孝曾孫稹,謹以清酌庶羞之奠,敢昭告于曾祖岐州參軍府君[②]:《禮》稱礿禘蒸嘗,一歲用是,四者而已[③]。唐制:位五品皆廟祀,廟祀亦以求吉日。其餘未廟祀者,各奉家傳,疏數每異[④]。

昔我先府君深惟孝思,終已不怠。每歲换正,至涉佳辰,覩兒孫賓遊相會聚,未嘗無悲[⑤]。是用日至暨正旦、仲夏之五日、季秋之初九,莫不修奉祠祀,以達事生之意焉[⑥]!

逮小子稹冒華官榮[(一)],當立廟以事先人於京師。會值譴出,未果修構[⑦]。宗子積,牧民於金,復不克以上牲陪祀[⑧]。每衣裘葛,酸傷五情[⑨]。今謹依約廟則,每歲以二至二分暨正旦[(二)],與宗積彼此奉祀於治所[⑩]。始用變禮,不敢不告,伏惟尚饗[⑪]!

録自《元氏長慶集》卷五九

[校記]

(一) 逮小子稹冒華官榮:楊本、叢刊本同,宋蜀本作"逮小子稹冒幸官榮",《全文》作"逮小子稹冒華靦榮",語義不同,不改。

(二) 每歲以二至二分暨正旦:楊本、叢刊本同,《全文》作"每歲以一至二分暨正旦",二至指冬至和夏至,二分是指春分和秋分,"一至"云云語義不通,應該是刊刻之誤,不從不改。

[箋注]

① 告:禱告,祭告。《書·金縢》:"爲壇於南方北面,周公立焉!植璧秉珪,乃告大王、王季、文王。"孔傳:"告,謂祝辭。"韓愈《祭竹林神文》:"京兆尹兼御史大夫韓愈,謹以酒脯之奠,再拜稽首告于竹林之神。" 祀:古代對神鬼、先祖所舉行的祭禮。《書·洪範》:"八政:一曰食,二曰貨,三曰祀……"孔傳:"敬鬼神以成教。"《國語·魯語》:"夫祀,國之大節也。" 曾祖:祖父的父親。班固《白虎通·宗族》:"宗其爲曾祖後者,爲曾祖宗。"韓愈《息國夫人墓誌銘》:"夫人曾祖某,綏州刺史。"元稹的曾祖是元延景,曾任職岐州參軍,即下文提到的"曾祖岐州參軍府君",敬請參見拙稿《元稹評傳》附録部分的《元稹世系簡表》。

② 曾孫:孫子的兒子。《左傳·昭公七年》:"余將命而子苟與孔烝鉏之曾孫圉相元。"《晉書·荀勖傳》:"荀勖字公曾,潁川潁陰人,漢司空爽曾孫也。"元延景有兩個孫子,其中的一個孫子是元寬,亦即是元稹的父親。 清酌:古代祭祀所用的清酒。《禮記·曲禮》:"凡祭宗廟之禮……酒曰清酌。"孔穎達疏:"言此酒甚清澈,可斟酌。"蘇軾《送張龍公祝文》:"謹以清酌庶羞之奠,敢昭告于昭靈侯張公之神。" 庶羞:多種美味。《儀禮·公食大夫禮》:"上大夫庶羞二十,加於下大夫以雉兔鶉鴽。"胡培翬正義引郝敬云:"肴美曰羞,品多曰庶。"杜甫《後出塞》:"斑白居上列,酒酣進庶羞。" 奠:原谓置祭品祭祀鬼神或亡靈。《詩·召南·采蘋》:"於以奠之,宗室牖下。"毛傳:"奠,置也。"《禮記·檀弓》:"奠以素器,以生者有哀素之心也。"孔穎達疏:"奠謂始死至葬之時祭名。以其時無尸,奠置於地,故謂之奠也。"這裏指祭品。謝莊《宋孝武宣貴妃誄》:"階撤兩奠,庭引雙輴。"韓愈《袁州祭神文三首》一:"袁州刺史韓愈,謹以少牢之奠,祭于仰山之神。" 昭告:明白地告知。《左傳·成公十三年》:"昭告昊天上帝、秦三公、楚三王。"趙璘《因話録》卷一:"〔郭子儀〕謹遣上都進奏院官傅濤,敢昭告

於貞懿皇后行宫。"

③ 禮:社會生活中由於風俗習慣而形成的行爲準則、道德規範和各種禮節。《晏子春秋·諫》:"凡人之所以貴於禽獸者,以有禮也。故《詩》曰:'人而無禮,胡不遄死?'禮,不可無也。"《論語·子罕》:"博我以文,約我以禮。"《漢書·公孫弘傳》:"進退有度,尊卑有分,謂之禮。"元稹《鶯鶯傳》:"内秉堅孤,非禮不可入。" 礿禘蒸嘗:古代宗廟四時祭名。《禮記·王制》:"天子諸侯宗廟之祭,春曰礿,夏曰禘,秋曰嘗,冬曰烝。"鄭玄注:"此蓋夏殷之祭名,周則改之,春曰祠,夏曰礿。"東滙集説:"礿,薄也。春物未成,祭品鮮薄也。"董仲舒《春秋繁露·四祭》:"四祭者,因四時之所生孰,而祭其先祖父母也。故春曰祠,夏曰礿,秋曰嘗,冬曰蒸……祠者,以正月始食韭也;礿者,以四月食麥也;嘗者,以七月嘗黍稷也;蒸者,以十月進初稻也。"故本文云:"一歲用是四者而已。"

④ 唐制:唐代的規章制度。劉禹錫《代郡開國公王氏先廟碑》:"唐制:五等有爵服而無山川,登於三事,得立四廟,備物崇祀以交神明,敬先報本以輔孝治,有國之令典也。"元稹《唐故開府儀同三司檢校兵部尚書兼左驍衛上將軍充大内皇城留守御史大夫上柱國南陽郡王贈某官碑文銘》:"其子岌哭於其黨曰:'唐制:三品以上歿,既葬,碑於墓以文其行,我父當得碑……" 五品:九品官階的第五級。《隋書·禮儀志》:"今犢車通幰,自王公已下至五品已上,並給乘之。"劉餗《隋唐嘉話》卷中:"秘書省少監崔行功未得五品前,忽有鸜鵒銜一物入其堂,置案上而去。" 廟祀:立廟奉祀。韓愈《唐故朝散大夫越州刺史薛公墓誌銘》:"不能百年,曷足謂壽?公宜有後,有二稚子。其祐成之,公食廟祀。"曾鞏《爲人後議》:"號位不敢以非禮有加也,廟祀不敢以非禮有奉也。立廟奉祀。" 吉日:吉利的日子,好日子。《詩·小雅·吉日》:"吉日維戊,既伯既禱。"杜甫《憶昔二首》二:"九州道路無豺虎,遠行不勞吉日出。"也指朔日,農曆每月初一。《周禮·地

官・黨正》:"及四時之孟月吉日,則屬民而讀邦法以糾戒之。"鄭玄注:"以四孟之月朔日讀法。"朔日。《周禮・天官・大宰》:"正月之吉。"鄭玄注:"吉,謂朔日。"杜甫《北征》:"皇帝二載秋,閏八月初吉。" 家傳:記載父兄及先祖事迹的傳記。《後漢書・列女傳序》:"故自中興以後,綜其成事,述爲《列女篇》。如馬、鄧、梁後别見前紀,梁嫕、李姬各附家傳,若斯之類,並不兼書。"歐陽修《王彦章畫像記》:"予以節度判官來此,求於滑人,得公之孫睿所録家傳。" 疏數:亦作"疏數",稀疏和密集。《周禮・夏官・大司馬》:"中春教振旅……以教坐作進退疾徐疏數之節。"柳宗元《小石城山記》:"無土壤而生嘉樹美箭,益奇而堅,其疏數偃仰,類智者所施設也。"稀少和頻繁。李翺《答獨孤舍人書》:"又以爲苟相知,固不在書之疏數;如不相知,尚何求而數書。"曾鞏《與王深父書》:"顧深父所相與者,誠不在於書之疏數;然嚮往之心,非書則無以自解。" 異:不相同。賈誼《過秦論》:"仁義不施,攻守之勢異也。"韓愈《復志賦》:"固余異於牛馬兮,寧止乎飲水而求芻。"

⑤ 昔:從前,過去,與"今"相對。《書・堯典》:"昔在帝堯,聰明文思,光宅天下。"杜審言《渡湘江》:"遲日園林悲昔遊,今春花鳥作邊愁。" 先府君:對亡父的尊稱。張説《唐贈丹州刺史先府君神道碑》:"府君諱騭,字成騭,范陽方城人也。"范傳正《唐左拾遺翰林學士李公新墓碑并序》"公之生也,先府君指天枝以復姓,先夫人夢長庚而告祥,名之與字咸所取象。"本文的"先府君"指元稹的父親元寬,亡故於貞元二年(786),距撰寫本文的長慶二年(822)已經有三十七年之久。深惟:深思,深入考慮。《戰國策・韓策》:"此安危之要,國家之大事也,臣請深惟而苦思之。"《後漢書・西域傳序》:"漢興,高祖窘平城之圍,太宗屈供奉之耻。故孝武憤怒,深惟久長之計。" 孝思:孝親之思。《詩・大雅・下武》:"永言孝思,孝思維則。"毛傳:"則其先人也。"鄭玄箋:"長我孝心之所思。所思者其維則三后之所行,子孫以順祖考爲孝。"《魏書・趙琰傳》:"年餘耳順,而孝思彌篤。" 終已:一

直到自己生命的結束。韋應物《九日灃上作寄崔主簿倬二李端繫》:“人生不自省,營欲無終已。孰能同一酌,陶然冥斯理?”高適《登百丈峰二首》二:“晉武輕後事,惠皇終已昏。豺狼塞瀍洛,胡羯争乾坤。” 不怠:不懈怠,不放鬆。《書・微子》:“降監殷民,用乂讎斂,召敵讎不怠。”曾運乾正讀:“怠,懈也,緩也。”《史記・樂毅列傳》:“紂之時,箕子不用,犯諫不怠,以冀其聽。” 正:正月,農曆一年的第一個月。《書・舜典》:“月正元日,舜格于文祖。”孔傳:“月正,正月。”《東觀漢記・光武帝紀》:“自漢草創德運,正朔服色,未有所定,高祖以十月爲正。” 佳辰:良辰,吉日。王勃《越州秋日宴山亭序》:“豈非琴樽遠契,必兆朕於佳辰;風月高情,每留連於勝地。”柳永《應天長》:“恁好景佳辰,怎忍虚設?休效牛山,空對江天凝咽。”這裏指大年初一的早晨,意謂從除夕過度到第二年的一早。 賓遊:賓客遊士。《晉書・懷帝紀》:“帝冲素自守,門絶賓遊,不交世事。”《北齊書・盧文偉傳》:“〔盧宗道〕嘗於晉陽置酒,賓遊滿坐。”

⑥ 日至:指夏至或冬至,古人認爲天行赤道(天球赤道),日行赤道南北,於夏至運行到極北之處,於冬至運行到極南之處,故稱日至。夏至日照最長,稱長至;冬至日照最短,稱短至。《左傳・莊公二十九年》:“凡土功……日至而畢。”楊伯峻注:“日至,冬至。”《孟子・告子》:“今夫麰麥,播種而耰之……浡然而生,至於日至之時,皆熟矣!”楊伯峻譯注:“日至,此指夏至。” 正旦:正月初一。《列子・説符》:“邯鄲之民,以正月之旦,獻鳩於簡子,簡子大悦,厚賞之。客問其故,簡子曰:‘正旦放生,示有恩也。’”元稹《酬復言長慶四年元日郡齋感懷見寄》:“苦思正旦酬白雪,閑觀風色動青旂。千官仗下爐烟裏,東海西頭意獨違。” 仲夏:夏季的第二個月,即農曆五月,因處夏季之中,故稱。《書・堯典》:“日永星火,以正仲夏。”《仲夏入園中東陂》:“方塘深且廣,伊昔俯吾廬。環岸垂緑柳,盈澤發紅蕖。” 仲夏之五日:即農曆五月五日。文秀《端午》:“節分端午自誰言?萬古傳聞爲

屈原。堪笑楚江空渺渺，不能洗得直臣冤。”許景衡《端午》：“節序重重過，京華物物新。安排黍生角，妝點艾爲神。” 季秋：秋季的最後一個月，農曆九月。《書・胤征》：“乃季秋月朔，辰弗集于房。”吕巖《鄂渚悟道歌》：“縱横天際爲閑客，時遇季秋重陽節。” 季秋之初九：即農曆九月九日。王勃《九日》：“九日重陽節，開門有菊花。不知來送酒，若箇是陶家？”張均《九日巴丘登高》：“客心驚暮序，賓雁下滄洲。共賞重陽節，言尋戲馬遊。” 修奉：修繕供奉。《東觀漢記・光武紀》：“宜以時修奉濟陽城陽縣堯帝之冢。”《晉書・禮志》：“司徒荀組據漢獻帝都許即便立郊，自宜於此修奉。” 事生之意：侍奉已經死去的長輩，就像他們還活著一樣虔誠。義近“在生”，猶在世。王建《水運行》：“在生有樂當有苦，三年做官一年行。”義近“常生”，長生不老。《列子・天瑞》：“生者不能生，化者不能化，故常生常化者無時不生，無時不化。”《雲笈七籤》卷八：“太漠爲玄重之根，開陰爲常生之源。”

⑦ 官榮：官爵榮譽。徐陵《答諸求官人書》：“假以官榮，代於錢絹，義在撫綏，無計多少。”《敦煌變文集・秋胡變文》：“阿婆喚言新婦：‘我兒於國不忠，豈得官榮歸舍？’”歐陽修《鎮陽讀書》：“官榮日已寵，事業暗不彰。” 廟：舊時供祀先祖神位的屋舍。《詩・大雅・思齊》：“雝雝在宫，肅肅在廟。”《詩・周頌・清廟序》：“清廟，祀文王也。”鄭玄箋：“廟之言貌也，死者精神不可得而見，但以生時之居立宫室，象貌爲之耳！”謂立廟。《公羊傳・莊公三十二年》：“有子則廟，廟則書葬；無子不廟，不廟則不書葬。”何休注：“廟，則立廟也。” 京師：《詩・大雅・公劉》：“京師之野，於時處處。”馬瑞辰通釋：“京爲豳國之地名……吴斗南曰：‘京者，地名；師者，都邑之稱，如洛邑亦稱洛師之類。’其説是也。”“京師”之稱始此，後世因以泛稱國都。《公羊傳・桓公九年》：“京師者何？天子之居也。”韓愈《御史臺上論天旱人饑狀》：“京師者，四方之腹心，國家之根本。”一説，陝西鳳翔有山曰京，有水曰師，周文、武建都於此，統名之曰“京師”。 會值譴出：這裏指

元稹長慶二年六月五日罷相出貶同州之事。《舊唐書·穆宗紀》:"六月甲戌朔,甲子,司徒平章事裴度守尚書右僕射,工部侍郎平章事元稹爲同州刺史,以正議大夫守兵部尚書輕車都尉李逢吉爲門下侍郎同中書門下平章事。"《舊唐書·元稹傳》:"時王廷湊、朱克融連兵圍牛元翼於深州,朝廷俱赦其罪,賜節鉞,令罷兵,俱不奉詔。稹以天子非次拔擢,欲有所立以報上。有和王傅于方者,故司空頔之子,干進於稹,言有奇士王昭、王友明二人,嘗客於燕趙間,頗與賊黨通熟,可以反間而出元翼,仍自以家財資其行,仍賂兵吏部令史爲出告身二十通,以便宜給賜,稹皆然之。有李賞者,知于方之謀,以稹與裴度有隙,乃告度云:'于方爲稹所使,欲結客王昭等刺度。'度隱而不發。及神策軍中尉奏于方之事,乃詔三司使韓皋等訊鞫,而害裴事無驗,而前事盡露,遂俱罷稹、度平章事,乃出稹爲同州刺史,度守僕射。諫官上疏言責度太重,稹太輕,上心憐稹,止削長春宫使。" 譴:舊時官吏被貶降或謫戍。韋嗣立《奉和張岳州王潭州別詩序》:"予昔忝省閣,與岳州張使君説、潭州王都督熊同官聯事,後承朝譴,各自東西。"王昌齡《送崔參軍往龍溪》:"龍溪只在龍標上,秋月孤山兩相向。譴謫離心是丈夫,鴻恩共待春江漲。" 修構:修建。《晉書·石勒載記》:"及修構三臺,遷其家室,季龍深恨遐。遣左右數十人夜入遐宅,奸其妻女,掠衣物而去。"趙和《對縣令不修橋判》:"修構既在科須,差遣誠歸正典。事合屬於將作,不可責以親人。"

⑧ 宗子:原來指古代宗法制度稱大宗的嫡長子,這裹泛稱嫡長子。庾信《周大將軍豳國公廣墓誌銘》:"大周建國,宗子維城。設壝封人,分司典命。"李嶠《石》:"宗子維城固,將軍飲羽威。" 積:這裹指元稹的兄長元積,因其時元稹的長兄元沂和二兄元秬都已經不在人世,元積成了家中的"老大",故稱三兄元積爲宗子。白居易《唐故武昌軍節度處置等使正議大夫檢校户部尚書鄂州刺史兼御史大夫賜紫金魚袋尚書右僕射河南元公墓誌銘并序》:"仲兄司農少卿積、侄御

史臺主簿某等銜哀襄事，裴夫人、韋氏長女暨諸孤等號護廧翣，以六年七月十二日祔葬於咸陽縣奉賢鄉洪瀆原，從先宅兆也。”元稹病故於元和五年七月二十二日，爲何時經將近一年才給予安葬，違反了一般在當年安葬的慣例，個中的原因究竟是什麽，一時難於究考。　牧民：治民。《國語·魯語》：“且夫君也者，將牧民而正其邪者也，若君縱私回而棄民事，民旁有慝無由省之，益邪多矣！”葛洪《抱朴子·百里》：“涖政而政荒，牧民而民散。”這裏指元稹職任刺史。　金：即金州，府治今四川安康市。《舊唐書·地理志》：“金州：隋西城郡，武德元年改爲金州，領洵陽、石泉、安康等縣……舊領縣六，户一萬四千九十一，口五萬三千二十九。天寶户九千六百七十四，口五萬七千九百八十一。在京師南七百三十七里，至東都一千七百里。”張籍《送僧往金州》：“聞道溪陰山水好，師行一一偏經過。事須覓取堪居處，若箇溪頭藥最多？”白居易《送韋侍御量移金州司馬（時予官獨未出）》：“春歡雨露同沾澤，冬歎風霜獨滿衣。留滯多時如我少，遷移好處似君稀。”　不克：不能。《詩·齊風·南山》：“析薪如之何，匪斧不克。”鄭玄箋：“克，能也。”貫休《續姚梁公坐右銘》：“見人之得，如己之得，則美無不克。見人之失，如己之失，是亨貞吉。”　上牲：上等的犧牲，指祭祀時用的豕和羊。《禮記·曾子問》：“曾子問曰：‘宗子爲士，庶子爲大夫，其祭也，如之何？’孔子曰：‘以上牲祭於宗子之家。’”鄭玄注：“貴禄重宗也，上牲，大夫少牢。”《淮南子·氾論訓》：“夫饗大高而彘爲上牲者，非彘能賢於野獸麋鹿也，而神明獨饗之，何也？以爲彘者家人所常畜，而易得之物也，故因其便以尊之。”　陪祀：陪從祭祀。沈德符《野獲編·舊制一廢難復》：“太廟陪祀，止用五品以上尊官。自吏科都給事中夏言，以加四品服俸求陪祀，上下其議，部覆不許。”義近“侍祠”，陪從祭祀。《史記·孝文本紀》：“諸侯王列侯使者侍祠天子，歲獻祖宗之廟。”裴駰集解引張晏曰：“王及列侯，歲時遣使詣京師，侍祠助祭也。”韓愈《元和聖德詩》：“感見容色，泪落入俎。侍祠之臣，助我惻楚。”

⑨ 裘葛：裘，冬衣；葛，夏衣，泛指四時衣服。《公羊傳·桓公八年》："士不及兹四者，則冬不裘，夏不葛。"何休注："裘葛者，禦寒暑之美服。"韓愈《答崔立之書》："故凡僕之汲汲於進者，其小得，蓋欲以具裘葛、養窮孤；其大得，蓋欲以同吾之所樂於人耳！"　酸傷：悲傷。元稹《告贈皇考皇妣文》："哀哀劬勞，亦又何報？摧圮殞裂，酸傷五情。"李商隱《上易定李尚書狀》："今則車徒儼散，棟宇蕭衰。撫歸柩以興懷，吊病妻而增歎，酸傷怨咽，敢類他人！"　五情：喜、怒、哀、樂、怨五種情感。《文選·曹植〈上責躬應詔詩表〉》："形影相吊，五情愧赧。"劉良注："五情：喜、怒、哀、樂、怨。"《文心雕龍·情采》："五情發而爲辭章，神理之數也。"佛教謂眼、耳、口、鼻、身五根産生的情欲。《大智度論》卷四八："眼等五情，名爲内身；色等五塵，名爲外身。"

⑩ 依約：依據，沿襲。《隋書·王劭傳》："採民間歌謡，引圖書讖諱，依約符命，捃摭佛經，撰爲《皇隋靈感誌》，合三十卷，奏之。"羅衮《請置官買書疏》："今三朝《實録》未修，無所依約，便期因此遂有所得，斯又朝廷至切之務也。"　二至：指冬至和夏至。《左傳·昭公二十一年》："二至、二分，日有食之，不爲灾。"杜預注："二至，冬至、夏至。"葛洪《抱朴子·博喻》："威施之艷，粉黛無以加；二至之氣，吹嘘不能增。"庾信《爲晉陽公進玉律秤尺斗升表》："二分二至，行於司曆之官"倪璠纂註："《左傳·僖五年》曰：'凡分至啓閉，必書雲物。'杜預曰：'分：春、秋分也；至，冬、夏至也。'《正義》曰：'一年分爲四時，時皆九十餘日。春之半，秋之半，晝夜長短等。晝夜中分一日刻，故春秋之半稱春、秋分也；冬之半，夏之半，晝夜長短極，極訓爲至，故冬、夏之半稱冬、夏至也。云司曆之官者，謂太史也。'《周禮》云：'太史掌正歲年以序事，頒告朔於邦國是也。'"　二分：指春分和秋分。《文選·左思〈魏都賦〉》："闡鉤繩之筌緒，承二分之正要。"李善注："二分，春、秋之中者也。"薛能《中秋夜寄李溟》："一年惟此夜，到晚願無雲。待賞從初出，看行過二分。"　奉祀：供奉祭祀。《左傳·成公十三年》：

“獻公即世,穆公不忘舊德,俾我惠公用能奉祀於晉。”曾鞏《爲人後議》:“故前世人主有以支子繼立,而崇其本親,加以號位,立廟奉祀者,皆見非於古今。” 治所:古代地方長官的官署。《漢書·朱博傳》:“使者行部還,詣治所。”顔師古注:“治所,刺史所止理事處。”《資治通鑑·後唐莊宗同光二年》:“且汴州關東衝要,地富人繁,臣既不至治所,徒令他人攝職,何異空城!”

⑪ 變禮:不合典常、適應特殊情況而設的儀禮。《漢書·張山傳》:“昔周公薨,成王葬以變禮,而當天心。”董仲舒《春秋繁露·玉英》:“《春秋》有經禮,有變禮……明乎經變之事,然後知輕重之分,可與適權矣!” 伏惟:表示希望,願望。韓愈《賀皇帝即位表》:“臣聞昔者堯、舜以籲嗟,君臣相戒,以致至治……伏惟皇帝陛下儀而象之,以永多福。”王安石《上仁宗皇帝言事書》:“伏維陛下詳思而擇其中,幸甚!” 尚饗:亦作“尚享”,舊時用作祭文的結語,表示希望死者來享用祭品的意思。《儀禮·士虞禮》:“卒辭曰:哀子某,來日某隮祔爾于爾皇祖某甫。尚饗!”鄭玄注:“尚,庶幾也。”李翺《陵廟時日朔祭議》:“敬修時享,以申追慕。尚享!”

[編年]

本文《年譜》未編年。《編年箋注》編年:“元稹長慶二年(八二二)六月出刺同州,與此最近之日期爲夏至。此《文》成於其時。由此《文》推知,元稹刺金州在長慶二年。郁賢皓《唐刺史考·山南東道·金州》疑在元和五年,并以爲此文亦作於同時,實非是。”《編年箋注》在白日説夢!夏至是二十四節氣之一,按照我們對數千年歷史的考察,夏至應該在西曆六月二十一日或二十二日,農曆應該在五月,陳尚君疑是元稹所作、同時也被《編年箋注》引入其大著作爲備考的《詠廿四氣詩·夏至五月中》曰:“處處聞蟬響,須知五月中。”而元稹出貶同州在長慶二年的六月五日,長慶二年的夏至,元稹還没有出貶同州,還在長安宰相任上,“會值譴出”云云又從何談起?而查方詩銘《中國史曆日和中西曆日對照表》,“夏至”在公曆八二二年的“六月二十一日或二十二日”,亦即是長慶二年的五月二十九日、五月三十日,而長慶二年的六月五日,是公曆八二二年的六月二十六日或者六月二十七日,顯然長慶二年的“夏至”已經成爲過去,《編年箋注》所謂本文作於長慶二年夏至的説法才是“實非是”。《年譜新編》編年於長慶二年,理由是:“文云:‘唐制:位五品皆廟祀……逮小子稹,冒華官榮,當立廟以事先人于京師,會值譴出,未果修構。宗子積,牧民于金,復不克以上牲陪祀。’‘譴出’指長慶二年六月罷相出刺同州。《唐刺史考全編》謂元積牧金在元和五年,誤。”

需要説明的是:本人發表於《福州師專學報》二〇〇一年第三期的《元稹詩文編年探析》裏,已經得出本文應該編年“長慶二年”的結論,也揭示了《唐刺史考》的失誤。而《年譜新編》出版於二〇〇四年十一月,《編年箋注》(散文卷)出版於二〇〇八年十二月,爲何與别人採用同樣的證據,得出同樣的結論而不作任何説明?

關於“二至二分”的文字,筆者也是在二〇〇八年三月《元稹考論》結集時新增加的内容,這也是非常重要的證據,但《年譜新編》的著者二〇〇四年十一月没有看到,所以也没有加入他自己的大著中。《編年箋注》出版於二〇〇八年十二月,《編年箋注》的著者已經看到,所以引入自己的大著之中,面對《年譜新編》、《編年箋注》的“大膽引録”,我們真不知道應該説什麼好!

我們以爲,本文云:“逮小子稹冒華官榮,當立廟以事先人于京師,會值遣出未果修構。宗子積牧民于金,復不克以上牲陪祀。每衣裘葛,酸傷五情。今謹依約廟則,每歲以二至二分暨正旦與宗積彼此奉祀於治所。始用變禮,不敢不告。”所謂“會值遣出”即是指長慶二年六月五日元稹罷相離開京城出貶同州刺史之事,此文當作於長慶二年六月五日之後。所謂“二至二分”即是指夏至與冬至、春分與秋分。《左傳·昭公二十一年》:"二至二分,日有食之,不爲灾。"杜預注:"二至:冬至、夏至;二分:春分、秋分。"今據"始用變禮,不敢不告"和一年之中五次的祭祀慣例以及元稹長慶二年六月五日出貶同州已經錯過春分、夏至的事實,本文當作于長慶二年的秋分時節。

順便應指出《唐刺史考》將元積出刺金州的年月鎖定在元和五年,同時判斷元稹的《告祀曾祖文》"疑元和五年元稹貶江陵士曹時作"是錯誤的,元積出刺金州應該在長慶二年秋分之前而不是元和五年,疑元積的出任外州刺史可能與元稹的罷相出刺同州有關,待考。作爲旁證,元稹有兄弟四人,而這裏僅僅提及元積與詩人自己擔負祭祀職責,而不提他們的兩個兄長,這是因爲長兄元沂已於貞元二年"官阻于蔡"而不明下落;仲兄元秬也於元和十四年九月病故,無法參與祭祀。如果本文作於元和五年,就不好解釋元稹爲何不提還健在人世的元秬了。此外本文還提供了一個最直接的證據:"唐制:位五品皆廟祀,廟祀亦以求吉日。其餘未廟祀者,各奉家傳,疏數每異。"元稹出貶江陵之前,僅僅是正八品的監察御史,如何能够有在京師廟祀先人的資格?祇有到了長慶二年,元稹曾經拜職翰林承旨學士和同平章事,當時爲同州刺史,品位已經在"五品"之上,已經有了在京師"立廟"的資格,衹是遭遇誣陷,匆匆出貶同州,才不得不採用"變禮",故元稹特地在本文中不無遺憾地提出,幸請讀者明察。

◎ 賀汴州誅李岕表(一)①

臣某言:伏見逆賊李岕已就誅夷,韓充入汴州訖。一方既定,率土無虞。凡在臣僚,實增欣抃,臣某(中賀)②。

伏以汴州扼吴楚之津梁(二),據咽喉之要地。將驕卒悍,易動難安。急攻則越逸是憂(三),緩取則遷延易變(四)③。自非陛下盡排群議，獨斷宸衷，外委將臣，内敷睿算，風行號令，天助機謀，則何以斬此鯨鯢！破兹梟獍[④]！

臣摧凶志切，受國恩深，仰荷威靈，倍萬常品。限以符守，不敢稱慶闕庭[(五)]。無任踴躍屏營之至[⑤]。

録自《元氏長慶集》卷三三

[校記]

(一) 賀汴州誅李岕表：原本題作"賀汴州誅李岕表"，楊本、叢刊本同，《英華》作"賀汴州誅李介表"，文題及正文均據《全文》以及《舊唐書》、《新唐書》有關記載改。

(二) 伏以汴州扼吴楚之津梁：原本作"伏以汴州抱吴楚之津梁"，楊本、叢刊本、《全文》同，語義尚通，《英華》語義更佳，據改。

(三) 急攻則越逸是憂：楊本、叢刊本、《全文》同，《英華》作"急攻則越軼是憂"，"軼"與"逸"都有"奔馳、逃跑"之義，各備一説，不改。

(四) 緩取則遷延易變：楊本、叢刊本、《全文》同，《英華》作"緩取則遷延慮變"，各備一説，不改。

(五) 不敢稱慶闕庭：楊本、叢刊本同，《全文》作"不獲稱慶闕庭"，《英華》作"不獲稱賀闕庭"，各備一説，不改。

[箋注]

① 汴州：《元和郡縣志・河南道》："《禹貢》：豫州之域，春秋鄭地，戰國魏都。《史記》：魏惠王自安邑徙理大梁，即今浚儀縣。秦爲三川郡地，漢陳留郡之浚儀縣也。酈生説漢高曰：'陳留天下之衝，四通五達之郊。'漢文帝以皇子武爲梁王，都大梁，以其地卑濕，東徙睢陽，今宋州是也。漢陳留郡即今陳留縣，東魏孝静帝于此置梁州，周宣帝改爲汴州(以城臨汴水故也)。隋大業二年州廢，以開封、浚儀屬

鄭州。隋亂陷賊，武德四年平王世充，復置汴州……西至上都一千二百八十里，西至東都四百二十里……管縣六：開封、浚儀、陳留、雍丘、封丘、尉氏。”李夔《汴州喜逢宋之問》：“阮籍蓬池上，孤韵竹林才。巨源從吏道，正擁使車來。”祖詠《酬汴州李別駕贈》：“秋風多客思，行旅厭艱辛。自洛非才子，遊梁得主人。” 誅：殺戮。王建《送魏州李相公》：“旗下可聞誅敗將，陣頭多是用降兵。當朝面受新恩去，算料妖星不敢生。”柳宗元《詠荆軻》：“長虹吐白日，倉卒反受誅。按劍赫憑怒，風雷助號呼。” 李岕：原爲汴州牙將，擁兵作亂，因地近京洛，屬於心腹大患，故李唐立即採取種種措施加以殲滅。《舊唐書・穆宗紀》：“（長慶二年）秋七月己丑朔……戊戌，汴州軍亂，逐節度使李愿，立牙將李岕爲留後……乙巳，詔南北省五品已上官議討李岕。丙午，貶李愿爲隨州刺史，以鄭滑節度使韓充爲汴州刺史、宣武軍節度使、汴宋亳潁觀察等使，鄭滑如故；以宣武軍節度押衙李岕爲右金吾衛將軍……乙卯……以前義武軍節度使陳楚爲東都留守、判尚書省事、東畿汝防禦使。本朝故事，東都留守罕用武臣，今用楚，以李岕擾汴宋故也……八月己未朔，以絳州刺史崔弘禮爲河南尹，兼東畿防禦副使。給事中韋潁以弘禮望輕，封還詔書，上遣中使諭之，乃下。詔陳許李光顔將兵收汴州。戊辰，以左僕射韓皋爲東都留守、判尚書省事、東畿汝防禦使。以東都留守陳楚爲河陽懷節度使。癸酉，韓充奏今月六日發軍入汴州界，營于千塔。丙子，汴州監軍姚文壽與兵馬使李質同謀斬李岕及其黨薛志忠、秦鄰等。丁丑，韓充入汴州……九月戊子朔……韓充送李岕男道源、道樞、道瀹等三人，斬於西市。岕妻馬氏、小男道本、女汴娘，配於掖庭。”《册府元龜・褒異》：“王沛爲李光顔行營兵馬使，別統勁兵……汴州李岕反，詔沛兼忠武軍節度副使，率師討岕，平之，加檢校右散騎常侍。”

② 逆賊：對叛逆者的憎稱。王維《大唐故臨汝郡太守贈秘書監京兆韋公神道碑銘》：“逆賊安禄山，吠堯之犬，驅彼六騾；憑武之狐，

猶威百獸。"白居易《爲宰相賀殺賊表》:"臣某等言:伏承某道逆賊,某年某月某日已被某殺戮訖,皇靈震耀,凶孽梟夷,率土普天,歡呼鼓舞。"　誅夷:殺戮,誅殺。《史記·封禪書》:"人有上書告新垣平所言氣神事皆詐也,下平吏治,誅夷新垣平。"蘇軾《到常州謝表二首》一:"伏念臣所犯罪戾,本合誅夷,向非先帝之至明,豈有餘生於今日?"　率土:"率土之濱"之省語,謂境域之内。《詩·小雅·北山》:"率土之濱,莫非王臣。"王引之《經義述聞·毛詩》:"《爾雅》曰:'率,自也。自土之濱者,舉外以包内,猶言四海之内。'"《新唐書·孫伏伽傳》:"以率土之富,何索不致,豈少此物哉?"　無虞:没有憂患,太平無事。《書·畢命》:"四方無虞,予一人以寧。"杜甫《後出塞五首》四:"獻凱日繼踵,兩蕃静無虞。"　欣抃:歡欣鼓舞。《梁書·王筠傳》:"約撫掌欣抃。"蘇舜欽《詣匭疏》:"果能霈發明詔,許臣寮皆得獻言,臣初聞之,踴躍欣抃。"　中賀:古代臣子上賀表,例有"誠慶誠賀,頓首頓首"或"誠歡誠慶,頓首頓首"一類的套語,表示祝賀。後人編印文集時,每將其省略,夾註"中賀"二字代之。杜光庭《賀黄雲表》:"今者德動天休,瑞呈雲物。華夷共仰,海嶽同歡。臣某中賀。"陸游《天申節賀表》:"敢即昌期,虔申壽祝。中賀。恭維太上皇帝陛下,宅心清静,受命溥將。"

③ 吴楚:區域名稱,泛指今長江中下游的廣大地區,以古時的兩個國家吴國、楚國代稱之。孟浩然《廣陵别薛八》:"士有不得志,栖栖吴楚間。廣陵相遇罷,彭蠡泛舟還。"孟郊《渭上思歸》:"獨訪千里信,回臨千里河。家在吴楚鄉,淚寄東南波。"　吴:古國名,三國時三國之一,公元二二二年孫權稱吴王,都建業(今江蘇南京市),公元二二九年稱帝,佔有今之長江中下游,南至福建、兩廣以及越南北部和中部,公元二八〇年爲晉所滅。李嶠《樓》:"百尺重城際,千尋大道隈。漢宫井榦起,吴國落星開。"孟浩然《早春潤州送從弟還鄉》:"兄弟遊吴國,庭闈戀楚關。已多新歲感,更餞白眉還。"　楚:古國名,芈姓,始祖鬻熊,西周時立國于荆山一帶,都丹陽(今湖北秭歸東南),周人

稱爲荆蠻,後建都於郢(今湖北江陵西北紀王城),春秋戰國時國勢强盛,疆域由湖北、湖南擴展到今河南、安徽、江蘇、浙江、江西和四川,爲五霸七雄之一。戰國末漸弱,屢敗于秦,遷都陳(今河南淮陽),又遷壽春(今安徽壽縣),公元前二二三年爲秦所滅。張九齡《登古陽雲臺》:"楚國兹故都,蘭臺有餘址。傳聞襄王世,仍立巫山祀。"張説《登九里臺是樊姬墓》:"楚國所以霸,樊姬有力焉。不懷沈尹禄,誰諳叔敖賢?" 津梁:橋梁。《國語·晉語》:"豈謂君無有,亦爲君之東游津梁之上,無有難急也。"曾鞏《李立之范子淵都水使者制》:"川澤河渠之政、津梁舟楫之事,置使典領,禮秩甚隆。"這裏借喻交通咽喉之地。杜牧《赴京初入汴口曉景即事先寄兵部李郎中》:"清淮控隋漕,北走長安道……什伍持津梁,澒湧争追討。"李正封:《晚秋郾城夜會聯句》:"間使斷津梁,潜軍索林薄。紅塵羽書靖,大水沙囊涸。" 咽喉:咽與喉的並稱。《後漢書·霍諝傳》:"譬猶療飢於附子,止渴於酖毒,未入腸胃,已絶咽喉,豈可爲哉!"姚合《寄陝府内兄郭冏端公》:"永晝吟不休,咽喉乾無聲。"喻指扼要之處或關鍵部門。《戰國策·秦策》:"韓,天下之咽喉;魏,天下之胸腹。"《史記·滑稽列傳》:"洛陽有武庫、敖倉,當關口,天下咽喉。" 要地:要害之地,多指軍事上的重要地方。《後漢書·荀彧傳》:"將軍本以兖州首事,故能平定山東,此實天下之要地,而將軍之關河也。"《三國志·杜畿傳》:"河東被山帶河,四鄰多變,當今天下之要地也。" 驕悍:驕横凶悍。《史記·梁孝王世家》:"彭離驕悍,無人君禮,昏暮私與其奴、亡命少年數十人行剽殺人,取財物以爲好。"司馬光《禮部尚書張公墓誌銘》:"恩州守臣非其人,州兵驕悍,恐有意外之變。" 越逸:逃跑,逃竄。《三國志·鍾會傳》:"南杜走吴之道,西塞成都之路,北絶越逸之徑。"《北齊書·祖珽傳》:"令録珽付禁,勿令越逸。" 遷延:拖延,多指時間上的耽誤。李商隱《行次西郊作一百韵》:"臨門送節制,以錫通天班。破者以族滅,存者尚遷延。"王鐸《罷都統守鎮滑州作》:"用軍何事敢遷延?恩重才輕分使然。黜詔已聞來闕下,檄書猶未遍軍前。"

④ 群議:衆人的議論。《後漢書·馬援傳》:"帝大喜,引入,具以群議質之。"劉禹錫《唐故韋公集紀》:"群議鬩然,俟公一言而定。" 宸衷:帝王的心意。沈約《瑞石像銘》:"泛彼遼碣,瑞我國東。有符皇德,乃眷宸衷。就言鷲室,栖誠梵宫。"《舊唐書·楊發傳》:"禮之疑者,决在宸衷。" 將臣:武臣,與儒臣相對。吴融《風雨吟》:"官軍擾人甚於賊,將臣怕死唯守城。"《新唐書·李福傳》:"時党項羌震擾,議者以將臣貪牟産虜怨,議擇儒臣治邊。"本文的"將臣"指韓充、陳楚、李光顔等人。 睿算:亦作"睿筭",聖明的決策。白居易《賀平淄青表》:"皇靈有截,睿算無遺。妖氛廓清,遐邇慶幸。"元稹《謝御札狀》:"伏以睿筭若神,聖慈猶父。" 號令:發佈的號召或命令。《禮記·月令》:"〔季秋之月〕是月也,申嚴號令。"《史記·屈原賈生列傳》:"入則與王圖議國事,以出號令。" 機謀:猶計謀,計策。張喬《贈棋僧侣》:"機謀時未有,多向弈棋銷。"羅隱《錢尚父生日》:"大昴分光降斗牛,興唐宗社作諸侯。伊夔事業扶千載,韓白機謀冠九州。" 鯨鯢:比喻凶惡的敵人。《左傳·宣公十二年》:"古者明王伐不敬,取其鯨鯢而封之,以爲大戮。"杜預注:"鯨鯢,大魚名,以喻不義之人吞食小國。"元稹《鹿角鎮》:"誰能問帝子,何事寵陽侯?漸恐鯨鯢大,波濤及九州。" 梟獍:亦作"梟鏡",舊説梟爲惡鳥,生而食母;獍爲惡獸,生而食父,比喻忘恩負義之徒或狠毒的人。楊衒之《洛陽伽藍記·永寧寺》:"若兆者蜂目豺聲,行窮梟獍,阻兵安忍,賊害君親。"范祥雍校釋:"《漢書》二十五《郊祀志》:'祠黄帝用一梟破鏡。'孟康注:'梟,鳥名,食母;破鏡,獸名,食父。'破鏡即是獍,此以比喻狠戾忘恩之人。"元稹《捉捕歌》:"外無梟鏡援,内有熊羆驅。"

⑤ 威靈:謂顯赫的聲威。《漢書·叙傳》:"柔遠能邇,燀耀威靈。"《三國志·吕布傳》:"布自稱徐州刺史。"裴松之注引《英雄記》:"術憑將軍威靈,得以破備。"葉適《上殿札子》:"賴陛下威靈遠暢,始

得以匹敵往來耳!” 常品:常格。韓愈《賀赦表》:“未離貶竄之地,忽逢曠蕩之恩,踴躍欣歡,實倍常品。”王禹偁《賀勝捷表》:“今則身居郎署,目覩神功,感涕忻歡,倍萬常品。” 符守:謂受符爲郡守。《文選·謝瞻〈于安城答靈運〉》:“幸會果代耕,符守江南曲。”李善注:“《漢書》曰:初與郡守爲竹使符。”韋應物《秋景詣琅琊精舍》:“意有清夜戀,身爲符守嬰。” 稱慶:道賀。《北史·魏德深傳》:“歌呼滿道,互相稱慶。”李商隱《贈孫綺新及第》:“長樂遙聽上苑鐘,綵衣稱慶桂香濃。” 闕庭:朝廷,亦借指京城。《後漢書·伏隆傳》:“臣隆得生到闕廷,受誅有司,此其大願。”《周書·明帝紀》:“非有呼召,各按部自守,不得輒奔赴闕庭。”

[編年]

《年譜》編年本文的理由是:“《表》云:‘伏見逆賊李岕已就誅夷,韓充入汴州訖。’據《舊唐書·穆宗紀》云:‘(長慶二年八月)丙子,汴州監軍姚文壽與兵馬使李質同謀,斬李岕及其黨薛志忠、秦鄰等。丁丑,韓充入汴州。’”結論是“長慶二年八月丁丑以後”撰,但没有明確“以後”到什麽時候。《編年箋注》編年理由與《年譜》同,結論是:“長慶二年(八二二)八月己未朔,丁丑爲是月十九日,此《表》撰於是日以後不久。”《年譜新編》的編年理由及結論與《年譜》、《編年箋注》同。我們以爲“以後不久”也是一個模糊不清的時間概念,可長可短,仍然不够明確。

我們以爲,據上引《舊唐書·穆宗紀》,長慶二年八月己未朔,韓充入汴州界在八月“六日”,“汴州監軍姚文壽與兵馬使李質同謀斬李岕及其黨薛志忠、秦鄰等”在“丙子”,亦即八月十八日,第二天“丁丑”,亦即八月十九日,韓充入汴州城内。這些,本文都已經一一提及。汴州與長安間的距離大致與汴州與同州間的距離相近,故汴州的好消息也幾乎同時傳至同州,據此,本文應該撰成於八月十九日之後一二天之内,地點在同州,元稹時任同州刺史。

◎ 告贈皇祖祖妣文[①]

孝孫稹,敢昭告于皇祖陳州南頓縣丞贈尚書兵部員外郎府君、祖妣贈晉昌縣太君唐氏[②]:惟元統運,嘗宅區夏。選建賢善[(一)],俾公彭城。公實能德,延于後嗣[③]。降及兵部,爲隋巨人。抑揚直聲,扶衛衰俗[④]。户部纘紹[(二)],傳于魏州。蘊鬱懿粹,族用繁昌[⑤]。始兵部賜第於靖安里,下及天寶,五世其居[⑥]。冕弁駢比[(三)],羅列省寺[(四)]。一日秉朝燭者[(五)],凡十四五[⑦]。叔仲伯季,姊妹諸姑,洎友婿彌孫,歲時與會,集者百有餘人[(六)]。冠冕之盛,重於一時[⑧]。燕寇突來,人士駭散。蔭籍朘削,龜繩用稀[⑨]。我曾我祖,仍世不偶。先尚書盛德大業,屈於郎署[⑩]。

小子稹蒙幸餘福,據有方州。今皇帝嗣位之初,澤被幽顯。尚書府君洎滎陽郡太夫人,當進封贈[⑪]。小子稹伏念先尚書嘗以比部郎乞换追命,朝例不許[(七)],大孝莫申。是用追述先志,乞回恩於祖父祖妣[⑫]。是歲八月十八日,詔以兵部員外郎、晉昌縣太君來告第。摧慕感咽[(八)],五情傷殞[⑬]。謹以仲冬日至,修奉常薦。焚獻制書,昭告神几。伏惟尚饗[⑭]。

録自《元氏長慶集》卷五九

[校記]

(一) 選建賢善:原本作"選諫賢善",楊本、叢刊本同,宋蜀本、盧校、《全文》作"選建賢善",據改。

(二) 户部纘紹:原本作"户部績紹",楊本、叢刊本、《全文》同,據宋蜀本、盧校改。

（三）冕弁騈比：原本作“冕昇騈比”，楊本、叢刊本同，據宋蜀本、《全文》改。

（四）羅列省寺：原本作“罷列省寺”，語義難通，據楊本、叢刊本、宋蜀本、《全文》改。

（五）一日秉朝燭者：原本作“一日秉朝政者”，楊本、叢刊本作“一日秉朝□□”，宋蜀本、盧校、《全文》作“一日秉朝燭者”，語義更佳，據改。

（六）集者百有餘人：楊本、叢刊本同，宋蜀本、盧校、《全文》作“聚者百有餘人”，兩説均通，各備一説，不改。

（七）朝例不許：原本作“朝列不許”，楊本、叢刊本、《全文》同，也可説通，宋蜀本作“朝例不許”，語義更佳，據改。

（八）摧慕感咽：宋蜀本、叢刊本、《全文》同，楊本作“摧暮感咽”，語義難通，不從不改。

［箋注］

① 告：上報，報告。《史記・孟嘗君列傳》：“〔齊王〕使人至境候秦使，秦使車適入齊境，使還馳告之。”丁謂《丁晉公談録》：“今大禮已畢，輒有二事，上告陛下。” 贈：賜死者以爵位或榮譽稱號。《後漢書・鄧騭傳》：“悝閶相繼並卒，皆遺言薄葬，不受爵贈。”趙昇《朝野類要・入仕》：“生曰封，死曰贈。” 皇祖：對已故祖父的敬稱。韓愈《祭十二兄文》：“惟我皇祖，有孫八人。惟兄與我，後死孤存。”歐陽修《瀧岡阡表》：“皇祖府君，累贈金紫光禄大夫、太師中書令兼尚書令。”祖妣：稱已故祖母。《後漢書・孝安帝紀》：“戊申，追尊皇考清河孝王曰孝德皇，皇妣左氏曰孝德皇后，祖妣宋貴人曰敬隱皇后。”歐陽修《瀧岡阡表》：“祖妣累封吴國太夫人。”

② 孝孫：祭祖時對祖先的自稱。《詩・小雅・楚茨》：“孝孫有

慶，報以介福，萬壽無疆。"朱熹集傳："孝孫，主祭之人也。"《禮記·郊特牲》："祭稱孝孫孝子，以其義稱也。"　昭告：明白地告知。《左傳·成公十三年》："昭告昊天上帝、秦三公、楚三王。"趙璘《因話録》卷一："〔郭子儀〕謹遣上都進奏院官傅濤，敢昭告於貞懿皇后行宫。"　陳州南頓縣丞：這是元稹祖父元悱生前的實際官職，而"尚書兵部員外郎"與"晉昌縣太君"都是因元稹位居的官職品級，朝廷事後對已經故世元稹祖父母追贈的榮譽性質的職位。　南頓：李唐之縣名，地當今河南省項城市西，屬於陳州管轄。《元和郡縣志·陳州》："南頓縣本漢舊縣，屬汝南郡古頓子國，後逼于陳南徙，故號南頓。其城楚令尹子玉所築，後漢世祖父欽嘗爲此縣令，故號南頓君(光武生于此縣中)。宋爲南頓郡，東魏於此置和城縣，北齊廢郡省縣入和城，隋復爲南頓縣，屬陳州。武德六年省入項城，證聖元年以縣有光武鄉，名符武氏，遂於此置光武縣，中宗復爲南頓。"孫逖《故陳州刺史贈兵部尚書韋公挽詞》："台庭爲鳳穴，相府是鴒原。世閱空悲命，泉幽不返魂。"岑參《送顔少府投鄭陳州》："愛客多酒債，罷官無俸錢。知君羈思少，所適主人賢。"白居易《唐故武昌軍節度處置等使正議大夫檢校户部尚書鄂州刺史兼御史大夫賜紫金魚袋尚書右僕射河南元公墓誌銘并序》："祖諱悱，南頓縣丞，贈兵部員外郎；考諱寬，比部郎中、舒王府長史，贈尚書右僕射；妣滎陽鄭氏，追封陳留郡太夫人。"梁文矩《請詳議任瑤封事奏》："然則河南令豆盧升、南頓令韋濤，因父配流，遂停官爵。"　縣丞：官名，秦漢於諸縣置丞，以佐令長，歷代因之。《漢書·景帝紀》："縣丞，長吏也。"高承《事物紀原·縣丞》："《史記·商君傳》曰：'鞅令邑聚爲縣，置令丞。'縣丞，秦官也。"兵部員外郎是兵部的屬官，品級是"從六品上"，而縣丞根據上、中、下縣，品級分别位列"從八品上"、"從八品下"、"正九品上"，贈職應該高於實職。　縣太君：古代婦女封號。高承《事物紀原·太君》："唐制四品妻爲郡君，五品爲縣君，其母邑號皆加太君，封稱太，此其始也。"《宋史·職官志》："詔定文武群臣母妻封號……貴人母封縣太君……庶子、少卿監、司業、郎中、京府少尹、赤縣令……母封縣太君……其餘升朝官已上遇恩,並母封縣太君。”

③“惟元統運”兩句:意謂我們的祖先,曾經統治中原,擁有天下。元稹所在的元氏家族是鮮卑族托(拓)跋氏後魏昭成皇帝的後裔之一,故言。《魏書·序紀》:“昔黄帝有子二十五人,或内列諸華或外分荒服。昌意少子受封北土,國有大鮮卑山,因以爲號。其後世爲君長,統幽都之北廣漠之野。畜牧遷徙,射獵爲業。淳樸爲俗,簡易爲化。不爲文字,刻木紀契而已。世事遠近人相傳授,如史官之紀録焉!黄帝以土德王北,俗謂土爲托,謂后爲跋,故以爲氏。”《新唐書·宰相世系表》:“元氏出自拓拔氏。黄帝生昌意,昌意少子悃居北,十一世爲鮮卑君長。平文皇帝郁律二子:什翼犍、烏孤。什翼犍,昭成皇帝也。始號代王,至道武皇帝改號魏,至孝文帝更爲元氏。什翼犍七子:一曰寔君,二曰翰,三曰閼婆,四曰壽鳩,五曰紇根,六曰力真,七曰窟咄。”《古今姓氏書辯證》:“什翼犍第六子力真,力真二子:意烈、意勁。意勁,彭城公。五世孫敷州刺史禎,生岩、成。岩字君山,隋平昌公。生琳、弘。弘,隋北平太守。生義端,唐魏州刺史。義端生延壽、延福、延景、(延祚)。延景,岐州參軍,生南頓丞悱。悱生比部郎中寬。寬生穆宗宰相稹,字微之,以詩名天下,謂之‘元才子’。稹生道護。”从以上材料可知:這個家族爲鮮卑族原姓爲拓跋氏,建魏之後才改姓爲元,北周年間又復姓拓跋,到了隋代又改爲元姓。自後魏孝文帝遷都洛陽,他們家族就世世代代在洛陽定居,故元姓之人皆自號洛陽人,元稹的祖籍也自然而然是洛陽。　統運:意謂天子受命於天,理所應當應該擁有天下。吴兢《貞觀政要·公平》:“凡百君子,膺期統運。縱未能上下無私,君臣合德,可不全身保國遠避滅亡乎?”《越史略·太宗》:“是日王即位於柩前,大赦改元,以順天十九年爲天成元年,上尊號曰:‘開天統運,尊道貴德……’”　宅:猶言包籠,囊括,擁有。劉劭《人物志·英雄》:“英分多,故群雄服之,英材歸之。

兩得其用,故能吞秦破楚,宅有天下。"《新唐書·李渤傳》:"昔舜禹以匹夫宅四海,其烈如彼;今以五聖營太平,其難如此。" 區夏:諸夏之地,指華夏、中國。《書·康誥》:"用肇造我區夏。"孔傳:"始爲政於我區域諸夏。"賈至《燕歌行》:"我唐區夏餘十紀,軍容武備赫萬祀。" 選建:謂選才建國。《左傳·定公四年》:"昔武王克商,成王定之,選建明德,以蕃屏周。"楊伯峻注:"選明德之人,建立國家。"劉攽《鴻慶宮三聖殿賦》:"蓋上帝之所選建,明聖命以天位者,乃所以享德而報功焉!" 賢善:賢明善良。《樂府詩集·卿雲歌》:"遷於賢善,莫不咸聽。"元稹《唐故建州浦城縣尉元君墓誌銘》:"夫人濮陽吴氏,賢善恭幹。"指賢明善良的人。元稹《授孟子周太子賓客制》:"聞匹夫之愛其子者,猶求明哲爲之師,賢善爲之友,而況乎羽翼元子? 賓遊東朝,非舊德耆年,孰副兹選?" 俾:通"比",從。《書·君奭》:"海隅出日,罔不率俾。"《禮記·樂記》:"王此大邦,克順克俾。"鄭玄注:"俾當爲比,聲之誤也。擇善從之曰比。"王引之《經義述聞·尚書》:"罔不率俾。俾之言比也。《比》彖傳曰:'比,下順從也。'比與俾古字通,故《大雅》'克順克比',《樂記》作'克順克俾'。" 公:對尊長的敬稱。《漢書·溝洫志》:"太始二年,趙中大夫白公復奏穿渠。"顏師古注:"鄭氏曰:'時人多相謂爲公。'此時無公爵也,蓋相呼尊老之稱耳!"張説《贈崔公》:"我聞西漢日,四老南山幽。長歌紫芝秀,高卧白雲浮。"于鵠《贈蘭若僧》:"懸燈喬木上,鳴磬亂幡中。附入高僧傳,長稱二遠公。" 彭城:即《古今姓氏書辯證》所記載的力真次子意勁彭城公,元稹一族的祖先。《編年箋注》:"彭城:彭城縣,後魏置,在今河南省境内。《詩·鄭風·清人》:'清人在彭,駟介旁旁。'毛傳:'清,邑名。彭衛之河上,鄭之郊也。'"所謂的解釋連著者自己也糊裏糊塗,請讀者不要輕易採信。其實元稹本文已經作了清楚不過的表述,而《古今姓氏書辯證》的表述則更爲清楚,明確"彭城公"意勁是元稹他們一族的祖先:"什翼犍第六子力真,力真二子:意烈、意勁。意勁,彭城公……悱生比部郎中寬。寬生穆宗宰相稹，字微之，以詩名天下，謂之'元才子'。" 後嗣：後代，子孫。《書·伊訓》："敷求哲人，俾輔於爾後嗣。"曹植《請招降江東表》："臣聞士之羨永生者，非徒以甘食麗服宰割萬物而已，將有以補益群生，尊主惠民，使功存於竹帛，名光於後嗣。"

④"降及兵部"四句：這裏是元稹讚揚自己的六代祖先元巖。《隋書·元巖傳》："宣帝嗣位，爲政昏暴。京兆郡丞樂運乃輿櫬詣朝堂，陳帝八失，言甚切。至帝大怒，將戮之。朝臣皆恐懼，莫有救者。巖謂人曰：'臧洪同日，尚可俱死，其況比干乎！若樂運不免，吾將與之俱斃。'詣閣請見，言於帝曰：'樂運知書奏必死，所以不顧身命者欲取後世之名。陛下若殺之，乃成其名，落其術内耳！不如勞而遣之，以廣聖度。'運因獲免。後帝將誅烏丸軌，巖不肯署詔。御正顔之儀切諫不入，巖進繼之，脱巾頓顙三拜三進，帝曰：'汝欲黨烏丸軌邪？'巖曰：'臣非黨軌，正恐濫誅失天下之望！'帝怒，使閹豎搏其面，遂廢於家。高祖爲丞相，加位開府民部中大夫。及受禪，拜兵部尚書，進爵平昌郡公，邑二千户。巖性嚴重，明達世務。每有奏議，侃然正色，庭諍面折無所回避，上及公卿皆敬憚之。時高祖初即位，每徵周代諸侯微弱以致滅亡，由是分王諸子權，侔王室以爲磐石之固。遣晉王廣鎮并州，蜀王秀鎮益州，二王年並幼稚，於是盛選貞良有重望者爲之寮佐。于時巖與王韶俱以骨鯁知名，物議稱二人才具侔于高熲，由是拜巖爲益州總管長史，韶爲河北道行臺右僕射。高祖謂之曰：'公，宰相大器，今屈輔我兒，如曹參相齊之意也。'及巖到官，法令明肅，吏民稱焉！蜀王性好奢侈，嘗欲取獠口以爲閹人，又欲生剖死囚取膽爲藥。巖皆不奉教，排閣切諫，王輒謝而止。憚巖爲人，每循法度，蜀中獄訟，巖所裁斷，莫不悦服。其有得罪者，相謂曰：'平昌公與吾罪，吾何怨焉！'上甚嘉之，賞賜優洽。十三年卒官，上悼惜久之。益州父老莫不隕涕，於今思之。巖卒之後，蜀王竟行其志，漸致非法造渾天儀、司南車、記里鼓，凡所被服擬于天子。又共妃出獵，以彈彈人。多捕

山獠,以充宦者,寮佐無能諫止。及秀得罪,上曰:'元巖若在,吾兒豈有是乎!'"請讀者注意,元稹一生直言敢諫的作爲,應該是受到元巖的深刻影響所致。 巨人:偉人,謂德才高超的人。《史記·周本紀》:"棄爲兒時,屹如巨人之志。"韓愈《衢州徐偃王廟碑》:"自秦至今,名公巨人,繼迹史書。" 抑揚:褒貶。葛洪《抱朴子·行品》:"士於難分之中,而無取捨之恨者,使臧否區分,抑揚咸允。"劉知幾《史通·浮詞》:"至於本事之外,時寄抑揚,此乃得失禀於片言,是非由於一句,談何容易,可不慎歟!" 直聲:正直之言。《漢書·張敞傳》:"今朝廷不聞直聲,而令明詔自親其文,非策之得者也。"顔師古注:"言朝臣不進直言,以陳其事。"正直的名聲。元稹《白居易授尚書主客郎中知制誥制》:"元和初,對詔稱旨,翱翔翰林,藹然直聲,留在人口。"蘇軾《吕大防制》:"具官吕大防,擢自英祖(宋英宗),休有直聲;被遇裕陵(宋神宗),愈彰忠力。" 扶衛衰俗:指元巖在陳代救助樂運、烏丸軌,在隋代諫阻蜀王楊秀之事。 扶衛:扶持正氣,保衛弱者。白居易《朱藤謡》:"瘴癘之鄉,無人之地。扶衛衰病,驅訶魑魅。吾獨一身,賴爾爲二。"宋申錫《李公德政碑銘》:"故能光宅萬國,德隆三代,忠賢間出,翼戴扶衛,騰英聲於夷夏,炳洪模於簡册。" 衰俗:衰敗的世俗。王定保《唐摭言·知己》:"僕不幸,生於衰俗,所不耻者,識元紫芝。"王安石《寄曾子固》:"高論幾爲衰俗廢,壯懷難值故人傾。"

⑤ 户部:古代官署名,秦爲治粟内史,漢爲大司農,三國以後常置度支尚書及左民尚書,掌財用及户籍,隋設民部尚書,唐因之,高宗即位,爲避太宗李世民諱,改稱户部,爲六部之一,掌管全國土地、户籍、賦税、財政收支等事務,長官爲户部尚書。這裏指元稹祖父元悱的祖父元弘,《古今姓氏書辯證》揭示元弘曾任職北平太守,而《唐代墓誌彙編·大周定王掾獨孤公故夫人元氏墓誌銘》又記載元弘曾拜職隋代倉部侍郎,《隋書·百官志》:"度支尚書統户部侍郎各二人,金部、倉部侍郎各一人。"倉部是户部四司之一,故統稱户部。楊巨源

《胡二十拜户部兼判度支》:"清機果被公材撓,雄拜知承聖主恩。廟略已調天府實,國征方覺地官尊。" 纘紹:繼承,承襲。《舊五代史·唐末帝紀》:"前朝廓清多難,有戰伐之大功;纘詔丕圖,有夾輔之盛業。"范質《奉契丹主表》:"臣遵承遺旨,纘紹前基。諒暗之初,荒迷失次。" 魏州:即《古今姓氏書辯證》揭示的拜職魏州刺史的元義端,《元和姓纂·元》:"義端,魏州刺史,生延壽、延福、延景、延祚。" 藴:積聚,蓄藏。《後漢書·周榮傳》:"藴匵古今,博物多聞。"李賢注:"藴,藏也。"杜甫《壯遊》:"剡溪藴秀異,欲罷不能忘。" 懿:美,美德。《易·小畜》:"君子以懿文德。"孔穎達疏:"懿,美也。"王僧達《祭顔光禄文》:"惟君之懿,早歲飛聲。" 繁昌:繁榮昌盛。《後漢書·陰識傳》:"子方常言'我子孫必將强大',至識三世而遂繁昌。"杜光庭《邛州刺史張太博敬周爲鶴鳴化枯柏再生修金籙齋詞》:"其爲嘉瑞,實冠古先,有以見天枝地葉之繁昌,聖壽寶圖之永遠。"

⑥ 賜第:朝廷賞賜的宅第。《晉書·賀循傳》:"循羸疾不堪拜謁,乃就加朝服,賜第一區,車馬床帳衣褥等物。"李宗閔《苻公神道碑銘》:"以貞元十四年七月二十四日,終於靖恭里賜第,享年六十有五,贈越州都督。" 靖安里:唐代的長安則由宫城、皇城和外廓城組成。其中位於北部中央的宫城是皇帝和皇族居住以及處理朝政的地方,緊挨宫城之南的皇城是李唐各個衙門所在,外廓城從東、西、南三面拱衛宫城與皇城,是一般官僚與百姓的住宅區。城内大街南北十一條東西十四條,整個城區被這些大街分隔成一百零九個坊區,外加一個曲江園區。其中之一即是靖安坊,元氏家族祖傳的老宅就在那裏。《長安志·靖安坊》:"西南隅崇敬尼寺(本僧寺,隋文帝所立,大業中廢。龍朔二年高宗爲長安、定安公主薨後改立爲尼寺),寺東樂府(隋置),咸宜公主宅(玄宗女再降崔嵩)、韓國正穆公主廟(《禮閣新儀》曰:德宗女,自唐安公主追册,貞元十七年祔廟)、太子賓客崔倫宅、門下侍郎同中書門下平章事武元衡宅、尚書吏部侍郎韓愈宅、刑部侍郎

劉伯芻宅、郴州司馬李宗閔宅。”根據現有材料,《長安志》缺元稹住宅的記載:在靖安坊的西北隅,有一幢房子是隋代皇帝賜給當時的兵部尚書平昌郡公元巖的。元稹《靖安窮居》:“喧静不由居遠近,大都車馬就權門。野人住處無名利,草滿空階樹滿園。”白居易《夢與李七庾三十三同訪元九》:“同過靖安里,下馬尋元九。元九正獨坐,見我笑開口。” 天寶:唐玄宗在位時的年號,起公元七四二年,終公元七五六年,共十五個年頭。王維《三月三日曲江侍宴應制》:“籞龍媒下神,皋鳳蹕留從。今億萬歲天,寶紀春秋。”于肅《内給事諫議大夫韋公神道碑》:“公諱某,京兆人也……天寶初拜朝議郎,判宫闈令知本局事,至五年加朝散大夫内謁者監。” 五世:家族世系相傳的五代,父子相繼爲一世。《禮記・大傳》:“有百世不遷之宗,有五世則遷之宗。”《論語・季氏》:“自大夫出,五世希不失矣!”請讀者注意:自元巖至元弘爲一世,自元弘至元義端爲二世,自元義端至元延景爲三世,自元延景至元悱爲四世,自元悱至元寬爲五世。並没有涉及自元寬至元稹的六世,因爲天寶年間,即使是天寶末年“燕寇突來”之時,元寬還是一個不滿二十四歲的年輕人,那時不僅元積、元稹没有出生,就連元沂、元秬也還没有面世,故没有計及元寬至元稹的第六世。

⑦ 冕弁:冕和弁,均爲古代帝王、諸侯、卿、大夫所戴的禮帽,借指仕宦者。《禮記・禮運》:“冕弁兵革,藏於私家,非禮也,是謂脅君。”孔穎達疏:“冕是衮冕,弁是皮弁,是朝廷之尊服。”陸雲《大將軍宴會被命作》:“冕弁振纓,服藻垂帶。” 駢比:排列相接貌。酈道元《水經注・滱水》:“池之四周,居民駢比。”劉禹錫《吊馬文》:“一蹊千趾,駢比齟齬。” 羅列:分佈,排列。《樂府詩集・雞鳴》:“鴛鴦七十二,羅列自成行。”來鵠《賣花謠》:“紫艷紅苞價不同,匝街羅列起香風。” 省寺:古代朝廷“省”、“寺”兩類官署的並稱,亦泛指中央政府官署。杜甫《送顧八分文學適洪吉州》:“高歌卿相宅,文翰飛省寺。”《續資治通鑑・宋太宗太平興國六年》:“朝廷闢西苑,廣御池,而尚書

無廳事,郎曹無本局,九寺、三監寓天街之兩廊,禮部試士或就武成王廟,是豈太平之制度邪!望别修省寺,用列職官。" 朝燭:早朝時照明之燭。杜甫《驪山》:"地下無朝燭,人間有賜金。"仇兆鰲注引趙汸曰:"朝燭,當音'朝覲'之'朝'。凡朝在早,則秉燭而受朝,今地下幽閟,無朝見之燭也。"李洞《鄭補闕山居》:"野霧昏朝燭,溪箋惹御香。相招倚蒲壁,論句夜何長!"

⑧ 叔仲伯季:古時兄弟長幼順序常用"伯、仲、叔、季"或"孟、仲、叔、季"表示。《書・吕刑》:"伯父伯兄,仲叔季弟,幼子童孫,皆聽朕言。"孔傳:"伯仲叔季,順少長也。"《儀禮・士冠禮》:"曰伯某甫,仲叔季唯其所當。"鄭玄注:"伯仲叔季,長幼之稱。" 姊妹:姐姐和妹妹。《左傳・襄公十二年》:"無女而有姊妹及姑姊妹。"戴叔倫《女耕田行》:"姊妹相携心正苦,不見路人唯見土。" 友婿:連襟。《漢書・嚴助傳》:"助侍燕從容,上問助居鄉裹時,助對曰:'家貧,爲友婿富人所辱。'"顔師古注:"友婿,同門之婿。"《顔氏家訓・勉學》:"湣楚友婿竇如同從河州來,得一青鳥。" 彌孫:猶耳孫。《漢書・惠帝紀》:"上造以上及内外公孫耳孫有罪當刑及當爲城旦舂者,皆耐爲鬼薪白粲。"顔師古注引應劭曰:"耳孫者,玄孫之子也。言去其曾高益遠,但耳聞之也。"又引李斐曰:"耳孫,曾孫也。"又引晉灼曰:"耳孫,玄孫之曾孫也。"猶遠孫。沈括《夢溪筆談・辯證》:"雷鄭之學,闕謬固多,其間高祖遠孫一事,尤爲無義。喪服但有曾祖齊衰六月,遠曾緦麻三月,而無高祖遠孫服。" 歲時:每年一定的季節或時間。《周禮・地官・州長》:"若以歲時祭祀州社,則屬其民而讀法。"孫詒讓正義:"此云歲時,唯謂歲之二時春、秋耳!"《五禮通考・后妃廟》:"故爲密皇后立廟於城内,歲時祭祀,置廟户十家、齋官三十人。" 與:參與。《論語・八佾》:"吾不與祭,如不祭。"《禮記・王制》:"五十不從力政,六十不與服戎,七十不與賓客之事。" 會:會合,聚會。柳宗元《封建論》:"德又大者,方伯、連帥之類,又就而聽命焉!以安其人,然後天下會

於一。”范仲淹《岳陽樓記》:“遷客騷人,多會於此。” 冠冕:冠族,仕宦之家。《世説新語·德行》:“王綏在都。”劉孝標注引《中興書》:“自王渾至坦之,六世盛德,綏又知名於時,冠冕莫與爲比!”《顔氏家訓·勉學》:“雖千載冠冕,不曉書記者,莫不耕田養馬。”王利器集解:“《文選·奏彈王源》李善注引《袁子正書》:‘古者,命士已上,皆有冠冕,故謂之冠族。’” 一時:一個時期。《孟子·公孫丑》:“彼一時也,此一時也。”陸機《五等諸侯論》:“故强毅之國,不能擅一時之勢。”一代,當代。《後漢書·班超梁慬傳論》:“祭肜,耿秉啓匈奴之權,班超、梁慬奮西域之略,卒能成功立名,享受爵位,薦功祖廟,勒勛於後,亦一時之志士也。”曹丕《與吴質書》:“諸子但爲未及古人,自一時之雋也,今之存者,已不逮矣!”

⑨ 燕寇:指安禄山、史思明等叛亂藩鎮,因他們叛亂之前曾任職范陽節度使、平盧節度使都知兵馬使,而其轄地是戰國時期燕國的領地,故稱。元稹《立部伎》:“明年十月燕寇來,九廟千門虜塵涴。”白居易《江南遇天寶樂叟》:“歡娱未足燕寇至,弓勁馬肥胡語喧。” 人士:有名望的人,舊時多指社會上層分子。《詩·小雅·都人士》:“彼都人士,狐裘黄黄。”鄭玄箋:“古明王時,都人之有士行者。”韓愈《送石處士序》:“於是東都之人士,咸知大夫與先生果能相與以有成也。” 蔭籍:因先輩功勛而得的官籍。徐鉉《前舒州録事參軍沈翱可大理司直》:“敕某蔭藉從仕,以儒術資身。蓬閣曳裾,早揚聲問。侯藩載筆,亦懋勤勞。”司馬光《送同年郎景微歸會稽榮覲序》:“余又與景微以蔭籍同官,偕舉進士。” 朘削:縮減,剥削。語出《漢書·董仲舒傳》:“民日削月朘。”劉禹錫《楚望賦》:“故道朘削,衍爲廣斥。”李綱《理財論》:“猶之一家父兄之所以自奉養者不能節約,而日朘削其子弟以給足焉!” 龜紐:猶奄綬,借指官印。 龜:龜袋的省稱。《新唐書·車服志》:“天授二年,改佩魚皆爲龜。”梅堯臣《侄宰與外甥蔡駰下第東歸》:“黄金鑄佩印,白玉刻佩龜。”印章的代稱,古代印章多爲龜形紐,

故稱。謝靈運《初去郡》:“牽絲及元興,解龜在景平。”李翰《鳳閣王侍郎傳論贊》:“公侯保輔之尊,令僕卿尹之貴,紐龜鳴玉,紫蓋朱軒。”

⑩ 不偶:不遇,不合。王充《論衡·命義》:“行與主乖,退而遠,不偶也。”顔延之《五君詠·嵇中散》:“中散不偶世,本自餐霞人。”引申爲命運不好。蘇軾《京師哭任遵聖》:“哀哉命不偶,每以才得謗。”“先尚書盛德大業”兩句:意謂自己的父親品德高尚,學問高深,但却不得重用,祇能委屈地拜職比部郎中、舒王府長史這樣無足輕重的官職。　盛德:品德高尚,高尚的品德。宋鼎《贈張丞相》:“盛德繼微渺,深衷能卷舒。義申蓬閣際,情切廟堂初。”岑参《故仆射裴公挽歌三首》一:“盛德資邦傑,嘉謨作世程。門瞻駟馬貴,時仰八龍名。”大業:謂高深的學業。《漢書·董仲舒傳贊》:“仲舒遭漢承秦滅學之後,六經離析,下帷發憤,潛心大業,令後學者有所統壹,爲群儒首。”董光宏《合刻薛文清楊忠介二先生文集序》:“昔人稱文章大業,至列之爲三不朽,謂其維世風,砥士習也。”　郎署:漢唐時宿衛侍從官的公署。《漢書·爰盎傳》:“上幸上林,皇后、慎夫人從。其在禁中,常同坐。及坐,郎署長布席,盎引却慎夫人坐。”顔師古注:“蘇林曰:‘郎署,上林中直衛之署也。’如淳曰:‘盎時爲中郎將,天子幸署,豫設供帳待之。’”顔師古《匡謬正俗》卷五:“郎者,當時宿衛之官,非謂趣衣小吏;署者,部署之所……郎署,並是郎官之曹局耳!”楊炯《渾天賦》:“馮唐入於郎署也,兩君而未識;揚雄在於天禄也,三代而不遷。”

⑪ 蒙幸:猶幸蒙,幸運地受到,謙詞。韓愈《順宗實録》:“叔文蒙幸太子有所見,敢不以聞。”吕温《代武相公謝借飛龍馬表》:“如臣蒙幸,未見其倫。實有何功,敢當斯遇?”　餘福:留傳後世的福祉。《後漢書·黄香傳》:“遭值太平,先人餘福,得以弱冠特蒙徵用,連階累任,遂極臺閣。”《顔氏家訓·終制》:“幸承餘福,得至於今。”　方州:指州郡。王維《責躬薦弟表》:“顧臣謬官華省,而弟遠守方州。”洪邁《容齋三筆·帝王諱名》:“帝王諱名……方州科舉尤甚,此風殆不可

革。” 嗣位:繼承君位。《書·舜典序》:“虞舜側微,堯聞之聰明,將使嗣位。”孔傳:“嗣,繼也。”《新唐書·李石傳》:“陛下嗣位,惟賢是咨,士皆在朝廷。” 幽顯:猶陰陽,亦指陰間與陽間。盧綸《同柳侍郎題侯釗侍郎新昌里》:“庭莎成野席,闌藥是家蔬。幽顯豈殊迹! 昔賢徒病諸。”李商隱《重有感》:“晝號夜哭兼幽顯,早晚星關雪涕收。” 封贈:封建時代推恩臣下,將官爵授予其父母,父母存者稱封,死者稱贈。封贈之制,起于晉與南朝宋。陸贄《平朱泚後車駕還京大赦制》:“應扈從將士,三品已上賜爵兩級,四品已下各加兩階,仍並賜勛三轉,其祖父母父母封贈,並準收京城例處分。”吴畦《唐贈左散騎常侍汝南韓公神道碑》:“公以德符陰騭,慶延子孫,世居封贈之尊,蔭極人臣之貴。”

⑫ 追命:舊指身後由朝廷授予某種封賜。《左傳·昭公七年》:“衛齊惡告喪于周,且請命。王使郕簡公如衛吊,且追命襄公。”白居易《李愬贈太尉制》:“欽我追命,可贈太尉。” 朝例不許:根據過去的規定,不能許可。王敦史《論回授祖父母贈官奏》:“中外官寮,准制封贈,多請回授祖父母。臣謹詳古禮及國朝故事,追贈出於鴻恩,非繇臣下之求,不繫子孫之便。開元新詔,唯許宰相回贈於祖。蓋以宰相位高,封贈崇極,故許回授,於義無妨。近日常僚,率援此例。夫推讓於祖,在父則然。改奪於朝,爲子何忍?伏望宣付宰臣,重與依注詳議。”這裏有一段父子孝親的動人故事:元寬在世之日,曾經請求朝廷追贈自己的父母,但因爲比部郎中的官職過小,朝廷不予准許,使父親元寬的孝心遺恨地下:“小子稹伏念先尚書嘗以比部郎乞换追命,朝例不許,大孝莫申。是用追述先志,乞回恩於祖父祖妣。”最終,朝廷准許了曾經是宰相的元稹的請求,追贈元稹祖父母“兵部員外郎、晉昌縣太君”,父子兩代的孝心最終得以實現。

⑬ 感咽:感動得泣不成聲。《西京雜記》卷一:“及即大位,每持此鏡,感咽移辰。”《北史·楊愔傳》:“愔便號泣感噎。” 五情:猶言五内。劉琨《勸進表》:“且悲且惋,五情無主。舉哀朔垂,上下泣血。”孟

郊《感懷八首》一："五情今已傷，安得能自老？"

⑭ 仲冬：冬季的第二個月，即農曆十一月，處冬季之中，故稱。《書·堯典》："日短星昴，以正仲冬。"《後漢書·宦者傳序》："《月令》：'仲冬命閹尹審門閭，謹房室。'" 日至：指夏至或冬至，古人認爲，天行赤道(天球赤道)，日行赤道南北，於夏至運行到極北之處，於冬至運行到極南之處，故稱日至。夏至日照最長，稱長至；冬至日照最短，稱短至。《左傳·莊公二十九年》："凡土功……日至而畢。"楊伯峻注："日至，冬至。"《孟子·告子》："今夫麰麥，播種而櫌之……浡然而生，至於日至之時，皆熟矣！"楊伯峻譯注："日至，此指夏至。" 制書：古代皇帝命令的一種。蔡邕《獨斷》："其(皇帝)命令：一曰策書，二曰制書，三曰詔書，四曰戒書。"閭邱均《爲益州刺史賀赦表》："臣某言：臣伏奉二月二十二日制書，大赦天下，恭惟大賚，踴躍無地。" 昭告：明白地告知。杜甫《祭遠祖當陽君文》："維開元二十九年歲次辛巳月日，十三葉孫甫，謹以寒食之奠，敢昭告於先祖晉駙馬都尉鎮南大將軍當陽成侯之靈……"陸贄《告謝昊天上帝册文》："維貞元元年歲次乙丑十一月癸巳朔十一日癸卯，嗣天子臣某，敢昭告於昊天上帝……"

[編年]

《年譜》編年："文云：'小子稹，蒙幸餘福，據有方州。'又云：'謹以仲冬日至，修奉常薦，焚獻制書'云云。長慶二年冬至在同州作。"《編年箋注》編年："文中既有'小子稹，蒙幸餘福，據有方州'之語，又云'謹以仲冬日至，修奉常薦，焚獻制書，昭告神几'，則時在長慶二年(八二二)十一月冬至之日，元稹時任同州刺史。"《年譜新編》編年："文云：'小子稹，蒙幸餘福，據有方州……謹以仲冬日至，修奉常薦，焚獻制書。'文作于長慶二年冬至。"

我們以爲，元稹在本文中，已經作了非常明確的表述，故編年本文應該没有任何問題。冬至祭祀祖先，理應該提前準備以示虔誠，故本文應該賦成於冬至之前夜。然而《年譜》、《編年箋注》、《年譜新編》的編年意見雖然大致不錯,但論證尚欠嚴密。“冬至”年年有,爲什麼非是“長慶二年”? 元稹“據有方州”先後有同州、越州、鄂州,前後長達十一年,在此期間,元稹位高權重,都有可能得到朝廷對其祖先的追贈,爲什麼非是長慶二年的“同州”? 史實是:元稹在越州與鄂州刺史之職衹是兼任,其主要的職務分别是“浙東觀察使”與“武昌軍節度使”,元稹不會在“昭告”祖父母的時候,僅僅昭告低職而遺忘高職,因此“越州”與“鄂州”都可以排除。然而元稹在同州先後兩年,爲什麼又非是“長慶二年”不可? 因爲本文撰作於“冬至”,而元稹長慶三年八月已經離開同州前往浙東履任觀察使之職,因此也可以排除。據此,我們可以得出結論,本文作於長慶二年冬至日之前夜,地點在同州,元稹時任同州刺史。

◎ 進馬狀[①]

同州防禦使供進烏馬一疋[一],八歲,堪打球及獵[②]。

右,臣竊聞道路相傳,車駕欲暫游幸温湯,未知虚實者[③]。臣職居守土,侍從無因[二]。羨魏闕之埃塵,猶隨日御;恨新豐之雞犬,亦聽車音。目斷魂銷,形留神往[④]。又得進奏官狀,知河中、華州、京兆府並於昭應排比進獻,臣當州素乏所出,無以粗展丹誠。臣既别受恩私,又不合獨無壤奠[⑤]。

伏以前件馬,北方正色,東道奇蹤。調習多時,備諳材力[⑥]。解擊球者,每嘉其環迴斗轉,動必愜心[三];善獵射者,皆嘆其度塹踰溝,走不换足[⑦]。欲隨正至獻賀,竊慮群衆混同,徘徊顧瞻[四],蓄鋭斯久。今者宸游近甸,帝降靈泉,施展是時,戢藏何益[⑧]! 伏望陛下揚鞭頓轡,取驗其馴良[五];結尾絡頭,試觀其神彩(六)⑨。臣某深恩未報,愚志空存。自慚駑鈍之姿,莫展驅馳之效。捫心戀主(七),因馬諭身,輕冒天威,無任戰汗。其馬謹隨狀進,謹進⑩。

録自《元氏長慶集》卷三六

[校記]

(一) 同州防禦使供進烏馬一疋:原本作"同州防禦烏馬一疋",楊本、叢刊本同,語義不順,據《英華》、《全文》補。

(二) 侍從無因:楊本、叢刊本同,《英華》、《全文》作"侍從無由",各備一説,不改。

(三) 動必愜心:楊本、叢刊本同,《英華》、《全文》作"動可愜心",各備一説,不改。

(四) 徘徊顧瞻:楊本、叢刊本、《英華》同,《全文》作"徘徊瞻顧",各備一説,不改。

(五) 取驗其馴良:原本作"取驗馴良",楊本、叢刊本同,據《英華》、《全文》補。

(六) 試觀其神彩:原本作"試觀神彩",楊本、叢刊本同,據《英華》、《全文》補。

(七) 捫心戀主:蘭雪堂本、叢刊本、《英華》、《全文》同,楊本誤作"捫心戀生",不從不改。

[箋注]

① 進:進奉,奉獻。《孟子・離婁》:"問有餘,曰'亡矣',將以復進也。"王建《宫前早春》:"内園分得温湯水,三月中旬已進瓜。" 馬:哺乳動物,頭小面長,耳殼直立,頸上有鬣,尾有長毛,四肢强健,有蹄,性温馴善跑,是古代重要的作戰、代步和農業耕作牲畜之一。沈

佺期《驄馬》:“西北五花驄,来時道向東。四蹄碧玉片,雙眼黄金瞳。”劉庭琦《從軍》:“决勝方求敵,銜恩本輕死。蕭蕭牧馬鳴,中夜拔劍起。” 狀:文體名,向上級陳述意見或事實的文書。如:進狀、奏狀,訴狀,供狀。《漢書·趙充國傳》:“充國上狀曰:‘……臣謹條不出兵留田便宜十二事。’”韓愈《論今年權停舉選狀》:“謹詣光順門奉狀以聞,伏聽聖旨。”

② 防禦使:職官名,唐武則天時始設於夏州,安史之亂時分設於中原有關軍事要地,掌本區軍事,以刺史兼任,常與團練使互兼,以後廢置無常。杜甫《奉送蜀州柏二别駕》:“遷轉五州防禦使,起居八座太夫人。”《舊唐書·職官志》:“又大郡要害之地,置防禦使,以治軍事,刺史兼之,不賜旌節。” 供進:進獻宫廷。白居易《六年秋重題白蓮》:“本是吴州供進藕,今爲伊水寄生蓮。”孟元老《東京夢華録·四月八日》:“是月茄瓠初出上市,東華門争先供進,一對可直三五十千者。” 打球:我國古代軍中用以練武的一種馬上打球遊戲,亦有徒步打球的。封演《封氏聞見記·打球》:“開元、天寶中,玄宗數御樓觀打球爲事。能者左縈右拂,盤旋宛轉,殊可觀。然馬或奔逸,時致傷斃。”《宋史·禮志》:“打球,本軍中戲,太宗令有司詳定其儀。三月,會鞠大明殿,有司除地,豎木東西爲球門……左右分朋主之,以承旨二人守門。” 獵:打獵,捕捉禽獸。《詩·魏風·伐檀》:“不狩不獵,胡瞻爾庭有縣貆兮?”王讜《唐語林·文學》:“德宗暮秋獵于苑中。”

③ 竊:私下,私自,多用作謙詞。《戰國策·趙策》:“老臣病足,曾不能疾走,不得見久矣!竊自恕,恐太后玉體之有所郄也,故願望見。”《漢書·韓信傳》:“臣愚,竊以爲亦過矣!” 道路:路上的人,指衆人。《史記·酈生陸賈列傳》:“道路皆言君讒,欲殺之。”《北史·元坦傳》:“傲狠凶粗,因飲酒之際,於洛橋左右頓辱行人,爲道路所患。” 相傳:互相傳説。杜甫《石笋行》:“古來相傳是海眼,苔蘚蝕盡波濤痕。”宋敏求《春明退朝録》卷中:“列子廟在鄭州圃田,其地有小城,貌

甚古，相傳有唐李德裕、王起題名。”　車駕：帝王所乘的車，亦用爲帝王的代稱。《漢書・高帝紀》：“車駕西都長安。”顔師古注：“凡言車駕者，謂天子乘車而行，不敢指斥也。”陸游《老學庵筆記》卷四：“趙正夫丞相薨，車駕臨幸。”　遊幸：指帝王或后妃出遊。《北史・雀光傳》：“〔陛下〕專薦郊廟，止決大政，輔神養和，簡息遊幸，則率土屬賴，含生仰悦矣！”蘇轍《乞御製集叙狀》：“而復厲精庶政，親决萬機，故其遊幸無益之文，見存無幾。”　温湯：温泉。酈道元《水經注・㶟水》：“山屋東有温湯水口……其山在縣西二十里，右出温湯，療治萬病。”《新唐書・李峴傳》：“玄宗歲幸温湯，甸内巧供以媚上。”本文指驪山的温泉。　虚實：真僞。《後漢書・度尚傳》：“夫事有虚實，法有是非。”《梁書・朱異傳》：“普通五年，大舉北伐，魏徐州刺史元法僧遣使請舉地内屬，詔有司議其虚實。”

④ 守土：守衛疆土，亦指地方官掌治其所轄區域。《書・舜典》：“歲二月，東巡守。”孔傳：“諸侯爲天子守土，故稱守。”白居易《初下漢江舟中作寄兩省給舍》：“尚想到郡日，且稱守土臣。猶須副憂寄，恤隱安疲民。”　侍從：隨侍帝王或尊長左右。《漢書・史丹傳》：“自元帝爲太子時，丹以父高任爲中庶子，侍從十餘年。”吴質《答魏太子箋》：“陳、徐、劉、應，才學所著，誠如來命，惜其不遂，可爲痛切。凡此數子，於雍容侍從，實其人也。”　無因：無所憑藉，没有機緣。《楚辭・遠遊》：“質菲薄而無因兮，焉託乘而上浮？”謝惠連《雪賦》：“怨年歲之易暮，傷後會之無因。”　魏闕：古代宫門外兩邊高聳的樓觀，樓觀下常爲懸布法令之所，亦借指朝廷。《莊子・讓王》：“身在江海之上，心居乎魏闕之下。”元稹《酬友封話舊叙懷十二韵》：“魏闕何由到？荆州且共依。”　日御：指帝王的車駕。李乂《奉和初春幸太平公主南莊應制》：“地出東郊迴日御，城臨南斗度雲車。”杜牧《奉和白相公聖德和平》：“應須日御西巡狩，不假星弧北射狼。”　新豐：縣名，漢高祖七年置，唐廢，治所在今陕西省臨潼縣西北，本秦驪邑，漢高祖定都關

中,其父太上皇居長安宮中,思鄉心切,鬱鬱不樂,高祖乃依故鄉豐邑街里房舍格局改築驪邑,並遷來豐民,改稱新豐。據説士女老幼各知其室,從遷的犬羊雞鴨亦競識其家,太上皇居新豐,日與故人飲酒高會,心情愉快。鮑照《數名詩》:"五侯相餞送,高會集新豐。"李世民《重幸武功》:"列筵歡故老,高宴聚新豐。"　車音:車子行進時發出的聲音。司馬相如《長門賦》:"雷殷殷而響起兮,聲象君之車音。"劉得仁《宿普濟寺》:"廣陌車音急,危樓夕景通。"　目斷:猶望斷,一直望到看不見。丘爲《登潤州城》:"鄉山何處是?目斷廣陵西。"晏殊《訴衷情》:"憑高目斷,鴻雁來時,無限思量。"　魂銷:謂靈魂離體而消失,形容極度悲傷或極度歡樂激動。《舊唐書·鄭畋傳》:"自函洛構氛,鑾輿避狄,莫不指銅駝而背裂,望玉壘以魂銷。"張先《南鄉子》:"何處可魂消?京口終朝兩信潮。"　神往:謂心神出遊。郭遐叔《贈嵇康三首》二:"馳情運想,神往形留。"葉適《中大夫直敷文閣兩浙運副趙公墓誌銘》:"噫余趙公,曠度逸群,神往無方,豈是之墳!"

⑤ 河中:州郡名,即河中府,府治即今山西永濟縣地,在昭應的東北。《元和郡縣志·河東道》:"河中府,今爲河中節度使理所……管縣八:河東、河西、臨晉、猗氏、虞鄉、寶鼎、解、永樂。"韋應物《送姚孫還河中》:"上國旅遊罷,故園生事微。風塵滿路起,行人何處歸?"錢起《送李兵曹赴河中》:"能荷鐘鼎業,不矜紈綺榮。侯門三事後,儒服一書生。"　華州:州郡名,即今陝西華縣,在昭應的東面。《元和郡縣志·京兆府》:"華州,《禹貢》:雍州之域,周爲畿内之國,鄭桓公始封之邑……武德元年復爲華州,垂拱元年改爲太州,避武太后祖諱也。神龍元年復舊……管縣三:鄭、華陰、下邽。"李白《贈華州王司士》:"淮水不絶濤瀾高,盛德未泯生英髦。知君先負廟堂器,今日還須贈寶刀。"　京兆府:即李唐長安所在地,今陝西西安市。《元和郡縣志·京兆府》:"京兆府:《禹貢》:雍州之地,舜置十二牧,雍其一也。周武王都豐鎬,平王東遷,以岐豐之地賜秦襄公……武德元年復爲雍

州，開元元年改爲京兆府……管縣二十三：萬年、長安、昭應、三原、醴泉、奉天、奉先、富平、雲陽、咸陽、渭南、藍田、興平、高陵、櫟陽、涇陽、美原、華原、同官、鄠、盩厔、武功、好畤。"岑參《尹相公京兆府中棠樹降甘露詩》："相國尹京兆，政成人不欺。甘露降府庭，上天表無私。"高適《同崔員外綦毋拾遺九日宴京兆府李士曹》："今日好相見，群賢仍廢曹。晚晴催翰墨，秋興引風騷。" 昭應：縣名，李唐京兆府屬縣之一，即今天的陝西新豐縣，李唐時期的驪山即在其境内。《舊唐書·地理志》："昭應，隋新豐縣，治古新豐城北。垂拱二年改爲慶山縣，神龍元年復爲新豐，天寶二年分新豐、萬年置會昌縣，七載省新豐縣，改會昌爲昭應，治温泉宫之西北。"韋應物《園林晏起寄昭應韓明府盧主簿》："田家已耕作，井屋起晨烟。園林鳴好鳥，閑居猶獨眠。"顧况《宿昭應》："武帝祈靈太乙壇，新豐樹色繞千官。那知今夜長生殿，獨閉山門月影寒。" 排比：安排，準備。賈思勰《齊民要術·雜説》："至十二月内，即須排比農具使足。"王定保《唐摭言·雜文》："公聞之，即處分所司，排比迎新使。" 進獻：進呈，呈獻。《左傳·襄公二十五年》："子展執縶而見，再拜稽首，承飲而進獻。"白居易《賀雨》："乃命罷進獻，乃命賑饑窮。" 當州：本州。《三國志·武帝紀》："作銅雀臺。"裴松之注引《魏武故事》："劉表自以爲宗宗，包藏奸心，乍前乍却，以觀世事，據有當州，孤復定之，遂平天下。"劉禹錫《謝恩賜粟麥表》："以臣當州連年歉旱，特放開成元年夏青苗錢。" 丹誠：赤誠的心。《三國志·陳思王植傳》："承答聖問，拾遺左右，乃臣丹誠之至願，不離於夢想者也。"元稹《鶯鶯傳》："則當骨化形銷，丹誠不泯。"恩私：猶恩惠，恩寵。杜甫《北征》："顧慚恩私被，詔許歸蓬蓽。"歐陽修《新春有感寄常夷甫》："恩私未知報，心志已凋喪。" 壤奠：本土所産的貢物。《書·康王之誥》："皆布乘黄朱，賓稱奉圭兼幣，曰：'一二臣衛，敢執壤奠。'"孔傳："敢執壤地所出而奠贄也。"《新唐書·禮樂志》："通事舍人導刺史一人，解劍脱舄，執贄升前，北向跪奏：'官封臣姓名等敢獻壤奠。'"

⑥ 北方:北部地方,在我國多指黄河流域及其以北地區。《左傳·文公九年》:"范山言於楚子曰:'晉君少,不在諸侯,北方可圖也。'楚子師於狼淵以伐鄭。"韓愈《唐故檢校尚書左僕射右龍武軍統軍劉公墓誌銘》:"大父巨敖……爲太原晉陽令,再世宦北方,樂其土俗,遂著籍太原之陽曲。" 正色:指青、赤、黄、白、黑五種純正的顔色,對間色而言。《禮記·玉藻》:"衣正色,裳間色。"孔穎達疏引皇侃曰:"正謂青、赤、黄、白、黑五方正色也。"《論語·陽貨》"惡紫之奪朱也"何晏集解引孔安國曰:"朱,正色;紫,間色之好者。" 東道:指東部地區。《意林》卷三引桓譚《新論》:"張子侯曰:'楊子雲,西道孔子也,乃貧如此。'吾應曰:'子雲亦東道孔子也,昔仲尼豈獨是魯孔子,亦齊楚聖人也。'" 蹤:脚印,蹤迹。《史記·蕭相國世家》:"高帝曰:'夫獵,追殺獸兔者狗也,而發蹤指示獸處者人也。'"《初學記》卷二九引傅玄《走狗賦》:"於是尋漏迹,躡遺蹤,形疾騰波,勢如駭龍。" 調習:調治熟習。賈思勰《齊民要術·雜説》:"欲善其事,先利其器;悦以使人,人忘其勞。且須調習器械,務令快利。"調教訓練。《詩·秦風·駟驖》:"遊於北園,四馬既閑。"孔穎達疏:"諸馬皆須調習也。"洪邁《夷堅甲志·段宰妾》:"調習既久,容色殊可。段名之曰'鶯鶯',以爲側室。" 諳:熟悉,知道。《後漢書·虞延傳》:"延進止從容,占拜可觀,其陵樹株蘖,皆諳其數,俎豆犧牲,頗曉其禮。"韓愈《黄家賊事宜狀》:"比者所發諸道南討兵馬,例皆不諳山川,不伏水土。" 材力:勇力,膂力。《史記·殷本紀》:"帝紂資辨捷疾,聞見甚敏,材力過人,手格猛獸。"《新唐書·竇建德傳》:"〔竇建德〕材力絶人,少重然許,喜俠節。"

⑦ 擊球:同"擊鞠",《新唐書·敬宗紀》:"長慶二年十二月,穆宗因擊球暴得疾,不見群臣者三日。"孟元老《東京夢華録·駕幸寶津樓宴殿》:"殿之南有横街,牙道柳徑,乃都人擊球之所。" 環迴:曲折迴旋。韓愈《送靈師》:"怒水忽中裂,千尋墮幽泉。環迴勢益急,仰見團

團天。"林逋《耿濟口舟行》:"環迴幾合似江干,刺眼詩幽盡狀難。" 斗轉:猶"鬥轉",轉來轉去。韓愈《郴口又贈二首》一:"山作劍攢江寫鏡,扁舟鬥轉疾於飛。回頭笑向張公子,終日思歸此日歸。"張祜《觀泗州李常侍打球》:"鬥轉時乘勢,旁捎乍迸空。等來低背手,争得旋分騣!" 愜心:快心,滿意。《後漢書·楊彪傳》:"司隸校尉陽球因此奏誅甫,天下莫不愜心。"元結《遊㶊泉雲泉上學者》:"愜心則自適,喜尚人或殊。" 獵射:猶打獵。《漢書·賈山傳》:"令從豪俊之臣,方正之士,直與之日日獵射,擊兔伐狐,以傷大業。"杜甫《昔遊》:"肉食三十萬,獵射起黄埃。" 塹:溝壕。《墨子·備城門》:"塹中深丈五,廣比扇,塹長以力爲度。"《梁書·蔡道恭傳》:"魏乃作大車載土,四面俱前,欲以填塹。" 溝:田間水道。《周禮·考工記·匠人》:"九夫爲井,井間廣四尺,深四尺,謂之溝。"特指護城河。《史記·齊太公世家》:"楚方城以爲城,江漢以爲溝。"人工挖掘的戰壕。《韓非子·説林》:"將軍怒,將深溝高壘。" 换足:猶"斂足",即斂步。陳鴻《長恨歌傳》:"方士屏息斂足,拱手門下。"蘇軾《策略》:"百官俯首就位,斂足而退。"猶"調足",調整步伐。王充《論衡·自紀》:"入澤隨龜,不暇調足;深淵捕蛟,不暇定手。"

⑧ 正至:節日名之一。《舊唐書·盧徵傳》:"華以近地人貧,每正至、端午、降誕所獻甚薄,徵遂謁其財賦,每有所進獻,輒加常數,人不堪命。"《舊唐書·李石傳》:"開成元年,改元大赦,石等商量節文,放京畿一年租税,及正至、端午進奉並停三年。" 獻賀:奉獻與慶賀。《舊唐書·玄宗紀》:"(開元十八年)八月丁亥,上御花萼樓,以千秋節,百官獻賀,賜四品已上金鏡珠囊縑綵,賜五品已下束帛有差。上賦八韵詩,又制秋景詩。"《舊唐書·后妃傳》:"揚、益、嶺表刺史,必求良工,造作奇器異服,以奉貴妃獻賀,因致擢居顯位。" 混同:混淆,等同。《後漢書·皇后紀論》:"賢愚優劣,混同一貫。"封演《封氏聞見記·歷山》:"今東齊地名歷城,與舜耕歷山其名相涉,故俗人混同。"

徘徊:猶彷徨,遊移不定貌。《漢書·高后紀》:"産不知禄已去北軍,入未央宫欲爲亂。殿門弗内,徘徊往來。"顔師古注:"徘徊猶彷徨,不進之意也。"柳宗元《南澗中題》:"索寞竟何事? 徘徊祇自知。" 顧瞻:瞻前顧後,謂慎重周密地考慮。韓愈《祭馬僕射文》:"度彼四方,孰樂可據? 顧瞻衡鈞,將舉以付。"范仲淹《上時相議剏舉書》:"然必顧瞻禮義,執守規矩,不猶愈於學非而博者乎?" 蓄鋭:蓄養鋭氣。杜甫《北征》:"官軍請深入,蓄鋭可俱發。"岳飛《五嶽祠盟記》:"故且養兵休卒,蓄鋭待敵。" 宸遊:帝王之巡遊。蘇頲《奉和初春幸太平公主南莊應制》:"主第山門起灞川,宸遊風景入初年。"蔡襄《上元進詩》:"宸遊不爲三元夜,樂事全歸萬衆心。" 近甸:指都城近郊。《晉書·食貨志》:"此又三魏近甸,歲當復入數十萬斛穀。"《舊唐書·崔慎由傳》:"或以京都紛擾,委制置於中朝;或以鑾輅播遷,俾奉迎於近甸。"本文指驪山地區。 靈泉:對泉水的美稱。張君祖《贈沙門竺法頵三首》一:"峭壁溜靈泉,秀嶺森青松。"柳宗元《壽州安豐縣孝門銘》:"神錫秘址,三秀靈泉。"本文指驪山的温湯。 戢藏:亦作"戢臧",收藏。《隸釋·漢凉州刺史魏元丕碑》:"彝戎賓服,干戈戢藏。"《漢書·刑法志》:"天下既定,戢臧干戈,教以文德。"

⑨ 伏望:表希望的敬詞,多用於下對上。元稹《同州刺史謝上表》:"伏望恕臣死罪,特留聖覽。臣此表並臣手疏,並請留中不出。"王禹偁《滁州謝上表》:"伏望陛下思直木先伐之義,考衆惡必察之言。" 揚鞭:揮鞭。岑參《衛節度赤驃馬歌》:"揚鞭驟急白汗流,弄影行驕碧蹄碎。"周邦彦《點絳唇》:"空回顧,淡烟横素,不見揚鞭處。" 頓轡:猶停車。《文選·陸機〈赴洛道中作〉二》:"頓轡倚嵩巖,側聽悲風響。"李善注:"頓,猶舍也。"孫恂《獵狐記》:"無何,小駟頓轡,閽者覺之,隔闔而問阿誰?" 馴良:和順善良,馴服和善。曹叡《短歌行》:"執志精專,潔行馴良。"朱弁《曲洧舊聞》卷八:"犢子雖俊可喜,終敗人事,不如求負重有力而馴良服轅者。" 結尾:尾端打結,紮縛尾巴。

《荀子・賦》:"一往一來,結尾以爲事;無羽無翼,反覆甚極。"楊倞注:"結其尾綫,然後行箴。"覺範《神駒行》:"緑絲絡頭沫流鞯,繡帕搭鞍初結尾。次驟意態欲騰驤,奔逸長鳴抹千里。" 絡頭:馬籠頭。鮑照《代結客少年場行》:"驄馬金絡頭,錦帶佩吴鉤。"李白《答杜秀才五松見贈》:"敕賜飛龍二天馬,黄金絡頭白玉鞍。" 神彩:又作"神采",指人、動物、景物或藝術作品的神韵風采。元稹《塞馬》:"塞馬倦江渚,今朝神彩生。"劉禹錫《九華山歌引》:"九華山在池州青陽縣西南,九峰競秀,神采奇異。"

⑩ 深恩:大恩。王勃《秋日别王長史》:"别路餘千里,深恩重百年。"權德輿《奉和于司空二十五丈新卜城南郊居接司徒公别墅即事書情奉獻兼呈李裴相公》:"一德承昌運,三公翊至尊。雲龍諧理代,魚水見深恩。" 愚志:謙稱己之心志。《史記・田敬仲完世家》:"淳於髡見之曰:'善説哉! 髡有愚志,願陳諸前。'"劉向《新序・雜事》:"故使使者陳愚志,君誠諭之。" 駑鈍:平庸低下。《楚辭・劉向〈九嘆・憂苦〉》"同駑羸與棄駔兮,雜班駮與闒茸"王逸注:"闒茸,駑頓也。"指低下的才能。諸葛亮《前出師表》:"當獎帥三軍,北定中原,庶竭駑鈍,攘除奸凶,興復漢室,還於舊都。"蘇軾《徐州謝執政獎諭啓》:"深自策其駑鈍,庶有補於涓埃。" 驅馳:喻奔走效力。《三國志・諸葛亮傳》:"三顧臣於草廬之中,諮臣以當世之事,由是感激,遂許先帝以驅馳。"張籍《送友生遊峽中》:"風静楊柳垂,看花又别離。幾年同在此,今日各驅馳?" 捫心:撫摸胸口,表示反省。顔之推《神仙》:"鏡中不相識,捫心徒自憐。"盧綸《雪謗後書事上皇甫大夫》:"覽鏡愁將老,捫心喜復驚。" 戀主:依戀君主。曹植《上責躬應詔詩表》:"僻處西館,未奉闕庭,踴躍之懷,瞻望反側,不勝犬馬戀主之情。"錢起《送陸郎中》:"事邊仍戀主,舉酒復悲歌。" 天威:帝王的威嚴,朝廷的聲威。杜甫《承聞河北諸道節度入朝歡喜口號絶句十二首》一二:"十二年來多戰場,天威已息陣堂堂。"蘇軾《上神宗皇帝書》:"自知瀆

犯天威,罪在不赦。" 戰汗:恐懼出汗。柳宗元《上西川武元衡相公謝撫問啓》:"拜伏無路,不勝惶惕。輕冒威重,戰汗交深。"王定保《唐摭言·公薦》:"顒不勝區區,敢聞左右。俯伏階屏,用增戰汗。"

[編年]

《年譜》編年:"《狀》當撰於長慶二年十一月癸酉稍前。"理由是:"《狀》云:'臣竊聞道路相傳,車駕欲暫游幸温湯,未知虚實者。'據《舊唐書·穆宗紀》:'(長慶二年十一月)癸酉,上幸華清宫……巡狩于驪山下,即日馳還。'"《編年箋注》引用理由同《年譜》所引《舊唐書·穆宗紀》,結論是:"據此知,進馬事在長慶二年(八二二)十一月癸酉以前。"《年譜新編》編年本文於長慶二年,没有説明理由,但有譜文:"十一月,進烏馬一匹。"理由同《年譜》、《編年箋注》。

我們以爲,編年本文應該結合唐穆宗這一時期的活動來考察:《舊唐書·穆宗紀》:"(長慶二年)十一月丁巳朔……庚午,命景王率禁軍五百騎侍從皇太后幸華清宫,又幸石瓮寺……癸酉,上幸華清宫迎太后,巡狩于驪山下,即日馳還,太后翌日方還……庚辰,上與内官擊鞠禁中,有内官欻然墜馬,如物所擊。上恐,罷鞠升殿,遽足不能履地,風眩就床,自是外不聞上起居者三日……十二月丁亥朔,詔五坊鷹隼並解放,獵具皆毁之。"而本文云:"臣竊聞道路相傳,車駕欲暫游幸温湯,未知虚實者。臣職居守土,侍從無因。羡魏闕之埃塵,猶隨日御;恨新豐之雞犬,亦聽車音。目斷魂銷,形留神往。"首先本文并没有提及"皇太后幸華清宫"之事,説明本文撰作應該在此事之前。其次,結合兩文所云,"皇太后幸華清宫"與"上幸華清宫迎太后",應該是事先策劃好的一個計劃的兩個相連相接的組成部份,"上幸華清宫迎太后"並非是臨時起意。而本文衹是説"竊聞道路相傳,車駕欲暫游幸温湯,未知虚實者",説明"皇太后幸華清宫"與"上幸華清宫迎太后"兩件事情都没有發生,它們好比英語中的"將來時",並非是"現在時”,更不是“過去時”,故本文應該撰成於“十一月庚午”之前,而非“癸酉”之前。據“十一月丁巳朔”推算,本文應該撰成於“庚午”亦即十一月十四日之前數日,而非“癸酉”亦即十一月十七日之前,地點在同州,元稹時任同州刺史。

◎ 賀聖體平復御紫宸殿受朝賀表①

臣某言(一):今日得上都進奏官報稱,昨日陛下御紫宸殿,受群臣賀表,伏審聖躬萬福,親見百寮,率土皆歡,溥天同慶,臣某中賀②。

臣聞兩耀有晦明,所以成其不已;四瀆有盈縮,所以成其不竭③。不有燎火,無以辨玉質;不有霜霰,無以見松心(二)④。是以軒轅神倦,然後夢華胥之游;秦穆疾寐,然後享鈞天之樂⑤。堯以瘦瘠而爲聖,禹以胼胝而稱功。斯皆因疾成姸,以勞逢福。非臣臆度,敢進瞽言⑥。

昨者聖體不安,纔經累日(三),穆卜罔害(四),勿藥有瘳(五)。此所以表北極之長尊,配南山而永固者也⑦。況日臨黄道,萬物皆榮。帝御紫宸,千官畢賀⑧。臣恨以守符外郡(六),不獲稱慶明庭。空懷鼓舞之心,有阻賡歌之末(七)。臣某無任跳躍徘徊瞻望歡欣之至,謹差知衙官劉宗奉表陳賀以聞(八)⑨。

録自《元氏長慶集》卷三四

[校記]

(一)“臣某言”以下九句:原本無,楊本、叢刊本同,據《英華》、

《全文》補，其中“賀表”、“臣某中賀”，《全文》作“朝賀”、“臣某”，其餘均同。

（二）無以見松心：楊本、叢刊本、《全文》同，《英華》作“無以驗松心”，各備一説，不改。

（三）纔經累日：楊本、叢刊本同，《英華》、《全文》作“纔經旬日”，語義相類，各備一説，不改。

（四）穆卜罔害：楊本、叢刊本同，《英華》作“穆不卜吉”，《全文》作“穆卜言吉”，各備一説，不改。

（五）勿藥有瘳：楊本、叢刊本、《全文》同，《英華》作“勿藥有喜”，各備一説，不改。

（六）臣恨以守符外郡：原本作“臣以守符外郡”，楊本、叢刊本、《全文》同，據《英華》補。

（七）有阻賡歌之末：楊本、叢刊本、《全文》同，《英華》作“莫備賡歌之末”，各備一説，不改。

（八）“臣某無任跳躍徘徊瞻望歡欣之至”兩句：原本作“無任跳躍歡忻瞻望徘徊之至”，楊本、叢刊本同，據《英華》補改。《全文》作“無任跳躍歡欣瞻望徘徊之至，謹差知衙官劉宗奉表陳賀以聞”，録以備考。

[箋注]

① 聖體：舊稱皇帝的身體，亦借指皇帝。《漢書·王嘉傳》：“今聖體久不平，此臣嘉所内懼也。”曹植《冬至獻襪頌》：“南闕北户，西巡王城。翱翔萬域，聖體浮輕。” 平復：痊癒，復原。《韓詩外傳》卷一〇：“諸扶輿而來者，皆平復如故。”朱弁《曲洧舊聞》卷五：“以酒糊丸，日吞百餘，二府皆平復。” 紫宸：宫殿名，天子所居，唐宋時爲接見群臣及外國使者朝見慶賀的内朝正殿，在大明宫内。孫逖《奉和四月三日上陽水窗賜宴應制得春字》：“鳳吹臨清洛，龍輿下紫宸。”杜甫《冬至》：“杖藜雪後臨丹壑，鳴玉朝來散紫宸。” 朝賀：朝覲慶賀。《史

記·秦始皇本紀》:“始皇推終始五德之傳,以爲周得火德,秦代周德,從所不勝。方今水德之始,改年始,朝賀皆自十月朔。”韓愈《石鼓歌》:“大開明堂受朝賀,諸侯劍珮鳴相磨。”

② 上都:古代對京都的通稱。《文選·班固〈西都賦〉》:“寔用西遷,作我上都。”張銑注:“上都,西京也。”此指西漢京都長安。唐肅宗寶應元年建東、南、西、北四陪都,因稱首都長安爲上都。《新唐書·地理志》:“上都,初曰京城,天寶元年曰西京……肅宗元年曰上都。”《續通志·都邑略》:“上都:唐因隋京兆郡舊都,初曰京城,天寶元年曰西京,至德二載曰中京,上元二年復曰西京,寶應元年曰上都。在漢長安故城東南二十里,前直子午谷,後枕龍首山,左臨灞岸,右抵灃水。京城長六千六百六十五步,廣五千五百七十五步,周二萬四千一百二十步,崇丈有八尺。東都:隋河南郡地,曾置都,武德四年廢,貞觀六年號洛陽宫,顯慶二年曰東都,光宅四年曰神都,神龍元年復曰東都,天寶元年曰東京,上元二年罷京,寶應元年復爲東都。在漢魏故洛城西十八里,前直伊闕,後據邙山,左瀍右澗,洛水貫其中,有河漢之象。都城東西五千六百一十步,南北五千四百七十步,崇丈有八尺。北都:隋太原郡地,天授元年置,神龍元年罷,開元十一年復置,天寶元年曰北京,上元二年罷京,寶應元年復爲北都。左汾右晉,潛邱在中。都城長四千三百二十一步,廣三千一百二十二步,周萬五千一百五十三步,其崇四丈。南都:本江陵府,隋爲南郡,武德四年改爲荆州,五年置大總管,七年升爲大都督,貞觀二年降爲都督府,天寶元年改爲江陵郡,乾元元年復爲荆州大都督府,上元元年置南都,號江陵府,二年罷,寶應元年又號南都,尋罷。西都:本鳳翔府,隋扶風郡,武德元年改爲岐州,天寶元年改爲扶風郡,至德二載置鳳翔府,號西京,上元二年罷京,寶應元年曰西都,尋罷。南京:本成都府,隋蜀郡,武德元年改爲益州,置總管府,天寶元年改爲蜀郡,置大都督府,(天寶)十五載玄宗幸蜀,駐蹕成都,至德二載十月玄宗回京師,十二月改

蜀郡爲府,號南京,上元元年罷京。”　“昨日陛下御紫宸殿”兩句:事見《舊唐書·穆宗紀》:“(長慶元年)十一月丁巳朔……庚辰,上與内官擊鞠禁中,有内官欻然墜馬,如物所擊,上恐,罷鞠升殿,遽足不能履地,風眩就床,自是外不聞上起居者三日……十二月丁亥朔……辛卯,上於紫宸殿御大繩床見百官。”據此,唐穆宗得病在長慶元年十一月“庚辰”,亦即十一月二十四日,而“紫宸殿”“見百官”則在十二月初五。　御:指皇帝臨幸至某處。《漢書·王商傳》:“天子親御前殿,召公卿議。”韓愈《論佛骨表》:“今聞陛下令群僧迎佛骨於鳳翔,御樓以觀,舁入大内。”　紫宸殿:宫殿名,天子所居。唐宋時爲接見群臣及外國使者朝見慶賀的内朝正殿,在大明宫内。杜甫《紫宸殿退朝口號》:“户外昭容紫袖垂,雙瞻御座引朝儀。香飄合殿春風轉,花覆千官淑景移。”杜甫《冬至》:“江上形容吾獨老,天涯風俗自相親。杖藜雪後臨丹壑,鳴玉朝來散紫宸。”群臣:諸多臣僚。張謂《東封山下宴群臣》:“萬里扈封巒,群公遇此歡。幔城連夜静,霜仗滿空寒。”杜甫《城上》:“八駿隨天子,群臣從武皇。遥聞出巡守,早晚遍遐荒。”　賀表:歷代帝王有慶典武功等事,臣下所上的祝頌文表。《南史·垣崇祖傳》:“高帝即位,方鎮皆有賀表。”趙昇《朝野類要·文書》:“帥守監司遇有典禮及祥瑞,皆上四六句賀表。”　聖躬:猶聖體,臣下稱皇帝的身體,亦代指皇帝。杜甫《往在》:“前春禮郊廟,祀事親聖躬。”李上交《近事會元·改嶽山名》:“唐肅宗上元中,聖躬不康。”　萬福:多福,祝禱之詞。《詩·小雅·蓼蕭》:“和鸞雝雝,萬福攸同。”趙曄《吴越春秋·勾踐入臣外傳》:“大王延壽萬歲……觴酒既升,永受萬福。”率土:“率土之濱”之省語,謂境域之内。班固《明堂詩》:“普天率土,各以其職。”《北齊書·文宣帝紀》:“百僚師師,朝無秕政。網疏澤洽,率土歸心。”　溥天:遍天下。《詩·小雅·北山》:“溥天之下,莫非王土。”《左傳·昭公七年》引作“普天之下”。玄應《一切經音義》卷一一:“溥天,今作‘普’,同匹古反。《詩》云:‘溥天之下。’傳曰:‘溥,大也',亦遍也。"《三國志·張温傳》:"功冒溥天,聲貫罔極。" 中賀:古代臣子上賀表,例有"誠慶誠賀,頓首頓首"或"誠歡誠慶,頓首頓首"一類的套語,表示祝賀,後人編印文集時,每將其省略,夾註"中賀"二字代之。義近"中謝",《文選·羊祜〈讓開府表〉》:"夙夜戰慄,以榮受憂。中謝。"李善注:"中謝,言臣誠惶誠恐,頓首死罪。"周密《齊東野語·中謝中賀》:"今臣僚上表,所稱誠惶誠恐及誠歡誠喜、頓首、稽首者,謂之中謝、中賀。自唐以來,其體如此。蓋臣某以下,亦略叙數語,便入此句,然後敷陳其詳。"

③ 兩耀:猶兩曜,指日、月。任昉《爲齊宣德皇后重敦勸梁王令》:"四時等契,兩曜齊明。"《舊唐書·張廷珪傳》:"則和氣上通於天,雖五星連珠,兩曜合璧,未足多也。" 晦明:陰晴,明暗。《國語·楚語》:"地有高下,天有晦明。"歐陽修《醉翁亭記》:"若夫日出而林霏開,雲歸而巖穴暝,晦明變化者,山間之朝暮也。" 不已:不止,繼續不停。《詩·周頌·維天之命》:"維天之命,於穆不已。"孔穎達疏:"言天道轉運無極止時也。"庾亮《讓中書令表》:"國恩不已,復以臣領中書。" 四瀆:長江、黄河、淮河、濟水的合稱。《爾雅·釋水》:"江、河、淮、濟爲四瀆,四瀆者,發原注海者也。"《史記·殷本紀》:"東爲江,北爲濟,西爲河,南爲淮,四瀆已修,萬民乃有居。" 盈縮:指潮水漲落。酈道元《水經注·漓水》:"縣南有朝夕塘,水出東山西南,有水從山下注塘,一日再增再減,盈縮以時,未嘗愆期,同於潮水,因名此塘。"張説《入海二首》一:"雲山相出没,天地互浮沈……潮波自盈縮,安得會虚心!" 竭:窮盡。《左傳·莊公十年》:"夫戰,勇氣也。一鼓作氣,再而衰,三而竭。"曹冏《六代論》:"夫泉竭則流涸,根朽則葉枯。"

④ 燎火:延燒著的火。徐陵《陳公九錫文》:"拯横流於碣石,撲燎火於昆岑。"杜牧《賴師貞除懷州長史等制》:"湖外饑人相聚爲寇,蕩覆鄉縣,勢如燎火。" 玉質:形容質美如玉。沈約《與沈淵薦沈驎士表》:"〔沈〕玉質踰潔,霜操日嚴。"蘇軾《十二琴銘》:"有蔚者桐,僵

於下陽之庭，奏刀而玉質，成器而金聲。”　霜霰：霜和霰。陶潛《歸園田居六首》二：“常恐霜霰至，零落同草莽。”歐陽修《山槎》：“山中苦霜霰，歲久無春色。”　松心：松木的中心部分。李時珍《本草綱目·松》：“松節松心，耐久不朽。”喻堅貞高潔的節操。劉禹錫《酬喜相遇同州與樂天替代》：“舊託松心契，新交竹使符。”徐夤《退居》：“鶴性松心合在山，五侯門館怯趨攀。”

⑤ 軒轅：傳説中的古代帝王黄帝的名字，傳説姓公孫，居於軒轅之丘，故名曰軒轅，曾戰勝炎帝於阪泉，戰勝蚩尤於涿鹿，諸侯尊爲天子，後人以之爲中華民族的始祖。《史記·五帝本紀》：“黄帝者，少典之子，姓公孫，名曰軒轅。”《文心雕龍·史傳》：“軒轅之世，史有倉頡，主文之職，其來久矣！”　華胥：《列子·黄帝》：“〔黄帝〕晝寢，而夢遊於華胥氏之國。華胥氏之國在弇州之西，台州之北，不知斯齊國幾千萬里。蓋非舟車足力之所及，神遊而已。其國無帥長，自然而已；其民無嗜欲，自然而已……黄帝既寤，怡然自得。”後用以指理想的安樂和平之境，或作夢境的代稱。王安石《書定林院窗》：“竹鷄呼我出華胥，起滅篝燈擁燎爐。”　“秦穆疾寐”兩句：“鈞天廣樂”的詮釋：《史記·趙世家》：“趙簡子疾，五日不知人……居二日半，簡子寤，語大夫曰：‘我之帝所甚樂，與百神遊於鈞天，廣樂九奏萬舞，不類三代之樂，其聲動人心。’”後因以“鈞天廣樂”指天上的音樂，仙樂。張衡《西京賦》：“昔者大帝説秦繆公而覲之，饗以鈞天廣樂。”蘇軾《集英殿秋宴教坊詞·女童致語》：“妾聞鈞天廣樂，空傳帝所之遊。”

⑥ 臞瘠：瘦弱，消瘦。《文選·沈約〈齊故安陸昭王碑文〉》：“若此移年，臞瘠改貌。”李善注：“《爾雅》曰：‘臞，瘠也。’與臞同。”司馬光《涑水記聞》卷七：“上見其臞瘠，惻然許之。”　胼胝：手掌脚底因長期勞動摩擦而生的繭子。《史記·李斯列傳》：“禹鑿龍門，通大夏，疏九河，曲九防，决渟水致之海，而股無胈，脛無毛，手足胼胝，面目黎黑。”陸龜蒙《樵人十詠·樵叟》：“自小即胼胝，至今凋鬢髮。”　臆度：主觀推測。陳

子昂《諫曹仁師出軍書》:“且古來絶漠,多喪士馬,非臣臆度,輒敢陳聞。”岳珂《愧郯録·京師木工》:“珂嘗疑祖宗承平時愛民惠工以阜都邑,當未必如此。及考之典故,有意存而可見者,於是始有以信臆度之不誣。” 瞽言:不明事理的言論,謙詞。《漢書·谷永傳》:“臣幸得備邊部之吏,不知本朝失得,瞽言觸忌諱,罪該萬死。”蘇軾《徐州謝上表》:“向者屢獻瞽言,仰塵聖鑒,豈有意於爲異! 蓋篤信其所聞。”

⑦ 累日:連日,多日。《漢書·公孫弘傳》:“臣聞揉曲木者不累日,銷金石者不累月,夫人之於利害好惡,豈比禽獸木石之類哉?”賈島《喜姚郎中自杭州回》:“路多楓樹林,累日泊清陰。”據《舊唐書·穆宗紀》記載,唐穆宗長慶元年十一月二十四日得病,至十二月初五出見群臣,正是“累日”之期。《英華》、《全文》作“旬日”,旬日即十天,亦指較短的時日。李肇《唐國史補》卷下:“長慶初,李尚書絳議置郎官十人,分判南曹,吏人不便。旬日出爲東都留守,自是選曹成狀,常亦速畢也。”《資治通鑑·唐文宗太和七年》:“後旬日,宣出,除覃御史大夫。”“累日”與“旬日”語義相類,含義相似。 穆卜:恭敬地卜問吉凶。《書·金縢》:“我其爲王穆卜。”孔傳:“穆,敬也,言王疾當敬卜吉凶。”唐彦謙《咸通中始聞褚河南歸葬陽翟是歲上平徐方大肆慶賞又詔八品錫其裔孫追叙風概因成二十韵》:“既迷秦帝鹿,難問賈生鵩。穆卜緘縢秘,金根轍迹遙。” 罔:不。《三國志·先主傳》:“今曹操阻兵安忍,戮殺主后,滔天泯夏,罔顧天顯。”白行簡《李娃傳》:“生惶惑發狂,罔知所措。” 勿藥:不服藥。《易·無妄》:“無妄之疾,勿藥有喜。”孔穎達疏:“疾當自損,勿須藥療而有喜也。”韋應物《酬張協律》:“觀文心未衰,勿藥疾當痊。”指病癒。《舊唐書·裴度傳》:“果聞勿藥之喜,更俟調鼎之功,而體力未和,音容兩阻。”黄庭堅《和答外舅孫莘老》:“浩然養靈根,勿藥有神助。” 有:助詞,無義,本文作名詞詞頭。宋犖《范文正集補編·題跋》:“其一乃文正公楷書《伯夷頌》貽京西轉運使蘇公舜元者,文正公爲有宋第一流人,固不以書名,而此書謹嚴

有法度,一筆不苟,世之善書者或莫及焉!”石介《上趙先生書》:“又豈知不能勝兹萬百千人之衆,革兹百數十年之弊,使有宋之文赫然爲盛,與大漢相視鉅唐同風哉!”　瘳:病癒。《書·説命》:“若藥弗瞑眩,厥疾弗瘳。”韓愈《赴江陵途中寄三學士》:“癘疫忽潜遘,十家無一瘳。”　北極:《晉書·天文志》:“北極,北辰最尊者也……天運無窮,三光迭耀,而極星不移,故曰‘居其所而衆星共之’。”後因以喻帝王。韓愈《奉和庫部盧四兄曹長元日朝回》:“戎服上趨承北極,儒冠列侍映東曹。”蘇軾《上皇帝賀冬表》:“臣久緣衰病,待罪江湖。莫瞻北極之光,但罄南山之祝。”　南山:《詩經》詩篇名。《詩·齊風·南山》。《詩·齊風·〈南山〉序》:“《南山》,刺襄公也,鳥獸之行,淫乎其妹,大夫遇其惡,作詩而去之。”《詩經》詩篇名,《詩·小雅·南山有臺》之簡稱。蘇軾《鹿鳴宴》:“他日曾陪探禹穴,白頭重見賦南山。”馮應榴合注:“《詩序》:‘《南山有臺》,樂得賢也,得賢則能爲邦家立太平之基矣!’”本詩是指後者。

⑧ 黄道:帝王出遊時所走的道路。李白《上之回》:“萬乘出黄道,千騎揚彩虹。”王琦注:“蕭士贇曰:《前漢·天文志》:日有中道,中道者,黄道也。日,君象,故天子所行之道亦曰黄道。”范仲淹《和葛閎寺丞接花歌》:“太平天子春遊好,金明柳色籠黄道。”　萬物:統指宇宙間的一切事物。孟雲卿《傷情》:“四時與日月,萬物各有常。”李白《夕霽杜陵登樓寄韋繇》:“浮陽滅霽景,萬物生秋容。登樓送遠目,伏檻觀群峰”　千官:衆多的官員。《吕氏春秋·君守》:“大聖無事,而千官盡能。”曹唐《三年冬大禮五首》三:“千官不動旌旗下,日照南山萬樹雲。”

⑨ 守符:居官任職,獨掌一地之政。張説《爲留守作賀崛山》:“臣守符京郡,奉神嶽於郊畿;係葉皇柯,仰慈雲於油露。”葉適《上甯宗皇帝札子》:“臣病苦餘日,聖恩垂憐。使轉漕湖外,守符泉南。”　外郡:京都以外的州郡。《陳書·高祖紀》:“内難初静,諸侯出關,外郡傳烽,鮮卑犯塞。”陸游《老學庵筆記》卷七:“前代夜五更至黎明而

終,本朝外廷及外郡悉用此制,惟禁中未明前十刻更終,謂之待旦。"本文指同州。　稱慶:道賀。《北史・魏德深傳》:"歌呼滿道,互相稱慶。"李商隱《贈孫綺新及第》:"長樂遥聽上苑鐘,綵衣稱慶桂香濃。"　明庭:聖明的朝廷。杜牧《雪中書懷》:"明庭開廣敞,才俊受羈維。"文天祥《正氣歌》:"皇路當清夷,含和吐明庭。"　鼓舞:古代臣子朝見皇帝時的一種禮儀。李白《明堂賦》:"千里鼓舞,百寮賡歌。"司馬光《論西夏札子》:"況其人類,豈得不鼓舞抃蹈,世世臣服者乎!"　賡歌:酬唱和詩。沈佺期《奉和洛陽翫雪應制》:"氛氲生浩氣,颯遝舞回風。宸藻光盈尺,賡歌樂歲豐。"武元衡《奉和聖製豐年多慶九日示懷》:"令節寰宇泰,神都佳氣濃。賡歌禹功盛,擊壤堯年豐。"　陳賀:道賀,祝賀。張九齡《慶册皇太子表》:"臣待罪荆南,不獲稱慶闕庭。欣躍之誠,實百常品。無任悚踴慶躍之至,謹遣所部宣義郎、行枝江縣尉揚崇仙奉表陳賀以聞。"韓愈《賀雨表》:"無任踴躍之至,謹奉表陳賀以聞。"

[編年]

《年譜》編年本文於"長慶二年十二月辛卯稍後",理由是:"《表》云:'今日得上都進奏官報稱:"昨日陛下御紫宸殿,受群臣朝賀"云云。'據《舊唐書・穆宗紀》云:'(長慶二年十一月)庚辰,上……風眩就床,自是外不聞上起居者三日。''(長慶二年十二月)辛卯,上於紫宸殿御大繩床,見百官。'"《編年箋注》、《年譜新編》均與《年譜》一樣引用本文以及《舊唐書・穆宗紀》,得出同樣的結論。

我們以爲,本文云:"今日得上都進奏官報稱,昨日陛下御紫宸殿。"而據《舊唐書・穆宗紀》:"十二月丁亥朔……辛卯,上於紫宸殿御大繩床見百官。"據"十二月丁亥朔"推算,本文中的"昨日",亦即"辛卯",應該是十二月初五。而"今日",應該是"辛卯"的次日,亦即"壬辰"十二月初六。據此,本文應該撰成於"今日",亦即長慶二年十二月初六日,地點在同州,時元稹在同州刺史任。

◎ 喜五兄自泗州至①

眼中三十年來泪，一望南雲一度垂(一)②。慚愧臨淮李常侍，遠教形影暫相隨(二)③。

録自《元氏長慶集》卷二一

［校記］

（一）一望南雲一度垂：楊本、叢刊本、《全詩》同，《萬首唐人絶句》作"一望雲南一度垂"，語義不通，不從不改。

（二）遠教形影暫相隨：楊本、叢刊本、《全詩》同，《萬首唐人絶句》作"達教形影暫相隨"，語義不通，不從不改。

［箋注］

① 喜：快樂，高興。《詩・鄭風・風雨》："既見君子，云胡不喜?"杜甫《聞官軍收河南河北》："却看妻子愁何在，漫捲詩書喜欲狂。"五兄：關於這位"五兄"，學術界有多種説法：一、《唐人行第録・元五》："元稹之兄，《全唐詩》元稹廿一《喜五兄自泗州至》；據詩，其兄從臨淮李常侍幕回也。"這位"元五"肯定是"元九"元稹之兄，但到底是誰?《唐人行第録・元三》："按此詩之三兄及下文之五兄，似爲稹胞兄；但據稹母鄭氏志，鄭生四子，長沂，次秬，次積，積最幼（白氏集二五）。又積生大歷十四（七七九），秬生大歷八年（七七三，據元氏集五七秬銘），比積只長六年，如謂元三爲元秬，則四十、六十之比例，相差太大也。"這裏我們隨手更正一下，"《全唐詩》元積廿一《喜五兄自泗州至》"應該是"《全唐詩》卷四一六元稹《喜五兄自泗州至》"之誤；"鄭生四子"的説法也有誤，鄭氏衹是元積、元稹的親生母親，另外還有兩

個女兒。據元稹《唐故朝議郎侍御史内供奉鹽鐵轉運河陰留後河南元君墓誌銘》"元和十四年以疾去職,九月二十六日歿於季弟虢州長史稹之官舍……嗚呼！君之生六十七年矣"推算,元秬應該生於天寶十二載(753),比元稹年長二十六歲;白居易《唐河南元府君夫人滎陽鄭氏墓誌銘》:"有唐元和元年九月十六日,故中散大夫、尚書比部郎中、舒王府長史河南元府君諱寬夫人滎陽縣太君鄭氏,年六十,寢疾歿於萬年縣靖安里私第……夫人有四子二女:長曰沂,蔡州汝陽尉;次曰秬,京兆府萬年縣尉;次曰積,同州韋城尉;次曰稹,河南縣尉;長女適吴郡陸翰,翰爲監察御史;次爲比丘尼名真一。"據此推算,鄭氏應該生於天寶六載(747),據元稹《唐故朝議郎侍御史内供奉鹽鐵轉運河陰留後河南元君墓誌銘》所示,生於天寶十二載(753)的元秬衹比鄭氏小六歲,元沂、元秬兄弟兩個與鄭氏的年齡僅僅衹差六七歲,元沂、元秬無論如何不應該是鄭氏所生,白居易在《唐河南元府君夫人滎陽鄭氏墓誌銘》中含糊其辭辭,不以"生"而以"有"一筆帶過,而實際上元沂、元秬應該衹是元積、元稹的同父異母兄弟。二、《年譜》:"孝萱案:似是元積。"三、《全唐詩人名考證》斷定"五兄"爲元積。四、《編年箋注》:"五兄:指元積。"五、《年譜新編》:"'五兄'不可能爲元積,也不可能爲元沂、元秬,而應是曾爲官泗州之同宗兄長。"我們以爲:一、"五兄"不應該是元積,根據是:本詩前一首是《送公度之福建》,題下注:"此後並同州刺史時作。"雖然《元氏長慶集》原來的編排至宋代已經散亂,現在的次序是宋代劉麟父子重新編定,已經不完全可靠,但《元氏長慶集》卷二一《送公度之福建》之後的各篇,包括《杏花》、《第三歲日詠春風憑楊員外寄長安柳》、《贈别楊員外巨源》、《寄樂天二首》、《聽妻彈别鶴操》、《和王侍郎酬廣宣上人觀放榜後相賀》在内,經過我們考證,確實都是元稹同州刺史任上所作,而本詩緊隨《送公度之福建》之後,又在其餘各詩之前,也應該是元稹同州刺史任上所作。而元稹在同州刺史任上之時,元積不在泗州而在金州任職刺史,元積《告祀曾祖文》就是最有力的證據:"逮小子積冒華官榮,當立廟以事先人於京師。會值譴出,未果修構。宗子積牧民於金,復不克以上牲陪祀。"而且,元秬大元稹二十六歲,元秬在元氏家族兄弟中排行爲"三",元稹排行爲"九",而元積衹比元稹大一歲,雖然在理論上有可能,但在實際上不太可能排行爲"五"。本詩"眼中三十年來泪",説明元稹與這位"五兄"已經有"三十年"没有謀面,而元稹與元積,還有元秬在他們的母親鄭氏元和元年病故之後肯定一起守喪在家,與"三十年"之句不相符合。那麽這位"五兄"究竟是誰?元氏家族,在元稹的祖宗魏州刺史元義端的名下,元稹的同輩兄弟共有元沂、元秬、元積、元稹以及元楚、元莫之、元注、元洪、元錫、元銑、"盩厔縣尉"等十一人,除去元積、元稹以及長慶元年之前已經亡故的元沂、元秬、元莫之、盩厔縣尉之外,"五兄"應該是這十一人中餘下五人:元楚、元注、元洪、元錫、元銑中的某一人,究竟是誰,目前難於考實。泗州:州郡名,《元和郡縣志·泗州》:"秦爲泗水郡地,漢興改泗水爲沛郡,武帝分置臨淮郡,後漢下邳太守理此。自晉迄後魏,並爲宿豫縣。後魏於此置東徐州,周宣帝大象二年改爲泗州,隋大業三年改爲下邳,武德四年復爲泗州……管縣五:臨淮、宿遷、徐城、漣水、下邳。"陸暢《夜到泗州酬崔使君》:"徐城洪盡到淮頭,月裏山河見泗州。聞道泗濱清廟磬,雅聲今在謝家樓。"章碣《送聿岫郎中典泗州》:"玉皇恩詔别星班,去壓徐方分野間。有鳥盡巢垂汴柳,無樓不到隔淮山。"

② 眼中:猶言心目中。劉長卿《西庭夜燕喜評事兄拜會》:"猶是南州吏,江城又一春。隔簾湖上月,對酒眼中人。"蘇軾《予以事繫御史臺獄獄吏稍見侵自度不能堪死獄中不得一别子由故作二詩授獄卒梁成以遺子由》二:"眼中犀角真吾子,身後牛衣愧老妻。" 南雲:南飛之雲,常以寄託思親、懷鄉之情。陸雲《感逝》:"眷南雲以興悲,蒙東雨而涕零。"李白《大堤曲》:"佳期大堤下,泪向南雲滿。" 一度:猶一次。嚴武《巴嶺答杜二見憶》:"江頭赤葉楓愁客,籬外黄花菊對誰?

跂馬望君非一度,冷猿秋雁不勝悲。”譚用之《贈索處士》:“一度相思一惆悵,水寒烟澹落花前。”

③ 慚愧:感幸之詞,意爲多謝、難得、僥倖。王績《過酒家五首》五:“來時長道貰,慚愧酒家胡。”元稹《長灘夢李紳》:“慚愧夢魂無遠近,不辭風雪到長灘。” 臨淮:即泗州,因其在漢武帝時代曾爲臨淮郡,故後人常常以舊名稱之。王維《送高適弟耽歸臨淮作》:“少年客淮泗,落魄居下邳。遨遊向燕趙,結客過臨淄。”陶翰《早過臨淮》:“夜來三渚風,晨過臨淮島。湖中海氣白,城上楚雲早。” 李常侍:又詩歌中提及“李常侍”,究竟是誰?學術界又有不同的見解,如《全唐詩人名考證》認爲“李常侍”是李進賢,《編年箋注》也認爲“李常侍”是李進賢。再如《年譜新編》認爲:“‘臨淮李常侍’究係何人?李宜臣庶幾近之。《册府元龜》卷六五三云:‘李行修,長慶三年爲宣撫使……至泗州,舉刺史李宜臣贓犯,時以爲奉使得人。’因不知李宜臣是否爲散騎常侍,故不敢遽然斷定。”既然連“常侍”都難以認定,這個“李宜臣”也就難勝“李常侍”其任了。我們以爲,“李常侍”即李諒,字復言,他是元稹白居易的朋友,詩文往還不少,故元稹在本詩中能够以“慚愧臨淮李常侍,遠教形影暫相隨”這樣親密無間的話語戲謔對方。白居易作於長慶一、二年的《李諒除泗州刺史兼團練使當道兵馬留後兼侍御史賜紫金魚袋張愉可岳州刺史同制》可證:“故命愉守岳,命諒守泗。”張祜有詩《觀泗州李常侍打球》:“日出樹烟紅,開場畫鼓雄。驟騎鞍上月,輕撥鐙前風。斗轉時乘勢,旁捎乍迸空。等來低背手,争得旋分騣。遠射門斜入,深排馬迴通。遥知三殿下,長恨出征東。”知新任泗州刺史李諒在“出征東”之前在京城打球。但李諒並没有來得及到任,就被改任壽州刺史,白居易《李諒授壽州刺史薛公幹授泗州刺史制》又云:“吾前命諒爲泗守,未即路,會壽守植卒,因改諒守壽,命公幹守泗。”元稹《告畬三陽神文》文有“自喪守侯,月環其七”之句,“喪”字有“哀葬死者的禮儀”之義,也泛指與人死亡有關的各種事情,

也指人的屍體、骨殖。常常指人死。都一一與"死亡"有關,似乎"自喪守倅,月環其七"兩句,是通州刺史李進賢病故已經有七個月之久。但白居易《前河陽節度使魏義通授右龍武軍統軍前泗州刺史李進賢授右驍衛將軍並撿校常侍兼御史大夫制》:"敕:夫文武之才,内外迭用;軍國之任,出入遞遷:斯所以優勛賢而均勞逸也。某官魏義通,以戎功積久,榮委旌旄。某官李進賢,以軍課居多,寵分符竹。各勤其職,咸用所長。是以河陽三城,鎮静而不擾;泗濱一郡,緝理而有勞。我有禁軍,爾宜分領。親信則倚爲心膂,動用則張爲爪牙。苟非其人,不付此任。咸假貂蟬之貴,仍兼憲職之榮。勉哉二臣,無替一志。可依前件。"據《舊唐書·穆宗紀》,白居易元和十五年十二月二十八日才從司門員外郎晋升爲主客郎中知制誥臣,其撰寫《前河陽節度使魏義通授右龍武軍統軍前泗州刺史李進賢授右驍衛將軍並撿校常侍兼御史大夫制》制文,應該在元和十五年十二月二十八日之後,至白居易卸職中書舍人的長慶二年的七月之前。這説明,通州"自喪守倅,月環其七"兩句的實在含義是李進賢離職他去,而不是病故。據此,我們應該重新審視"喪"字的真實含義。"喪"字除上述所列舉含義之外,尚有"丧失、失去"、"滅亡,失敗"、"逃亡,流亡"、"消耗,耗費"、"忘記,忘掉"、"悲悼,憂傷"、"神態不滿或不樂的樣子"等多種含義,其中"喪失、失去"比較符合元稹文句的原意:《易·坤》:"西南得朋,東北喪朋。"《孟子·梁惠王》:"西喪地於秦七百里;南辱於楚。"江淹《恨賦》:"别豔姬與美女,喪金輿及玉乘。"蘇軾《王子立墓誌銘》:"喜怒不見,得喪若一。"意謂通州自從喪失、失去守倅李進賢之後,已經七個月了。　常侍:官名,皇帝的侍從近臣,秦漢有中常侍,魏晉以來有散騎常侍,隋唐内侍省有内常侍,均簡稱常侍。《史記·司馬相如列傳》:"以貲爲郎,事孝景帝,爲武騎常侍,非其好也。"曹操《讓縣自明本志令》:"故在濟南,始除殘去穢,平心選舉,違迕諸常侍。"但這裏的"常侍"是榮銜而非職事官,是朝廷加給李進賢的榮銜。李唐中期，刺史出任常常帶有“常侍”的名號，如白居易《寄黔州馬常侍》、白居易《天寒晚起引酌詠懷寄許州王尚書汝州李常侍》、杜牧《春日言懷寄虢州李常侍十韵》、杜荀鶴《秋日山中寄池州李常侍》、無可《中秋夜隴州徐常侍座中詠月》等就是其中的一些例子。而“臨淮”是泗州的别名，韓愈《送僧澄觀(李邕〈泗州普光王寺碑〉“僧伽者，龍朔中西來，嘗縱觀臨淮，發念置寺。既成，中宗賜名普光王寺，以景龍四年三月二日示滅於京，後澄觀建僧伽塔於泗州。”)》“臨淮太守初到郡，遠遣州民送音問。好奇賞俊直難逢，去去爲致思從容”可證。《全唐詩人名考證》、《編年箋注》也都認爲“李常侍”是李進賢，我們以爲意見可從，可惜理由衹是承襲郁賢皓先生的《唐刺史考》，自己并無創見，説得也不够清楚。我們以爲李常侍是李進賢，張祜《觀泗州李常侍打毬》：“日出樹烟紅，開場畫鼓雄。驟騎鞍上月，輕撥鐙前風。斗轉時乘勢，旁捎乍迸空。等來低背手，争得旋分騣。遠射門斜入，深排馬迴通。遥知三殿下，長恨出征東。”張祜與元稹、白居易同時，長慶初年，令狐楚曾經薦舉張祜，據説曾遭到元稹的强烈反對，無功而返。張祜詩題“泗州李常侍”云云，與白居易制文題“李進賢授右驍衛將軍並檢校常侍兼御史大夫制”之“檢校常侍”一一相符。又因爲元稹與李進賢在通州曾經是上下屬關係，兩人又都受到嚴綬的賞識，所以關係比較親密，故能够以“慚愧臨淮李常侍，遠教形影暫相隨”這樣的詩句來嬉戲“李常侍”，那意思是説，説來我非常慚愧也應該與你“李常侍”非常有緣，我剛剛在通州成爲你“李常侍”的下屬，時隔不久，我的“五兄”又成爲了你的部屬。　形影：人的形體與影子。葛洪《抱朴子・交際》：“若乃輕合而不重離，易厚而不難薄，始如形影，終爲參辰。”趙彦衛《雲麓漫抄》卷一一：“余又於左氏二書參焉！若形影然，而世人往往攘臂於其間。”　相隨：伴隨，跟隨。《史記・蘇秦列傳》：“是何慶吊相隨之速也？”《文心雕龍・論説》：“夫説貴撫會，弛張相隨。”

[編年]

《年譜》編年本詩於"壬寅至癸卯在同州所作其他詩"欄内,下有説明:"《唐人行第録》云:'……五兄,似爲稹胞兄。'孝萱案:似是元積。"但那與本詩的編年没有直接關係。《編年箋注》編年:"元稹此詩作于長慶二、三年間,時在同州刺史任。見下《譜》。"《年譜新編》亦編年本詩於"壬寅至癸卯在同州所作其他詩"欄内,没有説明編年的理由。雖有辨正"五兄"、"李常侍"的文字,但均與編年本詩没有直接關係。

我們以爲,根據元稹在《送公度之福建》題下的題注:"此後並同州刺史時作。"本詩確實應該作於元稹長慶二年六月九日到達同州至長慶三年八月離開同州赴任浙東之間,時在同州刺史之任。又根據本詩後面的《杏花》、《第三歲日詠春風憑楊員外寄長安柳》作於初春的情況,我們認爲本詩應該作於長慶二年六月至年底之間,地點在同州,元稹時任同州刺史。

長慶三年癸卯(823)　四十五歲

◎ 第三歲日詠春風憑楊員外寄長安柳(一)①

三日春風已有情，拂人頭面稍憐輕②。殷勤爲報長安柳，莫惜枝條動軟聲③。

録自《元氏長慶集》卷二一

[校記]

(一) 第三歲日詠春風憑楊員外寄長安柳：楊本、叢刊本、《萬首唐人絶句》、《全詩》、《佩文齋廣群芳譜》、《月令輯要》諸本均無異文。

[箋注]

① 歲日：元旦，新年第一天。元稹《歲日》："一日今年始，一年前事空。凄凉百年事，應與一年同。"李約《歲日感懷》："身賤悲添歲，家貧喜過冬。稱觴唯有感，歡慶在兒童。" 春風：春天的風。袁暉《二月閨情》："二月韶光好，春風香氣多。園中花巧笑，林裹鳥能歌。"賀知章《詠柳》："碧玉妝成一樹高，萬條垂下緑絲縧。不知細葉誰裁出？二月春風似剪刀。" 楊員外：即楊巨源，元稹的朋友，曾任職虞部員外郎，故稱。元稹《贈别楊員外巨源》："憶昔西河縣下時，青山顦悴宦名卑。揄揚陶令緣求酒，結託蕭娘只在詩。"白居易《贈楊秘書巨源》："早聞一箭取遼(聊)城，相識雖新有故情。清句三朝誰是敵？白鬚四海半爲兄。" 長安柳：從全篇詩意來看，應該是曾經在長安與元稹有過交往的藝妓，餘不詳，從中可以看出元稹的生活細節以及唐代在這

方面的社會風俗。

② 情:感情。《荀子·正名》:"性之好、惡、喜、怒、哀、樂謂之情。"韓愈《原性》:"情也者,接於物而生也。" 拂:掠過,輕輕擦過或飄動。張衡《思玄賦》:"寒風淒而永至兮,拂穹岫之騷騷。"王昌齡《送高三之桂林》:"嶺上梅花侵雪暗,歸時還拂桂花香。" 頭面:頭部和面部,亦單指頭或臉。王充《論衡·初禀》:"天無頭面,眷顧如何?"元稹《葬安氏志》:"苟視其頭面無蓬垢,語言不以饑寒告,斯已矣!"

③ 殷勤:情意深厚。蕭翼《答辨才探得招字》:"邂逅款良宵,殷勤荷勝招。彌天俄若舊,初地豈成遙。"陳子昂《月夜有懷》:"美人挾趙瑟,微月在西軒。寂寞夜何久! 殷勤玉指繁。" 柳:指垂柳枝,多用以形容女子的腰肢。張先《宴春臺慢》:"雕觴霞灩,翠幕雲飛,楚腰舞柳,宫面妝梅。"比喻美女,多用以指歌姬、娼妓。柳永《玉蝴蝶》:"見了千花萬柳,比並不如伊。" 枝條:樹枝,枝子。應劭《風俗通·封泰山禪梁父》:"柘桑之林,枝條暢茂,烏登其上。"李咸用《同友生題僧院杜鵑花》:"鶴林太盛今空地,莫放枝條出四鄰。" 軟聲:柔和的聲音。蕭綱《美女篇》:"密態隨流臉,嬌歌逐軟聲。朱顏半已醉,微笑隱香屏。"秦觀《河傳》"丁香笑吐嬌無限。語軟聲低,道我何曾慣。雲雨未諧,早被東風吹散。悶損人、天不管。"

[編年]

《年譜》編年本詩:"長慶三年正月初三作。"又引云:"《升庵詩話》卷一〇:《元微之第三歲日詠春風憑楊員外寄長安柳》云:'第三歲日,正月初三也。楊員外名汝士,亦詩人。此詩題甚奇,可作詩家故事。'"《年譜》並在其後"糾謬":"誤以楊巨源爲楊汝士。"《編年箋注》順從《年譜》的編年,認爲:"此詩作於長慶三年(八二三)正月初三。"理由自然是:"見下《譜》。"

我們以爲,《年譜》的糾謬不錯,但將"元微之"括入詩題是不應該的,如果《年譜》標括不誤,真可謂"此詩題甚奇,可作詩家故事"了。更值得商榷的是,《升庵詩話》與《年譜》均認爲"第三歲日"是"正月初三",查遍有關文獻,未見有稱"正月初三"爲"第三歲日"的記載,也未見稱正月初二爲"第二歲日",稱正月初四、初五……爲第四、第五……"歲日"的記載。元稹《歲日》:"一日今年始,一年前事空。凄凉百年事,應與一年同。"元稹《歲日贈拒非》:"君思曲水嗟身老,我望通州感道窮。同入新年兩行泪,白頭閑坐説城中。""一日今年始"、"同入新年"云云已經清楚無誤表明"歲日"就是新年的第一天。

我們以爲,元稹所謂的"第三歲日",是指長慶年號而言,意謂這是長慶年號内的第三個"歲日",本詩即作於長慶三年的歲日,亦即長慶三年的正月初一。《漢語大詞典》對"歲日"的解釋是:"元旦","新年第一天"。唐人詩篇中關於"歲日"的例證比比皆是,但所指的"歲日"均是"元旦"、"新年第一天"。如:韋應物《歲日寄京師諸李端武等》:"平生幾會散,已及蹉跎年。昨日罷符竹,家貧遂留連。"顧况《歲日作》:"不覺老將春共至,更悲携手幾人全?還丹寂寞羞明鏡,手把屠蘇讓少年。"李約《歲日感懷》:"新春幾人老?舊曆四時空。身賤悲添歲,家貧喜過冬。稱觴惟有感,歡慶在兒童。"高承《事物紀原·人日》:"東方朔《占書》曰:歲正月一日占鷄,二日占狗,三日占羊,四日占豬,五日占牛,六日占馬,七日占人,八日占穀。皆晴明温和,爲蕃息安泰之候。陰寒慘烈,爲疾病衰耗。"白居易《答崔賓客晦叔十二月四日見寄》:"今歲日餘二十六,来歲年登六十二。尚不能憂眼下身,因何更算人間事?"可供參考。"歲日"也與"正旦"義同,元稹《酬復言長慶四年元日郡齋感懷見寄》:"椒花麗句閑重檢,艾髮衰容惜寸輝。苦思正旦酬白雪,閑觀風色動青旂。"和凝《宫詞百首》六二:"正旦垂旒御八方,蠻夷無不奉梯航。群臣舞蹈稱觴處,雷動山呼萬歲長。"

《年譜新編》同樣根據《升庵詩話》,編年本詩於元和十五年初三,根據是"楊巨源元和十三年春遷虞部員外郎,長慶元年遷鳳翔少尹,故疑爲元和十五年作。”而這條根據是有問題的，因爲本詩詩題已經顯示：“第三歲日”之時，楊巨源的身份明明被他的好朋友元稹稱爲“楊員外”，這是勝過歷史記載的鐵證，不容懷疑。而且，“正月初三”年年有，爲什麽一定是“元和十五年”？“第三歲日”爲什麽一定是“元和十五年”的“正月初三”？《元稹年譜新編》都避而不談。退一步説，元和十四年年底元稹已經回京拜職膳部員外郎，元和十五年春天元稹正在長安供職，爲什麽還要在“第三歲日詠春風”之時，“憑楊員外寄長安柳”呢？元稹、楊巨源、“長安柳”同時在長安，爲什麽元稹還要通過楊巨源寄贈同在一地的“長安柳”？理由無力，結論荒謬。

◎ 贈别楊員外巨源①

憶昔西河縣下時，青衫顦悴宦名卑(一)②。揄揚陶令緣求酒，結託蕭娘只在詩③。朱紫衣裳浮世重，蒼黄歲序長年悲④。白頭後會知何日？一盞煩君不用辭⑤！

録自《元氏長慶集》卷二一

[校記]

(一) 青衫顦悴宦名卑：原本作“青山顦悴宦名卑”，《全詩》同，“青山顦悴”與“宦名卑”語義不接，據楊本、叢刊本、《山西通志》改。

[箋注]

① 贈别：送别时他人時以物品或诗文言词等相贈。盧照鄰《還京贈别》：“風月清江夜，山水白雲朝。萬里同爲客，三秋契不凋。”马戴《下第寄友人》：“聖主尊黄屋，何人薦白衣？年來御溝柳，贈别雨霏霏。” 楊員外巨源：元稹的朋友，他的名字屢屢出現在元稹的詩文

中，這裏就不重複介紹了。本詩前四句是憶舊，後四句是敘實。

② 西河縣：古縣名，地當今山西汾陽。《元和郡縣志·汾州》："管縣五：西河、孝義、介休、靈石、平遥。西河縣：（開元户一萬二千三百七十五，鄉二十五）本漢兹氏縣也，曹魏於此置西河郡，晉改爲國，仍改兹氏縣爲隰城縣，上元元年改爲西河縣。今城内有晉西河王斌碑，文字殘缺。"元稹在西河縣的時間是在其十五歲明經及第之後，到那兒的目的是"揭褐入仕"，學習吏治，獲得從政的經驗。盧照鄰《上之回》："回中道路險，蕭關烽候多。五營屯北地，萬乘出西河。"張説《奉和聖製過晉陽宫應制》："北風遂舉鵬，西河亦上龍。至德起王業，繼明賴人雍。" 青衫：古時學子所穿之服。江淹《麗色賦》："楚臣既放，魂往江南。弟子曰：'玉釋佩，馬解驂。濛濛緑水，裹裹青衫。'乃召巫史：'兹憂何止？'"借指學子、書生。劉過《水調歌頭·壽王汝良》："斬樓蘭，擒頡利，志須酬。青衫何事？猶在楚尾與吴頭。"唐制，文官八品、九品服以青。白居易《琵琶引》："座中泣下誰最多？江州司馬青衫濕！"後因借指失意的官員。王安石《杜甫畫像》："青衫老更斥，餓走半九州。"蘇軾《古纏頭曲》："青衫不逢湓浦客，紅袖謾插曹綱手。"這裏三項語義均可説通，因元稹當時雖然没有任何的官職，但仍然在官府中奔走。 顦悴：形容枯槁瘦弱。禰衡《鸚鵡賦》："音聲悽以激揚，容貌慘以顦悴。"《顔氏家訓·勉學》："齊孝昭帝侍婁太后疾，容色顦悴，服膳减損。" 宦名：官吏的等級名色。温庭筠《正見寺曉别生公》："香火有良願，宦名非素心。靈山緣未絶，他日重來尋。"方干《送饒州王司法之任兼寄朱處士》："共看衰老近，轉覺宦名虚。遥想清溪畔，幽人得自如。"

③ 揄揚：宣揚，稱引，讚揚。鮑照《河清頌》："坐朝陪宴之臣，懷揄揚於内。"杜甫《送顧八分文學適洪吉州》："御札早流傳，揄揚非造次。三人並入直，恩澤各不二。" 陶令：原指陶潛，陶潛曾任彭澤令，故稱，這裏借指縣令。王維《奉送六舅歸陸渾》："條桑臘月下，種杏春

風前。酌醴賦歸去,共知陶令賢。”劉長卿《九日登李明府北樓》:“霜降鴻聲切,秋深客思迷。無勞白衣酒,陶令自相携。” 結託:結交依託。陶潛《神釋》:“結託善惡同,安得不相語!”《周書·李延孫傳》:“〔李長壽〕少與蠻酋結託,屢相招引,侵滅關南。” 蕭娘:《南史·梁臨川靖惠王宏傳》:宏受詔侵魏,軍次洛口,前軍克梁城。宏聞魏援近,畏懦不敢進。魏人知其不武,遺以巾幗。北軍歌曰:“不畏蕭娘與吕姥,但畏合肥有韋武。”“蕭娘”即姓蕭的女子,言宏怯懦如女子,後以“蕭娘”爲女子的泛稱。楊巨源《崔娘詩》:“清潤潘郎玉不如,中庭蕙草雪消初。風流才子多春思,腸斷蕭娘一紙書。”徐凝《憶揚州》:“蕭娘臉下難勝泪,桃葉眉頭易得愁。天下三分明月夜,二分無賴是揚州。”

④ 朱紫:古代高級官員的服色或服飾,謂紅色、紫色官服。白居易《偶吟》:“久寄形於朱紫内,漸抽身入蕙荷中。”孫光憲《北夢瑣言》卷七:“唯大賢忽爲人縶維,官至朱紫。” 衣裳:古時衣指上衣,裳指下裙,後亦泛指衣服,這裏指官員的官服。《詩·齊風·東方未明》:“東方未明,顛倒衣裳。”毛傳:“上曰衣,下曰裳。”《陳書·沈衆傳》:“其自奉養甚薄,每於朝會之中,衣裳破裂,或躬提冠屨。” 浮世:人間,人世,舊時認爲人世間是浮沉聚散不定的,故稱。阮籍《大人先生傳》:“逍遥浮世,與道俱成。”許渾《將赴京留贈僧院》:“空悲浮世雲無定,多感流年水不還。” 蒼黄:《墨子·所染》:“見染絲者而歎曰:染於蒼則蒼,染於黄則黄,所入者變,其色亦變。”以“蒼黄”比喻事物變化不定,反復無常。孔稚珪《北山移文》:“終始參差,蒼黄翻覆。”張説《王氏神道碑》:“蒼黄反覆,哀哉命也!” 歲序:歲時的順序,歲月。王僧達《答顔延年》:“聿來歲序暄,輕雲出東岑。”元稹《酬竇校書二十韵》:“款曲生平在,悲凉歲序遷。” 長年:整年,長期。寒山《詩三百三首》八二:“夏天將作衫,冬天將作被。冬夏遞互用,長年只這是。”王安石《招約之職方並示正甫書記》:“欲往無舟梁,長年寄心目。”

⑤ 白頭:猶白髮,形容年老。王昌齡《題灞池二首》二:"開門望長川,薄暮見漁者。借問白頭翁,垂綸幾年也?"劉長卿《正朝覽鏡作》:"憔悴逢新歲,茅扉見舊春。朝來明鏡裏,不忍白頭人。" 後會:日後相會。《孔叢子·儒服》:"彼有戀戀之心,未知後會何期。"朱放《江上送別》:"惆悵空知思後會,艱難不敢料前期。" 何日:哪一天,什麼時候。袁暉《正月閨情》:"繞砌梅堪折,當軒樹未攀。歲華庭北上,何日度陽關?"王維《菩提寺禁裴迪來相看説逆賊等凝碧池上作音樂供奉人等舉聲便一時泪下私成口號誦示裴廸》:"萬户傷心生野烟,百寮何日更朝天?秋槐葉落空宫裏,凝碧池頭奏管弦。" 一盞:猶言一杯。賈思勰《齊民要術·作醬法》:"乞人醬時,以新汲水一盞和而與之,令醬不壞。"杜甫《撥悶》:"聞道雲安麴米春,纔傾一盞即醺人。" 辭:推辭,辭謝。《書·大禹謨》:"禹拜,稽首固辭。"《孟子·萬章下》:"爲貧者,辭尊居卑,辭富居貧。"

[編年]

《年譜》編年本詩於長慶三年,没有説明理由,也没有具體時間的説明,僅有譜文"春,楊巨源來同州,與元稹相會"指明具體時間爲"春"天。《年譜新編》認爲:"楊巨源元和十三年春還虞部員外郎,長慶元年還鳳翔少尹,故疑爲元和十五年作。"《編年箋注》破例不跟隨《年譜》意見,轉而附和《年譜新編》的觀點:"此詩……考證作於元和十五年(八二〇)。"並將本詩編年元和十五年。

我們以爲《年譜》雖然没有説明編年理由,所説的編年時間也過於籠統,但編年意見總的來説還是可取的。《編年箋注》隨從《年譜新編》的做法是不可取的,《年譜新編》在《第三歲日詠春風憑楊員外寄長安柳》編年時舉證的所謂"楊巨源元和十三年春還虞部員外郎,長慶元年還鳳翔少尹"是難以成立的,因爲長慶三年的"歲日",楊巨源即在同州與元稹相會,有詩紀實,在詩題《第三歲日詠春風憑楊員外寄長安柳》稱呼楊巨源爲"楊員外",而不是"少尹"。而且,如果本詩作於元和十五年,元稹當時在膳部員外郎試知制誥或祠部郎中知制誥任,心情愉快,不會有"朱紫衣裳浮世重,蒼黄歲序長年悲"的哀傷心態,官職雖然是極爲重要的知制誥,但膳部員外郎與祠部郎中都没有"朱紫衣裳"的資格。我們以爲,本詩即作於長慶三年的"歲日"之後的"數日"之内,元稹《酬楊司業十二兄早秋述情見寄》題注:"今春與楊兄會於馮翊,數日而别。此詩同州作。"就是最直接的鐵證。《第三歲日詠春風憑楊員外寄長安柳》與本詩,是相差僅僅數日的前後之作。而且,元稹長慶二年六月五日出貶同州,長慶三年八月轉任越州。元稹在同州,亦即"馮翊",又時逢"歲日"、"今春",衹有長慶三年的春天,没有别的可能别的時間。

我們順便多説一句,《編年箋注》一直緊緊跟隨《年譜》的編年,亦步亦趨,但大多數的跟隨都是跟錯了的。這一次《年譜》對本詩的編年雖然粗疏,但基本還是對的,但《編年箋注》却偏偏背離了《年譜》大致可取的意見,轉而順從《年譜新編》的錯誤意見,有欠考慮。

◎ 同州奏均田狀(一)①

當州自於七縣田地數内,均配兩税元額頃畝,便請分給諸色職田、州使田、官田與百姓。其草粟脚錢等,便請於萬户上均率。又均攤左神策郃陽鎮軍田粟,及特放百姓税麻,及除去斛斗錢草零數等利宜(二),分析如後②:

當州兩税地(三)

右件地,並是貞元四年檢責,至今已是三十六年。其間人户逃移,田地荒廢。又近河諸縣,每年河路吞侵。沙苑側近，日有沙礫填掩。百姓稅額已定，皆是虛額徵率。其間亦有豪富兼并，廣占阡陌，十分田地，纔稅二三。致使窮獨逋亡，賦稅不辦。州縣轉破，實在於斯[3]。

臣自到州，便欲差官檢量，又慮疲人煩擾。昨因農務稍暇，臣遂設法，各令百姓自通手實狀(四)。又令里正、書手等傍爲穩審，並不遣官吏擅到村鄉。百姓等皆知臣欲一例均平，所通田地略無欺隱[4]。臣便據所通，悉與除去逃户荒地及河侵沙掩等地。其餘見定頃畝，然取兩稅元額地數，通計七縣沃瘠，一例作分抽稅。自此貧富强弱，一切均平。徵斂賦租，庶無逋欠。三二年外，此州實冀稍校完全[5]。

當州京官及州縣官職田公廨田并州使官田驛田等

右，臣當州百姓田地，每畝只稅粟九升五合，草四分，地頭榷酒錢共出二十一文已下。其諸色職田，每畝約稅粟三斗，草三束，脚錢一百二十文[6]。

若是京官上司職田，又須百姓變米雇車般送，比量正稅，近於四倍加徵。既緣差稅至重，州縣遂逐年抑配百姓租佃。或有隔越鄉村，被配一畝二畝之者；或有身居市井，亦令虛額出稅之者。其公廨田、官田、驛田等，所稅輕重，約與職田相似，亦是抑配百姓租佃。疲人患苦，無過於斯[7]。

伏準長慶元年七月赦文，京兆府職田，令於萬户上均配，與臣當州事宜相類。臣今因重配元額稅地，便請盡將此色田地，一切給與百姓，任爲永業，一依正稅粟草及地頭榷酒錢數納稅[8]。其餘所欠職田斛斗錢草等，只於夏稅地上每畝加一合，秋稅地上每畝各加六合、草一分。其餘脚錢，只收地頭榷酒錢上分厘充數便足，百姓元不加配⑨。其上司職田合變米送城者，比緣百姓自出車牛，及零碎舂碾(五)，動逾春夏，送納不得到城(六)。臣今便於當州近城縣納粟，官爲變碾，取本色脚錢，州司和雇情願車牛般載(七)，差綱送納。計萬户所加至少，使四倍之税永除。上司職禄及時，公私俱受其利⑩。

當州供左神策郃陽鎮軍田粟二千石

右，自置軍鎮日(八)，伏準敕令取百姓蒿荒田地一百頃(九)，給充軍田。並緣田地零碎，軍司佃用不得，遂令縣司每畝出粟二斗。其粟並是一縣百姓税上加配，偏當重斂，事實不均。臣今已於七縣應税地上量事配率，自此亦冀均平⑪。

當州朝邑等三縣代納夏陽韓城兩縣率錢(一〇)

右，准元和十三年敕，緣夏陽、韓城兩縣殘破，量減逃户率税，每年攤配朝邑、澄城、郃陽三縣代納錢六百七十九貫九百二十一文，斛斗三千一百五十二碩一斗三升三合(一一)，草九千九束，零並不計。臣今因令百姓自通田地，落下兩縣蒿荒之外，並據見定頃畝一例徵率。自然兩縣已減元額税地(一二)，請更不令三縣代納差科⑫。

當州税麻

右，當州從前税麻地七十五頃六十七畝四壟，每年計麻一萬一千八百七十四兩，充州司諸色公用。臣昨因均配地税，尋檢三數十年兩税文案，只見逐年配率麻地，並不言兩税數内爲復數外，既無條敕可憑，臣今一切放免不税⑬。

當州所徵斛斗草及地頭等錢畸零分數

右,從前所徵斛斗升合之外,又有抄勺圭撮,錢草即有分厘毫銖。案牘交加,不可勘算。人户輸納,元無畸零。甕數所成,盡是奸吏欺没。臣今所徵斛斗,並請成合,草並請成分,錢並請成文。在百姓納數,元無所加。於官司簿書,永絶奸詐⑭。其甕數粟麥草等,便充填所欠職田等數。其錢當州每畝元税二十文三分六厘,人户元納二十一文整數。臣今只收納二十一文,内分厘零數,將充職田脚錢,二千六百餘貫便足,更不分外攤徵。回奸吏隱欺之贓,除百姓重斂之困。如此處置,庶有利宜。以前件謹具利宜如前,逐縣兩税元額頃畝,并攤配職田分數,及甕成文分合等錢草斛斗數,謹具分析在前件狀如前(一三)⑮。

伏以當州田地,鹹鹵瘠薄,兼帶山原,通計十畝,不敵京畿一二。加以檢責年深,貧富偏併,税額已定,徵率轉難。臣昨所奏累年逋懸,其敝實由於此⑯。

臣今並已均融抽税,又免配佃職田。閭里之間,稍合蘇息。伏緣請配職田地充百姓永業,事須奉敕處分。然冀永有遵憑,伏望聖慈允臣所奏。謹録奏聞,伏聽敕旨⑰。

分别録自《元氏長慶集》卷三八、卷三九

[校記]

(一) 同州奏均田狀:原本作"同州奏均田",叢刊本同,《困學紀聞》、《玉海》引用本文亦稱"同州奏均田",楊本卷目作"同州奏均田",楊本正文作"同州奏均田狀",《册府元龜》引用時一作"同州奏均田",

一作"憲宗元和四年十二月監察御史裹行元稹牒同州奏均田狀同州奏均田狀",顯然錯誤。現據楊本正文及盧校、《全文》補。

(二)及除去解斗錢草零數等利宜:原本誤作"及除去解斗錢草零數等利宜",據楊本、叢刊本、《册府元龜》、《全文》及下文改。

(三)當州兩税地:楊本、叢刊本、《册府元龜》、《全文》同。《元稹集》:"此篇係《同州奏均田狀》中之一件,不應單獨列篇,《元氏長慶集》各種版本均單獨列篇,并見於目録,不妥。今改正。"在楊本中,"當州兩税地"確實見諸卷三八卷目,但在正文中,"當州兩税地"與其他小標題一樣上空兩格,《元稹集》衹説對了一半。

(四)各令百姓自通手實狀:叢刊本、《册府元龜》、《全文》同,《困學紀聞》節引亦同,楊本作"各令百姓自通乎實狀",各備一説,不改。

(五)及零碎舂碾:蘭雪堂本、叢刊本、《册府元龜》、《全文》同,楊本誤作"及零碎春碾",不從不改。

(六)送納不得到城:叢刊本、《册府元龜》、《全文》同,楊本作"□□不得到城",不從不改。

(七)州司和雇情願車牛般載:蘭雪堂本、叢刊本、《册府元龜》、《全文》同,楊本誤作"州司和雇惰願車牛般載",不從不改。

(八)自置軍鎮日:原本作"目置軍鎮目",《册府元龜》作"自置軍鎮以來",據楊本、叢刊本、《全文》改。

(九)伏準敕令取百姓蒿荒田地一百頃:楊本、叢刊本、《全文》同,《册府元龜》作"准敕令取百姓高荒田地一百頃",各備一説,不改。

(一〇)當州朝邑等三縣代納夏陽韓城兩縣率錢:原本作"論當州朝邑等三縣代納夏陽韓城兩縣率錢狀",本文在《元氏長慶集》各版本中,包括楊本、叢刊本在内,均不在《同州奏均田狀》之内,而是另作一篇,此即是文題。但楊本文題僅見於卷目,不見於書前目録。三十多年之前,筆者僅僅是一名初入校門的唐宋文學研究生,在對元稹詩文進行編年之時發現此等異常,且又與《同州奏均田狀》開頭涵括的六項内容不符。但才淺學疏的我,一時又無法解决。經先師孫望先生指點,又與《册府元龜》、《全文》相核對,找到了根據,才認定《論當州朝邑等三縣代納夏陽韓城兩縣率錢狀》等三部份是《同州奏均田狀》的後半部份,不當另立爲一篇。《册府元龜》、《全文》正作"當州朝邑等三縣代納夏陽韓城兩縣率錢",現據改。《元稹集》一九八二年八月版校勘:"論當州朝邑等三縣代納夏陽韓城兩縣率錢狀:《全唐文》卷六五一無'論'字。"其實《全文》不僅無"論"字,而且也無"狀"字。而且,《元稹集》仍然將"論當州朝邑等三縣代納夏陽韓城兩縣率錢狀"作爲單獨之篇,列在卷三九之第一篇,其實并没有糾正原來的錯誤。《元稹集》二〇一〇年七月版校勘:"當州朝邑等三縣代納夏陽韓城兩縣率錢:此題係《同州奏均田狀》中之一狀,不應單獨列篇,且不見於目録,故據《全唐文》卷六五一正之。"《元稹集》將被分裂成兩篇的《同州奏均田狀》重新歸爲一篇,這非常準確。但個人認爲《同州奏均田狀》應該仍然歸入《元氏長慶集》卷三八比較好,而現在歸入卷三九,似乎不妥。我們猜測當時的卷三八可能容納不下《同州奏均田狀》的後半部内容,不得不將它轉入下一卷。後人因此誤爲是另外一篇而重新立篇,並將小標題前後各加"論"與"狀",拼凑成一個文題。但楊本衹在卷三九中加上卷目,却忘記在書前目録中加上,終於露出了破綻。雖然叢刊本在目録中也已經加上文題,但本文前面"當州自於七縣田地數内……及除去斛斗錢草零數等利宜"一段文字,仍舊讓叢刊本難掩根據他本而割裂一篇爲二篇的痕迹。我們以爲,後來劉麟父子整理《元氏長慶集》时之所以造成這種差错,忽略其前人王欽若等編纂的《册府元龜》的存在是最重要原因。在《册府元龜》中,《同州奏均田狀》是作爲完整一篇存在,而"當州朝邑等三縣代納夏陽韓城兩縣率錢",衹是作爲《同州奏均田狀》六分之一的部份存在。《全文》不採用《元氏長慶集》將一篇分成兩篇的原因,大約就是根據《册府元龜》的結果。我們三十多年前判定《同州奏均田狀》被割裂成兩篇的主要根據，除了《同州奏均田狀》文頭涵括六部分内容的文字之外，首先是宋編《册府元龜》，其次才是清編《全文》。僅借本書正式面世之際，誠懇提及先師孫望先生的珍貴教誨。

(一一) 斛斗三千一百五十二碩一斗三升三合：楊本、叢刊本、《册府元龜》、《全文》同，盧校作"斛斗三千一百五十二碩一斗三升九合"，各備一説，不改。

(一二) 臣然兩縣已減元額税地：原本作"自然兩縣已減元額税地"，叢刊本、《全文》同，據楊本改。《册府元龜》在上句"兩縣"之後，漏掉"蒿荒之外，並據見定頃畝一例徵率，臣然兩縣"十八字，僅録以備考。

(一三) 謹具分析在前件狀如前：楊本、叢刊本、《全文》作"謹具分析在前件狀如前"，《册府元龜》作"謹具後件分析以前件如前"，各備一説，不改。

[箋注]

① 同州奏均田狀："同州均田"是元稹最著名的政績之一：同州貧苦百姓，因土地甚少且沙化非常嚴重，收入不多但賦税却不少。部分農户不堪重負紛紛外逃他州外縣，留下來的農户還要額外負擔"人户逃移"之後荒廢田地的賦税，田地雖然未種，但賦税却决不可少。不堪重負的百姓外逃更多，留在同州的百姓負擔更重，年復一年形成惡性循環。元稹認爲這種情況極不合理，决心利用手中的職權剷除這種弊端，做一些對國家對百姓都有益的事情。他首先讓百姓自報土地實情，又讓下屬根據實際情況丈量土地，然後除去荒地去掉虚數，將百姓與豪富手中的田畝根據土地沃瘠分等，按照現有田畝的實數均攤同州應該向朝廷交納的賦税，百姓與豪富同等對待一樣均攤。元稹追求"貧富强弱，一切均平"的公平原則，原來豪富利用特權逃逸的賦税無法逃逸了，轉嫁到普通百姓頭上的負擔自然也就没有了。

這種辦法免去了窮苦百姓本來就不該負擔的荒田稅賦，迫使豪富與百姓一樣按田畝實數及土地好壞負擔應該交納的稅賦，可謂至公至平。這既保證了朝廷賦稅的正常收入，又減輕了窮苦百姓的沉重負擔。既有利於當時的生産，也有利於百姓的生活，而朝廷的賦稅並不因此而減少。但是豪富們的既得利益却受到了同州刺史元稹的"正當的侵害"，這是不言而喻的事實，他們的不滿也是不難想見的。在當時，還有一種情況也引起了元稹的充分注意，那就是一些租種官職田、公廨田、官田、驛田的同州百姓，不僅他們的賦稅數倍於正稅，而且還要自己設法將糧食、棉花、燒柴等等送到城裏擁有田畝所有權的官員家中。往往運費三倍於正稅，産生了與其他納稅户輕重不匀的不合理現象。這類問題是元稹工部侍郎任内的管轄事務，來到同州對此的瞭解就更加具體。元稹奏請將這類田畝充作百姓永業田，依正稅的份額交納同樣的租稅，然後由官府就近雇車將官吏的禄米運送到家。這種辦法不僅減輕了百姓之間不公平的負擔，而且也保證了官吏禄米的及時送到，達到了預期的目的。元稹《同州奏均田狀》中涉及的種種辦法，特别是均田平賦，打擊了豪富特權，有利於百姓生産而無損於國家利益，因而比同期其他官員提出的辦法更爲切實可行，爲後世君臣和史學家所推崇所仿效，首先爲五代時期周世宗柴榮所讚揚和所仿效，《五代會要·（顯德）五年七月》："詔曰：朕以寰宇雖安蒸民未泰，當乙夜觀書之際較前賢阜俗之方。近覽元稹《長慶集》，見在同州時所上《均田表》，較當時之利病曲盡其情，俾一境之生靈咸受其賜。傳于方册，可得披尋，因令制素成圖，直書其事，庶公卿觀覽，觸目驚心，利國便民無亂條制，背經而合道盡繫變通。但要適宜，所冀濟務，繫乃勛舊，共庇黎元。今賜元稹所奏《均田》及《圖》一面，至可領也。"《舊五代史·周世宗紀》："（顯德五年七月）丁亥，賜諸道節度使、刺史《均田圖》各一面。唐同州刺史元稹在郡日奏均户民租賦，帝因覽其文集而善之，乃寫其辭爲圖以賜藩郡。時帝將均定天下賦税,故先以此圖遍賜之。"《新五代史·周本紀》也有類如的記載:"(周世宗柴榮)嘗夜讀書,見唐元稹《均田圖》,慨然歎曰:'此致治之本也,王者之政自此始!'乃詔頒其圖法,使吏民先習知之,期以一歲大均天下之田,其規爲志意豈小哉!"周世宗並不停留在一般的讚揚聲中,而是立刻付諸實施,同年十月周世宗又賜諸道《均田詔》:"朕以干戈既弭,言念地征,罕臻藝極,須議並行均定所議,冀永適重輕。卿受任方隅,深窮治本,必能副寡昧平分之意。察鄉閭致弊之源,明示條章,用分寄任,佇令集事,允屬推公。今差使臣往彼檢括,餘從别敕。乃命左散騎常侍艾穎等三十四人于諸州檢定民租。"《舊五代史·食貨志》:"周顯德……五年七月賜諸道《均田圖》,十月命左散騎常侍艾穎等三十四人下諸州檢定民租。周顯德六年春諸道使臣回,總計檢到户二百三十萬九千八百一十二。"五代徐寅有《均田賦》贊元稹均田之舉:"唐有臣曰元稹兮,圖均田于德(穆)宗。幸皇覽之見收兮,路逶迤而不通。迄柴周之顯德兮,乃留心于務農。頒積圖于諸鎮兮,均境内之租庸。雖不能伯仲于魏之君兮,亦拔萃于五季也。視貞元之聚斂兮,誠何足與議也! 慨圖遠而名存兮,異索駿之丹青。儻按圖以取則兮,吾固知其有誠。伊李泌之震書兮,與斯圖其表裏。當中和而進獻兮,務本之深意。彼輿地非元圖兮,徒經營乎版籍。豳風之亦有圖兮,欲勤勞夫稼穡。豈若名田之與限兮,猶總總其可行也。實醉儒之良計兮,均井田之一平也。亂曰:均田有圖,積所作兮。厥制初行,魏之度兮。桑井既復,孰諗其故兮? 索空圖于實效兮,庶幾太平之助兮。"清人倪國璉《康濟録》記載元稹與周世宗"均田"之舉措,並加評述:"世宗顯德五年遣使均定境内田租,世宗留心農事,常刻木爲農夫田器蠶婦等置之殿廷,欲均田租税。先以元稹《均田圖》賜諸道,至是詔散騎常侍艾穎等三十四人分行諸州均定田租。謹案:世宗非五代之聖主耶! 明達不下於唐太宗,愛養仿佛乎漢文帝。殿廷刻木而重農桑,諸道頒圖而均田賦。在上者知儲蓄之當先,得安不忘危之要道;在下者明耕耘之宜急,有未雨綢繆之至計,非仁政歟!"更早,宋人王應麟所撰《困學紀聞》:"《五代史》:周世宗嘗夜讀書,見唐元稹《均田圖》,歎曰:'此致治之本也。'詔頒其圖法,使吏民先習知之,期以一歲大均天下之田。考之《會要》,世宗見元稹在同州時所上《均田表》,因制素爲圖賜諸道。《崔頌傳》云世宗讀唐元稹《均田疏》,命頌寫爲圖賜近臣,遣使均諸道租賦。史謂元稹《圖》,誤也,稹《集》有《同州奏均田》(《續通曆》云:唐同州刺史元稹《奏均租賦》,帝覽文集而善之,寫其辭爲圖以賜)。今按:元稹《同州奏均田》曰:因農務稍暇,令百姓自通手實狀,又令里正、書手等旁爲穩審,並不遣官吏擅到村鄉,略無欺隱。除去逃荒,其餘頃畝取兩税元額,通計七縣沃瘠一例作分抽税。"近代著名史學家范文瀾也對元稹的做法給予了充分的肯定,其《中國通史簡編》:"兩税法代替租庸調法,實在是自然趨勢。陸贄、白居易等人指出兩税法量出制入、巧取豪奪等種種弊害確是同情民衆的正論,但主張恢復租庸調法不免是一種迂論……唐穆宗時元稹在同州均田,應是較爲切實可行的辦法……元稹所説均田是均田賦,與唐前期的均田制名同實異。按田畝實數和田地好壞均攤兩税原額,朝廷收入照舊,納税人負擔算是比較平均些,這就成爲元稹的著名政績。"范文瀾的這一事關元稹同州均田的論述,可以看作范文瀾對元稹在同州均田的高度讚揚,值得我們重視。《册府元龜》卷四九五:"憲宗元和四年十二月,監察御史裏行元稹牒《同州奏均田狀》。"據本文,《册府元龜》所述《同州奏均田狀》撰作時間有誤:元稹《同州奏均田狀》在長慶三年正月,不在元和四年十二月。《册府元龜》所述元稹身份也有誤:元稹《同州奏均田狀》之時,職任同州刺史,而非監察御史裏行;元稹一生,未歷監察御史裏行之職。　均田:均田原是漢代按等級分賜田地的制度。《漢書·王嘉傳》:"詔書罷菀,而以賜賢二千餘頃,均田之制從此墮壞。"顔師古注引孟康曰:"自公卿以下至於吏民名曰均田,皆有頃數,於品制中令均等。今賜賢二千餘頃,則壞其等制也。”又北魏至唐中葉計口分配土地的制度。《文獻通考·田賦》:“魏孝文始行均田,然其立法之大概,亦不過因田之在民者而均之。”又《文獻通考·田賦》:“孝文太和元年……均田之制始於此矣!九年,下詔均給天下人田,諸男夫十五以上受露田四十畝,婦人二十畝。”元稹的均田之舉,既依據歷代,但又比歷代有所進步,故後周柴世宗不僅大力讚揚,而且極力加以推行,無論元稹,還是柴世宗,都得到了後代歷史學家的充分肯定。

② 當州:本州。《三國志·魏武帝紀》:“作銅雀臺。”裴松之注引《魏武故事》:“劉表自以爲宗宗,包藏奸心,乍前乍却,以觀世事。據有當州,孤復定之,遂平天下。”劉禹錫《謝恩賜粟麥表》:“以臣當州連年歉旱,特放開成元年夏青苗錢。” 七縣:同州轄境之内,有七個縣。《元和郡縣志·關内道》:“同州:《禹貢》:雍州之域,春秋時其地屬秦。本大荔戎國,秦獲之,更名曰臨晉。魏文侯伐秦,秦築臨晉,今朝邑西南有故城。七國時屬魏,始皇並天下,京兆、馮翊、扶風並内史之地。及項羽滅秦,爲塞國,立司馬欣爲塞王。及漢王定三秦,以爲河上郡,復罷爲内史。武帝更名左馮翊,魏除左字,但爲馮翊郡,晉因之。後魏永平三年,改爲同州。《禹貢》云:‘漆、沮既從,澧水攸同。’言二水至此同流入渭,城居其地,故曰同州……管縣七:馮翊、朝邑、韓城、白水、夏陽、澄城、郃陽。” 兩税:夏税和秋税的合稱,唐德宗時楊炎作兩税法,併租庸調爲一,令以錢輸税。夏輸不超過六月,秋輸不超過十一月,故稱兩税。白居易《重賦》:“國家定兩税,本意在憂人。”《新唐書·德宗紀》:“〔建中元年〕二月丙申,初定兩税。” 職田:即“職分田”,古代按品級授予官吏作俸禄的公田。北魏太和九年(485)均田,地方官吏也按級分給公田,爲授職分田之始。隋時已有職分田之稱,以後歷代相沿,唯授田數量各有增減。職分田於解任時移交後任,不得買賣。官吏受田佃給農民耕種,收取地租。《隋書·食貨志》:“京官又給職分田,一品者給田五頃,每品以五十畝爲差,至五品,則爲田

三頃，六品二頃五十畝。其下每品以五十畝爲差，至九品爲一頃。外官亦各有職分田，又給公廨田，以供公用。”亦省稱“職田”。白居易《議百官職田策》：“臣伏以職田者，職既不同，田亦異數。”王安石《户部郎中贈諫議大夫曾公墓誌銘》：“揚州守職田，歲常得千斛。然遣吏督貧民耕，民苦之，公不使耕。” 州使田：未見其他文獻記載，除本文外，没有其他書證。顧名思義，似乎是由刺史掌握的公田，存疑以待智者。 官田：國家控制的無主荒地。《後漢書·仲長統傳》：“其地有草者，盡曰官田，力堪農事，乃聽受之。若聽其自取，後必爲奸也。”屬官府或皇室所有，私人耕種、官府收租的田地。《晉書·慕容皝載記》：“且魏晉雖道消之世，猶削百姓不至於七八，持官牛田者官得六分，百姓得四分，私牛而官田者與官中分，百姓安之，人皆悦樂。” 脚錢：搬運費的舊稱。元稹《爲河南府百姓訴車狀》：“河南府應供行營般糧草等車，準敕糧料司牒共顧四千三十五乘，每乘每里脚錢三十五文。”蘇軾《論綱梢欠折利害狀》：“蓋祖宗以來，通許綱運攬載物貨，既免徵税，而脚錢又輕，故物貨通流。” 率：徵收。《舊唐書·德宗紀》：“自艱難以來，徵賦名目頗多，今後除兩税外，輒率一錢，以枉法論。”《新五代史·杜重威傳》：“契丹據京師，率城中錢帛以賞軍。”

③ 人户：民户。《北史·張彝傳》：“故孝文比校天下人户，最爲大州。”《資治通鑑·漢獻帝建安四年》：“今君擁有四州，人户百萬。” 河路：河道，水路。白居易《汴河路有感》：“三十年前路，孤舟重往還。繞身新眷屬，舉目舊鄉關。”《宋史·食貨志》：“自是江汴之舟，混轉無辨，挽舟卒有終身不還其家、老死河路者。”這裏的“河”指黄河，古代稱黄河一般都稱爲“河”。 沙苑：小地名，在同州境内，在今陝西大荔縣南，臨渭水，東西八十里，南北三十里，其處宜於牧畜。西魏大統三年，宇文泰大敗高歡於此。唐於此置沙苑監。杜甫《留花門》：“沙苑臨清渭，泉香草豐潔。”元稹同州詩《寄樂天二首》一：“山入白樓沙苑暮，潮生滄海野塘春。老逢佳景唯惆悵，兩地各傷何限神！” 沙

礫:沙子和碎石。《史記·衛將軍驃騎列傳》:“大風起,沙礫擊面,兩軍不相見。”晁補之《和關彦遠秋風吹我衣》:“但見黄河咆哮奔碣石,秋風吹灘起沙礫。” 税額:按税率繳納的税款數額。杜荀鶴《題所居村舍》:“家隨兵盡屋空存,税額寧容減一分?”《宋史·食貨志》:“光寧嗣服,諸郡税額皆累有放免。” 豪富:指有錢有勢的人。《史記·秦始皇本紀》:“徙天下豪富於咸陽十二萬户。”裴説《旅行聞寇》:“豪富田園廢,疲羸屋舍新。自慚爲旅客,無計避烟塵。” 兼併:併吞,指土地侵並,或經濟侵佔。晁錯《論貴粟疏》:“此商人所以兼併農人,農人所以流亡者也。”王安石《兼併》:“人主擅操柄,如天持斗魁。賦予皆自我,兼併巧奸回。” 阡陌:田野,壟畝。賈誼《過秦論》:“〔陳涉〕躡足行伍之間,而倔起阡陌之中,率疲弊之卒,將數百之衆,轉而攻秦。”王維《雪中憶李楫》:“積雪滿阡陌,故人不可期。長安千門復萬户,何處躞蹀黄金羈?” 窮獨:孤獨無依。《尹文子·大道》:“窮獨貧賤,治世之所共矜,亂世之所共侮。”白居易《祭弟文》:“吾竟無兒,窮獨而已。” 逋亡:逃亡。《史記·秦始皇本紀》:“發諸嘗逋亡人、贅婿、賈人略取陸梁地。”劉義慶《世説新語·政事》:“謝公時,兵厮逋亡,多近竄南塘下諸舫中。” 賦税:田賦和捐税的合稱。《管子·山至數》:“古者輕賦税而肥籍斂。”韓愈《潮州祭神文五首》二:“農夫桑婦,將無以應賦税繼衣食也。”徵收或繳納租税。《漢書·西域傳》:“賦税諸國,取富給焉!” 州縣:州與縣的合稱。韓愈《進士策問》:“今將自州縣始,請各誦所懷,聊以觀諸生之志。”歐陽修《吉州學記》:“今州縣之吏,不得久其職而躬親於教化也。” 破:破亡,衰敗,毁滅。《管子·八觀》:“地四削,入諸侯,破也。”《戰國策·齊策》:“四戰之後,趙亡卒數十萬,邯鄲僅存。雖有勝秦之名,而國破矣!”

④ 檢量:查閲斟酌。皇甫憬《諫置勸農判官疏》:“何必聚人阡陌,親遣檢量,故奪農時,致令受弊?”李亶《即位赦文》:“昨自魏汴至京,大軍所歷,戎馬騰踐麥苗。下本州使檢量,據所傷殘,與蠲地税。”

疲人:疲困之民。元稹《彈奏劍南東川節度使狀》:“伏乞聖慈,勒本道長吏及諸州刺史,招緝疲人,一切却還産業。庶使孤窮有託,編户再安。”白居易《新樂府·兩朱閣》:“寺門敕榜金字書,尼院佛庭寬有餘。青苔明月多閑地,比屋疲人無處居。” 煩擾:攪擾,干擾。曾鞏《本朝政要策·俸禄》:“太祖哀憐元元之困,而患吏之煩擾。”因受攪擾而心煩。《法苑珠林》卷三八:“有佛牙長寸半,光色變改,寶函盛之,遠近瞻者,日有百千,守者煩擾。” 農務:農事。陶潛《移居二首》二:“農務各自歸,閑暇輒相思。”杜甫《春日江村五首》一:“農務村村急,春流岸岸深。” 手實:唐代民户户口和佔有土地的實況記録,唐制每三年編造户籍一次,地方平時每年把人口及其所占田畝據實造册,再據此編成計帳,送州申報尚書省,作爲全國户籍的底本。長慶三年,元稹在同州採取整頓賦税措施,令百姓自報,稱“自通手實狀”。吕惠卿行手實法,時亦稱“手實”。蘇軾《吕惠卿責授節度副使》:“手實之禍,下及鷄豚。”蘇轍《民賦叙》:“熙寧中吕惠卿復建手實,抉私隱,崇告訐,以實貧富之等。” 里正:古時鄉官,里長。春秋時,以里中能治事者爲里正,北齊以來多置之。《公羊傳·宣公十五年》:“什一行而頌聲作矣!”何休注:“一里八十户……其有辯護伉健者爲里正。”杜甫《兵車行》:“去時里正與裹頭,歸來頭白還戍邊。” 書手:擔任書寫、抄寫工作的人員。段成式《酉陽雜俎續集·支諾皋》:“其案下書手蔣古者,忽心痛暴卒。” 穩審:猶詳察。《舊唐書·食貨志》:“開元中,有御史宇文融獻策,括籍外剩田、色役僞濫及逃户,許歸首,免五年征賦,每丁量税一千五百錢,置攝御史分路檢括穩審。”《舊五代史·高祖紀》:“帝使人馳告曰:‘皇帝赴難,比要成功。賊勢至厚,可明旦穩審,議戰未爲晚也。’” 均平:平正,公允。《周書·王羆傳》:“每至享會,親自秤量酒肉,分給將士。時人尚其均平,嗤其鄙碎。”《南史·阮長之傳》:“李元德清勤均平,奸盜止息。” 欺隱:欺騙隱瞞。《梁書·武帝紀》:“凡是政事不便於民者,州郡縣即時皆言,勿得欺隱!”歐陽修《論方田均税札子》:"或奸民欺隱,或官吏誅求,税未及均,民已大擾。"

⑤ 見:"現"的古字,現成。《後漢書・光武帝紀》:"其令郡國收見田租三十税一,如舊制。"劉禹錫《送工部蕭郎中刑部李郎中並以本官兼中丞分命充京西京北覆糧使》:"尊俎成全策,京坻閲見糧。" 頃畝:百畝,形容面積大。《史記・淮南衡山列傳》:"〔秦始皇〕遣蒙恬築長城,東西數千里,暴兵露師常數十萬。死者不可勝數,僵尸千里,流血頃畝。百姓力竭,欲爲亂者十家而五。"頃和畝,泛指土地面積。《晉書・郤詵傳》:"自頃風雨雖頗不時,考之萬國,或境土相接,而豐約不同;或頃畝相連,而成敗異流。固非天之必害於人,人實不能均其勞苦。" 元:本來,向來,原來。嵇康《琴賦序》:"推其所由,似元不解音聲。"王魯復《詣李侍郎》:"文字元無底,功夫轉到難。" 沃瘠:指土地的肥瘦。《藝文類聚》卷八六引劉駿《梨花贊》:"沃瘠異壤,舒慘殊時。"白居易《策林・議百官職田》:"如此,則沃瘠齊而户租均,等列辨而禄食足矣!" 抽税:徵收税金。馬令《南唐書・申漸高傳》:"漸高乘談諧,進曰:'雨懼抽税,不敢入京!'"郭威《定抽税蕃漢糶鹽詔》:"青白池務,素有定規。祇自近年,頗乖循守。" 逋欠:拖欠,短少。陸贄《平朱泚後車駕還京大赦制》:"應天下建中四年年終已前,所有諸色逋欠,在百姓復内者,一切放免。"崔從《請定舉放官私錢事宜狀》:"近日訪聞商販富人,投身要司,依託官本,廣求私利。可徵索者,自充家産;或逋欠者,證是官錢。" 完全:完整,齊全。《荀子・議兵》:"韓之上地,方數百里,完全富足而趨趙,趙不能凝也。"楊倞注:"完全,言城邑也;富足,言府庫也。"齊己《賀行軍太傅得白氏東林集》:"百氏典墳隨喪亂,一家風雅獨完全。"

⑥ 京官:指在京師任職的官員,對地方官而言。《北齊書・崔劼傳》:"世門之胄,多處京官,而劼二子拱、撝並爲外任。"賈島《和劉涵》:"京官始云滿,野人依舊閑。" 公廨田:隋唐時期給各官署以所

收地租補充辦公經費的公田。隋文帝開皇九年(589),詔給外官公廨田,爲公廨田名稱之始。唐制内外各官署均依照等級高低,分别給予公廨田。在京官署公廨田自二十六頃至二頃,在外諸州公廨田自四十頃至一頃。官吏解職,移交後任。公廨田租給農民耕種,苛收地租。李适《勘造簿籍敕》:"内外文武官職田及公廨田,准式州縣每年六月三十日勘造白簿申省,與諸司文解勘會,至十月三十日徵收,給付本官。"唐無名氏《請三年一造職田文簿奏(貞元十一年八月屯田)》:"前件簿書,准天寶十四年八月十二日敕,每年六月十三日勘造申省……" 驛田:唐代供驛站費用所置的田地。韓愈《河南少尹李公墓誌銘》:"公主奪驛田,京兆尹符縣割界之,公不與,改度支郎中。"彭龜年《策問十道》:"或曰:唐給驛田,今官田所在而有,亦可復給否耶?" 榷酒錢:唐代對酤户及酤肆徵收的酒税。元稹《中書省議賦税及鑄錢等狀》:"今請天下州府榷酒錢,一切據貫配入兩税,仍取兩貫以上户均配,兩貫以下户不在配限。"李德裕《奏銀妝具狀》:"貞元中,李錡任觀察使日,職兼鹽鐵,百姓除實出榷酒錢外,更置官酤。"

⑦ 般:搬運,後多作"搬"。白居易《新樂府·官牛》:"官牛官牛駕官車,滻水岸邊般載沙。"葉適《修路疏》:"捐廩傾囊,眼界中裝見生功德;般沙運石,脚根下作穩實工夫。" 比量:比較,比照。《顔氏家訓·治家》:"近世嫁娶,遂有賣女納財,買婦輸絹。比量父祖,計較錙銖,責多還少,市井無異。"《舊唐書·楊收傳》:"時諂神貪君之私,用此謬禮,改造神主。比量晉事,又絶非宜。" 抑配:强行攤派。陸贄《貞元九年南郊大赦天下制》:"已後官司應有市糴者,各須先付價直,不得賒取抑配。"蘇轍《論雇河夫不便札子》:"兼訪聞河上人夫,亦自難得,名爲和雇,實多抑配。" 市井:城邑,城市,集鎮。《尉繚子·攻權》:"兵有勝於朝廷,有勝于原野,有勝於市井。"《後漢書·劉寵傳》:"山民願朴,乃有白首不入市井者。"

⑧ 赦文:亦即"赦令",舊時君主發佈的減免罪刑或賦役的命令。

《史記·越王句踐世家》:“楚王大怒曰:‘寡人雖不德耳!奈何以朱公之子故而施惠乎!’令論殺朱公子,明日遂下赦令。”秦觀《財用》:“數因赦令而弛逋負,大出稟廥以振乏絶。” 永業:永業田的省稱,田制名,也稱世業田,北魏行均田制,每男夫授桑田二十畝,身没不還,世代承耕,故稱永業田。北齊、隋、唐沿用此制,但授田多少不等,唐中葉以後,土地兼併激烈,此制名存實亡。李隆基《禁官奪百姓口分永業田詔》:“周有均土之宜,漢存墾田之法,將欲明其經界,定其等威。”王應麟《困學紀聞·歷代田制考》:“是以盡開阡陌,悉除禁限,而聽民兼併貿易,以盡人力開墾棄地……使民有田,即爲永業,而不復歸授,以絶煩擾欺隱之奸。”

⑨ 斛斗:斛與斗,皆糧食量器名,十升爲斗,十斗爲斛。《宋書·律曆志》:“器有大小,故定以斛斗。”賈思勰《齊民要術·笨麴並酒》:“其七酘以前,每欲酘時,酒薄霍霍者,是麴勢盛也……雖勢極盛,亦不得過次前一酘斛斗也。”本文指代糧食。 夏税:唐建中元年行兩税法後,規定“夏税無過六月,秋税無過十一月。”白居易《贈友五首》三:“私家無錢爐,平地無銅山。胡爲秋夏税,歲歲輸銅錢?”《舊唐書·憲宗紀》:“(元和九年五月)以旱,免京畿夏税十三萬石,青苗錢五萬貫。”

⑩ 舂:用杵臼搗去穀物的皮殼。《穀梁傳·文公十三年》:“禮,宗廟之事,君親割,夫人親舂,敬之至也。”李白《宿五松山下荀媼家》:“田家秋作苦,鄰女夜舂寒。” 碾:滾壓,碾軋。白居易《潯陽春三首·春來》:“金谷蹋花香騎入,曲江碾草鈿車行。”陸游《湖上》:“獨轅碾破新堤路,雙耜犁殘古廟壖。” 和雇:古代官府出價雇用人力。魏徵《十漸疏》:“雜匠之徒,下日悉留和雇;正兵之輩,上番多别驅使。”蘇轍《論雇河夫不便札子》:“兼訪聞河上人夫亦自難得,名爲和雇,實多抑配。” 綱:舊時成批運輸貨物的組織。《新唐書·食貨志》:“晏爲歇艎支江船二千艘,每船受千斛,十船爲綱,每綱三百人,篙工五

十。"《舊五代史·周太祖紀》:"彦欽乃奏野鷄族掠奪綱商。" 送納:送交,輸納。韓愈《論變鹽法事宜狀》:"平叔又請令所在及農隙時,併召車牛,般鹽送納都倉,不得令有闕絶者。"蘇軾《應詔論四事狀》:"今來所欠,並是下等貧困之人,無可送納。"

⑪ 神策:亦稱"神策軍",唐代禁軍之一,天寶中隴右節度使哥舒翰破吐蕃時令軍史成如璆建神策軍於臨洮西。安禄山亂起,臨洮陷,如璆令其將衛伯玉領兵屯陝州,復號神策軍。代宗、德宗時繼由宦官統領,並歸禁中定制,分左右廂,衣糧優厚,勢居諸禁軍之上,唐亡始廢。白居易《宿紫閣山北村》:"紫衣挾刀斧,草草十餘人。口稱采造家,身屬神策軍。"《舊唐書·裴垍傳》:"今聞其視(吐突)承璀如嬰孩,往來神策間,益自恃不嚴,是天亡之時也。" 軍鎮:指鎮守邊地的駐軍。《舊唐書·職官志》:"凡諸軍鎮,每五百人置押官一人,千人置子總管一人,五千人置總管一人。"白居易《敘德書情四十韵上宣歙崔中丞》:"山河地襟帶,軍鎮國藩維。" 蒿荒:猶荒蕪。常衮《放京畿丁役及免税制》:"百官及府縣官職田,歲月深久,多被换易,縱有本主,皆是蒿荒,虚配户人。"元稹《册文武孝德皇帝赦文》:"其百司職田在京畿諸縣者,訪聞本地多被所由侵隱,抑令貧户,佃食蒿荒。百姓流亡,半在於此。宜委京兆府勘會均配,務使公平。" 軍田:官給軍營耕牧的田地。韓愈《崔評事墓銘》:"署爲觀察巡官,實掌軍田。"韓愈《賀徐州張僕射白兔狀》:"不在農夫之田,而在軍田,武德行也,不戰而來之之道也,有安阜之嘉名焉!" 軍司:官名,職爲監軍。《晉書·閔王承傳》:"敦尋構難,遣參軍桓羆説承,以劉隗專寵,今便討擊,請承以爲軍司,以軍期上道。"韓愈《論變鹽法事宜狀》:"檢責軍司軍户,鹽如有隱漏,並準府縣例科决。" 配:分配,攤派。《舊唐書·文宗紀》:"集賢院應欠書四萬五千二百六十一卷,配諸道繕寫。"《宋史·食貨志》:"兩税折科物,非土地所宜而抑配者,禁之。" 重斂:猶苛税。《管子·法禁》:"以重斂爲忠,以遂忿爲勇者,聖王之禁也。"《後漢書·賈

琮傳》:"時黄巾新破,兵凶之後,郡縣重斂,因緣生奸。"　配率:按比例向百姓攤派税收。《新五代史·盧質傳》:"三司使王玫請率民財以佐用,乃使質與玫等共議配率,而貧富不均,怨訟並起,囚繫滿獄。"《續資治通鑒·宋高宗紹興四年》:"車駕總師臨江,乞速降黄榜,須行約束,每事務在簡省,稍有配率,許人陳告。"

⑫ 率錢:凑錢,募錢。段成式《酉陽雜俎·支諾皋》:"胡氏與郝哀而異之,復率錢於同輩合二十萬,盛其凶儀,瘞於鹿頂原。"王禹偁《黄州齊安永興禪院記》:"郡之衆户率錢二十萬建老宿堂,又率錢十萬立方丈室。"　率税:唐代由率貸轉化而來的一種雜税,率貸在名義上是向富户借錢,率税則爲按財産的多少而抽税。《新唐書·食貨志》:"肅宗即位,遣御史鄭叔清等籍江、淮、蜀、漢富商右族訾畜,十收其二,謂之率貸。"　攤配:攤派分配。元稹《和李校書新題樂府十二首·陰山道》:"税户逋逃例攤配,官司折納仍貪冒。"《舊唐書·懿宗紀》:"(咸通十三年六月)今月十七日延英面奉聖旨,令誡約天下州府,應有逃亡户口,其賦税差科不得攤配見在人户上者。"　差科:指差役和賦税。杜甫《遭田父泥飲美嚴中丞》:"差科死則已,誓不舉家走。"陸游《岳池農家》:"緑秧分時風日美,時平未有差科起。"

⑬ 麻:麻類植物的總名,有大麻、亞麻、苧麻等,古代專指大麻,莖皮纖維長而堅韌,可供紡織等。《詩·陳風·東門之池》:"東門之池,可以漚麻。"孟浩然《過故人莊》:"開筵面場圃,把酒話桑麻。"　壟:亦作"壠",成行種植農作物的土埂,常常作爲計算面積的單位。王僧達《答顔延年》:"麥壠多秀色,楊園流好音。"梅堯臣《和孫端叟寺丞農具·耬種》:"手持高斗柄,嚮瀉三犂壠。"　復:謂免除徭役或賦税。《荀子·議兵》:"中試,則復其户,利其田宅。"楊倞注:"復其户,不徭役也。"元稹《處分幽州德音》:"其管内八州百姓,並宜給復一年。"　敕:古時自上告下之詞,漢時凡尊長告誡後輩或下屬皆稱敕,南北朝以後特指皇帝的詔書。元稹《連昌宫詞》:"力士傳呼覓念奴,

念奴潛伴諸郎宿。須臾覓得又連催,特敕街中許然燭。”白居易《新樂府·賣炭翁》:“手把文章口稱敕,迴車叱牛牽向北。一車炭重千餘斤,官使驅將惜不得。” 放免:豁免,免除。張九齡《南郊赦書》:“元置義倉,救人不足,承前貸百姓糧及種子未納者,並放免,不得却徵。”陸贄《貞元九年冬至大禮大赦制》:“貞元九年十一月十日昧爽已前,繫囚見徒,大辟已下,罪無輕重,咸赦除之。其見於官司辯對者,亦並放免。”

⑭ 抄:量詞,古容量單位。六百粟爲一抄,一升的千分之一。《孫子算經》卷上:“量之所起,起於粟。六粟爲一圭,十圭爲一撮,十撮爲一抄,十抄爲一勺,十勺爲一合,十合爲一升。”後用以泛稱微量的量詞。張鷟《遊仙窟》:“莫言長有千金面,終歸變作一抄塵。” 勺:容量單位名。李時珍《本草綱目序例》引陶弘景《名醫別録合藥分劑法則》:“十撮爲一勺,十勺爲一合,十合爲一升。”《隋書·嘉量》:“《孫子算術》曰:‘六粟爲圭,十圭爲秒,十秒爲撮,十撮爲勺,十勺爲合。”《外臺秘要方·用藥分兩煮湯生熟法則》:“十撮爲一勺,十勺爲一合。” 圭:古代容量單位。《新唐書·高昌傳》:“陛下終不得高昌圭粒咫帛助中國費。”李時珍《本草綱目·陶隱居名醫別録合藥分劑法則》:“量之所起爲圭,四圭爲撮,十撮爲勺,十勺爲合,十合爲升,十升爲斗,五斗曰斛,二斛曰石。” 撮:容量單位,一百二十黍。俞正燮《癸巳類稿·藥量稱考》:“《藏經·方藥》云:‘四刀匕爲撮,十撮爲勺,兩勺爲合。則撮,百二十黍;勺,千二百黍;合,二千四百黍。’” 分:量詞,計時單位:一小時的六十分之一;長度單位:一寸的十分之一;重量單位:一兩的百分之一;角度、弧度的單位:一度的六十分之一;地積單位:一畝的十分之一;利率單位:年利一分按十分之一計算。表示分數,如五分之一;評定成績的標誌,如滿分、六十分;等等。 厘:數量單位,用於重量,爲舊制兩的千分之一。 毫:量詞,重量單位。《文獻通考·樂六》:“〔宋秤制〕一百毫爲一分,以千毫定爲一

錢。”　銖:古代衡制中的重量單位,爲一兩的二十四分之一。《孫子·形》:“故勝兵若以鎰稱銖,敗兵若以銖稱鎰。”郭化若注:“古代二十四兩爲一‘鎰’,二十四分之一兩爲一‘銖’。”《北齊書·文宣帝紀》:“己丑,改鑄新錢,文曰‘常平五銖’。”　案牘:官府文書。謝朓《落日悵望》:“情嗜幸非多,案牘偏爲寡。”吴曾《能改齋漫録·事始》:“以江西民喜訟,多竊去案牘,而州縣不能制,湛爲立千丈架閣。”　簿書:官署中的文書簿册。《漢書·賈誼傳》:“而大臣特以簿書不報,期會之間,以爲大故。”李紳《宿越州天王寺》:“休按簿書懲黠吏,未齊風俗昧良臣。”　奸詐:虚僞詭詐。《禮記·經解》:“君子審禮,不可誣以奸詐。”《管子·明法解》:“權衡平正而待物,故奸詐之人不得行其私。”

⑮ 蹙:接近,迫近。李白《春日行》:“因出天池泛蓬瀛,樓船蹙沓波浪驚。”羅隱《廣陵開元寺閣上作》:“江蹙海門帆散去,地吞淮口樹相依。”　奸吏:枉法營私的官吏。李白《武昌宰韓君去思頌碑》:“惠如春風,三月大化。奸吏束手,豪宗側目。”《舊唐書·崔鄲傳》:“居内憂,釋服爲吏部員外。奸吏不敢欺,孤寒無援者未嘗留滯,銓叙之美,爲時所稱。”　隱欺:隱瞞欺騙。陸贄《論裴延齡奸蠹書》:“數月之内,遽慶功能,奏稱:‘勾獲隱欺,計錢二十萬貫。請貯别庫,以爲羨財。供御所須,永無匱乏。’”白居易《得乙以庶男冒婚丁女事發離之丁理饋賀衣服請以所下聘財折之不伏判》:“乙則隱欺,在法而聘財宜没;丁非罔冒,原情而饋禮可追。”

⑯ 鹹鹵:鹽鹼。《漢書·溝洫志》:“終古舄鹵兮生稻粱。”顔師古注:“舄即斥鹵也,謂鹹鹵之地也。”玄奘《大唐西域記·跋禄羯呫婆國》:“土地鹹鹵,草木稀疏。”　瘠薄:貧瘠磽薄,謂土地堅硬不肥沃。《三國志·魏武帝紀》:“古之葬者,必居瘠薄之地。”《北齊書·高隆之傳》:“時初給民田,貴勢皆占良美,貧弱咸受瘠薄。”　山原:山陵與原野。嵇喜《答弟叔夜四首》三:“都邑可優遊,何必栖山原!”王勃《滕王

閣詩序》:"山原曠其盈視,川澤盱其駭矚。" 京畿:國都及其行政官署所轄地區。潘勖《册魏公九錫文》:"遂建許都,造我京畿,設官兆祀,不失舊物。"《北齊書・封述傳》:"遷世宗大將軍府從事中郎,監京畿事。" 檢責:檢查。《資治通鑑・唐穆宗長慶二年》:"檢責所在實户,據口團保,給一年鹽,使其四季輸價。"《新五代史・安重誨傳》:"從璋檢責其家貲,不及數千緡而已。" 偏併:猶"吞併",併吞,兼併。酈道元《水經注・澮水》:"然地理參差,土無常域。隨其强弱,自相吞併。"羅隱《自貽》:"漢武巡遊虚軋軋,秦皇吞併謾驅驅。" 逋懸:指所欠租税。《魏書・高陽王雍傳》:"遠使絶域,催督逋懸,察檢州鎮,皆是散官,以充劇使。"《舊唐書・李渤傳》:"張平叔判度支,奏徵久遠逋懸,渤在州上疏曰:'……臣當州管田二千一百九十七頃,今已旱死一千九百頃有餘,若更勒徇度支使所爲,必懼史官書陛下於大旱中徵三十六年前逋懸。臣任刺史,罪無所逃。'"

⑰ 閭里:里巷,平民聚居之處。《周禮・天官・小宰》:"聽閭里以版圖。"賈公彦疏:"在六鄉則二十五家爲閭,在六遂則二十五家爲里。閭里之中有争訟,則以户籍之版、土地之圖聽决之。"劉長卿《送朱山人放越州賊退後歸山陰别業》:"空城垂故柳,舊業廢春苗。閭里相逢少,鶯花共寂寥。"韓愈《寄盧仝》:"水北山人得名聲,去年去作幕下士。水南山人又繼往,鞍馬僕從塞閭里。" 蘇息:復活,蘇醒。《三國志・杜襲傳》:"祖父根,著名前世。"裴松之注引《先賢行狀》:"誅訖,車載城外,根以撲輕得蘇息,遂閉目不動摇。"杜甫《喜雨》:"穀根小蘇息,沴氣終不滅。"

[編年]

《年譜》編年本文於長慶三年,理由是:"《元集》分爲《同州奏均田狀》、《論當州朝邑等三縣代納夏陽韓城兩縣率錢狀》兩篇。"《年譜新編》與《年譜》大同小異,也編年本文於長慶三年,理由是:"《元稹集》

分爲《同州奏均田狀》、《論當州朝邑等三縣代納夏陽韓城兩縣率錢狀》，當合爲一篇。”他們其實并没有涉及編年的理由。《編年箋注》編年：“文中有‘右件地，並是貞元四年檢責，至今已是三十六年’之語，推算年月，應是長慶三年（八二三）撰此《狀》。”雖然説出了編年的理由與時間，但没有明確具體的時間。而且更不應該的是竟然把元稹在浙東撰寫的《浙東論罷進海味狀》，毫無道理地排列在元稹在同州撰寫的本文之前。應該指出的是，《編年箋注》這樣顛倒先後順序的“隨意編年”在全書比比皆是，可惜我們實在没有這麽多篇幅一一給予糾正。

《年譜》、《年譜新編》所引述的理由其實與本文的編年没有什麽關係，倒是《年譜》、《年譜新編》同年譜文“元稹均定同州税籍”之後的“元稹《同州奏均田狀·當州兩税地》有‘右件地並是貞元四年檢責，至今已是三十六年’之語，自貞元四年至長慶三年，正‘三十六年’”一段話説出了編年的理由，但可惜《年譜》没有明確是長慶三年的何時，《年譜新編》倒指明是“春或夏”。長慶三年秋八月元稹奉詔離開同州前往浙東任職，所以籠統地編年長慶三年顯然是不合適的，“春或夏”的斷語也存在問題。本文其實已提供了寫作時間的大致季節：“臣自到州，便欲差官檢量，又慮疲人煩憂。昨因農務稍暇，臣設法各令百姓自通乎實狀。”所謂“農務稍暇”一般是指隆冬初春，因氣候寒冷不便農事。結合元稹同州刺史任職的起始時間在長慶二年六月五日至長慶三年八月，以及上面關於“三十六年”的計算文字，我們可知本文當作於長慶三年的初春季節，亦即農曆正月北方繁忙的農事還没有開始之時，地點在同州，元稹時任同州刺史。

◎ 有唐贈太子少保崔公墓誌銘[①]

公諱倰，字德長[一]，以孝公（按《唐書》，崔沔官太子賓客，贈禮部尚書，謚孝）爲從祖父，則其官族可知也。沔弟濤，官至大理少卿。濤生儀甫，官至大理丞，贈刑部侍郎[②]。

公即刑部之第某子。母曰范陽盧氏，贈本郡太君[二]。公再娶，前夫人滎陽鄭之尚女，後夫人范陽盧國倚女，封范陽郡君。七女三男，三女既嫁，鄭出也。兩男三女，出於盧。逞，千牛。迺，明經。迅，挽郎[③]。

公以長慶三年二月四日薨於洛陽時邕里，壽至七十一年。官至户部尚書、贈太子少保，階至正議大夫，勛至上柱國，爵至安平縣開國男[三]，紫服金魚之賜其尚矣！葬以其年十一月之某日於某地[四][④]。

公始以太廟郎，再任爲東陽主簿。刺史李衡一以自得[五]，衡遷湖南，賓置之。府罷，授宣州録事參軍[⑤]。觀察使崔衍狀爲南陵[六]，會南陵賦錢三萬，税輸之户天地相遠，不可等級[七]，由是歲累逋負，人被鞭迫。而又屠牛鑄錢，賊殺吏卒[八]，莫敢遽止者[九][⑥]。公始至，怗怗然無約束。適有屠牛鑄錢之徒敗覺者，盡窟穴誅之，群盜皆散走[⑦]。一旦，命負擔者三四人[一〇]，悉以米鹽醯醬之具寘於擔，從十數輩，直抵里中佛舍下。因召集老艾十餘人與之坐，遍謂："里中賦輸之粗等者，吾不復問；貧富高下之大不相當[一一]，亟言之！不言，罪且死；不實，罪亦死。"既言之，皆筆於書[一二]。然後取所負米鹽醯醬，飽所從而去。又一里，亦如之。凡十數日(一三),盡得諸里所傳書⑧。因爲户輸之籍,有自十萬錢而至於千百者(一四),有自千百錢而登於十萬者,卒事懸於門,莫敢隱匿者(一五),是歲前逋負盡入焉!宣使駭異之,當去復留者凡七載⑨。

歙州闕刺史(一六),府中賓皆願去,宣帥衍不遣去,以公攝理之(一七),用能也。累遷京兆府司録,拜侍御史,轉膳部員外郎、轉運使官(一八)。會朝廷始置兩税使,俾之聽郡縣,授公檢校膳部郎中,襄州湖鄂之税皆涖焉⑩!且主轉運留務於江陵。公乃取一大吏,劾其贓,其餘渺小不法者牒按之(一九),所涖皆震竦。歲餘計奏,憲宗皇帝深嘉之,面命金紫,加檢校職方郎中⑪。移治留務於揚子(二〇),仍兼淮浙宣建等兩税使,尋拜蘇州刺史,遷湖南都團練觀察處置使兼御史中丞、潭州刺史。破壞豪黠,除去冗費,歲中廪藏皆羨溢。憲宗驛召至京城,擢拜户部侍郎、判度支⑫。

不累月,會上新即位,頓掌内外,修奉景陵。一日下詔移五鎮,幽州、鎮州賜錢皆億萬。郊天地,上徽名,太和公主嫁可汗,吐蕃請降,使使者往返凡數輩(二一)。幽州囚將帥,鎮州殺將帥,食餉半天下兵。自七月至十二月,一出於有司(二二),則其供辦之能可知也。陛下特加工部尚書以償之⑬。

會鳳翔闕節度,宰相奏名皆不可,上曰:“得之矣!”明日出白麻書,以公爲檢校禮部尚書兼鳳翔府尹、御史大夫,充鳳翔隴州節度觀察處置使⑭。先是岐吴諸山多椽、欒、柱、棟之材,而薪炭、栗芻之類,京師藉賴焉!負氣勢者名爲相市,實出於官,公則求者無所與。由是負氣勢者相與皆怨恨,又無可爲毁,乃揚言曰:“以崔之峭削廉隘(二三),好是非人,士衆不顧久爲帥。”陛下一旦問宰相，予雖心知其不然，然亦惑於衆口，卒不能堅辨上意。賴上仁聖不受讒(二四)，乃以公爲檢校禮部尚書、河南尹⑮。

是後岐下諸將比比有來者，予謂曰(二五)：“公於里閭間，吾不復問矣！軍怨乎？吏怨乎？何爲謗？”皆曰：“舉其一二可知也！凡軍之怨，怨不均也！先是岐之軍食於郡者同一斛(二六)，食於省者盈一斛焉(二七)！公乃歲以六十四萬斛皆給盈(二八)。由是言之，怨乎哉？吏之怨，怨不厚也。先是，鄭少師得請於上，吏之俸有加焉(二九)！然而後鄭者輒以所加之俸管於庫(三〇)，其小吏以下未嘗獲一錢(三一)，公乃悉出所餘，命糾掾已下均取之，因著令曰(三二)：自是加俸貯於剋府，賞信易取也，人人皆便之。”言訖歎憤(三三)，多出涕⑯。

理河南不旬月，家家自謂有崔尹，卒吏無敢過其門(三四)。識事者皆曰：“三五十年無是尹都者。”(三五)是歲七月，抗疏言(三六)：“臣七十當致仕。”詞意不可遏，朝廷嘉之，拜户部尚書以遂志。近世未有心膽既强，聲勢方穩，而能自引去者。明年春，暴疾薨于家(三七)⑰。

予與公更相知善有年矣！公氣性剛方，理家理身，廉儉峻直，頗有文章。考公之所尚，仁孝友愛，内外死喪婚嫁之不能自持者，莫不己任之。嘗以户部侍郎爲其兄乞换一五品致仕官(三八)，天子憐其意，特以太子諭德與其兄。至於親戚僚友間(三九)，無所闕⑱。由是議論不能饒借所無者，而所無者亦以起畏避之(四〇)。爲理尚嚴明，勤於舉察，胥吏輩始皆難於公。然而終卒無大過(四一)，詞色朗厲(四二)，若不可支梧。然而下於己者，能以理决之(四三)，無不即時换己見，此其所多也⑲。

銘曰：勇怯聲佞(四四)，直特勁正根乎性(四五)。抑厄病横，耇壽景盛由乎命。我以其勁(四六)，齒與位併。銘于子孫，用我爲鏡⑳。

録自《元氏長慶集》卷五四

［校記］

（一）字德長：《全文》同，楊本、宋蜀本、盧校、叢刊本作"字某"，各備一説，不改。

（二）贈本郡太君：楊本、叢刊本同，《全文》作"贈本部太君"，語義不佳，不從不改。

（三）爵至安平縣開國男：宋蜀本、叢刊本、《全文》同，楊本作"爵至□平縣開國男"，録以備考，不改。

（四）葬以某年十一月之某日於某地：原本作"葬以某年十一月之某日於某地"，宋蜀本、叢刊本同，楊本作"葬以其年十一月之某□於某地"，據《全文》改。

（五）刺史李衡一以自得：叢刊本同，楊本作"刺史李衡一□自得"，《全文》作"刺史李衡一見自得"，録以備考，不改。

（六）觀察使崔衍狀爲南陵：原本作"觀察使崔某狀爲南陵"，叢刊本同，楊本作"觀察使崔□狀爲南陵"，據宋蜀本、盧校、《全文》改。

（七）不可等級：叢刊本同，楊本作"不可等□"，宋蜀本、盧校、《全文》作"不可等度"，各備一説，不改。

（八）賊殺吏卒：原本作"則殺吏卒"，楊本、叢刊本同，據《全文》改。

（九）莫敢禁止者：原本作"莫敢遽止者"，叢刊本同，楊本作"莫敢□止者"，據宋蜀本、盧校、《全文》改。

（一〇）命負擔者三四人：宋蜀本、《全文》同，楊本、叢刊本誤作

"命負檐者三四人",録以備考,不從不改。以下"擔",楊本、叢刊本均誤作"檐",不再出校。

(一一)貧富高下之大不相當:宋蜀本、叢刊本、《全文》同,楊本作"貧富高□之大不相當",録以備考,不從不改。

(一二)皆筆於書:叢刊本、《全文》同,楊本作"皆□於書",宋蜀本作"皆傳於書",録以備考,不從不改。

(一三)凡十數日:叢刊本同,宋蜀本作"不十數日",楊本作"□□數日",《全文》作"不數十日",僅録以備考,不改。

(一四)有自十萬錢而至於千百者:叢刊本同,宋蜀本、《全文》作"有自十萬錢而降於千百者",楊本作"有自十萬錢而□□千百者",各備一説,不改。

(一五)莫敢隱匿者:叢刊本、《全文》同,楊本作"□□隱匿者",宋蜀本作"有語隱匿者",僅録以備考,不改。

(一六)歙州闕刺史:宋蜀本、叢刊本、《全文》同,楊本誤作"歙州關刺史",不從不改。

(一七)以公攝理之:宋蜀本、叢刊本、《全文》同,楊本作"以公攝理□",僅録以備考。

(一八)轉運使官:宋蜀本、叢刊本同,楊本作"轉□□官",僅録以備考。

(一九)其餘渺小不法者牒按之:楊本、叢刊本、《全文》作"其餘眇小不法者牒按之",僅録以備考,不改。

(二〇)移治留務於揚子:《全文》同,楊本、叢刊本作"移治留務於楊子",各備一説,不改。

(二一)使使者往返凡數輩:叢刊本、《全文》同,宋蜀本、盧校作"使使者往往凡數輩",各備一説,不改。

(二二)一出於有司:叢刊本、《全文》同,楊本作"一出外有司",各備一説,不改。

(二三)以崔之峭削廉隘：宋蜀本、叢刊本、《全文》同，楊本作"以崔之峭刖廉隘"，"削"與"刖"兩字可通，各備一說，不改。

(二四)賴上仁聖不受讒：叢刊本、《全文》同，宋蜀本、盧校作"賴上仁聖不受讒言"，各備一說，不改。

(二五)予謂曰：宋蜀本、叢刊本、《全文》同，楊本誤作"柔謂曰"，不從不改。

(二六)先是岐之軍食於郡者同一斛：楊本、叢刊本作"先是岐之軍食於□者同一斛"，宋蜀本、《全文》作"先是岐之軍食於府者同一斛"，各備一說，不改。

(二七)食於省者盈一斛焉：楊本、宋蜀本、叢刊本、《全文》作"食於省者盈一一焉"，盧校："一一，疑二。"各備一說，不改。

(二八)公乃歲以六十四萬斛皆給盈：宋蜀本、《全文》作"公乃歲以六十四萬斛就其盈"，楊本、叢刊本作"公乃歲以六十四萬斛□□盈"，各備一說，不改。

(二九)鄭少師得請於上，吏之俸有加焉：原本作"鄭少師得其人，上吏之俸有加焉"，楊本、叢刊本作"鄭少師得□□，上吏之俸有加焉"，據宋蜀本、《全文》改。

(三〇)然而後鄭者輒以所加之俸管於庫：楊本、叢刊本、《全文》同，宋蜀本、盧校作"然而後鄭者輒以所加之俸管於軍"，各備一說，不改。

(三一)其小吏以下未嘗獲一錢：楊本、叢刊本作"其□吏以下未嘗獲一錢"，宋蜀本、盧校、《全文》作"其府吏以下未嘗獲一錢"，各備一說，不改。

(三二)因著令曰：楊本、叢刊本作"□著令曰"，宋蜀本、盧校、《全文》作"仍著令曰"，各備一說，不改。

(三三)言訖歎憤：原本作"言者歎憤"，楊本、叢刊本作"言□歎憤"，據《全文》改。

（三四）卒吏無敢過其門：原本作“卒吏無敢入其門”，叢刊本作“卒吏無敢□其門”據楊本、宋蜀本、盧校、《全文》改。

（三五）三五十年無是尹都者：楊本、叢刊本同，《全文》作“五十年無是尹都者”，各備一説，不改。

（三六）抗疏言：楊本、叢刊本同，宋蜀本、《全文》作“抗疏云”，各備一説，不改。

（三七）暴疾薨于家：宋蜀本、叢刊本、《全文》同，楊本作“暴□薨于家”，僅録以備考。

（三八）嘗以户部侍郎爲其兄乞换一五品致仕官：原本作“嘗以户部侍郎爲其兄乞换一散品致仕官”，宋蜀本、叢刊本同，楊本作“嘗以户部侍郎爲其兄乞换一□品致仕官”，據《全文》改。

（三九）至於親戚僚友間：叢刊本、《全文》同，宋蜀本作“至於親戚朋友間”，楊本作“至於親戚□□□”，各備一説，不改。

（四〇）而所無者亦以起畏避之：叢刊本同，宋蜀本、《全文》作“而所無者亦以是畏避之”，各備一説，不改。

（四一）然而終卒無大過：宋蜀本、叢刊本、《全文》同，楊本作“然而□□無大過”，僅録以備考。

（四二）詞色朗厲：叢刊本、《全文》同，楊本作“詞色明厲”，各備一説，不改。

（四三）能以理决之：宋蜀本、叢刊本同，楊本作“能以理□□”，《全文》作“能以理干之”，各備一説，不改。

（四四）勇怯聲佞：叢刊本同，楊本作“□怯聲佞”，宋蜀本、《全文》作“懾怯聲佞”，各備一説，不改。

（四五）直特勁正根乎性：楊本、叢刊本同，《全文》作“直持勁正根乎性”，各備一説，不改。

（四六）我以其勁：叢刊本同，宋蜀本、盧校、《全文》作“我用其勁”，楊本作“我□其勁”，各備一説，不改。

[箋注]

① 有:助詞,無義,作名詞詞頭。白居易《有唐善人墓碑》:"唐有善人曰李公,公名建,字杓直,隴西人。"劉禹錫《唐故監察御史贈尚書右僕射王公神道碑》:"有洛之湄,過者必下,來觀信辭。" 贈:賜死者以爵位或榮譽稱號。《後漢書·鄧騭傳》:"悝閶相繼並卒,皆遺言薄葬,不受爵贈。"趙昇《朝野類要·入仕》:"生曰封,死曰贈。" 太子少保:《舊唐書·職官志》:"東宫官屬:太子太師、太傅、太保各一員(並從一品),太子少師、少傅、少保各一員(並正二品)。三師、三少師之職,掌教諭太子,無其人,則闕之。"李邕《唐贈太子少保劉知柔神道碑》:"府君姓劉氏,諱知柔,字某,彭城人也。"孫逖《授崔琳太子少保制》:"貞馬國者,必在於元良;教三善者,是求於端士……可守太子少保。" 崔公:即崔倰。《舊唐書·崔倰傳》:"(崔)倰字德長,祖濤,大理卿孝公沔之弟也。濤生儀甫,終大理丞,即倰之父。以門蔭,由太廟齋郎調授太平、東陽二主簿。李衡廉察湖南、江西,辟爲賓佐,坐事沉廢。久之,復以選授宣州録事參軍。觀察使崔衍奇其才,奏加章服,倰辭而不受。李巽鎮江西,奏爲副使,得監察裹行。又從巽領使,爲河陰院鹽鐵留後。入爲侍御史,尋改膳部員外,充轉運判官。入爲膳部郎中,充荆襄十道兩税使,賜金紫。遷蘇州刺史,理行爲第一。轉潭州刺史、湖南都團練觀察使。湖南舊法,豐年貿易不出境,鄰部灾荒不相恤。倰至,謂屬吏曰:'此非人情也!無宜閉糶,重困於民也!'自是商賈通流。入爲户部侍郎、判度支。時倰再從弟植爲宰相,倰性剛褊,恃其權寵,與奪任情。時朝廷以王承元歸國,命田弘正移帥鎮州。弘正之行,以魏卒二千爲帳下,又以常山之人久隔朝化,人情易爲變擾,累表請留魏卒爲綱紀,其糧賜請度支歲給。穆宗下宰臣議,倰固言魏、鎮各有鎮兵,朝廷無例支給,恐爲事例,不可聽從。弘正不獲已,遣魏卒還藩,不數日而鎮州亂,弘正遇害,穆宗失德,倰黨方盛,人不敢糾其罪。罷領度支,檢校禮部尚書,出爲鳳翔節度等使。

不期歲，召爲河南尹。時年七十，抗疏致仕，詔以户部尚書歸第。明年暴卒，輟朝一日，贈太子少保，謚曰肅。倰居官清嚴，所至必理，然時介急，待僚屬不以禮節，恃己之廉，見贓污者如讎焉！”《舊唐書·食貨志》：“（元和）八年，以崔倰爲楊子留後、淮嶺已來兩税使。”《舊唐書·憲宗紀》：“（元和）十五年春正月甲戌朔……壬午，以前湖南觀察使崔倰權知户部侍郎、判度支。”《舊唐書·穆宗紀》：“（長慶元年）冬十月甲子朔……己丑，以户部侍郎、判度支崔倰爲工部尚書、判度支……（長慶）二年春正月癸巳朔……甲寅，以工部尚書、度支崔倰檢校禮部尚書，兼鳳翔尹，充鳳翔隴節度使……三月壬辰朔……戊午……以鳳翔節度使崔倰爲河南尹……（長慶三年二月）户部尚書崔倰卒。”黄震《古今紀要·唐》：“崔倰：介潔，矜己之清，疾贓貪者若讎。蘇州課第一，湖南不閉鄰部糴貲，物益饒。度支執不與田弘正隨行魏軍粮，故弘正遇害。”《湖廣通志·名宦志》：“遷湖南觀察使。湖南舊法，雖豐年，貿易不出境，鄰部灾荒，不恤也。倰至，謂屬吏曰：‘此豈人情乎？無閉糴以重困民！’削其禁，自是商賈流通，貲物益饒。”白居易《授崔倰河南尹制》：“崔倰有精敏之用，潔直之操，施于有政，由是知名。始資州縣之勞，卒致公卿之位。”

② 諱：指已故尊長者之名。《周禮·春官·小史》：“若有事，則詔王之忌諱。”鄭玄注引鄭司農曰：“先王死日爲忌，名爲諱。”韓愈《試大理評事王君墓誌銘》：“君諱適，姓王氏。” 字：人的表字，在本名外所取的與本名意義相關的另一名字。袁宏《三國名臣序贊》：“諸葛亮字孔明。”《宋史·岳飛傳》：“岳飛字鵬舉，相州湯陰人。” 崔沔：以孝名世，事見《舊唐書·崔沔傳》：“崔沔，京兆長安人……自博陵徙關中，世爲著姓……沔淳謹，口無二言，事親至孝，博學有文詞……睿宗時，徵拜中書舍人。時沔母老疾在東都，沔不忍捨之，固請閑官，以申侍養，由是改爲虞部郎中……開元七年，爲太子左庶子，母卒，哀毁逾禮，常於廬前受吊，賓客未嘗至於靈座之室，謂人曰：‘平生非至親者，

未嘗升堂入謁，豈可以存亡而變其禮也！'中書令張説數稱薦之……"《新唐書・崔沔傳》："崔沔字善冲……卒年六十七，贈禮部尚書，謚曰孝。"《寶刻類編・名臣》："張沔：《聰明山銘》（洪經綸撰，分書，建中元年六月立，洛）。"　從祖父：祖父的堂兄弟。《爾雅・釋親》："父之從父晜弟爲從祖父。"郝懿行義疏："云父之從父晜弟者，是即父之世父、叔父之子也，當爲從父。而言從祖父者，言從祖而别也，亦猶父之世父、叔父爲從祖祖父之例也。"《儀禮・喪服》："〔小功〕報從祖父從祖昆弟之長殤。"　官族：官宦世家。《晉書・索靖傳》："索靖字幼安，敦煌人也。累世官族，父湛，北地太守。"元稹《夏陽縣令陸翰妻河南元氏墓誌銘》："我外祖睦陽鄭公，諱濟，官族甲天下。"　崔濤：善書法，除本文外，其餘無考。《寶刻類編・名臣》："崔濤：《東湖亭記》（韓衢撰，元和十五年立，洪）《刺史王守真碑》（賀遂涉撰，元和十五年立，洪）《謁先師言》（長慶三年，兗）。"

③ 太君：封建時代官員母親的封號，唐制，四品官之妻爲郡君，五品爲縣君，其母邑號皆加太君。杜甫《唐故范陽太君盧氏墓誌》："五代祖柔，隋吏部尚書容城侯。大父元懿，是渭南尉。父元哲，是廬州慎縣丞。"韓愈《祭左司李員外太夫人文》："某官某等，謹以清酌庶羞之奠，敬祭于某縣太君鄭氏尊夫人之靈。"　千牛：禁衛官千牛備身、千牛衛的省稱，掌執千牛刀，爲君王護衛。《北史・楊義臣傳》："時義臣尚幼，養於宫中，未弱冠，奉詔宿衛如千牛者數年，賞賜甚厚。"《新唐書・蘇詵傳》："詵子震，以蔭補千牛。"　明經：漢代以明經射策取士，隋煬帝置明經、進士二科，以經義取者爲明經，以詩賦取者爲進士，宋改以經義論策試進士，明經始廢。韋應物《送五經趙隨登科授廣德尉》："明經有清秩，當在石渠中。獨往宣城郡，高齋謁謝公。"鄭谷《送太學顔明經及第東歸》："平楚干戈後，田園失耦耕。艱難登一第，離亂省諸兄。"　挽郎：出殯時牽引靈柩唱挽歌的人。《晉書・禮志》："成帝咸康七年，皇后杜氏崩……有司又奏，依舊選公卿

以下六品子弟六十人爲挽郎。”劉義慶《世説新語·紕漏》:“武帝崩,選百二十挽郎,一時之秀彦,育長亦在其中。”黄裳《神宗皇帝挽辭》三:“集英春又到,閑了萬年觴。曉鼓催攢殿,悲風助挽郎。” 崔迅:《江西通志·名宦》:“崔迅,會昌中令都昌,公勤撫恤,始成井邑,民甚賴之(《林志》)。”疑即崔俊之子崔迅,其兄崔逞、崔迺除本文外則無考。

④ 薨:死的别稱,自周代始,人之死亡,有尊卑之分,“薨”以稱諸侯之死。《禮記·曲禮》:“天子死曰崩,諸侯曰薨,大夫曰卒,士曰不禄,庶人曰死。”唐代則以薨稱三品以上大官之死。《新唐書·百官志》:“凡喪,三品以上稱薨,五品以上稱卒,自六品達于庶人稱死。” 壽:年壽,壽限。《左傳·襄公八年》:“《周詩》有之曰:‘俟河之清,人壽幾何? 兆云詢多,職競作羅。’”杜預注:“言人壽促而河清遲。”《荀子·榮辱》:“樂易者常壽長,憂險者常夭折,是安危利害之常體也。” 官:官職,官位,官銜。《荀子·正論》:“夫德不稱位,能不稱官,賞不當功,罰不當罪,不祥莫大焉!”韓愈《元和聖德詩》:“哀憐陣歿,廩給孤寡。贈官封墓,周帀宏溥。” 階:官階,品級。張説《讓右丞相表》:“臣學慚稽古,早侍春宫,階緣舊恩,忝竊樞近。”李德裕《論故循州司馬杜元穎狀》“元穎長慶之初首居宰弼……望乞還舊官階等,仍追贈右僕射,未審可否?” 勛:授給有功官員的一種榮譽稱號,没有實職,起於北周,至唐始别稱爲勛官,定用上柱國、柱國、上大將軍、大將軍、上輕車都尉、輕車都尉、上騎都尉、騎都尉、驍騎尉、飛騎尉、雲騎尉、武騎尉,凡十二等,起正二品,至從七品。王績《爲李密檄洛州文》:“既立功勛,須酬官爵。而志懷翻覆,言行浮詭。危急則勛賞懸授,克定則絲綸不行。”陳子昂《建安王與安東諸軍州書》:“大軍即以二月上旬六道併入,指期克翦,同立大勛。請公等訓勵兵馬,共爲掎角。開國封侯,其機在此。” 爵:爵位,官位。《漢書·高帝紀》:“二月癸未,令民除秦社稷,立漢社稷。施恩德,賜民爵。”顔師古注引臣瓚曰:“爵

者,禄位。民賜爵,有罪得以減也。"韓愈《清邊郡王楊燕奇碑文》:"階爲特進,勛爲上柱國,爵爲清邊郡王,食虚邑自三百户至三千户,真食五百户終焉!"　紫服:貴官朝服。《新唐書·魚朝恩傳》:"〔魚朝恩〕見帝曰:'臣之子位下,願得金紫,在班列上。'帝未答,有司已奉紫服於前,令徽拜謝。"徐鉉《洪州西山翠巖廣化院故澄源禪師碑銘》:"賜號慧覺大師,錫以紫服,朝恩洽於累世,實教門之榮觀也。"　金魚:即金質的魚符,唐代親王及三品以上官員佩帶,用以表示品級身分。韓愈《示兒》:"開門問誰來?無非卿大夫。不知官高卑,玉帶懸金魚。"劉禹錫《酬樂天見貽賀金紫之什》:"久學文章含白鳳,却因政事賜金魚。郡人未識聞謡詠,天子知名與詔書。"　葬:埋葬。《周禮·地官·族師》:"以役國事,以相葬埋。"蘇軾《上富丞相書》:"生得以養其父母,而祭其祖考;死得以使其子孫葬埋祭祀,不失其故常。是明公之仁,及於百世也。"

⑤ 太廟:帝王的祖廟。《舊唐書·職官志》:"東都置太廟,官吏增置,太常、大理少卿各一員,二年又置員外郎……(太常寺)太廟齋郎,京都各一百三十人。"《舊唐書·禮儀志》:"尋又特令武氏崇恩廟,齋郎取五品子充。太常博士楊孚奏言:'太廟齋郎承前只七品已下子,今崇恩廟,齋郎既取五品子,即太廟齋郎作何等級?'""太廟郎"即"太廟齋郎",參見本文所引《舊唐書·崔倰傳》。《論語·八佾》:"子入太廟,每事問。"韓愈《請遷玄宗廟議》:"新主入廟,禮合祧藏太廟中第一夾室。"　東陽:縣名,即今浙江東陽。《元和郡縣志》:"婺州……管縣七:金華、義烏、永康、東陽、蘭溪、武義、浦陽……東陽縣,本漢烏傷縣地,垂拱二年分義烏縣置,取舊東陽縣名也。"崔融《登東陽沈隱侯八詠樓》:"越巖森其前,浙江漫其後。此地實東陽,由來山水鄉。"張循之《婺州留别鄧使君》:"西掖馳名久,東陽出守時。江山婺女分,風月隱侯詩。"　主簿:官名,漢代中央及郡縣官署多置之,其職責爲主管文書,辦理事務,至魏晉時漸爲將帥重臣的主要僚屬,參與機要,

總領府事。此後各中央官署及州縣雖仍置主簿，但任職漸輕，唐宋時皆以主簿爲初事之官。張九齡《送蘇主簿赴偃師》："我與文雄别，胡然邑吏歸。賢人安下位，鷙鳥欲卑飛。"王勃《送盧主簿》："窮途非所恨，虚室自相依。城闕居年滿，琴尊俗事稀。" 李衡：《舊唐書・德宗紀》："（貞元）七年春正月壬戌朔，己巳以常州刺史李衡爲潭州刺史、湖南觀察使……（貞元八年二月）己亥，以湖南觀察使李衡爲洪州刺史、江西觀察使。"王仲舒《（代）湖南觀察使謝上表》："臣領常州一年，超居近地，陛下之私臣也。" 宣州：州郡名。《元和郡縣志・宣州》："宣州，今爲宣歙觀察使理所……隋開皇九年平陳，改郡爲宣州，移於今理。武德二年置總管府，七年改爲宣城郡，乾元元年復爲宣州……管縣十：宣城、南陵、涇、當塗、溧陽、溧水、寧國、廣德、太平、旌德。"劉長卿《赴宣州使院夜宴寂上人房留辭前蘇州韋使君》："白雲乖始願，滄海有微波。戀舊争趨府，臨危欲負戈。"李白《贈從弟宣州長史昭》："知音不易得，撫劍增感慨。當結九萬期，中途莫先退。" 録事：職官名，晉公府置録事參軍，掌總録衆官署文簿，舉彈善惡。後代刺史領軍而開府者亦置之，省稱"録事"。隋初以爲郡官，相當於漢時州郡主簿，唐宋因之，京府中則改稱司録參軍。封演《封氏聞見記・除蠹》："崔立爲雒縣，有豪族陳氏爲縣録事。"趙彦衛《雲麓漫抄》卷一二："諸縣人吏，國初，押司、録事於等第户差選諳吏道者充。"

⑥ 崔衍：《舊唐書・崔衍傳》："崔衍……遷宣歙池觀察使，政務簡便，人頗懷之。其所擇從事，多得名流。時有位者待賓僚率輕傲，衍獨加禮敬，幕中之士，後多顯達。貞元中，天下好進奉以結主恩，徵求聚斂，州郡耗竭。韋皋、劉贊、裴肅爲之首。贊死而衍代其位，衍雖不能驟革其弊，居宣州十年，頗勤儉，府庫盈溢。及穆贊代衍，宣州歲饉，遂以錢四十二萬貫代百姓税，故宣州人不至流散。貞元二十一年，詔加工部尚書。"柳宗元《唐故尚書户部郎中魏府君墓誌》："廉使崔衍曰：'吾敢專天下之士，獨惠兹人乎？'遂獻于天子，拜度支員外

郎,轉户部郎中。”《姑蘇志·宦迹》:“崔衍,安平人,天寶末歷蘇、虢二州刺史,遷宣歙池觀察使。” 南陵:縣名,屬宣州。《元和郡縣志·宣州》:“南陵縣,本漢春穀縣地,梁于此置南陵縣,仍於縣理置南陵郡,隋平陳,廢郡,縣屬宣州。”王昌齡《至南陵答皇甫岳》:“與君同病復漂淪,昨夜宣城别故人。明主恩深非歲久,長江還共五溪濱。”李白《南陵别兒童入京》:“會稽愚婦輕買臣,余亦辭家西入秦。仰天大笑出門去,我輩豈是蓬蒿人!” 賦錢:税錢。崔衍《請減虢州賦錢疏》:“臣所治,多是山田,且當郵傳冲要,屬歲不登,頗甚流離,舊額賦租,特望蠲減。”韓愈《河南少尹李公墓誌銘》:“黜屬令二人以贓,減民賦錢歲五千萬,請緩民輸期一月,詔天下輸皆緩一月。” “税輸之户天地相遠”兩句:意謂賦税過重,與百姓能够負擔的一個在天,一個在地,兩者不在一個等級。 税輸:納税。盧詹《請罷論奏復稽課最表》:“竊見諸州頻奏縣令,多以税輸辦集,便作功勞。”即“輸税”,王維《酬諸公見過》:“嗟予未喪,哀此孤生。屏居藍田,薄地躬耕。歲晏輸税,以奉粢盛。” 相遠:相異,差距大。《論語·陽貨》:“性相近也,習相遠也。”蘇軾《永興軍秋試舉人策問》:“漢之與秦,唐之與隋,其治亂安危,至相遠也。” 逋負:拖欠賦税與債務。《史記·汲鄭列傳》:“莊任人賓客爲大農僦人,多逋負。”方勺《泊宅編》卷九:“福州一農家子張生,幼時,父使持錢三千,入山市斧柯,遇村人有爲逋負所迫欲自經者,惻然盡以所賫贈之。” 屠牛:宰殺耕牛,耕牛是主要的生産工具,這在舊時是不被允許的。司馬光《乞趁時收糴常平斛鬥白札子》:“豐歲則農夫糶穀十不得四五之價,凶年則屠牛賣肉、伐桑賣薪以輸錢於官,錢貨愈重,穀直愈輕。”黄庭堅《朝奉郎通判汾州劉君墓誌銘》:“改大理寺丞,知北海縣俗喜屠牛私酤,君陰籍其姓名區處,具疏壁間。民相告曰:‘是不可犯!’” 鑄錢:這裏指“私鑄錢”,私自鑄造錢幣。《唐律疏義·私鑄錢》:“諸私鑄錢者,流三千里。”《新唐書·食貨志》:“儀鳳中,瀕江民多私鑄錢爲業。” 賊殺:殺害。《周禮·夏官·大司馬》:

“賊殺其親則正之,放弑其君則殘之。”蘇軾《狄咨劉定各降一官制》:“使民無所致其忿,至欲賊殺官吏。”

⑦ 怗怗:安静貌,馴服貌。元稹《高荷》:“不學著水荃,一生長怗怗。”《新唐書·劉文静傳》:“唐公名載圖讖,聞天下,尚可怗怗以待禍哉?” 約束:限制,管束。《史記·六國年表序》:“矯稱蠭出,誓盟不信,雖置質剖符猶不能約束也。”羅隱《讒書·市賦》:“非信義之所約束。” 窟穴:土坑。《晏子春秋·諫》:“其不爲橧巢者,以避風也;其不爲窟穴者,以避濕也。”杜甫《又觀打魚》:“日暮蛟龍改窟穴,山根鱣鮪隨雲雷。”

⑧ 醯醬:醋和醬,亦指醬醋拌和的調料。《儀禮·士昏禮》:“設洗於阼階東南,饌于房中,醯醬二豆,菹醢四豆,兼巾之黍稷四敦皆蓋。”鄭玄注:“醯醬者,以醯和醬。”《南史·劉懷珍傳》:“父乘人,冀州刺史,死于義嘉事。懷慰持喪,不食醯醬,冬日不用絮衣,養孤弟妹,事寡叔母,皆有恩義。” 佛舍:寺院房舍,佛堂。姚合《佛舍見翳子有嘲》:“明明復夜夜,翳子即成翁。唯是真知性,不來生滅中。”蘇軾《自雷適廉宿于興廉村净行院》:“荒凉海南北,佛舍如雞栖。” 老艾:古代指五十歲以上的老年人。桓寬《鹽鐵論·未通》:“今陛下哀憐百姓,寬力役之政,二十三始傅,五十六而免,所以輔耆壯而息老艾也。”《雲笈七籤》卷四一:“金姿曜九暇,玉質躍寒庭。幽童回孩眄,老艾還返嬰。” 相當:相抵。《史記·匈奴列傳》:“先是漢亦有所降匈奴使者,單于亦輒留漢使相當。”張鷟《朝野僉載》卷一:“夫人曰:‘寧可死,此事不相當也。’”

⑨ 隱匿:隱瞞,隱藏。《墨子·尚同》:“腐朽餘財不以相分,隱匿良道不以相教。”《後漢書·皇甫規傳》:“微勝則虚張首級,軍敗則隱匿不言。” 宣使:原爲宣撫使的省稱,唐玄宗時始置,派朝臣巡視灾害地區,亦稱宣慰安撫使。李隆基《遣使宣撫河北詔》:“仍令魏州刺史宇文融充宣撫使,便巡撫水損,應須優恤,及合折免,並存閭舍。一

事已上，與州縣相知，逐穩便處置，務從簡易，勿致勞擾。”韓愈《送陸歙州詩序》：“當今賦出於天下，江南居十九，宣使之所察，歙爲富州。”本文指宣州觀察使崔衍，亦即下文的“宣帥衍”，與宣撫使有别。　駭異：驚異。干寶《搜神記》卷一：“猛乃以手中白羽扇畫江水，横流，遂成陸路，徐行而過，過訖，水復，觀者駭異。”《舊唐書・杜讓能傳》：“雖知深奥，罕測津涯，亦聞駭異群情，頗是喧騰衆口。”

⑩ 攝理：代理。《左傳・昭公四年》：“士景伯如楚，叔魚攝理。”杜預注：“攝，代景伯。”《魏書・帝紀》：“壬寅，詔王攝理軍國，遣中使敦諭。”　司録：官名，晉時置録事參軍，爲公府官，非州郡職，掌總録衆曹文簿，舉彈善惡。北周稱司録參軍，屬相府；同時州之刺史有軍而開府者亦置之。唐開元初改爲京尹屬官，掌府事。韋應物《善福精舍答韓司録清都觀會宴見憶》：“人生各有因，契闊不獲俱。一來田野中，日與人事疏。”杜甫《上巳日徐司録林園宴集》“鬢毛垂領白，花蕊亞枝紅。欹倒衰年廢，招尋令節同。”　侍御史：《新唐書・百官志》：“御史臺：大夫一人，正三品；中丞二人，正四品下。大夫掌以刑法典章糾正百官之罪惡，中丞爲之貳。其屬有三院：一曰臺院，侍御史録焉！二曰殿院，殿中侍御史録焉！三曰察院，監察御史録焉！”韓愈《河南少尹裴君墓誌銘》：“公舉賢良，拜同官尉。僕射南陽公開府徐州，召公主書記，二遷至侍御史，入朝歷殿中侍御史，累遷至刑部郎中。”王安石《右司諫趙抃禮部員外郎兼侍御史知雜事制》“朕置御史以爲耳目，非更事久而能自稱職，則不以知雜事也。”　兩税法：唐德宗建中年間開始實行的新賦税法，因税分夏秋兩季繳納，故稱，兩税法是唐代後期直至明代中葉田賦制度的基礎。《新唐書・楊炎傳》：“炎疾其敝，乃請爲‘兩税法’，以一其制。凡百役之費，一錢之斂，先度其數而賦於人，量出制入。户無主客，以見居爲簿；人無丁中，以貧富爲差。不居處而行商者，在所州縣税三十之一，度所取與居者均，使無僥利。居人之税，秋夏兩入之，俗有不便者三之。其租、庸、雜役

悉省,而丁額不廢。其田畝之税,率以大曆十四年墾田之數爲準,而均收之,夏税盡六月,秋税盡十一月,歲終以户賦增失進退長吏,而尚書度支總焉!”亦省稱“兩税”,白居易《重賦》:“國家定兩税,本意在憂人。”《新唐書·德宗紀》:“〔建中元年〕二月丙申,初定兩税。” 兩税使:唐代掌管夏、秋兩税事務的長官,係臨時派遣,多以鹽鐵轉運使兼任。《新唐書·程異傳》:“李巽領鹽鐵,薦異心計可任,請拔擢用之,乃授侍御史,復爲揚子留後,稍遷淮南等道兩税使。”《文獻通考·田賦》:“德宗時,楊炎爲相,遂作兩税法,夏輸無過六月,秋輸無過十一月,置兩税使以總之。” 郡縣:郡和縣的並稱,郡縣之名初見於周,秦始皇統一中國,分國内爲三十六郡,爲郡縣政治之始。漢初封建制與郡縣制並行,其後郡縣遂成常制。《史記·秦始皇本紀》:“今陛下興義兵,誅殘賊,平定天下,海内爲郡縣。”《魏書·崔浩傳》:“若無水草,何以畜牧? 又漢人爲居,終不於無水草之地築城郭、立郡縣也。” 膳部郎中、膳部員外郎:均爲職官名。《舊唐書·職官志》:“膳部郎中一員(從五品上,龍朔爲司膳大夫,咸亨復也),員外郎一員(從六品上)……郎中、員外郎之職,掌邦之祭器、牲豆、酒膳,辨其品數,及藏冰食料之事。”韓愈《興元少尹房君墓誌》:“公曾祖諱玄静,尚書膳部郎中,歷資、簡、涇、隰四州刺史,太尉之叔父也。”《舊唐書·賈耽傳》:“賈耽……從事河東,檢校膳部員外郎、太原少尹、北都副留守。” 襄州:地名,山南東道治所。《舊唐書·地理志》:“開元二十一年,分天下爲十五道,每道置採訪使,檢察非法,如漢刺史之職:京畿採訪使(理京師城内)……山南東道(理襄州)……”張説《襄州景空寺題融上人蘭若》:“高名出漢陰,禪閣跨香岑。衆山既圍繞,長川復回臨。” 湖鄂:指荆南節度使、武昌軍節度使所轄的區域。張説《送任御史江南發糧以賑河北百姓》:“河朔人無歲,荆南義廪開。將興泛舟役,必仗濟川才。”宋鼎《贈張丞相》:“漢上登飛幰,荆南歷舊居。已嘗臨砌橘,更睹躍池魚。”《舊唐書·牛僧孺傳》:“及穆宗祔廟郊報後,又拜章陳退,乃于鄂州置武昌軍額,以僧孺檢校禮部尚書、同中書門下平章事、鄂州刺史、武昌軍節度、鄂岳蘄黄觀察等使。"《唐會要》卷一九:"大中五年四月,武昌軍節度使、檢校户部尚書韋損奏……"

⑪ 轉運:運輸。荀悦《漢紀·宣帝紀》:"今見轉運煩費,傾國家不虞之用以贍一隅,臣愚以爲不便。"李嶠《攀龍臺碑》:"大業七年,煬帝徵天下精兵,會於涿鹿,將親授節鉞,以伐遼左。旌旗亘於千里,轉運盈於萬軸。閭閻失業,郡縣不安。" 大吏:獨當一面的地方官,大官。《史記·秦始皇本紀》:"群臣諫者以爲誹謗,大吏持禄取容,黔首振恐。"蘇洵《上皇帝書》:"惟其大吏無所屬,而莫爲之長也,則課之所宜加。何者?其位尊,故課一人而其下皆可以整齊。" 劾:審理,判决。《説文·力部》:"劾,法有罪也。"段注:"法者,謂以法施之。《吕刑》:'有並兩刑。'正義云:'漢世問罪謂之鞫,斷獄謂之劾。'"《新唐書·孔戣傳》:"部將韋岳告位集方士圖不軌,監軍高重謙上急變,捕位劾禁中。" 贓:貪污,受賄。張鷟《朝野僉載》卷五:"先有鄉人姓婁者爲屯官犯贓,都督許欽明欲决殺。"元稹《西州院》:"文案床席滿,卷舒贓罪名。" 牒:官府公文的一種。白居易《杜陵叟》:"昨日里胥方到門,手持敕牒榜鄉村。"《舊唐書·職官志》:"凡京師諸司,有符、移、關、牒下諸州者,必由於都省以遣之。" 按:查辦,舉劾。《史記·曹相國世家》:"從吏惡之,無如之何,乃請參遊園中,聞吏醉歌呼,從吏幸相國召按之。"《新唐書·王琚傳》:"又使羅希奭深按其罪,琚懼,仰藥,未及死,希奭縊之。" 震竦:震驚,驚懼。《後漢書·邳壽傳》:"三輔素聞壽在冀州,皆懷震竦。"《三國志·王毌丘諸葛鄧鍾傳》:"儀者,許褚之子,有功王室,猶不原貸。諸軍聞之,莫不震竦。" 計奏:古代地方官員奏呈朝廷的關於境内治績的情況彙報。陸贄《論裴延齡奸蠹書》:"其出納之數,則每旬申聞;其見在之數,則每月計奏。"《舊唐書·職官志》:"若諸州計奏達於京師,量事之大小與多少,以爲之節。" 嘉:嘉許,表彰。《新唐書·解琬傳》:"武后顧琬習邊事,迫追

西撫羌夷,琬因乞終喪,後嘉許之,詔服除赴屯。"《新唐書·馬燧傳》:"及三州降,燧固讓日知,且言因降受節,恐後有功者踵以爲利,帝嘉許。" 面命:當面任命。《新唐書·沈傳師傳》:"翰林缺承旨,次當傳師,穆宗欲面命。"《新唐書·韓偓傳》:"中書舍人令狐涣任機巧,帝嘗欲以當國,俄又悔曰:'涣作宰相或誤國,朕當先用卿。'辭曰:'涣再世宰相,練故事,陛下業已許之。若許涣可改,許臣獨不可移乎?'帝曰:'我未嘗面命,亦何憚?'" 職方:古官名。《周禮》夏官所屬有職方氏,唐宋至明清皆於兵部設職方司。韓愈《順宗實録》:"(韋)執誼自卑,嘗諱不言嶺南州縣名,爲郎官時,嘗與同舍郎詣職方觀圖。"《新五代史·職方考》:"自唐有方鎮,而史官不録於地理之書,以謂方鎮兵戎之事,非職方所掌故也。"

⑫ 留務:指留守、留臺等所掌的政務。趙煜《東都留臺石柱記》:"乃篆石題記,使人不遺,聊紀於近,庶昭厥德。始自乾元歲,掌留務者,次而書之,以垂於後。大曆八年月日記。"《宋史·吕端傳》:"王地處親賢,當表率扈從。今主留務,非所宜也。" 揚子:長江在今儀徵、揚州一帶,古稱"揚子江",也寫作"楊子江",因揚子津而得名。而附近的大都會揚州是絲綢、鹽業的集散之地,是李唐經濟商業中心,歷來有"揚一益二"之稱。附近又有"楊子渡",古津渡名,在今江蘇省邗江南有楊子橋,古時在長江北岸,由此南渡京口,爲江濱要津,南來北往的船隊都經由此處。孫逖《揚子江樓》:"揚子何年邑?雄圖作楚關……晚來潮正滿,數處落帆還。"丁仙芝《渡揚子江》:"桂楫中流望,空波兩畔明。林開揚子驛,山出潤州城。" 破壞:破除,消除。朱晝《喜陳懿志示新制》:"有文如星宿,飛入我胸臆。憂愁方破壞,歡喜重補塞。"沈作喆《寓簡》卷一:"更無巧僞可以破壞成法者。" 豪黠:指强暴狡猾的人。元稹《唐慶萬年縣令》:"豪黠僄輕,擾之則獄市不容,緩之則囊槖相聚。"《新唐書·韓滉傳》:"此輩皆鄉縣豪黠,不如殺之。" 冗費:浮費,不必要的開支。蘇轍《上皇帝書》:"事之害財者

三,一曰冗吏,二曰冗兵,三曰冗費。”文天祥《御試策一道》:“蓋天下之財,專以供軍,則財未有不足者。第重之以浮費,重之以冗費,則財始瓶罄而罍耻矣!” 廩藏:廩蓄。戎昱《澧州新城頌序》:“向使崇堵可固,廩藏是蓄,何蕞爾之寇,得殘生人乎!”白居易《故滁州刺史贈刑部尚書滎陽鄭公墓誌銘》:“時安禄山始亂,傳檄郡邑,邑民孫俊、鄧犀伽毆市人劫廩藏以應。公時已去秩,因奮呼,率僚吏子弟急擊之,殺俊、犀伽,盡殲其黨,繇是一邑用寧。” 羨溢:富裕,豐足。《漢書·董仲舒傳》:“富者奢侈羨溢,貧者窮急愁苦。”司馬光《論財利疏》:“承平積久,百姓阜安,是宜財用羨溢,百倍於前。” 驛召:以驛馬傳召。歐陽修《胡先生墓表》:“皇祐中,驛召至京師議樂,復以爲大理評事兼太常寺主簿。”《宋史·英宗高皇后傳》:“哲宗嗣位,尊爲太皇太后,驛召司馬光、吕公著,未至,迎問今日設施所宜先。” 擢拜:提拔授官。《後漢書·趙岐傳》:“會南匈奴、烏桓、鮮卑反叛,公卿舉岐,擢拜并州刺史。”蘇舜欽《上京兆杜公書》:“孔范皆以言得罪,惟丈人昔在廷中,議論必行,擢拜又過二公。” 度支:官署名,魏晉始置,掌管全國的財政收支,長官爲度支尚書。南北朝以度支尚書領度支、金部、倉部、起部四曹,隋開皇初改度支尚書爲民部尚書,唐因避太宗李世民諱,改民部爲户部,旋復舊稱。劉長卿《送度支留後若侍御之歙州便赴信州省覲》:“國用憂錢谷,朝推此任難。即山榆莢變,降雨稻花殘。”駱浚《題度支雜事典庭中柏樹》:“幹聳一條青玉直,葉鋪千疊緑雲低。争如燕雀偏巢此,却是鴛鴦不得栖。”

⑬ 累月:多月,接連幾月。左思《蜀都賦》:“合樽促席,引滿相罰。樂飲今夕,一醉累月。”杜甫《送人從軍》:“今君渡沙磧,累月斷人烟。” 即位:指開始成爲帝王、皇后或諸侯。《後漢書·和熹鄧皇后》:“至冬立爲皇后,辭讓者三,然後即位。”韓愈《許國公神道碑銘》:“元和十五年,今天子即位。”本文指李桓即位爲皇帝,是爲唐穆宗,在位四年有餘。 内外:《周禮·天官·内豎》:“内豎掌内外之通令。”

鄭玄注:“内,后六宫;外,卿大夫也。”指朝廷和地方。韓愈《答魏博田僕射書》:“僕射公忠賢,德爲内外所宗。” 修奉:修繕供奉。《東觀漢記·光武紀》:“宜以時修奉濟陽城陽縣堯帝之冢。”《晉書·禮志》:“司徒荀組據漢獻帝都許即便立郊,自宜於此修奉。” 景陵:陵墓名,唐憲宗之墓,在今陝西省乾縣。《舊唐書·憲宗紀》:“五(四)月丁酉,群臣上謚曰聖神章武皇帝,廟號憲宗。(五月)庚申,葬于景陵。”李商隱《過景陵》:“武皇精魄久仙升,帳殿淒凉烟霧凝。俱是蒼生留不得,鼎湖何異魏西陵!” 一日下詔移五鎮:事在元和十五年十月十六日,《舊唐書·穆宗紀》:“(元和十五年十月)乙酉,以魏博等州節度觀察等使、光禄大夫、檢校司徒、兼侍中、魏博大都督府長史、上柱國、沂國公、食邑三千户、實封三百户田弘正可檢校司徒、兼中書令、鎮州大都督府長史、成德軍節度、鎮冀深趙等州觀察處置等使。以鎮冀深趙等觀察度支(支度)使、朝議郎、試金吾左衛胄曹參軍、兼監察御史王承元可銀青光禄大夫、檢校工部尚書、使持節滑州諸軍事、守滑州刺史、御史大夫,充義成軍節度、鄭滑等州觀察等使。以昭義節度使、檢校尚書左僕射、同中書門下平章事李愬可本官,爲魏州大都督府長史,充魏博等州節度、觀察等使。以義成軍節度使劉悟依前檢校右僕射、兼潞州大都督府長史,充昭義節度、澤潞邢洺磁等州觀察等使。以左金吾將軍田布爲檢左散騎常侍、兼懷州刺史、御史大夫,充河陽三城懷孟節度使。”一日詔移五鎮事又見《舊唐書·穆宗紀》:“(長慶元年三月)癸丑,以幽州盧龍軍節度副大使知節度事、押奚契丹兩蕃經略等使、檢校司空、同中書門下平章事、楚國公劉總可檢校司徒、兼侍中、天平軍節度、鄆曹濮等州觀察等使。以宣武軍節度使、檢校右僕射、同平章事張弘靖爲檢校司空、同平章事、兼幽州大都督府長史,充幽州盧龍軍節度使。從劉總所奏故也。以鳳翔節度使李愿檢校司空、汴州刺史,充宣武軍節度使。以邠甯節度使李光顔爲鳳翔尹,依前檢校司空、平章事,充鳳翔隴右節度使。以右衛大將軍高霞寓檢校工部尚書、邠州刺史，充邠甯節度使。諫官上疏論霞寓敗軍左謫，未宜拜方鎮，不從。”本文是指前者。　幽州、鎮州賜錢皆億萬：億萬，極言其數之多，並非真的是“億萬”。《書·泰誓》：“受有臣億萬，惟億萬心。”司馬遷《報任少卿書》：“〔李陵〕橫挑强胡，仰億萬之師，與單于連戰十有餘日。”“億萬”的實際數目應該是兩個“百萬”，事見《舊唐書·穆宗紀》：“(元和十五年)十一月己亥朔，癸卯，制：‘……念成德軍將士等，叶謀向義，丹款載申，咸欲效其器能，各宜列之爵秩。大將史重歸、牛元翼已超授寵榮，今更都加厚賜。宜令諫議大夫鄭覃往鎮州宣慰，賜錢一百萬貫……成德軍徵賞錢頗急，乃命柏耆先往諭之。”《舊唐書·穆宗紀》：“(長慶元年三月)己卯，幽州節度使劉總奏請去位落髮爲僧，又請分割幽州所管郡縣爲三道，請支三軍賞設錢一百萬貫……”　郊天地：即長慶元年正月三日的祭祀天地改元長慶之事，《舊唐書·穆宗紀》：“長慶元年正月己亥朔，上親薦獻太清宫、太廟。是日，法駕赴南郊……辛丑，祀昊天上帝於圜丘，即日還宫，御丹鳳樓，大赦天下，改元長慶。”　郊：古帝王祭祀天地。冬至祭天於南郊，夏至瘞地於北郊。《書·召誥》：“越三日丁巳，用牲於郊。”《漢書·郊祀志》：“古者天子夏親郊祀上帝於郊，故曰郊。”　天地：指天地神靈。張説《舒和》：“六鐘翕協六變成，八佾徜徉八風生。樂九韶兮神人感，美七德兮天地清。”劉長卿《獄中聞收東京有赦》：“風霜何事偏傷物？天地無情亦愛人！持法不須張密網，恩波自解惜枯鱗。”　上徽名：即衆大臣給唐穆宗上尊號文武孝德皇帝，事見《舊唐書·穆宗紀》：“(長慶元年)秋七月乙未朔……壬子，群臣上尊號曰文武孝德皇帝。”　上：奉獻，送上。《史記·吕太后本紀》：“王誠以一郡上太后，爲公主湯沐邑，太后必喜，王必無憂。”《宋史·禮志》：“宋每大祀，群臣詣東上閤門，拜表上尊號。”　徽名：美名。《南齊書·皇后傳論》：“寶命方昌，椒庭虚位，有婦人焉！空慕周典，禎符顯瑞，徒萃徽名。”《南齊書·和帝紀》：“史臣曰：夏以桀亡，殷隨紂滅，郊天改朔，理無延世。而皇符所集，重興西楚，神器暫來，雖有冥數，徽名大號，斯爲幸矣！”太和公主嫁可汗：事見《舊唐書·穆宗紀》：“（長慶元年五月）皇妹太和公主出降回紇登羅骨没施合毗伽可汗。甲子，命金吾大將軍胡證充送公主入回紇使，兼册可汗；又乙太府卿李鋭爲入回紇婚禮使……（七月）辛酉，太和長公主發赴回紇，上以半仗御通化門臨送，群臣班于章敬寺前。”王建《太和公主和蕃》：“塞黑雲黄欲渡河，風沙眯眼雪相和。琵琶泪濕行聲小，斷得人腸不在多。”楊巨源《送太和公主和蕃》：“蘆井尋沙到，花門度磧看。薰風一萬里，來處是長安。” 可汗：古代鮮卑、柔然、突厥、回紇、蒙古等民族中最高統治者的稱號。《樂府詩集·梁鼓角横吹曲》：“昨夜見軍帖，可汗大點兵。”《新唐書·突厥傳》：“至吐門，遂强大，更號可汗，猶單于也。” 吐蕃請降：事見《舊唐書·穆宗紀》：“（長慶元年九月丙午）吐蕃請盟，許之。” 吐蕃：公元七至九世紀，我國古代藏族所建政權，據有今西藏地區全部，盛時轄有青藏高原諸部，勢力達到西域、河隴地區。其贊普棄宗弄贊（後來稱松贊干布）、棄隸縮贊先後與唐文成公主、金成公主聯姻，與唐經濟文化聯繫至爲密切。吐蕃政權崩潰後，宋、元、明史籍仍習慣沿稱青藏高原及當地土著族爲吐蕃，一作吐番，元中統間改稱烏斯藏。張説《送郭大夫元振再使吐蕃》：“脱刀贈分手，書帶加餐食。知君萬里侯，立功在異域。”吕温《吐蕃别館周十一郎中楊七録事望白水山作》：“明時無外户，勝境即中華。況今舅甥國，誰道隔流沙？” 使者：奉命出使的人。《戰國策·趙策》：“使使者致萬家之邑一於智伯。”《史記·鄭世家》：“簡公欲與晉平，楚又囚鄭使者。” 幽州囚將帥：事見《舊唐書·穆宗紀》：“（長慶元年七月）甲寅，幽州監軍使奏：‘今月十日軍亂，囚節度使張弘靖别館；害判官韋雍、張宗元、崔仲卿、鄭塤。軍人取朱滔子洄爲留後。’”又見《舊唐書·張弘清傳》：“劉總歸朝，以錢一百萬貫賜軍士，弘靖留二十萬貫充軍府雜用。薊人不勝其憤，遂相率以叛，囚弘靖於薊門館，執韋雍、張宗厚輩數人，皆殺之。續有張徹者,自遠使回,軍人以其無過,不欲加害,將引置館中。徹不知其心,遂索弘靖所在,大罵軍人,亦爲亂兵所殺。明日,吏卒稍稍自悔,悉詣館,請弘靖爲帥,願改心事之。凡三請,弘靖卒不對。軍人乃相謂曰:'相公無言,是不赦吾曹必矣!軍中豈可一日無帥!'遂取朱洄爲兵馬留後。" 幽州:幽州節度使府十州之一,幽州節度使府的府治,地當今北京地區,這裏代稱幽州節度使府。《舊唐書·地理志》:"幽州節度使:治幽州,管涿、幽、瀛、莫、檀、薊、平、營、嬀、順等十州。"盧照鄰《送幽州陳參軍赴任寄呈鄉曲父老》:"薊北三千里,關西二十年。馮唐猶在漢,樂毅不歸燕。"張説《幽州夜飲》:"軍中宜劍舞,塞上重笳音。不作邊城將,誰知恩遇深?" 將帥:主要將領。《禮記·樂記》:"君子聽鼓鼙之聲,則思將帥之臣。"徐幹《中論·慎所從》:"若夫攻城必拔,野戰必克,將帥之事也。"本文指張弘清,時任幽州節度使。鎮州殺將帥:事見《舊唐書·穆宗紀》:"(長慶元年)八月甲子朔,己巳,鎮州監軍宋惟澄奏:七月二十八日夜軍亂,節度使田弘正並家屬將佐三百餘口並遇害,軍人推衙將王廷湊爲留後。"又見《舊唐書·田弘正傳》:"(田弘正)十一月二十六日,至鎮州,時賜鎮州三軍賞錢一百萬貫,不時至,軍衆喧騰以爲言。弘正親自撫喻,人情稍安。仍表請留魏兵爲紀綱之僕,以持衆心,其糧賜請給於有司。時度支使崔倰不知大體,固阻其請,凡四上表不報。明年七月,歸卒于魏州,是月二十八日夜,軍亂,弘正並家屬、參佐、將吏等三百餘口並遇害,穆宗聞之震悼,册贈太尉,賵賻加等。"這裏的"將帥"指田弘正。當時已經被殺。 鎮州:州名,地當今河北正定,時爲成德軍節度使府治,本文指代成德軍節度使府。《舊唐書·地理志》:"成德軍節度使:治恒州,領恒、趙、冀、深四州。"其中的"恒州"即"鎮州"。韓愈《鎮州初歸》:"别來楊柳街頭樹,擺弄春風只欲飛。還有小園桃李在,留花不發待郎歸。"張祜《送魏尚書赴鎮州行營》:"河塞日駸駸,恩讎報盡深。伍員忠是節,陸績孝爲心。" 食餉:供給軍需糧餉。薛季宣《俞氏園林》:

“高風怒濤作,卷雪食餉間。官禁不可脱,歸哉望斕斑。” 餉:軍糧。《漢書・嚴助傳》:“丁壯從軍,老弱轉餉。”《新唐書・張説傳》:“扈從兵馬,日費資餉。” 供辦:供應措辦。《晉書・陸納傳》:“謝安嘗欲詣納,而納殊無供辦。其兄子俶不敢問之,乃密爲之具。”《舊唐書・食貨志》:“元和十五年八月,中書門下奏……使人知定制,供辦有常,仍約元和十五年徵納布帛等估價。” 特加:特别加封。《後漢書・申屠蟠傳》:“進必欲致之,使蟠同郡黄忠書勸曰:‘前莫府初開,至如先生,特加殊禮,優而不名,申以手筆,設幾杖之坐。’”《三國志・來敏傳》:“敏荆楚名族,東宫舊臣,特加優待,是故廢而復起。”

⑭ 奏名:科舉考試,禮部將擬録取的進士名册送呈皇帝審核,稱“奏名”。《宋史・仁宗紀》:“(天聖二年三月)是月,賜禮部奏名進士、諸科及第出身四百八十五人。”沈括《夢溪筆談・故事》:“嘉祐中,進士奏名訖,未御試,京師妄傳王俊民爲狀元。”本文指宰相提名能够擔任鳳翔隴州節度觀察處置使的候選名單。 白麻書:用苘麻製造的紙寫成的詔書。唐制,由翰林學士起草的凡赦書、德音、立後、建儲、大誅討及拜免將相等詔書都用白麻紙,因以指重要的詔書。瞿蜕園《歷代職官簡釋・翰林學士》:“凡詔書皆用黄麻紙,概由中書省頒布,惟翰林學士所撰以上各種詔書則用白麻紙。”白居易《杜陵叟》:“白麻紙上書德音,京畿盡放今年税。”葉夢得《石林燕語》卷三:“學士制不自中書出,故獨用白麻紙而已。”亦省稱“白麻”,元稹《酬樂天東南行詩一百韵》:“白麻雲色膩,墨詔電光粗。”《新唐書・百官志》:“凡拜免將相,號令征伐,皆用白麻。”

⑮ 岐:即“岐山”,在今陝西省岐山縣境,上古稱“岐”。《書・禹貢》:“導岍及岐,至於荆山。”孔傳:“三山皆在雍州。”《文選・張衡〈西京賦〉》:“岐、梁、汧、雍。”薛綜注引《説文》:“岐山在長安西美陽縣界,山有兩岐,因以名焉!” 椽:椽子。《漢書・藝文志》:“茅屋采椽,是以貴儉。”韓愈《雜詩四首》三:“截橑爲欂櫨,斲楹以爲椽。” 欒:建築

物立柱和横梁間成弓形的承重結構。《文選·張衡〈西京賦〉》:“跱遊極於浮柱,結重欒以相承。”薛注:“欒,柱上曲木,兩頭受櫨者。”梅堯臣《次韵和王平甫見寄》:“幸時構明堂,願爲櫨與欒。” 柱:支撑房屋的柱子。《史記·刺客列傳》:“秦王環柱而走。”韓愈《送僧澄觀》:“清淮無波平如席,欄柱傾扶半天赤。” 楝:屋的正梁。《易·繫辭》:“上古穴居而野處,後世聖人易之以宫室,上楝下宇,以待風雨。”《儀禮·鄉射禮》:“序則物當楝。”鄭玄注:“是制五架之屋也,正中曰楝,次曰楣,前曰庪。” 薪炭:木炭。《漢書·匈奴傳》:“胡地秋冬甚寒,春夏甚風,多齎鬴鍑薪炭,重不可勝。”蘇轍《冬至日作》:“似聞錢重薪炭輕,今年九九不難數。” 粟:谷物名,北方通稱“谷子”。李時珍《本草綱目·粟》:“古者以粟爲黍、稷、粱、秫之總稱,而今之粟,在古但呼爲粱。後人乃專以粱之細者名粟……大抵黏者爲秫,不黏者爲粟,故呼此爲秈粟,以别秫而配秈,北人謂之小米也。”《孟子·盡心》:“有布縷之征,粟米之征,力役之征。”李紳《古風二首》一:“春種一粒粟,秋成萬顆子。” 籍:借助。《孟子·滕文公》:“助者,籍也。”趙岐注:“籍者,借也,猶人相借力助之也。”《韓非子·八經》:“外不籍,内不因,則奸宄塞矣!” 賴:依靠,憑藉。《書·大禹謨》:“帝曰:‘俞,地平天成,六府三事允治,萬世永賴,時乃功。’”孔穎達疏:“汝治水土,使地平天成,六府三事信皆治理,萬代長所恃賴,是汝之功也。”陶潜《贈羊長史》:“得知千載外,正賴古人書。” 氣勢:氣焰,權勢。韓愈《與鄂州柳中丞書》:“淮右殘孽……自以爲武人,不肯循法度,頡頏作氣勢,竊爵位自尊大者,肩相摩,地相屬也。”司馬光《請自擇臺諫札子》:“且條例司之害民,吕惠卿之奸邪,天下之人誰不知之?獨陛下與王安石未之寤耳!豈可更爲之黜逐臺諫,以長其威福,成其氣勢!臣竊爲陛下寒心。” 相市:古代雙方互利的貿易活動。《新唐書·回鶻傳》:“昭宗幸鳳翔,靈州節度使韓遜表回鶻請率兵赴難……然其國卒不振,時時以玉、馬與邊州相市云。”《新唐書·盧杞傳》:“其自相市,爲私籍自言,隱不盡,率千錢没二萬,告者以萬錢畀之。由是主儈得操其私以爲奸,公上所入常不得半,而恨誹之聲滿天下。” 揚言:對外宣揚或故意散佈某種言論。《戰國策·秦策》:“楚王揚言與秦遇,魏王聞之,恐。”武平一《東門頌序》:“同揚言曰:公之鎮也,化盈弊壞,事謀先達:止盜賊,張敞之牧冀州;舉閉縱,賈逵之牧豫州;勸種殖,李恂之牧兖州……” 峭削:山勢陡峭如削。楊光《赤石樓隱難記》:“洎禹别九州,漢通百越,此山則維揚東甌之地,峨峨傑出。發地千尋,峭削凌空。”《關中勝迹圖志·名山》:“釋子山在洋縣北十五里,《通志》:唐僧法照居於此,其山峭削孤危,崖腹有洞,僅可容身,即唐法照念佛聲聞長安處也,因名念佛巖。”本文借山勢險峻形容人性格的苛刻。 廉隘:性格偏狹,猶“局隘”,狹隘。葛洪《抱朴子·明本》:“然而嘍嘍守於局隘,聰不經曠,明不徹離。”猶“剛隘”,剛愎褊急。《文心雕龍·程器》:“傅玄剛隘而詈臺,孫楚狠愎而訟府。” 好是非人:喜歡肯定自己,非議别人。《續資治通鑒·元祐三年》:“軾在翰林,頗以言語文章規切時政,畢仲遊以書戒之曰:‘……官非諫臣,職非御史,而好是非人,危身觸諱,以遊其間,殆猶抱石而救溺也。’” “陛下一旦問宰相”兩句:元稹擔任宰相的時間在長慶二年二月十九日至同年六月五日之間,本文“陛下一旦問宰相”的具體時間應該在初拜相之時,然後才有元稹爲此而認真調查事情真僞。《舊唐書·穆宗紀》:“(長慶二年)二月癸亥朔……辛巳……以工部侍郎元稹守本官、同平章事……六月甲戌朔,甲子……工部侍郎、平章事元稹爲同州刺史……壬申,諫官論責裴度太重,元稹太輕,乃追稹制書,削長春宫使。” 惑:疑惑,懷疑。《史記·伯夷列傳》:“余甚惑焉!儻所謂天道,是邪非邪?”韓愈《師説》:“師者,所以傳道授業解惑也。” 衆口:衆人的言論,輿論。《戰國策·秦策》:“三人成虎,十夫楺椎,衆口所移,無翼而飛。”《漢書·劉向傳》:“上内重堪,又患衆口之寖潤,無所取信。” 仁聖:仁德聖明,古代多用作稱頌帝王的套詞。《禮記·經解》:“其在朝廷,則道仁聖禮義之序,燕處則聽雅頌之音。”范仲淹《饒州謝上表》:“狂愚之誠,進多冒死;仁聖之造,退亦推恩。”　尹:古代官名,多爲主管之官。岑參《故河南尹岐國公贈工部尚書蘇公挽歌二首》一:“河尹恩榮舊,尚書寵贈新。一門傳畫戟,幾世駕朱輪。”《南部新書·庚》:“白傅葬龍門山,河南尹盧貞刻《醉吟先生傳》,立於墓側,至今猶存。”

⑯ 比比:頻頻,屢屢。《漢書·哀帝紀》:“郡國比比地動。”顏師古注:“比比,猶言頻頻也。”高彦休《唐闕史·裴晉公大度》:“正郎感激之外,比比乖事大之禮,公優容之如不及。”引申爲連續,接連。皇甫枚《三水小牘·却要》:“延禧於廳角中,屏息以待。廳門斜閉,見其三弟比比而至,各趨一隅。”　里閭:里巷,鄉里。《古詩十九首·去者日以疏》:“思還故里閭,欲歸道無因。”蕭衍《東飛伯勞歌》:“誰家女兒對門居,開顔發艷照里閭?”　謗:誹謗,譭謗。《論語·子張》:“信而後諫,未信,則以爲謗己也。”東方朔《七諫·沉江》:“正臣端其操行兮,反離謗而見攘。”　不均:不公平,不均匀。《詩·小雅·北山》:“大夫不均,我從事獨賢。”《漢書·文帝紀》:“人主不德,布政不均,則天示之灾以戒不治。”　斛:量器。《莊子·胠篋》:“爲之斗斛以量之,則並與斗斛而竊之。”《文心雕龍·銘箴》:“蓍龜神物,而居博弈之中;衡斛嘉量,而在臼杵之末。”　鄭少師:指鄭餘慶,元和十三年七月至第二年四月任職鳳翔節度使,故在叙述崔倰在鳳翔節度使任職時涉及鄭餘慶。《舊唐書·憲宗紀》:“(元和十三年)秋七月……庚戌,以左僕射鄭餘慶爲鳳翔隴右節度使……(元和十四年)夏四月戊申朔……戊午,以刑部尚書李愿爲鳳翔尹,充鳳翔隴右節度使。”《舊唐書·鄭餘慶傳》:“(元和)九年,拜檢校右僕射。兼興元尹,充山南西道節度觀察使,三歲受代。十二年,除太子少師……十三年,拜尚書左僕射……改鳳翔尹、鳳翔隴節度使。十四年,兼太子少師、檢校司空,封榮陽郡公,兼判國子祭酒事。及穆宗登極,以師傅之舊,進位檢校司徒,優禮甚至。元和十五年十一月卒,詔曰:‘故金紫光禄大夫、

檢校司徒、兼太子少師、上柱國滎陽郡開國公、食邑二千户鄭餘慶……賵禮宜優,可贈太保。'時年七十五,謚曰貞。" 少師:古代官名,"三孤"之一,周代始置,爲君國輔弼之官,地位次於太師。北周以後歷代多沿置,與少傅、少保合稱"三少",一般爲大官加銜,以示恩寵而無實職。《書·周官》:"少師、少傅、少保,曰三孤。"孔傳:"此三官,名曰三孤。孤,特也,言卑於公,尊於卿,特置此三者。"楊巨源《和鄭少師相公題慈恩寺禪院》:"舊寺長桐孫,朝天是聖恩。謝公詩更老,蕭傅道方尊。"這裏指鄭餘慶的"太子少師"。 吏俸:官吏的俸禄。王符《潛夫論·叙録》:"聖人養賢,以及萬民。先王之制,皆足代耕。增爵損禄,必程以傾。先益吏俸,乃可致平。"《舊唐書·崔邠傳》:"舊弊有上供不足,奪吏俸以益之,歲八十萬,郾以廉使常用之直代之。" 小吏:職位很低的官員。《史記·李斯列傳》:"年少時,爲郡小吏。"梅堯臣《李廷老祠部寄荆柑子》:"踏雪衝風馳小吏,帶霜連葉寄黄柑。" 糾掾:即糾曹,州郡屬官録事參軍的别稱,職掌糾舉六曹,勾稽失謬。劉寬夫《汴州糾曹廳壁記》:"郡府之有録事參軍,猶文昌之有左右轄,南臺之有大夫中丞也。糾正邪慝,提條舉目,俾六聯承式,屬邑知方。"《太平廣記》卷一六〇引《異聞録·秀師言記》:"從此後六年,攝本府糾曹,斯乃小僧就刑之日,監刑官人即九郎耳!" 歎憤:感歎憤激。《後漢書·孫程傳》:"自太子之廢,常懷歎憤。"《南史·柳元景傳》:"軍士咸欲盡力,及聞降,莫不歎憤。"

⑰"家家自謂有崔尹"兩句:意謂每個百姓的家中,都好像河南尹崔倰在座,爲他們主持公道,敲詐勒索的卒吏没有一個敢隨隨便便來到百姓的家中,甚至連百姓的門口也不敢輕易經過。 自謂:自以爲。祖詠《古意二首》一:"夫差日淫放,舉國求妃嬪。自謂得王寵,代間無美人。"孟浩然《仲夏歸漢南園寄京邑耆舊》:"嘗讀高士傳,最嘉陶徵君。日耽田園趣,自謂羲皇人。" 都:吏的俗稱,猶都頭、頭目。俞樾《茶香室叢鈔·呼吏爲都》:"都者,吏之呼也,然則呼吏爲都,本

唐人語，小説中有都頭之呼，非無本矣！”梁同書《直語補證·都》：“俗語‘官到尚書吏到都’，吏之呼都，猶今人言張頭兒、李頭兒也。”《北齊書·神武帝紀》：“麻祥時爲湯陰令，神武呼之曰‘麻都！’祥慚而逃。”王定保《唐摭言·爲鄉人輕視而得者》：“鄉人汪遵者，幼爲小吏……會棠送客至灞滻間，忽遇遵於途中，棠訊之曰：‘汪都，何事至京？’”原注：“都者，吏之呼也。” 抗疏：謂向皇帝上書直言，評述或反對已有成議的意見。《漢書·揚雄傳》：“獨可抗疏，時道是非。”權德輿《奉送孔十兄賓客承恩致政歸東都舊居》：“乞身已見抗疏頻，優禮新聞詔書許。” 致仕：辭去官職，退休回家。《公羊傳·宣公元年》：“退而致仕。”何休注：“致仕，還禄位於君。”白居易《不致仕》：“七十而致仕，禮法有明文。” 心膽：心和膽，常以喻膽量，或以喻身體。《三國志·鍾會傳》：“凡敗軍之將不可以語勇，亡國之大夫不可與圖存，心膽以破故也。”儲光羲《隴頭水送别》“相送隴山頭，東西隴水流。從來心膽盛，今日爲君愁。” 聲勢：猶權勢，聲望與勢力。《後漢書·竇憲傳》：“憲恃宫掖聲埶，遂以賤直請奪沁水公主園田，主逼畏，不敢計。”蘇軾《答劉巨濟書》：“恨僕聲勢低弱，不能力爲發揚。” 引去：離去，引退。《史記·平原君虞卿列傳》：“居歲餘，賓客門下舍人稍稍引去者過半。”周密《齊東野語·張魏公二事》：“教官大窘，引去。” 暴疾：突然發病。《後漢書·梁慬傳》：“何熙軍到五原曼柏，暴疾，不能進。”韓愈《貞曜先生墓誌銘》：“〔貞曜先生〕挈其妻行，之興元，次於閿鄉，暴疾卒。”

⑱ 更相：相繼，相互。《史記·張丞相列傳》：“田文言曰：‘今此三君者，皆丞相也。’其後三人竟更相代爲丞相。”王維《積雨輞川莊作》：“山中習静觀朝槿，松下清齋折露葵。野老與人争席罷，海鷗何事更相疑？” 知善：猶“友善”，親密友好。《漢書·息夫躬傳》：“皇后父特進孔鄉侯傅晏與躬同郡，相友善。”元稹《上令狐相公詩啓》：“稹與同門生白居易友善。” 有年：多年。陶潛《移居二首》一：“懷此頗

有年，今日從兹役。”元稹《何滿子歌》：“魚家入内本領絶，葉氏有年聲氣短。自外徒煩記得詞，點拍才成已誇誕。” 氣性：氣質，性情。葛洪《抱朴子·清鑒》：“或外候同而用意異，或氣性殊而所務合。”朱慶餘《同盧校書遊新興寺》：“山深雲景别，有寺亦堪過。才子將迎遠，林僧氣性和。” 剛方：剛直方正。《後漢書·祭肜傳論》：“祭肜武節剛方，動用安重。”范成大《方竹杖》：“竹君箇箇面團團，此士剛方獨凛然。” 理家：料理家事。《後漢書·樊曄傳》：“數年遷揚州牧，教民耕田、種樹、理家之術。”杜範《玉壺即事》：“陂湖漾漾初侵路，蜂燕紛紛各理家。” 理身：養生，修身。《後漢書·崔寔傳》：“爲國之道，有似理身，平則致養，疾則攻焉！”聶夷中《雜興》：“兩葉能蔽目，雙豆能塞聰。理身不知道，將爲天地聾。” 廉儉：清廉節儉。《漢書·朱博傳》：“博爲人廉儉，不好酒色遊宴。”《宋書·劉懷默傳》：“在任廉儉，不營財貨，所餘公禄，悉以還官。” 峻直：嚴峻正直。李商隱《授鄭涓徐州節度使制》：“平盧軍節度使檢校左散騎常侍鄭涓，峻直無徒，堅明有立。渾金髮彩，夷玉不雕。屬文能搴其菁英，聚學必窮其根本。”《唐語林·方正》：“至鎮，謂將校曰：‘昨者朝覲，遍觀德望，唯李公峻直貞明，凛凛可懼，真社稷之臣也！’” 文章：才學。韓愈《河南府法曹參軍盧府君夫人苗氏墓誌銘》：“夫人年若干，嫁河南法曹盧府君，諱貽，有文章德行。”張齊賢《洛陽縉紳舊聞記·少師佯狂》：“時僧雲辨，能俗講，有文章，敏於應對。” 尚：爲仰慕。張衡《思玄賦》：“尚前良之遺風兮，恫後辰而無及。”陶潛《與子儼等疏》：“雖不能爾，至心尚之。” 仁孝：仁愛孝順。《史記·留侯世家》：“竊聞太子爲人仁孝。”《史記·劉敬叔孫通列傳》：“今太子仁孝，天下皆聞之。吕后與陛下攻苦食啖，其可背哉？” 友愛：友好親愛。《後漢書·第五倫傳》：“近代光烈皇后，雖友愛天至，而卒使陰就歸國，徙廢陰興賓客。”歐陽修《劉丞相挽詞二首》二：“平昔家庭敦友愛，可憐松櫝亦連陰。” 自持：謂自己掌握或處理。《新五代史·楊隆演傳》：“宋氏之專政也，隆演幼懦，不能自持，而知訓尤淩侮之。”文天祥《指南録・則堂詩序》：“吴丞相堅，號老儒，不能自持，一切惟賈餘慶之命。”　己任：自己的責任。《新五代史・張延朗傳》：“延朗號爲有心計，以三司爲己任，而天下錢穀亦無所建明。”曾鞏《瀛州興造記》：“（李肅之）因灾變之後，以興壞起廢爲己任。”　“嘗以户部侍郎爲其兄乞换一五品致仕官”三句：此事應該發生在崔倰户部侍郎任上，其起止時間是：《舊唐書・憲宗紀》：“（元和十五年春正月壬午），以前湖南觀察使崔倰權知户部侍郎、判度支。”《舊唐書・穆宗紀》：“（長慶元年冬十月）己丑，以户部侍郎、判度支崔倰爲工部尚書、判度支。”這裏的“天子”指唐穆宗，以其登位時間元和十五年閏正月初三計，此事應該延後至唐穆宗登位之後，至拜崔倰爲“工部尚書”之前。　五品：九品官階的第五級。《隋書・禮儀志》：“今犢車通幰，自王公已下至五品已上，並給乘之。”劉餗《隋唐嘉話》卷中：“秘書省少監崔行功，未得五品前，忽有鸜鵒銜一物入其堂，置案上而去。”　致仕官：因年老或衰病而辭去職務、回家養老的官員。《通典・職官》：“諸執事官七十聽致仕……其五品以上籍年雖少、形容衰老者，亦聽致仕。開元十五年十月，致仕官三品以上，並聽朝朔望。”張世南《游宦紀聞》卷八：“滎陽吕公嘗言：京洛致仕官與人相接，皆以閑居野服爲禮。”　太子諭德：官名，掌侍從贊諭，職比常侍，始置於唐，至清廢。《舊唐書・高宗紀》：“（龍朔三年二月）……癸巳，置太子左右諭德及桂坊大夫等官員，改司經局爲桂坊館，崇賢館罷，隸左春坊。”高承《事物紀原・諭德》：“唐龍朔三年，初置太子左右諭德，蓋取《文王世子》教之以事而諭諸德之義。”《編年箋注》註釋：“太子諭德：唐高宗龍朔二年始置太子左右諭德各一員、正四品下，掌隨時以道德諷贊太子。”《編年箋注》的“龍朔二年”應該是“龍朔三年”之誤，《新唐書・百官志》並刊刻之誤。　僚友：官屬，僚屬。《新唐書・孫伏加傳》：“今皇太子諸王左右執事，不可不擇……汎觀前世，子姓不克孝，兄弟不克友，莫不由左右亂之。願選賢才，澄僚友之選。”《新唐書·柳澤傳》：“今儲宮肇建，王府復啓，願采温良、博聞、恭儉、忠鯁者爲之僚友，乃請東宫置拾遺、補闕，使朝夕講論，出入侍從。”

⑲ 議論：謂評論人或事物的是非、高低、好壞，亦指非議，批評。《史記·貨殖列傳》：“臨淄亦海岱之間一都會也，其俗寬緩闊達，而足智，好議論。”《顔氏家訓·勉學》：“及有吉凶大事，議論得失，蒙然張口，如坐雲霧。” 饒借：寬容，容讓。《北齊書·杜弼傳》：“我若急作法網，不相饒借，恐督將盡投黑獺，士子悉奔蕭衍，則人物流散，何以爲國？”劉克莊《卜算子·惜海棠》：“盡是手成持，合得天饒借。風雨於花有底讎？著意相陵藉。” 畏避：因畏懼而躲避。《漢書·嚴延年傳》：“大姓西高氏、東高氏，自郡吏以下皆畏避之，莫敢與牾。”《舊唐書·王求禮傳》：“〔求禮〕性忠謇敢言，每上封彈事，無所畏避。” 嚴明：賞罰分明。《吴子·勵士》：“武侯問曰：‘嚴刑明賞足以勝乎？’起對曰：‘嚴明之事，臣不能悉。’”嚴肅而公正，嚴格而明確。《後漢書·李固傳》：“清河王嚴明，若果立，則將軍受禍不久矣！” 舉察：檢舉，查察。蔡邕《上封事陳政要七事》：“或有抱罪懷瑕，與下同疾，綱網弛縱，莫相舉察。”《北齊書·司馬子如傳》：“乾明初，領御史中丞，正色舉察，爲朝廷所許。”指選拔甄録人材。蘇鶚《蘇氏演義》卷上：“後漢尚書令左雄，欲限四十已上方可舉察。胡廣駮之，茂才異行者不拘年限……自吴、魏、晉，皆以郡舉孝廉察秀才，故州郡長史别駕皆赴舉察。” 胥吏：官府中的小吏。《北齊書·彭城王浟傳》：“守令參佐，下及胥吏，行遊往來，皆自賫糧食。”柳宗元《梓人傳》：“郡有守，邑有宰，皆有佐政，其下有胥吏。” 大過：重大的過失、錯誤。《史記·太史公自序》：“此四行者，天下之大過也。”韓愈《董公行狀》：“清宫而迎天子，庶人服而請罪有司，雖有大過，猶將揜焉！如公則誰敢議？” 詞色：言語和神態。《北史·爾朱榮傳》：“案劍瞋目，詞色甚厲。世隆遜辭拜謝，然後得已，而深恨之。”《舊唐書·張延賞傳》：“延賞聞而大

怒,即使將吏令追還焉! 晟頗銜之,形於詞色。" 朗厲:猶"剛厲",剛正嚴厲。劉劭《人物志・八觀》:"剛者不厲,無以濟其剛;既悦其剛,不可非其厲。厲者,剛之徵也。"朱彧《萍洲可談》卷一:"元祐初,司馬光封温國公,議者以其剛厲,宜濟之以温。" 支梧:亦作"支吾"、"支捂",猶支撑,抵擋。《舊五代史・孟知祥傳》:"知祥慮唐軍驟至,與遂閬兵合,則勢不可支吾。"引申爲抗拒,對付,應付。司馬光《涑水記聞》卷一一:"西賊奸計,大未可量,朝廷當獎勵逐路帥臣,豫作支吾。" "然而下於己者"四句:意猶崔倰有一優點,那就是那些地位低於自己的屬下,如果能够以道理説服他,他還是能够立即改變自己的見解。 理决:以理服人。《後漢書・烏桓傳》:"有勇健能理决鬥訟者,推爲大人。"阮籍《通易論》:"成化理决,施令誥方,因統紹衰,中處將正之務,非應初受命之事也。" 己見:個人的見解。《欒城後集・潁濱遺老傳》:"來年科場,一切如舊。惟經義兼取注疏及諸家議論,或出己見,不專用王氏學。"歐陽修《孫子後序》:"後之學者徒見其書,又各牽於己見,是以注者雖多而少當也。" 多:勝過,超出。《禮記・檀弓》:"多矣乎! 予出祖者。"孔穎達疏:"多猶勝也。"《公羊傳・宣公十五年》:"什一者,天下之中正也。多乎什一,大桀小桀。"

⑳ 勇怯:義近"勇退",勇於隱退,見機急退。謝瞻《于安城答靈運》:"歲寒霜雪嚴,過半路愈峻。量己畏友朋,勇退不敢進。"權德輿《寄臨海郡崔稺璋》:"志士誠勇退,鄙夫自包羞。" 佞:善辯,口才好。《書・吕刑》:"非佞折獄,惟良折獄,罔非在中。"孔傳:"非口才可以斷獄,惟平良可以斷獄,無不在中正。"才能。《左傳・成公十六年》:"君幼,諸臣不佞,何以及此? 君其戒之!"杜預注:"佞,才也。"《國語・晉語》:"我不佞,雖不識義,亦不阿惑,吾其静也。" 勁正:剛正。《禮記・樂記》:"廉直勁正莊誠之音作,而民肅敬。"《舊唐書・裴度傳》:"度勁正而言辯,尤長於政體,凡所陳論,感動物情。" 性:人的本性。《論語・陽貨》:"性相近也,習相遠也。"劉寶楠正義:"人性相近,而習

相遠。”韓愈《原性》:“性也者,與生俱生也。” 抑厄:義近“抑挫”,抑制折挫。阮瑀《爲曹公作書與孫權》:“昔赤壁之役,遭離疫氣,燒舡自還,以避惡地,非周瑜水軍所能抑挫也。”《北史·唐邕傳》:“邕政頗嚴酷,然抑挫豪强,公事甚理。” 耇:亦作“耉”、“耈”,年老,高壽。《詩·小雅·南山有臺》:“樂只君子,遐不黄耇。”毛傳:“黄,黄髮也;耇,老也。”韓愈《憶昨行和張十一》:“殃銷禍散百福併,從此直至耇與鮐。” 壽:年壽,壽限,亦指事物的使用期限。《左傳·襄公八年》:“《周詩》有之曰:‘俟河之清,人壽幾何?兆雲詢多,職競作羅。’”杜預注:“逸詩也,言人壽促而河清遲。”《荀子·榮辱》:“樂易者常壽長,憂險者常夭折,是安危利害之常體也。” 景:光明,日光。江淹《别賦》:“日出天而曜景,露下地而騰文。”范仲淹《岳陽樓記》:“至若春和景明,波瀾不驚。” 盛:旺盛,興盛,茂盛。《禮記·月令》:“〔季春之月〕生氣方盛,陽氣發泄。”《吕氏春秋·功名》:“樹木盛,則飛鳥歸之。” 命:天命,命運。《易·乾》:“乾道變化,各正性命。”孔穎達疏:“命者,人所禀受若貴賤夭壽之屬是也。”朱熹本義:“物所受爲性,天所賦爲命。”嵇康《釋難宅無吉凶攝生論》:“夫命者,所禀之分也。” 病:艱難困苦。《公羊傳·僖公十年》:“惠君曰:‘爾既殺夫二孺子矣!又將圖寡人,爲爾君者,不亦病乎!’於是殺之。”曾鞏《贈職方員外郎蘇君墓誌銘》:“爲人疏達自信,持之以謙,輕財好施,急人之病,孜孜若不及。” 横:横暴,放縱。《史記·吴王濞列傳》:“鼂錯爲太子家令,得幸太子,數從容言吴過可削。數上書説孝文帝,文帝寬,不忍罰,以此吴日益横。”韓愈《鄆州溪堂詩序》:“以武則忿以憾,以恩則横以肆。” 勁:强健有力。《孫子·軍争》:“百里而争利,則擒三將軍。勁者先,疲者後。”《荀子·非相》:“古者桀紂,長巨姣美,天下之傑也。筋力越勁,百人之敵也。” 齒:人的年齡。《孟子·公孫丑》:“天下有達尊三:爵一、齒一,德一……鄉黨莫如齒。”耿湋《華州客舍奉和崔端公春城曉望》:“向人微月在,報雨早霞生。貧病催年齒,風塵掩姓名。”

位：職位，地位。《詩·小雅·小明》："靖共爾位，正直是與。"《吕氏春秋·勸學》："故爲師之務，在於勝理，在於行義，理勝義立，則位尊矣！"夏侯湛《東方朔畫贊》："栖遲下位，聊以從容。"　銘：銘記，永志不忘。江淹《哀千里賦》："徒望悲其何及，銘此恨於黄埃！"銘旌。《周禮·春官·小祝》："設熬，置銘。"鄭玄注引鄭司農曰："銘，書死者名於旌，今謂之柩。《士喪禮》曰：爲銘，各以其物。亡則以緇，長半幅；赬末，長終幅，廣三寸。書名於末，曰某氏某之柩……《檀弓》曰：銘，明旌也。以死者爲不可别，故以其旗識之。"　鏡：借鑒，鑒戒。《墨子·非攻》："鏡於人，則知吉與凶。"張祜《洛陽感寓》："須知此事堪爲鏡，莫遣黄金漫作堆。"

［編年］

《年譜》編年理由："《銘》云：'公以長慶三年二月四日，薨於洛陽時邕里……葬以某年十一月之某日，於某地。'"意即本文作於長慶三年"二月四日"之後，"十一月之某日"之前。《編年箋注》、《年譜新編》所據理由、結論均與《年譜》同，唯《編年箋注》所云"元稹時在同州刺史任"斷語有些問題，因爲元稹本年八月已經離開同州刺史任所，前往浙東赴任。

我們以爲，根據崔倰病故以及下葬的日期，決定本文撰寫的大致日期應該不錯。但還應該結合元稹的行蹤來考察，還應該結合洛陽與同州、洛陽與越州之間的距離來考察：一、二月四日崔倰病故之時，元稹在同州，據《元和郡縣志》記載，"西至上都二百五十里，東至東都六百五十里"，洛陽至同州，應該有五天以上的路程。二、八月，元稹離開同州，赴任越州，而越州"西北至上都三千五百三十里，西北至東都二千六百七十里"。三、從八月至十月，元稹一直跋涉於自同州赴任越州的途中，有《初除浙東妻有阻色因以四韵曉之》、《酬李浙西先因從事見寄之作》、《酬樂天喜鄰郡》、《再酬復言和前篇》、《别後西陵晚眺》諸多詩篇可以佐證。四、等到元稹趕到越州,時間已經接近崔倰下葬的"十一月之某日",元稹即此在越州寫成本文,也没有時間再送往洛陽。五、本文"予與公更相知善有年矣"表明,元稹與崔倰的感情比較密切,我們猜測崔倰的親人會在第一時間將噩耗告知元稹,并請求元稹撰寫崔倰的墓誌銘。據此我們認爲,本文應該撰寫於崔倰病故之後十天前後,最遲應該在元稹離開同州之前完成,而以前者,亦即長慶三年二月中旬最爲可能,地點在同州,元稹時任同州刺史。

◎ 和王侍郎酬廣宣上人觀放榜後相賀[(一)][①]

渥洼徒自有權奇,伯樂書名世始知[②]。競走墻前希得携[(二)],高縣日下表無私[③]。都中紙貴流傳後,海外金填姓字時[④]。珍重劉繇因首薦(進士李景述,以同判解頭及第),爲君送和碧雲詩[⑤]。

録自《元氏長慶集》卷二一

[校記]

(一) 和王侍郎酬廣宣上人觀放榜後相賀:楊本、叢刊本、《全詩》同,《唐詩紀事》作"和王侍郎酬宣上人",語義相類,不改。

(二) 競走墻前希得携:《全詩》、《唐詩紀事》同,叢刊本作"竟走墻前希得雋",各備一説,楊本作"竟走墻前稀得携",語義不佳,不改。

[箋注]

① 和王侍郎酬廣宣上人觀放榜後相賀:關於本詩,廣宣《賀王侍郎典貢放榜》:"從辭鳳閣掌絲綸,便向青雲領貢賓。再闢文場無枉路,兩開金榜絶冤人。眼看龍化門前水,手放鶯飛谷口春。明日定歸

臺席去,鵷鴻原上共陶鈞。"《編年箋注》:"王起和作已佚。"應該是失察之詞。《唐詩紀事》、《唐摭言》、《全詩》内存有王起答詩,文字稍有出入,今過録《全詩》存録之篇如下:《廣宣上人以詩賀放榜和謝》:"延英面奉入春闈,亦選功夫亦選奇。在冶只求金不耗,用心空學秤無私。龍門變化人皆望,鶯谷飛鳴自有時。獨喜至公誰是證?彌天上人與新詩。"而本詩即是元稹酬和王起的詩篇,王起與元稹兩詩不僅符合唱和詩押韵的前提,而且也大致符合風行當時的"次韵"條件。劉禹錫也有《宣上人遠寄賀禮部王侍郎放榜後詩因而繼和》之詩:"禮闈新榜動長安,九陌人人走馬看。一日聲名遍天下,滿城桃李屬春官。自吟白雪銓詞賦,指示青雲借羽翰。借問至公誰印可?支郎天眼定中觀。"敬請讀者注意,王起的和篇没有與廣宣的原唱和韵;劉禹錫的和作,既不與廣宣的原唱押韵,也不與王起的和作押韵:從中可見劉禹錫、王起與元稹在"和韵"與"次韵"方面的才能有高下之别。王侍郎:即王起,元稹吏部乙科時的同年。穆宗朝,因元稹的薦舉,王起與白居易一起參與主持長慶元年科試案的復試。《舊唐書·王起傳》:"穆宗即位,拜中書舍人,長慶元年遷禮部侍郎。其年錢徽掌貢士,爲朝臣請託,人以爲濫。詔起與同職白居易覆試,覆落者多,徽貶官,起遂代徽爲禮部侍郎,掌貢二年,得士尤精。"張籍《喜王起侍郎放牒》:"東風節氣近清明,車馬争來滿禁城。二十八人初上牒,百千萬里盡傳名。"這裏的"覆試",就是"復試"。 廣宣:元和、長慶年間的僧人。韓愈《廣宣上人頻見過·集注》:"廣宣,蜀僧,有詩名。元和中住長安安國寺,白樂天所云'廣宣上人詔許居安國寺紅樓院,以詩供奉'是也。宣有詩號《紅樓集》,唐《藝文志》又有宣與令狐楚唱和一卷,劉夢得集中亦有因呈廣宣上人二詩。其在中都,與公數往來,無足怪也。"韓愈《廣宣上人頻見過》:"久慚朝士無裨補,空愧高僧數往來。學道窮年何所得?吟詩竟日未能迴。"楊巨源《和權相公南園閑涉寄廣宣上人》:"浩氣抱天和,閑園載酒過。步因秋景曠,心向晚雲多。”　放榜：科舉考試後公佈被録取者名單。李淖《秦中歲時記》：“太和八年放榜，有無名子作詩曰：‘乞兒還有大適年，二十三人椀杖全。’”杜牧《及第後寄長安故人》：“東都放榜未花開，三十三人走馬迴。”　相賀：以詩文或禮物相慶祝賀。韓愈《從潮州量移袁州張韶州端公以詩相賀因酬之（時憲宗元和十四年十月）》：“明時遠逐事何如？遇赦移官罪未除。北望詎令隨塞雁。南遷纔免葬江魚。”張籍《酬浙東元尚書見寄綾素》：“應念此官同棄置，獨能相賀更殷勤。三千里外無由見，海上東風又一春。”

② 渥窪：水名，在今甘肅省安西縣境，傳説産神馬之處。《史記・樂書》：“又嘗得神馬渥窪水中，復次以爲《太一之歌》。”裴駰集解引李斐曰：“南陽新野有暴利長，當武帝時遭刑，屯田燉煌界。人數於此水旁見群野馬中有奇異者，與凡馬異……〔利長〕代土人持勒靽，收得其馬，獻之。”盧綸《送史兵曹判官赴樓煩》：“渥窪龍種散雲時，千里繁花乍别離。”　徒自：白白地。崔液《代春閨》：“青樓明鏡晝無光，紅帳羅衣徒自香。妾恨十年長獨守，君情萬里在漁陽。”駱賓王《别李嶠得勝字》：“芳尊徒自滿，别恨轉難勝。客似遊江岸，人疑上灞陵。”　權奇：奇譎非凡，多形容良馬善行。《文選・顔延之〈赭白馬賦〉》：“雄志倜儻，精權奇兮！”張銑注：“權奇，善行貌。”高適《畫馬篇》：“馬行不動勢若來，權奇蹴踏無塵埃。”　伯樂：春秋秦穆公時人，姓孫名陽，以善相馬著稱。他認爲一般的良馬“可形容筋骨相”，相天下絶倫的千里馬，則必須“得其精而忘其粗，在其内而忘其外。”《莊子・馬蹄》：“及至伯樂曰：‘我善治馬。’”陸德明釋文：“伯樂姓孫名陽，善馭馬。”《吕氏春秋・觀表》：“古之善相馬者……若趙之王良，秦之伯樂、九方堙，尤盡其妙矣！”　書名世始知：曹植《求自試表》：“臣聞騏驥長鳴，伯樂昭其能。”劉大櫆《與李侍郎書》：“蓋伯樂過渥窪之渚，而馬群爲空。”這裏以千里馬喻及第的舉子，以伯樂喻主試之官，亦即王起。書名：寫上姓名。《左傳・隱公七年》：“滕侯卒，不書名，未同盟也。”

張籍《贈趙將軍》:"會取安西將報國,淩烟閣上大書名。"　知:聞,聽到。《國語·楚語》:"夫爲臺榭,將以教民利也,不知其以匱之也。"韋昭注:"知,聞也。"《列子·仲尼》:"其徒曰:'所願知也。'"張湛注:"知,猶聞也。"聲名爲世所知,猶出名。《史記·淮陰侯列傳》:"及項梁渡淮,信仗劍從之,居戲下,無所知名。"杜甫《相從歌贈嚴二别駕》:"梓中豪俊大者誰?本州從事知名久。"

③ 競走:争先行走。《莊子·天下》:"惜乎!惠施之才,駘蕩而不得,逐萬物而不反,是窮響以聲,形與影競走也,悲夫!"《淮南子·主術訓》:"與馬競走,筋絶而弗能及。"　携:提起,提着,提携。《詩·大雅·板》:"天之牖民,如壎如篪,如璋如圭,如取如携。"孔穎達疏:"携,謂物在地上,手舉携之。"王维《偶然作六首》四:"白衣携壺觴,果來遺老叟。"　縣:挂。《詩·魏風·伐檀》:"不狩不獵,胡瞻爾庭有縣貆兮?"《後漢書·徐穉傳》:"蕃在郡不接賓客,唯穉來特設一榻,去則縣之。"　日下:指京都,古代以帝王比日,因以皇帝所在地爲"日下"。劉義慶《世説新語·排調》:"荀鳴鶴、陸士龍二人未相識,俱會張茂先坐,張令共語……陸舉手曰:'雲間陸士龍。'荀答曰:'日下荀鳴鶴。'"徐震堮校箋:"日下,指京都。荀,潁川人,與洛陽相近,故云。"錢起《送薛判官赴蜀》:"邊陲勞帝念,日下降才傑。"　無私:公正没有偏心,不自私。《左傳·成公九年》:"樂操土風,不忘舊也。稱大子,抑無私也。"岑参《尹相公京兆府中棠樹降甘露詩》:"相國尹京兆,政成人不欺。甘露降府庭,上天表無私。"

④ 都中:京都,京城。王羨門《都中閑居》:"河從御苑出,山向國門開。寂寞東京裏,空留賈誼才。"元稹《憲宗章武孝皇帝挽歌詞三首》二:"天寶遺餘事,元和盛聖功。二凶梟帳下,三叛斬都中(楊惠琳、李師道傳首京師,劉闢、李錡、吴元濟腰斬都市)。"　紙貴:又作"紙貴洛陽",晉代左思構思十年,寫成《三都賦》,豪富之家競相傳抄,洛陽爲之紙貴。後因以"紙貴洛陽"形容著作風行一時,流傳甚廣。

亦作“紙貴洛城”。盧照鄰《雙槿樹賦序》:“金懸秦市,楊子見而無言;紙貴洛城,陸生聞而罷笑。”亦省作“紙貴”。《北齊書·邢邵傳》:“自孝明之後,文雅大盛,邵雕蟲之美,獨步當時,每一文出,京師爲之紙貴,讀誦俄遍遠近。”劉禹錫《和留守令狐相公》:“君來不用飛書報,萬户先從紙貴知。” 流傳:傳下來,傳播開。《墨子·非命》:“聲聞不廢,流傳至今。”羅大經《鶴林玉露》卷三:“當時吴濞、鄧通,皆得自鑄錢,獨多流傳,至今不絶。其輕重適中,與今錢略相似。” 海外:四海之外,泛指邊遠之地,後來特指國外。《詩·商頌·長髮》:“相土烈烈,海外有截。”鄭玄箋:“四海之外率服。”《史記·孟子荀卿列傳》:“先列中國名山大川,通谷禽獸,水土所殖,物類所珍,因而推之,及海外之所不能睹。” 姓字:姓氏和名字,猶姓名。《墨子·經説》:“聲出口,俱有名,若姓字。”謝惠連《祭古冢文》:“楊志在萬馬叢中聞姓字,千軍隊裏奪頭功。”

⑤ 珍重:珍貴。《楚辭·王逸〈遠遊序〉》:“是以君子珍重其志,而瑋其辭焉!”白居易《初與元九别後忽夢見之悵然感懷》:“珍重八十字,字字化爲金。” 劉繇:三國歷史人物,後來常常借喻被薦舉的賢士,這裏指李景述。《三國志·劉繇傳》:“劉繇,字正禮,東萊牟平人也……平原陶丘洪薦繇,欲令舉茂才,刺史曰:‘前年舉公山,奈何復舉正禮乎?’洪曰:‘若明使君用公山於前,擢正禮於後,所謂御二龍於長途,騁騏驥於千里,不亦可乎?’會辟司空掾,除侍御史,不就,避亂淮浦,詔書以爲揚州刺史。”這裏以劉繇喻李景述。 首薦:這裏指科舉考試中被取爲第一名。張籍《祭退之》:“傳者人歌聲,公領試士司。首薦到上京,一來遂登科。”薛用弱《集異記·王維》:“此生不得首薦,義不就試。” 進士:科舉時代稱殿試考取的人。元稹《劉頗詩序》:“昌平人劉頗,其上三世有義烈。頗少落行陣,二十解屬文,舉進士,科試不就。”姚合《寄舊山隱者》:“名在進士場,筆毫争等倫。” 解頭:即解元。張固《幽閑鼓吹》:“張正甫爲河南尹,裴中令銜命代淮西,置

宴府西亭。裴公舉一人詞藝好解頭,張相公正色曰:‘相公此行何爲也?争記得河南府解頭?’中令有慚色。”王讜《唐語林・補遺》:“武翊黄府送爲解頭,及第爲狀頭,宏詞爲敕頭,時謂‘武三頭’,冠於一時。”這裏指李景述爲同州舉送的第一名,亦即解頭。　及第:科舉應試中選,因榜上題名有甲乙次第,故名。隋唐衹用於考中進士,明清殿試之一甲三名稱賜進士及第,亦省稱及第。韓愈《與祠部陸員外書》:“其後一二年,所與及第者,皆赫然有聲。”高承《事物紀原・及第》:“漢之取士,其射策中者謂之高第,隋唐以來進士諸科遂有及第之目。”　碧雲:青雲,碧空中的雲。《文選・江淹〈雜體詩・效惠休“别怨”〉》:“日暮碧雲合,佳人殊未來。”張銑注:“碧雲,青雲也。”戴叔倫《夏日登鶴岩偶成》:“願借老僧雙白鶴,碧雲深處共翺翔。”後來常常以此比喻僧人的詩篇,這裏與廣宣上人的原唱相應。

[編年]

《年譜》編年本詩於長慶“三年春‘放榜’後”。《編年箋注》編年:“元稹此詩作于長慶三年(八二三)春放榜後。”理由自然是“見下《譜》”。《年譜新編》的編年意見、理由與《年譜》同。

我們同意《年譜》、《編年箋注》、《年譜新編》的編年意見,但應該進一步細化:按照李唐的科舉成例,各州薦舉“解頭”應該在上一年的冬天送呈,一般在十月二十五日以後,而科舉考試一般在正月間進行,二月放榜。據此,我們可以得知元稹於長慶二年六月到達同州之後,於同年冬天推選“解頭”李景述赴京應試,長慶三年二月是放榜的時日,考慮廣宣上人、王起唱酬之後,同州刺史應該很快作出反應,故我們以爲本詩即應該作於二月間。

◎杏　花[(一)①]

常年出入右銀臺，每怪春光例早回[②]。慚愧杏園行在景，同州園裏也先開[③]。

録自《元氏長慶集》卷二一

［校記］

（一）杏花：本詩存世各本，包括楊本、叢刊本、《佩文齋廣群芳譜》、《全詩》、《佩文齋詠物詩選》諸本，未見異文。

［箋注］

① 杏花：即杏，落葉喬木，葉寬卵形，花粉紅色或白色。核果圓形，成熟時黄紅色，味酸甜。王維《春中田園作》："屋上春鳩鳴，村邊杏花白。持斧伐遠揚，荷鋤覘泉脈。"儲光羲《釣魚灣》："垂釣緑灣春，春深杏花亂。潭清疑水淺，荷動知魚散。"本詩並非是單純的寫景詠花之作，而是抒發詩人思念京城，盼望早日回歸帝庭的情感。

② 常年：往年。崔液《上元夜六首》三："今年春色勝常年，此夜風光最可憐。鳷鵲樓前新月滿，鳳皇臺上寶鐙燃。"杜甫《臘日》："臘日常年暖尚遥，今年臘日凍全消。"　出入：出進。《史記・項羽本紀》："所以遣將守關者，備他盗出入與非常也。"杜甫《石壕吏》："有孫母未去，出入無完裙。"　銀臺：即銀臺門，宫門名。唐時翰林院、學士院都在銀臺門附近，後因以銀臺門、銀臺指代翰林院。元稹以宰相身份在出貶同州之前，曾經擔任過翰林承旨學士的職務，時間在長慶元年二月十六日至同年十月十九日之間，曾經看見過當年杏花在銀臺門怒放的情景，故言。李白《贈從弟南平太守之遥二首》一："承恩初

入銀臺門，著書獨在金鑾殿。”李商隱《夢令狐學士》：“山驛荒涼白竹扉，殘燈向曉夢清暉。右銀臺路雪三尺，鳳詔裁成當直歸。” 春光：春天的風光、景致。吴孜《春閨怨》：“春光太無意，窺窗來見參。”皇甫冉《送雲陽少府得歸字》：“渭曲春光無遠近，池陽谷口傍芳菲。官舍村橋來幾日？殘花寥落待君歸。”

③ 慚愧：感幸之詞，意爲難得、僥倖。王績《過酒家五首》五：“來時長道貰，慚愧酒家胡。”元稹《長灘夢李紳》：“慚愧夢魂無遠近，不辭風雪到長灘。” 杏園：園名，故址在今陝西省西安市郊大雁塔南，唐代新科進士賜宴之地。賈島《下第》：“下第只空囊，如何住帝鄉？杏園啼百舌，誰醉在花傍？”王定保《唐摭言・慈恩寺題名遊賞賦詠雜記》：“神龍已來，杏園宴後，皆於慈恩寺塔下題名，同年中推一善書者紀之。” 行在：即行在所，即皇帝行幸所在之地。杜甫《北征》：“揮涕戀行在，道途猶恍惚。”陸游《老學庵筆記》卷四：“已而大駕幸建康，六宮留臨安，則建康爲行在，臨安爲行宫。” 同州園裏也先開：意謂京城長安杏花先百花盛開的景象，也同樣出現在同州的花園之中。 開：花朵開放。沈約《早發定山》：“野棠開未落，山櫻發欲然。”韓愈《奉和虢州劉給事使君三堂新題二十一詠・花源》：“丁寧紅與紫，慎莫一時開。”

[編年]

《年譜》編年本詩於“長慶三年春”，理由是：“詩云：‘慚愧杏園行在景，同州園裏也先開。’只長慶三年春，元稹在同州見杏花。”《編年箋注》編年：“此詩作於長慶三年(八二三)春，元稹時在同州刺史任。”理由：“見下《譜》。”《年譜新編》編年：“《杏花》詩云：‘慚愧杏園行在景，同州園裏也先開。’元稹在同州只經過長慶三年一個春天。”

我們以爲，《年譜》、《編年箋注》、《年譜新編》對本詩的編年大致不錯，但仍然不够細緻。王逵《蠡海集》：“析而言之：一月二氣六候，自小寒至穀雨，凡四月八氣二十四候，每候五日，以一花之風信應之。

世所異言曰:始于梅花,終于楝花也。詳而言之:小寒之一候梅花,二候山茶,三候水仙,大寒之一候瑞香,二候蘭花,三候山礬,立春之一候任春,二候櫻桃,三候望春,雨水一候菜花,二候杏花,三候李花,驚蟄一候桃花,二候棣棠,三候薔薇,春分一候海棠,二候梨花,三候木蘭,清明一候桐花,二候麥花,三候柳花,穀雨一候牡丹,二候酴醾,三候楝花,花竟則立夏矣!"據此,杏花的開放應該在雨水與驚蟄之間,二月底三月初,既云"先開",應該在二月下旬,此應該是本詩寫作的時間。元稹在同州,任職同州刺史。

◎ 寄樂天二首(一)①

榮辱升沈影與身,世情誰是舊雷陳②?唯應鮑叔猶憐我(二),自保曾參不殺人③。山入白樓沙苑暮,潮生滄海野塘春④。老逢佳景唯惆悵,兩地各傷何限神⑤!

論才賦命不相干,鳳有文章雉有冠⑥。羸骨欲銷猶被刻,瘡痕未没又遭彈⑦。劍頭已折藏須蓋,丁字雖剛屈莫難⑧。休學州前羅刹石,一生身敵海波瀾⑨。

録自《元氏長慶集》卷二一

[校記]

(一)寄樂天二首:楊本、叢刊本、《全詩》同,《三體唐詩》作"寄樂天",并衹引述本組詩第一首,體例不同,不改。

(二)唯應鮑叔猶憐我:楊本、叢刊本、《全詩》同,《三體唐詩》作"惟應鮑叔偏憐我",語義不同,不改。

[箋注]

① 寄樂天二首:元稹這兩首詩篇作於同州刺史任,當時白居易

在杭州刺史任上。詩人在褒揚白居易的背後,真正的意圖是在宣泄自己被冤屈被誣陷之後的不平與不滿,想來讀者與我們都不難感受到這一點。未見白居易對元稹這兩首詩歌的回酬,不知何故。但元代龔璛《用元微之寄樂天韵奉懷元晦》:"十宵九夢遣分身,世事翻騰可具陳。天意何時能悔禍?吾徒到處不如人。雨聲歷歷侵殘夜,風物凄凄入小春。縮地無方臂不羽,倚樓東望獨傷神。"其中的"身"、"陳"、"人"、"春"、"神",與本組詩第一首一一次韵,值得注意。

② 榮辱:光榮與耻辱,指地位的高低、名譽的好壞。《易·繫辭》:"言行,君子之樞機。樞機之發,榮辱之主也。"劉炎《邇言》:"或問蘇文忠公之志,曰:志在名節,故進退榮辱不足以二其心。" 升沈:亦作"升沉",升降,舊時謂仕途得失進退。李白《送友人入蜀》:"芳樹籠秦棧,春流繞蜀城。升沉應已定,不必問君平。"張世南《游宦紀聞》卷三:"何自閑人無籍在,不妨冷眼看升沉!"升降,謂際遇的幸與不幸。劉商《送廬州賈使君拜命》:"達恩難報,升沈路易分。侯嬴不得從,心逐信陵君。"莊季裕《雞肋編》卷下:"鄭碩道在此,某與之却是同年,與夢中所聞略無少異,則出處升沉,動静語默,悉皆前定也。" 影與身:身體與它的影子,兩者緊緊相隨,没有一刻分離,以此比喻榮辱相隨,升沉相續。程俱《獨遊保寧鳳凰臺》:"豈無羇旅歎,乃有山水因。兹遊頗幽獨,作伴影與身。"姚勉《丈室》:"蕭然丈室虚,彷彿似僧居。影與身爲伴,琴和鶴也無。" 世情:時代風氣。《文心雕龍·時序》:"文變染乎世情,興廢繫乎時序。"世俗之情,世態人情。陶潜《辛丑歲七月赴假還江陵》:"詩書敦宿好,林園無世情。"勢利。施肩吾《及第後過揚子江》:"江神也世情,爲我風色好。" 雷陳:是雷義與陳重的合稱,是把朋友情誼看得重於自己的典範。《後漢書·陳重傳》:"陳重,字景公,豫章宜春人也。少與同郡雷義爲友,俱學《魯詩》、《顔氏春秋》,太守張雲舉重孝廉,重以讓義,前後十餘通記,雲不聽。義明年舉孝廉,重與俱在郎署。有同署郎負息錢數十萬,責主日至,詭

求無已,重乃密以錢代還,郎後覺知而厚辭謝之,重曰:'非我之爲!將有同姓名者?'終不言。惠又同舍郎,有告歸寧者,誤持鄰舍郎絝以去,主疑重所取,重不自申説,而市絝以償之。後寧喪者歸,以絝還主,其事乃顯。重後與義俱拜尚書郎,義代同時人受罪,以此黜退,重見義去,亦以病免。後舉茂才,除細陽令,政有異化舉尤異,當遷爲會稽太守,遭姊憂去官,後爲司徒所辟,拜侍御史,卒。"《後漢書·雷義傳》:"雷義,字仲公,豫章鄱陽人也。初爲郡功曹,嘗擢舉善人,不伐其功。義嘗濟人死罪,罪者後以金二斤謝之,義不受金。主伺義不在,默投金於承塵上。後葺理屋宇,乃得金,金主已死,無所復還,義乃以付縣曹。後舉孝廉,拜尚書侍郎,有同時郎坐事當居刑作,義默自表取其罪,以此論司寇。同臺郎覺之,委位自上,乞贖義罪,順帝詔皆除刑。義歸,舉茂才,讓於陳重,刺史不聽,義遂佯狂被髮走,不應命,鄉里爲之語曰:'膠漆自謂,堅不如雷。'與陳三府同時俱辟,二人義遂爲守灌謁者,使持節督郡國,行風俗,太守令長坐者凡七十人,旋拜侍御史,除南頓令,卒官。子授官,至蒼梧太守。"杜甫《贈王二十四侍御契四十韵》:"洗眼看輕薄,虛懷任屈伸。莫令膠漆地,萬古重雷陳。"武少儀《和權載之離合詩》:"木鐸比群英,八方流德聲。雷陳美交契,雨雪音塵繼。"元稹既感歎當今世上難見雷義與陳重一般的真情厚意,又順理成章地引出下面兩句,讚揚白居易對自己生死不渝的友誼。

③ 唯應鮑叔猶憐我:鮑叔是鮑叔牙的别稱,春秋時齊國大夫,以知人並篤於友誼稱於世,後常以"鮑叔"代稱知己好友。《史記·管晏列傳》:"管仲夷吾者,潁上人也。少時常與鮑叔牙游,鮑叔知其賢。管仲貧困,常欺鮑叔,鮑叔終善遇之,不以爲言。已而鮑叔事齊公子小白,管仲事公子糾。及小白立爲桓公,公子糾死,管仲囚焉!鮑叔遂進管仲。管仲既用,任政於齊,齊桓公以霸,九合諸侯,一匡天下,管仲之謀也。"高適《宋中遇陳二》:"常忝鮑叔義,所期王佐才。如何

守苦節,獨此無良媒?”元稹《别李三》:“鮑叔知我貧,烹葵不爲薄。半面契始終,千金比然諾。”　曾參殺人:典故見《戰國策·秦策》:“費人有與曾子同名族者而殺人,人告曾子母曰:‘曾參殺人。’曾子之母曰:‘吾子不殺人。’織自若。有頃焉!人又曰:‘曾參殺人。’其母尚織自若也。頃之,一人又告之曰:‘曾參殺人。’其母懼,投杼逾墻而走。夫以曾參之賢與母之信也,而三人疑之,則慈母不能信也。”後以“曾參殺人”比喻流言可畏或誣枉之禍。李端《雜歌》:“秦庭野鹿忽爲馬,巧僞亂真君試思。伯奇掇蜂賢父逐,曾參殺人慈母疑。”韓愈《釋言》:“市有虎,而曾參殺人,讒者之效也。”詩人自喻爲曾參,哀歎流言蜚語對自己的中傷;他喻白居易爲鮑叔,深感白居易對自己友誼與信任的可貴。詩人在褒揚白居易的背後,真正的意圖是在宣泄自己被裴度三次彈劾以及被李逢吉勾結宦官誣陷謀刺裴度的不平與不滿,向朝廷向世人向後人悲憤地喊出:“自保曾參不殺人。”

④ 白樓:樓名,在同州,《陕西通志·古迹》:“白樓:同州有白樓,唐賢眺詠之所。令狐楚作賦刻其上(《集古録》)。‘烟入白樓沙苑暮’(白樂天詩)。”不過“白樂天詩”應爲“元微之詩”,“烟入白樓沙苑暮”應該是“山入白樓沙苑暮”之誤。明代韓邦奇《得恕夫書》同誤:“旅舍邊城病不休,一封書到慰鄉愁。柳青沙苑春堪折,何日同君上白樓。”詩後注云:“宇文泰敗高歡於沙苑,植柳千株。白樂天懷友詩曰:‘烟入白樓沙苑暮。’柳苑、白樓,吾家也。”可見傳誤不是一人一書。耿湋《奉和李觀察登河中白樓》:“城上高樓飛鳥齊,從公一遂躡丹梯。黄河曲盡流天外,白日輪輕落海西。”姚合《送殷堯藩侍御赴同州》:“吟詩擲酒船,仙掌白樓前。從事關中貴,主人天下賢。”　沙苑:同州境内的一個小地名,唐時在那兒設有沙苑監,負責牛馬事宜。元稹《同州奏均田狀》:“又近河諸縣,每年河路吞侵。沙苑側近,日有沙礫填。”岑參《冬宵家會餞李郎司兵赴同州》:“昔歲到馮翊,人烟接京師……沙苑逼官舍,蓮峰壓城池。”杜甫《沙苑行(沙苑在馮翊縣南,東

西八十里，南北三十里。其地宜畜牧，唐置沙苑監，掌牛馬諸牧)》："君不見左輔白沙如白水，繚以周墻百餘里。龍媒昔是渥窪生，汗血今稱獻於此。"胡曾《沙苑》："馮翊南邊宿霧開，行人一步一裴回。誰知此地凋殘柳，盡是高歡敗後栽！" 潮：海水受日月引力而定時漲落的現象。薛曜《送道士入天台》："洛陽陌上多離別，蓬萊山下足波潮。碧海桑田何處在？笙歌一聽一遙遙。"皎然《買藥歌送楊山人》："夜驚潮没鸕鷀堰，朝看日出芙蓉樓。" 滄海：泛指東方的大海。《荀子·正論》："淺不足與測深，愚不足與謀知，坎井之鼃，不足與語東海之樂。"枚乘《七發》："秉意乎南山，通望乎東海！虹洞兮蒼天，極慮乎崖涘。"杜甫《追酬故高蜀州人日見寄》："遥拱北辰纏寇盜，欲傾東海洗乾坤。"本詩指白居易任職的杭州灣附近的東海。 野塘：野外的池塘或湖泊。錢起《江行無題一百首》六〇："堤壞漏江水，地坳成野塘。"元稹《酬樂天早春閑遊西湖》："懶將閑氣力，争鬥野塘春。"

⑤ 老：老年，晚年。《論語·述而》："其爲人也，發憤忘食，樂以忘憂，不知老之將至云爾。"劉寶楠正義："計夫子時年六十三四歲，故稱老矣！"陸機《歎逝賦》："解心累於末迹，聊優遊以娱老。"杜甫《題柏大兄弟山居屋壁二首》一："江漢終吾老，雲林得爾曹。"元稹時年四十五歲，白居易時年五十二歲，都不應該説老，這與詩人哀傷的心態有關。 佳景：美景，勝景。李白《同族侄評事黯遊昌禪師山池二首》二："高僧拂玉柄，童子獻霜梨。惜去愛佳景，烟蘿欲暝時。"柳永《法曲獻仙音》："遇佳景，臨風對月，事須時恁相憶。" 惆悵：因失意或失望而傷感、懊惱。韋瓘《周秦行紀》："共道人間惆悵事，不知今夕是何年！"蘇軾《夢中絶句》："落英滿地君不見，惆悵春光又一年。" 兩地：兩處，兩個地方。何遜《與胡興安夜别詩》："念此一筵笑，分爲兩地愁。"元稹《齊煚饒州刺史王堪澧州刺史制》："俾分兩地之憂，佇聽二天之諺。"這裏指元稹任職的同州與白居易任職的杭州。 何限：無限，無邊。蔣涣《途次維揚望京口寄白下諸公》："北望情何限，南行路

轉深。晚帆低荻葉,寒日下楓林。”韓愈《郴口又贈二首》二:“沿涯宛轉到深處,何限青天無片雲。” 傷神:耗損精神。《文心雕龍·養氣》:“志盛者思鋭以勝勞,氣衰者慮密以傷神。”韋應物《漢武帝雜歌三首》二:“柏梁沉飲自傷神,猶聞駐顔七十春。”

⑥ 才:才力,才能。《論語·子罕》:“既竭吾才,如有所立,卓爾。”左思《魏都賦》:“通若任城,才若東阿。”王安石《三司鹽鐵副使陳述古衛尉少卿制》:“具官某以才自奮,能世其家。” 命:天命,命運。《易·乾》:“乾道變化,各正性命。”孔穎達疏:“命者,人所禀受若貴賤夭壽之屬是也。”朱熹本義:“物所受爲性,天所賦爲命。”嵇康《釋難宅無吉凶攝生論》:“夫命者,所禀之分也。” 相干:相關聯,相牽涉。《左傳·僖公四年》:“風馬牛不相及。”孔穎達疏:“謂牛馬風逸,牝牡相誘,蓋是末界之微事。言此事不相及,故以取喻不相干也。”冷朝陽《冬日逢馮法曹話懷》:“分襟二年内,多少事相干! 禮樂風全變,塵埃路漸難。” 鳳:傳説中的神鳥,雄的叫鳳,雌的叫凰,通稱爲鳳或鳳凰。李白《登金陵鳳凰臺》:“鳳凰臺上鳳凰遊,鳳去臺空江自流。吴宫花草埋幽徑,晉代衣冠成古丘。”王建《春詞》:“菱花霍霍繞帷光,美人對鏡著衣裳。庭中並種相思樹,夜夜還栖雙鳳凰。” 文章:錯雜的色彩或花紋。《後漢書·張衡傳》:“文章焕以粲爛兮,美紛紜以從風。”梅堯臣《賦孔雀送魏生》:“一身粲爛文章多,引聲笙竽奈遠何。” 雉:鳥名,通稱野雞,雄者羽色美麗,尾長,可做裝飾品,雌者尾較短,灰褐色,善走,不能遠飛。李時珍《本草綱目·雉》:“雉,南北皆有之,形大如鷄,而斑色繡異。雄者文采而尾長,雌者文暗而尾短。”韓愈《雉朝飛操》:“牧犢子七十無妻,見雉雙飛,感之而作。”韓愈《送區弘南歸》:“蜃沈海底氣昇霏,彩雉野伏朝扇翬。” 冠:突起像帽子的東西,這裏指雄雉的雉冠,非常漂亮,猶如公雞的雞冠。徐陵《鬥雞》:“花冠已衝力,金爪復驚媒。”權德輿《酬裴傑秀才新櫻桃》:“新果真瓊液,来應宴紫蘭。圓疑竊龍頷,色已奪雞冠。”

⑦ “羸骨欲銷猶被刻”兩句：詩人於長慶元年十月十九日受裴度“謀亂朝政”的彈劾，自翰林承旨學士降爲工部侍郎。次年二月十九日拜相，隨後又受李逢吉指使他人誣奏元稹“謀刺裴度”而罷相出貶同州，剛剛到任又被削去長春宫使的榮銜，故言。　羸：衰病，瘦弱，困憊。《國語・魯語》：“饑饉薦降，民羸幾卒。”韋昭注：“羸，病也。”《漢書・鄒陽傳》：“今夫天下布衣窮居之士，身在貧羸。”顔師古注：“衣食不充，故羸瘦也。”　刻：傷害。《書・微子》：“我舊云刻子。”孔傳：“刻，病也。”孔穎達疏：“刻者，傷害之義，故爲病也。”《新唐書・杜佑傳》：“党項小蕃，與中國雜處，間者邊將侵刻，利其善馬子女，斂求繇役。”　瘡痕：創傷或潰瘍愈後留下的疤痕。元稹《貽蜀五首・病馬詩寄上李尚書》：“萬里長鳴望蜀門，病身猶帶舊瘡痕。遥看雲路心空在，久服鹽車力漸煩。”元稹《酬樂天見寄》：“三千里外巴蛇穴，四十年來司馬官。瘴色滿身治不盡，瘡痕刮骨洗應難。”　彈：用彈丸射擊。《左傳・宣公二年》：“晉靈公不君，厚斂以雕墻，從臺上彈人而觀其辟丸也。”韓愈《竹徑》：“無塵從不掃，有鳥莫令彈。”這裏比喻政敵在政治上傷害元稹。

⑧ “劍頭已折藏須蓋”兩句：意謂自己寶劍最鋒利的劍頭雖然已經折斷，但自己並没有從此罷手的打算，不過今後出手還是需要講究些策略：今後要像釘子那樣，雖然很短很小，但在强敵面前，却是無論如何難以讓它屈服折节。　丁字：亦即“丁子”，钉子。顾况《露青竹杖歌》：“浮漚丁子珠聯聯，灰煮蠟楷光燦然。”　屈：使屈服，屈服，折節。韓愈《張中丞傳後序》：“城陷，賊以刃脅降巡，巡不屈。”蘇軾《上神宗皇帝書》：“則所謂智出天下，而聽於至愚；威加海内，而屈於匹夫。”

⑨ 羅刹石：江中險石名，在錢塘江中。據《輿地紀勝》載：秦望山附近有大石崔嵬，横接江濤，商船海舶經此，多爲風浪所傾，因呼爲“羅刹石”。元稹《去杭州》：“潮户迎潮擊潮鼓，潮平潮退有潮痕。得

得爲題羅刹石，古來非獨伍員冤。”即指此。齊己《觀李瓊處士畫海濤》：“千尋萬派功難測，海門山小濤頭白。令人錯認錢塘城，羅刹石底奔雷霆。”　一生：一輩子。韓愈《遣興》：“斷送一生惟有酒，尋思百計不如閑。莫憂世事兼身事，須著人間比夢間。”劉禹錫《郡齋書懷寄江南白尹兼簡分司崔賓客》：“謾讀圖書三十車，年年爲郡老天涯。一生不得文章力，百口空爲飽暖家。”　波瀾：波濤。馬融《長笛賦》：“波瀾鱗淪，窊隆詭戾。”范仲淹《岳陽樓記》：“春和景明，波瀾不驚。”這裏比喻世事的起伏變化。

［編年］

《年譜》將元稹《寄樂天二首》編年在長慶二年條下，理由是：“第一首有‘山入白樓沙苑暮’之句，説明元稹正在同州。第二首有‘休學州前羅刹石’之句，説明白居易正在杭州。居易於長慶二年抵杭州刺史任(《白文公年譜》、《白香山年譜》)。元詩作於長慶二年十月後。”《編年箋注》同意《年譜》意見：“此詩作于長慶二年(八二二)十月後。其時白居易抵杭州刺史任所，元稹在同州刺史任。”理由是：“見卞《譜》。”《年譜新編》編年是：“作於長慶三年春。”理由是：“詩云：‘山入白樓沙苑暮，潮生滄海野塘春。’元龔璛《用元微之寄樂天韵奉懷元晦》，次韵酬和元詩之一。”

《年譜新編》“作於長慶三年春”的編年意見是對的，不過我們要作一點説明：我們發表在《寧夏大學學報》二〇〇一年第六期的《元稹詩文編年新説》裏已經作出了同樣的結論，證據也是那兩句詩。二〇〇四年十一月才出版的《年譜新編》應該看到，但不知什麽原因，著者没有作任何的説明，這大概是著者的習慣了。也許著者要辯解説，《年譜新編》舉出了我們没有舉出的編年根據。如果《年譜新編》如此辯解，我們不得不指出：所謂的新根據，與本詩的編年没有任何關係，不能説明任何問題。爲了對讀者負責，也爲了説清問題，我們特地將

“元代龔璛《用元微之寄樂天韵奉懷元晦》”全文引録在後面，由讀者評判：“《用元微之寄樂天韵奉懷元晦（時余徙徑山元晦在浙西憲獄）》：十宵九夢遣分身，世事翻騰可具陳？天意何時孤悔禍？吾徒到處不如人。雨聲歷歷侵殘夜，風物淒淒入小春。縮地無方臂不羽，倚樓東望獨傷神。”

我們以爲《年譜》、《編年箋注》編年有誤，理由是：《寄樂天二首》云：“山入白樓沙苑暮，潮生滄海野塘春。”元稹自長慶二年六月貶任同州刺史，長慶三年八月改任浙東觀察使，他在同州衹有長慶三年一個春天，所以這首詩衹能作於長慶三年春天。而白居易長慶二年七月出任杭州刺史，至長慶四年五月離任，長慶三年春天白居易正在杭州。此詩編年在長慶三年春天，時合地合情理也合；而《年譜》、《編年箋注》忽略了元稹詩中的“潮生滄海野塘春”之句，將詩歌編年在長慶二年十月後是没有任何道理的。

◎ 唐故使持節萬州諸軍事萬州刺史賜緋魚袋劉君墓誌銘①

歲長慶之癸卯五月日乙亥，處士禄汾以予友保極喪訃於予，且告保極遺意，欲予誌卒葬。予哭泣受妻子賓友吊，又哭泣退叙事②。

保極諱頗，姓劉氏。漢燕王子孫之在其國者，皆稱昌平人③。後世有清夷軍使拯，爲清夷軍使時，會侯希逸叛，遼海側近，軍郡守將皆棄走（一）。拯獨不棄軍，軍亂，害及拯（二），朝廷忠之，以平州刺史告其第④。平州生表裏，表裏官至深州長史，亦用忠戰死於軍。長史生子騫，子騫官至銀青光禄大夫、唐州刺史，與周增等謀潰李希烈，覺，皆殺之⑤。

君實唐州之長子，希烈不忍其幼，養之麾下，凡攻戰必携去。年十四五，始讀書。希烈死，得脱⑥。舉進士，文詠詞調，有古時人氣候。不肯學㸑㸑近一題者(三)，試一不中，遂不復試⑦。

復田於唐，唐刺史願得君爲婿，君不願爲刺史婿。刺史怒，暴租其田。君乃大集里中諸老，曰："刺史謂田足以累我耶？"由是火其居，出契書投火中，盡畀諸老田。棄去汝上，讀書賦詩，厚自期待⑧。

刺史陸長源器異之，三十餘試授秘書省校書郎，復以協律郎從事於鄜。元和初，高崇文方下蜀，宰相杜黄裳以君爲大理評事，晝於軍(四)⑨。

後爲壽安主簿。適烏重胤以懷汝之師來伐蔡，請君爲監察御史，判懷汝營田事。尋改節度判官，賜章服⑩。是時，賊始盛，陳、許、懷、汝之衆，怯怯未振舉。都統韓弘在大梁，君乃請於烏曰："青陵故城，地高要，得之可以據賊矣！公能使我於韓，可以得。"烏使之，韓一見奇之，竟夕與語。遂命陳、許、懷、汝大梁之衆據青陵，剋日遂據之，自是官軍乃大振⑪。凡烏之戰陣、謀取、案牘、書奏之事，皆咨之。嘗爲烏啓事京師，憲宗皇帝語及陣法，曰："卿何以知戰？"對曰："臣固淮西之戰者也！讀書餘事耳！"⑫

遭太夫人喪，服闋，以從來所賦詩投宰相令狐楚，楚屢吟賞於有文章者⑬。宰相段文昌在蜀時，愛君之磊落，善呼吸人，遂相奏天子，以君爲殿中侍御史、銀州長史、知刺史事⑭。

先時，銀之長不命於朝數十年矣！諸將攝理(五)，奪其馬牛，夷人苦，益復叛遠⑮。君始受命，指贏輸之白四足者謂予曰:"君爲我識之!此馬苟無死,不復易矣!"⑯至所治,党項諸羌來會聚,君告以忠信廉儉,皆出涕,無敢違告者。歲餘受代,酋長拓拔建宗等七百餘衆遮擁不欲去,君馳去之。建宗等稍稍隨至境,果以羸輸之白四足者歸京師,自外無餘畜。及君之歿,諸羌之長不絶聘(六)⑰。尋授河西令,侍中弘方在蒲,得君喜甚,因請自貳,朝廷以水部員外郎兼侍御史,充河中節度副使⑱。

又歲餘,君所善元稹爲宰相,朝謂君曰:"君將展矣!"亟薦之,稹竟不能用⑲。尋除萬州刺史,病於汝,竟以長慶三年某月日卒所寓(七),年若干,以某月日葬某所⑳。君五男二女:李氏婦涓處子,皆女也;統明、既明、越明、坎明、總明,皆男也。處士禄汾,始終視其喪㉑。

始,君善交人,凡氣志豪健尚功名者,多師之,投分誓且死。爲牧長用慈儉,閭里皆愛惜㉒。少爲陸尚書長源、李尚書元素、鄭司徒餘慶、杜司空黄裳所知,群公更處重位,君亦不能遂所欲。烏之知且委也,事以喪廢;韓之器且薦也,卒不獲用,命也已㉓。

予爲監察御史時,始與君更相許與爲將相。予果爲相,而不能毫髮加於君,非命也,予罪也。抑不能專善善惡惡之柄耶?不然何二世死忠之家,既生如是之傑,而卒不能成就之?嗚呼㉔!

銘曰:氣成鬱噎,必爲風雲。有志不泄,死當能神。神固不昧,故吾有云。天子恩我(八),朋嫉我恩(九)。雖我悴甕,我心不泯(一〇)。誓致堯舜,封山侍巡。慟告君墓,報君知人(一一)㉕。

録自《元氏長慶集》卷五六

[校記]

(一) 軍郡守將皆棄走：楊本、叢刊本、《全文》同，宋蜀本作"江郡守將皆棄走"，各備一説，不改。

(二) 害及拯：原本誤作"害及極"，據楊本、叢刊本、《全文》改。

(三) 不肯學蹙蹙近一題者：宋蜀本、叢刊本、《全文》同，楊本作"不肯學蹙蹙近□題者"，不從不改。

(四) 晝於軍：叢刊本、《全文》同，楊本誤作"晝於軍"，不從不改。

(五) 諸將攝理：楊本、叢刊本、《全文》同，宋蜀本作"諸州攝理"，連讀上句，以"諸將攝理"爲佳，不從不改。

(六) 諸羌之長不絶聘：楊本、叢刊本、《全文》同，宋蜀本作"諸羌之酋不絶聘"，各備一説，不改。

(七) 竟以長慶三年某月日卒所寓：叢刊本、《全文》同，楊本誤作"以長慶三年某月日卒所萬"，不從不改。

(八) 天子恩我：原本作"天子思我"，楊本、叢刊本、《全文》同，文意不佳，逕改。

(九) 朋嫉我恩：原本作"朋嫉我思"，楊本、叢刊本同，與前後句韵脚不協，據《全文》改。

(一〇) 我心不泯：楊本、宋蜀本、叢刊本、《全文》作"心我不泯"，各備一説，不改。

(一一) 報君知人：楊本、叢刊本、《全文》同，宋蜀本、盧校作"報君知之"，與前後句韵脚不協，各備一説，不改。

[箋注]

① 使持節：魏晉南北朝時，掌地方軍政的官往往加"使持節"的稱號，給以誅殺中級以下官吏之權。次一等的稱"持節"，得殺無官職的人。再次稱"假節"，得殺犯軍令的人。至隋唐刺史，例加"使持節"

的虚銜，如某州刺史必帶使持節某州諸軍事。永徽以後，都督帶使持節，則爲節度使。《周書・王思政傳》："太祖乃以所授景使持節、太傅、大將軍、兼中書令、河南大行臺、河南諸軍事，回授思政。思政竝讓不受。"《資治通鑑・晉穆帝升平四年》："太宰恪以吴王垂爲使持節，征南將軍、都督河南諸軍事、兖州牧、荆州刺史。" 萬州：州郡名，府治萬縣，地當今重慶市萬州區。《舊唐書・地理志》："萬州，隋巴東郡之南浦縣……貞觀八年改爲萬州，天寶元年改爲南浦郡，乾元元年復爲萬州，舊領縣三。"劉長卿《寄萬州崔使君》："時艱方用武，儒者任浮沈。摇落秋江暮，憐君巴峽深。"白居易《寄胡餅與楊萬州》："胡麻餅樣學京都，麵脆油香新出爐。寄與饑饞楊大使，嘗看得似輔興無？" 緋魚袋：指緋衣與魚符袋，舊時朝官的服飾。唐制：五品以上佩魚符袋，宋因之。韓愈《董公行狀》："入翰林爲學士，三年出入左右，天子以爲謹願，賜緋魚袋。"《續資治通鑒・宋高宗紹興十二年》："右承奉郎、賜緋魚袋張宗元爲右宣議郎、直秘閣。"亦省作"緋魚"。《新唐書・王正雅傳》："穆宗時，京邑多盜賊，正雅以萬年令威震豪强，尹柳公綽言其能，就賜緋魚，累擢汝州刺史。"王安石《梅公神道碑》："館之集賢，賜服緋魚。" 劉君：即本文的墓主劉頗，元稹的朋友。元稹有《劉頗詩》、《寄劉頗二首》以及《劉頗可河中府河西縣令制》涉及劉頗，拜請參閲。

② 歲長慶之癸卯五月日乙亥：據干支推算，具體時間爲長慶三年五月二十一日。 處士：本指有才德而隱居不仕的人，後亦泛指未做過官的士人。王績《晚年叙志示翟處士正師》："弱齡慕奇調，無事不兼修。望氣登重閣，占星上小樓。"駱賓王《冬日過故人任處士書齋》："神交尚投漆，虚室罷遊蘭。網積窗文亂，苔深履迹殘。" 禄汾：據本文"處士禄汾以予友保極喪訃於予，且告保極遺意，欲予誌卒葬"，"處士禄汾，始終視其喪"的叙述，"禄汾"應該是劉頗的朋友，其餘不詳。 喪：人死。《書・金縢》："武王既喪，管叔及其群弟乃流言

於國。"孔傳:"武王死。"陶潛《歸去來兮辭序》:"尋程氏妹喪于武昌。"訃:告喪。《禮記·雜記》:"凡訃於其君,曰君之臣某死。"鄭玄注:"訃,或皆作赴。赴,至也。臣死,其子使人至君所告之。"顏延之《陶徵士誄》:"存不願豐,没無求贍,省訃却賻,輕哀薄斂。"　遺意:死者生前或臨終時的意見、願望。《後漢書·劉愷傳》:"故居巢侯劉般嗣子愷,當襲般爵,而稱父遺意,致國弟憲,遁亡七年,所守彌篤。"《陳書·袁泌傳》:"其子述泌遺意,表請之,朝廷不許,贈金紫光禄大夫,謚曰質。"　誌:記録。《列子·楊朱》:"太古之事滅矣!孰誌之哉?"《新唐書·嚴挺之傳》:"詔歸東都,挺之鬱鬱成疾,乃自爲文誌墓,遺令薄葬,斂以時服。"　卒:古代指大夫死亡,後爲死亡的通稱。《禮記·曲禮》:"天子死曰崩,諸侯曰薨,大夫曰卒,士曰不禄,庶人曰死。"《史記·魏世家》:"晉獻公卒,四子爭更立,晉亂。"　葬:掩埋屍體。《楚辭·漁父》:"寧赴湘流,葬於江魚之腹中。"《新唐書·高承簡傳》:"承簡夷其丘,庀家財以葬。"　哭泣:哭和泣,後泛指哭。《禮記·檀弓》:"哭泣之哀,齊斬之情,饘粥之食,自天子達。"孔穎達疏:"哭泣之哀,謂有聲之哭,無聲之泣,並爲哀。"韓愈《曹成王碑》:"王生十年而失先王,哭泣哀悲,吊客不忍聞。"　妻子:妻和子。《孟子·梁惠王》:"必使仰足以事父母,俯足以畜妻子。"《後漢書·吴祐傳》:"祐問長有妻子乎?對曰:'有妻未有子也。'"這裏指劉頗的妻子與兒女。賓友:賓客朋友。《晉書·鄭袤傳》:"魏武帝初封諸子爲侯,精選賓友。"唐順之《吏部郎中林東城墓誌銘》:"然謙以裕乎其人,一輿臺之賤,接之若賓友然。"　吊:祭奠死者或對遭喪事及不幸者給予慰問。《儀禮·士喪禮》:"君使人吊,徹帷,主人迎于寢門外。"韓愈《祭十二郎文》:"今吾使建中祭汝,吊汝之孤與汝之乳母。"　叙事:叙述事情,把事情的前後經過記載下來。權德輿《右僕射贈太子太保姚公集序》:"其他則歌詩有逸韵,叙事爲實録,皆據根柢,而無枝葉。"李貽孫《故四門助教歐陽詹文集序》:"精於理,故言多周詳;切於情,故叙事重復:宜其司當代文柄以變風雅。"

③ 諱:指示已故尊長者之名。《周禮・春官・小史》:"若有事,則詔王之忌諱。"鄭玄注引鄭司農曰:"先王死日爲忌,名爲諱。"韓愈《試大理評事王君墓誌銘》:"君諱適,姓王氏。" 漢燕王:即劉澤。《漢書・劉澤傳》:"燕王劉澤,高祖從祖昆弟也……二年而太后崩,澤乃曰:'帝少,諸吕用事,諸劉孤弱……'引兵與齊王合謀,西欲誅諸吕。至梁,聞漢灌將軍屯滎陽,澤還兵備西界,遂跳驅至長安……代王亦從代至,諸將相與琅邪王共立代王,是爲孝文帝。文帝元年,徙澤爲燕王。"《史記・吕后本紀》:"太后女弟吕嬃有女,爲營陵侯劉澤妻。澤爲大將軍,太后王諸吕,恐即崩後劉將軍爲害,乃以劉澤爲琅邪王,以慰其心。" 子孫:兒子和孫子,泛指後代。賈誼《過秦論》:"自以爲關中之固,金城千里,子孫帝王萬世之業也。"吴曾《能改齋漫録・記事》:"侍郎于京師,遇鄉人至,必命子孫出見,而列侍焉!" 國:古代王、侯的封地。《戰國策・齊策》:"孟嘗君就國於薛。"《三國志・陳思王植傳》:"文帝即王位,誅丁儀、丁廙並其男口,植與諸侯並就國。" 昌平:地名,漢屬上谷郡,地當今北京昌平。《漢書・地理志》:"上谷郡……縣十五,沮陽、泉上、潘、軍都、居庸、雊瞀、夷輿、寧、昌平、廣寧、涿鹿、且居、茹、女祁、下落。"《後漢書・郡國志》:"廣陽郡,五城……薊本燕國刺史治,廣陽、昌平故屬上谷,軍都故屬上谷,安次故屬勃海。"

④ 清夷軍:地當今河北懷來縣、北京延慶縣地。《新唐書・兵志》:"夫所謂方鎮者,節度使之兵也。原其始,起於邊將之屯防者。唐初兵之戍邊者,大曰軍,小曰守捉,曰城,曰鎮,而總之者曰道。"《通典・州郡》:"范陽節度使(理范陽郡,管兵九萬一千人,馬六千五百疋,衣賜八十萬疋段,軍糧五十萬石)……清夷軍(嬀川郡城内,垂拱中刺史鄭崇述置,管兵萬人,馬三百疋,南去理所二百十里)。"《太平寰宇記・嬀州》:"貞觀八年改爲嬀州,因其中嬀水爲名。長安二年移

治舊清夷軍城,兼管清夷軍兵萬人。天寶元年改爲嬀州郡,乾元元年復爲嬀州。" 侯希逸:《舊唐書·侯希逸傳》:"侯希逸,平盧人也,少習武藝。天寶末,安禄山反,署其腹心徐歸道爲平盧節度,希逸爲平盧裨將,率兵與安東都護王玄志襲殺歸道,使以聞,詔以玄志爲平盧節度使。乾元元年冬,玄志病卒,軍人共推立希逸爲平盧軍使,朝廷因授節度使。既數爲賊所迫,希逸率勵將士,累破賊徒向潤客、李懷仙等。既淹歲月,且無救援,又爲奚虜所侵。希逸拔其軍二萬餘人,且行且戰,遂達於青州。會田神功、能元皓於兗州、青州,遂陷於希逸,詔就加希逸爲平盧淄青節度使。自是迄今,淄青節度皆帶平盧之名也。希逸初領淄青,甚著聲稱,理兵務農,遠近美之。寶應元年,與諸節度同討襲史朝義,平之,加檢校工部尚書,賜實封,圖形淩烟閣,以私艱去職。大曆十一年九月,起復檢校尚書右僕射、上柱國,封淮陽郡王。後漸縱恣,政事怠惰,尤崇奉釋教,且好畋遊,興功創寺宇,軍州苦之。永泰元年,因與巫者夜宿於城外,軍士乃閉之不納。希逸奔歸朝廷,拜檢校右僕射,久之加知省事,遷司空。詔出而卒,廢朝三日,贈太保。"元稹本文與史傳記載稍有不同,可補史傳之不足。 遼海:遼東,泛指遼河以東沿海地區。《魏書·庫莫奚傳》:"及開遼海,置戍和龍,諸夷震懼,各獻方物。"賈至《燕歌行》:"隋家昔爲天下宰,窮兵黷武征遼海。" 守將:負責守衛的將領。《孫子·用間》:"凡軍之所欲擊,城之所欲攻,人之所欲殺,必先知其守將、左右、謁者、門者、舍人之姓名,令吾間必索知之。"杜預注:"守將,守官任職之將也。"《新唐書·韓遊瓌傳》:"潼關有李朝臣,渭北有竇覦,皆守將也。" 棄走:放棄職守而逃跑。《唐語林·政事》:"蜀帥李康棄走,上敕宰臣選將討伐。"余靖《大宋平蠻碑》:"所過郡縣,素無壁壘,倏然寇至,吏民棄走。" 平州刺史:這是朝廷對死難者劉拯的贈官,並非實職。

⑤ 長史:官名,秦置,漢相國、丞相,後漢太尉、司徒、司空、將軍府各有長史。其後爲郡府官,掌兵馬。唐制,上州刺史別駕下,有長

史一人,從五品。宋之問《渡吴江别王長史》:“倚櫂望兹川,銷魂獨黯然。鄉連江北樹,雲斷日南天。”王勃《秋日别王長史》:“别路餘千里,深恩重百年。正悲西候日,更動北梁篇。” 用:介詞,猶言“以”,表示憑藉或者原因。《書·顧命》:“命汝嗣訓,臨君周邦,率循大卞,燮和天下,用答揚文武之光訓。”《史記·佞幸列傳》:“衛青、霍去病亦以外戚貴幸,然頗用材能自進。” 李希烈:德宗時期的著名叛鎮。《舊唐書·李希烈傳》:“李希烈,遼西人……德宗即位,後月餘,加御史大夫,充淮西節度、支度營田觀察使,又改淮西節度、淮寧軍以寵之……遣使交通河北諸賊帥等,是歲長至日,朱滔、田悦、王武俊、李納各僭稱王,滔使至希烈,希烈亦僭稱建興王、天下都元帥……官軍皆爲其所敗,荆南節度張伯儀全軍覆没。又令周曾、王玢、姚憺、吕從賁、康琳等來襲曜,曾、玢、憺等謀迴軍據蔡州襲討希烈,事泄並遇害……貞元二年三月,因食牛肉遇疾,其將陳仙奇令醫人陳仙甫置藥以毒之而死,妻男骨肉兄弟共一十七人並誅之。”傳文中的“周曾”,疑即本文所舉之“周增”。顧況《宋州刺史廳壁記》:“漢末始署爲睢陽郡,皇家大臣房梁公嘗牧此州,今相國彭城劉公勛德有光亦典此郡,前破李靈曜,後破李希烈。”陸贄《誅李希烈後原淮西將士并授陳仙奇節度詔》:“以仙奇爲檢校工部尚書兼蔡州刺史、御史大夫,充淮西節度,仍賜實封五百户,應淮西管内將士、官吏、百姓等,頃迫兇威,遂從脅制,既誅元惡,俱是平人,除李希烈一家,其餘並準前後赦敕原放,更無所問。”

⑥ 長子:排行最大的兒子或女兒。《詩·大雅·大明》:“纘女維莘,長子維行,乃生武王。”毛傳:“長子,長女也。”桓寬《鹽鐵論·徭役》:“長子不還,父母愁憂,妻子詠歎。” 麾下:謂將旗之下。《史記·魏其武安侯列傳》:“獨二人及從奴十數騎馳入吴軍,至吴將麾下,所殺傷數十人。不得前,復馳還。”柳宗元《貞符(并序)》:“徒奮袒呼,犒迎義旅,讙動六合,至於麾下。” 攻戰:指進攻性的戰爭。《商君書·兵守》:“四戰之國貴守戰,負海之國貴攻戰。”猶作戰,戰鬥。

《戰國策·齊策》:“故明君之攻戰也,甲兵不出於軍而敵國勝,衝櫓不施而邊城降。”　脱:離開,擺脱。《老子》:“魚不可脱於淵,國之利器不可以示人。”《史記·老子韓非列傳》:“然韓非知説之難,爲《説難》書甚具,終死於秦,不能自脱。”

⑦ 文詠:詩文。《北齊書·蕭放傳》:“放性好文詠,頗善丹青。”《北史·唐永傳》:“陵子悟,美風儀,博涉經史,文詠可觀。”　詞調:文詞和音調。皎然《詩式·辨體有一十九字》:“詞調悽切曰怨。”《舊唐書·喬知之傳》:“時又有汝洲人劉希夷,善爲從軍閨情之詩,詞調哀苦,爲時所重。”　氣候:指書畫或詩文的氣韵、風格。謝赫《古畫品録·第一品》:“風範氣候,極妙參神。”鍾嶸《詩品》卷下:“希逸詩氣候清雅,不逮於王袁,然興屬閑長,良無鄙促也。”　蹙蹙:局縮不舒展。《詩·小雅·節南山》:“我瞻四方,蹙蹙靡所騁。”鄭玄箋:“蹙蹙,縮小之貌。我視四方土地日見侵削於夷狄,蹙蹙然雖欲馳騁無所之也。”元稹《酬劉猛見送》:“未能深蹙蹙,多謝相勞勞。去去我移馬,遲遲君過橋。”　復試:第二次考試,與“初試”相對而言。趙匡《選人條例》:“舊法四品五品官不復試判者,以其歷任既久,經試固多,且官班已崇,人所知識,不可復爲僞濫矣!”洪邁《容齋四筆·乾寧復試進士》:“唐昭宗乾寧二年試進士,刑部尚書崔凝下二十五人。放榜後,宣詔翰林學士陸扆、秘書監馮渥入内,各贈衣一副及氈被。於武德殿前復試,但放十五人。”

⑧ 田:耕種。《詩·齊風·甫田》:“無田甫田,維莠驕驕。”孔穎達疏:“上‘田’謂墾耕,下‘田’謂土地。”桓寬《鹽鐵論·通有》:“非有助之耕其野而田其地者也。”　契書:契據,契約。元稹《劉頗詩序》:“南歸唐州,爲吏所軋,勢不支,自火其居,出契書投火中。”薛用弱《集異記·賈人妻》:“此居處五百緡自置,契書在屏風中。”　畀:賜與。《書·洪範》:“帝乃震怒,不畀洪範九疇。”孔傳:“畀,與。”給予,付與。《詩·小雅·巷伯》:“取彼譖人,投畀豺虎。”高亨注:“畀,給予。”　期

待:期望,等待。沈約《還園宅奉酬華陽先生》:"早欲尋名山,期待婚嫁畢。"韓愈《答渝州李使君書》:"是以負所期待,竊竊轉語於人,不見成效,此愈之罪也。"

⑨ 陸長源:德宗朝節度使,任命之日即被殺。《舊唐書·德宗紀》:"(永貞十五年二月)丁丑,宣武軍節度使、檢校左僕射、平章事、汴州刺史董晉卒。乙酉,以行軍司馬陸長源檢校禮部尚書、汴州刺史、御史大夫、宣武軍節度、度支(支度)營田汴宋亳潁節察等使。"《新唐書·陸長源傳》:"陸長源者,吳人,字泳祖……長源贍於學,始辟昭義薛嵩幕府,嵩侈汰,常從容規切。嵩曰:'非君,安能爲此?'歷建、信二州刺史。韓滉兼領江淮轉運使,辟署兼御史中丞,以爲副,入遷都官郎中,復出汝州刺史,遂徙宣武,政皆出司馬。初,欲峻法繩驕兵,爲(董)晉所持,不克行。而判官楊凝、孟叔度等又苛細,叔度淫縱,數入倡家調笑嬉褻。晉有所偷弛,長源輒裁政之。晉卒,長源總留後事,大言曰:'將士久慢,吾且以法治之!'衆始懼,軍中請出帑帛爲晉制服,不許。固請,止給其直。叔度希望又償直以鹽,乃高鹽直,賤帛估,人得鹽二斤,舉軍大怒。或勸長源曰:'故事,有大變則厚賜於軍,軍乃安。'長源曰:'異時河北賊以錢買戍卒取旌節,吾不忍爲。'衆怒益甚,長源性剛不適變,又不爲備。纔八日,軍亂,殺長源及叔度等,食其肉,放兵大掠。死之日,有詔拜節度使,遠近嗟悵,贈尚書左僕射。長源好諧易,無威儀,而清白自將。去汝州,送車二乘,曰'吾祖罷魏州,有車一乘,而圖書半之,吾愧不及先人'云。長源死,監軍俱文珍密召宋州刺史劉全諒使總後務。全諒至,其夜軍復亂,殺大將及部曲五百人乃定。帝即詔全諒檢校工部尚書、宣武節度使。"據"刺史"云云,陸長源器重劉頗,應該在陸長源任職建、信、汝州刺史之時,而尤以汝州刺史最爲可能。　器異:猶器重,看重。《後漢書·馬嚴傳》:"〔嚴〕因覽百家群言,遂交結英賢,京師大人咸器異之。"任昉《王文憲集序》:"叔父司空簡穆公早所器異。"　試授:任命,授予。《宋

史·孝宗紀》:"(淳熙十一年二月)每州許歲上材武者一二人,試授以官,如四川義士之制。"《宋史·不群傳》:"不群,字介然,太宗六世孫。宣和中,量試授承事郎。"　校書郎:官職名。《舊唐書·職官志》:"秘書省:秘書監一員(從三品),少監二員(從四品上),丞一員(從五品上)……秘書郎四員(從六品上),校書郎八人(正九品上)……秘書郎掌甲、乙、丙、丁四部之圖籍,謂之四庫。經庫類十,史庫類十三,子庫類十四,集庫類三。"秦系《張建封大夫奏系爲校書郎因寄此作》:"久是烟霞客,潭深釣得魚。不知芸閣上,遺校幾多書?"李益《校書郎楊凝往年以古鏡貺别今追贈以詩》:"明鏡出匣時,明如雲間月。一别青春鑒,回光照華髮。"　協律郎:官職名,正第八品上,應該是太常寺中的屬員,這裏是虚銜,並非實職,僅僅表示品級而已。白居易《畫竹歌引》:"協律郎蕭悦,善畫竹,舉時無倫。蕭亦甚自秘重,有終歲求其一竿一枝而不得者。"權德輿《唐尚書比部郎中博陵崔元翰文集序》:"初自典校秘書,連辟汧公北平王二司徒府,管奏記之職。歷太常寺協律郎、大理評事,錫以命服。"梁肅《越州長史李公墓誌銘》:"相國張平鎬之鎮江西也,聞而器之,表爲協律郎,兼上饒令。"　高崇文:元和元年擒獲劉闢,成爲平定西川叛亂的功臣。《舊唐書·高崇文傳》:"高崇文,其先渤海人……永貞元年冬,劉闢阻兵,朝議討伐,宰臣杜黄裳以爲獨任崇文可以成功。元和元年春,拜檢校工部尚書,兼御史大夫,統左神策行營節度使,兼充左右神策、奉天麟遊諸鎮兵以討闢。時宿將專征者甚衆,人人自謂當選,及詔出,大驚。"韓愈《河南少尹李公墓誌銘》:"劉闢平,上以蜀賞高崇文。"吕温《代李侍郎賀收成都表》:"臣某言:伏見高崇文奏,以九月二十二日官軍入成都府,逆賊劉闢走出,見勒兵追捕者。"　下:從北到南,從上游到下游。《顔氏家訓·勉學》:"上荆州必稱陝西,下揚都言去海郡。"杜甫《逢唐興劉主簿弟》:"輕舟下吴會,主簿意何如?"長安在北,蜀地在南,故言"下"。攻克,征服。《逸周書·允文》:"人知不棄,愛守正户,上下和協,靡敵不下。”《史記·項羽本紀》:“廣陵人召平於是爲陳王徇廣陵,未能下。”張守節正義:“以兵威服之曰下。”高崇文最後擒獲劉闢,故言“下”。杜黄裳:憲宗朝宰相,堅决主張討伐西川劉闢叛亂,積極用高崇文爲帥,最終成功。《舊唐書·杜黄裳傳》:“杜黄裳,字遵素,京兆杜陵人也……尋拜平章事。邠州節度使韓全義曾居討伐之任,無功,黄裳奏罷之。劉闢作亂,議者以劍南險固,不宜生事。唯黄裳堅請討除,憲宗從之。又奏請不以中官爲監軍,秖委高崇文爲使。黄裳自經營伐蜀,以至成功,指授崇文,無不懸合。崇文素憚劉澭,黄裳使人謂崇文曰:‘若不奮命,當以劉澭代之。’由是得崇文之死力,既平闢,宰臣入賀,帝目黄裳曰:‘此卿之功也!’”錢起《山園秋晚寄杜黄裳少府》:“惆悵佳期阻,園林秋景閑。終朝碧雲外,唯見暮禽還。”韓愈《順宗實録》:“(順宗)又下制,乙太常卿杜黄裳爲門下待郎、左金吾衛大將軍袁滋爲中書侍郎,並平章事。” 大理評事:官名,從第八品下。《舊唐書·德宗紀》:“(貞元十五年十一月)辛酉,以大理評事、宣武軍都知兵馬使韓弘檢校工部尚書、兼汴州刺史、御史大夫、宣武軍節度使。”《舊唐書·德宗紀》:“(貞元十八年九月)甲辰,以嶺南節度、掌書記、試大理評事張正元爲邕州刺史、御史中丞、邕管經略使。” 畫:謀劃,籌畫。《文選·鄒陽〈上書吴王〉》:“然則計議不得,雖諸賁不能安其位亦明矣!故願大王審畫而已。”張銑注:“畫,謂畫策。”蘇軾《徐州上皇帝書》:“京東之地所以灌輸河北……而其民喜爲盜賊,爲患最甚,因爲陛下畫所以待盜賊之策。”

⑩ 壽安:縣名,屬河南府。《元和郡縣志·河南府》:“管縣二十六:洛陽、河南、偃師、緱氏、鞏、伊闕、密、王屋、長水、伊陽、河陰、陽翟、潁陽、告成、登封、福昌、壽安、澠池、永寧、新安、陸渾、河陽、温、濟源、河清、汜水。”蘇頲《題壽安王主簿池舘》:“洛邑通馳道,韓郊在屬城。舘將花雨映,潭與竹聲清。”劉禹錫《題壽安甘棠館二首》一:“公館似仙家,池清竹徑斜。山禽忽驚起,衝落半巖花。” 主簿:官名,漢

代中央及郡縣官署多置之,其職責爲主管文書,辦理事務。至魏晉時漸爲將帥重臣的主要僚屬,參與機要,總領府事。唐宋時各中央官署及州縣雖仍置主簿,但職責漸輕。李頎《送劉主簿歸金壇》:"與子十年舊,其如離别何? 宦遊鄴故國,歸夢是滄波。"孟浩然《適越留别譙縣張主簿申屠少府》:"朝乘汴河流,夕次譙縣界。幸值西風吹,得與故人會。" 烏重胤:中唐著名戰將之一,爲李唐平叛立下諸多功勞。《舊唐書・烏重胤傳》:"烏重胤,潞州牙將也。元和中,王承宗叛,王師加討。潞帥盧從史雖出軍,而密與賊通。時神策行營吐突承璀與從史軍相近,承璀與重胤謀縛從史於帳下。是日重胤戒嚴,潞軍無敢動者。憲宗賞其功,授潞府左司馬,遷懷州刺史,兼充河陽三城節度使。會討淮蔡,用重胤壓境,仍割汝州隸河陽。自王師討淮西三年,重胤與李光顔犄角相應,大小百餘戰,以至元濟誅。就加檢校尚書右僕射,轉司空。蔡將有李端者,過溵河降重胤,其妻爲賊束縛於樹,臠食至死,將絶猶呼其夫曰:'善事烏僕射!'其得人心如此……重胤出自行間,及爲長帥,赤心奉上。能與下同甘苦,所至立功,未嘗矜伐。而善待賓僚,禮分同至。當時名士,咸願依之。身殁之日,軍士二十餘人皆割股肉以爲祭酹。雖古之名將,無以加焉!"李絳《論澤潞事宜狀》:"臣昨已具狀,陳烏重胤不可便授以澤潞,請與河陽,卻除孟元陽澤潞。"元稹《授烏重胤山南西道節度使制》:"横海軍節度使烏重胤,才本雄勇,器惟温茂。承累將之業,不以驕人;歷重兵之權,每思下士。" 監察御史:據《舊唐書・職官志》,監察御史,正八品上,御史臺屬官。本文僅是表示品級的虚職,並非職事官。元稹《泛江翫月十二韵(并序)》:"予以元和五年,自監察御史貶授江陵士曹椽。"詹琲《癸卯閩亂從弟監察御史敬凝迎仕别作》:"一别幾經春,栖遲晉水濱。鶺鴒長在念,鴻雁忽來賓。" 營田:即屯田,漢以後歷代政府利用兵士或召募流民於駐紮地區種田,以供軍餉。《南齊書・垣崇祖傳》:"卿視吾是守江東而已邪? 所少者食,卿但努力營田,自然平殄殘醜。"

《文獻通考·田賦》:“屯田以兵,營田以民,固有異制。咸平中,襄州營田,既調夫矣!又取鄰州之兵,是營田不獨以民也。熙豐間,邊州營屯,不限兵民,皆取給用,是屯田不獨以兵也。” 判官:古代官名,唐代節度使、觀察使、防禦使均置判官,爲地方長官的僚屬,輔理政事。韓愈《董公行狀》:“崔圓爲揚州,詔以公爲圓節度判官。”徐鉉《稽神録·劉存》:“劉存爲舒州刺史,辟儒生霍某爲團練判官,甚可信任。” 章服:繡有日月、星辰等圖案的古代禮服。每圖爲一章,天子十二章,群臣按品級以九、七、五、三章遞降。劉長卿《同諸公袁郎中宴筵喜加章服》:“手詔來筵上,腰金向粉闈。勛名傳舊閣,蹈舞著新衣。”王建《和蔣學士新授章服》:“五色箱中絳服春,笏花成就白魚新。看宣賜處驚回眼,著謝恩時便稱身。”

⑪ 陳、許、懷、汝:州名,地當今河南省沁陽、淮陽、許昌、臨汝,時屬烏重胤統領。據《舊唐書·烏重胤傳》,烏重胤當時是“懷州刺史,兼充河陽三城節度使”,統領陳、許、懷三州,而汝州是爲征討吴元濟而臨時歸屬烏重胤名下的。薛能《陳州刺史寄鶴》:“春飛見境乘桴切,夜唳聞時醉枕醒。南守欲知多少重?撫毛千萬唤丁丁。”徐堅《餞許州宋司馬赴任》:“舊許星車轉,神京祖帳開。斷烟傷别望,零雨送離杯。”岑參《送懷州吴别駕》:“灞上柳枝黄,壚頭酒正香。春流飲去馬,暮雨濕行裝。”杜甫《送賈閣老出汝州》:“西掖梧桐樹,空留一院陰。艱難歸故里,去住損春心。” 怯:膽怯不前貌。膽小,懦弱。《荀子·宥坐》:“勇力撫世,守之以怯;富有四海,守之以謙。”韓愈《司徒兼侍中中書令贈太尉許國公神道碑銘》:“將兵數百人,悉識其材鄙怯勇。”害怕,畏懼。《左傳·襄公二十四年》:“曩者志入而已,今則怯也。”《朱子語類》卷一三二:“虜人大敗,方有怯中國之意。” 振舉:振作,整頓。白居易《策林·禁厚葬》:“陛下誠欲革其弊,抑其淫,則宜乎振舉國章,申明喪紀。”《舊唐書·裴度傳》:“若罷度官,是奸計得行,朝綱何以振舉?” 都統:官名,武官名,晉太元中,前秦苻堅興兵

侵晉,徵富家子弟二十以下者共三千餘騎,始設少年都統,爲帶領青年士兵之將官。唐代後期討伐藩鎮,設諸道行營都統,爲各道出徵兵的統帥。韓愈《次潼關上都統相公(韓弘也)》:"暫辭堂印執兵權,盡管諸軍破賊年。冠蓋相望催入相,待將功德格皇天。"王鐸《罷都統守鎮滑州作》:"用軍何事敢遷延? 恩重才輕分使然。黜詔已聞來闕下,檄書猶未遍軍前。" 韓弘:中唐方鎮之一,曾參與淮西平叛。《舊唐書·韓弘傳》:"韓弘,潁川人……憲宗即位,加同平章事。時王鍔檢校司空、平章事,致書于宰臣武元衡,耻在王鍔之下。憲宗方欲用形勢以臨淮西,乃授以司徒、平章事,班在鍔上。及用嚴綬爲招討,爲賊所敗,弘方鎮汴州,當兩河賊之衝要,朝廷慮其異志,欲以兵柄授之,而令李光顔、烏重胤實當旗鼓。乃授弘淮西諸軍行營都統,令兵部郎中、知制誥李程宣賜官告。弘寔不離理所,唯令其子公武率師三千隸李光顔軍。弘雖居統帥,常不欲諸軍立功,陰爲逗撓之計。每聞獻捷,輒數日不怡,其危國邀功如是。吴元濟誅,以統帥功加檢校司徒,兼侍中,封許國公,罷行營都統……初,弘鎮大梁二十餘載,四州征賦皆爲己有,未嘗上供,有私錢百萬貫、粟三百萬斛、馬七千匹,兵械稱是。專務聚財積粟,峻法樹威,而莊重寡言,沉謀勇斷,鄰封如吴少誠、李師道輩皆憚之。詔使宣諭,弘多倨待。及齊、蔡賊平,勢屈入覲,兩朝寵待加等,弘竟以名位始終,人臣之幸也。"韓愈《奏韓弘人事物狀》:"臣先奉恩敕,撰《平淮西碑文》。伏緣聖恩,以碑本賜韓弘等。今韓弘寄絹五百匹與臣充人事,未敢受領,謹録奏聞,伏聽進止。"韓愈《謝許受韓弘物狀》:"臣某言:今日品官第五文嵩至臣宅,奉宣聖旨,令臣受領韓弘等所寄撰碑人事絹者。" 大梁:古地名,戰國魏都,在今河南省開封市西北。隋唐以後,通稱今開封市爲大梁。王昌齡《大梁途中作》:"當時每酣醉,不覺行路難。今日無酒錢,悽惶向誰歎?"韋應物《寄大梁諸友》:"分竹守南譙,弭節過梁池。雄都衆君子,出餞擁河湄。" "青陵故城"十一句:本文所涉及的史實見《舊唐書·

李光顔傳》:"(元和)十二年四月,光顔敗元濟之衆三萬於郾城……尋而郾城守將鄧懷金請以城降,光顔許之,而收郾城。初,鄧懷金以官軍圍青陵城,絶其歸路。懷金懼,謀於郾城令董昌齡。昌齡母素誡其子令降,昌齡因此勸懷金歸款於光顔,且曰:'城中之人,父母妻子皆質于蔡州,如不屈而降,則家盡屠矣! 請來攻城,我則舉烽求救。救兵將至。官軍逆擊之,必敗,此時當以城降。'光顔從之。賊果敗走,於是昌齡執印,帥吏列於門外。懷金與諸將素服倒戈,列於門内。光顔受降,乃入羅城,其城自壞五十餘步。時韓弘爲汴帥,驕矜倔强,常倚賊勢索朝廷姑息,惡光顔力戰,陰圖撓屈,計無所施。遂舉大梁城求得一美婦人,教以歌舞弦管六博之藝,飾之以珠翠金玉衣服之具,計費數百萬,命使者送遺光顔,冀一見悦惑而怠於軍政也。使者即賫書先造光顔壘曰:'本使令公德公私愛,憂公暴露,欲進一妓,以慰公征役之思,謹以候命。'光顔曰:'今日已暮,明旦納焉!'詰朝,光顔乃大宴軍士,三軍咸集,命使者進妓。妓至,則容止端麗,殆非人間所有,一座皆驚。光顔乃於座上謂來使曰:'令公憐光顔離家室久,捨美妓見贈,誠有以荷德也。然光顔受國家恩深,誓不與逆賊同生日月下。今戰卒數萬,皆背妻子,蹈白刃,光顔奈何以女色爲樂?'言訖,涕泣嗚咽,堂下兵士數萬,皆感激流涕。乃厚以縑帛酬其來使,俾領其妓自席上而迴。謂使者曰:'爲光顔多謝令公! 光顔事君許國之心,死無貳矣!'自此兵衆之心,彌加激勵。"李唐軍隊佔領青陵,仍是聽從劉頗建議的結果。李光顔佔據有利地形,最後招致鄧懷金的投降,劉頗爲平定淮西叛亂作出了自己的貢獻。　青陵:地名,在今河南郾城,《舊唐書·曹華傳》:"元和九年,以功授寧州刺史。未行而吴元濟叛,朝廷命河陽帥烏重胤討賊,重胤請華爲懷汝節度行營副使,前後數十戰,大破賊於青陵城。賊平,授棣州刺史,封陳留郡王。"《新唐書·藩鎮宣武彰義澤潞》:"曹華取青陵城,斷郾歸路,賊將鄧懷金懼,即送款光顔,受之。"詩詞中常見的歌詠韓朋與妻子愛情故事的"青陵

臺”,在鄆州須昌縣犀丘城,兩者不是一回事。　竟夕:終夜,通宵。《後漢書・第五倫傳》:“吾子有疾,雖不省視而竟夕不眠。若是者,豈可謂無私乎?”李群玉《七月十五夜看月》:“竟夕瞻光彩,昂頭把白醪。”　剋日:又作“克日”,約定或限定日期。《晉書・羊祜傳》:“每與吴人交兵,剋日方戰,不爲掩襲之計。”竇忻《彭城縣開國公劉府君墓誌銘(并序)》:“公有坐帷之策,克日摧鋒,立討之謀,應時瓦解,特拜内侍,答公之德也。”元稹《牛元翼可深冀等州節度使制》:“自常山作沴,上將罹灾。慟哭轅門,誓清妖孽。羽書三奏,驛騎四馳。上請廟謀,旁徵鄰援。指期斬叛,剋日圖功。”

⑫ 戰陣:作戰的陣法。《左傳・成公七年》:“教吴乘車,教之戰陳,教之叛楚。”《後漢書・劉陶傳》:“今西羌逆類,私署將帥,皆多段熲時吏,曉習戰陳,識知山川。”　謀取:設謀攻取。牛希濟《賞論》:“馳突擊刺於横陣之前,出入如鬼神,謀取必勝,瘡痍遍於首面,身委卒伍之中,老棄瘦馬之列。”周煇《清波别志》卷下:“書郎文簡洵武,在密院,屬蔡京謀取燕雲。”　案牘:官府文書。張九齡《上封事書》:“臣以爲始造簿書,以備用人之遺亡耳!今反求精於案牘,不急於人才,亦何異遺劍中流,而刻舟以紀?”舒元輿《御史臺新造中書院記》:“從官胥士,役夫馬走,勾稽案牘,飲食休息之地,皆得其所。”　書奏:指書簡、奏章等。《史記・儒林列傳》:“寬爲人温良,有廉智,自持,而善著書、書奏,敏於文,口不能發明也。”《顔氏家訓・文章》:“書奏箴銘,生於《春秋》者也。”王利器集解:“《文心雕龍・書記》篇:‘書者,舒也,舒布其言,陳之簡牘,取象於《夬》,貴在明決而已。’又《奏啓》篇:‘奏者,進也,言敷於下,情進於上也。’”　咨:徵詢,商議。劉義慶《世説新語・政事》:“賈充初定律令,與羊祜共咨太傅鄭冲。”《新唐書・韋武傳》:“執事者時時咨武。”　啓事:陳述事情,多用於下對上。《三國志・董卓傳》:“召呼三臺尚書以下自詣卓府啓事。”《舊唐書・高宗紀》:“八月辛丑,上痁疾,令太子受諸司啓事。”　陣法:野戰的戰鬥隊

形和宿營的防禦部署。楊炯《唐上騎都尉高君神道碑》:"營當月暈,因八門之死生;陣法天星,乘五將之關格。"吕太一《土賦》:"爲海爲河,爲牛爲馬,起圓規於陣法,美教化於王者。" 餘事:無須投入主要精力的事,正業或本職工作之外的事。《莊子·讓王》:"帝王之功,聖人之餘事也,非所以完身養生也。"劉克莊《滿江紅·送宋惠父入江西幕》:"滿腹詩書,餘事到穰苴兵法。"

⑬ 太夫人:漢制,列侯之母稱太夫人,後世官吏之母,不論存歿,亦稱太夫人。岑參《送李明府赴睦州便拜覲太夫人》:"手把銅章望海雲,夫人江上泣羅裙。嚴灘一點舟中月,萬里烟波也夢君。"杜甫《奉賀陽城郡王太夫人恩命加鄧國太夫人》:"衛幕銜恩重,潘輿送喜頻。濟時瞻上將,錫號戴慈親。" 服闋:守喪期滿除服,闋,終了。蔡邕《貞節先生陳留范史雲銘》:"舉孝廉,除郎中君萊蕪長,未出京師,喪母行服。故事,服闋後還郎中君。"《舊唐書·王丘傳》:"丁父憂去職,服闋,拜右散騎常侍,仍知制誥。" 令狐楚:中唐時期的重臣之一,憲宗、穆宗兩朝宰相,以"一代文宗"見稱。盧綸《送尹樞令狐楚及第後歸覲》:"佳人比香草,君子即芳蘭。寶器金罍重,清音玉珮寒。"姚合《寄汴州令狐楚相公》:"汴水從今不復渾,秋風鼙鼓動城根。梁園臺館關東少,相府旌旗天下尊。" 吟賞:吟詠欣賞。顧況《梅灣》:"白石盤盤磴,清香樹樹梅。山深不吟賞,辜負委蒼苔。"竇洵直《鳥散餘花落》:"萬片情難極,遷喬思有餘。微臣一何幸,吟賞對寒居!" 文章:才學。《後漢書·韓棱傳》:"肅宗嘗賜諸尚書劍,唯此三人特以寶劍……壽明達有文章,故得漢文。"漢文,寶劍名。韓愈《河南府法曹參軍盧府君夫人苗氏墓誌銘》:"夫人年若干,嫁河南法曹盧府君,諱貽,有文章德行。"

⑭ 宰相段文昌在蜀時:《舊唐書·段文昌傳》:"段文昌,字墨卿,西河人……文昌家于荆州,倜儻有氣義,節度使裴胄知之而不能用,韋皋在蜀,表授校書郎……長慶元年,拜章請退,朝廷以文昌少在西

蜀，詔授西川節度使、同中書門下平章事。文昌素洽蜀人之情，至是以寬政爲治，嚴静有斷，蠻夷畏服……（大和）六年，復爲劍南西川節度。”本文雖然在“段文昌”之前冠以“宰相”的頭銜，但所説的“在蜀時”並非指段文昌先後兩次帶“同平章事”頭銜出鎮西川節度使之事，而是指段文昌在韋皋手下任職之時，當時衹是節度使手下普普通通的屬吏，並非宰相，衹是元稹涉及這段往事之時，段文昌已經是宰相，故加上“宰相”之頭銜以示尊敬而已。如果是段文昌在長慶元年節度使任上推薦劉頗爲銀州刺史，“歲餘受代”而拜職河西令，時在長慶二年。“又歲餘”而元稹拜相，推其時間，至少應該是長慶三年，而這與元稹長慶二年二月十九日拜相、同年六月五日罷相的時間不合。段文昌是穆宗朝、文宗朝宰相，“出入將相，洎二十年”。有文名於當時，曾因此而提名元稹爲知制誥臣。《舊唐書・穆宗紀》：“（元和十五年閏正月辛亥）中書舍人、翰林學士、武騎尉、賜紫金魚袋段文昌爲中書侍郎、同平章事……（長慶元年二月）壬申，以中書侍郎、平章事段文昌檢校刑部尚書、同平章事、成都尹，充劍南西川節度等使。”《舊唐書・文宗紀》：“（大和六年十一月）乙卯，以荆南節度使段文昌爲劍南西川節度使，依前檢校左僕射、同平章事。”　磊落：亦作“磊犖”，形容胸懷坦蕩。阮瑀《箏賦》：“慷慨磊落，卓礫盤紆，壯士之節也。”張説《唐故廣州都督甄公碑》：“標格磊落，氣志清明。”　呼吸：招致，汲引。李白《登廣武古戰場懷古》：“項王氣蓋世，紫電明雙瞳。呼吸八千人，横行起江東。”猶吞吐，形容氣盛勢大。李白《經亂離後書懷贈韋太守良宰》：“君王棄北海，掃地借長鯨。呼吸走百川，燕然可摧傾。”　殿中侍御史：職官名。《舊唐書・職官志》：“殿中侍御史（從七品下）……掌殿廷供奉之儀式，凡冬至、元正大朝會，則具服升殿。若郊祀、巡幸，則於鹵簿中糾察非違，具服從於旌門，視文物有所虧闕，則糾之。凡兩京城内，則分知左右巡，各察其所巡之内有不法之事。”本文是虚職，僅表示品級而已。盧藏用《陳子昂别傳》：“友人趙貞固、鳳閣舍人陸餘慶、殿中侍御史畢構、監察御史王無競、亳州長史房融、右史崔泰之、處士太原郭襲徵、道人史懷一，皆篤歲寒之交。”孫逖《太子舍人王公墓誌銘》：“弱冠以應制擢第，解褐授趙州欒城縣尉，歷麟臺正字，轉右衛倉曹、洛陽縣尉、監察御史、殿中侍御史、太子舍人。” 銀州：州郡名，地當今陝西省榆林南、佳縣西、米脂北地區。《元和郡縣志・銀州》：“貞觀二年，梁師都都於此，重置銀州。天寶元年爲銀州郡，乾元元年復爲銀州……管縣四：儒林、真鄉、開光、撫寧。”許棠《銀州北書事》：“南辭採石遠，北背乞銀深。磧路雖多險，江人不廢吟。”張孚《金紫光禄大夫臧府君神道碑銘（并序）》“祖善德，銀青光禄大夫銀州刺史，贈太子少師。”

⑮ 不命：不由朝廷任命。賈至《授學士李讓夷職方員外郎充職制》：“夫言語侍從之臣，非賢不命，久而加奬，則彝典也。”元稹《幽州平告太廟祝文》：“承元雲奔，總亦風靡。悉率賦輿，盡獻州里。不命一將，不戮一士。不費一金，不亡一矢。五紀逆命，一朝如砥。” 攝理：代理。《左傳・昭公四年》：“士景伯如楚，叔魚攝理。”杜預注：“攝，代景伯。”元稹《有唐贈太子少保崔公墓誌銘》：“歙州缺刺史……以公攝理之，用能也。” 夷人：指古代中國東部地區各部族之人。《書・泰誓》：“受有億兆夷人，離心離德。”孔穎達疏：“昭二十四年《左傳》此文，服虔杜預以夷人爲夷狄之人。”引申爲對中國境内華夏族之外的各族人的通稱。《墨子・魯問》：“楚之南有啖人之國者……苟不用仁義，何以非夷人食其子也？” 益復：更加，越發。陸贄《論裴延齡奸蠹書》：“陛下方務崇信，不加檢裁，延齡既怙寵私，益復放肆。”元稹《故金紫光禄大夫嚴公行狀》：“其間親承講貫，子孫不得而聞者，往往漏略，恐他人纂撰，益復脱遺，感念囊懷，遂書行實。” 叛遠：離心離德。 叛：叛逃，逃遁。《藝文類聚》卷九五引劉義慶《幽明録》：“奴名周，鼠云：‘阿周盜二十萬錢叛，後試開庫，實如所言也，奴亦叛去。’”《太平廣記》卷一二七引顔之推《還冤記・吕慶祖》：“又問：‘汝既反逆

何以不叛?'奴曰:'頭如被縶,欲逃不得。'"　遠:離開,避開。《漢書·張騫傳》:"匈奴遣兵擊之,不勝,益以爲神而遠之。"顏師古注:"遠,離也。"韓愈《與鳳翔邢尚書書》:"假如賢者至,閤下乃一見之,愚者至,不得見焉!則賢者莫不至,而愚者日遠矣!"

⑯ 受命:特指受君主之命。《史記·項羽本紀》:"吾與項羽俱北面受命懷王,曰'約爲兄弟'。"王安石《上相府書》:"伏惟閣下方以古之道治天下,而某之不肖,幸以此時竊官於朝,受命佐州。"　羸輸:猶"轉輸",輸送,運輸。《史記·酈生陸賈列傳》:"夫敖倉,天下轉輸久矣!臣聞其下迺有藏粟甚多。"吴兢《貞觀政要·征伐》:"士馬疲於甲冑,舟車倦於轉輸。""羸輸"不誤,且原本與楊本、叢刊本、《全文》均同,但《編年箋注》没有列示任何根據,就逕改作"羸輸","羸輸"在本文難通,似誤。　予:代詞,相當於"之"。《漢書·叙傳》:"昔衛叔之御昆兮,昆爲寇而喪予。"顏師古注引孟康曰:"衛叔武迎兄成公,成公令前驅,射而殺之。"　苟:假如,如果,衹要。《史記·周本紀》:"子苟能,請以國聽子。"韓愈《江漢答孟郊》:"苟能行忠信,可以居夷蠻。"

⑰ 党項:亦稱"党項羌",古族名,西羌的一支,南北朝時分佈在今青海、甘肅、四川邊緣地帶,從事畜牧。唐時遷居今甘肅、寧夏、陝北一帶,亦即劉頗任職的銀州及周圍地區。北宋時其族人李元昊稱帝,建立以党項族爲主的地方政權,史稱西夏。元稹《估客樂》:"求珠駕滄海,採玉上荆衡。北買党項馬,西擒吐蕃鸚。"李德裕《請先降使至党項屯集處狀》:"右,伏以前代伐叛,皆須先諭文誥,倘未柔服,則當臨以兵威。"党項又作"黨項",在古代文獻中,並不嚴格區分,如白居易《代王佖答吐蕃北道節度論贊勃藏書》有"且如党項久居漢界……"之言,而顏真卿《奏百官論事疏》也有"北走黨項,合集上賊,至今爲患"之説。至於同一詩人的作品,比如元稹的詩文,"党項"與"黨項"也常常混用,元稹《同州刺史謝上表》用作"黨項",元稹《和李餘古題樂府九首·估客樂》用作"党項"。　羌:我國古代民族名,主

要分佈地相當於今甘肅、青海、四川一帶,秦漢時部落衆多,總稱西羌,以遊牧爲主,其後逐漸與西北地方的漢族及其他民族融合。宋之問《詠笛》:"羌笛寫龍聲,長吟入夜清。關山孤月下,來向隴頭鳴。"沈佺期《隴頭水》:"隴山飛落葉,隴雁度寒天……西流入羌郡,東下向秦川。" 會聚:聚會,匯合。《公羊傳·莊公四年》:"古者諸侯必有會聚之事,相朝聘之道。"《隋書·音樂志》:"宗室會聚,奏《族夏》。" 忠信:忠誠信實。《史記·秦始皇本紀》:"此四君者,皆明知而忠信,寬厚而愛人,尊賢重士,約從離衡。"歐陽修《朋黨論》:"君子則不然,所守者道義,所行者忠信,所惜者名節。" 廉儉:清廉節儉。《漢書·朱博傳》:"博爲人廉儉,不好酒色遊宴。"《宋書·劉懷默傳》:"在任廉儉,不營財貨,所餘公禄,悉以還官。" 受代:舊時謂官吏任滿由新官代替爲受代。《北史·侯深傳》:"而貴平自以斛斯椿黨,亦不受代。"洪邁《夷堅乙志·畢令女》:"縣令畢造已受代,檥舟未發。" 酋長:部落的首領。劉知幾《史通·稱謂》:"至如(元魏)元氏起於邊朔,其君乃一部之酋長耳!"薛逢《送西川梁常侍之新築龍山城並錫賚兩州刺史及部落酋長等》:"聖主憂夷貊,屯師剪束欽。皇家思眷祐,星使忽登臨。" 遮擁:亦作"遮壅",猶言擁聚阻攔。顔真卿《金紫光禄大夫李公神道碑銘》:"量移安康,即日上道,老幼遮擁,不得發者三辰。"范仲淹《答竊議》:"宣撫田舍人……至慶州,目擊軍民蕃部等,借留滕侯,遮壅於道。" 聘:泛指國與國或方鎮與方鎮間的遣使訪問。《文選·王粲〈贈文叔良〉》:"君子于征,爰聘西鄰。"張銑注:"叔良爲劉表從事,使聘益州牧劉璋。"《顔氏家訓·勉學》:"承聖中,遣一士大夫聘齊。"

⑱ 河西令:元稹《劉頗可河中府河西縣令制》有句云:"朕以自鄜而北,夷夏雜居,號爲難理。乃詔執事求才以綏懷控壓之者,皆曰頗在兹選。且言其伐蔡之役,常參謀於懷汝之師。部分弛張,允協軍政,遂命試領銀州郡事。衆庶寧附,邊人宜之。連帥以聞,議請甄獎。河西近邊,擇吏惟精。勿吝牛刀,爲我烹割。"清楚地回答了劉頗自銀

州刺史轉任河西縣令的問題:是信任,是重用,而非貶職。　河西:即河西縣,屬河中府,地當今陝西合陽縣之東、黄河之西岸。《元和郡縣志·河中府》:"管縣八:河東、河西、臨晉、猗氏、虞鄉、寶鼎、解、永樂……河西縣(次,赤,郭下):本朝邑縣東地,乾元三年因置河中府,割朝邑縣置。"蘇頲《揚州大都督長史王公神道碑》:"祖喜,皇朝晉州司倉參軍、同州河西縣丞。"盧綸《秋晚河西縣樓送渾中允赴朝闕》:"高樓吹玉簫,車馬上河橋。岐路自奔隘,壺觴終寂寥。"　侍中:古代職官名,秦始置,兩漢沿置,爲正規官職外的加官之一。因侍從皇帝左右,出入宫廷,與聞朝政,逐漸變爲親信貴重之職。晉以後,曾相當於宰相,隋因避諱改稱納言,又稱侍内。唐復稱,爲門下省長官,乃宰相之職。《漢書·百官公卿表》:"侍中、左右曹諸史、散騎、中常侍,皆加官……侍中、中常侍得入禁中。"《新唐書·百官志》:"唐因隋制,以三省之長中書令、侍中、尚書令共議國政,此宰相職也。"據《舊唐書·韓弘傳》,"吴元濟誅,以統帥功加檢校司徒,兼侍中,封許國公",故本文稱"侍中"。　蒲:即蒲州,河中府理所,地當黄河東岸,今山西省永濟縣,而河西縣屬於河中府管轄。《元和郡縣志·河中府》:"今爲河中節度使理所……管縣八:河東、河西、臨晉、猗氏、虞鄉、寶鼎、解、永樂。"當時河中節度使即是韓弘。《舊唐書·穆宗紀》:"(元和十五年)六月辛未朔,丁丑,以司徒、兼中書令韓弘爲河中尹,充河中晉絳慈隰等州節度使……(長慶二年)冬十月戊午朔,壬戌,前河中晉絳慈隰等州節度使、開府儀同三司、守司徒、中書令、河中尹、上柱國、許國公韓弘可守司徒,兼中書令。"　自貳:作自己的副手。獨孤及《送孫侍御赴鳳翔幕府序》:"帝命司徒,爲唐方叔。開府之日,搜賢自貳,於是孫侯以監察御史領司徒掾。"元稹《唐故中大夫尚書刑部侍郎上柱國隴西縣開國男贈工部尚書李公墓誌銘》:"會朝廷以觀察防禦事授路恕治於鄜,恕即日就公求自貳,降拜六而後許,詔賜五品服,供奉殿中以貳焉!"　水部員外郎:尚書省工部之屬員,從六品上。元結《與韋洪州書》:"某月日,荆南節度判官、水部員外郎、兼殿中侍御史元結頓首……"白居易《喜張十八博士除水部員外郎》:"長嗟博士官猶屈,亦恐騷人道漸衰。今日聞君除水部,喜於身得省郎時。"本文中劉頗之"水部員外郎"非職事官,僅僅是表示品級的虚銜而已。　侍御史:官名,從六品下。劉長卿《奉餞郎中四兄罷餘杭太守承恩加侍御史充行軍司馬赴汝南行營》:"星使三江上,天波萬里通。權分金節重,恩借鐵冠雄。"李嘉祐《送侍御史四叔歸朝》:"淮南頻送别,臨水惜殘春。攀折隋宫柳,淹留秦地人。"本文僅僅是表示品級的虚銜,並非職事官。　副使:指節度使或三司使等的副職。《舊唐書·職官志》:"節度使一人,副使一人。"王昌齡《寄陶副使》:"聞道將軍破海門,如何遠謫渡湘沅?春来明主封西岳,自有還君紫綬恩。"李白《宣城送劉副使入秦》:"君即劉越石,雄豪冠當時。淒清横吹曲,慷慨扶風詞。"

⑲ 元稹爲宰相:元稹任職宰相的時間極爲短暫,據《舊唐書·穆宗紀》記載:"(長慶二年二月)辛巳……以工部侍郎元稹守本官、同平章事……六月甲戌朔,甲子……元稹爲同州刺史……壬申,諫官論責裴度太重,元稹太輕,乃追稹制書,削長春宫使。"推其干支,元稹拜相在長慶二年的二月十九日,罷相在同年六月五日,前後衹有三個多月,且後期受到日夜監視。　宰相:《韓非子·顯學》:"明主之吏,宰相必起於州部,猛將必起於卒伍。"本爲掌握政權的大官的泛稱,後來用以指歷代輔助皇帝、統領群僚、總攬政務的最高行政長官。如秦漢之丞相、相國、三公,唐宋之中書、門下、尚書三省長官及同平章事,明清之大學士等。《漢書·王陵傳》:"宰相者,上佐天子理陰陽,順四時,下遂萬物之宜,外填撫四夷諸侯,内親附百姓,使卿大夫各得任其職也。"《顔氏家訓·省事》:"或有劫持宰相瑕疵,而獲酬謝;或有諠聒時人視聽,求見發遣。"　展:施展,施行。杜甫《遣興三首》三:"時來展材力,先後無醜好。"王安石《上蔣侍郎書》:"庶乎道有所聞,而志有所展。"　薦:推薦,介紹。《國語·晉語》:"辛未,朝於武宫,定百事,

立百官,育門子,選賢良,興舊族,出滯賞,畢故刑,赦囚繫,宥閑罪,薦積德。"《孟子·萬章》:"天子能薦人於天,不能使天與之天下。" 竟:謂自始至終的整段時間。《史記·齊太公世家》:"竟頃公卒,百姓附,諸侯不犯。"《漢書·張湯傳》:"吴楚已破,竟景帝不言兵,天下富實。"顔師古注:"訖景帝之身更不議征伐之事。"本文指元稹任職宰相期間。

⑳ 尋:不久,接著,隨即。劉淇《助字辨略》卷二:"尋,旋也,隨也。凡相因而及曰尋,猶今之隨即如何也。"王昌齡《塞下曲四首》四:"功勛多被黜,兵馬亦尋分。" 除:拜官,授職。《漢書·景帝紀》:"列侯薨及諸侯太傅初除之官,大行奏謚、誄、策。"顔師古注引如淳曰:"凡言除者,除故官就新官也。"韓愈《舉張正甫自代狀》:"右,臣蒙恩除尚書兵部侍郎。" 萬州:州郡名,治南浦,地當今重慶市萬州區。《舊唐書·地理志》:"萬州,隋巴東郡之南浦縣……領縣三:南浦、梁山、武寧。"白居易《初到忠州登東樓寄萬州楊八使君》:"山東邑居窄,峽牽氣候偏。林巒少平地,霧雨多陰天。"鄭谷《寄南浦謫官》:"多才翻得罪,天末抱窮憂。白首爲遷客,青山繞萬州。" 所寓:即寓所。劉長卿《唐睦州司倉參軍盧公夫人鄭氏墓誌銘》:"有唐大曆十三年九月二十一日,睦州司倉參軍范陽盧公夫人鄭氏終於所寓之官舍,享年四十八。"柳宗元《送族叔行元下第歸廣陵序》:"族叔行元既射策,與主司不合,春二月,將歸淮南。所寓群公設祖,方獻未酬,叔悄然有不暢之色,群公亦愕爾而阻歡。"

㉑ 處子:猶處女。《莊子·逍遥遊》:"藐姑射之山,有神人居焉!肌膚若冰雪,綽約若處子。"韓愈《送區弘南歸》:"處子窈窕王所妃,苟有令德隱不腓。"意謂這位没有出嫁的"處子"妹妹與已經出嫁到李姓爲媳婦的姐姐,是劉頗的兩個女兒;而劉頗的五個兒子統明、既明、越明、坎明、總明,估計尚未成年,故無法進一步叙述他們的官職仕歷。視喪:料理喪事,拜别死者。吴通微《内侍省内侍焦希望神道碑》:"法

本無生，有非吾身。静觀其復，視喪猶塵。委順於何？涇川之津。”權德輿《唐故光禄大夫保伊公神道》：“元和六年十二月晦，寢疾薨於光福里，不及懸車者二歲，追錫太子太保，同盟諸侯皆使其命介來吊祠視喪事。”

㉒ 善交：善於交友。《列子・力命》：“世稱管鮑善交者，小白善用能者。”《後漢書・李郃傳》：“弟子歷，字季子，清白有節，博學善交，與鄭玄、陳紀等相結。” 氣志：指精神、意志。《禮記・孔子閑居》：“清明在躬，氣志如神。”《楚辭・九章・惜往日》：“信讒諛之溷濁兮，盛氣志而過之。” 豪健：强健，壯健。杜甫《沙苑行》：“苑中騋牝三千匹，豐草青青寒不死。食之豪健西域無，每歲攻駒冠邊鄙。”蘇軾《與章子厚書》：“且其弟岳亦豪健絶人者也，徐沂間人驚勇如桀岳類甚衆，若不收拾驅使令捕賊，即作賊耳！” 尚：尊崇，重視。《易・剥》：“君子尚消息盈虚，天行也。”孔穎達疏：“君子通達物理，貴尚消息盈虚。”俞文豹《吹劍四録》：“三代而後，言學者與漢唐，漢尚傳注，唐尚詞章。” 功名：功業和名聲。《史記・管晏列傳》：“吾幽囚受辱，鮑叔不以我爲無耻，知我不羞小節而耻功名不顯於天下也。”岳飛《滿江紅》：“三十功名塵與土，八千里路雲和月。” 投分：定交，意氣相合。《東觀漢記・王丹傳》：“昱道遇丹，拜於車下，丹答之。昱曰：‘家君欲與君投分，何以拜子孫也？’”駱賓王《夏日游德州贈高四》：“綈交君贈縞，投分我忘筌。” 誓死：立誓至死不變。李白《山鷓鴣詞》：“我今誓死不能去，哀鳴驚叫泪沾衣。”元稹《估客樂》：“自兹相將去，誓死意不更。” 牧：統治，駕馭。《逸周書・命訓》：“古之明王，奉此六者以牧萬民，民用而不失。”李商隱《行次西郊作一百韵》：“因令猛毅輩，雜牧升平民。” 長：常常，經常。《莊子・秋水》：“吾長見笑於大方之家。”賈島《落第東歸逢僧伯陽》：“曉去長侵月，思鄉動隔春。” 慈儉：慈愛儉約。《新唐書・趙宗儒傳》：“堯舜之化，慈儉而已。”范仲淹《老子猶龍賦》：“孰可伺珠，長存慈儉之寶；全疑在沼，不離清净之源。” 閭

里:里巷,平民聚居之處。《周禮·天官·小宰》:“聽閭里以版圖。”賈公彦疏:“在六鄉則二十五家爲閭,在六遂則二十五家爲里。閭里之中有争訟,則以户籍之版、土地之圖聽决之。”韓愈《寄盧仝》:“水北山人得名聲,去年去作幕下士。水南山人又繼往,鞍馬僕從寒閭里。”借指平民。《史記·循吏列傳》:“王必欲高車,臣請教閭里使高其梱。乘車者皆君子,君子不能數下車。”韋應物《觀田家》:“方慚不耕者,禄食出閭里。”　愛惜:愛護珍惜。朱浮《爲幽州牧與彭寵書》:“臨人親職,愛惜倉庫。”杜甫《古柏行》:“君臣已與時際會,樹木猶爲人愛惜。”

㉓ 李尚書元素:《舊唐書·李元素傳》:“李元素,字大朴……數月,鄭滑節度盧群卒,遂命元素兼御史大夫,鎮鄭滑,就加檢校工部尚書,在鎮稱理。元和初,徵拜御史大夫……元和五年卒,贈陝州大都督。”李元素爲“鄭滑節度”在貞元十六年,至元和二年十月袁滋受代,《舊唐書·德宗紀》:“(貞元十六年九月)義成軍節度使盧群卒……戊辰,以左丞李元素爲滑州刺史,兼御史大夫、義成軍節度使。”《舊唐書·憲宗紀》:“(元和元年十月)庚辰,以吉州刺史袁滋爲御史大夫,充義成軍節度使。”據本文“元和初,高崇文方下蜀,宰相杜黄裳以君爲大理評事,晝於軍,後爲壽安主簿”云云,劉頗與李元素可以相交相識即在劉頗爲壽安主簿期間,時間極短,且又並非直屬,故衹能“知”而無緣。　鄭司徒餘慶:《舊唐書·鄭餘慶傳》:“鄭餘慶,字居業,滎陽人……憲宗嗣位之月,又擢守本官平章事。”據劉頗生平,“元和初,高崇文方下蜀”之時,在相位的杜黄裳、鄭餘慶大概都已經注意到劉頗的才幹,但據《新唐書·宰相表》,鄭餘慶元和元年十一月隨即罷爲河南尹,劉頗失去了被提携的機會。杜黄裳雖然提携劉頗爲“大理評事”,但元和二年正月也罷爲河中節度使,没有機會繼續重用劉頗。鄭餘慶在河南尹任上,壽安縣正在其管轄之下,也許是劉頗到任壽安之時,鄭餘慶已經離任,再一次錯失機會,故言“君亦不能遂所欲”。重位:重要職位,高位。《後漢書·王符傳》:“今人臣受君之重位,牧

天之所愛，焉可以不安而利之，養而濟之哉?"《魏書·常景傳》："有高才而無重位。" "烏之知且委也"兩句：指本文所述烏重胤重用劉頗爲節度判官，言聽計從，却因劉頗"遭太夫人喪"之事而半途而廢。"韓之器且薦也"兩句：指本文所述劉頗爲"河西令，侍中弘方在蒲，得君喜甚，因請自貳，朝廷以水部員外郎兼侍御史，充河中節度副使"之事，但後面就没有結果。 命：天命，命運。《易·乾》："乾道變化，各正性命。"孔穎達疏："命者，人所禀受若貴賤夭壽之屬是也。"朱熹本義："物所受爲性，天所賦爲命。"嵇康《釋難宅無吉凶攝生論》："夫命者，所禀之分也。"

㉔ "予爲監察御史時"兩句：元稹元和四年拜監察御史，同年七月分務東臺，與曾任"壽安主簿"的劉頗相識，元稹《劉頗詩序》："昌平人劉頗，其上三世有義烈。頗少落行陣，二十解屬文，舉進士，科試不就負氣。狹路間，病罌車蔽柩，盡碎之，罄囊酬直而去。南歸唐州，爲吏所軋，勢不支，氣屈，自火其居，出契書投火中，繇是以氣聞。予聞風四五年而後見，因以詩許之。"詩云："一言感激士，三世義忠臣。破瓮嫌妨路，燒莊耻屬人。迴分遼海氣，閑蹋洛陽塵。儻使權由我，還君白馬津。"與本文所言劉頗生平一一相符，所謂"儻使權由我，還君白馬津"，即本文"與君更相許與爲將相"。《唐國史補》的記載，與元稹本詩及序基本相符："澠池道中，有車載瓦瓮塞于隘路。屬天寒，冰雪峻滑，進退不得。日向莫，官私客旅群隊鈴鐸數千，羅擁在後，無可奈何。有客劉頗者，揚鞭而至，問曰：'車中瓮直幾錢?'答曰：'七八千。'頗遂開囊取縑，立償之，命僮僕登車，斷其結絡，悉推瓮于崖下。須臾，車輕得進，群譟而前。"其後元稹又有《寄劉頗二首》，其一："平生嗜酒顛狂甚，不許諸公占丈夫。唯愛劉君一片膽，近來還敢似人無?"其二："前年碣石烟塵起，共看官軍過洛城。無限公卿因戰得，與君依舊緑衫行。"表示兩人的友誼始終不替。 "予果爲相"六句：元稹長慶二年二月拜相，但却没有能够提携德才兼備的劉頗。元稹認

爲:這樣的結果不是劉頗的天命不好,而是因自己的罪過所致。當然自己這樣有負自己的朋友,也不是故意昧著良心,而是迫不得已。據元稹生平,元稹不僅在相位的時間衹有三個多月,而且自二月十九拜相之後,元稹就馬上捲入"謀刺裴度"的冤案之中,連宰相府都日夜受到監視,形同"犯罪嫌疑人",自身難保,又如何能够再提拔元稹的朋友劉頗?故本文有"抑不能專善善惡惡之柄"之言。《舊唐書·元稹傳》揭示這一段情由甚詳:"時王廷湊、朱克融連兵圍牛元翼於深州,朝廷俱赦其罪,賜節鉞,令罷兵,俱不奉詔。稹以天子非次拔擢,欲有所立以報上。有和王傅于方者,故司空頔之子,干進於稹,言有奇士王昭、王友明二人,嘗客於燕、趙間,頗與賊黨通熟,可以反間而出元翼,仍自以家財資其行,仍賂兵、吏部令史爲出告身二十通,以便宜給賜,稹皆然之。有李賞者,知于方之謀,以稹與裴度有隙,乃告度云:'于方爲稹所使,欲結客王昭等刺度。'度隱而不發。及神策軍中尉奏于方之事,乃詔三司使韓皋等訊鞫,而害裴事無驗,而前事盡露,遂俱罷稹、度平章事,乃出稹爲同州刺史,度守僕射。諫官上疏,言責度太重,稹太輕。上心憐稹,止削長春宮使。稹初罷相,三司獄未奏,京兆尹劉遵古遣坊所由潛邏稹居第。稹奏訴之,上怒,罰遵古,遣中人撫諭稹。"又《舊唐書·李景儉傳》所云也可證明元稹拜相之後左右受到牽制的困難景况:"景儉未至漳州而元稹作相,改授楚州刺史。議者以景儉使酒,淩忽宰臣,詔令纔行,遽遷大郡。稹懼其物議,追還,授少府少監,從坐者皆召還,而景儉竟以忤物不得志而卒。"李景儉與劉頗的遭遇,何其相似!元稹有《别毅郎(此後工部侍郎時詩)》詩篇兩首,其一:"爾爺只爲一杯酒,此别那知死與生?兒有何辜才七歲,亦教兒作瘴江行。"其二:"愛惜爾爺唯有我,我今顑頷望何人?傷心自比籠中鶴,翦盡翅翎愁到身。"記述了自己在宰相任上的狼狽景況,抄録出來供讀者參閲。在這樣自顧不暇的境地中,責備元稹辜負前言而没有提拔劉頗,確實是强人所難。　善善惡惡:謂獎善嫉惡,好惡分明。《荀子・强國》:"彼先王之道也,一人之本也,善善惡惡之應也,治必由之,古今一也。"《史記・太史公自序》:"善善惡惡,賢賢賤不肖。" 二世死忠之家:各本均作"二世",但本文劉拯、劉表裏、劉子騫都以忠而死,故疑"二世死忠之家"爲"三世死忠之家"之誤。 三世:指祖孫三代。《禮記・曲禮》:"去國三世。"鄭玄注:"三世,自祖至孫。"《文選・劉琨〈勸進表〉》:"况臣等荷寵三世,位厠鼎司。"李善注:"三世,謂邁至琨也。王隱《晉書》曰:'琨祖邁,相國參軍;父蕃,太子洗馬、侍御史。'" 傑:才智超群的人。《荀子・非相》:"古者桀紂長巨姣美,天下之傑也。"陸游《老學庵筆記》卷六:"王伯照長於禮樂,歷代及國朝議禮之書,悉能成誦,亦可謂一時之傑。" 成就:造就,成全。《漢書・張禹傳》:"禹成就弟子尤著者,淮陽彭宣至大司空,沛郡戴崇至少府九卿。"蘇軾《剛説》:"士患不剛耳!長養成就猶恐不足,當憂其太剛而懼之以折耶?"

㉕ 鬱噎:阻塞,鬱積。元稹《酬鄭從事四年九月宴望海亭次用舊韵》:"雖無趣尚慕賢聖,幸有心目知西東。欲將滑甘柔藏府,已被鬱噎衝喉嚨。" 風雲:比喻雄韜大略或高情遠志。《文選・沈約〈齊故安陸昭王碑文〉》:"氣藴風雲,身負日月。"李善注:"賢者有風雲之智,故吐文萬牒。"王勃《秋日游蓮池序》:"人間齷齪,抱風雲者幾人?" 悴蹙:義近"慘蹙",憔悴不安。《太平廣記》引薛用弱《集異記・馬總》:"總憑几忽若假寐,而神色慘蹙,不類於常。"蘇轍《入峽》:"緬懷洚水年,慘蹙病有堯。" 泯:消滅,消失,消除。《詩・大雅・桑柔》:"亂生不夷,靡國不泯。"孔穎達《春秋正義序》:"漢德既興,儒風不泯。" 堯舜:唐堯和虞舜的並稱,遠古部落聯盟的首領,古史傳説中的聖明君主。《易・繫辭》:"黄帝堯舜,垂衣裳而天下治。"韓愈《論今年權停舉選狀》:"今者陛下聖明在上,雖堯舜無以加之。" 封山:即封禪,古代帝王祭天地的大典,在泰山上築土爲壇,報天之功,稱封;在泰山下的梁父山上辟場祭地,報地之德,稱禪。《史記・封禪書》:

“古者封泰山禪梁父者七十二家。”欒史《廣卓異記·五十四年内祖與孫封禪》:“凡五十四年内,祖與孫封禪,自古帝王無比。” 知人:有智慧的人。《左傳·襄公二十四年》:“且夫既登而求降階者,知人也。”林堯叟注:“明智之人,乃能思降。知,音智。”韓愈《贈太傅董公行狀》:“公之將薨也,命其子三日斂。既斂而行,於行之四日,汴州亂,故君子以公爲知人。”

[編年]

《年譜》編年本文:“當撰於長慶三年五月以後。”理由是:“碑主是劉頗。《誌》云:‘歲長慶之癸卯五月日乙亥,處士禄汾以予友保極喪訃於予,且告保極遺意,欲予誌卒葬。予……又哭泣退叙事。’”《編年箋注》編年:“時在長慶三年(八二三)五月。”没有説明編年理由。《年譜新編》編年理由同《年譜》,編年結論是:長慶三年“五月”。

據本文開頭所述,元稹得知劉頗病故惡耗在長慶三年五月“乙亥”,推算五月干支,“乙亥”應該是五月二十一日,當時元稹在同州。面對特地從萬州趕來同州提出好友劉頗生前請求的“處士禄汾”,元稹在表示哀悼的同時,必須馬上要辦的事情就是立即完成劉頗生前的請求:連夜撰寫劉頗的墓誌銘,以便及時與劉頗靈柩一起入土安葬。據此,本文就應該撰成於長慶三年五月二十一日當晚,地點在同州,元稹時任同州刺史。

我們以爲,《年譜》編年本文於“長慶三年五月以後”肯定不妥,劉頗是元稹熟悉不過的朋友,一篇不到千字的墓誌銘,以“元才子”名世的元稹有什麼理由要拖到十天之後才能撰成?如果從字面“長慶三年五月以後”來理解,它應該包含長慶三年六月至十二月的七個月時間,這種説法則近乎荒唐。而《編年箋注》、《年譜新編》編年本文於“長慶三年五月”的意見則過於籠統,同樣值得商榷。五月二十一日之前,元稹尚未得到噩耗,自然不可能撰寫劉頗的墓誌銘,應該排除在外;而五月二十一日夜晚本文撰成之後的日子,同樣應該排除在外。

◎ 送公度之福建(此後並同州刺史時作)(一)①

棠陰猶在建溪磯(二),此去那論是與非②! 若見白頭須盡敬,恐曾江岸識胡威③。

録自《元氏長慶集》卷二一

[校記]

(一) 送公度之福建(此後並同州刺史時作):楊本、叢刊本、《全詩》同,《萬首唐人絶句》作"送公度之福建",無後面的題注。體例不同,各備一説。

(二) 棠陰猶在建溪磯:楊本、叢刊本同,《萬首唐人絶句》、《全詩》注作"棠陰猶在建康磯",各備一説,不改。

[箋注]

① 公度:即元公度,元稹從侄元義方的兒子或侄子,從輩分看,應該是元稹的從孫。元稹《唐故建州蒲城縣尉元君墓誌銘》:"君諱某,字莫之,有魏昭成皇帝十七世而生某官,某君即某官之次子也。"其中的"某官"即元稹的親叔叔元宵,曾拜職侍御史,貞元二年病故,時元稹年僅八歲。"某君"即"唐故建州蒲城縣尉元君",是元稹親叔叔的兒子,與元稹是兄弟輩。而元義方是元稹堂叔或堂伯元持的孫子,是元稹的從侄。元稹《唐故建州蒲城縣尉元君墓誌銘》:"無何,宗侄義方觀察福建,子幼道遠,自孤其行,拜言勤求,請君俱去。太夫人曰:'吾有爾兄養足矣! 爾其遂行!'旋授建州浦城尉。宗侄之心腹耳

目之重，以至閫門之令，盡寄於君，上下無怨誠且盡也。”元義方有兒子公慶，公度應該是公慶的親兄弟或從兄弟，也正應該是元稹的從孫。元公度在長慶元年出任華陰縣令，有白居易《元公度授華陰令制》爲證：“敕：元公度，吾欲理化萬方，故自近始。前授大宗正翽印綬，使牧華人。翽能副吾此心，選吏責課，言公度廉明有守，乞宰華陰。當道東西往来，先是爲邑者多飾厨傳舍，奉賓客以沽名譽，而不親吾人。爾能革之，足爲良宰，敬長畏法，無慢乃官，可華陰縣令。”《元公度授華陰令制》作於長慶元年白居易爲主客郎中知制誥之時，可惜《白居易集箋校》迴避了“元公度”爲誰的問題。在元稹長慶二年與三年任職同州刺史期間，估計元公度即卸任華陰縣令先往同州拜見元稹，然後前往福建，本詩即應該作於其時。元稹長慶三年至大和三年任職浙東觀察使期間，元公度又前往浙東拜見元稹，白居易唱和元稹的《和新樓北園偶集從孫公度周巡官韓秀才盧秀才范處士小飲鄭侍御判官周劉二從事皆先歸》詩篇即透露了其中的消息：“聞君新樓宴，下對北園花。主人既賢豪，賓客皆才華。”詩題中的“從孫公度”即是元公度。朱金城先生《白居易集箋校·和新樓北園偶集從孫公度周巡官韓秀才盧秀才范處士小飲鄭侍御判官周劉二從事皆先歸》註釋：“孫公度：《元集》卷二一有《送公度之福建》詩，題下注‘此後並同州刺史時作。’疑即《元集》卷一八《送孫勝》詩中之孫勝。”《白居易集箋校》把“從孫公度”誤讀爲“孫公度”，進而又聯繫與此毫無關係的“孫勝”，錯誤接二連三，很不應該。　福建：這裏指福建觀察使府，元公度的父親元義方曾經任職福建觀察使。《舊唐書·地理志》：“福建觀察使：治福州，管福、建、泉、汀、漳等州。”《舊唐書·憲宗紀》：“(元和四年)夏四月丙子朔……庚子……以商州刺史元義方爲福建觀察使……(元和六年)夏四月乙丑朔……庚午……以福建觀察使元義方爲京兆尹。”《編年箋注》：“福建：福州、建州之合稱。”解釋不確。劉禹錫《夜燕福建盧侍郎宅因送之鎮》：“暫駐旌旗洛水堤，綺筵紅燭醉蘭閩。美人美酒長相逐，莫怕猿聲發建溪。"馬戴《送李侍御福建從事》："晉安來越國，蔓草故宫迷。釣渚龍應在，琴臺鶴亂栖。"

② 棠陰：喻惠政或良吏的惠行。劉長卿《餘干夜宴奉餞前蘇州韋使君新除婺州作》："幸容栖託分，猶戀舊棠陰。"王禹偁《暴富送孫何入史館》："二年佐棠陰，眼黑怕文簿。躍身入三舘，爛目閲四庫。"又作"棠樹"，棠梨樹。《史記·燕召公世家》："召公巡行鄉邑，有棠樹，决獄政事其下，自侯伯至庶人各得其所，無失職者。召公卒，而民人思召公之政，懷棠樹不敢伐，哥詠之，作《甘棠》之詩。"後因以"棠樹"喻惠政。劉禹錫《寄陝州姚中丞》："相思望棠樹，一寄商聲謳。"黄滔《鄜畤李相公》："遊子不緣貪獻賦，永依棠樹託蓬根。" 建溪：水名，在福建，爲閩江北源。劉長卿《新安奉送穆諭德歸朝賦得行字》："九重宣室召，萬里建溪行。事直皇天在，歸遲白髮生。"許渾《放猿》："山淺憶巫峽，水寒思建溪。遠尋紅樹宿，深向白雲啼。" 是與非：即"是非"，對的和錯的，正確與錯誤。《禮記·曲禮》："夫禮者，所以定親疏，决嫌疑，别同異，明是非也。"陶潛《擬挽歌辭三首》一："得失不復知，是非安能覺？"

③ 白頭：猶白髮，形容年老。杜甫《春望》："烽火連三月，家書抵萬金。白頭搔更短，渾欲不勝簪。"元稹《行宫》："寥落古行宫，宫花寂寞紅。白頭宫女在，閑坐説玄宗。" 盡敬：竭盡敬意。王充《論衡·非韓》："孟賁怒而童子修禮盡敬，孟賁不忍犯也。"《資治通鑑·魏元帝咸熙元年》："相王尊重，何侯與一朝之臣皆已盡敬，今日便當相率而拜，無所疑。" 胡威：魏晉時期的清廉之吏，與父胡質并名後世，這裹借以稱頌元義方父子，兼有鼓勵之意。《三國志·胡質傳》："胡質，字文德，楚國壽春人也……太祖辟爲丞相屬，黄初中徙吏部郎，爲常山太守，遷任東莞……每軍功賞賜，皆散之於衆，無入家者。在郡九年，吏民便安，將士用命……嘉平二年薨，家無餘財，惟有賜衣書篋而已。"裴松之注引《晉陽秋》曰："威字伯虎，少有志尚，厲操清白。質之

爲荆州也,威自京都省之,家貧無車馬僮僕,威自驅驢單行,拜見父。停廐中十餘日,告歸,臨辭,質賜其絹一匹爲道路糧,威跪曰:'大人清白,不審於何得此絹?'質曰:'是吾俸禄之餘,故以爲汝糧耳!'威受之辭歸,每至客舍,自放驢,取樵炊爨,食畢復随旅進,道往還如是。質帳下都督素不相識,先其將歸,請假還家,陰資装百餘里。要之,因與爲伴,每事佐助經營之,又少進飲食。行數百里,威疑之,密誘問,乃知其都督也。因取向所賜絹答謝而遣之。後因他信具以白質,質杖其都督一百,除吏名。其父子清慎如此,於是名譽著聞,歷位宰牧,晉武帝賜見,論邊事語及平生,帝歎其父清,謂威曰:'卿清,孰與父清?'威對曰:'臣不如也!'帝曰:'以何爲不如?'對曰:'臣父清,恐人知;臣清,恐人不知,是臣不如者遠也!'官至前將軍、青州刺史,太康元年卒,追贈鎮東將軍。威弟熊,字季象,征南將軍。威子奕,字次孫,平東將軍,並以潔行垂名。"後世以"胡威絹"爲父子以清廉互勵的典實。蕭綱《後臨荆州》:"不學胡威絹,寧挂裴潛床。所冀方留犢,行當息飲羊。"李商隱《爲柳珪謝京兆公啓三首》二:"雖才非張載,未刊劍閣之銘;而志慕胡威,敢問荆州之絹?"

[編年]

《年譜》編年本詩於"壬寅至癸卯在同州所作其他詩"欄内,理由是:"題下注:'此後并同州刺史時作。'"《編年箋注》編年:"此詩作於在同州刺史期間,即長慶二、三年間。見卞《譜》。"《年譜新編》舉出白居易《元公度授華陰令制》等材料作爲證據編年本詩:"由此可知,元公度當於長慶三年八月元稹離同州前解華陰令之任赴福建,行前曾至同州拜謁元稹,元稹賦詩贈行。"

我們以爲,本詩題注"此後並同州刺史時作"是詩人留給我們可靠的信息,因此本詩應該作於元稹任職同州刺史期間。但本詩還有其他可資利用的資訊:白居易拜官知制誥之職在元和十五年年末,

《舊唐書·穆宗紀》:(元和十五年)"十二月己巳朔……丙申,以司門員外郎白居易爲主客郎中、知制誥。"具體時間已經是元和十五年十二月二十八日,因此我們以爲白居易《元公度授華陰令制》的撰作時間應該在長慶元年,故元公度赴任華陰縣令的上限也應該在長慶元年年初。據元稹生平,元稹離開京城前往同州任職在長慶二年六月,故長慶二年六月之前的歲月完全可以排除。以白居易任職"主客郎中、知制誥"的時間以及元稹出貶同州刺史的時間爲推測的依據,我們以爲元公度任滿而卸任華陰縣令之時前往同州拜訪元稹應該在長慶三年的上半年,但《年譜新編》斷言其卸任在"長慶三年八月元稹離同州前"的"八月"尚缺乏足够的根據。據此,我們以爲本詩大致應該作於長慶三年上半年,地點在同州,元稹時任同州刺史。

◎ 酬楊司業十二兄早秋述情見寄(今春與楊兄會於馮翊,數日而別　此詩同州作)①

白髮故人少,相逢意彌遠②。往事共銷沈,前期各衰晚③。昨來遇彌苦(一),已復雲離巘④。秋草古膠庠,寒沙廢宫苑⑤。知心豈忘鮑!詠懷難和阮⑥。壯志日蕭條,那能競朝幰⑦!

録自《元氏長慶集》卷八

[校記]

(一) 昨來遇彌苦:叢刊本、《全詩》同,楊本作"昨來彌遇苦",語義不佳,不改。

[箋注]

① 楊司業十二兄:即元稹的忘年詩友楊巨源,排行十二,河中

(今山西永濟縣西)人,兩人的交往開始於元稹十六歲明經及第之後,結束於兩人先後謝世之日,詩篇往還甚多。 司業:學官名,隋以後國子監置司業,爲監内的副長官,協助祭酒,掌儒學訓導之政。至清末始廢。張説《崔司業挽歌二首》一:“海岱英靈氣,膠庠禮樂資。風流滿天下,人物擅京師。”杜甫《戲簡鄭廣文虔兼呈蘇司業源明》:“才名四十年,坐客寒無氊。賴有蘇司業,時時與酒錢。” 早秋:初秋,一般指七月。王勃《秋江送别二首》一:“早是他鄉值早秋,江亭明月帶江流。”雍陶《咏双白鹭》:“一足獨拳寒雨裏,數聲相叫早秋時。” 述情:亦即“叙情”,抒情。韩愈《祭虞部张员外文》:“酒食備設,靈其降止;論德叙情,以視諸誄。”孟郊《湖州取解述情》:“霅水徒清深,照影不照心。白鶴未輕舉,衆鳥争浮沉。”今春與楊兄會於馮翊數日而别,此詩同州作:以上兩句,係元稹原有題注,而非後來的整理者馬元調所加,幸請讀者加以區别。 馮翊:郡名,即同州。岑参《冬宵家會餞李郎司兵赴同州》:“昔歲到馮翊,人烟接京師。曾上月樓頭,遥見西嶽祠。”賈島《送殷侍御起同州》:“馮翊蒲西郡,沙岡擁地形。”

② 白髮:白頭髮,亦指老年。《漢書·五行志》:“白髮,衰年之象,體尊性弱,難理易亂。”李白《秋浦歌十七首》一五:“白髮三千丈,緣愁似箇長。” 故人:舊交,老友。《史記·范睢蔡澤列傳》:“公之所以得無死者,以綈袍戀戀,有故人之意,故釋公。”王維《送元二使安西》:“勸君更盡一杯酒,西出陽關無故人。” 相逢:彼此遇見,會見。張衡《西京賦》:“跳丸劍之揮霍,走索上而相逢。”韓愈《答張徹》:“及去事戎轡,相逢宴軍伶。” 彌遠:久遠。《文選·班固〈幽通賦〉》:“靖潛處以永思兮,經日月而彌遠。”李善注引曹大家曰:“言己安静長思,不欲毁絶先人之功迹,日月不居,忽復大遠。”《後漢書·章帝紀》:“《五經》剖判,去聖彌遠,章句遺辭,乖疑難正。”

③ 往事:過去的事情。《史記·太史公自序》:“此人皆意有所鬱結,不得通其道也,故述往事,思來者。”劉長卿《南楚懷古》:“往事那

堪問！此心徒自勞。” 銷沉：猶消沉，謂衰退没落。《北齊書·文宣帝紀》：“《禮》云《樂》云，銷沉俱振。”葉適《祭陳益之待制文》：“銷沉至死，有困無亨。” 前期：對未來的預期，打算。沈約《别范安成》：“生平少年日，分手易前期。”韓愈《赴江陵途中寄贈王十二補闕李十一拾遺李二十六員外翰林三學士》：“失志早衰换，前期擬蜉蝣。” 衰晚：亦即“衰暮”，遲暮，比喻晚年。鮑照《擬古八首》四：“幼壯重寸陰，衰暮反輕年。”韓愈《除官赴闕至江州寄鄂岳李大夫》：“少年樂新知，衰暮思故友。”

④ 昨來：近來。岑參《河西春暮憶秦中》：“别後鄉夢數，昨來家信稀。”《續資治通鑒·宋神宗元豐四年》：“臣聞昨來西師出界，中綴而還，將下師徒，頗有飢凍潰散。” 彌：遍，滿。《周禮·春官·大祝》：“國有大故天烖，彌祀社稷禱祠。”鄭玄注：“彌，猶遍也。”《楚辭·大招》：“茝蘭桂樹，鬱彌路兮。”王逸注：“鬱鬱然滿路。” 巘：山，山頂。《詩·大雅·公劉》：“陟則在巘，復降在原。”毛傳：“巘，小山，别於大山也。”朱熹集傳：“巘，山頂也。”杜甫《故秘書少監武功蘇公源明》：“時下萊蕪郭，忍飢浮雲巘。”仇兆鰲注：“巘，山頂也。”

⑤ 秋草：秋天的衰草，點明時序。崔國輔《王昭君》：“漢使南還盡，胡中妾獨存。紫臺綿望絶，秋草不堪論。”王維《贈祖三詠》：“高館闃無人，離居不可道。閑門寂已閉，落日照秋草。” 膠庠：周代學校名，周時膠爲大學，庠爲小學，後世通稱學校爲“膠庠”，語本《禮記·王制》：“周人養國老於東膠，養庶老於虞庠。”《梁書·裴子野傳》：“且章句洽悉，訓故可傳，脱置之膠庠，以弘獎後進，庶一夔之辯可尋，三豕之疑無謬矣！”連及楊巨源的“司業”身份。 寒沙：稱寒冷季節的沙灘，時序依然。丘遲《旦發魚浦潭》：“森森荒樹齊，析析寒沙漲。”李世民《飲馬長城窟行》：“寒沙連騎迹，朔吹斷邊聲。” 宫苑：畜養禽獸並種植花木，供帝王及皇室貴族遊玩和打獵的園林。《元和郡縣志·同州·馮翊縣》：“沙苑一名沙阜，在縣南十二里，東西八十里，南北三

十里。後魏文帝大統三年，周太祖爲相國，與高歡戰于沙苑，大破之。其時太祖兵少，隱伏于沙草之中，以奇勝之。後于兵立之處人栽一樹，以表其功。今樹往往猶存，仍于戰處立忠武寺，今以其處宜六畜，置沙苑監。”與同州的地貌歷史緊相結合。何遜《七召·宮室》：“河柳垂葉，山榴發英。翫奇花之春滿，摘甘實於夏成：此實宮苑之壯麗，豈能從我而爲榮！”《北齊書·幼主紀》：“乃更增益宮苑，造偃武修文臺，其嬪嬙諸宮中起鏡殿、寶殿、瑇瑁殿，凡青雕刻，妙極當時。”

⑥ 知心：彼此契合，腹心相照。舊題李陵《答蘇武書》：“人之相知，貴相知心。”王安石《明妃曲二首》二：“漢恩自淺胡自深，人生樂在相知心。”相互深切了解的人，深交。李嘉祐《留別毗陵諸公》：“知心從此別，相憶鬢毛斑。”　鮑：“管鮑”中的鮑叔牙。春秋时管仲和鮑叔牙的並稱“管鮑”，兩人相知最深，後常用以比喻交誼深厚的朋友。傅玄《何當行》：“管鮑不世出，結交安可爲？”范仲淹《得李四宗易書》：“須期管鮑垂千古，不學張陳負一朝。”這裏詩人以其和楊巨源的友誼比作“管鮑”。　詠懷：用詩歌來抒發情懷，寄託抱負。如阮籍有《詠懷詩》八十二首。《隋書·李士謙傳》：“士謙平生時爲詠懷詩，輒毁棄其本，不以示人。”温庭筠《寄渚宮遺民弘里生》：“未肯睽良願，空期嗣妙音。他時詠懷作，猶得比南金。”元稹覺得自己的詩篇難以與楊巨源相匹敵，這是詩人的自謙之詞。

⑦ 壯志：豪壯的志願、襟懷，偉大的志向。《後漢書·張儉傳論》：“而張儉見怒時王，顛沛假命，天下聞其風者，莫不憐其壯志，而争爲之主。”盧綸《春日書情贈别司空曙》：“壯志随年盡，謀身意未安。風塵交契闊，老大别離難。”　蕭條：指政治上的衰微衰退。曹植《卞太后誄》：“皇室蕭條，羽檄四布，百姓欷歔，嬰兒號慕，若喪考妣，天下縞素。”《南史·齊豫章文獻王嶷傳》：“舊楚蕭條，仍歲多故，政荒人散，實須緝理。”　朝幰：朝廷大臣所乘的車輛，幰是車前的帷幔，隋時規定六品以下官員乘車不許施幰。元稹自上年被李逢吉勾結宦官，

誣陷其謀刺裴度而被罷免宰相之職之後，天大的冤情一直没有能够洗白。本句所言，既是詩人委屈之情的真實流露，也是詩人對朝政的昏庸表示不滿。

［編年］

《年譜》編年本詩於"長慶三年秋"，理由是元稹的自注："此詩同州作。"《編年箋注》編年："元稹此詩作于長慶三年（八二三）秋，時在同州刺史任。"理由是千篇一律的"見下《譜》"。《年譜新編》也編年於長慶三年秋天，從"今年春"著手，理由雖然可從，但編年時段仍然不够精准，"在同州僅一年"的説法也是不對的。

我們以爲，元稹長慶二年六月五日出貶同州，至長慶三年八月轉任浙東觀察使，包含有兩個秋天。雖然詩中有"秋草古膠庠，寒沙廢宫苑"的詩句，但仍然不能斷定是長慶二年的秋天還是長慶三年的秋天。而本詩詩題注云："今春與楊兄會於馮翊，數日而别。"元稹在同州衹有一個春天，故"今春"必定是長慶三年春天，據此可以斷定本詩應該作於長慶三年秋天。但編年尚可以也應該進一步細化，元稹轉任浙東在長慶三年八月，此詩又説"早秋述情"，按照常規，此詩應該作於長慶三年的七月，詩篇也没有流露轉任浙東的含義。"長慶三年秋"的説法過於籠統，理由也没有説全。

◎ 旱灾自咎貽七縣宰（同州時）(一)①

吾聞上帝心，降命明且仁②。臣稹苟有罪，胡不灾我身③？胡爲旱一州，禍此千萬人④？一旱猶可忍，其旱亦已頻⑤。臘雪不滿地，膏雨不降春⑥。惻惻詔書下，半减麥與緡⑦。半租豈不薄？尚竭力與筋⑧。竭力不敢憚，慚戴天子恩[9]。纍纍婦拜姑,呐呐翁語孫[10]。禾黍日夜長,足得盈我囷[11]。還填折粟税,酬償貰麥鄰[12]。苟無公私責,飲水不爲貧[13]。歡言未盈口,旱氣已再振[14]。六月天不雨,秋孟亦既旬[15]。區區昧陋積,禱祝非不勤[16]。日馳衰白顔,再拜泥甲鱗[17]。歸来重思忖,願告諸邑君[18]:以彼天道遠,豈如人事親[19]!團團囹圄中,無乃冤不申(二)[20]?擾擾食廩内,無乃奸有因[21]?軋軋輸送車,無乃使不倫[22]?遥遥負擔卒,無乃役不均[23]?今年無大麥,計與珠玉濱[24]。村胥與里吏,無乃求取繁[25]?符下斂錢急,值官因酒嗔[26]。誅求與撻罰,無乃不逡巡[27]?生小下里住,不曾州縣門[28]。訴詞千萬恨,無乃不得聞[29]?强豪富酒肉,窮獨無蒭薪[30]。俱由案牘吏,無乃移禍屯[31]?官分市井户,迭配水陸珍[32]。未蒙所償直,無乃不敢言[33]?有一於此事,安可尤蒼旻[34]?借使漏刑憲,得不虞鬼神[35]?自顧頑滯牧(三),坐貽災沴臻[36]。上羞朝廷寄,下愧閭里民[37]。豈無神明宰,爲我同苦辛[38]?共布慈惠語,慰此衢客塵[39]。

録自《元氏長慶集》卷四

[校記]

(一) 旱灾自咎貽七縣宰(同州時):《全詩》同,楊本、叢刊本、《古詩鏡·唐詩鏡》作"旱灾自咎貽七縣宰(同州)",語義相類,不改。

(二) 無乃冤不申:楊本、叢刊本、《全詩》同,《古詩鏡·唐詩鏡》作"無乃冤不中"。

(三) 自顧頑滯牧:宋蜀本、蘭雪堂本、叢刊本、《古詩鏡·唐詩鏡》同,楊本作"自願頑滯牧",語義不佳,不改。

[箋注]

① 旱灾：由於長期没有雨或少雨而又缺乏灌溉，影響作物正常生長或使作物枯死，造成大量減産的灾害。韓愈《論今年權停舉選狀》："清閑之餘，時賜召問，必能輔宣王化，銷殄旱灾。"曾鞏《洪州諸寺觀祈晴文》："蓋兹疲癃之民，已出旱灾之後，室家凋弊，閭里愁嗟。" 自咎：自責，歸罪於己。袁康《越絶書·外傳計倪》："〔子胥〕三年自咎，不親妻子，饑不飽食，寒不重綵。"韓愈《上考功崔虞部書》："既以自咎，又歎執事者，所守異于人人。" 貽：贈送，給予。《詩·邶風·静女》："静女其孌，貽我彤管。"曹植《朔風詩》："子好芳草，豈忘爾貽，繁華將茂，秋霜悴之。" 縣宰：縣令。《晉書·慕容皝傳》："新昌人張衡執縣宰以降。"杜荀鶴《再經胡城縣》："今來縣宰加朱紱，便是生靈血染成。"

② 上帝：天帝。《易·豫》："先王以作樂崇德，殷薦之上帝，以配祖考。"袁宏《後漢紀·順帝紀》："愚以爲天不言，以灾異爲譴，告政之治亂，主之得失，皆上帝所伺而應以灾祥者也。"指君主，帝王。《詩·大雅·蕩》："蕩蕩上帝，下民之辟。"毛傳："上帝，以託君王也。"孔穎達疏："王稱天稱帝，《詩》之通義。"《後漢書·李膺傳》："頃聞上帝震怒，貶黜鼎臣。"李賢注："上帝謂天子。" 降命：發佈下達政令。《禮記·禮運》："故政者，君之所以藏身也。是故夫政必本於天，殽以降命。"孔穎達疏："殽，效也，言人君法效天氣以降下政教之命。"《晉書·樂志》："惟天降命，翼仁祐聖。" 明：聖明，明智，明察。諸葛亮《前出師表》："恐託付不效，以傷先帝之明。"吴兢《貞觀政要·論君道》："君之所以明者，兼聽也。" 仁：仁愛，相親，仁是古代一種含義極廣的道德觀念，其核心指人與人相互親愛，孔子以之作爲最高的道德標準。《禮記·中庸》："仁者人也，親親爲人。"韓愈《原道》："博愛之謂仁，行而宜之之謂義。"仁慈，厚道。《論語·泰伯》："君子篤於親，則民興於仁；故舊不遺，則民不偷。"何晏集解："君能厚於親屬，不

遺忘其故舊,行之美者,則民皆化之,起爲仁厚之行,不偷薄。"《孟子·告子》:"惻隱之心,仁也。"

③ 臣:臣對君的自稱。《國語·晉語》:"悼公使張老爲卿,辭曰:'臣不如魏絳。'"《孟子·梁惠王》:"仲尼之徒,無道桓文之事者,是以後世無傳焉! 臣未之聞也。"對上帝而言,元稹自然應該稱臣。 苟:假如,如果,祇要。《易·繫辭》:"苟非其人,道不虛行。"《史記·周本紀》:"子苟能,請以國聽子。"韓愈《江漢答孟郊》:"苟能行忠信,可以居夷蠻。" 有罪:有犯法的行爲。《國語·晉語》:"臣聞絳之志,有事不避難,有罪不避刑。"《漢書·宣帝紀》:"蓋聞有功不賞,有罪不誅,雖唐虞猶不能化天下。" 胡不:何不。《詩·唐風·杕杜》:"嗟行之人,胡不比焉? 人無兄弟,胡不佽焉?"《史記·張耳陳餘列傳》:"苟必信,胡不赴秦軍俱死?" 灾:泛指灾害,禍患。《孟子·離婁》:"城郭不完,兵甲不多,非國之灾也。"韓愈《雜詩四首》三:"雖無風雨灾,得不覆且顛。"這裏指單獨降灾在元稹一人身上。 我身:我自己,我這個人。韓愈《贈張籍》:"我身蹈丘軻,爵位不早綰。"白居易《我身》:"我身何所似? 似彼孤生蓬。"

④ 胡爲:何爲,爲什麼。《詩·邶風·式微》:"微君之故,胡爲乎中露?"李白《蜀道難》:"嗟爾遠道之人,胡爲乎來哉!" 禍:危害,損害。《書·湯誥》:"天道福善禍淫。"《孟子·告子》:"率天下之人而禍仁義者,必子之言夫!"

⑤ "一旱猶可忍"兩句:意謂一次乾旱還可以忍受,一而再再而三連續不斷的乾旱就讓百姓没有辦法了。 忍:忍耐,容忍。《書·湯誥》:"爾萬方百姓,罹其凶害,弗忍荼毒。"《論語·八佾》:"是可忍也,孰不可忍也。" 頻:屢次,接連。《列子·黄帝》:"數月,意不已,又往從之。列子曰:'汝何去來之頻?'"韓愈《論天旱人饑狀》:"今瑞雪頻降,來年必豐。"

⑥ 臘雪:冬至後立春前下的雪。李時珍《本草綱目·臘雪》:"冬

至後第三戌爲臘,臘前三雪,大宜菜麥,又殺蟲蝗。”劉禹錫《送陸侍御歸淮南使府》:“泰山呈臘雪,隋柳布新年。”歐陽修《蝶戀花》:“嘗愛西湖春色早,臘雪方銷,已見桃開小。” 滿地:蓋滿整個地面。劉長卿《夜中對雪贈秦系時秦初與謝氏離婚謝氏在越》:“月明花滿地,君自憶山陰。誰遣因風起,紛紛亂此心?”李白《携妓登梁王栖霞山孟氏桃園中》:“碧草已滿地,柳與梅争春。謝公自有東山妓,金屏笑坐如花人。” 膏雨:滋潤作物的霖雨。《左傳·襄公十九年》:“小國之仰大國也,如百穀之仰膏雨焉!”《漢書·賈山傳》:“是以元年膏雨降,五穀登。”

⑦ 惻惻:懇切。《後漢書·張酺傳》:“張酺前入侍講,屢有諫正,誾誾惻惻,出於誠心,可謂有史魚之風矣!”李賢注:“惻惻,懇切也。”韋應物《襄武舘遊眺》:“澹泊風景晏,繚繞雲樹幽。節往情惻惻,天高思悠悠。” 詔書:皇帝頒發的命令。《史記·儒林列傳》:“臣謹案詔書律令下者,明天人分際,通古今之義,文章爾雅,訓辭深厚,恩施甚美。”《文心雕龍·詔策》:“漢初定儀則,則命有四品:一曰策書,二曰制書,三曰詔書,四曰戒敕。” 麥:一年生或二年生草本植物,子實用來磨成麵粉,也可以用來製糖或釀酒,是我國北方重要的糧食作物,有小麥、大麥、黑麥、燕麥等多種。宋應星《天工開物·麥》:“凡麥有數種。小麥曰來,麥之長也;大麥曰牟,曰穬;雜麥曰雀,曰蕎。皆以播種同時,花形相似,粉食同功,而得麥名也。”《詩·豳風·七月》:“九月築場圃,十月納禾稼,黍稷重穋,禾麻菽麥。”韓愈《御史臺上論天旱人饑狀》:“容至來年,蠶麥庶得少有存立。” 緡:古代通常以一千文爲一緡。王嘉《拾遺記·晉時事》:“因墀國獻五足獸,狀如師子;玉錢千緡,其形如環。”《新唐書·張弘靖傳》:“詔以錢百萬緡賚將士。”這裏的“麥”與“緡”,均是指作爲賦税百姓必須上繳的實物與錢。

⑧ 半租:減半收取賦税,與上文“半減”義同。朱熹《通判恭州江君墓誌銘》:“會詔蠲民田半租,君白部使者程公大昌曰:‘常時輸租雖

合勺之畸，亦必使就盈數。今若但減其半，則全户輸一升者，名減五合，而實猶輸一升也。若自全户三升以下悉蠲之，則貧民被實惠矣！'程公以君語聞，詔從之。"周必大《張欽夫左司》三："賴上異恩，與湖南例蠲下户半租，極爲利益也。" 竭：窮盡。《左傳・莊公十年》："夫戰，勇氣也。一鼓作氣，再而衰，三而竭。"李華《吊古戰場文》："鼓衰兮力盡，矢竭兮絃絶。" 力與筋：即"筋力"，猶體力。《禮記・曲禮》："貧者不以貨財爲禮，老者不以筋力爲禮。"《後漢書・劉茂傳》："少孤，獨侍母居。家貧，以筋力致養，孝行著於鄉里。"

⑨ 竭力：竭盡力量。《禮記・燕義》："臣下竭力盡能以立功於國，君必報之以爵禄。"范仲淹《又上吕相公書》："相公坐籌於内，某輩竭力於外，内外協一，奉安宗廟社稷。" 憚：畏難，畏懼。《後漢書・南蠻西南夷傳序》："兵士憚遠役，遂反，攻其府。"韓愈《送靈師》："尋勝不憚險，黔江屢洄沿。" 慚：羞愧。《易・繫辭》："將叛者其辭慚。"孟浩然《送韓使君除洪府都督》："無才慚孺子，千里愧同聲。" 戴：引申指感恩。《三國志・朱桓傳》："桓分部良吏，隱親醫藥，飧粥相繼，士民感戴之。"王安石《上徐兵部書》："戴執事之賜，此時爲重。" 天子：古以君權爲神所授，故稱帝王爲天子。盧照鄰《結客少年場行》："歸來謝天子，何如馬上翁！"崔湜《大漠行》："火絶烟沈右西極，谷静山空左北平。但使將軍能百戰，不須天子築長城。" 恩：德澤，恩惠。《孟子・梁惠王》："今恩足以及禽獸，而功不至於百姓者，獨何與？"曹植《求通親親表》："誠可謂恕己治人，推惠施恩者矣！"

⑩ 纍纍：重積貌，衆多貌。《漢書・石顯傳》："印何纍纍，綬若若邪！"顔師古注："纍纍，重積也。"《樂府詩集・紫騮馬歌》："遥看是君家，松柏冢纍纍。" 婦：兒媳。《左傳・襄公二年》："禮無所逆，婦，養姑者也。虧姑以成婦，逆莫大焉！"《資治通鑑・後周太祖顯德元年》："初，符彦卿有女適李守貞之子崇訓，相者言其貴當爲天下母，守貞喜曰：'吾婦猶母天下，况我乎！'反意遂决。" 姑：丈夫的母親，婆婆。

趙彦衛《雲麓漫抄》卷五:"婦謂夫之父曰舅,夫之母曰姑。"《左傳·昭公二十八年》:"子容之母走謁諸姑。"《後漢書·鮑宣妻傳》:"拜姑禮畢,提瓮出汲。" 吶吶:形容説話遲鈍。《禮記·檀弓》:"其言吶吶然,如不出其口。"《魏書·高允傳》:"高子内文明而外柔弱,其言吶吶不能出口。" 翁:祖父。玄應《一切經音義》卷一六:"鳥頭上毛曰翁。翁,一身之最上;祖,一家之最尊。祖爲翁者,取其尊上之意也。"王安石《久雨》:"城門晝開眠百賈,飢孫得糟夜哺翁。" 孫:兒子的子女,兒子的兒子。李密《陳情事表》:"臣無祖母,無以至今日;祖母無臣,無以終餘年。母孫二人,更相爲命。"杜甫《石壕吏》:"室中更無人,惟有乳下孫。"與孫子同輩的同姓或異姓親屬。《詩·召南·何彼襛矣》:"平王之孫,齊侯之子。"馬瑞辰通釋:"《詩》所云平王之孫,乃平王之外孫。"

⑪ 禾黍:禾與黍,泛指黍稷稻麥等糧食作物。《史記·宋微子世家》:"麥秀漸漸兮,禾黍油油。"《後漢書·承宫傳》:"後與妻子之蒙陰山,肆力耕種,禾黍將孰,人有認之者,宫不與計,推之而去,由是顯名。" 日夜:白天黑夜,日日夜夜。張九齡《初發道中寄遠》:"日夜鄉山遠,秋風復此時。舊聞胡馬思,今聽楚猿悲。"宋之問《途中寒食題黄梅臨江驛寄崔融》:"北極懷明主,南溟作逐臣。故園腸斷處,日夜柳條新。" 盈:滿,充滿。《詩·周南·卷耳》:"采采卷耳,不盈頃筐。"杜甫《自京赴奉先縣詠懷五百字》:"多士盈朝廷,仁者宜戰慄。" 囷:圓形穀倉。《周禮·考工記·匠人》:"囷窌倉城。"鄭玄注:"囷,圜倉。"賈公彦疏:"方曰倉,圜曰囷。"《詩·魏風·伐檀》:"不稼不穡,胡取禾三百囷兮。"用以指類囷倉形之物。《山海經·中山經》:"又東五十里,曰少室之山,百草木成囷。"郝懿行箋注:"言草木屯聚如倉囷之形也。"宋之問《自衡陽至韶州謁能禪師》:"湘岸竹泉幽,衡峰石囷閉。"

⑫ 還:交還,歸還。《周禮·秋官·司儀》:"致瓮餼,還圭。"鄭玄

注引鄭司農曰:“還圭,歸其玉也。”《新唐書·食貨志》:“其後豪富兼併,貧者失業,於是詔買者還地而罰之。”償還,交付。諸葛亮《便宜十六策·斬斷》:“取非其物,借貸不還,奪人頭首,以獲其功,此謂盜軍,盜軍者斬。”張鷟《朝野僉載》卷三:“又問車脚幾錢,又曰:‘御史例不還脚錢。’” 填:補充,抵償。張華《博物志·異鳥》:“精衛常取西山之木石,以填東海。”王建《送振武張尚書》:“盡收壯勇填兵數,不向蕃渾奪馬群。” 折:折合,抵當。《戰國策·西周策》:“越人請買之千金,折而不賣。”杜甫《銅瓶》:“蛟龍半缺落,猶得折黄金。”仇兆鰲注引楊慎曰:“折,當也。” 酬償:報償,償還。杜牧《上宰相求湖州第二啓》:“開元末,某有屋三十間,去元和末,酬償息錢,爲他人有,因此移去。”葉適《趙路分挽詞》:“古有失時堪恨惜,今從虧處取酬償。佳城况遇朱公子,大旆高牙屬令郎。” 貰:借貸。桓寬《鹽鐵論·水旱》:“民相與市買,得以財貨五穀新幣易貨,或時貰民,不棄作業。”王安石《上五事札子》:“今以百萬緡之錢,權物價之輕重,以通商而貰之,令民以歲入數萬緡息。”

⑬“苟無公私責”兩句:意謂假如没有公私的欠債,即使窮到衹能飲水充飢,也自以爲不是貧窮人家。 苟無:假如没有。韓愈《遣興聯句》:“苟無夫子聽,誰使知音揚?”元稹《謝恩賜告身衣服並借馬狀》:“發言感泣,指日誓心,苟無死節之誠,願受鬼誅之禍。” 公私:公家和私人。杜甫《憶昔二首》二:“憶昔開元全盛日,小邑猶藏萬家室。稻米流脂粟米白,公私倉廩俱豐實。”元稹《茅舍(楚俗不理居)》:“農收次邑居,先室後臺榭。啓閉既及期,公私亦相借。” 責:“債”的古字。《管子·輕重乙》:“君直幣之輕重,以決其數,使無券契之責。”尹知章注:“責,讀曰債。”《漢書·食貨志》:“當具有者半賈而賣,亡者取倍稱之息,於是有賣田宅、鬻子孫以償責者矣!” 貧:缺少財物,貧困,與“富”相對。《漢書·揚雄傳》:“得士者富,失士者貧。”白居易《酬皇甫賓客》:“性慵無病常稱病,心足雖貧不道貧。竹院君閑銷永

日,花亭我醉送殘春。"貧民,貧家。《左傳·昭公十四年》:"分貧振窮。"陳師道《答寇十一惠朱櫻》:"故人憐一老,輟食寄三山。厚味非貧具,先嘗愧客間。"

⑭ 歡言:歡樂地叙談。陶潛《讀山海經十三首》一:"歡言酌春酒,摘我園中蔬。"梅堯臣《思歸賦》:"或静默以終日,或歡言以對友。" 未盈口:没有來得及説完。 盈:滿,充滿。《詩·周南·卷耳》:"采采卷耳,不盈頃筐。"杜甫《自京赴奉先縣詠懷五百字》:"多士盈朝廷,仁者宜戰慄。" 旱氣:乾旱的氣候,旱灾。《漢書·食貨志》:"恐生旱氣,民被其灾。"韓愈《賀雨表》:"青天湛然,旱氣轉甚。" 振:奮起,振作。《禮記·月令》:"〔孟春之月〕東風解凍,蟄蟲始振。"左思《詠史詩八首》六:"荆軻飲燕市,酒酣氣益振。哀歌和漸離,謂若傍無人。"

⑮ 秋孟:即孟秋,指農曆七月。柳宗元《乞巧文》:"女隸進曰:'今兹秋孟七夕,天女之孫將嬪於河鼓。'"蘇籀《跋伯時二馬圖》:"紹興辛未秋孟蘇籀跋。" 既旬:終旬。元稹《報三陽神文》:"越九月始踐朔,霖雨既旬,式從禜典,俾吏拜稽首,祈三辰克霽於神。"吴融《贈李長史歌并序》:"余客武康縣,既旬日,將去,邑長相餞於溪亭。"

⑯ 區區:自稱的謙詞。《後漢書·竇融傳》:"區區所獻,唯將軍省焉!"李綱《象州答吴元中書》:"區區自過象郡,頗覺爲嵐氣所中,飲食多嘔。" 昧陋:愚昧淺陋。元稹《翰林學士承旨記》:"若此,則安可以昧陋不肖之稹,繼居九丞相、二名卿之後乎?"范仲淹《謝放罪表》:"向以昧陋,參於幾微。" 禱祝:禱告祝福。《韓非子·内儲説》:"其説在衛人之夫妻禱祝也。"焦贛《易林·離之坤》:"春秋禱祝,解過除憂,君子無咎。"

⑰ 衰白:謂人老體衰鬢髮疏落花白,語本嵇康《養生論》:"至於措身失理,亡之於微,積微成損,積損成衰,從衰得白,從白得老,從老得終,悶若無端。"杜甫《收京三首》二:"生意甘衰白,天涯正寂寥。" 再拜:拜了又拜,表示恭敬,古代的一種禮節。《論語·鄉黨》:"問人

於他邦，再拜而送之。"《史記·孟嘗君列傳》："坐者皆起，再拜。"　泥甲鱗：由泥木等材料雕飾而成的供人們供奉的龍神。　甲：某些動物身上的鱗片或硬殼。《山海經·中山經》："有獸焉！其狀如犬，虎爪，有甲，其名曰獜。"郭璞注："言體有鱗甲。"葛洪《抱朴子·廣譬》："靈龜之甲，不必爲戰施；鱗角鳳爪，不必爲鬥設。"特指龜甲。《文選·左思〈吴都賦〉》："葺鱗鏤甲，詭類舛錯。"劉逵注："甲，謂龜甲也。"王安石《同王浚賢良賦龜》："於時睹甲别貴賤，太上藏法傳昆仍。"　鱗：魚類、爬行類和少數哺乳類動物密排於身體表層的衍生物，具有保護作用。《後漢書·光武帝紀》："天下士大夫捐親戚，棄土壤，從大王於矢石之間者，其計固望其攀龍鱗，附鳳翼，以成其所志耳！"泛指有鱗甲的動物。《禮記·月令》："〔孟春之月〕其蟲鱗。"鄭玄注："鱗，龍蛇之屬。"孫綽《望海賦》："鱗彙萬殊，甲産無方。"

⑱ 思忖：考慮，思量。覺範《明教夢中作》："覿面堂堂不覆藏，個中無地容思忖。"張侃《秋日閑居十首》八："毋學接輿狂，終日空思忖！"　邑君：地方官。《漢書·西南夷傳》："(夜郎王)興將數千人往至亭，從邑君數十人入見(陳)立。"鮑溶《送王煉師》："聖母祠堂藥樹香，邑君承命薦椒漿。風雲大感精神地，雷雨頻過父母鄉。"

⑲ 天道：猶天理，天意。陶潛《怨詩楚調示龐主簿鄧治中》："天道幽且遠，鬼神茫昧然。"指自然界變化規律。桓寬《鹽鐵論·水旱》："六歲一饑，十二歲一荒，天道然，殆非獨有司之罪也。"孟郊《感懷八首》六："四時更變化，天道有虧盈。"　人事：指人世間事。《樂府詩集·焦仲卿妻》："自君别我後，人事不可量。"《南史·鄭鮮之傳》："今如滕羨情事者，或終身隱處，不關人事。"

⑳ 團團：圓貌。班婕妤《怨歌行》："裁爲合歡扇，團團似明月。"謝惠連《七月七日夜詠牛女》："團團滿葉露，析析振條風。"　囹圄：監獄。《禮記·月令》："〔仲春之月〕命有司，省囹圄，去桎梏。"孔穎達疏："囹，牢也；圄，止也，所以止出入，皆罪人所舍也。"《漢書·禮樂

志》:“禍亂不作,囹圄空虛。” 無乃:相當於“莫非”、“恐怕是”,表示委婉測度的語氣。《論語·雍也》:“居敬而行簡,以臨其民,不亦可乎?居簡而行簡,無乃太簡乎?”韓愈《行難》:“由宰相至百執事凡幾位,由一方至一州凡幾位,先生之得者,無乃不足充其位邪?”

㉑ 擾擾:紛亂貌,煩亂貌。《列子·周穆王》:“今頓識既往,數十年來存亡、得失、哀樂、好惡,擾擾萬緒起矣!”武元衡《南徐别業早春有懷》:“生涯擾擾竟何成?自愛深居隱姓名。” 廩:糧倉。《詩·周頌·豐年》:“亦有高廩,萬億及秭。”《左傳·文公十六年》:“自廬以往,振廩同食。” 食廩:義同“倉庫”,貯藏糧食之處爲倉,貯藏兵車之處爲庫,後即以倉庫泛指貯存保管大宗物品的建築物或場所。《國語·晉語》:“從者曰:‘邯鄲之倉庫實。’”《史記·萬石張叔列傳》:“城郭倉庫空虛。” 有因:有緣故。韋應物《路逢崔元二侍御避馬見招以詩見贈》:“見招翻跼蹐,相問良殷勤。日日吟趨府,彈冠豈有因?”劉禹錫《秋齋獨坐寄樂天兼呈吴方之大夫》:“世間憂喜雖無定,釋氏消磨盡有因。同向洛陽閑度日,莫教風景屬他人。”

㉒ 軋軋:象聲詞。許渾《旅懷》:“征車何軋軋,南北極天涯?”柳永《採蓮令》:“翠娥執手送臨歧,軋軋開朱户。” 輸送:從一處運到另一處,運送。《三國志·駱統傳》:“每有徵發,羸謹居家重累者先見輸送。”蘇軾《代張方平諫用兵書》:“而六路之人,斃於輸送,貲糧器械,不見敵而盡。” 不倫:不相當,不相類。《漢書·梁懷王劉揖傳》:“臣愚以爲王少,而父同産長,年齒不倫。”元稹《四皓廟》:“四賢胡爲者,千載名氛氲?顯晦有遺迹,前後疑不倫。”

㉓ 遙遙:形容距離遠。《左傳·昭公二十五年》:“鸜鵒之巢,遠哉遙遙。”陶潛《贈長沙公》:“遙遙三湘,滔滔九江。”形容時間長。陶潛《庚戌歲九月中于西田獲早稻》:“遙遙沮溺心,千載乃相關。”江淹《青苔賦》:“晝遙遙而不暮,夜永永以空長。” 負擔:背負肩挑。《淮南子·氾論訓》:“乃爲鞀蹻而超千里,肩荷負儋之勤也,而作爲之楺

輪建輿,駕馬服牛,民以致遠而不勞。"《漢書・食貨志》:"時又通西南夷道,作者數萬人,千里負擔餽餉。"　不均:不公平,不均匀。《詩・小雅・北山》:"大夫不均,我從事獨賢。"《漢書・文帝紀》:"人主不德,布政不均,則天示之災以戒不治。"

㉔ 大麥:又名牟麥,元麥,禾本科植物,一、二年生草本。葉子寬條形,子實的外殼有長芒,麥粒可食。《吕氏春秋・任地》:"孟夏之昔,殺三葉而獲大麥。"指這種植物的子實。《後漢書・董宣傳》:"年七十,卒於官,詔遣使者臨視,惟見布被覆屍,妻子對哭,有大麥數斛,敝車一乘。"　珠玉:珍珠和玉,泛指珠寶。《莊子・讓王》:"事之以珠玉而不受。"李白《大獵賦》:"六宫斥其珠玉。"　濱:靠近,臨近。《國語・越語》:"故濱於東海之陂,黿鼉魚鱉之與處,而鼃黽之與同渚。"韋昭注:"濱,近也。"《史記・貨殖列傳》:"而鄒魯濱洙泗,猶有周公遺風。"

㉕ 村胥:猶村正。白居易《渭村退居寄禮部崔侍郎翰林錢舍人詩一百韵》:"犬吠村胥鬧,蟬鳴織婦忙。"白居易《策林・人之困窮由君之奢欲策》:"蓋以君之命行於左右,左右頒於方鎮,方鎮布於州牧,州牧達於縣宰,縣宰下於鄉吏,鄉吏傳於村胥,然後至於人焉!"　里吏:指里長。《史記・張耳陳餘列傳》:"里吏嘗有過笞陳餘。"《晉書・職官志》:"縣率百户置里吏一人,其土廣人稀,聽隨宜置里吏,限不得減五十户。"　求取:索要,索取。葛洪《抱朴子・漢過》:"求取不廉、好奪無足者,謂之淹曠達節。"朱放《佚題》:"愛彼雲外人,求取磵底泉。"

㉖ 符:蓋有官府印信的下行公文的一種。《文心雕龍・書記》:"符者,孚也。徵召防僞,事資中孚,三代玉瑞,漢世金竹,末代從省,易以書翰矣!"《新唐書・百官志》:"凡上之逮下,其制有六:一曰制……六曰符,省下於州,州下於縣,縣下於鄉。"　斂錢:自動湊集或募捐錢財。《晉書・阮修傳》:"修居貧,年四十餘未有室,王敦等斂錢

爲婚,皆名士也,時慕之者求入錢而不得。"李翺《與本使楊尚書請停修寺觀錢狀》:"翺性本愚,聞道晚,竊不諭閣下以爲斂錢造寺必是耶!" 嗔:發怒,生氣。劉義慶《世説新語·德行》:"丞相見長豫輒喜,見敬豫輒嗔。"沈約《六憶詩四首》二:"笑時應無比,嗔時更可憐。"

㉗ 誅求:需索,强制徵收。《左傳·襄公三十一年》:"以敝邑褊小,介於大國,誅求無時,是以不敢寧居,悉索敝賦,以來會時事。"杜預注:"誅,責也。"《資治通鑑·唐德宗建中四年》:"征師日滋,賦斂日重,内自京邑,外洎邊陲,行者有鋒刃之憂,居者有誅求之困。" 撻罰:鞭打處罰。《周禮·地官·閭胥》:"凡事掌其比,觵撻罰之事。"賈公彦疏:"凡有失禮者,輕者以觵酒罰之,重者以楚撻之,故雙言觵撻罰之事。"沈括《杭州新作州學記》:"弗率前其敗亂也,則威之以刑誅撻罰。" 逡巡:小心謹慎。《後漢書·鍾皓傳》:"逡巡王命,卒歲容與。"陸游《送陳德邵宫教赴行在》:"人才方雜遝,公仕益逡巡。"

㉘ 生小:猶自小,幼小。《玉臺新詠·古詩爲焦仲卿妻作》:"昔作女兒時,生小出野里。"元稹《感夢》:"唯我與白生,感遇同所以。官學不同時,生小異鄉里。" 下里:謂鄉里,鄉野。劉向《説苑·至公》:"臣竊選國俊下里之士曰孫叔敖。"《舊五代史·景延廣傳》:"延廣在軍,母凶問至……曾無戚容,下里之士亦聞而惡之。" 州縣:州與縣的合稱。韓愈《進士策問》:"今將自州縣始,請各誦所懷,聊以觀諸生之志。"歐陽修《吉州學記》:"今州縣之吏,不得久其職而躬親於教化也。"

㉙ 訴詞:訴訟詞狀。宋祁《初到郡齋三首》二:"攘臂貪豐粟,裝懷倦訴詞。"廖剛《轉對言州縣廢格德音奏狀》:"臣願嚴降指揮,專責諸監司受理訴詞不得輒有阻抑。" 恨:怨恨,仇視。《荀子·堯問》:"處官久者士妒之,禄厚者民怨之,位尊者君恨之。"《史記·淮陰侯列傳》:"大王失職入漢中,秦民無不恨者。"

㉚ 强豪:猶豪强。《三國志·武帝紀》:"〔建安〕十五年春。"裴松

之注引《魏武故事》:“以爲强豪所忿,恐致家禍,故以病還。”陸游《南唐書・張延翰傳》:“入爲侍御史,判臺事。張宣爲左衛使,恃功驕暴,延翰廷劾之,强豪屏迹。” 酒肉:酒和肉,亦泛指好的飲食。《孟子・離婁》:“其良人出,則必饜酒肉而後反。”劉義慶《世説新語・任誕》:“阮籍遭母喪,在晉文王坐,進酒肉。” 窮獨:孤獨無依。《晉書・魏舒傳》:“舒告老之年,處窮獨之苦。”白居易《祭弟文》:“吾竟無兒,窮獨而已。” 芻薪:亦作“芻薪”,薪芻,柴草。《周禮・秋官・掌客》:“米二十車,禾三十車,芻薪倍禾,皆陳。”《禮記・聘義》:“五牢之具陳於内;米三十車,禾三十車,芻薪倍禾,皆陳於外。”

㉛ 案牘:官府文書。謝朓《落日悵望》:“情嗜幸非多,案牘偏爲寡。”吴曾《能改齋漫録・事始》:“以江西民喜訟,多竊去案牘,而州縣不能制,湛爲立千丈架閣。” 禍:灾害,灾殃,指一切有害之事。《史記・孔子世家》:“聞君子禍至不懼,福至不喜。”陸機《君子行》:“福鍾恒有兆,禍集非無端。” 屯:艱難,困頓。《莊子・外物》:“心若縣於天地之間,慰暋沈屯。”陸德明釋文引司馬彪云:“屯,難也。”項斯《落第後歸覲喜逢僧再陽》:“見僧心暫静,從俗事多屯。”

㉜ 市井户:指商賈。《史記・平準書》:“孝惠、高后時,爲天下初定,復弛商賈之律,然市井之子孫,亦不得仕宦爲吏。”《顔氏家訓・治家》:“近世嫁娶,遂有賣女納財,買婦輸絹……責多還少,市井無異。” 水陸:指水中和陸地所産的食物。《晉書・石崇傳》:“絲竹盡當時之選,庖膳窮水陸之珍。”白居易《輕肥》:“樽罍溢九醖,水陸羅八珍。” 珍:精美的食物。《禮記・王制》:“八十常珍。”孔穎達疏:“珍,謂常食之皆珍奇美食。”《後漢書・章帝紀》:“身御浣衣,食無兼珍。”梅堯臣《雜興》:“主人有十客,共食一鼎珍。”

㉝ 償:賠償,償還。《左傳・定公三年》:“君以弄馬之故,隱君身,棄國家。群臣請相夫人以償馬,必如之。”報答,酬報。《史記・范雎蔡澤列傳》:“一飯之德必償,睚眥之怨必報。” 直:價值,代價。

《戰國策·齊策》:"象床之直千金,傷此若髮漂,賣妻子不足償之。"孟浩然《送朱大入秦》:"遊人五陵去,寶劍直千金。分手脱相贈,平生一片心。"

㉞ 安可:怎麼可以。李百藥《秋晚登古城》:"霞景焕餘照,露氣澄晚清。秋風轉摇落,此志安可平!"張説《同賀八送兗公赴荆州》:"此別黄葉下,前期安可知? 誰憐楚南樹,不爲歲寒移。" 尤:責備,怪罪。司馬遷《報任安書》:"顧自以爲身殘處穢,動而見尤。"劉言史《苦婦詞》:"氣噦不發聲,背頭血涓涓。有時强爲言,祇是尤青天。" 蒼旻:苍天。陶潛《感士不遇賦》:"蒼旻遐緬,人事無已。"蘇軾《和王斿二首》一:"白髮故交空掩卷,泪河東注問蒼旻。"

㉟ 借使:假設連詞,假如,倘若。賈誼《過秦論·事勢》:"借使秦王計上世之事,並殷周之迹以制御其政,後雖有淫驕之主,猶未有傾危之患也。"陸機《豪士賦序》:"借使伊人頗覽天道,知盡不可益,盈難久持,超然自引,高揖而退,則巍巍之盛,仰邈前賢,洋洋之風,俯冠來籍。" 刑憲:刑法。王充《論衡·答佞》:"聖王刑憲,佞在惡中;聖王賞勸,賢在善中。"韓愈《舉錢徽自代狀》:"可以專刑憲之司,參輕重之議。"刑罰。范仲淹《奏爲置官專管每年上供並軍須雜物》:"既稱軍須,動加刑憲,物價十倍,吏辱百端,輸納未前,如負重罪。" 虞:憂慮,憂患。《國語·晉語》:"衛文公有邢狄之虞,不能禮焉!"韓愈《與鳳翔邢尚書書》:"戎狄棄甲而遠遁,朝廷高枕而無虞。" 鬼神:鬼與神的合稱。《易·謙》:"鬼神害盈而福謙,人道惡盈而好謙。"韓愈《原鬼》:"無聲與形者,鬼神是也。"

㊱ 自顧:自念,自視。《東觀漢記·和熹鄧後傳》:"太后臨大病,不自顧而念兆民。"曹植《贈白馬王彪》:"自顧非金石,咄唶令心悲。"李善注:"鄭玄《毛詩箋》曰:'顧,念也。'" 頑滯:愚妄固執。張鷟《朝野僉載》卷四:"唐禮部尚書祝欽明頗涉經史,不閑時務,博碩肥腯,頑滯多疑,臺中小吏號之爲'媪'。媪者肉塊,無七竅。"岳珂《桯史·乾

道受書禮》:“然而性質頑滯,於國家大事,每欲計其萬全,不敢爲嘗試之舉。” 牧:治民的人,指國君或州郡長官。《國語·魯語》:“日中考政,與百官之政事,師尹維旅、牧、相宣序民事。”韋昭注:“牧,州牧也。”《漢書·成帝紀》:“十二月,罷部刺史,更置州牧,秩二千石。” 坐貽:白白空等。吕本中《客居書懷奉寄介然若谷才仲兼簡信民》:“平生所讀書,已如不相識。坐貽鄉黨笑,敢辭塵埃没。”袁桷《滑州從事持喪三年將終養其母郡表其閭》:“漢帝仁且明,遺令誠咿嚘。駟馬不及舌,坐貽千古羞。” 灾沴:指自然灾害。袁宏《後漢紀·順帝紀》:“禮制修,奢僭息,事合宜,則無凶咎,然後神聖允塞,灾沴不至矣!”羅隱《甘露寺看雪上周相公》:“一種爲祥君看取,半禳灾沴半年豐。” 臻:到,達到。歐陽詹《太原旅懷呈薛十八侍御齊十二奉禮》:“眼見寒序臻,坐送秋光除。”增加,加重。《書·顧命》:“王曰:‘嗚呼!疾大漸,惟幾,病日臻。’”孫星衍疏:“王自歎疾大劇,惟危,病至日加。”

㊲ 羞:耻辱。《易·恒》:“不恒其德,或承之羞。”李陵《答蘇武書》:“殺身無益,適足增羞。” 朝廷:指以君王爲首的中央政府。《後漢書·靈思何皇后》:“并州牧董卓被徵,將兵入洛陽,陵虐朝庭。”任華《雜言寄杜拾遺》:“而我不飛不鳴亦何以,只待朝庭有知己。”借指帝王。《東觀漢記·朱遂傳》:“至乃殘食孩幼,朝廷滑悼。”《文選·朱浮〈爲幽州牧與彭寵書〉》:“朝廷之於伯通,恩亦厚矣!”李善注:“蔡邕《獨斷》云:‘朝廷者,不敢指斥君,故言朝廷。’” 愧:羞慚。《詩·大雅·抑》:“相在爾室,尚不愧於屋漏。”韓愈《瀧吏》:“不虞卒見困,汗出愧且駭。” 閭里:里巷,平民聚居之處。張説《岳州行郡竹籬》:“預絶豺狼憂,知免牛羊恐。閭里寬矯步,榛藂恣踏踵。”儲光羲《夏日尋藍田唐丞登高宴集》:“園林與城市,閭里隨人幽。披顔闢衡闈,置酒登崇丘。”借指平民。《史記·循吏列傳》:“王必欲高車,臣請教閭里使高其梱。乘車者皆君子,君子不能數下車。”韋應物《觀田家》:“方

慚不耕者,禄食出閭里。"

㊳ 神明:神聖,高超。《易·繫辭》:"聖人以此齊戒,以神明其德夫。"朱熹本義:"使其心神明不測,如鬼神之能知來也。"《禮記·檀弓》:"其曰明器,神明之也。"孔穎達疏:"神明,微妨無方,不可測度,故云非人所知也。" 宰:古代官吏的通稱。《周禮》有家宰、大宰、小宰、宰夫、内宰、里宰。春秋卿大夫的家臣和采邑的長官也都稱宰。《公羊傳·隱公元年》:"宰者何? 官也。"後世亦以宰爲對官吏的敬稱。韓愈《送幽州李端公序》:"公天子之宰,禮不可如是。" 苦辛:猶辛苦,勞苦艱辛。《古詩十九首·今日良宴會》:"無爲守窮賤,轗軻長苦辛。"《後漢書·孔奮傳》:"奮力行清潔,爲衆人所笑,或以爲身處脂膏,不能以自潤,徒益苦辛耳!"

㊴ 慈惠:猶仁愛。《左傳·成公十二年》:"於是乎有享宴之禮,享以訓共儉,宴以示慈惠。共儉以行禮,而慈惠以布政。"韓愈《順宗實録》:"皇太子某睿哲温文,寬和慈惠。" 衢客:義同"難民"、"流民",亦即遭受灾难而流离失所的百姓。張籍《送流人》:"獨向長城北,黄雲暗塞天。流民屬邊將,舊業作公田。"田錫《寧國簿康震》:"邑無流民,人鮮爲盗,徵斂云足,征利弗虧,衆人悦寬裕之心,諸邑推辦集之地。"

[編年]

《年譜》編年本詩於長慶三年,列在《酬楊司業十二兄早秋述情見寄》之後,《初除浙東妻有阻色因以四韵曉之》之前,没有説明編年理由。不過在譜文中有"逢旱灾,作詩'自咎'"説明,但除了引述本詩的大部份詩句之外,没有别的理由説明。《編年箋注》編年:"此詩作于長慶三年(八二三),元稹時在同州刺史任。"理由是:"見下《譜》。"《年譜新編》也編年本詩於長慶三年"同州作",列在《酬楊司業十二兄早秋述情見寄》之後,《寄樂天二首》之前。有譜文"七月,作詩'自咎'"

加以説明。

我們以爲,此詩不難編年。其一,元稹自長慶二年六月五日至長慶三年秋天在同州刺史任,而詩中有"臘雪不滿地,膏雨不降春"之句,明顯應該作於長慶三年。其二,詩中又有"六月天不雨,秋孟亦既旬"之言,"秋孟"應該是"七月",而"既旬"又表明"上旬"已經過去,因此可以斷定本詩應該作於長慶三年七月中旬,地點在同州,元稹時任同州刺史。

◎ 祈雨九龍神文①

稹始以長慶二年夏六月相天子無狀(一),降居于同,愁慚焦勞,求念人隱(二),思有以報陛下莫大之恩②。涉歲于兹,理用不效。冬不時雪,春不時雨。越二月,宿麥不滋,耒耜不刺(三)。大懼兹歲,患成于人,以羞陛下之獎寄。刻責罪悔,罔識攸由(四)③。

大凡天降疵厲(五),必因於人。豈予心之虛削孤獨(六),依倚氣勢耶?將予刑之僭濫失所,冤哀無告耶?或予政之抑塞和令,開泄閉藏耶④?舉動云爲,罔不在我!神怒天譴,降灾于我身,我不敢讓⑤。今夫蠢蠢何罪?物物何知?使不肖者長理,而灾害隨至。無乃天之降罰,不得其所耶⑥?

痛毒惻怛,無所赴露,惟龍司水于同,同人神之。謹齋戒沐浴,叩首揮泪,願以小子稹爲千萬請命于龍,龍其鑒之⑦。克三日,雨我田疇,其有以報(七)。不然灾于予身,亦足以謝。伏惟尚饗⑧。

録自《元氏長慶集》卷五九

[校記]

（一）稹始以長慶二年夏六月相天子無狀：原本作"稹始長慶二年夏六月相天子無狀"，楊本、叢刊本同，據宋蜀本、盧校、《全文》補。

（二）求念人隱：原本作"求念隱"，楊本、叢刊本同，據宋蜀本、盧校、《全文》補。

（三）耒耜不刺：楊本、叢刊本同，《全文》作"耒耜不利"，僅録以備考，不改。

（四）罔識攸由：楊本、叢刊本作"罔識攸□"，宋蜀本、《全文》作"罔識攸咎"，僅録以備考，不改。

（五）大凡天降疪厲：原本作"凡天降疪厲"，楊本、叢刊本同，據宋蜀本、盧校、《全文》補。

（六）豈予心之虛削孤獨：楊本、叢刊本、《全文》同，宋蜀本作"豈予心之虐削孤獨"，各備一説，不改。

（七）其有以報：宋蜀本、盧校、《全文》同，楊本、叢刊本作"其育以報"，僅録以備考，不改。

[箋注]

① 祈雨：因久旱而求神降雨，古稱雩祀。《晉書・禮志》："武帝咸寧二年春分，久旱……五月庚午，始祈雨於社稷山川。六月戊子，獲澍雨。"嚴維《奉和皇甫大夫祈雨應時雨降》："致和知必感，歲旱未書灾。伯禹明靈降，元戎禱請來。" 九龍：傳説中治水的九條龍，爲百姓祈求的神靈之一。劉禹錫《和河南裴尹侍郎宿齋天平寺詣九龍祠祈雨二十韵》："有事九龍廟，潔齋梵王祠。玉簫何時絶？碧樹空凉颸。"韋莊《龍潭》："激石懸流雪滿灣，九龍潛處野雲閑。欲行甘雨四天下，且隱澄潭一頃間。"根據本文"惟龍司水于同，同人神之"的話，"九龍"應該是同州百姓歷年祭祀的龍神，祭祀的地點自然在同州

境内。

② 無狀：謂所行醜惡無善狀，亦多作自謙之辭。《漢書·東方朔傳》："妾無狀，負陛下，身當伏誅。"王安石《與徐賢良書》："向蒙賢者不以無狀，遠賜存省。"　愁：憂慮，憂愁。《左傳·襄公二十九年》："哀而不愁，樂而不荒。"張協《七命八首》一："愁洽百年，苦溢千歲。"　慚：羞愧。酈道元《水經注·渭水》："今名孝里亭，中有白起祠。嗟呼！有制勝之功，慚尹商之仁，是地即其伏劍處也。"孟浩然《送韓使君除洪府都督》："無才慚孺子，千里愧同聲。"　焦勞：焦慮煩勞。焦贛《易林·恒之大壯》："病在心腹，日以焦勞。"柳宗元《爲京畿父老上府尹乞奏復尊號狀》："寤寐焦勞，不知所措。"　人隱：人民的痛苦。《後漢書·張衡傳》："故能同心戮力，勤恤人隱，奄受區夏，遂定帝位，皆謀臣之由也。"李賢注："隱，病也。《國語》曰'勤恤人隱，而除其害'也。"按今本《國語·周語》作"民隱"。《北齊書·孝昭帝紀》："輕徭薄賦，勤恤人隱。"

③ 宿麥：隔年成熟的麥，即冬天播種夏天收割的麥。賈思勰《齊民要術·大小麥》："夏至後七十日，可種宿麥。早種則蟲而有節，晚種則穗小而少實。"《漢書·武帝紀》："遣謁者勸有水灾郡種宿麥。"顔師古注："秋冬種之，經歲乃熟，故云宿麥。"元稹《南昌灘》："畬餘宿麥黄山腹，日背殘花白水湄。物色可憐心莫恨，此行都是獨行時。"　滋：滋生，生長。《書·泰誓》："樹德務滋，除惡務本。"孔傳："立德務滋長，去惡務除本。"駱賓王《與博昌父老書》："荒徑三秋，蔓草滋於舊館；頹墉四望，拱木多於故人。"　耒耜：古代耕地翻土的農具，耒是耒耜的柄，耜是耒耜下端的起土部分。《禮記·月令》："〔孟春之月〕天子親載耒耜，措之於參保介之御間。"鄭玄注："耒，耜之上曲也。"農具的總稱。《孟子·滕文公》："陳良之徒陳相，與其弟辛，負耒耜而自宋之滕。"　剌：古代耕田器耒下連耜之前曲部分，本稱"疵"，其面不平，如顙額患疵病，故稱"疵"，因其耕作時插入地下，故又稱"剌"，後用爲

刨土、耕作之意。《周禮·考工記·車人》:“車人爲耒,疵長尺有一寸。”鄭玄注:“鄭司農云:‘耒謂耕耒,疵讀爲其顙有疵之疵,謂耒下岐。’玄謂疵讀爲棘刺之刺,刺,耒下前曲接耜。”賈公彦疏:“釋曰:先鄭云:疵讀爲其顙有疵之疵者,俗人謂顙額之上有疵病,故從之也……玄讀從刺也。”司馬光《謝胡文學九齡惠水牛圖二卷》:“引耒刺中田,粒食烝民賴。” 懼:恐懼,害怕。《詩·小雅·谷風》:“將恐將懼,維予與女。”《孟子·滕文公》:“公孫衍、張儀豈不誠大丈夫哉!一怒而諸侯懼,安居而天下熄。” 奬寄:賞識並委以重任。令狐楚《謝春衣表》:“臣素以庸虚,特承聖奬寄。”范仲淹《謝傳宣表》:“竊念臣素乏才策,誤膺奬寄。經制西事,三年於兹。” 罪悔:罪過。《詩·大雅·生民》:“後稷肇祀,庶無罪悔。”鄭玄箋:“無有罪過也。”王引之《經義述聞·毛詩》:“家大人曰:‘悔與罪義相近。《箋》云:無有罪過,是以過釋悔也。’”《後漢書·皇甫規傳》:“〔臣〕以爲忠臣之義,不敢告勞,故耻以片言自及微效。然比方先事,庶免罪悔。” 攸:助詞,無義。《書·盤庚》:“汝不憂朕心之攸困。”王引之《經傳釋詞·攸》:“攸,語助也……言不憂朕心之困也。某氏《傳》‘攸’爲‘所’,失之。”《詩·大雅·皇矣》:“執訊連連,攸馘安安。” 由:原由,緣故。《史記·孝文本紀》:“蓋聞古者祖有功而宗有德,制禮樂各有由。”王讜《唐語林·政事》:“党項叛擾,推其由,乃邊將貪暴,利其羊馬,多欺取之。”

④ 疵癘:亦作“疵厲”,灾害疫病,灾變。《莊子·逍遥遊》:“其神凝,使物不疵癘而年穀熟。”成玄英疏:“疵癘,疾病也。”陸德明釋文:“‘癘’音厲,李音賴,惡病也,本或作‘厲’。”《春秋穀梁傳序》:“川嶽爲之崩竭,鬼神爲之疵厲。”陸德明釋文:“疵厲,謂灾變也。” 虚:空話或誆騙。《楚辭·九章·惜往日》:“蔽晦君之聰明兮,虚惑誤又以欺。”朱熹集注:“虚,空言也。”《楚辭·九歎·逢紛》:“後聽虚而黜實兮,不吾理而順情。”洪興祖補注:“言君聽讒佞虚言,以貶忠誠之實。”

削:指簡札。《後漢書・蘇竟傳》:“走昔以摩研編削之才,與國師公從事出入,校定秘書。”李賢注:“削,謂簡也。”《顏氏家訓・書證》:“古者,書誤則削去。故《左傳》云‘削而投之’是也,或即謂札爲削。”指奏章。蘇舜欽《與歐陽公書》:“故臺中奏疏,天子辨其誣,不下其削。” 孤獨:隻身獨處,孤單寂寞。徐幹《中論・法象》:“人性之所簡也,存乎幽微;人情之所忽也,存乎孤獨。夫幽微者,顯之原也;孤獨者,見之端也。是故君子敬孤獨而慎幽微。”蘇舜欽《送韓三子華還家》:“早寄別後篇,微吟慰孤獨。” 氣勢:氣焰,權勢。元稹《有唐贈太子少保崔公墓誌銘》:“先是岐吴諸山多椽欒、柱棟之材,而薪炭、粟芻之類,京師藉賴焉!負氣勢者名爲相市,實出於官,公則求者無所與,由是負氣勢者相與皆怨恨,又無可爲毀。”司馬光《請自擇臺諫札子》:“且條例司之害民,吕惠卿之奸邪,天下之人誰不知之?獨陛下與王安石未之寤耳!豈可更爲之黜逐臺諫,以長其威福,成其氣勢?臣竊爲陛下寒心。” 僭濫:《詩・商頌・殷武》:“不僭不濫,不敢怠遑。”毛傳:“賞不僭,刑不濫也。”後因以“僭濫”謂賞罰失當,過而無度。葛洪《抱朴子・君道》:“明檢齊以杜僭濫,詳直枉以違晦吝。”《隋書・經籍志》:“然則刑書之作久矣!蓋藏於官府,懼人之知争端,而輕於犯。及其末也,肆情越法,刑罰僭濫。” 冤:怨恨。《墨子・天志》:“若國家治,財用足……外有以爲環璧珠玉,以聘撓四鄰,諸侯之冤不興矣!”孫詒讓閒詁引蘇時學云:“冤當讀如怨。”韓愈《謝自然詩》:“往者不可悔,孤魂抱深冤。” 哀:悲痛,悲傷。《易・小過》:“君子以行過乎恭,喪過乎哀,用過乎儉。”韓愈《汴州亂二首》一:“諸侯咫尺不能救,孤士何者自興哀?” 無告:孤苦無處投訴,亦指無處投訴的人。《書・大禹謨》:“不虐無告,不廢困窮。”孔穎達疏:“不苛虐鰥寡孤獨無所告者,必哀矜之。”《孔子家語・弟子行》:“不侮不佚,不傲無告。” 抑塞:壓抑,阻塞。《宋書・謝方明傳》:“而守宰不明,與奪乖舛,人事不至,必被抑塞。”杜甫《短歌行贈王郎司直》:“王郎酒酣拔劍斫地歌莫哀,我能拔爾抑塞磊落之奇才。” 和令:和諧暢適之令。《禮記·月令》:“〔孟春之月〕命相布德和令,行慶施惠,下及兆民。”鄭玄注:“令,謂時禁也。”劉義慶《世説新語·排調》:“王長豫幼便和令。” 閉藏:閉塞掩藏。《管子·度地》:“當冬三月,天地閉藏。”張華《博物志》卷五:“秋冬閉藏。”

⑤ 舉動:舉止,行動。《後漢書·牟融傳》:“〔牟融〕代伏恭爲司空,舉動方重,甚得大臣節。”《舊唐書·魏徵傳》:“帝大笑曰:‘人言魏徵舉動疏慢,我但覺嫵媚。’” 天譴:上天的責罰。董仲舒《春秋繁露·必仁且智》:“聖主賢君尚樂受忠臣之諫,而況受天譴也。”《新唐書·韓思彦傳》:“後太白晝見,勸帝修德答天譴。” 讓:避開,退讓。銀雀山漢墓竹簡《孫臏兵法·威王問》:“威王問:‘敵衆我寡,敵强我弱,用之奈何?’孫子曰:‘命曰讓威。’”劉禹錫《樂天見示傷微之敦詩晦叔三君子皆有深分因成是詩以寄》:“芳林新葉催陳葉,流水前波讓後波。”

⑥ 蠢蠢:愚民,愚笨之人,百姓。張説《獄箴》:“茫茫率土,蠢蠢群生。賢愚中雜,真僞相傾。”拾得《詩》三〇:“三界如轉輪,浮生若流水。蠢蠢諸品類,貪生不覺死。” 物物:各種物品,各樣事物。《漢書·王莽傳》:“物物卬市,日闋亡儲。”顔師古注:“物物卬市,言其衣食所須皆買之於市。”梅堯臣《答毛秘校》:“曷如握明鏡,物物目所逢。” 不肖:自謙之稱。《戰國策·齊策》:“今齊王甚憎張儀,儀之所在,必舉兵而伐之,故儀願乞不肖身而之梁。”韓愈《上考功崔虞部書》:“愈不肖,行能誠無可取。” 長理:宰治,治理。元稹《招討鎮州制》:“由是言之,亦在化之而已。逮我長理,何其遠哉?”沈詢《授韋損鄆州節度使制》:“以爾才周物務,識洞事先。斷自余懷,得之長理。” 灾害:天灾人禍造成的損害。《左傳·成公十六年》:“是以神降之福,時無灾害。”梅堯臣《送張推官洞赴晏相公辟》:“往者邊事繁,秦民被灾害。” 罰:處罰。《墨子·天志》:“天子有善,天能賞之;天子有過,

天能罰之。"諸葛亮《前出師表》:"宮中府中,俱爲一體,陟罰臧否,不宜異同。"

⑦ 痛毒:痛苦之甚。《後漢書·章帝紀》:"自往者大獄已來,掠考多酷,鉆鑽之屬,慘苦無極。念其痛毒,怵然動心。"葉適《平陽縣代納坊場錢記》:"某聞仁人視民如子,知其痛毒,若身嘗之。" 惻怛:哀傷。《後漢書·祭遵傳》:"征虜將軍潁陽侯遵,不幸早薨,陛下仁恩,爲之感傷,遠迎河南,惻怛之慟,形於聖躬。"《舊唐書·岑文本傳》:"其夕,太宗聞嚴鼓之聲,曰:'文本殞逝,情深惻怛,今宵夜警,所不忍聞。'命停之。" 露:宣佈,揭露。《後漢書·孔融傳》:"前以露袁術之罪,今復下劉表之事。"劉肅《大唐新語·孝行》:"王君操父,大業中爲鄉人李君則毆死。貞觀初,君則以運代遷革,不懼憲綱……遂詣州府自露。" 司:主管,職掌。韓愈《祭虞部張員外文》:"分司憲臺,風紀由振。"陸游《春殘》:"庸醫司性命,俗子議文章。" 齋戒:古人在祭祀前沐浴更衣、整潔身心,以示虔誠。《孟子·離婁》:"雖有惡人,齋戒沐浴,則可以祀上帝。"劉晃《祭汾陰樂章》:"大君出震,有事郊禋。齋戒既肅,馨香畢陳。" 沐浴:濯髮洗身,泛指洗澡。《周禮·天官·宮人》:"宮人掌王之六寢之修,爲其井匽,除其不蠲,去其惡臭,共王之沐浴。"白居易《沐浴》:"經年不沐浴,塵垢滿肌膚。" 叩首:磕頭。王衍《上魏王繼岌箋》:"衍誠惶誠恐叩首,伏以衍先人,頃以受唐封册,列土坤維,自霸一方,於兹三紀。"歸耕子《三元寶照法序》:"余稟是誠,叩首再拜。" 小子:舊時自稱謙詞。李白《獻從叔當塗宰陽冰》:"小子别金陵,來時白下亭。"杜甫《豎子至》:"小子幽園至,輕籠熟柰香。" 請命:請求保全生命或解除困苦。《書·湯誥》:"聿求元聖,與之戮力,以與爾有衆請命。"孔傳:"謂伊尹放桀,除民之穢,是請命。"《新唐書·李光顔傳》:"光顔躍馬入賊營大呼,衆萬餘人投甲請命。"

⑧ 克:限定,約定。《三國志·武帝紀》:"公乃與克日會戰。"《宋書·南郡王義宣傳》:"義宣因此發怒,密治舟甲,克孝建元年秋冬舉

兵。" 田疇:泛指田地。《禮記・月令》:"〔季夏之月〕可以糞田疇,可以美土疆。"孫希旦集解引吴澄曰:"田疇,謂耕熟而其田有疆界者。"賈誼《新書・銅布》:"銅布於下,採銅者棄其田疇,家鑄者損其農事,穀不爲則鄰於饑。"

[編年]

《年譜》編年本文於長慶三年,但没有明確具體的撰作時間,理由是:"文云:'稹始以長慶二年夏六月,相天子無狀,降居于同……涉歲于兹,理用不效。冬不時雪,春不時雨。越二月,宿麥不滋,耒耜不利'云云。"《編年箋注》編年:"據《報雨九龍神文》,'是月己巳,刺史稹以二從事蒙受塵露,百里詣龍,爲七邑民赴訴不雨'。長慶三年(八二三)三月己巳爲十四日,此《文》撰於其時。"《年譜新編》編年本文於長慶三年,没有具體時間,也没有編年理由。

我们以为《年谱》、《年譜新編》"長慶三年"的编年實在籠統,而《編年箋注》長慶三年"三月十四日"的編年則是完全错誤的。其實本文不難編年,一、據元稹自己在《旱灾自咎貽七縣宰(同州時)》揭示:"吾聞上帝心,降命明且仁。臣稹苟有罪,胡不灾我身?胡爲旱一州,禍此千萬人?"所披露的心情,所採用的語氣,與本文所云"神怒天譴,降灾于我身,我不敢讓","不然灾于予身,亦足以謝"完全一致,故本文應該與《旱灾自咎貽七縣宰(同州時)》作於同時。二、而《旱灾自咎貽七縣宰(同州時)》又揭示:"六月天不雨,秋孟亦既旬……日馳衰白顔,再拜泥甲鱗。"秋孟即農曆七月,既旬是一旬已經過去之義,故本文即撰作其時,亦即長慶三年七月十日之後的中旬。三、而元稹《報雨九龍神文》:"同州刺史元稹謹以清酌庶羞之奠,敬祭于九龍之神。是月己巳,刺史稹以二從事蒙受塵露,百里詣龍,爲七邑民赴訴不雨。"據史籍記載,長慶三年七月"癸丑朔",推知"己巳"是月十七日。據此,本文即應該撰成於七月十七日當日或稍前一日,地點在同州府城外"二百里"的九龍神廟,元稹時任同州刺史。

◎ 報雨九龍神文①

同州刺史元稹,謹以清酌庶羞之奠,敬祭于九龍之神:是月己巳,刺史稹以二從事蒙受塵露(一),百里詣龍,爲七邑民赴訴不雨②。予固慚惻,言訖涕下,親爲龍言。龍意享若,是夕而應,庚午而降,辛未而洽,癸酉而飫,甲戌而霽,乙亥而報③。

報典不渝,龍祐宜永。訖是嘉穀,勿旱勿霪。歲其有成,無忘龍德。尚饗④。

録自《元氏長慶集》卷五九

[校記]

(一) 刺史稹以二從事蒙受塵露:宋蜀本、叢刊本、《全文》同,楊本作"刺史稹以二從事蒙受塵路",兩説均可説通,不必改。

[箋注]

① 報:祭祀。《詩・周頌・良耜序》:"良耜,秋報社稷也。"孔穎達疏:"秋物既成,王者乃祭社稷之神,以報生長之功。"蘇軾《秋賽祝文二首》一:"一邦蒙惠,已膺風雨之時;百里有嚴,將享秋冬之報。"雨:降雨。《詩・小雅・大田》:"雨我公田,遂及我私。"韓愈《袁州祭神文三首》一:"以久不雨,苗且盡死。"

② 清酌:古代祭祀所用的清酒。元稹《告祀曾祖文》:"孝曾孫稹謹以清酌庶羞之奠,敢昭告于曾祖岐州參軍府君。"白居易《祭楊夫人文》:"維元和二年歲次戊子,八月辛亥朔,十九日己巳,將仕郎守左拾

遺、翰林學士太原白居易,謹以清酌庶羞之奠,敬祭於陳氏楊夫人之靈。” 庶羞:多種美味。劉禹錫《祭柳員外文》:“孤子劉禹錫,銜哀扶力,謹遣所使黄孟萇,具清酌庶羞之奠,敬祭于亡友柳君之靈。”吕温《代宰相祭故齊相公文》:“維年月日,某官某等,謹以清酌庶羞之奠,敬祭於中書侍郎、平章事、太子賓客、贈户部尚書齊公之靈。” 是月己巳:據本文與元稹同時期詩篇、作於長慶三年七月的《旱灾自咎貽七縣宰(同州時)》揭示:“六月天不雨,秋孟亦既旬……日馳衰白顔,再拜泥甲鱗。”“秋孟”即農曆七月,“既旬”是一旬終了之義,故本文的“是月”,應該是長慶三年七月。據史籍記載,長慶三年七月“癸丑朔”,推知“己巳”爲七月十七日。元稹詩與文所言,互爲照應。 從事:官名,漢以後三公及州郡長官皆自辟僚屬,多以從事爲稱。《漢書·丙吉傳》:“坐法失官,歸爲州從事。”元稹《奉和嚴司空重陽日同崔常侍崔郎及諸公登龍山落帽臺佳宴》:“謝公秋思渺天涯,蠟屐登高爲菊花。貴重近臣光綺席,笑憐從事落烏紗。” 蒙受:受到,遭受。元稹《加裴度幽鎮兩道招撫使制》:“肆朕小子,蒙受景靈。冀服於前,燕平於後。而撫御失理,盤牙復生。”司馬光《辭知制誥第二狀》:“臣雖甚愚誠,不忍以身居下流,蒙受衆惡,爲世汚澤。” 塵露:猶言風霜,比喻辛勞。《宋書·謝莊傳》:“陛下今蒙犯塵露,晨往宵歸,容恐不逞之徒,妄生矯詐。”張説《上東宫請講學》:“臣等行業素輕,藝能寡薄,顧慚端士,叨侍宫闈,日夜祗懼,無以匡輔,區區微誠,願效塵露。” 赴訴:奔走求告,上訴。柳宗元《答貢士元公瑾論仕進書》:“觀足下所以殷勤其文旨者,豈非深寡和之憤,積無徒之歎,懷不能已,赴訴於僕乎?”曾鞏《廣德軍重修鼓角樓記》:“蓋廣德居吴之西疆……而獄訟赴訴、財貢輸入,以縣附宣,道路回阻,衆不便利,歷世久之。”

③ 慚惻:慚愧傷痛,義近“慚恧”、“慙恧”,羞慚。《漢書·王莽傳》:“敢爲激發之行,處之不慚恧。”牛僧孺《玄怪録·元無有》:“賓主禮闕,慚恧空多。”義近“慚耻”、“慙耻”,羞耻。《戰國策·齊策》:“使

管仲終窮抑，幽囚而不出，慚恥而不見，窮年没壽，不免爲辱人賤行矣！”《南史·范曄傳》：“及將詣市，曄在最前……在道笑語，初無慚恥。”　享：神鬼享用祭品。《左傳·僖公五年》：“如是則非德，民不和，神不享矣！”《孟子·萬章》：“使之主祭而百神享之，是天受之。”己巳、庚午、辛未、癸酉、甲戌、乙亥：舊時以干支紀日，長慶三年七月“癸丑朔”，本文“己巳”代表長慶三年七月十七日，“庚午”代表七月十八日，“辛未”代表七月十九日，“癸酉”代表七月二十一日，“甲戌”代表七月二十二日，“乙亥”代表七月二十三日，亦即七月十七日祈雨，當晚就應驗，第二天雨勢轉盛，第三天普及同州境内，第五天同州田野的雨水都已經飽和，第六天天氣轉晴，第七天元稹率領部署祭祀九龍神，報答神靈的保佑。　應：回應。《周書·文帝紀》：“先是河南豪傑多聚兵應東魏，至是各率所部來降。”柳宗元《唐故特進贈開府儀同三司揚州大都督南府君睢陽廟碑》：“裂裳而千里來應，左袒而一呼皆至。”　降：降落，落下。《荀子·議兵》：“故仁人之兵，所存者神，所過者化，若時雨之降，莫不説喜。”《漢書·郊祀志》：“後間歲，鳳皇神爵甘露降集京師。”　洽：周遍，廣博。《孟子·公孫丑》：“以文王之德，百年而後崩，猶未洽於天下。”郭璞《方言序》：“真洽見之奇書，不刊之碩記也。”　飫：足，飽。《楚辭·嚴忌〈哀時命〉》：“時厭飫而不用兮，且隱伏而遠身。”朱熹集注：“厭飫，自足而不樂見聞之意也。”李賀《河陽歌》：“秕船飫口紅，蜜炬千枝爛。”　霽：雨止天晴。《書·洪範》：“乃命卜筮，曰雨，曰霽。”孔傳：“龜兆形有似雨者，有似雨止者。”儲光羲《獄中貽姚張薛李鄭柳諸公》：“雁聲遠天末，凉氣生霽後。”

④ 典：典禮，儀節。《國語·周語》：“若啓先王之遺訓，省其典圖刑法，而觀其廢興者，皆可知也。”韋昭注：“典，禮也。”《宋書·蔡廓傳》：“時中書令傅亮任寄隆重，學冠當時，朝廷儀典，皆取定於亮。”不渝：不改變。《詩·鄭風·羔裘》：“彼其之子，捨命不渝。”毛傳：“渝，變也。”劉孝標《廣絶交論》：“風雨急而不輟其音，霜雪零而不渝

其色。” 祐:保佑,舊指神明保佑。《易·大有》:“自天祐之,吉無不利。”韓愈《唐故朝散大夫越州刺史薛公墓誌銘》:“公宜有後,有二稚子,其祐成之,公食廟祀。” 永:永久,永遠。《詩·衛風·木瓜》:“匪報也,永以爲好也。”《宋史·西南諸夷》:“夷首斗望及諸村首領悉赴監自陳,願貸死,永不寇盜邊境。” 嘉穀:古以粟(小米)爲嘉穀,後爲五穀的總稱。《書·吕刑》:“稷降播種,農殖嘉穀。”葛洪《抱朴子·博喻》:“嘉穀不耘,則荑莠彌漫。” 旱:久未降雨或降雨太少。《詩·大雅·雲漢》:“旱既大甚,藴隆蟲蟲。”韓愈《贈崔復州序》:“賦有常而民産無恒,水旱癘疫之不期,民之豐約懸於州。” 霪:久雨,久雨貌。獨孤及《招北客文》:“四時霧然,其人如魚,爰處其泉,終年霖霪。”楊衡《南海苦雨寄贈王四侍御》:“暗溝夜滴滴,荒庭晝霪霪。” 成:成熟,收穫。《國語·晉語》:“其稟而不材,是穀不成也。”韋昭注:“不成,謂秕也。”《東觀漢記·光武紀》:“自王莽末,天下旱霜連年,百穀不成。” 龍德:神明之德,聖人之德,天子之德。沈約《梁明堂登歌·歌青帝》:“帝居在震,龍德司春。”吴筠《高士詠·楚狂接輿夫妻》:“鳳歌誡文宣,龍德遂隱密。”本文指九龍神之恩德。

[編年]

《年譜》編年本文於長慶三年,没有明確具體的撰寫時間,理由是:“文云:‘是月己巳,刺史稹……親爲龍言……是夕而應,庚午而降,辛未而洽,癸酉而飫,甲戌而霽,乙亥而報。’”究竟“是月”是長慶三年哪一個月,著者語焉不詳,讀者自然祇能一頭霧水。《編年箋注》編年理由同《年譜》,結論是:“長慶三年三月己巳爲十四日,乙亥爲二十日,亦即前篇之後六日。”認爲長慶三年三月二十日是本文撰寫的具體時間。《年譜新編》編年本文於長慶三年,但没有説明本文撰寫的具體時間,更没有説明編年理由。

我们以为《年谱》、《年譜新編》籠統編年本文於“長慶三年”實在不太應該，而《編年箋注》編年本文於長慶三年“三月二十日”的結論則是完全錯誤的。我們以爲：一、據元稹自己在《旱災自咎貽七縣宰(同州時)》揭示：“六月天不雨，秋孟亦既旬……日馳衰白顔，再拜泥甲鱗。”故《祈雨九龍神文》應該撰寫於七月十日之後。二、本文揭示：“是月己巳，刺史稹……親爲龍言。龍意享若，是夕而應，庚午而降，辛未而洽，癸酉而飫，甲戌而霽，乙亥而報。”據我們查閲史籍，長慶三年七月應該是“癸丑朔”，故推知“己巳”爲是月十七日，而“乙亥”應該是七月二十三日。三、元稹當時是同州的主官，祭祀之事僅僅衹是個儀式而已，不需向任何人請示呈報。而本文又衹有短短一百多字，又都是套話，“元才子”不需認真斟酌，自然是當場一揮而就。據此，本文即應該撰成於七月二十三日當日，地點在同州府城外“二百里”的九龍神廟，元稹時任同州刺史。

◎ 樹上烏(癸卯)[①]

樹上烏，洲中有樹巢若鋪[②]。百巢一樹知幾烏？一烏不下三四雛[③]。雛又生雛知幾雛？老烏未死雛已烏，散向人間何處無[④]？攫麑啄卵方可食，男女群强最多力[⑤]。靈蛇萬古唯一珠，豈可抨彈千萬億[(一)][⑥]？吾不會天教爾輩多子孫，告訴天公天不言[⑦]。

録自《元氏長慶集》卷二六

[校記]

(一) 豈可抨彈千萬億：叢刊本、宋蜀本、蘭雪堂本、《全詩》、《淵鑒類函》同，楊本作“豈可枰彈千萬億”，語義不通，不改。

[箋注]

① 烏:鳥名,烏鴉,羽毛通體或大部分黑色。《周禮·夏官·羅氏》:"羅氏掌羅烏鳥。"鄭玄注:"烏謂卑居鵲之屬。"賈公彦疏:"卑居雅烏云鵲者,即山鵲卑居之類。"王充《論衡·感虚》:"〔秦王〕與之誓曰:'使日再中,天雨粟,令烏白頭,馬生角……乃得歸。'"又稱"老鴰"、"老鴉"。顧況《烏夜啼》:"此是天上老鴉鳴,人間老鴉無此聲。"梅堯臣《直宿廣文舍下》:"亦嘗苦老鴉,鳴噪每切切。"這裏的"烏"、"老鴉",借喻割據李唐各地的藩鎮,李唐朝廷面對如此混亂的局面,衹能徒喚奈何。　癸卯:以干支紀年的年號,元結《舂陵行序》:"癸卯歲,漫叟授道州刺史。道州舊四萬餘户,經賊已来,不滿四千,大半不勝賦稅。"獨孤及《癸卯歲赴南豐道中聞京師失守寄權士繇韓幼深》:"種田不遇歲,策名不遭時。胡塵晦落日,西望泣路岐。"本詩所涉及的"癸卯",根據元稹生平的起止時段,應該是長慶三年,亦即公元八二三年。

② 洲:水中的陸地。《詩·周南·關雎》:"關關雎鳩,在河之洲。"韓愈《送侯參謀赴河中幕》:"洲沙厭晚坐,嶺壁窮晨昇。"　巢:鳥類及蜂蟻等的窩。《詩·召南·鵲巢》:"維鵲有巢,維鳩居之。"韓愈《琴操·别鵠操》:"雄鵠銜枝來,雌鵠啄泥歸。巢成不生子,大義當乖離。"　鋪:陳列,佈置。《詩·大雅·江漢》:"匪安匪舒,淮夷來鋪。"朱熹集傳:"鋪,陳也,陳師以伐之也。"王安石《江鄰幾邀觀三館書畫》:"堂上列畫三重鋪,此幅巧甚意思殊。"

③ 不下:不少於。晁錯《論貴粟疏》:"今農夫五口之家,其服役者不下二人。"韓愈《黄家賊事宜狀》:"自用兵已來,已經二年,前後所奏殺獲,計不下一二萬人。"　雛:泛指幼禽或幼獸。《禮記·内則》:"魴鱮烝,雛燒。"孔穎達疏:"雛是鳥之小者。"白居易《晚燕》:"百鳥乳雛畢,秋燕獨蹉跎。"

④ 烏:這裏指已經成年能够生育幼雛的烏鴉。楊師道《應詔詠

巢烏》:“桂樹春暉滿,巢烏刷羽儀。朝飛麗城上,夜宿碧林陲。”李義府《詠烏》:“日裏颺朝彩,琴中伴夜啼。上林如許樹,不借一枝栖?”人間:人類社會。儲光羲《寄孫山人》:“新林二月孤舟還,水滿清江花滿山。借問故園隱君子,時時來往住人間。”王昌齡《同王維集青龍寺曇壁上人兄院五韵》:“本來清净所,竹樹引幽陰。檐外含山翠,人間出世心。”

⑤ 攫:鳥獸以爪抓取。《荀子·哀公》:“鳥窮則啄,獸窮則攫。”《漢書·黄霸傳》:“吏出,不敢會郵亭,食於道旁,烏攫其肉。”顏師古注:“攫,搏持之也。”元稹《有鳥二十章》一:“似鷹指爪唯攫肉,戾天羽翮徒翰飛。”　麑:幼鹿。曹丕《短歌行》:“呦呦遊鹿,銜草鳴麑。”白居易《雜興三首》三:“姑蘇臺下草,麋鹿闇生麑。”　啄:鳥用嘴取食。《詩·小雅·小宛》:“交交桑扈,率場啄粟。”韓愈《送浮屠文暢師序》:“夫鳥,俛而啄,仰而四顧。”　卵:蛋。《孫子·勢》:“兵之所加,如以碬投卵者,虛實是也。”木華《海賦》:“毛翼産鷇,剖卵成禽。”男女:義同“雌雄”。《詩·小雅·正月》:“具曰予聖,誰知烏之雌雄。”《晉書·五行志》:“惠帝元康中,吴郡婁縣人家聞地中有犬子聲,掘之,得雌雄各一。”這裏指烏的雌性和雄性。　多力:謂力大。《孫子·形》:“故舉秋毫不爲多力,見日月不爲明目,聞雷霆不爲聰耳。”《吕氏春秋·仲秋》:“吴闔廬選多力者五百人,利趾者三千人,以爲前陳,與荆戰。”

⑥ 靈蛇:神異的蛇,有靈應的蛇。《楚辭·天問》:“一蛇吞象,厥大何如?”王逸注:“《山海經》云:南方有靈蛇,吞象,三年然後出其骨。”干寶《搜神記》卷三:“法由斬祀殺靈蛇,非己之咎先人瑕。”也指傳説中銜珠報答隋侯的蛇。薛能《懷汾上舊居》:“投暗作珠何所用?被人專擬害靈蛇。”皎然《答裴集陽伯明》:“珠生驪龍頷,或生靈蛇口。”　抨彈:彈劾。《漢書·杜周傳贊》:“業因勢而抵陒。”顏師古注引服虔曰:“謂罪敗而復抨彈之。”洪邁《容齋四筆·唐御史遷轉定

限》:“案唐世臺官,雖職在抨彈,然進退從違,皆出宰相。” 千萬:形容數目極多。王粲《從軍詩五首》四:“連舫踰萬艘,帶甲千萬人。”梅堯臣《送何濟川學士知漢州》:“當時迎長卿,書史傳未悉。車馳及繈負,千萬今可詰。” 億:數詞,古代或以十萬爲億,或以萬萬爲億。《書·洛誥》:“公其以予萬億年敬天之休。”孔傳:“十萬爲億。”《禮記·内則》:“降德於衆兆民。”孔穎達疏:“億之數有大小二法,其小數以十爲等,十萬爲億,十億爲兆也;其大數以萬爲等,萬至萬是萬萬爲億,又從億而數至萬億爲兆。”

⑦ 子孫:兒子和孫子,泛指後代。《書·洪範》:“身其康强,子孫其逢吉。”賈誼《過秦論》:“自以爲關中之固,金城千里,子孫帝王萬世之業也。”劉長卿《自鄱陽還道中寄褚徵君》:“白首無子孫,一生自疏曠。” 天公:天,以天拟人,故稱。《尚書大傳》卷五:“烟氛郊社,不修山川,不祝風雨,不時霜雪,不降責於天公。”元稹《放言五首》二:“竹枝待鳳千莖直,柳樹迎風一向斜。總被天公霑雨露,等頭成長盡生涯。”這裏以“天公”借喻李唐天子,諷喻之意甚明。

[編年]

《年譜》編年本詩於長慶三年,理由是:“題下注:‘癸卯。’”《編年箋注》編年:“時當長慶三年(八二三),元稹時在同州刺史任。”理由是:“見下《譜》。”《年譜新編》編年長慶三年“同州作”,理由是:“題下注:‘癸卯。’”

《年譜》、《編年箋注》、《年譜新編》編年本詩於長慶三年的意見應該是没有問題的,不過前後編排仍然存在問題:本詩之前,是《酬揚司業十二兄早秋述情見寄》,應該作於元稹離開同州的長慶三年八月之前的“早秋”。後面是《和王侍郎酬廣宣上人觀放榜後相賀》,其詩注:“進士李景述以同判解頭及第。”李景述應該在元稹任職同州期間及第,而李唐進士及第應該在春天。因此《樹上烏》究竟是作於長慶三年何時呢？讓人迷惑不解。

我們以爲，此詩應該作於長慶三年八月元稹離開同州刺史任之前，地點自然是同州。如果一定要前後排列，我們以爲應該在《和王侍郎酬廣宣上人觀放榜後相賀》、《杏花》、《寄樂天二首》、《唐故使持節萬州諸軍事萬州刺史賜緋魚袋劉君墓誌銘》、《旱灾自咎貽七縣宰》、《祈雨九龍神文》、《報雨九龍神文》諸詩文之後，在《酬揚司業十二兄早秋述情見寄》之前較爲合適。

◎琵　琶①

學語胡兒撼玉鈴(一)，甘州破裏最星星②。使君自恨常多事，不得功夫夜夜聽③(二)。

録自《元氏長慶集》卷二〇

[校記]

(一) 學語胡兒撼玉鈴：原本作"學語胡兒撼玉玲"，楊本、《全詩》同，語句不順，據叢刊本、張校宋本、《萬首唐人絶句》、《唐詩紀事》改。

(二) 不得功夫夜夜聽：楊本、叢刊本同，張校宋本、《萬首唐人絶句》、《唐詩紀事》、《全詩》作"不得工夫夜夜聽"，各備一説，不改。

[箋注]

① 琵琶：彈撥樂器，初名批把，原流行於波斯、阿拉伯等地，漢代傳入我國。後經改造，圓體修頸，有四弦、十二柱，俗稱"秦漢子"。南北朝時又有曲項琵琶傳入我國，四弦，腹呈半梨形，頸上有四柱，横抱懷中，用撥子彈奏，即現今琵琶的前身。唐宋以來經不斷改進，柱位逐漸增多，改横抱爲竪抱，廢撥子，改用手指彈奏。現今民間的琵琶

有十七柱，通常稱四相十三品，革新的琵琶有六相十八品；後者能彈奏所有半音，技法豐富，成爲重要的民族獨奏樂器。元稹《連昌宫詞》："夜半月高弦索鳴，賀老琵琶定場屋。力士傳呼覓念奴，念奴潛伴諸郎宿。"白居易《江南遇天寶樂叟》："白頭病叟泣且言：禄山未亂入梨園。能彈琵琶和法曲，多在華清隨至尊。"

② 學語：學習語言，學習説話。桓寬《鹽鐵論・遵道》："文學結髮學語，服膺不舍。"陶潛《和郭主簿》："弱子戲我側，學語未成音。"杜甫《戲作花卿歌》："成都猛將有花卿，學語小兒知姓名。" 胡兒：指胡人，多用爲蔑稱。《漢書・金日磾傳》："〔日磾既親近〕，貴戚多竊怨，曰：'陛下妄得一胡兒，反貴重之！'"李頎《古從軍行》："胡雁哀鳴夜夜飛，胡兒眼泪雙雙落。" 甘州破：唐時西凉所進樂曲名，本作《甘州》，因唐宋大曲的第三段稱"破"，故名。符載《甘州歌》："月裏嫦娥不畫眉，只將雲霧作羅衣。不知夢逐青鸞去，猶把花枝蓋面歸。"薛逢《醉中聞甘州》："老聽笙歌亦解愁，醉中因遣合甘州。行追赤嶺千山外，坐想黄河一曲流。" 玉鈴：鈴的美稱。趙嘏《華清宫和杜舍人》："馬馴金勒細，鷹健玉鈴鏘。"周文璞《山行行歌十首》九："紫陽道院古丹青，恨渠猶畫化胡經。晚香滅没人歸後，自有天風撼玉鈴。" 星星：泛稱夜空中發光的天體。劉禹錫《步虚詞二首》二："華表千年一鶴歸，凝丹爲頂雪爲衣。星星仙語人聽盡，却向五雲翻翅飛。"李賀《感諷五首》五："桂露對仙娥，星星下雲逗。"

③ 使君：漢時稱刺史爲使君，後來尊稱州郡長官爲"使君"。包何《送泉州李使君之任》："傍海皆荒服，分符重漢臣。雲山百越路，市井十洲人。"州郡長官也常常自稱"使君"，如白居易《武丘寺路宴留别諸妓》："莫忘使君吟詠處，女墳湖北虎丘西。" 自恨：自己悔恨自己。戴叔倫《贈慧上人》："仙槎江口槎溪寺，幾度停舟訪未能。自恨頻年爲遠客，喜從異郡識高僧。"司空曙《九日送人》："水風凄落日，岸葉颯衰蕪。自恨塵中使，何因在路隅？" 多事：多事故，多事變。《漢書・

平帝紀》:“分界郡國所屬,罷置改易,天下多事,吏不能紀。”韓愈《與馮宿論文書》:“近李翱從僕學文,頗有所得。然其人家貧多事,未能卒其事。” 功夫:謂作事所費的精力和時間。元稹《琵琶歌》:“逢人便請送杯盞,著盡功夫人不知。”秦韜玉《燕子》:“曾與佳人並頭語,幾回抛却繡功夫。”

[編年]

不見《年譜》編年本詩,《編年箋注》將其歸入“未編年詩”,《年譜新編》編年本詩於“癸卯至己酉在越州所作其他詩”欄内,理由是:“詩云:‘使君自恨常多事,不得功夫夜夜聽。’‘使君’指刺史。”

我們以爲,在元稹一生行狀中,雖然元和十三年詩人在通州曾經代理過州務,行使過州刺史的職權,但官職仍然是司馬,並不是“使君”;長慶四年至大和三年元稹在浙東觀察使任兼任越州刺史,但他的主要官職是觀察使,下轄七州,按慣例不會稱“使君”;大和四年至五年詩人在武昌軍節度使任也兼任鄂州刺史,領轄六州,也不會稱“使君”:《年譜新編》的理解有誤。唯一能够自稱“使君”者僅同州刺史任,兼領的長春宫使已被追奪,正是自稱“使君”之時。味其詩意,似乎是述説妻子裴淑學説胡語學彈琵琶之事。元稹在同州命人丈量土地,均平田賦減輕百姓負擔,有元稹自己的《同州奏均田》爲證,史籍也有記載;又遭遇旱災,元稹又祈龍降雨,又勸七縣縣令努力公務改善吏治,不使百姓含冤受屈……《元氏長慶集》中都存有詩文之篇,如《旱災自咎貽七縣宰(同州時)》就是其中一個例子。州裏雜事確實不少,所云“使君自恨常多事,不得工夫夜夜聽”倒是實情,而非誇張之辭。此詩當作於長慶二年六月至長慶三年八月之間,今按體例編排於長慶三年。

◎ 初除浙東妻有阻色因以四韵曉之(一)①

嫁時五月歸巴地，今日雙旌上越州②。興慶首行千命婦(二)（予在中書日(三)，妻以郡君朝太后於興慶宫，猥爲班首），會稽旁帶六諸侯③。海樓翡翠閑相逐，鏡水鴛鴦暖共游(四)④。我有主恩羞未報，君於此外更何求⑤？

録自《元氏長慶集》卷二二

[校記]

（一）初除浙東妻有阻色因以四韵曉之：楊本、叢刊本、《全詩》、《全唐詩録》同，《才調集》作"初除浙東妻有沮色因以四韵曉之"，兩説均通，不改。

（二）興慶首行千命婦：楊本、叢刊本、《全詩》、《全唐詩録》同，《才調集》作"興慶首行遷命婦"，語義不佳，不從不改。

（三）予在中書日：楊本、叢刊本、《全詩》、《全唐詩録》同，《才調集》作"余在中書日"，語義相類，不改。

（四）鏡水鴛鴦暖共游：楊本、叢刊本、《才調集》、《全詩》同，《全唐詩録》作"鏡水鴛鴦暖共浮"，語義不佳，不從不改。

[箋注]

① 初除浙東妻有阻色因以四韵曉之：元稹在同州的所作所爲，爲同州的百姓減去了不合理的負擔，雖然這樣做並没有損害國家的利益，但却得罪了同州的豪富們，"正當侵犯"了他們的既得利益，他們自然不願意元稹繼續留在同州。今天我們雖然没有同州豪富反對元稹的直接證據，可是元稹在同州幹得非常出色但却很快被調離同

州是一個無法否認的歷史事實,《同州奏均田狀》也是一個客觀存在的文獻。透過這篇元稹有意"侵奪"豪富利益的文獻,他們不滿意元稹在同州的所作所爲是不難想見的。這些靠近京城、利益與共、與京城百官有著千絲萬縷聯繫的同州豪富,在元稹調離同州的問題上起了推波助瀾的作用,我們以爲也不是没有可能的。而當時以宰相李逢吉、牛僧孺等爲代表的李唐官僚貴族集團更擔心元稹在同州的"均田平賦"會波及李唐各地,侵犯更多豪富的既得利益,但他們又找不到冠冕堂皇的制止辦法,要實施緊急情況下的"急煞車",就衹有將元稹調離同州,中止"均田平賦"的繼續蔓延,也許是最簡便也最可行的辦法,同時還可以不讓元稹在同州做出更多對朝廷對百姓有利的政績。以上僅是根據歷史史實的分析,讀者盡可以不同意我們的見解,找出元稹被調離同州的更合理解釋。元稹調任浙東,從一州刺史而成爲六州觀察使,似乎是唐穆宗對元稹的提拔。但元稹曾任職宰相,身遭多次誣陷,長期不得辯白。先含屈貶斥同州,繼又移鎮浙東,始終不讓元稹入京復職而辯白自己的冤屈。因爲當時的宰相是穆宗在東宫時的師傅、前不久使盡詭計謀奪元稹相位的李逢吉及其政治盟友牛僧孺,結黨營私排斥異己是他們慣用的伎倆與看家本領,他們又怎麽會讓元稹回京復職,成爲自己實施陰謀的障礙? 長慶四年四月,李逢吉進封爲凉國公,牛僧孺進封爲奇章縣子,正在李唐朝廷上春風得意翻手爲雲覆手爲雨之時,又豈能容得元稹回京復職與自己作對? 元稹原來天真地以爲自己在同州耽上一陣子,穆宗會像上一次降職工部侍郎那樣重新任用,將他調回京城在皇帝的身邊任職。但等來等去,雖然一州刺史變成了六州的觀察使,但冤情却無從辯白;雖然職務有所遷升,但任職之地却是遠離長安的浙東;在所謂天高皇帝遠的地方要辯白自己的冤情,衹有等待遥遥無期的將來了。這個事實的本身已經讓元稹够委屈的了,妻子裴淑對此自然體會深切,微露怨情。元稹借與裴淑唱和的機會,在故作輕鬆與滿足的情調裏哀怨自露。　除:拜官,授職。《漢書·景帝紀》:"列侯薨及諸侯太傅初除之官,大行奏謚、誄、策。"顔師古注引如淳曰:"凡言除者,除故官就新官也。"韓愈《舉張正甫自代狀》:"右臣蒙恩除尚書兵部侍郎。"　浙東:《舊唐書·地理志》:"浙江東道節度使,治越州,管越、衢、婺、温、台、明等州,或爲觀察使。"劉禹錫《浙東元相公書歎梅雨鬱蒸之候因寄七言》:"稽山自與岐山别,何事連年鸑鷟飛?百辟商量舊相入,九天祗候老臣歸。"張籍《酬杭州白使君兼寄浙東元大夫》:"相印暫離臨遠鎮,掖垣出守復同時。一行已作三年别,兩處空傳七字詩。"　阻:阻止,阻攔。《吕氏春秋·知士》:"能自知人,故非之弗爲阻。"高誘注:"阻,止。"阻難。《詩·邶風·谷風》:"既阻我德,賈用不售。"毛傳:"阻,難。"韓愈《順宗實録》:"〔裴延齡〕又知贄之不與己,多阻其奏請也。"疑惑。《左傳·閔公二年》:"先丹木曰:'是服也,狂夫阻之。'"杜預注:"阻,疑也。"沮喪。蔡絛《鐵圍山叢談》卷三:"(林)攄瞋目視之,曰:'此特吾南朝之狗爾,何足畏!'北素諱狗呼,聞之氣阻。"　色:臉色,表情。《論語·公冶長》:"令尹子文,三仕爲令尹,無喜色;三已之,無愠色。"《新唐書·魚朝恩傳》:"每視學,從神策兵數百,京兆尹黎幹率錢勞從者,一費數十萬,而朝恩色常不足。"　曉:告知使明白,開導。司馬遷《報任少卿書》:"僕終已不得舒憤懣,以曉左右。"《新唐書·林藴傳》:"劉闢反,藴曉以逆順,不聽。"

② "嫁時五月歸巴地"兩句:前句中的"五月"雖然既可以上讀爲"嫁時五月",也可以下讀爲"五月歸巴地",但據元稹《感夢》、《景申秋八首》等其他材料,元稹與裴淑結婚時間在元和十年十月稍後元稹到達興元之後至同年年底之間,這段時間並不包含"五月",所以"五月"就不應看作元稹與裴淑結婚的具體月份,而應是元稹在興元結婚、生女、養病之後與裴淑一起返回通州的實際時間。元稹這一詩作於長慶三年暮秋,時距元稹裴淑結婚已有八九年的時間,故他在回憶這段時隔已久的往事時,概以"今日"與"嫁時"作時間對舉是完全可以理

解的。兩句意即:回想當初你我在興元嫁娶之時,我們是在五月裏返回巴地通州的,那時我貶職在外又瘴病纏身,境况頗爲淒涼;且看今日我身爲浙東觀察使,你亦貴爲"百婦之首"的郡君,官船上又插著兩面旌旗赴任越州,情景十分榮耀已大不同於"嫁時",勸你就不要爲不能留在京城而感傷了吧!　嫁:女子出嫁,結婚。《詩・大雅・大明》:"來嫁于周。"《漢書・烏孫國傳》:"吾家嫁我兮天一方,遠託異國兮烏孫王。"元稹《遣悲懷三首》一:"謝公最小偏憐女,自嫁黔婁百事乖。"　歸:古代谓女子出嫁。《易・漸》:"女歸,吉。"孔穎達疏:"女人……以夫爲家,故謂嫁曰歸也。"《詩・周南・桃夭》:"之子于歸,宜其室家。"返回。《書・舜典》:"十有一月朔巡守……歸,格于藝祖,用特。"韓愈《送李六協律歸荆南》:"早日羈遊所,春風送客歸。"本詩兩種義項兼而有之。　巴地:這裏指代通州,巴是古族名,其族主要分布在今川东、鄂西一带,周初封为子国,称巴子国。羊士諤《郡樓懷長安親友》:"殘暑三巴地,沉陰八月天。氣昏高閣雨,夢倦下簾眠。"元稹《酬東川李相公十六韵》:"臘月巴地雨,瘴江愁浪翻。"　雙旌:唐代節度領刺史者出行時的儀仗。《新唐書・百官志》:"節度使掌總軍旅,顓誅殺。初授,具帑抹兵仗詣兵部辭見,觀察使亦如之。辭日,賜雙旌雙節。"《翰苑新書前集・節度使》:"雙旌雙節:《唐百官志》:節度使掌總軍旅,辭之日,賜雙旌雙節。"儲光羲《同張侍御宴北樓》:"今之太守古諸侯,出入雙旌垂七旒。朝覽干戈時聽訟,暮延賓客復登樓。"劉長卿《送建州陸使君》:"漢庭初拜建安侯,天子臨軒寄所憂。從此向南無限路,雙旌已去水悠悠。"請讀者注意,在元稹的生平中,這是他第二次出任刺史之職務。同州之前,元稹在通州也曾以州司馬的身份代理州務,但在名義上衹是州司馬而不是州刺史;元稹第一次真正擔任刺史在同州,但僅僅衹是刺史而已;元稹這一次擔任越州刺史衹是兼職,他的主要職務是浙東觀察使。　越州:州郡名,又爲浙東觀察使治府。《舊唐書・地理志》:"浙江東道節度使:治越州,管越、衢、婺、温、台、明等州，或爲觀察使。”《元和郡縣志·越州》：“管縣七：會稽、山陰、諸暨、餘姚、蕭山、上虞、剡。”元稹《送王十一郎游剡中》：“越州都在浙河灣，塵土消沉景象閑。百里油盆鏡湖水，千峰鈿朵會稽山。”白居易《答微之上船後留别》：“燭下尊前一分手，舟中岸上兩迴頭。歸来虚白堂中夢，合眼先應到越州。”

③ 興慶：即興慶宫，唐代長安三大宫殿，亦即三大統治中心之一，又稱南内。《長安志》卷九：“南内興慶宫，距外郭城東垣。宫之正門西向，曰興慶門，南曰通陽門，北曰躍龍門。西南隅曰勤政務本樓，其西榜曰花萼相輝樓。宫内正殿曰興慶殿，其後曰文泰殿，前有瀛州。門内有南薰殿，北有龍池，池東有沉香亭。躍龍門左有芳苑門，右有麗苑門。勤政樓之北曰大同門，其内大同殿。大同門西曰金明門，内有翰林院。瀛州門左曰仙雲門，北曰新射殿。通陽門東曰明義門，門内曰長慶殿。睿武門勤政樓東曰明光門，其内曰龍堂，五龍壇宫内有義安殿、積慶殿、冷井殿、宜天門、金花落。”戎昱《秋望興慶宫》：“先皇歌舞地，今日未遊巡。幽咽龍池水，淒凉御榻塵。”權德輿《縣君赴興慶宫朝賀載之奉行册禮因書即事》：“合巹交歡二十年，今朝比翼共朝天。風傳漏刻香車度，日照旌旗綵仗鮮。” 首行千命婦：詩人自注：“予在中書日，妻以郡君朝太后于興慶宫，猥爲班首。”這件事情發生在元稹在祠部郎中知制誥的任期内，亦即元和十五年五月九日至長慶元年二月十六日期間，當時恰逢穆宗七月六日二十五歲生日的重大慶典。根據封建社會的慣例，當日大臣們除了慶賀穆宗聖誕之外，還要跟隨穆宗向懿安皇太后郭氏進表慶賀，重要臣僚的命婦們也要進宫向皇太后表示慶賀，本詩所云即是指裴淑作爲所有命婦的“班首”向太后慶賀之事。而元稹詩注中的“中書”云云，據《漢語大詞典》所標示，其中的一個義項就是中書舍人的省稱，隋唐時爲中書省的屬官。元稹《賀降誕日德音狀》所云也表示此事發生在元和十五年七月六日元稹祠部郎中知制誥任内，文曰：“降誕日德音。右臣

等伏奉今月日敕書,以降誕之辰奉迎皇太后宫中上壽,獲申歡慰。宜集百寮及外命婦進名賀皇太后,仍御光順門内殿與百寮相見,便爲永常式者。"這是一場與李唐大局没有多少關係的慶典活動,但無論對穆宗還是皇太后郭氏,却是值得紀念值得回味的人生大事。 命婦:封建時代受封號的婦人,在宫廷中則妃嬪等稱爲内命婦,在宫廷外則臣下之母妻稱爲外命婦。《禮記·禮器》:"卿大夫從君,命婦從夫人。"陳鴻《長恨歌傳》:"每歲十月,駕幸華清宫,内外命婦,熠燿景從。" 會稽旁帶六諸侯:元積出任浙東觀察使兼領越州刺史,而浙東觀察使領越、衢、婺、温、明、處、台七州,因此實際管轄的刺史衹有六名,故曰"旁帶六諸侯",即管轄六州刺史。 會稽:山名,在浙江省紹興縣東南,相傳夏禹大會諸侯於此計功,故名,一名防山,又名茅山。《左傳·哀公元年》:"越子以甲楯五千保於會稽。"袁康《越絶書·外傳記越地傳》:"〔禹〕更名茅山曰會稽。"這裏以"會稽"借指越州。劉義慶《世説新語·政事》:"賀太傅作吴郡,初不出門,吴中諸强族輕之,乃題府門云:'會稽雞,不能啼。'" 諸侯:原指古代帝王所分封的各國君主,這裏喻指掌握軍政大權的地方長官。《南史·循吏傳序》:"前史亦云,今之郡守,古之諸侯也。"張子容《雲陽驛陪崔使君邵道士夜宴》:"一尉東南遠,誰知此夜歡?諸侯傾皂蓋,仙客整黄冠。"

④ 海樓:海邊高樓。王昌齡《别陶副使歸南海》:"南越歸人夢海樓,廣陵新月海亭秋。寶刀留贈長相憶,當取戈船萬户侯。"李白《渡荆門送别》:"月下飛天鏡,雲生結海樓。仍連故鄉水,萬里送行舟。" 翡翠:鳥名,嘴長而直,生活在水邊,吃魚蝦之類,羽毛有藍、緑、赤、棕等色,可做裝飾品。《楚辭·招魂》:"翡翠珠被,爛齊光些。"王逸注:"雄曰翡,雌曰翠。"洪興祖補注:"翡,赤羽雀;翠,青羽雀。《異物志》云:翠鳥形如燕,赤而雄曰翡,青而雌曰翠。"左思《吴都賦》:"山雞歸飛而來栖,翡翠列巢以重行。" 相逐:互相追逐,本詩衹是指翡翠圍繞高樓來回飛翔。盧象《永城使風》:"長風起秋色,細雨含落暉。夕

鳥向林去,晚帆相逐飛。”儲光羲《隴頭水送別》:“暗雪迷征路,寒雲隱戍樓。唯餘旌旆影,相逐去悠悠。” 鏡水:指鏡湖。賀知章《採蓮曲》:“稽山罷霧鬱嵯峨,鏡水無風也自波。”高適《秦中送李九赴越》:“鏡水君所憶,蒓羹余舊便。” 鴛鴦:鳥名,似野鴨,體形較小,嘴扁,頸長,趾間有蹼,善游泳,翼長,能飛。雄的羽色絢麗,頭後有銅赤、紫、緑等色羽冠,嘴紅色,脚黄色。雌的體稍小,羽毛蒼褐色,嘴灰黑色。栖息於内陸湖泊和溪流邊,在我國内蒙古和東北北部繁殖,越冬時在長江以南直到華南一帶。爲我國著名特産珍禽之一,舊傳雌雄偶居不離,古稱“匹鳥”。《詩·小雅·鴛鴦》:“鴛鴦於飛,畢之羅之。”毛傳:“鴛鴦,匹鳥也。”崔豹《古今注·鳥獸》:“鴛鴦,水鳥,鳧類也。雌雄未嘗相離,人得其一,則一思而死,故曰疋鳥。”元稹《生春二十首》一一:“鴻雁驚沙暖,鴛鴦愛水融。最憐雙翡翠,飛入小梅叢。”白居易《家園三絶》三:“鴛鴦怕捉竟難親,鸚鵡雖籠不著人。何似家禽雙白鶴,閑行一步亦隨身。”古人描寫鴛鴦“雌雄未嘗相離”的詩文比比皆是,其實祇是一種美好的願望。據現代科學考察,實際情况並非如此。

⑤“我有主恩羞未报”兩句:意謂我受到穆宗皇帝的一再恩顧,都没有來得及回報,羞於言語,正在忐忑不安,你跟隨著我,理應與我一樣感激報答皇上的深恩,除此之外,不應該有另外的要求。请读者注意,两句所示,与大和四年元稹出镇武昌时安慰妻子裴淑的《赠柔之》所云“碧幢还照耀,红粉莫咨嗟!嫁得浮云婿,相随即是家”何其相似!這充分體現元稹思想深處忠於君王的愚忠思想,但這種愚忠思想,絶非僅僅衹是元稹一人具備,在古代的封建社會裏面,類似元稹愚忠思想的臣僚應該是比比皆是。 恩:德澤,恩惠。《孟子·梁惠王》:“今恩足以及禽獸,而功不至於百姓者,獨何與?”張衡《東京賦》:“洪恩素蓄,民心固結。”恩賜,加恩。多指帝王的賜予。《戰國策·秦策》:“臣願請藥賜死,而恩以相葬臣。” 報:報效,報答。《逸

周書·命訓》:"極罰則民多詐,多詐則不忠,不忠則無報。"韓愈《縣齋有懷》:"祇緣恩未報,豈謂生足藉!"　君:本詩稱天子、諸侯之妻。《詩·鄘風·鶉之奔奔》:"人之無良,我以爲君。"毛傳:"君,國小君。"孔穎達疏:"夫人對君稱小君,以夫妻一體言之,亦得曰君。"《穀梁傳·莊公二十二年》:"癸丑,葬我小君文姜。小君,非君也。其曰君何也? 以其爲公配,可以言小君也。"鍾文烝補注:"夫人與公一體,從公稱也。"對對方的尊稱,猶言您,包括對女性,如對妻子。李商隱《夜雨寄北》:"君問歸期未有期,巴山夜雨漲秋池。"蘇軾《亡妻王氏墓誌銘》:"趙郡蘇軾之妻王氏,卒於京師……軾銘其墓曰:君諱弗,眉之青神人。"　求:請求,乞求。《易·蒙》:"匪我求童蒙,童蒙求我。"《新唐書·馬璘傳》:"入朝,求宰相,以檢校左僕射知省事,進扶風郡王。"要求,需求。《詩·周頌·臣工》:"嗟嗟保介,維莫之春,亦又何求?"貪求。《詩·邶風·雄雉》:"不忮不求,何用不臧?"朱熹集傳:"求,貪。"

[編年]

《年譜》編年本詩於長慶三年"同州作",没有説明具體的時間也没有説明理由。《編年箋注》編年:"此詩作于長慶三年(八二三),時在同州。見卞《譜》。"《年譜新編》亦編年本詩於長慶三年"同州作",有譜文"八月,改越州刺史兼御史大夫、浙東觀察使。妻裴淑不樂,作詩慰之"説明理由。

元稹何時出任浙東觀察使?《舊唐書·穆宗紀》、《新唐書·穆宗紀》以及《資治通鑑》都没有衹言片字的記載,《舊唐書·元稹傳》雖有記載,但時間却是模糊不清的:"在郡二年,改授越州刺史兼御史大夫、浙東觀察使。"而施宿《會稽志》卷二的記載則較爲具體,文曰:"元稹:長慶三年八月自同州防禦使授。"孔延之《會稽掇英總集》卷一八《唐太守題名記》也有同樣的記載。而元稹有《和樂天示楊瓊》詩:"去年十月過蘇州,瓊來拜問郎不識。"據此可知元稹自同州刺史調任浙東觀察使，應該在長慶三年的秋天，亦即《會稽志》、《會稽掇英總集》所記載的“八月”。但按照當時的規定，長慶三年元稹離開同州前往浙東的時候，身爲觀察使的元稹必須回京城“詣兵部辭見”，領取“雙旌雙節”：關於觀察使，其名由來已久。唐於諸道置觀察使，名位僅次於節度使。中唐以後，多以節度使兼領其職。無節度使之州，亦特設觀察使，管轄一道或數州，並兼領刺史之職。凡兵甲財賦民俗之事無所不領，權任甚重。關於節度使與觀察使的職責、考績辦法、辭京及到任的有關禮節，《新唐書・百官志》有詳細記載，可供我們參考：“節度使掌總軍旅，顓誅殺。初授，具帑抹兵仗詣兵部辭見，觀察使亦如之。辭日，賜雙旌雙節。行則建節，樹六纛，中官祖送，次一驛輒上聞。”而本詩曰：“今日雙旌上越州。”説明元稹此詩作於回京領取“雙旌”之後，據此我們可以大致斷定，本詩即應該作于長慶三年的八月接奉詔令轉任浙東觀察使之後，接著回京，然後出京南行之時，時間大約在八月底、九月初，具體地點在長安至越州的途中，估計在剛剛離開長安之時，並不是在同州，元稹時任浙東觀察使兼任越州刺史。

◎ 酬李浙西先因從事見寄之作(一)①

近日金鑾直，親於漢珥貂②。內人傳帝命，丞相讓吾僚③。浙郡懸旌遠，長安諭日遙④。因君蕊珠贈，還一夢烟霄⑤。

録自《元氏長慶集》卷一五

［校記］

（一）酬李浙西先因從事見寄之作：本詩存世各本，包括楊本、叢刊本、《全詩》諸本，未見異文。

[箋注]

① 酬李浙西先因從事見寄之作:李浙西,即李德裕,長慶二年九月出任浙西觀察使,大和三年七月回京任職兵部侍郎,長慶三年九月正在浙西觀察使任上,故稱"李浙西"。從"李浙西"這個稱呼,可見元稹與李德裕之間親密無間的關係:他們是朋友,但又不是一般意義上的朋友,是文學上的詩友,更是政治上的盟友,是元稹除白居易之外,包括李紳、李景儉、楊巨源、劉禹錫、張籍在内的又一個親密無間的朋友。《舊唐書·穆宗紀》:"(長慶二年)九月戊子朔……癸卯……御史中丞李德裕爲潤州刺史兼御史大夫、浙江西道都團練觀察處置等使。"《舊唐書·文宗紀》:"(大和三年)秋七月己卯朔……乙巳,以禮部尚書、翰林侍講學士丁公著檢校户部尚書兼潤州刺史,充浙江西道觀察使。以前浙西觀察使、檢校禮部尚書李德裕爲兵部侍郎。"劉長卿《奉餞鄭中丞罷浙西節度還京》:"天上移將星,元戎罷龍節。三軍含怨慕,横吹聲斷絶。"劉禹錫《和浙西李大夫晚下北固山喜徑松成陰悵然懷古偶題臨江亭并浙東元相公所和依本韵》:"禁中晨夜直,江左東西偶。將手握兵符,儒腰盤貴綬。"李德裕的原唱已經佚失,暫時無從查考。　從事:這裏是官名,漢以後三公及州郡長官皆自辟僚屬,多以從事爲稱。《漢書·丙吉傳》:"坐法失官,歸爲州從事。"武元衡《幕中諸公有觀獵之作因繼之》:"爲報府中諸從事,燕然未勒莫論功!"

② 近日:《漢語大詞典》謂近在十日之内。《禮記·曲禮》:"凡卜筮日,旬之外曰遠某日,旬之内曰近某日,喪事先遠日,吉事先近日。"後指最近過去的幾日,近來。王昌齡《送十五舅》:"深林秋水近日空,歸棹演漾清陰中。夕浦離觴意何已?草根寒露悲鳴蟲。"根據史實,本詩的"近日"是指近期,從元稹的角度來説,應該是長慶二年六月之前,亦即一年多之前;從李德裕的方面來看,也應該是指長慶二年九月之前,亦即一年之前。"近"與"遠"對舉,"近日"與"遠日"對舉,不

能死板限定在“十日”之内,《漢語大詞典》的解釋不够確切,應該補充新的義項。盧綸《晚到盩厔耆老家》:“苦話别時事,因尋溪上村。數年何處客? 近日幾家存?”李端《江上别柳中庸》:“秦人江上見,握手便霑衣。近日相知少,往年親故稀。” 金鑾:原指帝王車馬的裝飾物,金屬鑄成鸞鳥形,口中含鈴,因指代帝王車駕。毛文錫《柳含烟》:“昨日金鑾巡上苑,風亞舞腰纖輭。”這裏指金鑾殿,唐朝宫殿名,文人學士待詔之所。李白《贈從弟南平太守之遥二首》一:“承恩初入銀臺門,著書獨在金鑾殿。”沈括《夢溪筆談·故事》:“唐翰林院在禁中,乃人主燕居之所,玉堂、承明、金鑾殿皆在其間。”也特指翰林學士。元稹《祭翰林白學士太夫人文》:“仲則金鑾之英,季則蓬山之選。”這裏的“仲”就是指白居易,當時正在翰林學士任上。“季”指白行簡,當時正在秘書省校書郎任上。梅堯臣《送白鵰與永叔依韵和公儀》:“玉兔精神憐已久,金鑾人物世無雙。”《文獻通考·職官》:“前朝因金鑾坡以爲門名,與翰林院相接,故爲學士者稱金鑾以美之。” 直:這裏作當值,值勤解。《晉書·庾珤傳》:“珤爲侍中,直於省内。”張喬《秘省伴直》:“待月當秋直,看書廢夜吟。” 珥貂:插戴貂尾,漢代侍中、中常侍於冠上插貂尾爲飾,後借指皇帝之近臣。宋之問《和姚給事寓直之作》:“清論滿朝陽,高才拜夕郎。還從避馬路,來接珥貂行。”白居易《孔戣可右散騎常侍制》:“可使珥貂,立吾左右。從容侍從,以備顧問。”

③ 内人:宫中女官,亦指宫女。《周禮·天官·寺人》:“掌王之内人及女宫之戒令。”鄭玄注:“内人,女御也。”王建《行宫詞》:“向前天子行幸多,馬蹄車轍山川遍。當時州縣每年修,皆留内人看玉案。”元稹《酬翰林白學士代書一百韵》:“唱第聽雞集,趨朝忘馬疲。内人輿御案,朝景麗神旗。” 帝命:猶天命,天帝的意志。《詩·大雅·文王》:“有周不顯,帝命不時。”天子的命令。《漢書·百官公卿表》:“夔典樂,和神人;龍作納言,出入帝命。”顔延之《祭屈原文》:“惟有宋五

年月日，湘州刺史吴郡張邵恭承帝命，建旟舊楚，訪懷沙之淵，得捐珮之浦。”　丞相：古代輔佐君主的最高行政長官，戰國秦悼武王二年始置左右丞相。秦以後各朝，時廢時設，明洪武十三年革去中書省，權歸六部，至此丞相之制遂廢。陳琳《檄吴將校部曲文》：“丞相銜奉國威，爲民除害。”杜甫《蜀相》：“丞相祠堂何處尋？錦官城外柏森森。映階碧草自春色，隔葉黄鸝空好音。”　讓：避開，退讓。劉禹錫《樂天見示傷微之敦詩晦叔三君子皆有深分因成是詩以寄》：“芳林新葉催陳葉，流水前波讓後波。”元稹《順宗至德大聖大安孝皇帝挽歌詞三首》一：“不改延洪祚，因成揖讓朝。謳歌同戴啓，遏密共思堯。”　吾僚：我的同僚。韓愈《叉魚招功曹》：“膾成思我友，觀樂憶吾僚。”李德裕《述夢詩四十韵》：“我後憐詞客，吾僚並雋髦。著書同陸賈，待詔比王褒。”

④ 浙郡：郡名，這裏指浙江東道與浙江西道，合稱浙江道。李綱《懷季言弟并簡仲輔叔易》：“行盡江南山，始次湖外州。傳聞浙郡兵，盜用官庫矛。”劉一止《知樞密院事沈公行狀》：“浙郡淫雨害稼，穡公上疏云……”　懸旌遠：懸旌，挂起旌旗，懸旌遠，指元稹、李德裕手握軍政之權坐鎮遠離京師的浙東與浙西。《舊唐書・地理志》：“(越州)在京師東南二千七百二十里，至東都二千八百七十里。”《舊唐書・地理志》：“(潤州)在京師東南二千七百五十三里，至東都一千七百四十九里。”葛洪《抱朴子・廣譬》：“故秦始皇築城遏胡，而禍發幃幄；漢武懸旌萬里，而變起蕭墻。”《三國志・武帝紀》：“天子進公爵爲魏王。”裴松之注引劉艾《獻帝傳》：“蕩定西陲，懸旌萬里，聲教振遠，寗我區夏。”　長安諭日遥：元稹的詩歌回憶往日與李德裕共同供職朝廷身在皇宫的歡暢，抒發今日一起出貶外郡的感受以及渴望早日回到皇上身邊的期盼，值得讀者關注。元稹酬詩分明是發泄由於時相李逢吉的責難、誣陷與排擠而使自己和李德裕失去唐穆宗的信任，雙雙遠離長安而出貶浙江東道與浙江西道的不平與不滿。詩人在這裏化用

前代的一個典故:《晉書·明帝》:"明皇帝,諱紹,字道畿,元皇帝長子也。幼而聰哲,爲元帝所寵。異年,數歲,嘗坐置膝前,屬長安使来,因問,帝曰:'汝謂日與長安孰遠?'對曰:'長安近,不聞人從日邊来,居然可知也。'元帝異之。明日宴群僚,又問之,對曰:'日近。'元帝失色,曰:'何乃異間者之言乎?'對曰:'舉目則見日,不見長安。'由是益奇之。"當然元稹的本意在抒發自己與李德裕已經被朝廷遺忘,"見人長安來"也好,"舉目則見日"也罷,對元稹與李德裕來説,都與自己的前程無關。　長安:古都城名,漢高祖七年(前200)定都於此,此後東漢獻帝初、西晉湣帝、前趙、前秦、後秦、西魏、北周、隋、唐皆於此定都。故城有二:漢城築於惠帝時,在今西安市西北,隋城築於文帝時,號大興城,故址包有今西安城和城東、南、西一帶。王績《過酒家五首》一:"洛陽無大宅,長安乏主人。黄金銷未盡,衹爲酒家貧。"崔湜《喜入長安》:"雲日能催曉,風光不惜年。賴逢征客盡,歸在落花前。"

⑤ 蕊珠:蕊,花,花朵,蕊珠是如花一樣的珍珠,喻指李德裕贈送元稹的詩篇。《文選·郭璞〈江賦〉》:"翹莖瀵蕊,濯穎散裹。"李善注:"蕊,華也。"李清照《攤破浣溪沙》:"梅蕊重重何俗甚? 丁香千結苦麁生。"　還一夢烟霄:意謂我還贈你一個早日回朝任要職的美好祝願。烟霄:喻顯赫的地位。白居易《秋夜感懷呈朝中親友》:"詞賦擅名來已久,烟霄得路去何遲?"黄滔《陳皇后因賦復寵賦》:"已爲無雨之期,空懸夢寐。終自淩雲之制,能致烟霄?"

[編年]

《年譜》編年:"此詩當作於元稹赴越州,經潤州,與李德裕會面之前。"但没有具體明確"之前"到何時。《編年箋注》編年:"元稹此詩作于長慶三年(八二三),是年八月,元稹由同州刺史遷任越州刺史、浙東觀察使,赴越州途經潤州,與李德裕會面。詩當作於會面之前。見卞《譜》。"同樣没有説明"之前"的具體時間。《年譜新編》編年長慶三年“自同州赴越州途中作”,有譜文“途中得李德裕‘因從事見寄之作’”一句作爲理由,也没有説明“途中”的具體時間。

傅璇琮先生《李德裕年譜》:“(長慶三年)九月,元稹由同州刺史改爲越州刺史、浙東觀察使。赴任途中,曾與李德裕有詩唱和。經潤州時,曾會晤德裕。”結合我們對元稹《初除浙東妻有阻色因以四韻曉之》的編年舉證,傅璇琮先生《李譜》考證本詩作於“九月”“赴任途中”,亦即到達潤州之前,精確合理,可取。我們以爲,本詩與下篇《酬樂天喜鄰郡》爲同時先後之作,均作於元稹赴任越州途中,亦即元稹到達潤州之前。

◎ 酬樂天喜鄰郡(此後並越州酬和,並各次用本韻)①

蹇驢瘦馬塵中伴,紫綬朱衣夢裏身②。符竹偶因成對岸,文章虛被配爲鄰③。湖翻白浪常看雪,火照紅妝不待春(一)④。老大那能更爭競?任君投募醉鄉人⑤。

録自《元氏長慶集》卷二二

[校記]

(一)火照紅妝不待春:楊本、叢刊本、《全詩》同,盧校宋本作“火點紅妝不待春”,語義相類,不改。

[箋注]

① 酬樂天喜鄰郡:白居易原唱是《元微之除浙東觀察使喜得杭越鄰州先贈長句(十七首並與微之和答)》:“稽山鏡水歡遊地,犀帶金章榮貴身。官職比君雖較小,封疆與我且爲鄰。郡樓對翫千峰月,江

界平分兩岸春。杭越風光詩酒主,相看更合是何人?”當時崔玄亮也在湖州,職任刺史,特地有詩寄贈白居易祝賀,白居易隨即酬和,《得湖州崔十八使君書喜與杭越鄰郡因成長句代賀兼寄微之》:“三郡何因此結緣?貞元科第忝同年。故情歡喜開書後,舊事思量在眼前。越國封疆吞碧海,杭城樓閣入青烟。吴興卑小君應屈,爲是蓬萊最後仙(貞元初同登科,崔君名最在後,當時崔自詠云‘人間不會雲間事,應笑蓬萊最後仙’)。”請讀者注意:白居易原唱是聽到元稹出任浙東觀察使兼越州刺史消息之後所作,並不是元稹到達杭州之後才撰寫的詩篇;元稹酬和白居易的本詩,也不是元稹到達杭州之後的回酬,而是在赴任浙東途中接到白居易派專人送達的《元微之除浙東觀察使喜得杭越鄰州先贈長句》之後的酬和詩篇,元稹酬篇的撰寫地點,多半應該在自西京長安前往越州的途中,最大的可能是元稹尚未到達潤州之前的途中。　鄰郡:元稹任職的越州與白居易任職的杭州地域相接,故言。宋祁《祇役鄰郡道中曉發》:“故園回眼隔雲羅,野馬征塵拂袂過。息影有時悲惡木,回車無暇避朝歌。”蘇轍《代滕達道龍圖蘇州謝上表二首》一:“近從鄰郡,移領鄉邦……里閭之舊,足慰平生。”

② “蹇驢瘦馬塵中伴”兩句:喻指勢單力薄的詩人與白居易在困難的政治境況中相互安慰互相支持,而過去的紫綬朱衣,祇能成爲夢裹追尋的目標。　蹇驢:跛蹇駑弱的驢子,比喻駑鈍的人,這裏喻指詩人與白居易。張籍《贈賈島》:“籬落荒凉僮僕飢,樂遊原上住多時。蹇驢放飽騎將出,秋卷裝成寄與誰?”李洞《下第送張霞歸覲江南》:“此道背于時,携歸一軸詩。樹沈孤鳥遠,風逆蹇驢遲。”　瘦馬:瘦弱的馬,這裏喻指詩人與白居易。張説《岳州作》:“遠人夢歸路,瘦馬嘶去家。正有江潭月,徘徊戀九華。”劉長卿《代邊將有懷》:“少年辭魏闕,白首向沙場。瘦馬戀秋草,征人思故鄉。”　塵中:這裏喻指惡劣的政治環境。杜甫《病馬》:“乘爾亦已久,天寒關塞深。塵中老盡力,

歲晚病傷心。”司空曙《九日送人》:“水風凄落日,岸葉颯衰蕪。自恨塵中使,何因在路隅?” 紫綬:紫色絲帶,古代高級官員用作印組,或作服飾。《漢書·百官公卿表》:“相國、丞相,皆秦官,金印紫綬。”李白《門有車馬客行》:“空談霸王略,紫綬不挂身。” 朱衣:唐宋四、五品官員所著的緋服。韋應物《張彭州前與緱氏馮少府各惠寄一篇多故未答張已云没因追哀叙事兼遠簡馮生》:“君昔掌文翰,西垣復石渠。朱衣乘白馬,輝光照里閭。”杜牧《新轉南曹出守吴興書此篇以自見志》:“捧詔汀洲去,全家羽翼飛。喜抛新錦帳,榮借舊朱衣。”

③ 符竹:《漢書·文帝紀》:“〔前元二年〕九月,初與郡守爲銅虎符、竹使符。”顔師古注引應劭曰:“銅虎符第一至第五,國家當發兵遣使者,至郡合符,符合乃聽受之。竹使符皆以竹箭五枚,長五寸,鐫刻篆書,第一至第五。”後因以“符竹”指郡守職權。孟浩然《和宋太史北樓新亭》:“返耕意未遂,日夕登城隅。誰道山林近,坐爲符竹拘。”劉禹錫《蘇州謝上表》:“優詔忽臨,又委之符竹。” 對岸:杭州與越州,當時以浙江,亦即錢塘江爲界,杭州在浙江之西,越州在浙江之東,誠如白居易《席上答微之》所云:“我住浙江西,君去浙江東。勿言一水隔,便與千里同。”故有此言。李涉《經涓川館寄使府群公》:“涓川水竹十家餘,漁艇蓬門對岸居。大勝塵中走鞍馬,與他軍府判文書。”許渾《送張尊師歸洞庭》:“能琴道士洞庭西,風滿歸帆路不迷。對岸水花霜後淺,傍檐山果雨來低。” 文章虚被配爲鄰:元稹白居易的詩文,在當時被人們普遍讚譽,常常將他們並稱爲“元白”。元稹《永福寺石壁法華經記》記録當時百姓心目中“元白並稱”的情景:“予始以長慶二年相先帝無狀,譴於同州。明年徙會稽,路出於杭。杭民競相觀睹,刺史白怪問之,皆曰:‘非欲觀宰相,蓋欲觀曩所聞之元白耳!’”白居易《劉白唱和集解》:“予頃以元微之唱和頗多,或在人口,常戲微之云:‘僕與足下二十年來爲文友詩敵,幸也,亦不幸也。吟咏情性,播揚名聲,其適遺形,其樂忘老,幸也;然江南士女語才子者,多云元

白,以子之故,使僕不得獨步於吴越間,亦不幸也。'" 文章:文辭或獨立成篇的文字。《史記·儒林列傳序》:"臣謹案詔書律令下者,明天人分際,通古今之義,文章爾雅,訓辭深厚,恩施甚美。"《後漢書·延篤傳》:"能著文章,有名京師。"杜甫《偶題》:"文章千古事,得失寸心知。"這裏還應該包括詩歌在内。

④"湖翻白浪常看雪"兩句:意謂鏡湖水波翻滚,浪花猶如白雪;處處都是女子紅妝,映照如火,不是春天,勝似繁花似錦的春天。白浪:雪白的波濤。李白《司馬將軍歌》:"揚兵習戰張虎旗,江中白浪如銀屋。"陸游《夜宿陽山磯》:"白浪如山潑入船,家人驚怖篙師舞。"雪:空中降落的白色晶體,多爲六角形,是氣温降到0℃以下時,天空中的水蒸氣凝結而成的。《詩·邶風·北風》:"北風其涼,雨雪其雱。"李白《塞下曲六首》一:"五月天山雪,無花祇有寒。笛中聞折柳,春色未曾看。"這裏是借指白浪,以雪作爲比擬。温庭筠《公無渡河》:"黄河怒浪連天來,大響硡硡如殷雷。龍伯驅風不敢上,百川噴雪高崔嵬。" 紅妝:指女子的盛妝,因婦女妝飾多用紅色,故稱。古樂府《木蘭詩》:"阿姊聞妹來,當户理紅妝。"元稹《瘴塞》:"瘴塞巴山哭鳥悲,紅妝少婦斂啼眉。"

⑤"老大那能更爭競"兩句:當時在朝廷把握朝政的是李逢吉、李宗閔等人,元稹、李德裕也好,白居易也罷,都不可能回朝擔任重要職務,故詩人有此不滿與牢騷。 老大:年紀大。《樂府詩集·長歌行》:"少壯不努力,老大徒傷悲。"白居易《琵琶行》:"門前冷落鞍馬稀,老大嫁作商人婦。" 爭競:猶言競爭。韓愈《寒食日出遊》:"走馬城西惆悵歸,不忍千株雪相映。邇來又見桃與梨,交開紅白如爭競。"張籍《送邵州林使君》:"詞客南行寵命新,瀟湘郡入曲江津。山幽自足探微處,俗樸應無爭競人。" 投募:投奔,安置。朱熹《與趙帥書》:"此間子弟投募者衆,因限以必及次高强鬥力乃收,而來者亦不少,此亦已試之驗也。"周南《山房集·雜記》:"范寥,蜀公之後也。初張懷

素與吴儲吴倖有異謀，寥知之，將告之，懼莫能得其情也。遂以僕役投募於懷素，懷素問寥：'識字乎？'曰：'自小力農，不能識也！'" 醉鄉：指醉酒後神志不清的境界。王績《醉鄉記》："阮嗣宗、陶淵明等十數人，並遊於醉鄉。"權德輿《醉後》："美禄與賢人，相逢自可親。願將花柳月，盡賞醉鄉春。"

［編年］

《年譜》編年本詩於長慶三年"離同州，赴越州途中作"，理由是："題下注：'此後並越州酬和。'"《編年箋注》編年："此詩……爲長慶三年（八二三）作品。是年八月，元稹爲越州刺史、浙東觀察使，十月抵越州。見下《譜》。"《年譜新編》亦編年長慶三年"自同州赴越州途中作"，其下除説明本詩與白居易原唱"次韵酬和"之外，没有説明其他理由。

我們以爲，元稹本詩題注"此後並越州酬和"，自然應該作於越州時期。從白居易原唱題曰"先贈長句"云云來看，應該是元稹白居易杭越唱和的第一篇詩歌，白居易見到前來越州但還没有到達潤州、蘇州的元稹時所作《元微之除浙東觀察使喜得杭越鄰州先贈長句（十七首並與微之和答）》之詩。而元稹見到白居易的原唱之後，憑著元稹的詩才以及與白居易的友誼，定然也會立即酬和的，地點應該在到達潤州、蘇州之前，下篇《再酬復言和前篇》就是最好的證據。那麼元稹又是什麼時候到達杭州的呢？元稹《和樂天示楊瓊》有"去年十月過蘇州"之言，白居易《除官赴闕留贈微之》有"去年十月半，君來過浙東"吟誦，可以確證元稹是"十月半"到達杭州。元稹離開杭州又在何時？《舊唐書·白居易傳》有記載："嘗會於境上，數日而别。"白居易有《答微之詠懷見寄》詩回酬，描述兩人杭州會面的歡快情景："分袂二年勞夢寐，並床三宿話平生。"從"數日而别"與"並床三宿"來看，元稹離開杭州也應該在十月中旬。本詩即應該作於長慶三年十月上旬到達蘇州之前,更在"十月半"到達杭州之前,具體地點應該在離開潤州前往蘇州的途中。

◎ 再酬復言和前篇(一)①

經過二郡逢賢牧,聚集諸郎宴老身②。清夜漫勞紅燭會,白頭非是翠娥鄰③。曾携酒伴無端宿,自入朝行便別春④。潦倒微之從不占,未知公議道何人⑤?

録自《元氏長慶集》卷二二

[校記]

(一) 再酬復言和前篇:本詩存世各本,包括楊本、叢刊本、《全詩》諸本,未見異文。

[箋注]

① 再酬:第二次酬和,再一次酬和。施肩吾《再酬李先輩》:"清辭再發郢人家,字字新移錦上花。能使龍宫買綃女,低回不敢織輕霞。"劉摯《再酬王太傅》:"曲臺仙客苦能詩,思入風雲學有師。楚國大夫吟澤日,江州司馬愛山時。" 復言:即時爲蘇州刺史李諒,字復言,元稹白居易的朋友。據郁賢皓先生《唐刺史考》考證,李諒長慶二年至寶曆元年任蘇州刺史。而元和十年元稹自江陵奉詔回京時有《西歸絶句十二首》,其二即提及白居易與李諒:"五年江上損容顔,今日春風到武關。兩紙京書臨水讀,小桃花樹滿商山(得復言、樂天書)。"李諒也是王叔文所信任的官員之一,柳宗元代王叔文所作《爲王户部薦李諒表(户部,王叔文也)》文云:"竊見新授某官李諒,清明直方,柔惠端信。强以有禮,敏而甚文。求之後來,略無其比。臣自

任度支副使,以諒爲巡官,未及薦聞。至某月日荆南奏官敕,下赴本道。諒實國器,合在朝行。臣之所知,尤惜其去。伏望天恩授以諫官,使備獻納。"元稹作於此後不久的第二年,亦即長慶四年的《永福寺石壁法華經記》文中提到李諒當時爲蘇州刺史:"其輸錢之貴者若……御史中丞蘇州刺史李諒……長慶四年四月十一日……元稹記。"　前篇:即白居易原唱《元微之除浙東觀察使喜得杭越鄰州先贈長句(十七首並與微之和答)》:"稽山鏡水歡遊地,犀帶金章榮貴身。官職比君雖較小,封疆與我且爲鄰。郡樓對翫千峰月,江界平分兩岸春。杭越風光詩酒主,相看更合是何人?"元稹前往越州任職,一路行來,應該先經過蘇州,接受蘇州刺史李諒的接待,並在宴席上重會楊瓊。而在杭州的白居易知道元稹即將到達蘇州,來不及見面,就急急忙忙派人送出自己的詩篇《元微之除浙東觀察使喜得杭越鄰州先贈長句》,訴説自己喜悦的心情。元稹隨即有詩酬和白居易,同時自然也不會冷落了宴請自己的主人李諒,有了《再酬復言和前篇》。元稹本詩仍然與《酬樂天喜鄰郡》一樣,都次白居易原唱之韵押"身"、"鄰"、"春"、"人"韵。

② 經過:行程所過,通過。《淮南子·時則訓》:"日月之所道。"高誘注:"日月照其所經過之道。"元稹《盧頭陀詩》:"還來舊日經過處,似隔前身夢寐遊。爲向八龍兄弟説,他生緣會此生休。"　二郡:二個州郡。吕温《郡内書懷寄劉連州竇夔州》:"朱邑何爲者?桐鄉有古祠。我心常所慕,二郡老人知。"白居易《見殷堯藩侍御憶江南詩三十首詩中多叙蘇杭勝事余嘗典二郡因繼和之》:"江南名郡數蘇杭,寫在殷家三十章。君是旅人猶苦憶,我爲刺史更難忘。"這裏指蘇州與潤州,元稹前往越州之前,分别與浙西節度使兼潤州刺史李德裕、蘇州刺史李諒相會,經由潤州與蘇州,故言。分别與蘇州刺史李諒、杭州刺史白居易相會。　賢牧:賢明的州郡長官。王融《永明十一年策秀才文五首》二:"昔者賢牧分陝,良守共治。"張九齡《敕處分十道朝

集使》:“必若縣得良宰,萬户息肩;州有賢牧,千里解帶。”洪適《祭王侍郎文》:“代有賢牧,流芬五羊。”這裹指潤州刺史李德裕和蘇州刺史李諒。　聚集:會合,集中,湊在一起。《三國志·陳留王奐傳》:“前逆臣鍾會構造反亂,聚集征行將士。”干寶《搜神記》卷一四:“〔竇奉〕母死將葬,未窆,賓客聚集。”　諸郎:原指郎官。《史記·魏其武安侯列傳》:“魏其已爲大將軍後,方盛,蚡爲諸郎,未貴,往來侍酒魏其,跪起如子姓。”這裹指年輕子弟。元稹《連昌宫詞》:“力士傳呼覓念奴,念奴潛伴諸郎宿。”又其《酬哥舒大少府寄同年科第》:“自言行樂朝朝是,豈料浮生漸漸忙。賴得官閑且疏散,到君花下憶諸郎。”　老身:老人的自稱。《北史·穆紹傳》:“〔紹〕正色讓順曰:‘老身二十年侍中,與卿先君亟連職事,縱卿後進,何宜相排突也!’”劉長卿《送王司馬秩滿西歸》:“漢主何時放逐臣?江邊幾度送歸人。同官歲歲先辭滿,唯有青山伴老身。”

③“清夜漫勞紅燭會”兩句:詩人將斑斕的色彩組織入詩,“紅燭”、“白首”、“翠娥”相映,構造成一個美麗無比的夜景。　清夜:清静的夜晚。司马相如《长门赋》:“懸明月以自照兮,徂清夜於洞房。”李端《宿瓜州寄柳中庸》:“懷人同不寐,清夜起論文。”　紅燭:紅色的蠟燭。蔣維翰《古歌二首》二:“美人閉紅燭,獨坐裁新錦。頻放剪刀聲,夜寒知未寢。”韓翃《贈李翼》:“王孫别舍擁朱輪,不羡空名樂此身。門外碧潭春洗馬,樓前紅燭夜迎人。”　白頭:猶白髮,形容年老。杜甫《月三首》一:“斷續巫山雨,天河此夜新。若無青嶂月,愁殺白頭人。”賈至《贈陜掾梁宏》:“梁子工文四十年,詩顛名過草書顛。白頭仍作功曹掾,禄薄難供沽酒錢。”　翠娥:指美女。李白《憶舊遊寄譙郡元參軍》:“翠娥嬋娟初月暉,美人更唱舞羅衣。”梅堯臣《謝永叔答述舊之作和禹玉》:“金帶繫袍迴禁署,翠娥持燭侍吟窗。”這裹的“翠娥”,應該包括元稹在江陵相識的楊瓊在内。

④曾携酒伴無端宿:元稹在這裹説的是實話:生活在唐代的元

稹也曾經常宿娼飲妓,並津津樂道寫入自己的詩篇之中。例如據元稹《寄吴士矩端公五十韵》、《答姨兄胡靈之見寄五十韵》詩的描述,詩人十五歲前投奔舅族,雖在邊地鳳翔,即與表兄吴士矩等在"媚語嬌不聞,纖腰軟無力。歌辭妙宛轉,舞態能剜刻。箏弦玉指調,粉汗紅綃拭"、"華奴歌淅淅,媚子舞卿卿"的生活中廝混。又據詩人在《贈别楊員外巨源》、《酬翰林白學士代書一百韵》、《贈吕二校書》詩中自述,元稹十五歲明經及第,不久到西河縣揭褐入仕,與詩人楊巨源相識,有"揄揚陶令緣求酒,結托蕭娘只在詩"之經歷。　酒伴:酒友。孟浩然《寒夜張明府宅宴》:"瑞雪初盈尺,寒宵始半更。列筵邀酒伴,刻燭限詩成。"杜甫《江畔獨步尋花七絶句》一:"江上被花惱不徹,無處告訴只顛狂。走覓南鄰愛酒伴,經旬出飲獨空床。"　無端:謂無由産生。《商君書・修權》:"下信其刑,則奸無端矣!"高亨注:"端借爲'耑'……草木初生爲耑,無耑,言無由萌生。"引申指無因由,無緣無故。陸機《君子行》:"福鍾恒有兆,禍集非無端。"唐彦謙《柳》:"楚王江畔無端種,餓損宫娥學不成。"　自入朝行便别春:元稹在這裏説的話有了一定的水分:在長安的校書郎任上,元稹與白居易一起,過著"密携長上樂,偷宿静坊姬"的生活,詩人與吕炅在洛陽回憶自己有過"共占花園争趙辟,競添錢貫定秋娘"的風流。爲此白居易曾賦詩《和元九與吕二同宿話舊感贈》打趣元稹:"聞道秋娘猶且在,至今時復問微之。"在本年,對元稹的矢口否認,白居易也常常不依不饒,有《問楊瓊》繼續調侃:"古人唱歌兼唱情,今人唱歌唯唱聲。欲説向君君不會,試將此語問楊瓊。"　朝行:朝列。韓愈《盧郎中雲夫寄示送盤谷子詩兩章歌以和之》:"又知李侯竟不顧,方冬獨入崔嵬藏。我今進退幾時决,十年蠢蠢隨朝行。"周密《齊東野語・誅韓本末》:"後懼事泄,於是令次山於朝行中擇能任事者。"　春:情欲,春情。《詩・召南・野有死麕》:"有女懷春,吉士誘之。"牛希濟《臨江仙》:"弄珠遊女,微笑自含春。"

⑤ "潦倒微之從不占"兩句:元稹在這裏絶口否認,不知出於何

種考慮。宿娼飲妓,無論是元稹,還是白居易,都是不容否認的事實。但所有這些都是唐代的風氣使然,而且絕非僅元稹白居易兩人而已。據《戰國策·東周策》,賣淫在中國成爲一種制度,最早見於春秋時期,並徵其夜合之資充作國用,美其名曰"花粉錢"。經過漢魏六朝的發展,娼妓制度至唐代而盛。妓女以歸屬劃分有宫妓、官妓、營妓、家妓之稱;以特長歸類,有樂妓、歌妓、舞妓、飲妓、詩妓之别。在唐代狎妓已成爲一種普遍的社會風氣,上自朝廷大臣、地方節度、牧守,下至士人、商賈無不競染此風,甚至連皇帝也樂於此道。在這種風氣的影響下,即使最嚴肅的詩人也難免其俗,詩聖杜甫即有同他人一起狎妓宴遊的詩篇。中唐以後此風更盛,據李肇《唐國史補》稱:"長安風俗,自貞元侈于遊宴。"元稹的朋友白居易更是樂此不疲,據粗略統計,見諸白居易自己詩文的各類女妓即有樊素、小玉、小蠻、阿軟等十數人。直到晚年白居易尚有多名女妓在身邊侍候,最後因身體有病動彈不得,才不得不放她們離去。我們以爲,與白居易相比,元稹可謂是小巫見大巫了。雖然這衹是五十步與一百步的差别,但既然白居易已戴上關心婦女疾苦詩人的桂冠,對元稹似乎也不應該以薄倖稱之。我們説不該因元稹狎妓而以薄倖稱之,但這並不是説讚賞他的狎妓行爲。對其狎妓,無疑應給予符合歷史情況的分析和恰如其分的批判。但也不應離開當時的歷史背景以今天的道德標準加以苛求,更不應在同樣的事實面前因人而異作出不同的評價與批判。在本詩,此老兒偶然扯謊,神態顯得局促不安,如果能與元稹對面,定然能見其臉紅脖子粗的窘態,想來可發讀者一笑。　潦倒:舉止散漫,不自檢束,這裏是詩人的謙語。嵇康《與山巨源絶交書》:"足下舊知吾潦倒粗疏,不切事情。"杜甫《戲贈閿鄉秦少府短歌》:"今日時清兩京道,相逢苦覺人情好。昨夜邀歡樂更無,多才依舊能潦倒。"　公議:按公利標準而議論,公衆共同評論。《韓非子·説疑》:"彼又使譎詐之士……使諸侯淫説其主,微挾私而公議。"司馬光《劉道原〈十國紀年序〉》:"道原公議其得失無所隱,惡之者側目,愛之者寒心。"

[編年]

《年譜》編年本詩於長慶三年"離同州,赴越州途中作",没有説明理由。《編年箋注》編年本詩:"《再酬復言和前篇》……爲長慶三年(八二三)作品。是年八月,元稹爲越州刺史、浙東觀察使,十月抵越州。見卞《譜》。"《年譜新編》亦編年長慶三年"自同州赴越州途中作",其下説明"李諒原唱佚"、"'前篇'即指《酬樂天喜鄰郡》"之外,没有説明其他理由。

我們以爲,根據白居易原唱《元微之除浙東觀察使喜得杭越鄰州先贈長句(十七首並與微之和答)》以及元稹和篇《酬樂天喜鄰郡》,本詩確實應該作於"離同州,赴越州途中作"、"自同州赴越州途中作",但"途中"云云過於籠統,應該明確本詩作於與李諒蘇州相會之時,地點在蘇州,白居易《除官赴闕留贈微之》:"去年十月半,君來過浙東。"元稹《和樂天示楊瓊》:"去年十月過蘇州,瓊來拜問郎不識。"據此,元稹在蘇州的時日應該是長慶三年十月上旬。

▲春情多(一)①

白髮鏡中慚易老,青山江上幾回春②?

見《千載佳句·老》,據花房英樹《元稹研究》轉録

[校記]

(一)春情多:《元稹集》、《全唐詩續補》、《編年箋注》同引用,均不見異文。

[箋注]

① 春情:男女愛戀之情,情欲。王融《詠琵琶》:"絲中傳意緒,花裏寄春情。"翁承贊《柳》五:"纏繞春情卒未休,秦娥蕭史兩相求。"元稹有《再酬復言和前篇》:"經過二郡逢賢牧,聚集諸郎宴老身。清夜漫勞紅燭會,白頭非是翠娥鄰。曾携酒伴無端宿,自入朝行便别春。潦倒微之從不占,未知公議道何人?"可以參讀。 多:過分的,不必要的。趙冬曦《美女篇》:"借問哀怨何所爲?盛年情多心自悲。須臾破顔倏斂態,一悲一喜併相宜。"張紘《和吕御史詠院中藂竹》:"聞君庭竹詠,幽意歲寒多。嘆息爲冠小,良工將奈何?"

② 白髮:白頭髮,亦指老年。《漢書·五行志》:"白髮,衰年之象,體尊性弱,難理易亂。"李白《秋浦歌》一五:"白髮三千丈,緣愁似箇長。" 鏡:鏡子。古樂府《木蘭詩》:"當窗理雲鬢,挂鏡帖花黄。"韓愈《芍藥歌》:"欲將雙頰一晞紅,緑窗磨遍青銅鏡。" 老:老年,晚年。《論語·述而》:"其爲人也,發憤忘食,樂以忘憂,不知老之將至云爾。"劉寶楠正義:"計夫子時年六十三四歲,故稱老矣!"陸機《嘆逝賦》:"解心累於末迹,聊優遊以娱老。" 青山:青葱的山嶺。《管子·地員》:"青山十六施,百一十二尺而至於泉。"徐凝《别白公》:"青山舊路在,白首醉還鄉。" 江上:江面上。《史記·伍子胥列傳》:"伍胥遂與勝獨身步走,幾不得脱。追者在後,至江,江上有一漁父乘船,知伍胥之急,乃渡伍胥。"崔顥《黄鶴樓》:"日暮鄉關何處是?烟波江上使人愁。" 春:情欲,春情。《詩·召南·野有死麕》:"有女懷春,吉士誘之。"牛希濟《臨江仙》:"弄珠遊女,微笑自含春。"春色。陸凱《贈范曄》:"折梅逢驛使,寄與隴頭人。江南無所有,聊寄一枝春。"王安石《送潮州吕使君》:"吕使揭陽去,笑談面生春。"

[編年]

未見《年譜》編年,《編年箋注》歸入"未編年詩"欄内,《年譜新編》

編年:"疑爲江陵時作。"

我們以爲,元稹《再酬復言和前篇》之内容與兩句一致,作時應該大致一致,應該賦成於長慶三年十月上旬,地點應該在蘇州。

▲夜　花(一)①

燈照露花何所似? 館娃宫殿夜妝臺②。

見《千載佳句·雜花》,據花房英樹《元稹研究》轉録

[校記]

(一) 夜花:據《元稹集》、《全唐詩續補》、《編年箋注》所引,均不見異文。

[箋注]

① 夜花:晚上也開放的花朵。李百藥《送别》:"眷言一杯酒,悽愴起離憂。夜花飄露氣,暗水急還流。"陳去疾《踏歌行》二:"仙蹕初傳紫禁香,瑞雲開處夜花芳。繁絃促管升平調,綺綴丹蓮借月光。"

② 露花:帶露的花。劉孝威《採蓮曲》:"露花時濕釧,風莖乍拂鈿。"野地裏的花。李商隱《失題》:"露花終裛濕,風蝶强嬌饒。" 似:像,類似。《左傳·襄公三十一年》:"趙孟將死矣! 其言偷,不似民主。"段成式《酉陽雜俎·語資》:"青有古名,齊得舊號,二處山川形勝相似。" 館娃:古代吴宫名。白居易《楊柳枝》:"蘇州楊柳任君誇,更有錢塘勝館娃。"即館娃故宫,春秋時吴王夫差爲西施建造,吴人呼美女爲娃,館娃宫,爲美女所居之宫,後借指西施。李紳《回望館娃故宫》:"因問館娃何所恨? 破吴紅臉尚開蓮。" 宫殿:指帝王住所。杜甫《哀江頭》:"江頭宫殿鎖千門,細柳新蒲爲誰緑?"陸游《雨晴游洞宫山天慶觀

坐間復雨》:“近水松篁鎖翠微,洞天宫殿對清暉。” 妝臺:梳妝臺。盧照鄰《梅花落》:“因風入舞袖,雜粉向妝臺。”盧綸《黎兵曹往陝府結親》:“步帳歌聲轉,妝臺燭影重。何言在陰者,得是戴侯宗?”

[編年]

未見《年譜》編年,《編年箋注》歸入“未編年詩”欄内。不見《年譜新編》採録與編年兩句。

我們以爲,兩句提及的“館娃”,在蘇州,兩句所在之詩應該賦成於長慶三年十月元稹經由蘇州赴任浙東觀察使之時。

◎ 贈樂天①

莫言鄰境易經過,彼此分符欲奈何②?垂老相逢漸難别(一),白頭期限各無多③。

録自《元氏長慶集》卷二二

[校記]

(一)垂老相逢漸難别:楊本、叢刊本、《全詩》同,《萬首唐人絶句》作“垂老相逢暫離别”,語義不同,不改。

[箋注]

① 贈樂天:《年譜》、《年譜新編》都以爲本詩白居易有酬唱詩篇,題爲《席上答微之》,詩云:“我住浙江西,君去浙江東。勿言一水隔,便與千里同。富貴無人勸君酒,今宵爲我盡杯中。”我們以爲兩者句數不等,長短不一,韵脚不同,難以認同,僅僅録此備考。

② “莫言鄰境易經過”兩句:作爲地方的刺史,如果没有特别的

許可,是不能隨便離開自己的任職之地的,例見白居易《邵同貶連州司馬制》:"敕:朝議大夫、守衢州刺史兼御史中丞邵同,寵在專城,職當守土。不承制命,擅赴闕廷。違越詔條,叛離官次。將懲慢易,宜舉憲章。可連州司馬,仍馳驛發遣。"故白居易有"勿言一水隔,便與千里同"的感歎。 鄰境:地域相接,鄰近的地域。《吕氏春秋·知化》:"夫吴之與越也,接土鄰境,壤交通屬。"《南史·孫瑒傳》:"出鎮公安,爲鄰境所憚。" 經過:行程所過,通過。《淮南子·時則訓》:"日月之所道。"高誘注:"日月照其所經過之道。"元稹《盧頭陀詩》:"還來舊日經過處,似隔前身夢寐遊。" 彼此:那個和這個,雙方。嵇康《與吕長悌絶交書》:"間令足下,因其順親,蓋惜足下門户,欲令彼此無恙也。"韋應物《寄諸弟》:"歲暮兵戈亂京國,帛書間道訪存亡。還信忽從天上落,唯知彼此泪千行。" 分符:猶剖符,謂帝王封官授爵,分與符節的一半作爲信物。張循之《送泉州李使君之任》:"傍海皆荒服,分符重漢臣。雲山百越路,市井十洲人。"孟浩然《送韓使君除洪州都曹》:"述職撫荆衡,分符襲寵榮。往來看擁傳,前後賴專城。" 奈何:怎麼辦。《史記·留侯世家》:"良曰:'沛公自度能却項羽乎?'沛公默然良久,曰:'固不能也,今爲奈何?'"洪邁《夷堅乙志·程師回》:"吾曹爲此胡所累,命盡今日矣! 奈何!"

③ 垂老:將近老年。杜甫《垂老别》:"四郊未寧静,垂老不得安。子孫陣亡盡,焉用身獨完?"錢起《省中春暮酬嵩陽焦道士見招》:"垂老遇知己,酬恩看寸陰。如何紫芝客,相憶白雲深!" 相逢:彼此遇見,會見。張衡《西京賦》:"跳丸劍之揮霍,走索上而相逢。"韓愈《答張徹》:"及去事戎轡,相逢宴軍伶。"王易簡《水龍吟》:"看明璫素襪,相逢憔悴,當應被,薰風誤。" 白頭:猶白髮,形容年老。周曇《田子奇》:"少年爲吏慮非循,一騎奔追委使臣。使者不追何所對? 車中緣見白頭人。"陳陶《江上逢故人》:"十年蓬轉金陵道,長哭青雲身不早。故鄉逢盡白頭人,清江顏色何曾老!" 期限:指時限的最後界綫。元

稹《除夜酬樂天》:“休官期限元同約,除夜情懷老共諳。莫道明朝始添歲,今年春在歲前三。”吕陶《感白髮》:“萬物入形器,盛衰有期限。葩英乘春芳,凋滅向秋晚。” 無多:没有多少。劉長卿《七里灘重送》:“秋江渺渺水空波,越客孤舟欲榜歌。手折衰楊悲老大,故人零落已無多。”杜荀鶴《和友人寄孟明府》:“爲政爲人漸見心,長才聊屈宰長林。莫嫌月入無多俸,須喜秋來不廢吟。”

[編年]

《年譜》編年本詩於長慶三年“離同州,赴越州途中作”,没有説明理由。《編年箋注》編年本詩:“《贈樂天》……爲長慶三年(八二三)作品。是年八月,元稹爲越州刺史、浙東觀察使,十月抵越州。見卞《譜》。”《年譜新編》亦編年長慶三年“自同州赴越州途中作”,其下又曰:“杭州與白居易相會時作。”

《年譜》、《編年箋注》、《年譜新編》編年都太籠統,本詩確實是元稹赴任越州經過杭州與白居易相會時所作,但應該指出具體的時間。根據我們對《酬樂天喜鄰郡》、《再酬復言和前篇》編年所舉證的理由,本詩應該作於與白居易在杭州相遇之時,時間應該在長慶三年十月十五日,亦即“十月半”之時。

◎ 重贈(樂人商玲瓏能歌歌予數十詩)(一)①

休遣玲瓏唱我詩(二),我詩多是别君詞(三)②。明朝又向江頭别(四),月落潮平是去時③。

録自《元氏長慶集》卷二二

[校記]

(一) 重贈(樂人商玲瓏能歌,歌予數十詩):叢刊本、《古詩鏡·唐詩鏡》、《全詩》同,楊本作"重贈(樂人高玲瓏能歌,歌予數十詩)",《萬首唐人絶句》作"重贈",《石倉歷代詩選》作"重贈樂人商玲瓏",《全唐詩録》作"重贈商玲瓏兼寄樂天",《唐人萬首絶句選》作"重贈樂天",《西湖遊覽志餘》、《增補武林舊事》作"寄樂天",《三體唐詩》、《唐音》作"重贈商玲瓏兼寄樂天",語義相類,不改。

(二) 休遣玲瓏唱我詩:楊本、叢刊本、《萬首唐人絶句》、《石倉歷代詩選》、《古詩鏡·唐詩鏡》、《全詩》、《全唐詩録》、《説郛》、《唐人萬首絶句選》、《歷代詩餘》、《碧鷄漫志》同,《三體唐詩》、《唐音》作"休遣玲瓏唱我辭",《西湖遊覽志餘》作"休遣玲瓏唱我詞",語義相類,不改。

(三) 我詩多是别君詞:楊本、叢刊本、《萬首唐人絶句》、《石倉歷代詩選》、《古詩鏡·唐詩鏡》、《全詩》、《全唐詩録》同,《全詩》注、《西湖遊覽志餘》、《增補武林舊事》作"我詩多是寄君詞",《説郛》、《唐人萬首絶句選》、《歷代詩餘》、《碧鷄漫志》作"我詩多是别君辭",《三體唐詩》、《唐音》、《類説》作"我辭多是寄君詩",語義相類,不改。

(四) 明朝又向江頭别:楊本、叢刊本、《萬首唐人絶句》、《石倉歷代詩選》、《古詩鏡·唐詩鏡》、《全詩》、《全唐詩録》、《説郛》、《唐人萬首絶句選》、《三體唐詩》、《唐音》同,《類説》、《詩話總龜》、《漁隱叢話》、《詩人玉屑》作"却向江邊整回棹",語義不同,不改。

[箋注]

① 重贈:本詩是《贈樂天》的續篇,故言"重贈"。兩詩前後相接,《贈樂天》詩云:"莫言鄰境易經過,彼此分符欲奈何?垂老相逢漸難

别，白頭期限各無多。”《年譜》、《年譜新編》都以爲本詩白居易有酬唱詩篇，題爲《答微之上船後留别》，詩云：“燭下尊前一分手，舟中岸上兩回頭。歸來虚白堂中夢，合眼先應到越州。”但本詩却云：“明朝又向江頭别，月落潮平是去時。”明顯與白居易詩之詩題“上船後留别”相接，此説應可取。《編年箋注》注釋：“《詩話總龜·樂府門》引《縉紳脞説》云：‘高玲瓏，餘杭之歌者……元微之在越州聞之，厚幣來邀。樂天即時遣去。到越州，住月餘，使盡歌所唱之曲，即賞之，後遣之歸，作詩送行，留寄樂天云云。’所引即此首。”首先，《詩話總龜》説的是“商玲瓏”，而不是“高玲瓏”；另外，“留寄樂天”云云也難以説通。其次我們無法同意《編年箋注》的説法，既云：“休遣玲瓏唱我詩，我詩多是别君詞。明朝又向江頭别，月落潮平是去時。”我們以爲此詩中的“君”應該是白居易，否則下面兩句難以説通。如果强解“君”爲商玲瓏，第一句又如何解釋？本詩明明是元稹在即將分别的前一天在酒宴上贈送白居易的詩篇，意即你不要再讓商玲瓏吟唱我的詩篇了，因爲我的詩篇都是與你白居易告别的詩篇，在即將分别的時刻，聽著離别的詩歌，心裏就更加難過。明天早上，月亮隱去、潮頭平穩之時，我就要在江邊告别朋友你而去……詩意如此明白，爲什麼要故意把水攪混？第三，這條材料《編年箋注》抄録於《年譜》的“考異”，但《編年箋注》却没有抄全，白白誤解了《年譜》的本意。《年譜》認爲：“《重贈》詩既系元稹赴越州，經杭州時所作，則《縉紳脞説》所記元稹到越州後，邀商玲瓏‘住月餘’，‘作詩送行，兼寄樂天’，與事實不符。”而且《年譜》已經甄别“玲瓏”應該是“商玲瓏”，‘兼寄樂天’而不是‘留寄樂天’，《編年箋注》匆匆忙忙没有看清就遽然下了結論。一貫唯《年譜》馬首是瞻的《編年箋注》，犯這樣的錯誤實在很不應該。本詩還必須辯明：宋代周密原本，明代朱廷焕所補《增補武林舊事·歌館》：“商玲瓏，餘杭歌者。白樂天作郡日，賦歌與之云……時微之在越，厚幣邀去，月餘始遣還，贈之詩，因寄樂天云：‘休遣玲瓏唱我詞，我詩多是寄君詩。明朝又向江頭别,月落湖平是去時。'"雖然《增補武林舊事》改"别君詩"爲"寄君詩",但仍然難以自圓其説:白居易在杭州,元稹在越州,而商玲瓏也在越州,元稹如何還要杭州的白居易"休遣玲瓏唱我詞"? 豈不是隔空喊話,不著邊際嗎? 宋代阮閲《詩話總龜·樂府門》:"商玲瓏,餘杭之歌者……元微之在越州聞之,厚幣來邀,樂天即時遣去。到越州,住月餘,使盡歌所唱之曲。即賞之後,遣之歸,作詩送行兼寄樂天曰:'……'"《詩人玉屑·玲瓏歌》、《西湖遊覽志餘·香奩艷語》、《類説·玲瓏奈老何》同。其實本詩確實爲元稹所作,詩文也基本相同,但背景却完完全全被扭曲了:長慶三年十月半,元稹赴浙東觀察使任,路過杭州,元稹白居易歡聚數日,最後不得不告别而去,白居易依依不捨,歌者商玲瓏也在一旁不停地歌唱元稹的詩篇助興,最後元稹有《重贈(樂人商玲瓏能歌,歌予數十詩)》:"……"元稹《重贈》之詩,除見於《元氏長慶集》外,又見於《萬首唐人絶句》、《石倉歷代詩選》、《古詩鏡·唐詩鏡》、《全詩》。而《增補武林舊事》所引録之詩,實在經不起推敲:誠如其説,那時商玲瓏在越州,白居易在杭州,在越州的元稹如何還要向杭州的白居易説"休遣玲瓏唱我詞"? 這首詩篇的背景被嚴重扭曲了,應予辨正。

② "休遣玲瓏唱我詩"兩句:意謂不要再讓商玲瓏反反復復吟唱我的詩歌了! 因爲我的詩篇大多是詠歎與你離别的詩歌,不聽尚且難過,何况又讓人一唱再唱!　遣:使,讓。賈思勰《齊民要術·雜説》:"禾秋收了,先耕蕎麥地,次耕餘地,務遣深細,不得趁多。"《敦煌變文集·維摩詰經講經文》:"令瓦礫似生光,遣枯林之花秀。"

③ 明朝:明天,今天的下一天。鮑照《擬行路難十八首》五:"君不見城上日,今暝没盡去,明朝復更出。"丁仙芝《江南曲五首》一:"長干斜路北,近浦是兒家。有意來相訪,明朝出浣紗。"　江頭:江邊,江岸。楊廣《鳳艒歌》:"三月三日向江頭,正見鯉魚波上游。"姚合《送林使君赴邵州》:"江頭斑竹尋應遍,洞裏丹砂自採還。"　潮:海水受日

月引力而定時漲定時落的現象，江河因海潮上溯，其下游亦有此現象。這種現象，在作爲杭州與越州分界的浙江亦即錢塘江中最爲明顯，部份原因是因錢塘江入海口是喇叭型的緣故。劉長卿《送少微上人遊天台》："松門風自埽，瀑布雪難消。秋夜聞清梵，餘音逐海潮。"孟浩然《宿永嘉江寄山陰崔少府國輔》："卧聞海潮至，起視江月斜。借問同舟客，何時到永嘉？"

[編年]

《年譜》編年本詩於長慶三年"離同州，赴越州途中作"，没有説明理由。《編年箋注》編年本詩："《重贈》……爲長慶三年（八二三）作品。是年八月，元稹爲越州刺史、浙東觀察使，十月抵越州。見卞《譜》。"《年譜新編》亦編年長慶三年"自同州赴越州途中作"，其下又云："元詩爲杭州與白居易分别時作。"

《年譜》、《編年箋注》、《年譜新編》編年都太籠統，根據現有材料，本詩可以指出具體的賦詠時間：是元稹赴任越州經過杭州與白居易相會，在即將分别的前一天所作，地點在杭州。根據我們對《酬樂天喜鄰郡》、《再酬複言和前篇》編年所舉證的理由，具體時間應該在長慶三年十月半之後。據白居易《答微之詠懷見寄》"閤中同直前春事，船裏相逢昨日情。分袂二年勞夢寐，並床三宿話平生"之言，元稹"十月半"到達杭州與白居易相會，但赴任途中不允許過多停留，故衹能"並床三宿"，不得不告别而去，本詩是元稹與白居易臨别前夜所作，具體時間應該在十月十八日，地點在杭州白居易宴請元稹的場所。

■ 席上贈樂天(一)①

據白居易《席上答微之》

[校記]

(一)席上贈樂天:元稹本佚失詩所據白居易《席上答微之》,分別見《白氏長慶集》、《白香山詩集》、《全詩》,不見異文。

[箋注]

① 席上贈樂天:白居易《席上答微之》:"我住浙江西,君去浙江東。勿言一水隔,便與千里同。富貴無人勸君酒,今宵爲我盡杯中。"白居易詩題既然稱"席上答微之",此詩賦成於長慶三年十月半元稹路過杭州與白居易相聚之時。查閲元稹同期之詩篇,有《酬樂天喜鄰郡》,詩云:"蹇驢瘦馬塵中伴,紫綬朱衣夢裏身。符竹偶因成對岸,文章虚被配爲鄰。湖翻白浪常看雪,火照紅妝不待春。老大那能更争競?任君投募醉鄉人。"無論是内容、詩體、韵脚都不相符,顯然不是酬和之篇。而白居易《元微之除浙東觀察使喜得杭越鄰州先贈長句》:"稽山鏡水歡遊地,犀帶金章榮貴身。官職比君雖校小,封疆與我且爲鄰。郡樓對玩千峰月,江界平分兩岸春。杭越風光詩酒主,相看更合與何人?"元稹酬詩與白居易詩篇次韵,因此此詩與白居易《席上答微之》不存在唱酬關係。元稹《贈樂天》:"莫言鄰境易經過,彼此分符欲柰何?垂老相逢漸難别,白頭期限各無多。"與白居易《席上答微之》内容、詩體、韵脚都不相符,顯然也不是酬和之篇。元稹《重贈》:"休遣玲瓏唱我詩,我詩多是别君詞。明朝又向江頭别,月落潮平是去時。"在内容、詩體、韵脚諸方面,同樣與白居易《席上答微之》

不符,兩者也不存在唱酬關係。至於《重酬樂天》、《酬樂天雪中見寄》、《除夜酬樂天》、《和樂天早春見寄》、《寄樂天(莫嗟虚老海壖西)》均是元稹在浙東與白居易唱酬,更與白居易在杭州相聚酒席之作《席上答微之》不符。既然如此,元稹一定有與白居易《席上答微之》内容相符、詩體相類、韵脚也可能相同的詩篇贈送白居易,白居易才會回贈元稹《席上答微之》,據此,元稹詩篇已經佚失。至於元稹的詩題,暫時代擬爲《席上贈樂天》吧!另外,《年譜》、《年譜新編》都以爲元稹《贈樂天》,白居易有酬唱詩篇,題爲《席上答微之》,詩云:"我住浙江西,君去浙江東。勿言一水隔,便與千里同。富貴無人勸君酒,今宵爲我盡杯中。"我們以爲元稹《贈樂天》、白居易《席上答微之》句數不等,長短不一,韵脚不同,難以認同,僅在此附帶提及。　席上:指筵席上。張籍《懷别》:"僕人驅行軒,低昂出我門。離堂無留客,席上唯琴樽。"劉禹錫《酬樂天揚州初逢席上見贈》:"沈舟側畔千帆過,病樹前頭萬木春。今日聽君歌一曲,暫憑杯酒長精神。"　贈:送給。王建《贈謫者》:"何罪過長沙?年年北望家。重封嶺頭信,一樹海邊花。"劉商《贈頭陀師》:"少壯從戎馬上飛,雪山童子未緇衣。秋山年長頭陀處,説我軍前射虎歸。"

[編年]

未見《元稹集》採録,也未見《年譜》、《編年箋注》、《年譜新編》採録與編年。

根據白居易《席上答微之》詩題及詩文内容,白居易詩篇應該賦成於長慶三年十月半與過境赴越州的酒席上,作爲首倡,元稹的佚失詩篇也應該賦成於長慶三年十月半過境赴越州的酒席上,地點在杭州,元稹當時是浙東觀察使、越州刺史,但尚未到任。

■ 酬李昇席上作(一)①

據《萬首唐人絶句·元白席上》

[校記]

(一) 酬李昇席上作:元稹本佚失詩所據李昇《元白席上》,除《萬首唐人絶句》之外,又見《全詩》,題作"元白席上作",又見《續仙傳·李昇》、《少室山房筆叢》,詩文未見異文。

[箋注]

① 酬李昇席上作:李昇《元白席上》:"生在儒家偶太平,玄纁重滯布衣輕。誰能世路趨名利? 臣事玉皇歸上清。"《全唐詩·元白席上作》:"生在儒家遇太平,懸纓垂帶布衣輕。誰能世路趨名利? 臣事玉皇歸上清。"歸名李昇。《少室山房筆叢·玉壺遐覽》:"'生在儒家偶太平,元纁重滯布衣輕。誰能世路趨名利? 臣事玉皇歸上清。'右李昇詩,元白仝時人。近《吕純陽傳》謂此洞賓作,非,然《唐詩紀事》亦不收此詩,因録之。"雖然李昇此詩《全詩》又收録在吕巖名下,題作"呈鍾離雲房"。但明代胡應麟已經否認,應該歸屬李昇。據李昇本詩,元稹白居易應該有酬和之篇,但今存元稹詩文未見,應該屬於佚失之列,據此補。　李昇:沈汾《續仙傳·李昇》:"李昇,字雲舉,自言江夏人,唐德宗甲午年生。幼而聰悟,及長,博通群書,能文,機捷,出口成章。爲性高古,師於少室山道士,學鍊氣養形之術,常布衣遊行天下。時元稹廉察浙東,白居易出牧錢塘,以昇舊友,皆慕昇之文學道術,邀至於賓席間。問昇:'生當太平之世,何不就榮禄而久爲布衣?'對曰:'不必世徵,徵亦不就。'乃徐吟曰:'生在儒家遇太平,玄纁

重滯布衣輕。誰能世路趨名利？臣事玉皇歸上清。'元與白奇之，以詩酒延留，歲餘復去他遊，莫知所之。"《全詩》前也有作者簡介："李昇，字雲舉，江夏人，學煉氣養形之術，與元白善，年百餘歲卒，詩一首。" 席上：指筵席上。羊士諤《臘夜對酒》："琥珀杯中物，瓊枝席上人。樂聲方助醉，燭影已含春。"方干《江南闻新曲》："席上新聲花下杯，一聲聲被拍聲催。樂工不識長安道，盡是書中寄曲來。"

[編年]

未見《元稹集》採録，也未見《年譜》、《編年箋注》、《年譜新編》採録與編年。

據詩題"元白席上"，李昇之詩應該賦成於元稹白居易同在的酒席之上。又唐人沈汾《續仙傳・李昇》："時元稹廉察浙東，白居易出牧錢塘，以昇舊友，皆慕昇之文學道術，邀至於賓席間。"元稹長慶三年十月半經由杭州，與白居易歡聚數日而去。李昇之詩即應該賦詠於其時，時在長慶三年十月半後至二十日間的數天之内。元稹的酬和之篇也應該當場酬和，地點在杭州，元稹時以浙東觀察使、越州刺史的身份正在赴任越州途中。

■ 上船後留別樂天(一)①

據白居易《答微之上船後留別》

[校記]

(一) 上船後留別樂天：元稹本佚失詩所據白居易《答微之上船後留別》，分别見《白氏長慶集》、《萬首唐人絶句》、《白香山詩集》、《全詩》，未見異文。

[箋注]

① 上船後留別樂天：白居易《答微之上船後留别》："燭下尊前一分手，舟中岸上兩迴頭。歸來虛白堂中夢，合眼先應到越州。"元稹另有《别後西陵晚眺》："晚日未抛詩筆硯，夕陽空望郡樓臺。與君後會知何日，不似潮頭暮却迴。"白居易有和詩《答微之泊西陵驛見寄》："烟波盡處一點白，應是西陵古驛臺。知在臺邊望不見，暮潮空送渡船回。"元稹《别後西陵晚眺》與白居易《答微之泊西陵驛見寄》兩兩次韵相酬，而與元稹本佚失詩與白居易《答微之上船後留别》没有酬唱關係。據白居易《答微之上船後留别》，元稹應該有一首《上船後留别樂天》的詩篇佚失，但已經佚失，據補。　上船：乘上船隻離開。杜甫《飲中八仙歌》："李白一斗詩百篇，長安市上酒家眠。天子呼來不上船，自稱臣是酒中仙。"元稹《送友封二首》二："惠和坊裏當時别，豈料江陵送上船。鵬翼張風期萬里，馬頭無角已三年。"　留别：多指以詩文作紀念贈給分别的人。王建《留别張廣文》："謝恩新入鳳皇城，亂定相逢合眼明。千萬求方好將息，杏花寒食約同行。"杜牧《贈張祜》："詩韵一逢君，平生稱所聞……數篇留别我，羞殺李將軍。"

[編年]

未見《元稹集》採録，也未見《年譜》、《編年箋注》、《年譜新編》採録與編年。

據白居易《答微之上船後留别》詩題及詩文内容，本佚失詩應該是元稹長慶三年十月半路過杭州與白居易相聚後離開杭州前往越州赴任渡越錢塘江時所作，元稹時任浙東觀察使、越州刺史，但尚未到任。

▲上西陵留别(一)①

分憂去國三千里(二),遙指江南一道雲②。

見《千載佳句·留别》,據花房英樹《元稹研究》轉録

[校記]

(一)上西陵留别:《千載佳句》松平文庫本作"上西陵留别詩",録以備考。

(二)分憂去國三千里:原作"□憂去國三千里",《千載佳句》又作"分憂去國三千里",據改。

[箋注]

① 上:由低處到高處,杭州地區是沖積平原,而越州地區是丘陵地帶,故言。《易·需》:"雲上於天。"陸德明釋文引干寶云:"上,升也。"《漢書·王商傳》:"令吏民上長安城以避水。"去,到。《顔氏家訓·勉學》:"江南閭里間,士大夫或不學問,羞爲鄙樸,道聽塗説,强事飾辭……上荆州必稱陝西,下揚都言去海郡。" 西陵:浙江省蕭山市西興鎮的古稱。李白《送友人尋越中山水》:"東海横秦望,西陵遶越臺。湖清霜鏡曉,濤白雪山來。"孫逖《春日留别》:"春路逶迤花柳前,孤舟晚泊就人烟。東山白雲不可見,西陵江月夜娟娟。" 留别:多指以詩文作紀念贈給分别的人。白居易《初出城留别》:"揚鞭簇車馬,揮手辭親故。我生本無鄉,心安是歸處。"杜牧《贈張祜》:"詩韵一逢君,平生稱所聞……數篇留别我,羞殺李將軍。"

② 分憂:《漢書·循吏傳序》:"〔孝宣〕常稱曰:'庶民所以安其田里,而亡嘆息愁恨之心者,政平訟理也,與我共此者,其唯二千石

乎?’”顔師古注:“謂郡守、諸侯相。”後因以“分憂”代指郡守之職。元稹當時任職浙東觀察使,又兼任越州刺史,故言。孟浩然《同獨孤使君東齋作》:“郎官舊華省,天子命分憂。襄土歲頻旱,隨車雨再流。”白居易《賀平淄青表》:“臣名參共理,職忝分憂。” 去國:離開京都或朝廷。顔延之《和謝靈運》:“去國還故里,幽門樹蓬藜。”張九齡《道逢北使題贈京邑親知》:“征驂稍靡靡,去國方遲遲。路遶南登岸,情摇北上旗。” 三千里:越州與長安間的距離。《舊唐書・地理志》:“越州……在京師東南二千七百二十里,至東都二千八百七十里。”此舉其約數。常建《塞下曲四首》四:“因嫁單于怨在邊,蛾眉萬古葬胡天。漢家此去三千里,青塚常無草木烟。”劉長卿《使還七里瀨上逢薛承規赴江西貶官》:“遷客歸人醉晚寒,孤舟暫泊子陵灘。憐君更去三千里,落日青山江上看。” 遙指:指向目力難及的遠方。張子容《貶樂城尉日作》:“地暖花長發,巖高日易低。故鄉可憶處,遙指斗牛西。”劉長卿《清明後登城眺望》:“草色無空地,江流合遠天。長安在何處?遙指夕陽邊。” 江南:指長江以南的地區,各時代的含義有所不同:漢以前一般指今湖北省長江以南部分和湖南省、江西省一帶;後來多指今江蘇、安徽兩省的南部和浙江省一帶,而浙江省是越州以及浙東觀察使管轄的六州所在。阮瑀《爲曹公作書與孫權》:“孤與將軍,恩如骨肉,割授江南,不屬本州。”張九齡《感遇》:“江南有丹橘,經冬猶緑林。” 一道:表數量,用於水流、光綫等,猶言一條。王維《寒食城東即事》:“清溪一道穿桃李,演漾緑蒲涵白芷。”元稹《使東川・望喜驛》:“子規驚覺燈又滅,一道月光横枕前。” 雲:由水滴、冰晶聚集形成的在空中懸浮的物體。《易・小畜》:“密雲不雨,自我西郊。”韓愈《别知賦》:“雨浪浪其不止,雲浩浩其常浮。”

[編年]

未見《年譜》編年,《編年箋注》歸入“未編年詩”欄内,《年譜新編》

編年"長慶三年自同州赴越州時作"。

我們以爲,兩句可以進一步編年:根據元稹《别後西陵晚眺》作於長慶三年十月十九日傍晚的史實,兩句應該賦作於同時,地點在越州境内的西陵,元稹尚未到達浙東觀察使的首府越州。

◎ 别後西陵晚眺(一)①

晚日未抛詩筆硯,夕陽空望郡樓臺②。與君後會知何日?不似潮頭暮却迴③。

録自《元氏長慶集》卷二二

[校記]

(一)别後西陵晚眺:本詩存世各本,包括楊本、叢刊本、《萬首唐人絶句》、《石倉歷代詩選》、《全詩》諸本。均未見異文。

[箋注]

① 别後西陵晚眺:白居易有和詩《答微之泊西陵驛見寄》,詩云:"烟波盡處一點白,應是西陵古驛臺。知在臺邊望不見,暮潮空送渡船回。"兩詩次韵相酬,《編年箋注》遺漏注明白居易此詩。 西陵:浙江省蕭山市西興鎮的古稱。據《中國歷史地圖集》所示,在浙江亦即錢塘江的西岸,與永興即今天的蕭山隔江相對。按當時的行政區劃,西陵已經在越州境内。故元稹早上告别白居易,至"晚日"、"夕陽"時刻才到達西陵。李白《送友人尋越中山水》:"東海横秦望,西陵繞越臺。湖清霜鏡曉,濤白雪山来。"孫逖《春日留别》:"東山白雲不可見,西陵江月夜娟娟……越國山川看漸無,可憐愁思江南樹。" 晚眺:眺望晚景。李嘉祐《晚發咸陽寄同院遺補》:"征戰初休草又衰,咸陽晚

眺泪堪垂。去路全無千里客,秋田不見五陵兒。”竇常《北固晚眺》:“水國芒種後,梅天風雨凉。露蠶開晚簇,江燕繞危檣。”

② 筆硯:筆和硯,泛指文具。崔湜《塞垣行》:“昔我事討論,未嘗怠經籍。一朝棄筆硯,十年操矛戟。”張宣明《使至三姓咽麵》:“昔聞班家子,筆硯忽然投。一朝撫長劍,萬里入荒陬。” 夕陽:傍晚的太陽。庾闡《狹室賦》:“南羲熾暑,夕陽傍照。”歐陽修《醉翁亭記》:“已而夕陽在山,人影散亂,太守歸而賓客從也。” 樓臺:高大建築物的泛稱。《左傳・哀公八年》:“邾子又無道,吴子使大宰子餘討之,囚諸樓臺。”杜甫《院中晚晴懷西郭茅舍》:“復有樓臺銜暮景,不勞鐘鼓報新晴。”

③ “與君後會知何日”兩句:早上剛剛分别,晚上已經在惦記下一次何日相會,可見元稹白居易友誼的深厚真摯。而無情的事實却是,元稹白居易分别身爲浙東觀察使與杭州刺史,如無特殊允准,是不可能隨隨便便離開職守之地爲私事與朋友相會的。元稹赴任可以路過杭州,這是順路經過,無可厚非,但也不能長期逗留,衹能歡聚三日而别。白居易在杭州刺史任,更不能隨隨便便離開杭州南行越州,白居易《想東遊五十韵并序》雖然有“東遊”的計劃,而且在因“病”“免官”之“後”,即使如此,但那也衹是“想”而已,而且最終也未能實現:“太和三年春,予病免官後,憶遊浙右數郡,兼思到越一訪微之。故兩浙之間,一物以上,想皆在目,吟且成篇,不能自休,盈五百字,亦猶孫興公想天台山而賦之也。” 後會:日後相會。《孔叢子・儒服》:“彼有戀戀之心,未知後會何期?”朱放《江上送别》:“惆悵空知思後會,艱難不敢料前期。” 潮頭:潮水的浪峰。竇常《北固晚眺》:“山趾北來固,潮頭西去長。年年此登眺,人事幾銷亡。”劉禹錫《張郎中籍遠寄長句開緘之日已及新秋因舉目前仰酬高韵》:“雲銜日脚成山雨,風駕潮頭入渚田。對此獨吟還獨酌,知音不見思愴然。” 迴:掉轉,返回。《楚辭・離騷》:“迴朕車以復路兮,及行迷之未遠。”王逸注:“迴,旋

也。"謝惠連《隴西行》:"窮谷是處,考槃是營。千金不迴,百代傳名。"

[編年]

《年譜》編年本詩於長慶三年"越州作",没有説明理由。《編年箋注》編年本詩:"《别後西陵晚眺》……爲長慶三年(八二三)作品。是年八月,元稹爲越州刺史、浙東觀察使,十月抵越州。見卞《譜》。"《年譜新編》亦編年長慶三年"自同州赴越州途中作",其下僅僅提及白居易和詩與次韵酬和外,没有説明理由。嚴格來説,西陵已經是元稹越州的轄地,不應該説還在"途中"。

《年譜》、《編年箋注》、《年譜新編》編年都太籠統,根據現有材料,本詩可以指出具體的賦詠時間:是元稹赴任越州經過杭州與白居易相會之後,在已經分别的當天晚上所作,地點在越州的西陵。根據我們對《酬樂天喜鄰郡》、《再酬復言和前篇》、《重贈》編年所舉證的理由,具體時間應該在長慶三年十月十九日的傍晚。

◎ 浙東論罷進海味狀[①]

浙江東道都團練觀察處置等使當管明州每年進淡菜一石五斗、海蚶一石五斗[(一)][②]。

右件海味等起自元和四年,每年每色令進五斗。至元和九年因一縣令獻表上論,準詔停進,仍令所在勒回,人夫當處放散。至元和十五年伏奉聖旨,却令供進,至今每年每色各進一石五斗[③]。臣昨之任,行至泗州,已見排比遞夫。及到鎮詢問,至十一月二十日方合起進。每十里置遞夫二十四人,明州去京四千餘里,約計排夫九千六百餘人。假如州縣只先期十日追集,猶計用夫九萬六千餘人[(二)],方得前件海味到京[④]。

臣伏見元和十四年先皇帝特詔荆南令貢荔枝，陛下即位後以其遠物勞人，只令一度進送充獻景靈，自此停進。當時書之史策，以爲美談[⑤]。去年江淮旱儉，陛下又降德音，令有司於旨條之内減省常貢。斯皆陛下遠法堯舜，近法太宗減膳恤灾、愛人惜費之大德也[⑥]。

况淡菜等，味不登於俎豆，名不載於方書。海物鹹腥，增痰損肺，俗稱補益，蓋是方言[⑦]。每年常役九萬餘人，竊恐有乖陛下罷荔枝、減常貢之盛意，蓋守土之臣不敢備論之過也[⑧]。臣别受恩私，合盡愚懇，此事又是臣當道所進，不敢不言[⑨]。如蒙聖慈特賜允許，伏乞賜臣等手詔勒停，仍乞準元和九年敕旨，宣下度支鹽鐵，所在勒回，實冀海隅蒼生同霑聖澤。謹録奏聞，伏候敕旨[⑩]。

中書門下牒：

牒浙東觀察使：當道每年供進淡菜一石五斗、海蚶一石五斗[⑪]。

牒：奉敕："如聞浙東所進淡菜、海蚶等，道途稍遠，勞役至多，起今已後，並宜停進。其今年合進者，如已發在路，亦宜所在勒回。"牒至，准敕故牒[⑫]。

録自《元氏長慶集》卷三九

［校記］

（一）浙江東道都團練觀察處置等使當管明州每年進淡菜一石五斗、海蚶一石五斗：《全文》同，楊本、叢刊本在其下有注文曰："每十里置遞夫二十四人"，原本無此注文。

（二）猶計用夫九萬六千餘人：楊本、叢刊本、《全文》作"猶計用夫九萬六千餘功"，語義相類，不改。

［箋注］

① 浙東論罷進海味狀：白居易《唐故武昌軍節度處置等使正議大夫檢校户部尚書鄂州刺史兼御史大夫賜紫金魚袋尚書右僕射河南元公墓誌銘并序》涉及此事，文曰："先是，明州歲進海物，其淡蚶非禮之味，尤速壞。課其程，日馳數百里。公至越，未下車，趨奏罷。自越抵京師，郵夫獲息肩者萬計，道路歌舞之。"《舊唐書·穆宗紀》：（長慶三年）"十一月……停浙東貢甜菜、海蚶。"《册府元龜》："長慶三年……十月，停浙東每年進淡菜及海蚶等。"《新唐書·元稹傳》："徙浙東觀察使，明州歲貢蚶，役郵子萬人，不勝其疲，稹奏罷之。" 海味：海産食品，多指珍貴者而言，本文指淡菜、海蚶。《南齊書·虞悰傳》："雖在南土，而會稽海味無不畢至。"耿湋《送友人遊江南》："潮聲偏懼初來客，海味惟甘久住人。" 狀：文體名，向上級陳述意見或事實的文書。如：奏狀、訴狀、供狀。《漢書·趙充國傳》："充國上狀曰：'……臣謹條不出兵留田便宜十二事。'"韓愈《論今年權停舉選狀》："謹詣光順門奉狀以聞，伏聽聖旨。"

② 當管：掌管，執掌。張九齡《祭舜廟文》："維某月朔日，中散大夫使持節都督桂州諸軍事，守桂州刺史兼當管經略使嶺南道按察使攝御史中丞、借紫金魚袋、上柱國、曲江縣開國男張某，告昭告於大舜之靈。"《舊唐書·陸贄傳》："懷光當管師徒，足以獨制凶寇，逗留未進，抑有他由。" 明州：州名，《舊唐書·地理志》："明州：開元二十六年於越州鄮縣置明州，天寶元年改爲餘姚郡，乾元元年復爲明州，取四明山爲名。天寶領縣四，户四萬二千二十七，口二十萬七千三十二。在京師東南四千一百里，至東都三千二百五十里。"明州在越州之東，靠海，出産海産品，州治在今天寧波。岑參《送任郎中出守明

州》:“罷起郎官草,初封刺史符。城邊樓枕海,郭裏樹侵湖。”武元衡《送寇侍御司馬之明州》:“斗酒上河梁,驚魂去越鄉。地窮滄海闊,雲入剡山長。”　淡菜:貽貝的肉經燒煮曝灑而成的乾製食品。味佳美,以煮曬時不加鹽,故名。貽貝是軟體動物,殼三角形,表厚外黑,生活在淺海岩石上,肉味鮮美,俗稱殼菜或淡菜。《爾雅·釋魚》:“玄貝,貽貝。”郭璞注:“黑色貝也。”邢昺疏:“黑色之貝名貽貝。”韓愈《唐正議大夫尚書左丞孔公墓誌銘》:“明州貢海蟲、淡菜、蛤蚶。”孫光憲《和南越詩》:“曉厨烹淡菜,春杼種橦花。”　海蚶:軟體動物,有兩扇貝殼,厚而堅硬,上有瓦楞狀突起,生活在淺海泥沙中。貝殼可供藥用,肉味鮮美,俗稱瓦楞子,又名魁陸、魁蛤。《爾雅·釋魚》:“魁陸。”郭璞注:“《本草》云:‘魁狀如海蛤,圓而厚,外有理縱横,即今之蚶也。’”《文選·郭璞〈江賦〉》:“紫蚢如渠,洪蚶專車。”李善注引《臨海水土物志》:“蚶則徑四尺,背似瓦壟,有文。”　石:量詞,計算容量的單位,十斗爲一石。《管子·揆度》:“其人力同而宫室美者,良萌也,力作者也,脯二束,酒一石,以賜之。”《史記·伍子胥列傳》:“楚國之法,得伍胥者賜粟五萬石。”韓愈《雜説四首》四:“馬之千里者,一食或盡粟一石。”

③ 斗:量詞,指十升的容量。《墨子·雜守》:“五食,終歲十四石四斗。”任昉《奏彈劉整》:“整就兄妻范求米六斗哺食。”《新唐書·食貨志》:“百姓殘於兵盜,米斗至錢七千。”　“至元和九年因一縣令獻表上論”四句:史籍記載有所不同,《資治通鑑·唐憲宗元和十二年》:“初,國子祭酒孔戣爲華州刺史,明州歲貢蚶、蛤、淡菜,水陸遞夫勞費,戣奏疏罷之。”胡渭《禹貢錐指》卷四:“唐元和中,孔戣奏罷明州歲貢淡菜蚶蛤之屬,長慶中復貢,元稹觀察浙東,又奏罷之。”羅濬《寶慶四明志·敘賦》:“明州在唐歲貢,猶及淡菜蚶蛤之屬,自海抵京師,道役凡四十三萬人,孔戣、元稹相繼奏罷之。”《通鑑總類·孔戣奏罷貢蚶蛤淡菜》:“十二年初,國子祭酒孔戣爲華州刺史,明州歲貢蚶蛤、淡

菜，水陸遞夫勞費，戣奏疏罷之。嶺南節度使崔詠薨，宰相奏擬代詠者數人，憲宗皆不用，曰：'頃有諫進蚶蛤、淡菜者爲誰？可求其人與之！'以戣爲嶺南節度使。"孔戣事即元稹提及之事。《困學紀聞·考史》："孔戣爲華州刺史，奏罷明州歲貢淡菜、蛤蚶之屬（見《昌黎集》）；元稹爲越州，復奏罷之（見《白樂天集》。若璩按：亦見本人集狀中）。蓋嘗罷於元和而復貢於長慶也（若璩按：《狀》云：海味起自元和四年，而九年以一縣令論罷，十五年復令供進。至孔戣奏罷，則在元和二年。只當云一罷於元和二年孔戣，再罷於元和九年某縣令，三罷於長慶二年元稹也，方合鄉邦故實）。"錢大昕《潛研堂文集·孔戣奏罷海味》指出："則戣之奏罷，即在元和九年，非元和二年也。"各自録備一説，僅供讀者參考。　所在：所處或所到之地。《史記·項羽本紀》："漢軍不知項王所在，乃分軍爲三，復圍之。"韓愈《故幽州節度判官贈給事中清河張君墓誌銘》："詔所在給船轝，傳歸其家，賜錢物以葬。"

④"臣昨之任"三句：元稹赴任浙東，長慶三年九月在潤州與李德裕相會，十月在蘇州與李諒見面，十月半在杭州與白居易重逢，十月下旬到任。計其到泗州的時日，應該在九月間。至"十一月二十日"，至少還有五十天時間。元稹"先期十日"就費工"九萬六千餘"，如果按照我們"五十天"時間計算，費工肯定在四十八萬以上。誠如韓愈《唐正議大夫尚書左丞孔公墓誌銘》所言，用工在"四十三萬六千"，元稹及時阻止了一場於國於民都毫無意義却又勞民傷財的活動，有功於明州民衆，有益於自明州至長安的沿途百姓，所作所爲，正應名標青史。　泗州：州郡名。《舊唐書·地理志》："泗州：隋下邳郡，武德四年置泗州……天寶元年改爲臨淮郡，乾元元年復爲泗州，舊領縣五，户二千二百五十，口二萬六千九百二十，領宿預、漣水、徐城、虹下、邳，天寶領縣六，户三萬七千五百二十六，口二十萬五千九百五十九，今領縣三：臨淮、漣水、徐城。"元稹《喜五兄自泗州至》："眼中三十年來泪，一望南雲一度垂。慚愧臨淮李常侍，遠教形影暫相

隨。"陸暢《夜到泗州酬崔使君》:"徐城洪盡到淮頭,月裏山河見泗州。聞道泗濱清廟磬,雅聲今在謝家樓。"　排比:安排,準備。賈思勰《齊民要術·雜説》:"至十二月内,即須排比農具使足。"王定保《唐摭言·雜文》:"公聞之,即處分所司,排比迎新使。"　遞夫:猶遞人。韓愈《唐正議大夫尚書左丞孔公墓誌銘》:"明州歲貢海蟲淡菜蛤蚶可食之屬,自海抵京師,道路水陸,遞夫積功,歲爲四十三萬六千人,奏疏罷之。"白居易《想東遊五十韵》:"遞夫交烈火,候吏次鳴騶。"

⑤ 貢荔枝:唐時命各地貢地方特産成風,貢荔枝是其中之一。王與之《周禮訂義》卷六:"如唐時貢荔枝,置遞鋪,至死者相屬於道,豈不大爲民害?"《徐氏筆精·唐貢荔枝》:"唐鮑防,襄州人,天寶末舉進士,大曆中爲福建觀察使。時明皇詔馬遞進南海荔枝,七日七夜達京師。鮑防《雜感》詩云:'漢家海内承平久,萬國戎王皆稽首。天馬常銜苜蓿花,遠人歲獻葡萄酒。五月荔枝初破顔,朝離象郡夕函關。雁飛不到桂陽嶺,馬走皆從林邑山。甘泉御果垂仙閣,日暮無人香自落。遠物皆重近皆輕,雞雖有德不如鶴。'目擊時艱,一念忠懇,可見是知貴妃所食荔枝,實出南海,已見劉昫《唐書》並防詩。"　遠物:謂遠方所産的物品。《書·旅獒》:"不寶遠物,則遠人格。"《周禮·夏官·懷方氏》:"掌來遠方之民,致方貢,致遠物,而送逆之,達之以節。"鄭玄注:"遠物,九州之外,無貢法而至者。"《禮記·禮器》:"其餘無常貨,各以其國之所有,則致遠物也。"　景靈:即明靈,聖明神靈。《文選·揚雄〈趙充國頌〉》:"明靈惟宣,戎有先零。"李周翰注:"聖明神靈,惟我宣帝。"亦指聖明的神靈。《新唐書·長孫無忌傳》:"朕憑明靈之祐,賢佐之力,克翦多難,清宇内。"這裏指李唐的列祖列宗。元稹《册文武孝德皇帝赦文》:"逮我聖父,勤身披攘,斬斷誅除,天下略定,曾是幽冀,賜予懷來,荷賴景靈,丕訓不墜,環歲之内,二方平寧。"元稹《加裴度幽鎮兩道招撫使制》:"肆朕小子,蒙受景靈,冀服於前,燕平於後,而撫御失理,盤牙復生。"　史策:史册,史書。葛洪《抱

朴子·時難》:“有陷冰之徒,委積乎史策。”李隆基《集賢書院成送張説上集賢學士賜宴得珍字》:“節變雲初夏,時移氣尚春。所希光史策,千載仰兹晨。” 美談:亦作“美譚”,令人讚揚稱道的好事。《公羊傳·閔公二年》:“桓公使高子將南陽之甲,立僖公而城魯……魯人至今以爲美談。”《三國志·孫鄰傳》:“舒伯膺兄弟争死,海内義之,以爲美譚。”

⑥ 江淮:長江和淮河。《左傳·哀公九年》:“秋,吴城邗,溝通江淮。”阮籍《樂論》:“江淮之南,其民好殘;漳汝之間,其民好奔。”泛指長江與淮河之間的地區。《後漢書·周榮傳》:“榮,江淮孤生,蒙先帝大恩,以歷宰二城。” 旱儉:旱災,儉指歲歉。《隋書·食貨志》:“若人有旱儉少糧,先給雜種及遠年粟。”《舊唐書·韋湊傳》:“湊以自古園陵無建碑之禮,又時正旱儉,不可興功,飛表極諫,工役乃止。” 陛下:原指帝王宫殿的臺階之下。《戰國策·燕策》:“秦武陽奉地圖匣,以次進至陛下。”《吕氏春秋·制樂》:“臣請伏于陛下以伺候之。熒惑不徙,臣請死。”對帝王的尊稱。蔡邕《獨斷》:“漢天子正號曰皇帝,自稱曰朕,臣民稱之曰陛下……陛下者,陛,階也,所由升堂也。天子必有近臣執兵陳於階側,以戒不虞。謂之陛下者,群臣與天子言,不敢指斥天子,故呼在陛下者而告之,因卑達尊之意也。”李白《春日行》:“小臣拜獻南山壽,陛下萬古垂鴻名。” 德音:這裏指帝王的詔書,至唐宋,詔敕之外,别有德音一體,用於施惠寬恤之事,猶言恩詔。桓寬《鹽鐵論·詔聖》:“高皇帝時,天下初定,發德音,行一切之令,權也,非撥亂反正之常也。”白居易《杜陵叟》:“白麻紙上書德音,京畿盡放今年税。” 有司:官吏,古代設官分職,各有專司,故稱。桓寬《鹽鐵論·疾貪》:“今一二則責之有司,有司豈能縛其手足而使之無爲非哉?”柳宗元《與太學諸生喜詣闕留陽城司業書》:“〔太學生〕有淩傲長上,而誶駡有司者。”“有”是助詞,無義,這裏作名詞詞頭。李洞《贈徐山人》:“山房古竹麄於樹,海島靈童壽等龜。知歎有唐三百載,光陰

未抵一先棋。"夏竦《大安塔碑銘(奉勑撰)》:"有宋封禪後十祀,建大安塔於左街護國禪院,從尼廣慧大師妙善之請也。" 減省:節省。《史記·秦始皇本紀》:"請且止阿房宫作者,減省四邊戍轉。"葛洪《抱朴子·省煩》:"郊祀禘祫之法,社稷山川之禮,皆可減省。" 減膳:古代皇帝在發生天災或天象變異時吃素或減少肴饌,以示自責。《晉書·成帝紀》:"三月,旱,詔太官減膳。"杜甫《病橘》:"寇盜尚憑陵,當君減膳時。" 恤灾:撫恤灾區,救濟灾民。余靖《歲有札荒刺史欲移其民縣令云民有所守不可移刺史不許》:"歲功不順,誠貴利遷。民守有常,固難遠徙。雖舉恤灾之政,必存從俗之謀。"衛涇《輪對札子·三論敬天》:"然後嚴敕大臣、執政、侍從以下及州縣之吏,更相警懼,思所以致旱之由,爲所以恤灾之備。" 愛人:愛護百姓,友愛他人。《論語·學而》:"節用而愛人,使民以時。"《孟子·離婁》:"仁者愛人。" 大德:大功德,大恩德。《詩·小雅·谷風》:"忘我大德,思我小怨。"陸機《吊魏武帝文》:"丕大德以宏覆,援日月而齊暉。"

⑦ 俎豆:俎和豆,古代祭祀、宴饗時盛食物用的兩種禮器,亦泛指各種禮器。班固《東都賦》:"獻酬交錯,俎豆莘莘。下舞上歌,蹈德詠仁。"謂祭祀,奉祀。《論語·衛靈公》:"俎豆之事則嘗聞之矣!軍旅之事未之學也。"柳宗元《游黄溪記》:"以爲有道,死乃俎豆之,爲立祠。" 方書:指史書,史册。劉知幾《史通·品藻》:"子曰:'以貌取人,失之子羽;以言取人,失之宰我。'光武則受誤於龐萌,曹公則見欺於張邈,事列在方書。"醫書。《史記·扁鵲倉公列傳》:"〔陽慶〕謂意曰:'盡去而方書,非是也。'"白居易《病中逢秋招客夜酌》:"合和新藥草,尋檢舊方書。"古代醫術與方術同出一源,故亦指稱方術之書。葛洪《抱朴子·對俗》:"或難曰:神仙方書,似是而非,將必好事者妄所造作,未必出黄老之手,經松喬之目也!"盧綸《尋賈尊師》:"新傳左慈訣,曾與右軍鵝。井臼陰苔遍,方書古字多。" 海物:指海魚等海産物品。《書·禹貢》:"厥貢鹽絺,海物惟錯。"孫星衍注引鄭玄曰:"海

物,海魚也。”陸機《齊謳行》:“海物錯萬類,陸産尚千古。” 鹹腥:既鹹又腥。梅堯臣《送蘇子美》:“殼物怪瑣屑,嬴蜆固無數。鹹腥損齒牙,日月復易飫。”李時珍《本草綱目・食鹽》:“鹽之氣味鹹腥,人之血亦鹹腥。” 補益:裨補助益。《史記・齊悼惠王世家》:“且甲,齊貧人,急乃爲宦者,入事漢,無補益,乃欲亂吾王家!”《隋書・天文志》:“光武時,則有蘇伯況、郎雅光,並能參伍天文,發揚善道,補益當時,監垂來世。” 方言:語言的地方變體,一種語言中跟標準語有區别的、衹通行於一個地區的話。葛洪《抱朴子・鈞世》:“古書之多隱,未必昔人故欲難曉,或世異語變,或方言不同。”皇甫冉《同諸公有懷絶句》:“移家南渡久,童稚解方言。”這裏指地方的傳説,不一定有客觀而可靠的根據。

⑧ 常役:常年如此、固定不變的勞役。歐陽修《論軍中選將札子》:“新置之兵,便制其始。稍增舊給,不使大優。常役其力,不令驕惰。比及新兵成立,舊兵出盡,則京師減冗費,得精兵,此之爲利,又遠矣!”蘇軾《策别十七首》一〇:“户無常賦,視地以爲賦;人無常役,視賦以爲役。是故貧者鬻田則賦輕,而富者加地則役重。” 乖:背離,違背。《易・序卦》:“家道窮必乖,故受之以睽。睽者,乖也。”郭璞《皇孫生請布澤疏》:“故水至清則無魚,政至察則衆乖,此自然之勢也。” 盛意:猶盛情。《孔叢子・對魏王》:“子高曰:‘然,此誠君之盛意也。’”元稹《獻事表》:“自是言事者惟懼乎言不直諫不極,不能激文皇之盛意。” 守土:守衛疆土,亦指地方官掌治其所轄區域。《書・舜典》:“歲二月,東巡守。”孔傳:“諸侯爲天子守土,故稱守。”白居易《初下漢江舟中作寄兩省給舍》:“不知兩掖客,何似扁舟人?尚想到郡日,且稱守土臣。” 備論:詳細論述。夏侯湛《東方朔畫贊》:“此又奇怪惚恍,不可備論者也。”司馬貞《三皇本紀》:“但古書亡矣!不可備論,豈得謂無帝王耶?”

⑨ 恩私:猶恩惠,恩寵。杜甫《北征》:“顧慚恩私被,詔許歸蓬

葦。”歐陽修《新春有感寄常夷甫》:“恩私未知報,心志已凋喪。”　愚懇:猶愚衷,謙指己意。康駢《劇談録·王侍中題詩》:“今日陪奉英髦,不免亦陳愚懇。”陳子昂《爲百官謝追尊魏國大王表》:“臣等昨陳愚懇,請上魏國大王尊號。天慈恩孝,降順群情,宇宙咸歡,品物知泰。”　當道:執政,掌權。韓愈《答竇秀才書》:“當朝廷求賢如不及之時,當道者又皆良有司,操數寸之管,書盈尺之紙,高可以釣爵位。”歐陽修《與韓忠獻王》九:“尋以移守南都,苦於當道,頗闕修問,徒切瞻思。”

⑩ 聖慈:聖明慈祥,舊時對皇帝或皇太后的諛稱。《後漢書·孔融傳》:“臣愚以爲諸在冲亂,聖慈哀悼,禮同成人,加以號謚者,宜稱上恩,祭祀禮畢,而後絶之。”楊巨源《春日奉獻聖壽無疆詞十首》六:“造化膺神契,陽和沃聖慈。”　特賜:皇帝的特別賞賜。《宋書·明帝紀》:“長徒之身,特賜原遣;亡官失爵,禁錮舊勞:一依舊典。”《宋史·選舉志》:“帝以是科久廢,特賜及第,以勸來者。”　手詔:帝王親手寫的詔書。李肇《唐國史補》卷上:“天寶末,有人於汾晉間古墓穴中得所賜張果老敕書、手詔、衣服進之。”趙昇《朝野類要·法令》:“手詔,或非常典,或是篤意,及不用四六句者也。”　勒停:强制停止。《梁書·武帝紀》:“江子四等封事如上,尚書可時加檢括,於民有蠹患者,便即勒停。”邵説《爲郭子儀讓華州及奉天縣請立生祠堂及碑表》:“豈臣薄劣,輒敢當仁? 寤寐兢惶,莫知死所。瘡痍之後,凋瘵未平。更屬春時,實妨農業。乞回成命,一切勒停。”　敕旨:帝王的詔旨。蕭統《謝敕賚制旨大涅槃經講疏啓》:“後閣應敕,木佛子奉宣敕旨。”《新唐書·百官志》:“五日敕旨,百官奏請施行則用之。”　度支:官署名,魏晉始置,掌管全國的財政收支,長官爲度支尚書。南北朝以度支尚書領度支、金部、倉部、起部四曹,隋開皇初改度支尚書爲民部尚書,唐因避太宗李世民諱,改民部爲户部,旋復舊稱。劉長卿《送度支留後若侍御之歙州便赴信州省覲》:“國用憂錢穀,朝推此任難。即山榆

莢變，降雨稻花殘。”駱浚《題度支雜事典庭中柏樹》：“榦聳一條青玉直，葉鋪千疊緑雲低。争如燕雀偏巢此，却是鴛鴦不得栖。”請讀者注意：“度支”是中央官員，管理全國的財賦收入及開支；地方節度使府也有類似的官職，名爲“支度使”或簡稱“支度”，但那是僅僅管理節度使府範圍内的財賦，希望注意區别。元稹《故金紫光禄大夫檢校司徒兼太子少傅贈太保鄭國公食邑三千户嚴公行狀》：“至是凡九年，朝京師，真拜尚書右僕射，依前檢校。尋以檢校司空，拜荆南節度觀察支度等使，兼江陵尹、御史大夫，進封鄭國公，食邑三千户。後累歲，遷山南東道節度觀察處置支度營田等使，兼襄州刺史、司空、大夫皆如故。”白居易《除趙昌檢校吏部尚書兼太子賓客制》：“前荆南節度管内支度營田觀察處置等使、金紫光禄大夫、檢校兵部尚書兼江陵尹、上柱國、天水郡開國公趙昌……可檢校吏部尚書兼太子賓客，散官、勛、封如故。” 鹽鐵：本文指“鹽鐵使”，古代官名，唐代中葉以後特置，以管理食鹽專賣爲主，兼掌銀銅鐵錫的采冶，爲握有財權的重要官職。《新唐書·食貨志》：“自兵起，流庸未復，税賦不足供費，鹽鐵使劉晏以爲因民所急而税之，則國足用。”亦省稱“鹽鐵”。《宋史·職官志》：“鹽鐵，掌天下山澤之貨、關市、河渠、軍器之事，以資邦國之用。” 海隅：亦作“海嵎”，海角，海邊，常指僻遠的地方。《書·君奭》：“我咸成文王功於不怠，丕冒海隅出日，罔不率俾。”孔傳：“今我周家皆成文王功於不懈怠，則德教大覆冒海隅日所出之地，無不循化而使之。”謝靈運《九日從宋公戲馬臺集送孔令詩》：“歸客遂海嵎，脱冠謝朝列。” 蒼生：指百姓。《文選·史岑〈出師頌〉》：“蒼生更始，朔風變律。”劉良注：“蒼生，百姓也。”杜甫《行次昭陵》：“往者灾猶降，蒼生喘未蘇。” 聖澤：帝王的恩澤。曹植《求自試表》：“今臣蒙國重恩，三世於今矣！正值陛下升平之際，沐浴聖澤，潛潤德教，可謂厚幸矣！”楊巨源《上裴中丞》：“清威更助朝端重，聖澤曾隨筆下多。” 奏聞：臣下將情事向帝王報告。《後漢書·安帝紀》：“三司之職，内外是監，既不奏聞，又無舉正。”薛用弱《集異記·葉法善》:“玄宗承祚繼統,師於上京,佐佑聖主,凡吉凶動静,必預奏聞。”

⑪ 中書:官署名,唐代的中書省、宋代的政事堂,亦直稱爲“中書”。白居易《和裴相公傍水閑行絶句》:“行尋春水坐看山,早出中書晚未還。”葉夢得《石林詩話》卷中:“文潞公在樞府,嘗一日過中書,與荆公行至題下。” 門下:亦即“門下省”,官署名。後漢謂侍中寺,晉時因其掌管門下衆事,始稱門下省,南北朝因之,與中書省、尚書省並立,侍中爲長官,隋承其制。唐龍朔二年改名東臺,咸亨初復舊稱,武則天臨朝,改名鸞堂、鸞臺,神龍初復舊稱,開元元年改名黄門省,五年仍復舊稱。宋代因之,元廢。門下省掌受天下之成事,審查詔令,駁正違失,受發通進奏狀,進請寶印等。其長官初名侍中,後又或稱左相、黄門監等。《宋書·王僧達傳》:“僧達文旨仰揚,詔付門下。侍中何偃以其詞不遜,啓付南臺,又坐免官。”《隋書·百官志》:“門下省置侍中、給事黄門侍郎各四人,掌侍從左右,擯相威儀,盡規獻納,糾正違闕。” 牒:官府公文的一種。《舊唐書·職官志》:“凡京師諸司,有符、移、關、牒下諸州者,必由於都省以遣之。”白居易《杜陵叟》:“昨日里胥方到門,手持敕牒榜鄉村。”歐陽修《與陳員外書》:“凡公之事:上而下者,則曰符曰檄;問訊列對,下而上者,則曰狀;位等相以往來,曰移曰牒。”發文,行文。韓愈《贈太傅董公行狀》:“並牒太常,議所謚。”沈括《夢溪筆談·權智》:“至揚州,牒州取地圖。”

⑫ 敕:古時自上告下之詞,漢時凡尊長告誡後輩或下屬皆稱敕,南北朝以後特指皇帝的詔書。《三國志·吕蒙傳》:“蒙未死時,所得金寶諸賜盡付府藏,敕主者命絶之日皆上還,喪事務約。”《新唐書·百官志》:“凡上之逮下,其制有六:一曰制,二曰敕,三曰册,天子用之。”此下“如聞浙東所進淡菜、海蚶等”八句,就是“敕”的具體内容,也就是元稹在《狀》中請求的“手詔”。

[編年]

不見《年譜》編年本文,但其長慶三年譜文有"抵越州,奏罷明州歲進海味"。不見《年譜新編》"文"編年欄内編年本文,但其長慶三年譜文有"至越州,下車伊始,奏罷明州歲進海味"。《編年箋注》編年本文於"長慶三年(八二三)十月半至十一月之間",引述白居易《唐故武昌軍節度處置等使正議大夫檢校户部尚書鄂州刺史兼御史大夫賜紫金魚袋尚書右僕射河南元公墓誌銘并序》以及《除官赴闕留存微之》作爲理由。

我們以爲,根據元稹赴任越州的日程以及《舊唐書·穆宗紀》長慶三年所云"十一月……停浙東貢甜菜、海蚶"推算,本文應該編年在長慶三年十月二十日至十月月底元稹剛剛到任越州之際。本文傳送至京師,經唐穆宗審閲恩准,中書、門下承辦,時間已經是《舊唐書·穆宗紀》所云的"十一月",與《年譜》的不編年,《編年箋注》的"十月半至十一月之間"還是有所區别。而《年譜新編》所云"下車伊始,奏罷明州歲進海味"雖然可取,但表述不够明確。

◎ 以州宅夸於樂天(一)①

州城迴繞拂雲堆(二),鏡水稽山滿眼來(三)②。四面常時對屏障(四),一家終日在樓臺③。星河似向檐前落(五),鼓角驚從地底迴(六)④。我是玉皇香案吏(七),謫居猶得住蓬萊(八)⑤。

録自《元氏長慶集》卷二二

[校記]

(一)以州宅夸於樂天:楊本、叢刊本、《全詩》、《全唐詩録》、《瀛奎律髓》、《御選唐詩》同,《英華》作"越中寄白樂天",《西湖遊覽志餘》

作"以州宅詩樂天",《會稽掇英總集》作"州宅",語義相類,不改。

（二）州城迴繞拂雲堆：楊本、叢刊本、《全詩》、《御選唐詩》同,《會稽續志》、《記纂淵海》、《會稽掇英總集》作"州城縈繞拂雲堆",《英華》、《瀛奎律髓》、《西湖遊覽志餘》、《全唐詩録》作"州城迴繞拂雲堆",語義相近,不改。

（三）鏡水稽山滿眼來：楊本、叢刊本、《英華》、《全詩》、《西湖遊覽志餘》、《御選唐詩》、《全唐詩録》同,《會稽續志》、《會稽掇英總集》、《記纂淵海》、《瀛奎律髓》作"鏡水稽山滿目來",語義相近,不改。

（四）四面常時對屏障：楊本、叢刊本、《英華》、《會稽續志》、《記纂淵海》、《西湖遊覽志餘》、《瀛奎律髓》、《御選唐詩》、《全詩》同,《會稽掇英總集》作"四面無時不屏障",語義不同,不改。

（五）星河似向檐前落：楊本、叢刊本、《英華》、《西湖遊覽志餘》、《瀛奎律髓》、《御選唐詩》、《全詩》、《全唐詩録》同,《會稽掇英總集》、《會稽續志》、《記纂淵海》作"星河影向檐前落",語義不同,不改。

（六）鼓角驚從地底迴：楊本、叢刊本、《英華》、《西湖遊覽志餘》、《瀛奎律髓》、《御選唐詩》、《全詩》、《全唐詩録》、《記纂淵海》同,《會稽掇英總集》、《會稽續志》作"鼓角聲從地底迴",語義不同,不改。

（七）我是玉皇香案吏：原本作"我是玉皇香桉吏",叢刊本同,楊本、《英華》、《西湖遊覽志餘》、《瀛奎律髓》、《御選唐詩》、《全詩》、《全唐詩録》、《記纂淵海》、《會稽掇英總集》、《會稽續志》作"我是玉皇香案吏","桉"與"案"兩字雖在"几案"義項上相通,但易與"桉木"相混,據改。

（八）謫居猶得住蓬萊：楊本、叢刊本、《瀛奎律髓》、《全詩》、《全唐詩録》、《御選唐詩》、《西湖遊覽志餘》同,錢校、《英華》、《全詩》注作"降居猶得住蓬萊",《會稽掇英總集》、《會稽續志》、《記纂淵海》作"謫居猶得小蓬萊",語義相似,不改。

［箋注］

① 以州宅夸於樂天：本詩白居易有和篇《答微之誇越州州宅》："賀上人回得報書，大誇州宅似仙居。厭看馮翊風沙久，喜見蘭亭烟景初。日出旌旗生氣色，月明樓閣在空虚。知君暗數江南郡，除却餘杭盡不如。"王十朋有《會稽三賦·蓬萊閣賦》，文云："越中自古號嘉山水，而蓬萊閣實爲之冠。昔元微之作州宅詩，世稱絶唱……俯瞰州宅，緬懷高才。面無時之屏障，家終日之樓臺。長湖山之價于几席之上，惜斯人之安在哉？言未畢，客有指斯閣而謂予曰：'子亦知夫閣之所以得名者乎？蓋始于元和才子也！以玉皇案吏之尊，擁旌麾於千里也。蓬萊隔弱水三萬里，以筆力坐移於是也。齊名有白，從事有竇，胸中有萬頃之湖，真一代之奇偉也！詩章一出，遂能發秦望之精神，增鑒湖之風采，蘭亭絶唱，亘古今而莫擬也！子亦讀夫才子之傳否？虖姑問訊其從何而來？集虖彼而至於此也！才子之才，固足以起吾子數百年之聳慕！才子之所以獲侍玉皇者，亦吾子之所喜攻而深耻也夫！何惜之有？予於是引客之手揚袂而起：'言契予心，諾諾唯唯，有是哉！有是哉！斯人也，而至於斯也！尚忍言之哉？'"張伯玉也有《再題州宅》詩："昔覽微之州宅篇，待將屏障寫山川。更看白傅明月句，欲上高樓跨紫烟（元詩曰：'四面常時對屏障。'白詩云：'月明樓閣在空虚。'）盤紆星斗旁六郡，零落風騷三百年。喬木自存人自遠，可憐香案舊神仙。"王十朋、張伯玉對元稹白居易的讚譽之情，流露在文賦與詩篇的字裏行間。李紳《新樓詩二十首詩序》："到越州日，初引家累登新樓望鏡湖，見元相微之《題壁詩》云：'我是玉京天上客，謫居猶得小蓬萊。四面尋常對屏障，一家終日在樓臺。'微之與樂天此時只隔江津，日有酬和相答。時余移官九江，各乖音問。頃在越之日，荏苒多故，未能書壁，今追思爲《新樓詩二十首》。"此事僅僅李紳《追昔遊集》、《全詩》與之相同。而據李紳卷之李紳詩序，李紳的詩序是事後追憶，故存在一定的差錯。元稹原詩所在的《元氏長慶集》，詩題並非是"題壁詩"，而是本詩，《會稽續志》、《西湖遊覽志餘》、

《記纂淵海》、《瀛奎律髓》、《全詩》、《全唐詩録》、《御選唐詩》同,《英華》詩題作《越中寄白樂天》,《會稽掇英總集》詩題作《州宅》,詩文大致相同,應予辨正。

②"州城迴繞拂雲堆"兩句:越州的州府,建在當地最高山龍山之上,四周秀麗風景一覽無餘。張淏《會稽續志・府廨》:"唐元微之云:州宅居山之陽,凡所謂臺榭之勝,皆因高爲之,以極登覽,嘗以詩誇於白樂天云:'……'誦其詩,則當唐盛時州宅之勝可想而知也。乾寧中,董昌叛,即廳堂爲宫殿,昭宗命錢鏐討平之,以鏐爲節度,鏐惡昌之僞迹,乃撤而新之,故元微之與李紳諸公所登臨吟賞之處,一皆不存。若滿桂樓、海榴亭、杜鵑樓,其迹已不復可考。而名傳於世者,蓋以諸公之詩也。建炎已後,又復頽毁,而本朝諸公登臨之處亦不可復考,如逍遥堂、井儀堂、五雲亭、披雲望雲二樓者,殆不可勝數。凡州宅之堂舍、亭館見於今者,悉著録之,庶來者有所考云。州宅後枕卧龍而面直秦望,自錢鏐再建,壞而復修,不知其幾。"　州城:舊時州署所在城邑。陳叔達《州城西園入齋祠社》:"升壇預潔祀,詰早肅分司。達氣風霜積,登光日色遲。"王稱《東都事略・太宗紀》:"乃者,盜興畎畝,連陷州城。"　迴:高。鮑照《學劉公幹體五首》二:"樹迥霧縈集,山寒野風急。"馮延巳《應天長》:"重簾静,層樓迥,惆悵落花風不定。"　繞:圍繞,環繞。曹植《雜詩六首》三:"飛鳥繞樹翔,噭噭鳴索群。"趙嘏《曲江春望懷江南故人》:"此時愁望情多少,萬裹春流繞釣磯。"　拂雲堆:張淏《會稽續志》卷一:"拂雲,在州宅後子城之下,守汪綱創建,摘元微之'州城縈繞拂雲堆'之句,故名。"李紳《新樓詩二十首序》云:"到越州日初,引家累登新樓望鏡湖,見元相微之題壁詩云:'……'微之與樂天此時只隔江津,日有酬和相答,時余移官九江,各乖音問。頃在越之日,荏苒多故,未能書壁,今追思爲《新樓詩二十首》。"《唐詩箋注》卷五黄叔燦評:"州宅在城中高處,起言'州城回繞',而鏡湖之水、會稽之山皆在眼前,'屏障'、'樓臺'形容盡致,星河

在檐,鼓角在地,俱言其高。結語雖係誇美,亦風流極矣! 按本傳,微之入相,李逢吉構罷之,出爲同州刺史,再徙浙東觀察使,故曰'謫居'。"白居易和篇、李紳《新樓詩二十首》以及張淏《會稽續志》、《唐詩箋注》所云,可供參考。 鏡水:指鏡湖。賀知章《採蓮曲》:"稽山罷霧鬱嵯峨,鏡水無風也自波。"高適《秦中送李九赴越》:"鏡水君所憶,莼羹余舊便。" 稽山:會稽山的省稱,在浙江省紹興縣東南,相傳夏禹大會諸侯於此計功,故名。《晉書·夏統傳》:"先公惟寓稽山,朝會萬國。"李白《送友人尋越中山水》:"聞道稽山去,偏宜謝客才。" 滿眼:充滿視野。陶潛《祭程氏妹文》:"尋念平昔,觸事未遠,書疏猶存,遺孤滿眼。"杜甫《千秋節有感二首》二:"桂江流向北,滿眼送波濤。"

③ 四面:東、南、西、北四個方位。《禮記·鄉飲酒義》:"四面之坐,象四時也。"指四周圍。柳宗元《至小丘西小石潭記》:"四面竹樹環合。" 常時:平時。張説《餞唐州高使君》:"常時好閑獨,朋舊少相過。及爾宣風去,方嗟別日多。"杜甫《天河》:"常時任顯晦,秋至轉分明。" 屏障:泛指遮蔽、阻擋之物。白居易《重題别東樓》:"東樓勝事我偏知,氣象多隨昏旦移。湖卷衣裳白重疊,山張屏障緑參差。"李山甫《山中依韵答劉書記見贈》:"野寺連屏障,左右相裴回。" 一家:一個家族,一户人家,全家。劉長卿《過湖南羊處士别業》:"杜門成白首,湖上寄生涯。秋草蕪三徑,寒塘獨一家。"顧況《洛陽早春》:"何地避春愁? 終年憶舊遊。一家千里外,百舌五更頭。" 終日:整天。《易·乾》:"君子終日乾乾。"杜甫《愁坐》:"終日憂奔走,歸期未敢論。" 樓臺:高大建築物的泛稱。上官儀《奉和秋日即目應制》:"上苑通平樂,神池邇建章。樓臺相掩映,城闕互相望。"王勃《重别薛華》:"明月沉珠浦,秋風濯錦川。樓臺臨絶岸,洲渚亘長天。"

④ 星河:銀河。張融《海賦》:"湍轉則日月似驚,浪動而星河如覆。"李清照《南歌子》:"天上星河轉,人間簾幕垂。" 檐:屋檐,屋瓦邊滴水的部分。陶潛《歸園田居六首》一:"榆柳蔭後檐,桃李羅堂前。"韓

愈《苦寒》:"懸乳零落墮,晨光入前檐。"　鼓角:戰鼓和號角,兩種樂器,軍隊亦用以報時、警衆或發出號令。《宋書·張興世傳》:"〔張仲子〕嘗謂興世:'我雖田舍老公,樂聞鼓角,可送一部,行田時吹之。'興世素恭謹畏法憲,譬之曰:'此是天子鼓角,非田舍老公所吹。'"杜甫《閣夜》:"五更鼓角聲悲壯,三峽星河影動摇。"鼓角聲。韋莊《登漢高廟閑眺》:"參差郭外樓臺小,斷續風中鼓角殘。"梅堯臣《送徐君章秘丞知梁山軍》:"蛟龍驚鼓角,雲霧裛衣裘。"　地底:地面之下。李白《日出入行》:"日出東方隈,似從地底來。歷天又入海,六龍所舍安?"白居易《憶微之傷仲遠》:"感逝因看水,傷離爲見花。李三埋地底,元九謫天涯。"

⑤ 我是玉皇香案吏:意謂自己曾經是皇上身邊近臣,猶如爲玉皇大帝添香點燭的侍從者。　玉皇:道教稱天帝曰玉皇大帝,簡稱玉帝、玉皇。辛棄疾《聲聲慢·送上饒黄倅秩滿赴調》:"况有星辰劍履,是傳家、合在玉皇香案。"這裏指皇帝。温庭筠《贈彈箏人》:"天寶年中事玉皇,曾將新曲教甯王。"此處借指唐穆宗。　香案:放置香爐燭臺的條桌。元稹《連昌宫詞》:"蛇出燕巢盤斗拱,菌生香案正當衙。"《新唐書·儀衛志》:"朝日,殿上設黼扆、躡席、熏爐、香案。"　吏:古代對官員的通稱。《左傳·成公二年》:"王使委於三吏。"杜預注:"三吏,三公也。三公者,天子之吏也。"《國語·周語》:"王乃使司徒咸戒公卿、百吏、庶民。"韋昭注:"百吏,百官。"白居易《使官吏清廉策》:"臣聞爲國者,皆患吏之貪,而不知去貪之道也;皆欲吏之清,而不知致清之由也。"　謫居:古代謂官吏被貶官降職到邊遠外地居住。高適《送李少府貶峽中王少府貶長沙》:"嗟君此别意何如? 駐馬銜杯問謫居。巫峽啼猿數行泪,衡陽歸雁幾封書?"劉長卿《初貶巴南至謫居投李嘉祐江亭》:"巴徼南行遠,長江萬里隨。不才甘謫去,流水亦何之?"　蓬萊:蓬萊山,古代傳説中的神山名,亦常泛指仙境。《史記·封禪書》:"自威、宣、燕昭使人入海求蓬萊、方丈、瀛洲,此三神山者,其傳在勃海中。"宋之問《送司馬道士遊天台》:"羽客笙歌此地違,離

筵數處白雲飛。蓬萊闕下長相憶,桐柏山頭去不歸。"

[編年]

《年譜》編年本詩於長慶三年"越州作",没有説明理由。《編年箋注》編年本詩:"《以州宅誇于樂天》……爲長慶三年(八二三)作品。是年八月,元稹爲越州刺史、浙東觀察使,十月抵越州。見下《譜》。"《年譜新編》亦編年長慶三年,其下僅僅提及白居易和詩與次韵酬和外,没有説明與編年有關的理由。

我們從本詩所見,完全是初到越州初見府城的口吻;而白居易和篇亦云:"賀上人回得報書,大誇州宅似仙居……知君暗數江南郡,除却餘杭盡不如。"也是白居易第一次派出的使者前往越州祝賀初到越州任職的元稹回歸杭州之後所作,據上面《酬樂天喜鄰郡》、《再酬復言和前篇》編年所舉證的理由,元稹經由杭州在"十月半",故元稹到達越州州府應該在十月下旬,本詩即作於十月下旬,地點在越州,籠統説"十月"是不合適的。

◎ 唐故福建等州都團練觀察處置等使中大夫使持節都督福州諸軍事守福州刺史兼御史中丞上柱國賜紫金魚袋贈左散騎常侍裴公墓誌銘[①]

公諱某,字某。河東聞喜,其望也。唐故長安縣令諱安期、贈左散騎常侍諱後巳、贈工部尚書諱郜,其父祖其曾也。贈晉陽縣太君王氏,其母也[②]。故清河縣君房氏,其室也。昭應縣令稷、虔州刺史懋、盩厔縣令及,其季也。進士誨、進士警，其子也。辛少穆、李堯年(一)、陽觀、李及，其婿也③。

參軍於彭，尉於雒，丞於湖城，復尉於奉先，主簿於太常，録事於華，户曹於京兆，檢校水部員外郎、侍御史佐於襄，令於醴泉，檢校庫部員外郎、侍御史兼中丞團練觀察於福建，其官也④。中大夫、上柱國、紫綬金魚，其階其勛其賜也。歲某月之某日，癸卯某月之某日，甲辰某月之某日，其始、其薨、其葬也。某縣某鄉某里之某原，其墓也⑤。

少好學，家貧，甘役勞於師，雨則負諸弟以往，卒能通開元禮書，中甲科⑥。在湖城時，杖刺史若初寵，卒返致若初謝⑦。在華時，會刺史故相郢將至，舊法盡取行器於人，公不取給，官司所有粗陳之，其他廉法不撓皆稱是，刺史郢卒以上下考訓之(二)。仍狀請白京兆尹於陵(三)，由是奏爲劇曹掾⑧。佐襄時，新换帥，公爲新帥均馳撫其師。會衆卒將食舊帥賓，公遏之，不果食。既而均至，傲狠不用禮，公去之⑨。

在坊時，歲旱，廪庫空少，不數年皆羡溢⑩。在鄭時，朝廷有事淄蔡，驢車芻粟(四)，一出於鄭。均次征役(五)，征人用不擾⑪。義成節度光顔將出師，乞自副，且專留事，訖師還，不絶糧餉。義成换帥，仍爲副，皆帶刺史事。理鄭凡三年，鄭人宜便⑫。

觀察福建時，遠俗侻剽，食税重繁，急則散去，緩則偷苟，持之五載不失所。逮其就徵，内外以才自許，爲劇職者皆開路⑬。不幸薨於揚(六)，天子聞之，罷一日朝，降使者賻粟帛，仍以左散騎常侍追加焉⑭！

予與公姻懿(公繼室裴氏)相習熟，及予來東，自謂與公會于途，晨涉淮而夕聞其訃。其子誨，雅知予有舊，因請銘⑮。大凡公之行，孝愛友順，顯揚前人。冬曹晉陽，寵備幽穸。而又勤盡讓，不爲競争。官卑時多爲官重者所與，居重官人皆以經慣吏理爲美談，不如是，安能富貴其身哉⑯？

銘曰：實而無文，行則不振。不有好辭，安知令聞？我有禄位，榮于子孫。亦又記誌，其期不泯⑰。

録自《元氏長慶集》卷五五

[校記]

（一）李堯年：楊本、宋蜀本、叢刊本、盧校、作"李堯一"，《全文》作"孝堯一"，各備一説，不改。

（二）刺史郢卒以上下考酬之：原本作"刺史郢卒以上下考訓之"，據楊本、叢刊本、《全文》改。宋蜀本作"刺史郢平以上下考酬之"，録以備考，不改。

（三）仍狀請白京兆尹於陵：原本作"初狀請白京兆尹於陵"，楊本、叢刊本、《全文》同，據宋蜀本改。

（四）驢車芻粟：原本作"驢車粟芻"，楊本、叢刊本、《全文》同，據盧校改。

（五）均次征役：《全文》同，楊本、叢刊本作"均次役役"，各備一説，不改。

（六）不幸薨於揚：原本誤刊作"不幸薨於楊"，楊本、叢刊本同，據《全文》改。

[箋注]

① 福建團練使：即福建觀察使，《舊唐書・地理志》："福建觀察使：治福州，管福、建、泉、江、漳等州。"顔真卿《送福建觀察使高寬仁

序》:“國家設觀察使,即古州牧部使之職,代朝廷班導風化,而宣佈德意,振舉萬事,而沙汰百吏者也。”劉禹錫《祭福建桂尚書文》:“維大和六年月日,蘇州刺史劉禹錫,謹以清酌之奠,敬祭於故福建團練使桂公之靈……”　中大夫:文散官,從四品下。楊炯《李懷州墓誌銘》:“伯騫有聲於鄉里,仲任見知於筆札,制遷中大夫,行兗州都督府長史。”徐安貞《除韋嗣立鳳閣侍郎平章事制》:“中大夫、守京兆尹、護軍、借紫金魚袋裴耀卿,含元精之休,體度宏遠……”　持節:官名,魏晉以後有使持節、持節、假節、假使節等,其權大小有别,皆爲刺史總軍戎者。唐初,諸州刺史加號持節。《南史·林邑國》:“詔以爲持節,督緣海諸軍事,威南將軍,林邑王。”獨孤及《唐故大理寺少卿兼侍御史河南獨孤府君墓誌銘》:“大曆五年,崔公受詔持節牧宣、歙、池三州。”　都督:總領,統領。《三國志·魯肅傳》:“後備詣京見權,求都督荆州,惟肅勸權借之,共拒曹公。”《南史·齊豫章文獻王嶷傳》:“會魏軍動,詔以嶷爲南蠻校尉、荆湘二州刺史,都督八州。”　守:猶攝,暫時署理職務,多指官階低而署理較高的官職。陳子昂《爲司農李卿讓本官表》:“伏奉月日恩制,依舊授臣中大夫守司農卿。臣枯骨再生,更蒙寵命。魂魄競越,不知所圖。臣某中謝。”李荃《大唐博陵郡北嶽恒山封安天王銘》:“明威將軍、守右威衛將軍、使持節博陵郡諸軍事兼博陵郡太守、北平軍使、上柱國、賜紫金魚袋武威賈公曰循,時之傑也。”　御史中丞:官名,漢以御史中丞爲御史大夫的助理。外督部刺史,内領侍御史,受公卿章奏,糾察百僚,其權頗重。東漢以後不設御史大夫時,即以御史中丞爲御史之長。北魏一度改稱御史中尉。唐宋雖復置御史大夫,亦往往缺位,即以中丞代行其職。蘇頲《同餞陽將軍兼源州都督御史中丞》:“右地接龜沙,中朝任虎牙。然明方改俗,去病不爲家。”于公異《李晟收復西京露布》:“衙前兵馬使兼御史大夫王佖、知牙官兼刀斧將兼御史中丞史萬頃等,自相誓約,又合軍聲。指麾而貔兕作威,感激而風雲動色。”　上柱國:官名,戰國楚制,凡立覆軍斬將之功者，官封上柱國，位極尊寵。北魏置柱國大將軍，北周增置上柱國大將軍，唐宋也以上柱國爲武官勛爵中的最高級，柱國次之。《戰國策·齊策》："〔陳軫〕見昭陽，再拜賀戰勝，起而問：'楚之法，覆軍殺將，其官爵何也？'昭陽曰：'官爲上柱國，爵爲上執珪。'"《舊五代史·唐明宗紀》："詔曰：'上柱國，勛之極也……今後凡加勛，先自武騎尉，十二轉方授上柱國。'" 金魚袋：魚袋的一種，金飾，用以盛放金魚符。唐制，三品以上官員佩金魚袋。元稹《秋分日祭百神文》："皇帝遣通議大夫、行内侍省常侍、賜紫金魚袋李某，祭於百神之靈。"宋祁《宋景文筆記·釋俗》："近世授觀察使者不帶金魚袋，初名臣錢若水拜觀察使，佩魚自若，人皆疑而問之。若水倦於酬辯，録唐故事一番在袖中，人問者，輒示之。"以上"御史中丞"、"上柱國"、"賜紫金魚袋"都是表示職級的榮譽性稱號，並非職事官。 贈：賜死者以爵位或榮譽稱號。《後漢書·鄧騭傳》："悝閶相繼並卒，皆遺言薄葬，不受爵贈。"趙昇《朝野類要·入仕》："生曰封，死曰贈。" 左散騎常侍：官名，秦漢設散騎（皇帝的騎從）和中常侍，三國魏時將其並爲一官，稱散騎常侍，在皇帝左右規諫過失，以備顧問。晉以後，增加員額，稱員外散騎常侍，或通直散騎常侍，往往預聞要政。南北朝時屬集書省，隋代屬門下省，唐代分屬門下省和中書省，在門下省者稱左散騎常侍，在中書省者稱右散騎常侍。雖無實際職權，仍爲尊貴之官，多用爲將相大臣的兼職。獨孤及《唐故秘書監贈禮部尚書姚公墓誌銘并序》："俄又授公中書舍人、禮部侍郎、光禄卿、左散騎常侍，加銀青光禄大夫，復知制誥。"陸贄《平淮西後宴賞諸軍將士放歸本道詔》："都防禦使、工部尚書、御史大夫賈耽，都團練使、檢校左散騎常侍兼御史大夫盧元卿，兼御史大夫張建封等，並與子孫一人八品正員官。"以上"左散騎常侍"是皇帝對死者的贈官。 裴公：即裴乂，河東人，元稹繼配裴淑的從兄。新舊《唐書》均無傳，史籍及其他文獻記載甚少，最詳盡的莫過於本文。官終福建觀察使，元和十四年拜職福建觀察使，長慶三年秋天卸任，北上途中病故。《舊唐書・憲宗紀》："(元和十四年)六月丁未朔……庚申……以鄭州刺史裴乂爲福州刺史福建觀察使。"　墓誌銘：放在墓裏刻有死者事迹的石刻，一般包括誌和銘兩部分，誌多用散文，叙述死者姓氏、生平等，銘是韵文，用於對死者的讚揚、悼念。《宋書・建平宣簡王宏傳》："上痛悼甚至，每朔望輒出臨靈，自爲墓誌銘并序。"耳熟能詳如白居易的《醉吟先生墓誌銘并序》、《唐故武昌軍節度處置等使正議大夫檢校户部尚書鄂州刺史兼御史大夫賜紫金魚袋尚書右僕射河南元公墓誌銘并序》、元稹的《唐故工部員外郎杜君墓係銘并序》、《夏陽縣令陸翰妻河南元氏墓誌銘》等。

② 河東：黄河流經山西、陜西兩省交界處，自北而南，將兩省分爲河東、河西兩大部份，陜西省在黄河之西，而山西省在黄河以東，故亦稱山西省爲"河東"。杜審言《和李大夫嗣真奉使存撫河東》："六位乾坤動，三微曆數遷。謳歌移大德，圖讖在金天。"儲光羲《奉和韋判官獻侍郎叔除河東採訪使》："天卿小冢宰，道大名亦大。醜正在權臣，建旗千里外。"　聞喜：縣名，地當今山西省聞喜縣，李唐屬絳州地，絳州九轄縣之一：正平、太平、萬泉、曲沃、翼城、聞喜、絳、稷山、龍門。張説《贈太尉裴公神道碑》："公諱行儉，字守約，河東聞喜人也。"張九齡《裴公碑銘》："公諱光庭，字連城，河東聞喜人也。"　望：即郡望，古稱郡中爲衆人所仰望的貴顯家族，如隴西李氏、太原王氏、汝南周氏等，裴氏主要集居在河東聞喜。錢大昕《十駕齋養新録・群望》："自魏晉以門第取士，單寒之家，屏棄不齒，而士大夫始以郡望自矜。"劉太真《房州刺史杜府君神道碑》："府君杜氏，諱元徽，字金剛，京兆人也。宗啓周封，業光魯史。層源演派，疊萼舒英。以地則因人斯大，以世則令郡望族。"林寶《元和姓纂序》："宜召通儒碩士，辯卿大夫之族姓者，綜修《姓纂》，署之省閣。始使條其原系，考其郡望，子孫職位並宜總緝，每加爵邑則令閲視，庶無遺謬者矣！"　安期：《山西通

志》卷七五:“裴安期,聞喜人,汾州司馬。”另外顔真卿《唐故杭州錢塘縣丞殷府君夫人顔氏碑銘并序》提及“裴安期”,不知是否是同一人?待考。

③ 室:妻子。《禮記·曲禮》:“人生十年曰幼,學;二十曰弱,冠;三十曰壯,有室。”鄭玄注:“有室,有妻也,妻稱室。”孔穎達疏:“壯有妻,妻居室中,故呼妻爲室。”李肇《唐國史補》卷下:“初,越人不工機杼,薛兼訓爲江東節制,乃募軍中未有室者,厚給貨幣,密令北地娶織婦以歸。” 愻:即裴愻,《江西通志》卷四六:“虔州刺史:裴愻(聞喜人,長慶間任)。”郁賢皓先生《唐刺史考》考定裴愻在長慶三年在虔州刺史任,可以採納。同卷“虔州刺史”下又有“裴稷”,無注,《唐刺史考》考定在唐文宗時擔任虔州刺史。“裴愻”、“裴稷”以及“裴及”、“裴乂”是兄弟,本文已經清楚揭示。 及:即裴及,《册府元龜》卷六七三:“裴及爲曹州刺史,開成二年賜金紫,旌異政也。”疑即裴乂之最小兄弟,兩人相差十多歲有此可能。而裴稷、裴愻、裴及三人中的一人,極有可能就是元稹《和裴校書鷺鷥飛》詩篇中的“裴校書”,論證已見《和裴校書鷺鷥飛》,此不重複。 季:兄弟。李白《春夜宴從弟桃花園序》:“會桃花之芳園,序天倫之樂事,群季俊秀,皆爲惠連。”韓愈《滎陽鄭公神道碑文》:“始娶范陽盧氏女,生仁本、仁約、仁載,皆有文行,二季舉進士,皆早死。” 誨:即裴誨,《山西通志·平遥縣》:“唐吏部冢宰裴誨墓在金莊村。”疑即裴乂子之墓。其餘裴謍、辛少穆、李堯年、陽觀、李及等人,缺乏文獻記載,暫時無考。

④ 參軍:官名,東漢末始有“參某某軍事”的名義,謂參謀軍事,簡稱“參軍”。晉以後軍府和王國始置爲官員,沿至隋唐,兼爲郡官。唐代詩人中,多有擔任參軍之經歷。庾抱《别蔡參軍》:“人世多飄忽,溝水易西東。今日歡娱盡,何年風月同?”盧照鄰《送梓州高參軍還京》:“京洛風塵遠,褒斜烟露深。北遊君似智,南飛我異禽。” 彭:彭州,今四川彭縣。《元和郡縣志》:“《禹貢》:梁州之地,漢分梁州爲益

州,即漢益州繁縣地也。垂拱二年于此置彭州,以岷山導江,江出山處,兩山相對,古謂之天彭門,因取以名州……管縣四:九隴、導江、唐昌、濛陽。"蘇頲《贈彭州權别駕》:"雙流脈脈錦城開,追餞年年往復迴。祇道歌謡迎半刺,徒聞禮數揖中台。"蜀太后徐氏《題彭州陽平化》:"尋真游勝境,巡禮到陽平。水遠波瀾碧,山高氣象清。" 尉:古代官名,春秋時有軍尉、輿尉,秦漢以後有太尉、廷尉、都尉、縣尉,又有衛尉、校尉等,皆簡稱尉,多爲武職,疑本文應該是級别不高的縣尉之類的官職。韓翃《别氾水縣尉》:"未央宫殿金開鑰,詔引賢良卷珠箔。花間賜食近丹墀,烟裏揮毫對青閣。"姚合《寄陸渾縣尉李景先》:"微俸還同請,唯君獨自閑。地偏無驛路,藥賤管仙山。" 雒:即雒縣,時屬漢州,與彭州相距不遠。《元和郡縣志・漢州》:"雒縣:本漢舊縣也,屬廣漢郡。縣南有雒水,因以爲名。隋開皇三年屬益州,垂拱二年割屬漢州……管縣五:雒、緜竹、德陽、什邡、金堂。"陳子昂《漢州雒縣令張君吏人頌德碑并序》:"至哉天子! 在穆清之中,端元默之化,萬國日見,百姓以親,誰其詔宣?"唐無名氏《雒縣輿人誦》:"我有聖帝撫,令君遭暴昏。椽惸寡紛民,户流散日月。"《編年箋注》:"雒:洛陽。漢光武帝建都洛陽,以漢爲火德,忌水,改洛陽爲雒陽,三國魏以後復舊。"誤,不取。　丞:佐官名,秦始置,漢以後中央和地方官吏的副職有大理丞、府丞、縣丞等。盧綸《送從舅成都縣丞廣歸蜀》:"褒谷通岷嶺,青冥此路深。晚程椒瘴熱,野飯荔枝陰。"韓愈《藍田縣丞廳壁記》:"丞之職所以貳令,於一邑無所不當問。" 湖城:縣名,《元和郡縣志・虢州》:"管縣六:弘農、盧氏、閿鄉、玉城、朱陽、湖城……湖城縣:本漢湖縣,屬京兆尹,即黄帝鑄鼎之處。後漢改屬弘農郡,至宋加城字,爲湖城縣。"杜甫《湖城東遇孟雲卿復歸劉顥宅宿宴飲散因爲醉歌》:"疾風吹塵暗河縣,行子隔手不相見。湖城城南一開眼,駐馬偶識雲卿面。"劉禹錫《秋晚題湖城驛池上亭》:"風蓮墜故萼,露菊含晚英。恨爲一夕客,愁聽晨雞鳴。" 奉先:縣名,京兆府屬縣之一,今陝西浦城縣。《元和郡縣志·京兆府》:"管縣二十三:萬年、長安、昭應、三原、醴泉、奉天、奉先、富平、雲陽、咸陽、渭南、藍田、興平、高陵、櫟陽、涇陽、美原、華原、同官、鄠、盩厔、武功、好畤。"孟浩然《奉先張明府休沐還鄉海亭宴集探得階字》:"自君理畿甸,予亦經江淮。萬里書信斷,數年雲雨乖。"杜甫《自京赴奉先縣詠懷五百字》:"杜陵有布衣,老大意轉拙。許身一何愚,竊比稷與契。" 主簿:官名,漢代中央及郡縣官署多置之,其職責爲主管文書,辦理事務。至魏晉時漸爲將帥重臣的主要僚屬,參與機要,總領府事。此後各中央官署及州縣雖仍置主簿,但任職漸輕。唐宋時皆以主簿爲初事之官,時或各寺卿也有設主簿的,或稱典簿。外官則設于知縣以下,爲佐官之一。李頎《送劉主簿歸金壇》:"縣郭舟人飲,津亭漁者歌。茅山有仙洞,羨爾再經過。"王昌齡《酬鴻臚裴主簿雨後北樓見贈》:"公門何清静!列戟森已肅。不歎携手稀,常思著鞭速。" 太常:即太常寺,《舊唐書·職官志》:"太常寺,卿一員,少卿二人……丞二人,主簿二人(從七品上)……"王維《和太常韋主簿五郎温湯寓目之作》:"漢主離宫接露臺,秦川一半夕陽開。青山盡是朱旗繞,碧澗翻從玉殿來。"温庭筠《和太常杜少卿東都修竹里有嘉蓮》:"春秋罷注直銅龍,舊宅嘉蓮照水紅。兩處龜巢清露裏,一時魚躍翠莖東。" 録事:職官名,晉公府置録事參軍,掌總録衆官署文簿,舉彈善惡,後代刺史領軍而開府者亦置之,省稱"録事"。隋初以爲郡官,相當於漢時州郡主簿,唐宋因之,京府中則改稱司録參軍。封演《封氏聞見記·除蠹》:"崔立爲雒縣,有豪族陳氏爲縣録事。"趙彦衛《雲麓漫抄》卷一二:"諸縣人吏,國初,押司、録事於等第户差選諳吏道者充。" 華:即華州,今陝西省華縣。《元和郡縣志·華州》:"後魏置東雍州,廢帝改爲華州,大業二年省華州,義寧二年置華山郡,武德元年復爲華州,垂拱元年改爲太州,避武太后祖諱也。神龍元年復舊……管縣三:鄭、華陰、下邽。"李白《贈華州王司士》:"淮水不絶濤瀾高,盛德未泯生英

髦。知君先負廟堂器,今日還須贈寶刀。”張繼《華州夜宴庾侍御宅》:“世故他年别,心期此夜同。千峰孤燭外,片雨一更中。” 户曹於京兆:亦即京兆府户曹參軍,專管户籍的州縣屬官。陸贄《蕭復劉從一姜公輔平章事制》:“劉從一……守京兆府户曹參軍、翰林學士、賜緋魚袋。”白居易《唐故坊州鄜城縣尉陳府君夫人白氏墓誌銘》:“前京兆府户曹參軍、翰林學士白居易,前秘書省校書郎行簡之外祖母也。” 檢校:晉始設,其後面跟的任何官職均爲散官,並非實職。張鷟《朝野僉載》卷一:“正員不足,權補試、攝、檢校之官。”李紳《初秋忽奉詔除浙東觀察使檢校右貂》:“印封龜紐知頒爵,冠飾蟬緌更珥貂。飛詔寵榮歡裏舍,豈徒斑白與垂髫!” 襄:即襄陽,襄陽節度使理所,即今湖北省襄樊市。《元和郡縣志·襄州》:“襄州:今爲襄陽節度使理所……管縣七:襄陽、臨漢、南漳、義清、宜城、樂鄉、穀城。”崔湜《景龍二年余自門下平章事削階授江州員外司馬尋拜襄州刺史春日赴襄陽途中言志》:“余本燕趙人,秉心愚且直。群籍備所見,孤貞每自飭。”張説《襄州景空寺題融上人蘭若》:“高名出漢陰,禪閣跨香岑。衆山既圍繞,長川復迴臨。” 令:官名,秦漢時大縣的行政長官。《漢書·百官公卿表》:“縣令、長,皆秦官,掌治其縣,萬户以上爲令……減萬户爲長。”自魏晉至南北朝末,凡縣之長官一律稱令,歷代相沿,李唐自然也是如此。李白《贈臨洺縣令皓弟(時被訟停官)》:“陶令去彭澤,茫然太古心。大音自成曲,但奏無弦琴。”權德輿《送從翁赴任長子縣令》:“家風本鉅儒,吏職化雙鳧。啓事才方愜,臨人政自殊。” 醴泉:縣名,京兆府二十三屬縣之一,今陝西禮泉縣。《元和郡縣志·京兆府》:“醴泉縣,本漢谷口縣地,在九嵕山東,仲山西,當涇水出山之處,故謂之谷口……隋開皇十八年改爲醴泉縣,以縣界有周醴泉宫,因以爲名。”岑參《夏初醴泉南樓送太康顏少府》:“何地堪相餞?南樓出萬家。可憐高處送,遠見故人車。”劉滄《秋日登醴泉縣樓》:“門上高樓時一望,緑蕪寒野静中分。人行直路入秦樹,雁截斜陽背塞雲。” 團練：全稱是團練防禦使。《舊唐書·職官志》：“防禦團練使（至德後，中原置節度使。又大郡要害之地置防禦使，以治軍事，刺史兼之，不賜旌節。上元後改防禦使爲團練守捉使，又與團練兼置防禦使名，前使各有副使、判官，皆天寶後置，未見品秩）。”顏真卿《有唐宋州官吏八關齋會報德記》“有唐大曆壬子歲，宋州八關齋會者，此都人士衆文武將吏朝散大夫使持節宋州諸軍事行宋州刺史兼侍御史本州團練守捉使賜紫金魚袋徐向等……”姜公輔《義陽王李公德政碑記》“上大器之，改澤州刺史兼侍御史，充節度副使、巡内五州都團練使。” 觀察：全稱是觀察使。《舊唐書·地理志》：“貞觀元年……始於山河形便，分爲十道……開元二十一年，分天下爲十五道……至德之後，中原用兵，刺史皆治軍戎，遂有防禦、團練、制置之名。要衝大郡，皆有節度之類。寇盜稍息，則易以觀察之號……福建觀察使，治福州，管福、建、泉、汀、漳等州。”權德輿《湖南觀察使故相國袁公挽歌二首》一：“五驅龍虎節，一入鳳皇池。令尹自無喜，羊公人不疑。”白居易《元微之除浙東觀察使喜得杭越鄰州先贈長句》：“稽山鏡水歡遊地，犀帶金章榮貴身。官職比君雖校小，封疆與我且爲鄰。”

⑤ 紫綬：紫色絲帶，古代高級官員用作印組，或作服飾。《漢書·百官公卿表》：“相國、丞相，皆秦官，金印紫綬。”李白《門有車馬客行》：“空談霸王略，紫綬不挂身。” 階：官階，品級。《漢書·匡衡傳》：“平原文學匡衡材智有餘，經學絶倫，但以無階朝廷，故隨牒在遠方。”顏師古注：“階謂升次也，隨牒，謂隨選補之恒牒，不被招擢者。”張蠙《贈水軍都將》：“平生爲有安邦術，便别秋曹最上階。” 勛：授給有功官員的一種榮譽稱號，没有實職。北周時本以獎勵有功的戰士，後漸及朝官。隋置上柱國至都督，凡十一等。初名散官，至唐始别稱爲勛官。定用上柱國、柱國、上大將軍、大將軍、上輕車都尉、輕車都尉、上騎都尉、騎都尉、驍騎尉、飛騎尉、雲騎尉、武騎尉，凡十二等，起正二品，至從七品。張説《五君詠五首·郭代公元振》：“興喪一言決，

安危萬心注。大勛書王府,舛命淪江路。”韓愈《故金紫光禄大夫董公行狀》:“階累升爲金紫光禄大夫,勛累升爲上柱國。”　賜:對帝王下達旨意的敬稱。《周禮・春官・小宗伯》:“賜卿、大夫、士爵則儐。”鄭玄注:“賜,猶命也。”《公羊傳・昭公二十五年》:“子家駒曰:‘臣不佞,陷君於大難,君不忍加之以鈇鑕,賜之以死。’”　始:滋生。《禮記・檀弓》:“君子念始之者也。”鄭玄注:“始,猶生也。”開始,開端,與“終”相對。《易・乾》:“大哉乾元,萬物資始。”　薨:死的别稱,自周代始,人之死亡,有尊卑之分,“薨”以稱諸侯之死。《禮記・曲禮》:“天子死曰崩,諸侯曰薨,大夫曰卒,士曰不禄,庶人曰死。”唐代則以薨稱三品以上大官之死。《新唐書・百官志》:“凡喪,三品以上稱薨,五品以上稱卒,自六品達于庶人稱死。”　葬:掩埋屍體。《易・繫辭》:“古之葬者,厚衣之以薪,葬之中野,不封不樹,喪期無數,後世聖人易之以棺槨,蓋取諸《大過》。”《楚辭・漁父》:“寧赴湘流,葬於江魚之腹中。”墓:墳墓,古代埋葬死者,封土隆起的叫墳,平的叫墓。《書・武成》:“釋箕子囚,封比干墓。”《漢書・劉向傳》:“孔子葬母於防,稱古墓而不墳……孔子流涕曰:‘吾聞之,古不修墓。’”顔師古注:“墓,謂壙穴也。”

⑥ 好學:喜愛學習。《論語・公冶長》:“敏而好學,不耻下問,是以謂之文也。”《顔氏家訓・勉學》:“初爲閽寺,便知好學,懷袖握書,曉夕諷誦。”　役勞:猶“任勞”,謂不辭勞苦,雖勞苦而無怨。桓寬《鹽鐵論・刺權》:“夫食萬人之力者,蒙其憂,任其勞。”猶“劬勞”,勞累,勞苦。《詩・小雅・蓼莪》:“哀哀父母,生我劬勞。”　開元禮書:即《大唐開元禮》,周必大《大唐開元禮原序》:“三代以下言治者,莫盛於唐,故其議禮有足稽者。始太宗文皇帝以濬哲之姿躬致上治,顧視隋禮,不足盡用,乃詔房玄齡、魏徵與禮官學士等增修五禮,成書百卷,總一百三十篇,所謂貞觀禮是也。高宗纂成之,復詔長孫無忌、杜正倫、李義府以三十卷益之。然義府輩務爲傅會,至雜以今式,議者非

焉！所謂顯慶禮是也。二書不同，蓋嘗並用。春官充位，莫之或正。開元皇帝綏萬邦，撫重熙，於是學士張説奏言：'儀注矛盾，盍有以折衷之？'乃詔徐堅、李鋭、施敬本載加撰述，繼以蕭嵩、王仲丘等歷數年乃就，號曰《大唐開元禮》，吉凶軍賓嘉，至是備矣！" 甲科：唐初明經有甲乙丙丁四科，唐宋進士分甲乙科。白行簡《李娃傳》："於是遂一上，登甲科，聲振禮闈。"王建《送薛蔓應舉》："一士登甲科，九族光彩新。"

⑦ 杖：古刑法名，用大荆條或大竹板捶擊犯人的背、臀或腿部。《隋書・刑法志》："〔趙郡王叡等〕又上新令四十卷，大抵採魏晉故事。其制，刑名五：一曰死……五曰杖。"《新唐書・刑法志》："及肉刑既廢，今以笞、杖、徒、流、死爲五刑。" 若初：即李若初，裴乂爲湖城丞時，李若初爲虢州刺史，正是裴乂的上司。《舊唐書・李若初傳》："李若初，趙郡人……若初少孤貧，初爲轉運使劉晏下微冗散職，晏判官包佶重其勤幹，以女妻之。歷陳州太康令，刺史李芃初蒞官，若初獻計，請收斂羨餘錢物，交結權貴，芃厚遇之。累歲芃遷河陽三城使，奏若初爲從事，軍中之事多以委之。累授檢校郎中、兼中丞、懷州刺史。轉虢州刺史，坐公事爲觀察使劾奏，免歸。久之，出爲衢州刺史，遷福州刺史、兼御史中丞、福建都團練使。尋遷越州刺史、浙江東道都團練觀察使。十四年秋，代王緯爲潤州刺史、兼御史大夫、浙江都團練觀察諸道鹽鐵轉運使。善於吏道，性嚴强，力束斂下吏，人甚畏服。方整理鹽法，頗有次叙。貞元十五年遇疾卒，廢朝一日，贈禮部尚書。" 寵：寵愛，受寵愛的人。《左傳・僖公十七年》："易牙入，與寺人貂因内寵以殺群吏。"杜預注："内寵，内官之有權寵者。"韓愈《爲韋相公讓官表》："伏奉今日制命，以臣爲尚書右丞、同中書門下平章事。非常之寵，忽降於上天；不次之恩，遽屬於庸品。承命震駭，心神靡寧。"這裏指爲李若初所寵愛的人。 卒：末尾，結局。《論語・子張》："有始有卒者，其惟聖人乎！"曹丕《善哉行》："寥寥高堂上，涼風

入我室。持滿如不盈,有德者能卒。” 返:猶反,反而。《北齊書·清河王勱傳》:“王,國家姻婭,須同疾惡,返爲此言,豈所望乎?”元稹《酬别致用》:“昨來竄荆蠻,分與平生隳。那言返爲遇,獲見心所奇。” 謝:道歉,認錯。《戰國策·秦策》:“嫂蛇行匍伏,四拜,自跪而謝。”《隋書·李密傳》:“請斬謝衆,方可安輯。”

⑧ 郢:即高郢。《舊唐書·德宗紀》:“(貞元十九年)十一月戊寅朔……庚申,乙太常卿高郢爲中書侍郎、同中書門下平章事。”《舊唐書·憲宗紀》:“(永貞元年)冬十月丙申朔……甲寅,以刑部尚書高郢爲華州刺史、潼關防禦、鎮國軍使。”《舊唐書·高郢傳》:“高郢,字公楚,其先渤海蓨人……貞元十九年冬,進位銀青光禄大夫、守中書侍郎、同中書門下平章事。順宗即位,轉刑部尚書,爲韋執誼等所憚,尋罷知政事,以本官判吏部尚書事,明年出鎮華州。”因原來是宰相,現在不帶宰相之銜出鎮華州,故衹能稱爲“故相”。 行器:指國君出行時所用的行裝器物。《左傳·昭公元年》:“具行器矣!楚王汏侈而自説其事,必合諸侯,吾往無日矣!”杜預注:“行器,會備。”楊伯峻注:“準備行裝爲盟會之用。”《晉書·何遵傳》:“性亦奢忲,役使御府工匠作禁物,又鬻行器,爲司隸劉毅所奏,免官。” 取給:取得物力或人力以供需用。《史記·貨殖列傳》:“今治生不待危身取給,則賢人勉焉!”《舊唐書·狄仁傑傳》:“今不樹稼,來歲必饑,役在其中,難以取給。” 官司:官府,多指政府的主管部門。葛洪《抱朴子·酒誡》:“人有醉者相殺,牧伯因此輒有酒禁,嚴令重申,官司搜索。”元稹《和李校書新題樂府十二首·馴犀》:“貞元之歲貢馴犀,上林置圈官司養。” 廉法:清廉守法。《周禮·天官·小宰》:“以聽官府之六計,弊群吏之治……五曰廉法。”鄭玄注:“法,守法不失也。”司馬光《言皮公弼第二札子》:“群吏之治曰:廉善、廉能、廉謹、廉正、廉法、廉辨,蓋言爲吏者,雖有六事,皆以廉爲本也。” 上下考:上等之中的下等,屬於較高的考評等級。其上有上上、上中,不輕易授人;其下有中上、中中、中

下、下上、下中、下下。《舊唐書·嚴震傳》:“初,司勛郎中韋楨爲山劍黜陟使,薦震理行爲山南第一,特賜上下考。”《舊唐書·李渤傳》:“其李絳、張惟素、李益三人,伏請賜上下考,外特與遷官,以彰陛下優忠賞諫之美。” 白:告語,禀報,陳述。《史記·淮南衡山列傳》:“厲王母弟趙兼因辟陽侯言吕后,吕后妒,弗肯白,辟陽侯不强争。”韓愈《殿中侍御史李君墓誌銘》:“元和八年四月,詔徵既至,宰相欲白以爲起居舍人。” 於陵:即楊於陵,《舊唐書·楊於陵傳》:“楊於陵,字達夫,弘農人……貞元八年,始入朝爲膳部員外郎,歷考功吏部三員外,判南曹……改京兆少尹,出爲絳州刺史……貞元末……遷於陵爲華州刺史,充潼關防禦鎮國軍等使。”《舊唐書·憲宗紀》:“(永貞元年)十月丙申朔……丙午,以華州刺史楊於陵爲越州刺史、浙東觀察使。”本文這裏的叙述需要讀者注意:楊於陵並没有任職爲京兆尹,衹是京兆少尹,事在裴乂“丞湖城”之前。華州屬吏的評定,也不應該與京兆尹有關。根據楊於陵與高郢離職、任職華州刺史,充潼關防禦鎮國軍等使的時間都在永貞元年十月的記載,楊於陵是離任,爲前任,高郢是赴任,是後任。高郢僅僅是將對裴乂初步評價告訴即將離任的楊於陵而已,意在探尋裴乂此前的表現。至於高郢以“上下考”評定裴乂,應該是永貞元年年底之事,那時楊於陵已經調任“越州刺史、浙東觀察使”,是“鐵路警察,管不著這一段”了。由於高郢的奏請,使裴乂接著成爲京兆府的“劇曹”。劉長卿《送楊於陵歸宋州别業》:“新河柳色千株暗,故國雲帆萬里歸。離亂要知君到處,寄書須及雁南飛。”權德輿《禮部權侍郎閣老史館張秘監閣老有離合酬贈之什宿直吟翫聊繼此章同前中書舍人楊於陵》:“校德盡珪璋,才臣時所揚。放情寄文律,方茂經邦術。” 劇曹:泛指政務繁劇的郎官曹吏。孫逖《送趙大夫護邊》:“欲傳清廟略,先取劇曹郎。”陸游《賀禮部曾侍郎啓》:“刑名錢穀,獨號劇曹。”

⑨ 均:即裴均,《舊唐書·憲宗紀》:“(元和三年九月)庚寅,以山

南東道節度使于頔守司空、同平章事。以右僕射裴均檢校左僕射、同平章事、襄州長史，充山南東道節度使。"《新唐書·裴均傳》："(裴)均，字君齊……初，均與崔太素俱事中人竇文場，太素嘗晨省文場，入卧内，自謂待己至厚，徐觀後榻有頻伸者，乃均也。德宗以均任方鎮，欲遂相之，諫官李約上疏斥均爲文場養子，不可污台輔，乃止。元和三年，入爲尚書右僕射，判度支。上日唱、授按、送印，皆尚書郎爲之，文武四品五品郎官、御史拜廷下，御史中丞、左右丞升階答拜，時以爲禮太重。俄檢校左僕射、同中書門下平章事，爲山南東道節度使，累封郇國公，以財交權倖，任將相凡十餘年，荒縱無法度，卒年六十二，贈司空。"盧綸《送姨弟裴均尉諸暨》："相悲得成長，同是外家恩。舊業廢三畝，弱年成一門。"韓愈《唐故朝散大夫尚書庫部郎中鄭君墓誌銘》："裴均之爲江陵，以殿中侍御史佐其軍，均之征也。"　舊帥：原來的節度使，即于頔，離任回朝拜相，與裴均爲前後任。陸贄《興元論請優獎曲環所領將士狀》："今之元凶，乃其舊帥，岐下則楚琳助亂，薊門則朱滔黨奸。"郭祥正《送王左丞移鎮金陵》："千艘飛櫓入淮灣，竹馬争迎舊帥還。牛酒未頒諸邑下，旌旗先謁兩山間。"　不果：没有成爲事實，終於没有實行。《孟子·公孫丑》："固將朝也，聞王命而遂不果。"蘇軾《潮州修韓文公廟記》："前守欲請諸朝，作新廟，不果。"　傲狠：亦作"傲很"，倨傲狠戾。《左傳·昭公二十六年》："傲狠威儀，矯誣先王。"《左傳·文公十八年》："傲很明德，以亂天常。"

⑩ 坊：即坊州，府治中部縣，今陝西省黄陵縣。《元和郡縣志·坊州》："《禹貢》：雍州之域，古之翟國，秦屬内史，漢爲左馮翊翟道縣之地，魏晉陷於夷狄，不置郡縣……後魏孝文帝改鎮爲東秦州，孝明帝改爲北華州，廢帝改爲鄜州。元皇帝以周武帝時天和七年放牧於今州界，置馬坊，結構之處尚存。武德二年高祖駕幸於此，聖情永感，因置坊州，取馬坊爲名……管縣四：中部、宜君、昇平、鄜城。"李白《酬坊州王司馬與閻正字對雪見贈》："遊子東南來，自宛適京國。飄然無

心雲，倏忽復西北。”武元衡《秋晚途次坊州界寄崔玉員外》：“崎嶇崖谷迷，寒雨暮成泥。征路出山頂，亂雲生馬蹄。” 廩庫：亦作“廩庫”，糧倉，倉庫。《三國志·陸凱傳》：“當務息役養士，實其廩庫，以待天時。”柳宗元《盩厔縣新食堂記》：“廩庫既成，學校既修，取其餘材，以構斯堂。” 羨：有餘，剩餘。《詩·小雅·十月之交》：“四方有羨。”毛傳：“羨，餘也。”《孟子·滕文公》：“以羨補不足，則農有餘粟，女有餘布。” 溢：滿，充塞。《荀子·王制》：“筐篋已富，府庫已實，而百姓貧，夫是之謂上溢而下漏。”劉楨《公宴詩》：“芙蓉散其華，菡萏溢金塘。”

⑪ 在鄭時：《舊唐書·憲宗紀》：“（元和十四年六月庚申）以鄭州刺史裴乂爲福州刺史福建觀察使。”本文有“理鄭凡三年”之言，知裴乂在鄭州刺史任凡三年，起元和十二年，終元和十四年。 鄭：鄭州，《元和郡縣志·鄭州》：“《禹貢》：豫州之域，春秋時爲鄭國……隋開皇三年改滎州爲鄭州，十六年分置管州。大業二年廢鄭州，改管州爲鄭州。隋末陷賊，武德四年五月擒建德、王世充，東都平，其月置鄭州，理虎牢。其年又於今鄭州理置管州，貞觀元年廢管州，七年自虎牢移鄭州於今理……管縣七：管城、滎陽、滎澤、原武、陽武、新鄭、中牟。”楊炯《送鄭州周司空》：“漢國臨清渭，京城枕濁河。居人下珠泪，賓御促驪歌。”王維《宿鄭州》：“朝與周人辭，暮投鄭人宿。他鄉絶儔侶，孤客親僮僕。” 朝廷有事淄蔡：指元和末期李唐朝廷討伐叛鎮吴元濟與李師道。 淄：水名，即今山東省的淄河。《書·禹貢》：“嵎夷既略，濰淄其道。”《史記·夏本紀》引此文，張守節正義引《括地志》：“俗傳云，禹理水功畢，土石黑，數里之中波若漆，故謂之淄水也。”這裏指代李師道盤踞的淄青等州。 蔡：周時諸侯國名，周武王弟叔度始封於蔡，後因反叛，被流放而死。周成王復封其子蔡仲於此，建都上蔡（今河南上蔡西南）。春秋時，因故多次遷移，平侯遷新蔡（今屬河南），昭侯遷州來（今安徽鳳臺），稱爲下蔡。公元前四四七年爲楚所

滅。又古州名,隋大業二年置,治所在上蔡,屬今河南省汝南縣。這裏指代吴元濟盤踞的蔡、光、申等州。李嘉祐《送評事十九叔入秦》:“白露沾蕙草,王孫轉憶歸。蔡州新戰罷,郢路去人稀。”王建《題渭亭》:“雲開遠水傍秋天,沙岸蒲帆隔野烟。一片蔡州青草色,日西鋪在古臺邊。” 驢車:驢拉的車。《後漢書·張楷傳》:“家貧無以爲業,常乘驢車至縣賣藥,足給食者,輒還鄉里。”韓翃《送别鄭明府》:“勸君不得學淵明,且策驢車辭五柳。” 芻粟:芻糧。白居易《羸駿》:“村中何擾擾?有吏徵芻粟。輸彼軍廐中。化作駑駘肉。”曾鞏《王中正種諤降官制》:“兵西出則近,而爾等東繇綏德回遠之路,以疲士馬,費芻粟,致功用不集。” 均:公平,均勻。韓愈《孟東野失子》:“問天主下人,薄厚胡不均?”曾鞏《賦税》:“周世宗嘗患賦税之不均,詔長吏重定。” 次:依次。劉孝標《辯命論》:“相次殂落,宗祀無饗。”王讜《唐語林·補遺》:“衛公爲兵部尚書,次當大用。” 征役:賦税與徭役。《周禮·地官·小司徒》:“小司徒之職,掌建邦之教法……凡征役之施捨,與其祭祀飲食喪紀之禁令。”賈公彦疏:“征謂税之,役謂繇役。”行役。潘岳《西征賦》:“俾萬乘之盛尊,降遥思於征役。”孟郊《奉同朝賢送新羅使》:“安危所繫重,征役誰能窮?” 征人:指出征或戍邊的軍人。葛洪《抱朴子·漢過》:“勁鋭望塵而冰泮,征人倒戈而奔北。”蘇拯《古塞下》:“血染長城沙,馬踏征人骨。” 擾:煩勞。《漢書·食貨志》:“莽性躁擾,不能無爲。”賈思勰《齊民要術·耕田》:“耕之爲事也勞,織之爲事也擾,擾勞之事,而民不舍者,知其可以衣食也。”

⑫ 光顔:即李光顔,中唐歷史上著名的戰將,立功甚多,征討淮西之後,又參與對李師道的討伐,“出師”向東。《舊唐書·憲宗紀》:“(元和十三年五月)丙辰,以忠武軍節度使李光顔爲滑州刺史、義武軍節度使。”楊巨源《述舊紀勛寄太原李光顔侍中二首》一:“玉塞含悽見雁行,北垣新詔拜龍驤。弟兄間世真飛將,貔虎歸時似故鄉。” 自副:擇人輔助自己。白居易《答任迪簡讓易定節度使表》:“卿修文立

身,經武致用。每誓心於忠勇,常濟事以智謀。自副戎車,已屬時望。及分旌鉞果,愜軍情況。"《資治通鑑·後周世宗顯德五年》:"唐江西元帥晉王景遂之赴洪州也,以時方用兵,啓求大臣以自副。" 糧餉:軍隊中發給官兵的口糧和錢。《史記·太史公自序》:"楚漢相距鞏洛,而韓信爲填潁川,盧綰絶籍糧餉。"《漢書·食貨志》:"男子疾耕不足糧餉,女子紡績不足衣服。" 義成换帥:指李光顔改任忠武軍節度使,薛平接任。《舊唐書·憲宗紀》:"(元和十三年十月)丙子,以左金吾衛大將軍薛平檢校刑部尚書、滑州刺史,充義成軍節度使。以義成軍節度使李光顔爲許州刺史,充忠武軍節度使、陳許觀察等使。" 義成:即義成軍節度使,《舊唐書·地理志》:"義成軍節度使:治滑州,管滑、鄭、濮三州。"《元和郡縣志·河南道》:"滑州:今爲鄭滑節度使理所……管縣七:白馬、韋城、衛南、胙城、靈昌、酸棗、匡城。"李訥《授盧弘正韋讓等徐滑節度使制》:"義成軍節度使盧弘正,識略圓明,襟靈倜儻。行有枝葉,文耀菁華。扣洪鐘而自韵宫商,挺鋩刃而前無根節。"李昌符《詠鐵馬鞭引》:"鐵馬鞭,長慶二年義成軍節度使曹華進獻,且曰:得之汴水,有字刻云:'貞觀四年尉遲敬德。'字尚在。"

⑬ 遠俗:遠離世俗。李白《送長沙陳太守二首》二:"莫小二千石,當安遠俗人。"劉摯《謝青州到任表》:"簡禮去煩,稍究前修之治;推仁宣澤,庶求遠俗之安。" 佻剽:輕捷剽悍。 佻:澆薄,不厚道。《左傳·昭公十年》:"秋七月,平子伐莒,取郠。獻俘,始用人於亳社。臧仲武在齊,聞之曰:'周公其不饗魯祭乎!周公饗義,魯無義……佻之謂甚矣!而壹用之,將誰福哉?'"楊伯峻注:"言殺人以爲犧牲,比人於牛羊,可謂偷薄甚矣!"舊題尤袤《全唐詩話》卷一:"狎猥佻佞,忘君臣禮法。" 剽:勇猛,强悍。《後漢書·史弼傳》:"外聚剽輕不逞之徒,内荒酒樂,出入無常。"李賢注:"剽,悍也。"曹植《白馬篇》:"仰手接飛猱,俯身散馬蹄,狡捷過猴猨,勇剽若豹螭。" 食税:謂享受税賦,靠賦税而生活。《老子》:"民之飢,以其上食税之多,是以飢也。"

《後漢書・郎顗傳》:“老子曰:‘人之飢也,以其上食税之多也。’故孝文皇帝綈袍革舄,木器無文,約身薄賦,時致升平。”　五載:五年。裴乂病故於長慶三年秋,其履任福建觀察使,應該在元和十四年,與《舊唐書・憲宗紀》的記載“(元和十四年六月庚申)以鄭州刺史裴乂爲福州刺史福建觀察使”相符。　自許:自誇,自我評價。《顔氏家訓・勉學》:“有一俊士,自許史學,名價甚高。”韓愈《縣齋有懷》:“誰爲傾國媒,自許連城價?”　劇職:艱巨煩劇的職務。《左傳・襄公十六年》:“祁奚、韓襄、欒盈、士鞅爲公族大夫。”杜預注:“祁奚去中軍尉爲公族大夫,去劇職就閑官。”《北史・裴漢傳》:“漢少有宿疾,恒帶虛羸,劇職煩官,非其好也。”　開路:開闢道路。《漢書・刑法志》:“齊桓南服强楚,使貢周室,北伐山戎,爲燕開路。”引申指開闢門路,途徑。王定保《唐摭言・好放孤寒》:“昭宗皇帝頗爲寒畯開路。”

⑭ 不幸:表示不希望發生而竟然發生。《漢書・卜式傳》:“今天下不幸有事,郡縣諸侯未有奮繇直道者也。”劉禹錫《傷丘中丞引》:“河南丘絳有詞藻,與余同升進士科,從事鄴下,不幸遇害,故爲傷詞。”　揚:揚州,李唐著名的經濟大都會,歷來有“揚一益二”之稱。王泠然《汴堤柳》:“隋家天子憶揚州,厭坐深宫傍海遊。穿地鑿山開御路,鳴笳疊鼓泛清流。”王維《同崔傅答賢弟》:“洛陽才子姑蘇客,桂苑殊非故鄉陌。九江楓樹幾回青?一片揚州五湖白。”本句這説明裴乂已經離開福建觀察使之任,病故於回朝或回家的途中。　罷朝:指皇帝因大臣病故而停止臨朝。韓愈《鳳翔隴州節度使李公墓誌銘》:“訃至,上悼愴罷朝,遣郎中臨吊。”《新唐書・李翛傳》:“太后言其家空短,帝厚賜金繒,終不復委方鎮。卒贈司徒,詔罷三日朝。”　賻:送給喪家的布帛、錢財等。《春秋・隱公三年》:“秋,武氏子來求賻。”《漢書・何並傳》:“吾生素餐日久,死雖當得法賻,勿受。”顔師古注:“贈終者布帛曰賻。”　追加:舊指對死者給予封賜或貶削。《漢書・五行志》:“戾後,衛太子妾,遭巫蠱之禍,宣帝既立,追加尊號。”《隋

書·豆盧勣傳》:"去逆歸順,殉義亡身,追加榮命,宜優恒禮。"

⑮ 姻懿:姻親。《太平廣記》卷三八引《鄴侯外傳》:"〔李泌〕遂請庭芝減死,德宗意不解,云:'卿以爲寧王姻懿耶?寧王以庭芝妹爲妃,以此論之,尤爲不可。'"孫光憲《北夢瑣言》卷一二:"薛澤補闕與(楊)鑣姻懿,常言此事甚詳。" 淮:水名,即淮河,我國大河之一,源出河南省桐柏山,東流經河南、安徽等省到江蘇省入洪澤湖。洪澤湖以下,主流出三河經高郵湖由江都縣三江營入長江,全長約一千公里,流域面積十八萬平方公里。下游原有入海河道,公元一一九四年黄河奪淮後,河道淤高,遂逐漸以入江爲主。《書·禹貢》:"導淮自桐柏。"《孟子·滕文公》:"水由地上行,江、淮、河、漢是也。" 訃:告喪。《禮記·雜記》:"凡訃於其君,曰君之臣某死。"鄭玄注:"訃,或皆作赴。赴,至也。臣死,其子使人至君所告之。"顔延之《陶徵士誄》:"存不願豐,没無求贍,省訃却賻,輕哀薄斂。"告喪文書。柳宗元《虞鳴鶴誄》:"禍丁舅氏,漂淪海沂。捧訃號呼,匍匐增悲。" 銘:文體的一種,古代常刻於碑版或器物,或以稱功德,或用以自警。《後漢書·延篤傳》:"〔延篤〕所著詩、論、銘、書、應訊、表、教令,凡二十篇云。"《文心雕龍·銘箴》:"箴全御過,故文資確切;銘兼褒讚,故體貴弘潤。"在墓誌銘中,它常常與記述死者的家譜、生平的"志"相結合,合稱"墓誌銘"。

⑯ 大凡:猶大要。《荀子·大略》:"禮之大凡:事生,飾歡也;送死,飾哀也;軍旅,飾威也。"蘇軾《孔毅甫鳳咮石硯銘》:"如樂之和,如金之堅,如玉之有潤,如舌之有泉,此其大凡也。" 孝愛:孝敬愛重。《禮記·文王世子》:"戰則守於公禰,孝愛之深也。"孔穎達疏:"載主將行,示不自專,是孝也,使守而尊之,是愛也,乃是孝愛之深也。"顔真卿《通議大夫守太子賓客東都副留守雲騎尉贈尚書左僕射博陵崔孝公宅陋室銘記》:"故吏前監察御史博陵崔頌爲公行狀云:'公德充符契,精貫人極,孝愛聞於天下,製作垂於無窮……'" 友順:猶"睦

友”,和睦友愛。《禮記·文王世子》:“教之以孝悌睦友子愛。”猶“知友”,知心朋友。《韓非子·五蠹》:“今兄弟被侵,必攻者,廉也;知友被辱,隨仇者,貞也。”《史記·越王勾踐世家》:“〔范蠡〕乃歸相印,盡散其財,以分與知友鄉黨。” 顯揚:稱揚,表彰。《禮記·祭統》:“顯揚先祖,所以崇孝也。”《史記·律書》:“然身寵君尊,當世顯揚,可不謂榮焉!”顯親揚名。白居易《爲崔相陳情表》:“爵禄之榮,實有踰於同輩;顯揚之命,獨未及於先人。” 冬曹晉陽:冬曹指裴乂之父工部尚書裴部而言,晉陽指其母晉陽太君王氏而言。沈德符《野獲編補遺·兩六卿之進》:“河南湯陰人李燧者,歷官工部尚書,致仕歸,其後張永西征還京過湯陰,燧敝衣破冠,而束上所賜玉帶,跪迎於路,永驚曰:‘何至於是!’燧因以情乞憐。永至京師吏部薦之,召復故官,再長冬曹,又十二年致仕歸,嘉靖七年始卒。”胡宿《謝朱給事中》:“星烏結秩,濫造于冬曹:金節均權,復塵於使額。”胡宿《轉官謝路轉運》:“比者,帝扉修覲式綴于周班,天詔升華猥塵于茂級。擢冬曹而結秩,正禮闥以充員。” 幽穸:墓穴。元稹《爲蕭相謝追贈祖父祖妣亡父表》:“恩波下濟,澤被窮泉。天眷旁臨,日聞幽穸。”曾鞏《雍王顥乳母宋氏贈郡君制》:“是用追命爾封進於列郡,以光幽穸,尚服寵章。” 競争:互相争勝。語出《莊子·齊物論》:“有競有争。”郭象注:“並逐曰競,對辯曰争。”劉晏《詠王大娘戴竿》:“樓前百戲競争新,惟有長竿妙入神。誰謂綺羅番有力?猶自嫌輕更著人。” 美談:亦作“美譚”,令人讚揚稱道的好事。《公羊傳·閔公二年》:“桓公使高子將南陽之甲,立僖公而城魯……魯人至今以爲美談。”《三國志·孫鄰傳》:“舒伯膺兄弟争死,海内義之,以爲美譚。” 富貴:使富裕而顯貴。《管子·牧民》:“民惡憂勞,我佚樂之;民惡貧賤,我富貴之。”《漢書·竇嬰傳》:“梁人高遂乃説嬰曰:‘能富貴將軍者,上也;能親將軍者,太后也。’”

⑰ 實:誠實,真實,不虛假。《楚辭·劉向〈九歎·逢紛〉》:“後聽虚而黜實兮,不吾理而順情。”王逸注:“實,誠也。”韓愈《與祠部陸員

外書》:"其爲人,淳重方實,可以任事。" 無文:謂樸實無華。蕭穎士《江有歸舟三章序》:"然夫德行政事,非學不言;言而無文,行之不遠。"薛用弱《集異記·蔡少霞》:"少霞無文,乃孝廉一叟耳!固知其不妄矣!" 行:行動。《商君書·更法》:"疑行無成,疑事無功。"《晋書·謝安傳》:"(桓)温入赴山陵,止新亭,大陳兵衛,將移晋室,呼安及王坦之,欲於坐害之……安神色不變,曰:'晋祚存亡,在此一行。'"不振:不振作。《孔叢子·執節》:"當如今日山東之國,弊而不振,三晋割地以求安。"《史記·淮南衡山列傳》:"南越賓服,羌僰入獻,東甌入降,廣長榆,開朔方,匈奴折翅傷翼,失援不振。" 好辭:動聽的言辭。《戰國策·韓策》:"諸侯不料兵之弱,食之寡,而聽從人之甘言好辭,比周以相飾也。"《漢書·匈奴傳》:"單于用趙信計,遣使好辭請和親。" 令聞:美好的聲譽。《書·微子之命》:"爾惟踐修厥猷,舊有令聞。"孔傳:"汝微子言,能踐湯德,久有善譽,昭聞遠近。"陶潛《晋故征西大將軍長史孟府君傳贊》:"君清蹈衡門,則令聞孔昭;振纓公朝,則德音允集。" 禄位:俸給與爵次,泛指官位俸禄。《周禮·天官·大宰》:"四曰禄位,以馭其士。"鄭玄注:"禄,若今之月奉也;位,爵次也。"李頎《别梁鍠》:"雖云四十無禄位,曾與大軍掌書記。" 子孫:兒子和孫子,泛指後代。儲光羲《田家雜興八首》一:"不能自力作,黽勉娶鄰女。既念生子孫,方思廣田圃。"劉長卿《自鄱陽還道中寄褚徵君》:"愛君清川口,弄月時櫂唱。白首無子孫,一生自疏曠。" 誌:記録。《列子·楊朱》:"太古之事滅矣!孰誌之哉?"記憶。裴鉶《傳奇·張無頗》:"無頗誌大娘之言,遂從使者而往。"這裏指本文一類的墓誌銘、行狀,爲裴乂傳揚後世。 泯:消滅,消失,消除。《詩·大雅·桑柔》:"亂生不夷,靡國不泯。"葛洪《抱朴子·論仙》:"闢地拓疆,泯人社稷。"孔穎達《春秋正義序》:"漢德既興,儒風不泯。"

[編年]

《年譜》祇舉出三點理由，説明墓主是裴乂，并没有説明編年理由，然後編年："當撰於長慶三年十月。"《編年箋注》則根據"作者稱其葬在甲辰年某月之某日，則當長慶四年(八二四)，元稹時任浙東觀察使、越州刺史。"《年譜新編》先舉出與《年譜》完全一致的理由考定墓主是裴乂，接著又舉出與《編年箋注》完全一樣的理由，得出"《誌》當長慶四年作"的結論。

我們以爲，一、首先要考查元稹離開同州赴任浙東的行程：長慶三年八月，元稹離開同州，施宿《會稽志》卷二："元稹：長慶三年八月自同州防禦使授。"在赴任浙東的泗州途中，元稹接到了裴淑從兄裴乂病逝於揚州的噩耗："及予來東，自謂與公會於途，晨涉淮而夕聞其訃。"元稹一路來到揚州，與裴淑一起吊祭死者慰問生者。其後，元稹與翰林學士時的舊友李德裕在潤州相會，兩人有詩歌酬唱，其《酬李浙西先因從事見寄之作》："近日金鑾直，親於漢珥貂。内人傳帝命，丞相讓我僚。浙郡懸旌遠，長安諭日遥。因君蕊珠贈，還一夢烟霄。"接著繼續東行，在蘇州與刺史李諒相聚，元稹《和樂天示楊瓊》："去年十月過蘇州，瓊來拜問郎不識。"歡聚之後，於"十月半"來到杭州與白居易相聚，白居易《除官赴闕留贈微之》："去年十月半，君來過浙東。"數日之後離去，《舊唐書·白居易傳》："嘗會於境上，數日而别。"到了越州，元稹又忙於公務，白居易《唐故武昌軍節度處置等使正議大夫檢校户部尚書鄂州刺史兼御史大夫賜紫金魚袋尚書右僕射河南元公墓誌銘并序》："先是明州歲進海物，其淡蚶非禮之物，尤速壞。課其程，日馳數百里。公至越，未下車，趨奏罷。"計其時日，元稹夫婦在揚州吊祭裴乂應該在九月底，到達越州，辦完《浙東論罷進海味狀》的公事，時間已經在十月之後，沿途與李德裕、李諒、白居易歡聚，根本不可能撰寫令人傷感的本文。所以本文無論是撰作於揚州，還是撰寫於越州，都不應該是撰寫於"長慶三年十月"，《年譜》的意見不可接受。二、本文也不可能撰作於元稹夫婦在揚州吊祭裴乂之時，亦即長慶三年九月底，因爲如果在揚州，裴乂兒子裴誨應該在現場，裴誨不會連他父親的年齡也搞不清楚吧！元稹也不會僅僅以"歲某月之某日……其始"的含糊話寫進墓誌銘，自然會明明白白寫出裴乂的生年或年齡了。在揚州，元稹衹是允諾裴誨爲裴乂撰寫墓誌銘的請求而已。三、本文肯定不應該撰寫於長慶四年，本文"歲某月之某日，癸卯某月之某日，甲辰某月之某日，其始、其薨、其葬也。某縣某鄉某里之某原，其墓也"的話，衹是作者一時不清楚真實内容而留下讓他人填空的文字。還有，裴乂意外死亡，靈柩尚在異地他鄉，時届年底，當年入土肯定難以做到，故衹能有待"甲辰"安葬了。因而《年譜新編》根據"甲辰"而斷定本文作於長慶四年肯定是不合適的。四、當時裴誨護送父親靈柩北上，不應該在越州或不應該特地來越州，故元稹在墓誌銘的某些不清楚的環節衹能含糊其辭。又因爲時届年底，派人送達本文更在其後，故揣定裴乂的安葬年月日肯定是在第二年"甲辰"的某月某日，亦即長慶四年的某月某日了。本文應該撰成於長慶三年十一月間，地點在越州，元稹當時任職越州刺史、浙東觀察使。

◎ 重夸州宅旦暮景色兼酬前篇末句(一)①

仙都難畫亦難書(二)，暫合登臨不合居②。繞郭烟嵐新雨後，滿山樓閣上燈初③。人聲曉動千門闢(三)，湖色宵涵萬象虚④。爲問西州羅刹岸(四)，濤頭衝突近何如(五)⑤？

録自《元氏長慶集》卷二二

[校記]

(一) 重夸州宅旦暮景色兼酬前篇末句:楊本、叢刊本、《英華》、《御選唐詩》、《海塘録》、《浙江通志》、《全詩》、《全唐詩録》同,《瀛奎律髓》作"重誇州宅旦暮景色",《西湖遊覽志餘》作"重誇州宅",詳略不同,不改。

(二) 仙都難畫亦難書:叢刊本、《英華》、《御選唐詩》、《海塘録》、《浙江通志》、《全詩》、《全唐詩録》、《瀛奎律髓》、《西湖遊覽志餘》同,楊本作"仙都難盡亦難書",語義不佳,不改。

(三) 人聲曉動千門闢:楊本、叢刊本、《英華》、《御選唐詩》、《浙江通志》、《全詩》、《全唐詩録》、《瀛奎律髓》同,《海塘録》作"人聲曉動山門闢",《西湖遊覽志餘》作"人聲晚動千門闢",語義不佳,不改。

(四) 爲問西州羅刹岸:《浙江通志》、《海塘録》、《瀛奎律髓》、《御選唐詩》、《全詩》、《全唐詩録》、《南巡盛典》同,楊本、叢刊本作"爲問西州西刹岸",錢校、《英華》作"爲問西州羅刹石",《西湖遊覽志餘》作"爲問西川羅刹岸",白居易和篇《微之重誇州居其落句有西州羅刹之謔因嘲兹石聊以寄懷》有"君問西州城下事"之句,"西川"應該是刊誤,不取。

(五) 濤頭衝突近何如:楊本、叢刊本、《御選唐詩》、《浙江通志》、《全詩》、《全唐詩録》、《瀛奎律髓》、《海塘録》、《西湖遊覽志餘》同,錢校宋本、《英華》作"風波衝突近何如",語義不同,不改。此下錢校宋本有"樂天答微之詩,云落句有'西州羅刹'之謔",其他各本均無,疑爲錢校宋本根據白居易和篇所加。

[箋注]

① 重夸州宅旦暮景色兼酬前篇末句:白居易有和篇《微之重誇州居其落句有西州羅刹之謔因嘲兹石聊以寄懷》,詩云:"君問西州城

下事,醉中迭紙爲君書。嵌空石面標羅刹,壓捺潮頭敵子胥。神鬼曾鞭猶不動,波濤雖打欲何如?誰知太守心相似,抵滞堅頑兩有餘。”夸:讚美。皮日休《惜義鳥》:“吾聞鳳之貴,仁義亦足誇。”王安石《彼狂》:“方分類别物有名,誇賢尚功列耻榮。” 旦暮:亦作“旦莫”,朝夕,謂整日。《國語·齊語》:“旦暮從事,施於四方。”韓愈《唐故檢校尚書左僕射右龍武軍統軍劉公墓誌銘》:“即其日與使者俱西,大熱,旦暮馳不息,疾大發。” 景色:景致。宋之問《夜飲東亭》:“岑壑景色佳,慰我遠遊心。”喻鳧《元日即事》:“斂板賀交親,稱觴詎有巡?年光悲擲舊,景色喜呈新。” 前篇末句:即白居易《答微之誇越州州宅》“知君暗數江南郡,除却餘杭盡不如”這一句。

② 仙都:神話中仙人居住的地方。《海内十洲記·聚窟洲》:“滄海島在北海中……島中有紫石宫室,九老仙都所治。”賈島《處州李使君改任遂州因寄贈》:“仙都山水誰能憶?西去風濤書滿船。”李德裕《思平泉樹石雜詠一十首·海上石笋》:“常愛仙都山,奇峰千仞懸。迢迢一何迥!不與衆山連。”這裏借喻元稹在越州居住的州府。又,在今浙江省縉雲縣有山名仙都,高六百丈,週三百里,本名縉雲山,唐神龍初以此名縣。又名丹峰山,天寶七載改今名,道書以爲第二十九洞天。徐凝《題縉雲山鼎池二首》二:“天地茫茫成古今,仙都凡有幾人尋?到来唯見山高下,只是不知湖淺深。”姚合《送右司薛員外赴處州》:“懷中天子書,腰下使君魚。瀑布和雲落,仙都與世疏。” 登臨:指遊覽。語本《楚辭·九辯》:“憭慄兮若在遠行,登山臨水兮送將歸。”《史記·衛將軍驃騎列傳》:“禪於姑衍,登臨翰海。”孟浩然《與諸子登峴山》:“江山留勝迹,我輩復登臨。”

③ 郭:外城,古代在城的週邊加築的一道城墻。《禮記·禮運》:“城郭溝池以爲固。”張九齡《送楊道士往天台》:“此地烟波遠,何時羽駕旋?當須一把袂,城郭共依然。” 烟嵐:山林間蒸騰的霧氣。宋之問《江亭晚望》:“浩渺浸雲根,烟嵐出遠村。鳥歸沙有迹,帆過浪無

痕。"秦觀《寧浦書事六首》二:"魚稻有如淮右,溪山宛類江南。自是遷臣多病,非干此地烟嵐。"　新雨:剛下過雨,亦指剛下的雨。江總《侍宴玄武觀》:"詰曉三春暮,新雨百花朝。"韓愈《山石》:"昇堂坐階新雨足,芭蕉葉大支子肥。"　滿山:漫山遍野。元稹《思歸樂》:"此誠患不立,誠至道亦亨。微哉滿山鳥,叫噪何足聽!"劉禹錫《傷桃源薛道士》:"壇邊松在鶴巢空,白鹿閑行舊徑中。手植紅桃千樹發,滿山無主任春風。"　樓閣:泛指樓房,閣是指架空的樓。《後漢書・吕强傳》:"造起館舍,凡有萬數,樓閣連接,丹青素堊,雕刻之飾,不可單言。"白居易《長恨歌》:"樓閣玲瓏五雲起,其中綽約多仙子。"　上燈:點燈,多用以指入夜時。宋祁《湖上》:"蕭蕭露白蒹葭老,索索風乾楊柳疏。坐見漁舟歸浦盡,小篷明滅上燈初。"徐積《宿山館十首》一〇:"遠村樵採皆歸舍,近澗人烟已上燈。黍飯未炊催秣馬,蕨羹初熟喜逢僧。"

④ 人聲:人們的説話聲、脚步聲。王維《班婕妤三首》一:"玉窗螢影度,金殿人聲絶。秋夜守羅帷,孤燈耿不滅。"祖詠《贈苗發員外》:"坐竹人聲絶,横琴鳥語稀。花慚潘岳貌,年稱老萊衣。"　曉:明亮,特指天亮。《説文・日部》:"曉,明也。從日,堯聲。"段玉裁注:"俗云天曉是也。"《莊子・天地》:"冥冥之中,獨見曉焉!"劉義慶《世説新語・文學》:"真長延之上坐,清言彌日,因留宿至曉。"　千門:猶千家。朱灣《長安喜雪》:"千門萬户雪花浮,點點無聲落瓦溝。全似玉塵消更積,半成冰片結還流。"韓維《和景仁元夕》:"簫鼓千門沸,弓刀萬馬騰。"　湖色:湖水的顔色。劉長卿《送人遊越》:"未習風波事,初爲吴越遊。露霑湖色曉,月照海門秋。"杜荀鶴《秋日閑居寄先達》:"風驅早雁銜湖色,雨挫殘蟬點柳枝。"　宵:夜。《詩・豳風・七月》:"晝爾于茅,宵爾索綯。"毛傳:"宵,夜。"潘岳《西征賦》:"夕獲歸於都外,宵未中而難作。"韓愈《江漢答孟郊》:"終宵處幽室,華燭光爛爛。"萬象:宇宙間一切事物或景象。謝靈運《從遊京口北固應詔》:"皇心

美陽澤，萬象咸光昭。”杜甫《宿白沙驛》：“萬象皆春氣，孤槎自客星。”

⑤ 西州：泛稱地理位置在説話者西面的州，並非是真實的地名。張籍《西州》：“羌胡據西州，近甸無邊城。山東收稅租，養我防塞兵。”劉禹錫《途次敷水驛伏覩華州舅氏昔日行縣題詩處潸然有感》：“蔓草佳城閉，故林棠樹秋。今來重垂泪，不忍過西州。”這裏指即杭州，因在元稹任職地越州之西，又在浙江亦即錢塘江之西，故名“西州”。羅刹：梵語的略譯，最早見於古印度頌詩《梨俱吠陀》，相傳原爲南亞次大陸土著名稱。自雅利安人征服印度後，凡遇惡人惡事皆稱羅刹，遂成惡鬼名。這裏是羅刹江的省稱，羅刹江是錢塘江别名，因江中有羅刹石而得名。陶宗儀《輟耕録·浙江潮候》：“浙江一名錢唐江，一名羅刹江。所謂羅刹者，江心有石，即秦望山脚，横截波濤中。商旅船到此，多值風濤所困而傾覆，遂呼云。”元稹《寄樂天二首》二：“劍頭已折藏須蓋，丁字雖剛屈莫難。休學州前羅刹石，一生身敵海波瀾。”羅隱《錢塘江潮》：“怒聲洶洶勢悠悠，羅刹江邊地欲浮。” 濤頭：潮頭，濤通“潮”。范仲淹《和運使舍人觀潮》：“誰能問天意？獨此見濤頭。”陸游《觀潮》：“忽看千尺湧濤頭，頗動老子乘桴興。” 衝突：水流衝擊堤岸，亦謂水流奔突。蘇軾《晁錯論》：“昔禹之治水，鑿龍門，决大河，而放之海。方其功之未成也，蓋亦有潰冒衝突可畏之患，唯能前知其當然，事至不懼，而徐爲之所，是以得至於成功。” 何如：如何，怎麽樣，用於詢問。《左傳·襄公二十七年》：“子木問於趙孟曰：‘范武子之德何如？’”《新唐書·哥舒翰傳》：“禄山見翰責曰：‘汝常易我，今何如？’”

[編年]

《年譜》編年本詩於長慶三年“越州作”，没有説明理由。《編年箋注》編年本詩：“《重誇州宅旦暮景色兼酬前篇末句》……爲長慶三年（八二三）作品。是年八月，元稹爲越州刺史、浙東觀察使，十月抵越州。見下《譜》。"《年譜新編》編年長慶三年，除指出白居易和詩以及元稹詩篇次韵酬和白居易《答微之誇越州州宅》韵之外，没有説明理由也没有説明具體時間。

我們以爲，《年譜》、《編年箋注》、《年譜新編》對本詩的編年過於籠統，本詩可以進一步編年：細味元稹與白居易兩詩，應該作於元稹到達越州任後。而元稹究竟到越州有多長時間？本詩曰："爲問西州羅刹岸，濤頭衝突近何如?"這説明元稹離開杭州已經不是一天兩天，而應該有相當的時間。白居易和篇云："誰知太守心相似，抵滯堅頑兩有餘。"同樣可以説明白居易與元稹分别已經有了一段日子了。元稹長慶三年"十月下旬"之後到達越州府治，本詩應該作于長慶三年十一月，地點自然是越州，越州時任浙東觀察使、越州刺史。

● 再酬復言和夸州宅(一)①

會稽天下本無儔，任取蘇杭作輩流②。斷髮儀刑千古學，奔濤翻動萬人憂③。石緣類鬼名羅刹，寺爲因墳號虎丘④。莫著詩章遠牽引，由来北郡似南州⑤。

録自《會稽掇英總集》卷一

[校記]

(一) 再酬復言和夸州宅：本詩僅見于《會稽掇英總集》，没有其他版本可以參校。

[箋注]

① 再酬復言和夸州宅：本詩不見於各本《元氏長慶集》，今引録於宋人孔延之所編《會稽掇英總集·州宅》。根據白居易和篇《答微

之夸越州州宅》所云:"賀上人回得報書,大誇州宅似仙居。厭看馮翊風沙久,喜見蘭亭烟景初。日出旌旗生氣色,月明樓閣在空虚。知君暗數江南郡,除却餘杭盡不如。"復言即李諒之字,李諒原唱已經佚失,但李諒有《蘇州元日郡齋感懷寄越州元相公杭州白舍人》詩,證明其時李諒在蘇州刺史任,時地均合。根據本詩揭示的"會稽天下本無儔,任取蘇杭作輩流"的内容,亦與元稹在越州、白居易在杭州、李諒在蘇州的情景一一相符。此詩即是回答白居易與李諒調侃的,前後内容一一相符合,故編排於此。但今存《元氏長慶集》不見收録,今據《會稽掇英總集》卷一補録,編排於此。

② 會稽:山名,在浙江省紹興縣東南,相傳夏禹大會諸侯於此計功,故名。這裏是指會稽山所在的越州。劉長卿《送李校書赴東浙幕府》:"方從大夫後,南去會稽行。淼淼滄江外,青青春草生。"李白《别儲邕之剡中》:"借問剡中道,東南指越鄉。舟從廣陵去,水入會稽長。" 天下:古時多指中國範圍内的全部土地。李昂《賦戚夫人楚舞歌》:"定陶城中是妾家,妾年二八顔如花。閨中歌舞未終曲,天下死人如亂麻。"梅堯臣《送師直之會稽宰》:"天下風物佳,莫出吴與越。" 儔:輩,同類。袁宏《後漢紀・靈帝紀》:"吾見士多矣!未有如郭林宗者也。其聰識、通朗、高雅、密博,今之華夏鮮見其儔。"又作伴侣解。韓愈《送窮文》:"子飯一盂,子啜一觴,携朋挈儔,去故就新。" 輩流:流輩,同輩。杜牧《洛中送冀處士東遊》:"人生一世内,何必多悲愁!譌闋解携去,信非吾輩流。"齊已《送二友生歸宜陽》:"二生俱我友,清苦輩流稀。"

③ 斷髮:截短頭髮,剪斷頭髮。《韓非子・説林》:"公孫弘斷髮而爲越王騎。"《後漢書・虞詡傳》:"小人有怨,不遠千里,斷髮刻肌,詣闕告訴,而不爲理,豈臣下之義?" 儀刑:效法。《詩・大雅・文王》:"儀刑文王,萬邦作孚。"朱熹集傳:"儀,象。刑,法。"白居易《襄州别駕府君事狀》:"故中外凡爲冢婦者,皆景慕而儀刑焉!"又作楷模

解。袁宏《後漢紀·桓帝紀》:“德苟成,故能儀刑家室,化流天下,禮苟順,故能影響無遺,翼宣風化。”竇庠《東都嘉量亭獻留守韓僕射》:“卜築三川上,儀刑萬井中。”　千古:久遠的年代。李白《丁都護歌》:“君看石芒碭,掩泪悲千古。”王安石《金山寺》:“誰言張處士,雄筆映千古?”　奔濤翻動萬人憂:指杭州錢塘江的“錢塘潮”,水勢凶猛,上下翻動,觀潮者常常因爲貪看潮水而被捲入水中喪生。　奔濤:洶湧向前的波濤。李百藥《渡漢江》:“東流既瀰瀰,南紀信滔滔……含星映淺石,浮蓋下奔濤。”本詩指逆流而上的浪濤。李紳《渡西陵十六韵》:“雨送奔濤遠,風收駭浪平。截流張旆影,分岸走鼙聲。”　翻動:上下翻動,翻轉飄動。《文選·木華〈海賦〉》:“翻動成雷,擾翰爲林。”李善注:“翻,動貌。”元稹《遭風二十韵》:“俄驚四面雲屏合,坐見千峰雪浪堆。罔象睢盱頻逞怪,石尤翻動忽成灾。”　萬人:一萬人,極言人多。郎士元《關公祠送高員外還荆州》:“將軍禀天姿,義勇冠今昔。走馬百戰場,一劍萬人敵。”顧况《宫詞五首》四:“九重天樂降神仙,步舞分行踏錦筵。嘈囋一聲鐘鼓歇,萬人樓下拾金錢。”　憂:憂愁,憂慮。《詩·秦風·晨風》:“未見君子,憂心如醉。”《論語·述而》:“其爲人也,發憤忘食,樂以忘憂,不知老之將至云爾!”

④ 石緣類鬼名羅刹:指杭州錢塘江中的羅刹石,因其形狀怪奇似鬼,故名。《海塘録·羅刹石》:“《咸淳臨安志》:‘晏公《輿地志》云:近秦望山有羅刹石,大石崔嵬,横截江濤,商船海舶往此,多爲風浪所傾,因呼爲羅刹。每歲仲秋既望,迎潮設祭,樂工鼓舞其上。李建勛詩曰:何年遺禹鑿,半里大江中?白居易詩曰:嵌空石面標羅刹,壓捺潮頭敵子胥。後改名鎮江石,五代開平中爲潮沙漲没。《成化杭州府志》:羅隱詩‘羅刹江邊地欲浮’,正此石也。《北夢瑣言》:杭州連歲潮頭直打羅刹石,吴越錢尚父俾張弓弩,候潮至,逆而射之,由是漸退,羅刹石化而爲陸地,遂列廛庾焉!《神州古史考》:羅刹石似岑石之類,錢唐之沙磧也。若云江沙没漲,沙既或坍或漲,石亦時見時隱,今

自唐以後不復再出，疑錢王築塘，羅刹之地遂經湮塞，今者不復知其所在矣！”元稹《寄樂天二首》二：“劍頭已折藏須蓋，丁字雖剛屈莫難。休學州前羅刹石，一生身敵海波瀾。”元稹《去杭州（送王師範）》：“潮户迎潮擊潮鼓，潮平潮退有潮痕。得得爲題羅刹石，古來非獨伍員冤。” 寺爲因墳號虎丘：指蘇州的虎丘寺。《元和郡縣志·吴縣》：“虎丘山在縣西北八里，《吴越春秋》云：闔閭葬於此，秦皇鑿，其珍異莫知所在，孫權穿之，亦無所得，其鑿處今成深澗。”《太平寰宇記》卷九一：“虎丘山在縣西北九里，吴越春秋闔閭葬於國西北，積壤爲丘，揵土臨湖。以葬三日，金精上揚，爲白虎據墳，故曰虎丘山，今寺即闔閭墓也。”《編年箋注》注：“虎丘：虎丘寺，在紹興市。”不知有何根據？想來是筆誤。本詩提及“虎丘”，是與詩題中的蘇州刺史“復言”，亦即李諒呼應。 墳：墓之封土隆起者，後泛指墳墓。《禮記·檀弓》：“古者墓而不墳。”鄭玄注：“墓，謂兆域，今之封塋也。古，謂殷時也。土之高者曰墳。”温庭筠《過陳琳墓》：“曾于青史見遺文，今日飄蓬過此墳。” 虎丘：劉長卿《題虎丘寺》：“青林虎丘寺，林際翠微路。仰見山僧來，遥從飛鳥處。”韓翃《贈長洲何主簿》：“挂席逐歸流，依依望虎丘。殘春過楚縣，夜雨宿吴洲。”

⑤“莫著詩章遠牽引”兩句：對於白居易“厭看馮翊風沙久，喜見蘭亭烟景初”的調侃，元稹自然心領神會，但可惜元稹詩歌的大量散失，今天已無法知道元稹當時是如何回覆白居易不甘服輸的詩歌。好在今天我們還能够看到元稹與李諒的唱和，能够大致瞭解元稹逸失詩歌的風貌，“會稽天下本無儔，任取蘇杭作輩流”、“莫著詩章遠牽引，由來北郡似南州”云云即透露了元稹不甘服輸的消息。這是老朋友之間的戲謔，也是他們親密無間友情的自然流露。 詩章：詩篇。《晉書·徐邈傳》：“帝宴集酣樂之後，好爲手詔詩章以賜侍臣。”韓愈《送諸葛覺往隨州讀書》：“今子從之遊，學問得所欲……勉爲新詩章，月寄三四幅。” 牽引：引證。葛洪《抱朴子·崇教》：“口筆乏乎典據，

牽引錯於事類。"《朱子語類》卷七〇:"從來有輿尸血刃之説,何必又牽引别説?"　由來:自始以來,歷來。劉義慶《世説新語·德行》:"王子敬病篤,道家上章應首過,問子敬:'由來有何異同得失?'"杜甫《上韋左相二十韵》:"豈是池中物?由來席上珍。"　北郡:這裏指以同州爲代表的北方州郡。劉禹錫《酬楊八庶子喜韓吴興與餘同遷見贈》:"斷腸天北郡,携手洛陽橋。幢蓋今雖貴,弓旌會見招。"劉得仁《送周鉞往江夏》:"東西南北郡,自説偏曾遊。人世終多故,皇都不少留。"南州:這裏指以杭州、蘇州爲代表的南方州郡。張説《岳州作》:"物土南州異,關河北信賒。日昏聞怪鳥,地熱見修蛇。"徐延壽《南州行》:"摇艇至南國,國門連大江。中洲西邊岸,數步一垂楊。"

[編年]

《年譜》將本詩歸入長慶三年的"佚詩"欄内。根據《年譜》前後自己定下的規矩,凡確定應有元稹的詩歌或者文章而現今已無法知其内容者歸入"佚詩"、"佚文"欄内,如《年譜》長慶二年"佚文"欄内的《論党項疏》、元和十二年"佚文"欄内的《勘難紀》(筆者按:此文不應作於元和十二年)、元和九年"佚詩"欄内的《寄劉二十八》、元和十三年"佚詩"欄内的《和盛山十二詩》等。但本詩既有詩題又有詩歌的内容,且律詩八句一句不少一字不缺,爲什麽歸入"佚詩"欄内?同樣許多詩文不見於《元氏長慶集》,但《年譜》一一與元稹詩文集中的其他詩文一起編年,如《授蕭睦鳳州周載渝州刺史制》、《授楊進亳州長史制》、《授孟子周太子賓客制》、《論裴延齡表》、《又論裴延齡表》等,這又是爲了什麽?豈不是前後抵牾自相矛盾?我們並不是反對《年譜》對以上詩文的編年(《論裴延齡表》、《又論裴延齡表》兩文不是元稹的作品,需要辨僞,又當别論,説詳拙作《元稹與永貞革新》、《關於元稹的史實及傳説》),而是覺得《年譜》對《再酬復言和誇州宅》的處理有違自己制定的體例而已。《編年箋注》編年本詩:"此詩作于長慶三年

(八二三),元稹時在浙東觀察使任。見下《譜》。"《年譜新編》編年本詩於長慶三年,没有説明具體時間也没有説明理由。

我們從本詩和白居易和篇《答微之誇越州州宅》"知君暗數江南郡,除却餘杭盡不如"所見,本詩應該作於白居易和篇《答微之誇越州州宅》之後,據上面《酬樂天喜鄰郡》、《再酬復言和前篇》編年所舉證的理由,元稹到達越州州府應該在十月下旬,本詩應該作於十一月,地點在越州。

▲州之子城(一)①

州之子城,因種山之勢,盤繞迴抱,若卧龍形,故取以爲名②。

録自宋人張淏《會稽續志》卷四

[校記]

(一)州之子城:元稹散佚詩序所據宋人張淏《會稽續志》卷四,又見《浙江通志·紹興府》,參閲《會稽掇英總集·州宅》,説法基本一致。周相録《元稹詩文補遺六則》(《古籍整理出版情況簡報》總三九〇期)誤"種山"爲"鍾山",不取。

[箋注]

① 州之子城:宋人張淏《會稽續志》卷四:"按元稹《州宅詩序》云:'州之子城,因種山之勢,盤繞迴抱,若卧龍形,故取以爲名。'是山名卧龍,蓋始於元稹。錢鏐《重修墻隍廟記》有'公署據卧龍高阜'之語,則昔人稱之屢矣!非始見於錢倧也。刁約云:'府據卧龍山,爲形勝處,周圍數里,盤屈於江湖之上,狀卧龍也。龍之腹,府宅也;龍之

口,府東門也;龍之尾,西園也;龍之脊,望海亭也。味約之言,山之形勢大略可睹矣!'"《浙江通志·紹興府》:"興龍山(舊名卧龍山)。《嘉泰會稽志》:'舊名種山,越大夫種所葬處。一名重山,種訛成重也。'《寶慶會稽續志》:按元微之《州宅詩序》:'州之子城,因種山之勢,盤繞迴抱,若卧龍形,故取以爲名。'《紹興府志》:'今府署據其東麓,山陰縣署在南麓。'(姜夔《同朴翁登卧龍山詩》:'龍尾回平野,檐牙出翠微。望山憐緑遠,坐樹覺春歸。草合平吴路,鷗忘霸越機。午凉松影亂,白羽對禪衣。')"今存《元氏長慶集》未見,據補。

② 子城:大城所屬的小城,即内城及附郭的瓮城或月城。白居易《庾樓晚望》:"子城陰處猶殘雪,衙鼓聲前未有塵。"《資治通鑑·唐憲宗元和十四年》:"比至,子城已洞開,惟牙城拒守。"胡三省注:"凡大城謂之羅城,小城謂之子城。"　種山:越州境内之山,即卧龍山,後代爲興龍山。《太平寰宇記·越州山陰縣》:"種山在縣北三里餘,《吴越春秋》云:'大夫種所葬之處,隋開皇十一年越國公楊素築爲州城。'"《會稽志·冢墓》:"大夫文種墓在種山。越既霸,范蠡去之,種未能去,或讒於王,乃賜種劍以死,葬於是山,故名。"　盤繞:圍繞,回繞。干寶《搜神記》卷二〇:"〔華隆〕後至江邊伐荻,爲大蛇盤繞,犬奮咋蛇,蛇死。"《隋書·流球國》:"男女皆以白紵繩纏髮,從頂後盤繞至額。"　迴抱:猶環抱。皮日休《藍田關銘序》:"覩山形關勢,迴抱於天,秀欲染眸,危將驚魄。"王氏婦《贈别李章武》:"河漢已傾斜,神魂欲超越。願郎更迴抱,終天從此訣。"

[編年]

未見《元稹集》採録,也未見《年譜》、《編年箋注》採録與編年。《年譜新編》認爲是元稹《以州宅夸於樂天》、《重夸州宅旦暮景色兼酬前篇末句》、《再酬復言和夸州宅》之序文,"但不知爲何者序文","聊附"在《以州宅夸於樂天》之後。

我們以爲,四句是元稹初到越州之後的感慨,應該與元稹《以州宅夸於樂天》諸詩以及《州宅居山之陽》賦作於同時,亦即長慶三年十一月間,元稹初到越州不久,時任越州刺史、浙東觀察使之職。疑《州之子城》與《州宅居山之陽》,是元稹各爲兩首"夸州宅"詩篇之詩序。

▲ 州宅居山之陽(一)①

州宅居山之陽,凡所謂臺榭之勝,皆因高爲之,以極登覽②。

録自宋人張淏《會稽續志・府廨》

[校記]

(一) 州宅居山之陽:四句所依據之張淏《會稽續志・府廨》,參閲《會稽掇英總集・州宅》,説法基本一致。

[箋注]

① 州宅居山之陽:張淏《會稽續志・府廨》:"唐元微之云:州宅居山之陽,凡所謂臺榭之勝,皆因高爲之,以極登覽。"今存《元氏長慶集》未見,據補。沈炳巽《水經注集釋訂訛》:"吴寶鼎中,分會稽,置城居山之陽,或謂之長仙縣也。言赤松採藥此山,因而居之,故以爲名。" 州宅:州刺史所居之所。元稹《以州宅夸於樂天》:"州城迴遶拂雲堆,鏡水稽山滿眼來。四面常時對屏障,一家終日在樓臺。"白居易《答微之誇越州州宅》:"賀上人回得報書,大誇州宅似仙居。厭看馮翊風沙久,喜見蘭亭烟景初。" 居:處在,處於。《易・乾》:"是故居上位而不驕,在下位而不憂。"沈作喆《寓簡》卷一:"君人者居極否之世,能約己以厚下,則否傾而爲益矣!" 山陽:山朝南的一面。《漢

書·郊祀志》:“從陰道下。”顔師古注:“山南曰陽,山北曰陰。”劉長卿《和郭参謀詠崔令公庭前竹》:“湘浦何年變?山陽幾處殘?不知軒屏側,歳晚對袁安。”

② 凡:所有,凡是。《易·益》:“凡益之道,與時偕行。”韓愈《送孟東野序》:“人之於言也亦然,有不得已者而後言。其歌也有思,其哭也有懷,凡出乎口而爲聲者,其皆有弗平者乎!” 所謂:所説的,用於重述、引證等。《詩·秦風·蒹葭》:“所謂伊人,在水一方。”《後漢書·吴祐傳》:“祐曰:‘掾以親故,受污穢之名,所謂“觀過斯知人”矣!’” 臺榭:臺和榭,亦泛指樓臺等建築物。《書·泰誓》:“惟宫室臺榭,陂池侈服,以殘害於爾萬姓。”孔穎達疏引李巡曰:“臺,積土爲之,所以觀望也。臺上有屋謂之榭。”杜甫《滕王亭子》:“君王臺榭枕巴山,萬丈丹梯尚可攀。” 勝:特指優美的山水或古迹。《梁王宅侍宴應制同用風字》:“梁園開勝景,軒駕動宸衷。早荷承湛露,修竹引薰風。”柳宗元《永州崔中丞萬石亭記》:“見怪石特出,度其下必有殊勝。” 極:引申爲達到頂點、最高限度。《吕氏春秋·大樂》:“天地車輪,終則復始,極則復反,莫不咸當。”《史記·李斯列傳》:“物極則衰,吾未知所税駕也。” 登覽:登高攬勝。《新唐書·懿安郭太后》:“后嘗幸驪山,登覽裴回。”辛棄疾《水龍吟·過南劍雙溪樓》:“千年興亡,百年悲笑,一時登覽。”

[編年]

未見《元稹集》採録,也未見《年譜》、《編年箋注》、《年譜新編》採録與編年。

我們以爲,四句是元稹初到越州之後的感慨,應該與元稹《以州宅夸於樂天》諸詩賦作於同時,亦即長慶三年十一月間,元稹初到越州不久,時任越州刺史、浙東觀察使之職。

◎ 寄樂天(一)①

閑夜思君坐到明,追尋往事倍傷情②。同登科後心相合,初得官時髭未生③。二十年來諳世路,三千里外老江城④。猶應更有前途在,知向人間何處行⑤?

録自《元氏長慶集》卷二二

[校記]

(一) 寄樂天:本詩存世各本,包括楊本、叢刊本、《全詩》諸本,未見異文。

[箋注]

① 寄樂天:白居易和詩是《答微之詠懷見寄》,詩曰:"閣中同直前春事,船裏相逢昨日情。分袂二年勞夢寐,並床三宿話平生。紫微北畔辭宫闕,滄海西頭對郡城。聚散窮通何足道!醉來一曲放歌行。"白居易這裏與元稹之原唱次韵,一字不差,應該注意。

② 閑夜:寂静的夜晚。嵇康《贈秀才入軍五首》五:"閑夜肅清,朗月照軒。"陸機《擬東城一何高》:"閑夜撫鳴琴,惠音清且悲。" 明:天亮,黎明。《詩·齊風·雞鳴》:"東方明矣! 朝既昌矣!"韓愈《岳陽樓别竇司直》:"明登岳陽樓,輝焕朝日亮。" 追尋:跟蹤尋找。庾信《道士步虚詞十首》九:"蓬萊入海底,何處可追尋?"鮑照《擬古八首》六:"歲暮井賦訖,程課相追尋。" 往事:過去的事情。《史記·太史公自序》:"此人皆意有所鬱結,不得通其道也,故述往事,思來者。"劉長卿《南楚懷古》:"往事那堪問! 此心徒自勞。" 傷情:傷感。班彪《北征賦》:"日晻晻其將暮兮,覩牛羊之下來;寤曠怨之傷情兮,哀詩

人之歎時。"孫光憲《浣溪沙》:"落絮飛花滿帝城,看看春盡又傷情。"

③"同登科後心相合"兩句:元稹前後三次登第,除貞元九年(793)的明經及第外,其餘兩次是與白居易共同登第,一次是貞元十九年(803)的吏部乙科登第,另一次是元和元年(806)名爲"才是兼茂明於體用"的制科登第。根據"初得官時"以及下聯"二十年來"的敘述,這裏應該指貞元十九年的吏部乙科登第,隨後元稹白居易同授校書郎之官,即所謂的"初得官時"。　登科:科舉時代應考人被録取。裴説《見王貞白》:"共賀登科後,明宣入紫宸。"王仁裕《開元天寶遺事·泥金帖子》:"新進士才及第,以泥金書帖子,附家書中,用報登科之喜。"　相合:彼此一致,相符。《後漢書·張升傳》:"升少好學,多關覽,而任情不羈。其意相合者,則傾身結交,不問窮賤。"元稹《憶靈之》:"爲魚實愛泉,食辛寧避蓼。人生既相合,不復論窕窕!"　髭:嘴唇上邊的鬍子。白居易《再到襄陽訪問舊居》:"今過襄陽日,髭鬢串成絲。"周繇《送入蕃使》:"早終册禮朝天闕,莫遣虯髭染塞霜。"

④二十年來諳世路:元稹白居易貞元十九年(803)登吏部乙科及第,因爲同年關係始相識,成爲志同道合的朋友,至本詩賦寫的長慶三年(823),正好是"二十年"。　諳:熟悉,知道。張説《登九里臺是樊姬墓》:"楚國所以霸,樊姬有力焉!不懷沈尹禄,誰諳叔敖賢!"韓愈《黃家賊事宜狀》:"比者所發諸道南討兵馬,例皆不諳山川,不伏水土。"　世路:有多種含義,在本詩中均可以説通:人世間的道路,指人們一生處世行事的歷程。杜甫《春歸》:"世路雖多梗,吾生亦有涯。"又指宦途。《後漢書·崔駰傳》:"子苟欲勉我以世路,不知其跌而失吾之度也。"又解釋爲世道,指社會狀況。《晉書·庾瑨傳》:"初,洛陽之未陷也,瑨爲侍中,直於省内,謂同僚許遐曰:'世路如此,禍難將及,吾當死乎此屋耳!'"又可解釋爲世情,世事。張喬《贈頭陀僧》:"已知世路皆虚幻,不覺空門是寂寥。"　三千里外:《舊唐書·地理志》:越州至"京師東南三千七百二十里,至東都二千八百七十里。"

“三千里”是其約數。張籍《酬浙東元尚書見寄綾素》:“應念此官同棄置,獨能相賀更殷勤。三千里外無由見,海上東風又一春。”元稹《贈吴渠州從姨兄士則》:“憶昔分襟童子郎,白頭抛擲又他鄉。三千里外巴南恨,二十年前城裏狂。” 老:終老於此,度晚年於此,可見詩人當時的消極心態。《左傳·襄公二十七年》:“成請老于崔,崔子許之。”杜預注:“成欲居崔邑以終老。”杜甫《爲農》:“卜宅從兹老,爲農去國賒。” 江城:臨江之城市、城郭。張九齡《登荆州城樓》:“天宇何其曠?江城坐自拘。層樓百餘尺,迢遞在西隅。”崔湜《襄陽早秋寄岑侍郎》:“江城秋氣早,旭旦坐南闈。”越州瀕臨浙江亦即錢塘江,故言“江城”。

⑤“猶應更有前途在”兩句:詩人當時已經四十五歲了,但在一而再再而三的政治打擊面前,有點迷茫在人世間不知向何處前行之感,但此後的事實説明,元稹還是堅持原來的信仰,努力前行。而白居易已經意識到元稹是在“詠懷”,他對此的答覆則是:“聚散窮通何足道!醉來一曲放歌行。”這是兩人人生觀不同的具體表現。 前途:亦作“前塗”、“前塗”,將行經的前方路途。左思《吴都賦》:“先驅前塗,俞騎騁路。”杜甫《石壕吏》:“天明登前途,獨與老翁别。”喻未來的處境。姚合《答韓湘》:“三十登高科,前塗浩難測。” 人間:人類社會,塵世,世俗社會。錢起《江行無題一百首》六七:“静看秋江水,風微浪漸平。人間馳競處,塵土自波成。”元結《款乃曲五首》一:“偶存名迹在人間,順俗與時未安閑。來謁大官兼問政,扁舟却入九疑山。”

[編年]

《年譜》編年本詩長慶三年“越州作”,没有説明理由。《編年箋注》編年本詩:“《寄樂天》……爲長慶三年(八二三)作品。是年八月,元稹爲越州刺史、浙東觀察使,十月抵越州。見下《譜》。”《年譜新編》編年長慶三年,除指出白居易和詩《答微之詠懷見寄》以及次韻酬和之外,没有説明理由也没有説明具體時間。

元稹長慶三年大部分時間在同州,接到詔命後由同州赴京領取"雙旌",然後南下,分别與李德裕、李諒、白居易會面,於長慶三年十月下旬才到達越州,因此《編年箋注》、《年譜新編》僅僅編年本詩於長慶三年肯定是不確切的。"十月抵越州"云云也是不確切的,"十月"大部分時間元稹在路途度過的,"十月半"與白居易相會於杭州,"十月下旬抵越州"。《年譜》的"長慶三年'越州作'"也有問題,我們可以不計較其表達語言的含糊混淆,但究竟是長慶三年何時在越州賦作呢?《年譜》没有明確。

我們以爲,元稹十月下旬抵達越州首府會稽,接著處理公務、安置家屬以及官場上不可或缺的迎接禮儀,需要一段時日:關於節度使與觀察使到任的有關禮節,《新唐書·百官志》有詳細記載,可供我們參考,文云:"入境,州縣築節樓,迎以鼓角,衙仗居前,旌幢居中,大將鳴珂,金鉦鼓角居後,州縣齋印迎于道左。視事之日,設禮案,高尺有二寸,方八尺,判三案,節度使判宰相,觀察使判節度使,團練使判觀察使。三日洗印,視其刓缺。"到任之後,元稹同時又與白居易進行了一系列的唱和,而且本詩又不是元稹白居易第一次杭越唱和,雖然杭州與越州鄰郡,但數次詩筒往返也需要時日。因此編年本詩於長慶三年十一月比較恰當。

■ 酬樂天醉封詩筒見寄(一)①

據白居易《醉封詩筒寄微之》

[校記]

(一)酬樂天醉封詩筒見寄:元稹本佚失詩所據白居易《醉封詩

筒寄微之》,見《白氏長慶集》、《咸淳臨安志》、《白香山詩集》、《全詩》,詩文基本相同。

[箋注]

① 酬樂天醉封詩筒見寄:白居易《醉封詩筒寄微之》:"一生休戚與窮通,處處相隨事事同。未死又憐滄海郡,無兒俱作白頭翁。展眉只仰三杯後,代面唯憑五字中。爲向兩州郵吏道,莫辭來去遞詩筒!"現存元稹詩文未見元稹酬和之篇,應該是佚失,據補。　封:封寄。劉禹錫《嘗茶》:"生拍芳叢鷹觜芽,老郎封寄謫仙家。今宵更有湘江月,照出菲菲滿碗花。"白居易《路上寄銀匙與阿龜》"小子須嬌養,鄒婆爲好看。銀匙封寄汝,憶我即加餐。"　詩筒:盛詩稿以便傳遞的竹筒。白居易《除官赴闕留贈微之》:"兩鄉默默心相別,一水盈盈路不通。從此津人應省事,寂寥無復遞詩筒。"白居易《秋寄微之十二韵》:"忙多對酒榼,興少閱詩筒。"自注:"此在杭州,兩浙唱和詩贈答,於筒中遞來往。"

[編年]

未見《元稹集》採録,也未見《年譜》、《編年箋注》、《年譜新編》採録與編年。

朱金城先生《白居易集箋校》編年白居易《醉封詩筒寄微之》於長慶三年。白居易《醉封詩筒寄微之》應該賦作於白居易與元稹杭越唱和之時,時間應該在長慶三年十月下旬元稹抵達越州之後,元稹酬和白居易的本佚失詩也應該賦作於同一時期,地點在越州,元稹時任浙東觀察使、越州刺史,但尚未到任。

■ 酬樂天與微之唱和來去常以竹筒貯詩陳協律美而成篇因以此答(一)①

據白居易《與微之唱和來去常以竹筒貯詩陳協律美而成篇因以此答》

[校記]

(一) 酬樂天與微之唱和來去常以竹筒貯詩陳協律美而成篇因以此答:元稹本佚失詩所據白居易《與微之唱和來去常以竹筒貯詩陳協律美而成篇因以此答》,見《白氏長慶集》、《白香山詩集》、《全詩》,未見異文。

[箋注]

① 酬樂天與微之唱和來去常以竹筒貯詩陳協律美而成篇因以此答:白居易《與微之唱和來去常以竹筒貯詩陳協律美而成篇因以此答》:"揀得琅玕截作筒,緘題章句寫心胸。隨風每喜飛如鳥,渡水常憂化作龍。粉節堅如太守信,霜筠冷稱大夫容。煩君讚詠心知愧,魚目驪珠同一封。"現存元稹詩文未見元稹酬和之篇,應該是佚失,據補。　唱和:以詩詞相酬答。楊巨源《酬崔博士》:"自知頑叟更何能?唯學雕蟲謬見稱。長被有情邀唱和,近來無力更祗承。"張籍《哭元九少府》:"初作學官常共宿,晚登朝列暫同時。閑來各數經過地,醉後齊吟唱和詩。"　竹筒:竹製的管形盛器,竹管。《晉書·陸機傳》:"機乃爲書以竹筩盛之而繫其頸,犬尋路南走,遂至其家。"李端《題鄭少府林園》:"竹筒傳水遠,塵尾坐僧高。獨有宗雷賤,過君著敝袍。"陳協律:白居易杭州刺史任屬僚,其餘不詳。　協律:協律都尉、協律

校尉、協律郎等樂官的省稱。韓愈《贈别元十八協律》:"余罪不足惜,子生未宜忽。胡爲不忍别?感謝情至骨。"劉禹錫《送王師魯協律赴湖南使幕》:"素風傳竹帛,高價騁琳琅。楚水多蘭若,何人事搴芳?"

[編年]

未見《元稹集》採録,也未見《年譜》、《編年箋注》、《年譜新編》採録與編年。

朱金城《白居易集箋校》編年白居易詩於長慶四年。我們以爲,元稹白居易杭越唱和詩筒傳情始於長慶三年十月下旬元稹抵達越州之後,白居易詩、元稹酬和之篇,均應該撰成於這一時期。以情理計,元白唱和詩都應該賦成前期,亦即長慶三年十一月、十二月間,元稹時任越州刺史、浙東觀察使之職。

● 贈毛仙翁(并序)①

余廉問浙東歲,毛仙翁惠然來顧,越之人士識之者,相與言曰:"仙翁嘗與葉法善、吴筠遊於稽山,迨兹多歷年所,而風貌愈少,蓋神仙者也。"② 余因得執弟子之禮,師其道焉!余嘗見圓冠方領之士,讀道書,疑其絶智棄仁義(一),又謂其書不足以經世理國(二)。殊不知至仁無兼愛(三),大智無非灾(四),大樂同天地之和,大禮同天地之節。其可臻乎!上德冥乎大道之致(五),華胥終北之化,熙熙然也③。又以徐市、文成之事,謂方士之流誕妄於世,不足以爲教也。殊不知峒山高卧,汾水凝神,縱心傲世(六),邈然外物(七),王侯不可得師友也(八)。若然,則徐市之莠(九),不足以害嘉穀;文成之誕,不足以傷大教(一〇)④。今我仙翁真風遺骨，玄格高情，冥鴻孤鶴，不可方喻，蓋峒山、汾水之儔也⑤。一言道合(一一)，止于山亭三日而南栖天台，謂余曰："入相之年，相候于安山里！"(一二)余拜而言曰："果如仙約，然香拂榻以俟雲駕焉！"抒詩一章，以爲他日之志也⑥。

仙駕初從蓬島來(一三)，相逢又説向天台⑦。一言親授希微訣，三夕同傾沆瀣杯⑧。此日臨風飄羽衛，他年嘉約指鹽梅⑨。花前揮手迢遥去。目斷霓旌不可陪⑩。

録自《全詩》卷四二三

[校記]

(一) 疑其絶智棄仁義：原本作"疑其絶智棄仁"，據《唐詩紀事》改。

(二) 又謂其書不足以經世理國：《唐詩紀事》作"謂斯書不足以經世理國"，語義相類，各備一説，不改。

(三) 殊不知至仁無兼愛：《唐詩紀事》作"殊不知至人無兼受"，語義難通，不改。

(四) 大智無非灾：《唐詩紀事》作"智人又無灾非"，語義不同，各備一説。

(五) 上德冥乎大道之致：《唐詩紀事》作"上德宜乎大道之致"，語義不同，各備一説。

(六) 縱心傲世：《唐詩紀事》作"怡心傲世"，語義不同，各備一説。

(七) 邈然外物：《唐詩紀事》作"藐然物外"，語義相類，各備一説。

(八) 王侯不可得師友也：《唐詩紀事》作"至五侯不可得師友

也”，語義不同，各備一説。

（九）徐市：原本作“徐氏”，與上句“又以徐市、文成之事”不協；《唐詩紀事》作“徐市”，亦誤；據《史記・秦始皇本紀》，應爲“徐市”，徑改。

（一〇）不足以傷大教：《唐詩紀事》作“不足以停大教”，語義不同，各備一説。

（一一）一言道合：《唐詩紀事》作“一言而道合”，語義相類，各備一説。

（一二）相候于安山里：《唐詩紀事》作“相候于安仁里”，語義不同，各備一説。

（一三）仙駕初從蓬海來：原本作“仙駕初從蓬海來”，《唐詩紀事》作“仙駕初從蓬島來”，據改。

［箋注］

① 毛仙翁：據《唐詩紀事》卷八一彙集各家之説，大致可以歸納如下：毛仙翁，“名干，字鴻漸，元和間劉禹錫、李紳、白樂天輩皆贈詩。”“察其言，不由乎孔聖道，不由乎老莊教，而以慧性知人爵禄厚薄、壽命長短。”實質是活躍於中唐時期的一名江湖術士，因迎合了當時士人的趨貴與長壽心理，所以受到士人的廣泛歡迎。唐代詩人李益、柳公綽、楊於陵、令狐楚、劉禹錫、鄭澣、李程、李翺、王起、楊嗣復、張仲方、沈傳師、李宗閔、李紳、崔鄾、崔元略、張爲等二十多人均有詩作相贈，就同一題材，分别角度，各出佳詞，匯成奇觀，也是唐代詩壇不多見的景象：如李益《贈毛仙翁》：“玉樹溶溶仙氣深，含光混俗似無心。長愁忽作鶴飛去，一片孤雲何處尋？”柳公綽《贈毛仙翁》：“桃源千里遠，花洞四時春。中有含真客，長爲不死人。松高枝葉茂，鶴老羽毛新。莫遣同籬槿，朝榮暮化塵。”楊於陵《贈毛仙翁》：“先生赤松侣，混俗遊人間。昆閬無窮路，何時下故山？千年猶孺質，秘術救塵寰。莫便冲天去，雲雷不可攀。”令狐楚《贈毛仙翁》：“宣州渾是上清

宫,客有真人貌似童。紺髮垂纓光髧髧,細髯緣頷緑茸茸。壺中藥物梯霞訣,肘後方書縮地功。既許焚香爲弟子,願教年紀共椿同。”劉禹錫《赴和州於武昌縣再遇毛仙翁十八兄因成一絶》:“武昌山下蜀江東,重向仙舟見葛洪。又得案前親禮拜,大羅天訣玉函封。”鄭澣《贈毛仙翁》:“至道無名,至人長生。爰觀繪事,似挹真形。方口渥丹,濃眉刷青。松姿本秀,鶴質自輕。道德神仙,内藴心靈。紅肌絲髮,外彰華精。色如含芳,貌若和光。胚渾造化,含吐陰陽。吾聞安期,隱見不常。或在世間,或遊上蒼。猗歟真人,得非後身?寫此仙骨,久而不磷。皎皎明眸,瞭然如新。藹藹童顔,的然如春。金石可並,丹青不泯。通天臺上,有見常人。俗士觀瞻,方悟幽塵。君子圖之,敬兮如神。”李程《贈毛仙翁》:“茫茫塵累愧腥膻,强把蜉蝣望列仙。閑指紫霄峰下路,却歸白鹿洞中天。吹簫鳳去經何代?茹玉方傳得幾年?他日更來人世看,又應東海變桑田。”李翺《贈毛仙翁》:“紫霄仙客下三山,因救生靈到世間。龜鶴計年承甲子,冰霜爲質駐童顔。韜藏休咎傳真籙,變化榮枯試小還。從此便教塵骨貴,九霄雲路願追攀。”王起《贈毛仙翁》:“冰霜肌骨稱童年,羽駕何由到俗間?丹竈化金留秘訣,仙宫嗽玉叩玄關。壺中世界青天近,洞裏烟霞白日閑。若許隨師去塵網,願陪鸞鶴向三山。”楊嗣復《贈毛仙翁》:“天上玉郎騎白鶴,肘後金壺盛妙藥。暫遊下界傲五侯,重看當時舊城郭。羽衣茸茸輕似雪,雲上雙童持絳節。王母親縫紫錦囊,令向懷中藏秘訣。令威子晋皆儔侣,東嶽同尋太真女。搜奇綴韵和陽春,文章不是人間語。藥成自固黄金骨,天地齊兮身不没。日月宫中便是家,下視昆崙何突兀!童姿玉貌誰方比?玄髮緑髯光彌彌。滿朝將相門弟子,隨師盡願抛塵滓。九轉琅玕必有餘,願乞刀圭救生死。”張仲方《贈毛仙翁》:“毛仙翁,毛仙翁,容貌常如二八童。幾歲頭梳雲鬢緑?無時面帶桃花紅。眼前人世閲滄海,肘後藥成辭月宫。方口秀眉編貝齒,瞭然炅炅雙瞳子。芝椿禀氣本堅强,龜鶴計年應不死。四海五山長獨遊,矜貧傲富欺王侯。靈通指下甎甓化,瑞氣爐中金玉流。定是烟霞列仙侣,暫来塵俗救危苦。紫霞妖女瓊華飛,秘法虔心傳付與。陰功足,陰功成,羽駕何年歸上清?待我休官了婚嫁,桃源洞裹覓仙兄。”沈傳師《贈毛仙翁》:“安期何事出雲烟?爲把仙方與世傳。只向人間稱百歲,誰知洞裹過千年?青牛到日迎方朔,丹竈開時共稚川。更説桃源更深處,異花長占四時天。”李宗閔《贈毛仙翁》:“不知仙客占青春,肌骨纔教稱兩旬。俗眼暫驚相見日,疑心未測幾時人?閑推甲子經何代?笑説浮生老此身。殘藥儻能沾朽質,願將霄漢永爲鄰。”李紳《贈毛仙翁》:“憶昔我祖神仙主,玄元皇帝周柱史。曾師軒黄友堯湯,混迹和光佐周武。周之天子無仙氣,成武康昭都瞥爾。穆王粗識神仙事,八極輪蹄方逞志。鶴髮韜真世不知,日月星辰幾回死。金鼎作丹丹化碧,三萬六千神入宅。仙兄受術幾千年,已是當時駕鴻客。海光悠容天路長,春風玉女開宫院。紫筆親教書姓名,玉皇詔刻青金簡。桂窗一别三千春,秦妃鏡裹蛾眉新。忽控香虬天上去,海隅劫石霄花塵。一從仙駕辭中土,頑日昏風老無主。九州争奪無時休,八駿垂頭避豺虎。我亦玄元千世孫,眼穿望斷蒼烟根。花麟白鳳竟冥寞,飛春走月勞神昏。百年命促奔馬疾,愁腸盤結心摧崒。今朝稽首拜仙兄,願贈丹砂化秋骨。”崔郾《贈毛仙翁》:“存亡去住一壺中,兄事安期弟葛洪。甲子已過千歲鶴,儀容方稱十年童。心靈暗合行人數,藥力潛均造化功。終待此身無繫累,武陵山下等黄公。”崔元略《贈毛仙翁》:“莫將凡聖比雲泥,椿菌之年本不齊。度世無勞大稻米,昇天只用半刀圭。人間嗟對黄昏槿,海上閑聽碧落雞。旌節行中令引道,便從塵外踏丹梯。”張爲《謝别毛仙翁》:“羸形感神藥,削骨生豐肌。蘭炷飄靈烟,妖怪立誅夷。重覩日月光,何報父母慈?黄河濁衮衮,别泪流澌澌。黄河清有時,别泪無收期。”在衆多贈送毛仙翁的詩作中,除元稹本詩之外,白居易的《送毛仙翁(江州司馬時作)》寫得最好,可爲代表:“仙翁已得道,混迹尋巖泉。肌膚冰雪瑩,衣服雲霞鮮。紺髮絲並緻，齠容花共妍。方瞳點玄漆，高步凌飛烟。幾見桑海變，莫知龜鶴年。所憩九清外，所遊五嶽巔。軒昊舊爲侶，松喬難比肩。每嗟人世人，役役如狂顛。孰能脱羈鞅？盡遭名利牽。貌隨歲律换，神逐光陰遷。惟余負憂讒，憔悴湓江壖。衰鬢忽霜白，愁腸如火煎。羈旅坐多感，徘徊私自憐。晴眺五老峰，玉洞多神仙。何當憫湮厄，授道安虚孱。我師惠然来，論道窮重玄。浩蕩八溟闊，志泰心超然。形骸既無束，得喪亦都捐。豈識椿菌異？那知鵬鷃懸！丹華既相付，促景定當延。玄功曷可報？感極惟勤拳。霓旌不肯駐，又歸武夷川。語罷倏然别，孤鶴昇遥天。賦詩叙明德，永續步虚篇。”關於元稹“毛仙翁”的有關詩篇，今存《元氏長慶集》不見，據《唐詩紀事》、《全詩》卷四二三以及《全詩》刊載同期詩人諸多關於“毛仙翁”的詩篇補入拙稿，再結合元稹的行蹤，排列於此。

② 廉問：察訪查問。《史記·秦始皇本紀》：“諸生在咸陽者，吾使人廉問，或爲訞言以亂黔首。”《續資治通鑒·宋太祖開寶九年》：“遼遣五使廉問四方鰥寡孤獨及貧乏失職者，賑之。” 惠然：恩爱貌，宠爱貌。獨孤及《夏中酬于逖畢耀問病見贈》：“離别隔雲雨，惠然此相逢。把手賀疾間，舉杯欣酒濃。”耿湋《酬李文》：“貧病仍爲客，艱虞更問津。多慚惠然意，今日肯相親。” 葉法善：一名活躍於盛唐的道教高士，受到皇家的信賴與厚愛。《舊唐書·葉法善傳》：“道士葉法善，括州括蒼縣人。自曾祖三代爲道士，皆有攝養占卜之術。法善少傳符籙，尤能厭劾鬼神。顯慶中，高宗聞其名，徵詣京師，將加爵位，固辭不受。求爲道士，因留在内道場，供待甚厚。時高宗令廣徵諸方道術之士，合鍊黄白。法善上言：‘金丹難就，徒費財物，有虧政理，請覈其真僞！’帝然其言，因令法善試之，由是乃出九十餘人，因一切罷之。法善又嘗于東都凌空觀設壇醮祭，城中士女競往觀之，俄頃数十人自投火中，觀者大驚，救之而免。法善曰：‘此皆魅病，爲吾法所攝耳！’問之果然。法善悉爲禁劾，其病乃愈。法善自高宗、則天、中宗，

歷五十年，常往來名山，數召入禁中，盡禮問道。然排擠佛法，議者或譏其向背，以其術高，終莫之測。睿宗即位，稱法善有冥助之力，先天二年拜鴻臚卿，封越國公，仍依舊爲道士，止於京師之景龍觀。又贈其父爲歙州刺史，當時尊寵，莫與爲比。法善生於隋大業之丙子，死于開元之庚子，凡一百七歲。”蘇頲《封華岳神爲金天王制》：“宜封華岳神爲金天王，仍令景龍觀道士、鴻臚卿員外置、越國公葉法善備禮告祭，主者施行（先天二年八月二日）。”李邕《葉有道碑》：“孫子、景龍觀道士、鴻臚卿、越國公法善……” 吴筠：盛唐道士，深受唐玄宗信賴，與李白同時。《舊唐書・吴筠傳》：“吴筠，魯中之儒士也。少通經，善屬文，舉進士不第。性高潔，不奈流俗，乃入嵩山，依潘師正爲道士，傳正一之法，苦心鑽仰，乃盡通其術。開元中，南遊金陵，訪道茅山。久之，東遊天台。筠尤善著述，在剡與越中文士爲詩酒之會，所著歌篇，傳於京師。玄宗聞其名，遣使徵之，既至，與語甚悦，令待詔翰林。帝問以道法，對曰：‘道法之精，無如五千言，其諸枝詞蔓説，徒費紙札耳！’又問神仙修鍊之事，對曰：‘此野人之事，當以歲月功行求之，非人主之所宜適意。’每與緇黄列坐，朝臣啓奏，筠之所陳，但名教世務而已，間之以諷詠，以達其誠，玄宗深重之。天寶中，李林甫、楊國忠用事，紀綱日紊。筠知天下將亂，堅求還嵩山，累表不許，乃詔於嶽觀別立道院。禄山將亂，求還茅山，許之。既而中原大亂，江淮多盜，乃東遊會稽。嘗於天台、剡中往來，與詩人李白、孔巢父詩篇酬和，逍遥泉石，人多從之，竟終於越中。”李隆基《答吴筠進元綱論批》：“尊師迹參洞府，心契冲冥，故能詞省旨奥，義博文精，足以宏闡格言，發明幽致。”權德輿《吴尊師傳》：“吴筠字貞節，魯中儒士也。少通經，善屬文，舉進士不第。性高潔，不伍流俗，乃入嵩山依體元先生潘師正爲道士，傳正一之法，苦心鑽仰，盡通其術。” 風貌：風采容貌。張華《博物志》卷六：“初，粲與族兄凱避地荆州依劉表。表有女，表愛粲才，欲以妻之，嫌其形陋周率，乃謂曰：‘君才過人，而體貌躁，非女婿才。'凱有風貌,乃妻凱。"孫光憲《北夢瑣言》卷五:"唐大中初,盧携舉進士,風貌不揚,語亦不正。"　神仙:神話傳説中的人物,有超人的能力,可以超脱塵世,長生不老。《史記·孝武本紀》:"海上燕齊之閑,莫不搤捥而自言有禁方,能神仙矣!"梅堯臣《讀漢書梅子真傳》:"九江傳神仙,會稽隱廛閈。"

③ 弟子:稱道教、佛教的徒衆,亦爲徒衆、信徒自稱。《後漢書·皇甫嵩傳》:"钜鹿張角自稱'大賢良師',奉事黄老道,畜養弟子,跪拜首過,符水呪説以療病。"陳寡言《臨化示弟子》:"我本無形暫有形,偶來人世逐營營。輪迴債負今還畢,搔首翛然歸上清。"　圓冠方領:指儒生的裝束,方領,直衣領,亦用爲儒生的代稱。王勃《益州夫子廟碑》:"將使圓冠方領,再行鄒魯之風,鋭氣英聲,一變賨渝之俗。"李復《劉師嚴字序》:"爲師有道,其禮嚴,其道嚴,圓冠方領,攝衣危坐,望之儼然,學者擎跽罄折,拱手列侍。"　道書:道家或佛家的典籍。《後漢書·西域傳論》:"詳其清心釋累之訓,空有兼遣之宗,道書之流也。"《三國志·張魯傳》:"祖父陵,客蜀,學道鵠鳴山中,造作道書以惑百姓。"　仁義:亦作"仁誼",仁愛和正義,寬惠正直。《禮記·曲禮》:"道德仁義,非禮不成。"孔穎達疏:"仁是施恩及物,義是裁斷合宜。"韓愈《赴江陵途中寄贈王二十補闕李十一拾遺李二十六員外翰林三學士》:"生平企仁義,所學皆孔周。"　經世:治理國事。《後漢書·西羌傳論》:"貪其暫安之埶,信其馴服之情;計日用之權宜,忘經世之遠略,豈夫識微者之爲乎?"葛洪《抱朴子·審舉》:"故披《洪範》而知箕子有經世之器,覽《九術》而見范生懷治國之略。"　理國:治理國家。《管子·問》:"理國之道,地德爲首。"《後漢書·曹節傳》:"〔審忠〕上書曰:'臣聞理國得賢則安,失賢則危。故舜有五臣而天下理。'"　至仁:最大的仁德。《莊子·天運》:"曰:'請問至仁?'莊子曰:'至仁無親。'"《孔子家語·屈節解》:"躬敦厚,明親親,尚篤敬,施至仁,加懇誠,致忠信,百姓化之。"　兼愛:春秋戰國之際,墨子提倡

的一種倫理學説,他針對儒家"愛有等差"的説法,主張愛無差别等級,不分厚薄親疏。《墨子》中有《兼愛》三篇,闡述其主張。《荀子·成相》:"堯讓賢,以爲民,氾利兼愛德施均。"嵇康《與山巨源絶交書》:"仲尼兼愛,不羞執鞭。" 大智:大智慧。《荀子·天論》:"故大巧在所不爲,大智在所不慮。"《吕氏春秋·樂成》:"大智不形,大器晚成,大音希聲。" 大樂:原指古代典雅莊重的音樂,用於帝王祭祀、朝賀、燕享等典禮。《禮記·樂記》:"大樂與天地同和,大禮與天地同節。"徐幹《中論·治學》:"大樂之成非取乎一音。"本詩指共同的快樂。《二程遺書》卷二:"孟子言萬物皆備於我,須反身而誠,乃爲大樂。" 大禮:莊嚴隆重的典禮。《禮記·樂記》:"大樂與天地同和,大禮與天地同節。"《左傳·文公三年》:"君貺之以大禮,何樂如之!" 上德:至德,盛德。《老子》:"上德不德,是以有德;下德不失德,是以無德。"《韓非子·解老》:"德盛之謂上德。" 大道:正道,常理,指最高的治世原則,包括倫理綱常等。《禮記·禮運》:"孔子曰:'大道之行也,與三代之英,丘未之逮也,而有志焉!'"《漢書·司馬遷傳贊》:"又其是非頗繆於聖人,論大道則先黄老而後六經。" 華胥:《列子·黄帝》:"〔黄帝〕晝寢,而夢遊於華胥氏之國。華胥氏之國在弇州之西,台州之北,不知斯齊國幾千萬里。蓋非舟車足力之所及,神遊而已。其國無帥長,自然而已;其民無嗜欲,自然而已……黄帝既寤,怡然自得。"後用以指理想的安樂和平之境,或作夢境的代稱。王安石《書定林院窗》:"竹鷄呼我出華胥,起滅篝燈擁燎爐。" 終北:神話中的國名。《列子·湯問》:"禹之治水土也,迷而失塗,謬之一國,濱北海之北,不知距齊州幾千萬里,其國名曰終北。" 熙熙:和樂貌。《漢書·禮樂志》:"衆庶熙熙,施及夭胎;群生啿啿,唯春之祺。"顔師古注:"熙熙,和樂貌也。"韋應物《往富平傷懷》:"出門無所憂,返室亦熙熙。"

④ 徐市:即"徐福"。《史記·秦始皇本紀》:"(二十八年)齊人徐市等上書,言:'海中有三神山,名曰蓬萊、方丈、瀛洲,仙人居之。請

得齋戒,與童男女求之。'於是遣徐市發童男女數千人,入海求仙人。"梁玉繩《史記志疑》卷三四:"徐市又作福者,'市'與'芾'同,即'韍'字,語轉又爲'福',非徐有兩名。"《史記·淮南衡山列傳》:"又使徐福入海求神異物。"李白《古風》三:"徐市載秦女,樓船幾時迴?但見三泉下,金棺葬寒灰。"　文成:事見《史記·孝武本紀》:"齊人少翁以鬼神方見上。上有所幸王夫人,夫人卒,少翁以方術蓋夜致王夫人及竈鬼之貌云,天子自帷中望見焉!於是乃拜少翁爲文成將軍,賞賜甚多,以客禮禮之。文成言曰:'上即欲與神通,宫室被服不象神,神物不至。'乃作畫雲氣車,及各以勝日駕車辟惡鬼。又作甘泉宫,中爲臺室,畫天、地、泰一諸神,而置祭具以致天神。居歲餘,其方益衰,神不至。乃爲帛書以飯牛,詳弗知也,言此牛腹中有奇,殺而視之,得書,書言甚怪,天子疑之。有識其手書,問之人,果僞書,於是誅文成將軍而隱之。"　方士:方術之士,古代自稱能訪仙煉丹以求長生不老的人。《史記·封禪書》:"騶衍以陰陽主運顯於諸侯,而燕齊海上之方士傳其術不能通。"李端《贈道者》:"窗中忽有鶴飛聲,方士因知道欲成。"　誕妄:荒誕虚妄。裴鉶《傳奇·蕭曠》:"無信造作,皆梁朝四公誕妄之詞爾!"司馬光《友人楚孟德過余縱言及神仙余謂之無孟德謂之有伊人也非誕妄者蓋有以知之矣然余俗士終疑之故作遊仙曲五章以佐戲笑云》:"神仙謂無還似有,秦漢可憐空白首。會須一躡青雲梯,與子同袪千古疑。"　崆山:即崆峒山,在今甘肅平凉市西,相傳是黄帝問道於廣成子之所,也稱空同、空桐、崆山。《莊子·在宥》:"黄帝立爲天子,十九年,令行天下,聞廣成子在於空同之上,故往見之。"《史記·五帝本紀》:"〔黄帝〕西至於空桐,登鷄頭。"後亦以指仙山。曹唐《仙都即景》:"旌節暗迎歸碧落,笙歌遥聽隔崆峒。"沈遘《真宗皇帝忌日醮文》:"真宗皇帝伏願登御崆峒,從遊汗漫,錫羡上靈之福,延洪後嗣之休。"一説黄帝問道於廣成子之山在今河南臨汝縣西南。舒元輿《橋山懷古》:"襄城迷路問童子,帝鄉歸去無人留。崆峒求道失遺迹，荆山鑄鼎餘荒丘。” 汾水凝神：典見《莊子・逍遥遊》：“堯治天下之民，平海内之政，往見四子藐姑射之山、汾水之陽，窅然喪其天下焉！”藐姑射山，神話中的山名。《莊子・逍遥遊》：“藐姑射之山有神人居焉！肌膚若冰雪，綽約若處子。不食五穀，吸風飲露，乘雲氣，御飛龍而遊乎四海之外。其神凝使物不疵癘而年穀熟，吾以是狂而不信也。”或以爲即古之石孔山，在今山西省臨汾市西。 縱心：縱任心意。張衡《歸田賦》：“苟縱心於物外，安知榮辱之所如？”陶潛《庚子歲五月中從都還阻風于規林二首》二：“當年詎有幾？縱心復何疑？” 傲世：謂輕視世人。《三國志・崔琰傳》：“有白琰此書傲世怨謗者，太祖……於是罰琰爲徒隸。”成公綏《嘯賦》：“逸群公子，體奇好異，傲世忘榮，絶棄人事。” 邈然：高遠貌。陶潛《詠貧士七首》四：“袁安困積雪，邈然不可干。”王琰《冥祥記》：“蔭卧林薄，邈然自怡。” 外物：身外之物，多指利欲功名之類。沈約《述僧中食論》：“心神所以昏惑，由於外物擾之。擾之大者其事有三：一則勢利榮名，二則妖妍靡曼，三則甘旨肥濃。”高適《同群公宿開善寺贈陳十六所居》：“談空忘外物，持誡破諸邪。” 王侯：謂天子與諸侯，後多指王爵與侯爵，或泛指顯貴者。《史記・陳涉世家》：“王侯將相寧有種乎？”杜甫《秋興八首》四：“王侯第宅皆新主，文武衣冠異昔時。” 師友：老師和朋友，亦泛指可以請益的人。《後漢書・李膺傳》：“膺性簡亢，無所交接，惟以同郡荀淑、陳寔爲師友。”葛洪《抱朴子・外篇自叙》：“貧乏無以遠尋師友，孤陋寡聞。” 莠：田間常見雜草，生禾粟下，似禾非禾，秀而不實，因其穗形像狗尾，故俗名狗尾草。《書・仲虺之誥》：“若苗之有莠，若粟之有秕。”《孟子・盡心》：“惡似而非者，惡莠恐其亂苗也。”趙岐注：“莠之莖葉似苗。” 嘉穀：古以粟（小米）爲嘉穀，後爲五穀的總稱。《書・吕刑》：“稷降播種，農殖嘉穀。”葛洪《抱朴子・博喻》：“嘉穀不耘，則荑莠彌漫。” 誕：指言論虚妄誇誕，説大話。《荀子・哀公》：“健，貪也；詌，亂也；口啍，誕也。”王先謙集解引郝懿行曰：“誕者誇大。"《史記·扁鵲倉公列傳》:"'聞太子不幸而死,臣能生之。'中庶子曰:'先生得無誕之乎?何以言太子可生也!'" 大教:重要的教導和訓戒。《禮記·樂記》:"五者,天下之大教也。"顔延之《皇太子釋奠會作》:"肆意芳訊,大教克明。"

⑤ 仙翁:稱男性神仙,仙人。崔曙《九日登望仙臺呈劉明府》:"關門令尹誰能識?河上仙翁去不回。"何薳《春渚紀聞·鄭魁銘研詩》:"仙翁種玉芝,耕得紫玻璃。" 真風:淳樸的風俗,亦指淳樸的風範。《顔氏家訓·名實》:"勸一柳下惠,而千萬人立真風矣!"鮑溶《題吴徵君岩居》:"堯澤潤天下,許由心不知。真風存綿緜,常與達者期。" 遺骨:猶遺骸。劉向《列仙傳·甯封子》:"鑠質洪鑪,暢氣五烟,遺骨灰燼,寄墳寧山。"宗炳《明佛論》:"見有光明,鑿求得佛遺骨於石函銀匣之中,光曜殊常。" 玄:《老子》書中稱"道"爲"玄之又玄",後因以指道家學説。《文選·孔稚珪〈北山移文〉》:"世有周子,雋俗之士,既文且博,亦玄亦史。"張銑注:"玄,謂老莊之道也。"《梁書·武帝紀》:"少而篤學,洞達儒玄。" 格:品格,格調。《文心雕龍·議對》:"亦各有美,風格存焉!"賈島《送賀蘭上人》:"無師禪自解,有格句堪誇。" 高情:高隱超然物外之情。孫綽《游天台山賦》:"釋域中之常戀,暢超然之高情。"方干《許員外新陽别業》:"莫恣高情求逸思,須防急詔用長材。" 冥鴻:揚雄《法言·問明》:"鴻飛冥冥,弋人何篡焉?"李軌注:"君子潛神重玄之域,世網不能制禦之。"後因以"冥鴻"喻避世隱居之士。陸龜蒙《和寄題羅浮軒轅先生所居》:"暫應青詞爲冗鳳,却思丹徼伴冥鴻。" 孤鶴:比喻孤特高潔之人。皇甫曾《秋夕寄懷契上人》:"已見槿花朝委露,獨悲孤鶴在人群。"王禹偁《酬種放徵君一百韵》:"王績婦未娶,介潔翹孤鶴。" 方喻:比喻,比擬。李商隱《詠懷寄秘閣舊僚二十六韵》:"橐籥言方喻,樗蒱齒詎知!"謝觀《誤筆成蠅賦》:"迷邂逅之所致,載揮拂而方喻。將特模於手成,了莫知其筆誤。" 儔:輩,同類。王符《潛夫論·忠貴》:"此等

之儔，雖見貴於時君，然上不順天心，下不得民意。"袁宏《後漢紀·靈帝紀》："吾見士多矣！未有如郭林宗者也。其聰識、通朗、高雅、密博，今之華夏鮮見其儔。"伴侶。曹植《洛神賦》："爾迺衆靈雜遝，命儔嘯侶，或戲清流，或翔神渚。"韓愈《送窮文》："子飯一盂，子啜一觴，携朋挈儔，去故就新。"

⑥ 一言：一句話，一番話。《左傳·僖公二十八年》："楚一言而定三國，我一言而亡之。"魏徵《述懷》："季布無二諾，侯嬴重一言。" 道合：志趣相同，氣味相投。《北史·高熲傳》："帝勞之曰：'公伐陳後，人云公反，朕已斬之。君臣道合，非青蠅所間也。'"王安石《送章宏》："道合由來不易謀，豈無和氏識荆璆？" 山亭：建築在山間的亭子。王勃《山亭夜宴》："桂宇幽襟積，山亭涼夜永。森沈野徑寒，肅穆巖扉靜。"徐晶《蔡起居山亭》："文史歸休日，栖閑卧草亭。薔薇一架紫，石竹數重青。"這裏應該指越州府城附近的亭閣。 栖：居住，停留。《史記·蘇秦列傳》："越王句踐栖於會稽。"陶潛《丙辰歲八月中于下潠田舍穫》："遥謝荷蓧翁，聊得從君栖。" 天台：山名。李白《夢遊天姥吟留别》："天台四萬八千丈，對此欲倒東南傾。"竇庠《贈道芬上人（善畫松石）》："雲濕烟封不可闚，畫時唯有鬼神知。幾回逢著天台客，認得巖西最老枝。" 入相：入朝爲宰相。《史記·曹相國世家》："蕭何卒，參聞之，告舍人趣治行：'吾將入相。'"崔顥《江畔老人愁》："兩朝出將復入相，五世疊鼓乘朱輪。" 安山里：據本詩文意，應該是地名，但不見史書及其他文獻記載。《唐詩紀事》作"安仁里"，這是毛仙翁虚晃一槍的假設地名，疑是。《舊唐書·張茂昭傳》："順宗聽政，加中書門下平章事……又錫安仁里第，亦固讓不受。"《舊唐書·杜式方傳》："時父作鎮揚州，家財鉅萬。甲第在安仁里，杜城有别墅，亭館林池，爲城南之最。""安山里"或者"安仁里"之誤。權德輿《唐故義武軍節度支度營田易定等州觀察處置等使檢校司空同中書門下平章事贈太傅上谷郡王張公夫人鄧國夫人谷氏神道碑銘》："十二年二月丁卯，以疾終

於萬年縣安仁里私第,年四十九。"杜牧《自撰墓銘》:"復自視其形,視流而疾,鼻折山根,年五十,斯壽矣! 某月某日,終於安仁里。" 約:以語言或文字訂立共同應遵守的條件。《漢書·高帝紀》:"初,懷王與諸將約,先入定關中者王之。"陳師道《春懷示鄰里》:"屢失南鄰春事約,只今容有未開花。" 雲駕:傳説中仙人的車駕,因以雲爲車,故稱。陶潛、愔之《聯句》:"遠招王子喬,雲駕庶可飭。"《宋史·樂志》:"導引雲駕歸琳館,恭肅奉高真。" 志:記住,記載。《國語·魯語》:"仲尼聞之曰:'弟子志之,季氏之婦不淫矣!'"韋昭注:"志,識也。"韓愈《王公神道碑銘》:"維德維績,志於斯石,日遠彌高。"

⑦ 仙駕:仙人的車駕。陳叔寶《七夕宴重詠牛女各爲五韵詩》:"明月照高臺,仙駕忽徘徊。"項斯《病鶴》:"縱使他年引仙駕,主人恩在亦應歸。" 蓬島:即蓬萊山,古代傳説中的神山名,亦常泛指仙境。《史記·封禪書》:"自威、宣、燕昭使人入海求蓬萊、方丈、瀛洲,此三神山者,其傅在勃海中。"李白《古風》四八:"但求蓬島藥,豈思農鳫春?" 相逢:彼此遇見,會見。張衡《西京賦》:"跳丸劍之揮霍,走索上而相逢。"韓愈《答張徹》:"及去事戎轡,相逢宴軍伶。"這裏指元稹與毛仙翁在越州的三天會見。 天台:即"天台山",在浙江天台縣北,山勢從東北向西南延伸,由赤城、瀑布、佛隴、香爐、華頂、桐柏諸山組成,主峰華頂海拔一一三三米,多懸崖、峭壁、飛瀑等名勝,爲甬江、曹娥江和靈江的分水嶺。道教曾以天台爲南嶽衡山之佐理,佛教天台宗亦發源於此。相傳漢代劉晨、阮肇入此山采藥遇仙。陶弘景《真誥》:"〔山〕當斗牛之分,上應台宿,故名天台。"支遁《天台山銘序》:"剡縣東南有天台山。"

⑧ 希微:《老子》:"聽之不聞名曰希,搏之不得名曰微。"河上公注:"無聲曰希,無形曰微。"後因以"希微"指空寂玄妙或虛無微茫。陸雲《榮啓期贊》:"泝懷玄妙之門,求意希微之域。"杜光庭《胡常侍修黄籙齋詞》:"臣聞妙本希微,至真虛寂,運神功而化育,陶品物以生

成。” 沆瀣：夜間的水氣，露水，舊謂仙人所飲。《楚辭·遠遊》：“餐六氣而飲沆瀣兮，漱正陽而含朝霞。”王逸注：“《淩陽子明經》言：春食朝霞……冬飲沆瀣。沆瀣者，北方夜半氣也。”《文選·嵇康〈琴賦〉》：“餐沆瀣兮帶朝霞。”張銑注：“沆瀣，清露也。”

⑨ 臨風：迎風，當風。杜甫《與嚴二郎奉禮别》：“出涕同斜日，臨風看去塵。”范仲淹《岳陽樓記》：“登斯樓也，則有心曠神怡，寵辱皆忘，把酒臨風，其喜洋洋者矣！” 羽衛：帝王的衛隊和儀仗。薛存誠《東都父老望幸》：“鸞輿秦地久，羽衛洛陽空。”《舊唐書·趙隱傳》：“德宗幸奉天，時倉卒變起，羽衛不集。”這裏借指皇上賜予元稹的“雙旌”。 他年：猶言將來，以後。《左傳·成公十三年》：“曹人使公子負芻守……負芻殺其大子而自立也，諸侯乃請討之。晉人以其役之勞，請俟他年。”杜牧《寄題甘露寺北軒》：“他年會著荷衣去，不向山僧道姓名。” 嘉：吉慶。《漢書·禮樂志》：“休嘉砰隱溢四方。”顔師古注：“嘉，慶也。”沈約《湘州枳園寺刹下石記》：“蓋木運將啓之令辰，上帝步天之嘉日。” 約：邀結，邀請。《孟子·告子》：“我能爲君約與國，戰必克。”《戰國策·秦策》：“趙固負其衆，故先使蘇秦以幣帛約乎諸侯。” 鹽梅：鹽和梅子，鹽味咸，梅味酸，均爲調味所需，亦喻指國家所需的賢才。《書·説命》：“若作和羹，爾惟鹽梅。”孔傳：“鹽鹹梅醋，羹須鹹醋以和之。”《梁書·庾詵傳》：“勒州縣時加敦遣，庶能屈志，方冀鹽梅。”

⑩ 揮手：揮動手臂，表示告别。劉琨《扶風歌》：“揮手長相謝，哽咽不能言。”張耒《離黄州》：“扁舟發孤城，揮手謝送者。” 迢遙：遠貌。顔延之《秋胡詩》：“迢遙行人遠，婉轉年運徂。”張説《灉湖山寺》：“空山寂歷道心生，虚谷迢遥野鳥聲。禪室從來塵外賞，香臺豈是世中情？” 目斷：猶望斷，一直望到看不見。丘爲《登潤州城》：“鄉山何處是？目斷廣陵西。”晏殊《訴衷情》：“憑高目斷，鴻雁來時，無限思量。” 霓旌：相傳仙人以雲霞爲旗幟。《楚辭·劉向〈九歎·遠逝〉》：“舉霓旌之墆翳兮，

建黄纁之總旄。”王逸注:“揚赤霓以爲旄。”韋莊《喜遷鶯》:“香滿衣,雲滿路,鸞鳳繞身飛舞。霓旌絳節一群群,引見玉華君。”

[編年]

《年譜》認爲本詩序以及本詩是僞造,理由是:“元稹於長慶二年爲宰相,三年爲浙東觀察使。僞造者誤以爲元稹‘廉問浙東’在前,‘入相’在後。”并斷然認爲:“《全唐詩》卷四二三載元稹《贈毛仙翁(并序)》,是僞作,應削。”未免武斷。《編年箋注》認爲:“當元稹‘廉問浙東’之日,同樣可以祝其再度‘入相’,期以‘入相之年,相候于安山里’。”雖然没有列舉證據,這種見解應該是可取的,但可惜《編年箋注》并没有沿著這條思路繼續前行,接著又認爲:“《佩文韵府》卷一〇《十灰·杯》引‘一言’一聯,作殷文圭詩;卷九八《九屑·訣》引‘一言’句,作李商隱詩,則此詩作者頗爲可疑。兹存元稹集中,以供研討。”其實,李商隱雖然與元稹一樣都是著名詩人,但李商隱他又與殷文圭一樣,都是當時的“掌書記”、“侍御史”、“判官”、“左千牛衛將軍”之類的中下層官員,與“入相”之事根本扯不上邊,《編年箋注》的“可疑”完全是多餘的。《年譜新編》編年本詩於“癸卯至己酉在越州所作其他詩”欄内,理由是:“序云:‘余廉問浙東歲,毛仙翁惠然來顧……余因得執弟子之禮,師其道焉……一言道合,止于山亭三日,而南栖天台,謂余曰:“入相之年,相候于安仁里。”余拜而言曰:“果如仙約,燃香拂榻,以俟雲駕焉!”抒詩一章,以爲他日之志也。’元稹長慶二年拜相,同年出刺同州,三年觀察浙東,序作者竟誤以爲元稹觀察浙東在前,拜相在後,故此序并詩俱係僞造。”

我們以爲,本詩及序均應該出於元稹之手,《年譜》、《年譜新編》對“入相”的理解是片面的,不確切的。所謂“入相”,就是入朝爲宰相,而不一定是初次“入朝爲宰相”,一次“入相”之後,還可以有第二次“入相”。韓愈《次潼關上都統相公(韓弘也)》:“暫辭堂印執兵權,盡管諸軍破賊年。冠盖相望催入相,待將功德格皇天。”詩中的“堂印”就是宰相居政事堂所用的官印。王建《送裴相公上太原》:“還携堂印向并州,將相兼權是武侯。”就是明證。韓弘“暫辭堂印”之後,如果再次回朝拜職宰相,仍然應該稱“入相”,“冠盖相望催入相”就是這種情景的描述。李商隱《今月二日不自量度輒以詩一首四十韵干瀆尊嚴伏蒙仁恩俯賜披覽奬踰其實情溢於辭顧惟疏蕪曷用酬戴輒復五言四十韵詩獻上亦詩人詠嘆不足之義也》“感激淮山館,優游碣石宫。待公三入相,丕祚始無窮”表明:“入相”不僅可以一而再,而且可以再而三。

而元稹長慶二年被冤屈罷相之後,他一直盼望能够明雪冤屈,再回京城,再任宰相。其《同州刺史謝上表》:“臣自離京國,目斷魂銷。每至五更朝謁之時,臣實制泪不得。若餘生未死,他時萬一歸還,不敢更望得見天顔,但得再聞天城鐘鼓之音,臣雖黄土覆面,無恨九原。”其《以州宅夸於樂天》:“我是玉皇香案吏,謫居猶得住蓬萊。”其《鄂州寓館嚴澗宅》:“鳳有高梧鶴有松,偶來江外寄行踪。”以及《舊唐書·元稹傳》記載:“三年九月入爲尚書左丞,振舉紀綱,出郎官頗乖公議者七人。”都是這種心態的真實流露。除了元稹自己,他的妻子裴淑也是這種心態,元稹從同州移任浙東,裴淑的失望情緒流露於言語之間,元稹有《初除浙東妻有阻色因以四韵曉之》相勸相慰:“嫁時五月歸巴地,今日雙旌上越州。興慶首行千命婦,會稽旁帶六諸侯。海樓翡翠閑相逐,鏡水鴛鴦暖共游。我有主恩羞未報,君於此外更何求?”元稹從浙東奉詔回京,裴淑又以爲元稹這一次能够明冤復職,不想又被排擠出京,前往武昌,裴淑有詩《答外》發泄怨望云:“侯門初擁節,御苑柳絲新。不是悲殊命,惟愁别近親。黄鶯遷古木,珠履徙清塵。想到千山外,滄江正暮春。”又是元稹賦詩加以安慰,其《贈柔之》:“窮冬到鄉國,正歲别京華。自恨風塵眼,常看遠地花。碧幢還照曜,紅粉莫咨嗟!嫁得浮雲婿,相隨即是家。”毛仙翁就是把準了元稹希望再度“入相”的脈搏,送了一個也許能够實現也許根本無法實現的空口人情給元稹，讓元稹確確實實高興了一陣也期盼了許多年頭，直到詩人突然謝世之日。

那末本詩究竟應該作於何時？本詩序其實已經作了清楚的表述："余廉問浙東歲，毛仙翁惠然來顧。"亦即本詩應該作於長慶三年"十月半"之後元稹履任越州之時，具體時間似乎應該在十一月十二月間，地點在越州。而越州正是毛仙翁活動最爲頻繁的地區，毛仙翁當年曾經與"葉法善"、"吴筠"一起"遊會稽"就是明證。《年譜》、《年譜新編》斷定元稹《贈毛仙翁》是僞作，《贈毛仙翁》"應削"的意見不可接受。而《編年箋注》"則此詩作者頗爲可疑。兹存元稹集中，以供研討"的意見同樣不可取。不知《年譜》、《年譜新編》、《編年箋注》的著者又如何解釋唐代李益、柳公綽、楊於陵、令狐楚、劉禹錫、鄭澣、李程、李翱、王起、楊嗣復、張仲方、沈傳師、李宗閔、李紳、崔鄆、崔元略、張爲等二十多位詩人相贈"毛仙翁"的諸多詩作？難道衆多詩篇也出於僞造不成？

■ 酬崔湖州喜與杭越鄰郡因成長句相賀見寄(一)①

據白居易《得湖州崔十八使君書喜與杭越鄰郡因成長句代賀兼寄微之》

[校記]

（一）酬崔湖州喜與杭越鄰郡因成長句相賀見寄：元稹本佚失詩所據白居易《得湖州崔十八使君書喜與杭越鄰郡因成長句代賀兼寄微之》，見《白氏長慶集》、《白香山詩集》、《會稽掇英總集》、《唐宋詩醇》、《全詩》、《浙江通志》，未見異文。

[箋注]

① 酬崔湖州喜與杭越鄰郡因成長句相賀見寄：白居易《得湖州崔十八使君書喜與杭越鄰郡因成長句代賀兼寄微之》："三郡何因此結緣？貞元科第忝同年。故情歡喜開書後，舊事思量在眼前。越國封疆吞碧海，杭城樓閣入青烟。吴興卑小君應屈，爲是蓬萊最後仙（貞元初同登科，崔君名最在後。當時崔自詠云：'人間不會雲間事，應笑蓬萊最後仙。'）"崔玄亮的詩篇，既是寄給白居易的，更是寄給已經履任浙東的元稹的，元稹没有理由不回酬崔玄亮的相賀，但元稹回酬之篇未见，應該已經佚失，據補。當然，崔玄亮的原唱也已經佚失。崔湖州：即崔玄亮，排行十八，元稹白居易吏部乙科的另外六位同年之一，時在湖州刺史任。《吴興志》："崔玄亮：長慶三年十一月二十二日自刑部尚書拜，遷秘書少監，分司東都。"筆者按：據元稹《孤山永福寺石壁法華經記》所述，崔玄亮"刑部尚書"之職，應該是"刑部郎中"之誤。白居易《夜泛陽塢入明月灣即事寄崔湖州》："湖山處處好淹留，最愛東灣北塢頭。掩映橘林千點火，泓澄潭水一盆油。"白居易《夜聞賈常州崔湖州茶山境會想羡歡宴因寄此詩》："遥聞境會茶山夜，珠翠歌鐘俱遶身。盤下中分兩州界，燈前合作一家春。" 湖州：州郡名，州治烏程，即今浙江吴興，《元和郡縣志》："管縣五：烏程、長城、安吉、武康、德清。"李白《答湖州迦葉司馬問白是何人》："青蓮居士謫仙人，酒肆藏名三十春。湖州司馬何須問，金粟如來是後身。"李嘉祐《送弘志上人歸湖州》："山林唯幽静，行住不妨禪。高月穿松徑，殘陽過水田。" 長句：指七言古詩，後兼指七言律詩。杜甫《蘇端薛復筵簡薛華醉歌》："近來海内爲長句，汝與山東李白好。"黄庭堅《贈高子勉四首》二："張侯海内長句，晁子廟中雅歌。高郎少加筆力，我知三傑同科。"

[編年]

未見《元稹集》採録，也未見《年譜》、《編年箋注》、《年譜新編》採録與編年。

根據白居易《得湖州崔十八使君書喜與杭越鄰郡因成長句代賀兼寄微之》詩題及詩文内容，參考《吴興志》所述崔玄亮赴任湖州的日期，崔玄亮的原唱應該在長慶三年十一月二十二日崔玄亮赴任湖州之後，白居易所和詩篇應該更在其後，元稹本佚失詩篇也應該賦成於長慶三年十一月二十二日以及白居易和篇之後。時間應該在長慶三年十二月之時，元稹當時是浙東觀察使、越州刺史。

◎ 戲贈樂天復言(此後三篇同韵)[(一)①]

樂事難逢歲易徂，白頭光景莫令孤[(二)②]。弄濤船更曾觀否[(三)]？望市(望市樓，蘇之勝地也)樓還有會無[(四)③]？眼力少將尋案牘，心情且强擲梟盧[④]。孫園虎寺隨宜看，不必遥遥羨鏡湖[⑤]。

録自《元氏長慶集》卷二二

[校記]

(一) 戲贈樂天復言(此後三篇同韵)：《全詩》同，楊本、叢刊本作"戲贈樂天復言"，無注文，《會稽掇英總集》作"戲樂天復言(望市樓，蘇之勝地)"，體例不同，不改。

(二) 白頭光景莫令孤：楊本、叢刊本、《全詩》同，《會稽掇英總集》作"白頭光景莫全孤"，語義不通，不從不改。

(三) 弄濤船更曾觀否：楊本、叢刊本、《全詩》同，《會稽掇英總集》作"弄潮船更曾觀否"，"弄濤"與"弄潮"語義相類，不改。

（四）望市(望市樓,蘇之勝地也)樓還有會無:楊本、叢刊本、《全詩》同,《會稽掇英總集》作"望市樓還有會無",注文移植題下,體例不同,不改。

[箋注]

① 戲贈樂天復言:白居易有《酬微之誇鏡湖》詩酬和:"我嗟身老歲方徂,君更官高興轉孤。軍門郡合曾閑否? 禹穴耶溪得到無? 酒盞省陪波卷白,骰盤思共彩呼盧。一泓鏡水誰能羨? 自有胸中萬頃湖(微之詩云'孫園虎寺隨宜看,不必遙遙羨鏡湖',故以此戲言答之)。"李諒有無酬和,由於李諒詩篇的大量散失,今天已經不得而知。

② 樂事:歡樂的事。謝靈運《擬魏太子鄴中集詩序》:"天下良辰、美景、賞心、樂事,四者難並。"白居易《和微之春日投簡陽明洞天五十韵》:"醉鄉雖咫尺,樂事亦須臾。" 逢:遇到,遇見。《詩·王風·兔爰》:"我生之初,尚無爲。我生之後,逢此百罹。"揚雄《羽獵賦》:"逢之則碎,近之則破。" 歲:光陰,年月。《論語·陽貨》:"日月逝矣! 歲不我與。"《楚辭·九辯》:"歲忽忽而遒盡兮,老冉冉而愈弛。" 徂:這裹作消逝解。元稹《重酬樂天》:"紅塵擾擾日西徂,我興雲心兩共孤。"孫逖《立秋日題安昌寺北山亭》:"徂暑迎秋薄,凉風是日飄。" 白頭:猶白髮,形容年老。顧況《越中席上看弄老人》:"不到山陰十二春,鏡中相見白頭新。此生不復爲年少,今日從他弄老人。"耿湋《尋覺公因寄李二端司空十四曙》:"少年嘗昧道,無事日悠悠。及至悟生死,尋僧已白頭。" 光景:光陰,時光。沈約《休沐寄懷》:"來往既云倦,光景爲誰留?"李白《相逢行》:"光景不待人,須臾成髮絲。"猶言日子,指生命或生活。馮贄《雲仙雜記·掃露明軒》:"王施避巢寇,入天台山,主人賀理,給以牛粥。施謝曰:'公乃命司,延我光景,當爲掃露明軒,永爲下吏。'" 孤:孤立,單獨。曹冏《六代論》:"枝繁者蔭根,條落者木孤。"王安石《送王詹叔利州路運判》:"人才自

古常難得,時論如君豈久孤?”

③ 弄濤:猶弄潮。白居易《重題别東樓》:“海仙樓塔晴方出,江女笙簫夜始吹。春雨星攢尋蟹火,秋風霞颭弄濤旗(餘杭風俗:每寒食,雨後夜凉,家家持燭尋蟹,動盈萬人。每歲八月,迎濤弄水者,悉舉旗幟焉)。”王應麟《通鑑地理通釋・浙江》:“江濤,每日晝夜再上,常以月十日、二十五日最小,三日、十八日極大。小則水漸漲,不過數尺;大則濤湧,高至數丈。每年八月十八日,數百里士女共觀舟人漁子泝濤觸浪,謂之弄濤。”　否:語末助詞,表詢問。葛洪《抱朴子・吴失》:“孔墨之道,昔曾不行;孟軻揚雄,亦居困否?”韓愈《與孟尚書書》:“籍、湜輩雖屢指教,不知果能不叛去否?”　望市樓:詩篇原注:“望市樓,蘇之勝地也。”但後來已經無從考證,《吴都文粹續集・齊雲樓記》記載頗詳,可備一説:“齊雲樓,即飛雲樓也,在子城州治後。今城樓三面爲譙,樓西爲觀風,又名望市、齊雲,直子城北,豈摘古人西北高樓之詩以名之歟?先是韋應物詩稱郡閣,白樂天始改號齊雲,其後夢得述郡齋、碧池、華閣之勝,是知今之池,自唐則固其所矣!當元和間,樂天以詩人領郡,登臨宴詠,落紙争傳,又知當時民俗之淳簡,而兹樓爲中吴之傑觀矣!世多傳郡廨,即吴故墟,綴文者襲用春申黄堂事,《績志》因之。然《吴越春秋》稱子城十里,唐陸廣微《吴記》乃八里,不同若是。貞觀間歐陽率更載《虞氏記》:闔閭小城有樓,至秦時宫焚而樓存,不知虞氏其地何所指耶?按樂天賦東城桂,謂古都在蘇東地,已廢而爲樵刈之場,是樂天已不詳爲吴之故宫矣!蓋世事綿邈,文獻不足,雖則陵谷之變遷,不可得而識者多矣!獨宫室也乎哉?今故城舊址,其傳疑而齊雲得名,近則因樂天之詩而有証,愚然後知斯文之可以行遠而不可已也!夫人處乎郛郭之中,而日接乎囂埃之隘,則雖遊化人之城而不能以自知。今登斯樓而俯眺,則帶山縈澤,所謂十萬家之夥,朱甍碧瓦,菀乎參差若鱗次,而鋪陳之者亦足以見吴郡之大與!夫中興百年,涵養休息之澤矣!樓再建又幾年?嘉定

六年，太守陳公大飭材，命扶傾易蠹，以還輪桷之舊。夫不待其圮且廢而葺之役，不煩而利遠，是孟子所謂事半而功倍也。公之智於是達乎爲政矣！可不書乎？凡爲屋，中五楹，兩旁三楹，翼以修廊皆繕而新之，其高廣則仍其舊，故不記。公名芾，字明可，四明人，今爲度支郎，其材通博强敏，爲郡一年，民歌舞之。五月，州民周南老記。”其中“當元和間，樂天以詩人領郡”云云，表述時間有誤，應該是“寶曆”。無：副詞，用於句末，表示疑問，相當於“否”。楊巨源《寄江州白司馬》：“江州司馬平安否？惠遠東林住得無？湓浦曾聞似衣帶，廬峰見説勝香爐。”元稹《寄劉頗二首》一：“平生嗜酒顛狂甚，不許諸公占丈夫。唯愛劉君一片膽，近來還敢似人無？”

④ 眼力：視力。姚合《武功縣居》：“簿書銷眼力，杯酒耗心神。”陸游《登塔》：“眼力老未減，足疾新有瘳。” 案牘：官府文書。謝朓《落日悵望》：“情嗜幸非多，案牘偏爲寡。”吴曾《能改齋漫録·事始一》：“以江西民喜訟，多竊去案牘，而州縣不能制，湛爲立千丈架閣。”心情：心神，情緒。《隋書·恭帝紀》：“憫予小子，奄逮丕愆，哀號承感，心情糜潰。”史達祖《玉樓春·梨花》：“玉容寂寞誰爲主？寒食心情愁幾許？”興致，情趣。元稹《酬樂天歎窮愁》：“老去心情隨日減，遠來書信隔年聞。”陸游《春晚書懷》二：“老向軒裳增力量，病於風月減心情。” 梟盧：是古代博戲的兩種勝彩名：幺爲梟最勝，六爲盧次之。杜甫《今夕行》：“馮陵大叫呼五白，袒跣不肯成梟盧。”李賀《示弟》：“病骨猶能在，人間底事無？何須問牛馬，拋擲任梟盧。”即描寫了其中的情景。

⑤ 孫園：是唐時蘇州著名的園林，宋代吴泳《鶴林集》有《柳梢青·孫園賞牡丹》：“元九不回，胡三不問，花説與誰？賴得東皇，調停春住，句管花飛。　　庭前密打紅圍。想孫子、兵來出奇。似恁丰神，誰人剛道，色比明妃？”但孫園至明清時已經不知所在。明人王鏊所撰《姑蘇志·園池》：“孫園今不知所在（元微之寄樂天詩：‘孫園虎

寺隨宜看,不必遙遙羨鏡湖。')" 虎寺:即蘇州著名的虎丘寺。《方輿勝覽·平江府》:"虎丘寺在城西北九里,晉司徒王珣及弟瑨捨宅爲寺。白居易詩:'香刹看非遠,祇園入始深。龍蟠松矯矯,玉立竹森森。怪石千僧坐,靈池一劍沉。海當亭兩面,山在寺中心。酒熟憑花勸,詩成倩鳥吟。寄言軒冕客,此地好抽簪。'又《夜遊詩》:'不厭西丘寺,閑來即一過。舟舡轉雲島,樓閣出烟蘿。摇曳雙紅旆,娉婷十翠娥。香花助羅綺,鐘梵雜笙歌。領郡時將久,遊山數幾何。一年十二度,非少亦非多。'蘇子瞻《虎丘寺》詩:'入門無平田,石路細穿嶺。陰風生澗壑,古木翳潭井。湛盧誰復見?秋水光耿耿。鐵花秀巖壁,殺氣噤蛙黽。幽幽生公堂,左右立頑獷。當年或未信,異類服精猛。胡爲百歲後,仙鬼互馳騁?窈然留清詩,讀者爲悲哽。東軒有佳致,雲水麗千頃。熙熙覽生物,春意頗凄冷。我來屬無事,暖日相與永。喜鵲翻初旦,愁鳶蹲落景。坐見漁樵還,新月溪上影。悟彼良自嗤,歸田行可請。'李德裕《追和太師顔公同清遠道士遊虎丘寺》:'茂苑有靈峰,嗟予未遊觀。藏山半平陸,壞谷多高岸。岡繞數仞墻,巖潛千丈榦。乃知造化意,回斡資奇玩。鏐騰昔虎踞,劍没嘗龍焕。潭黛入海底,崟岑聳霄漢。層巒未升日,哀狖寧知旦。緑篠夏凝陰,碧林秋不换。冥搜既窈窕,回望何蕭散!川晴嵐氣收,江春雜英亂。逸人綴沂藻,前哲留篇翰。共扣哀玉音,皆舒文綉段。難追彦回賞,徒起興公嘆。一夕如再升,含毫星斗爛。'王元之詩:'薜墻圍却碧潺湲,曾是當年海湧山。盡把好峰藏寺内,不教幽景落人間。劍池草色終冬在,石座苔花自古斑。珍重晉朝吾祖宅,一回來此便忘還。'"白居易《登閶門閑望》:"處處樓前飄管吹,家家門外泊舟航。雲埋虎寺山藏色,月耀娃宫水放光。"劉禹錫《虎丘寺路宴》:"青林虎丘寺,林際翠微路。立見山僧来,遥從鳥飛處。" 隨宜:便宜行事,謂根據情况怎麼辦好便怎麼辦。《資治通鑑·漢獻帝建安五年》:"其民間小事,使長吏臨時隨宜,上不背正法,下以順百姓之心。"隨意,不經意。《顔氏家訓·

雜藝》:“武烈太子偏能寫真,坐上賓客隨宜點染,即成數人,以問童孺,皆知姓名矣!”王利器集解:“‘隨宜’,即《歷代名畫記》所言‘隨意’。”元稹《開元觀閑居酬吴士矩侍御四十韵》:“几案隨宜設,詩書逐便拈。” 遥遥:形容距離遠。《左傳·昭公二十五年》:“鸜鴒之巢,遠哉遥遥。”陶潜《贈長沙公》:“遥遥三湘,滔滔九江。” 鏡湖:古代長江以南的大型農田水利工程之一,在今浙江紹興會稽山北麓。東漢永和五年(140)在會稽太守馬臻主持下修建,以水準如鏡,故名鏡湖。賀知章《回鄉偶書二首》二:“離别家鄉歲月多,近來人事半銷磨。唯有門前鏡湖水,春風不改舊時波。”李白《越女詞五首》五:“鏡湖水如月,耶溪女如雪。新妝蕩新波,光景兩奇絶。”

[編年]

《年譜》編年本詩於長慶三年,没有説明具體時間也没有説明理由。《編年箋注》編年本詩:“《戲贈樂天復言》……爲長慶三年(八二三)作品。是年八月,元稹爲越州刺史、浙東觀察使,十月抵越州。見卞《譜》。”《年譜新編》編年長慶三年,除指出白居易和詩《酬微之誇鏡湖》以及次韵酬和之外,又云:“元詩云:‘樂事難逢歲易徂。’白詩云:‘我嗟身老歲方徂。’是長慶三年歲末作。”

《年譜新編》的編年意見較《年譜》、《編年箋注》具體,但“歲末”云云還不够確切,尚需進一步説明:根據當時的交通情況,越州與杭州,特别是越州與蘇州之間的距離,往返不是一天之内就可以做到。還有元稹與白居易、元稹與李諒之間此後還有數次酬和,因此“歲末”云云至多衹能是十二月中旬之時,不應該是新年即將來臨的“歲末”,否則隨後元稹與白居易之間、元稹與李諒之間的唱和衹能推到長慶四年了,而這顯然是不可能的。據《漢語大詞典》,“歲末”是一年快完的時候,但並非是最後一天。《後漢書·王允傳》:“自歲末以來,太陽不照。”《晉書·郭璞傳》:“往年歲末,太白蝕月。”

◎ 重酬樂天[①]

紅塵擾擾日西徂,我興雲心兩共孤[(一)][②]。暫出已遭千騎擁,故交求見一人無[③]。百篇書判從饒白,八采詩章未伏盧[(二)][④]。最笑近來黄叔度,自投名刺占陂湖[⑤]。

録自《元氏長慶集》卷二二

[校記]

(一) 我興雲心兩共孤:楊本、叢刊本、《全詩》同,語義難通,疑爲"我與雲心兩共孤"之誤,但無版本根據,僅僅存疑。

(二) 八采詩章未伏盧:原本作"八米詩章未伏盧",《全詩》同,楊本、叢刊本作"八采詩章未伏盧",據改。

[箋注]

① 重酬樂天:本詩是酬和白居易《酬微之誇鏡湖》,詩文已見上篇引録;而白居易的《酬微之誇鏡湖》,又是酬和元稹的《戲贈樂天復言》的詩篇。這樣,元稹《戲贈樂天復言》、白居易《酬微之誇鏡湖》與元稹《重酬樂天》連環酬和,而又同爲次韵之作,都是依次押"徂"、"孤"、"無"、"盧"、"湖"韵,這種現象,在我國詩壇並不多見,值得重視。對此本來應該重視的現象,《編年箋注》卻没有一字給予注明。《年譜》雖然已經注意到三詩同爲次韵的事實,但却認爲三詩次韵分别是"孤"、"無"、"盧"、"湖",忽略了"徂"也是依次次韵的一個韵脚,有失粗疏。

② 紅塵:車馬揚起的飛塵。杜牧《過華清宫絶句三首》一:"一騎紅塵妃子笑,無人知是荔枝來。"佛教、道教等稱人世爲"紅塵"。裴度

《溪居》:"門徑俯清溪,茅檐古木齊。紅塵飄不到,時有水禽啼。"這裏兼有兩種含義。　擾擾:紛亂貌,煩亂貌。《列子·周穆王》:"今頓識既往,數十年來存亡、得失、哀樂、好惡,擾擾萬緒起矣!"武元衡《南徐别業早春有懷》:"生涯擾擾竟何成,自愛深居隱姓名。"　徂:始,開始。《詩·小雅·四月》:"四月維夏,六月徂暑。"鄭玄箋:"徂,猶始也,四月立夏矣!而六月乃始盛暑。"蘇軾《和連雨獨飲二首》二:"清風洗徂暑,連雨催豐年。"　雲心:雲端,高空,有時用指神話中的仙境。元稹《鶯鶯傳》:"絳節隨金母,雲心捧玉童。"有時也形容閑散如雲的心情。白居易《初夏閑吟兼呈韋賓客》:"雲鬢隨身老,雲心著處安。"　孤:孤立,單獨,孤獨。《論語·里仁》:"德不孤,必有鄰。"曹冏《六代論》:"枝繁者蔭根,條落者木孤。"

③ 千騎:形容人馬很多,一人一馬稱爲一騎。蕭綱《採菊篇》:"東方千騎從驪駒,更不下山逢故夫。"王安石《西帥》:"一丸豈慮封函谷,千騎無由飲渭橋。"　故交:舊交,舊友。吴均《擬古·携手曲》:"故交一如此,新知詎憶人?"方干《送沛縣司馬丞之任》:"羈遊故交少,遠别後期難。"　一人:一個人。《詩·鄭風·野有蔓草》:"有美一人,清揚婉兮!"枚乘《上書諫吴王》:"一人炊之,百人揚之,無益也。"

④ 百篇書判從饒白:意謂自己對社會上看重的白居易百篇書判的事情衹是取謙讓不與較真的態度,意即自己也有書判百篇,難定高下,并與下句"八采詩章未伏盧"語義連貫,上下呼應。　百篇書判:指白居易年輕時爲應試而準備的書判,元稹《酬樂天餘思不盡加爲六韵之作》:"衆推賈誼爲才子,帝喜相如作侍臣(樂天先有《秦中吟》及《百節判》,皆爲書肆市賈,題其卷云:'白才子文章。'又樂天知制誥,詞云:'覽其詞賦,喜與相如並處一時。'"　饒:讓。李白《上皇西巡南京歌十首》三:"柳色未饒秦地緑,花光不減上陽紅。"杜甫《立秋後題》:"日月不相饒,節叙昨夜隔。"　白:即白居易。　八采詩章未伏盧:意謂自己並不誠伏盧思道的"八采盧郎"的稱呼。八采,或作"八

米”,《北史・盧思道傳》:“文宣帝崩,當朝文士各作挽歌十首,擇其善者而用之。魏收、陽休之、祖孝徵等不過得一二首,唯思道獨有八篇,故時人稱爲‘八采盧郎’。”《歷代詩話》吴旦生曰:“《北史》本傳云:齊文宣帝崩,當朝文士各作挽歌十首,擇其善者不過一二首,惟思道獨有八篇,故時人稱爲‘八美盧郎’。《西溪叢語》云:思道挽歌獨八首,比時人最盛,時謂之‘八米盧郎’。八米,關中語,歲以六米、七米、八米分上、中、下,言在穀爲八米取數之多也。王伯厚謂米當爲采。徐鍇云:八米以稻喻之,若言十稻之中得八粒米也。”兩説各備一説。朱翌《猗覺寮雜記》:“魯直與高子勉云:‘尊前八米句,窗下十年書。’徐師州與潘邠老云:‘字直千金! 師智永句稱八米,繼盧即齊文宣崩,文士各作挽詩十首,擇其善者用之,每人不過一二首,惟盧思道獨得八首,時人稱爲八采盧郎。米字蓋采字之誤也,十首中采擇八首耳! 若作米,無義理。詩人不之考,相襲以爲八米,蓋言精鑿失之甚矣! 元微之《酬樂天》云:八采詩成未伏盧,可證采字爲是。’”《文獻通考・天禄識餘》:“杭世駿《跋》曰:錢唐高侍郎著書二册,曰《天禄識餘》,意謂延閣廣内之藏,有非窮巷陋儒所得窺見者。今觀其書,則笑牒言鯖,豈足以當天厨一臠也……‘八米盧郎’,既見之齊、隋两書,姚寬《叢語》云:‘盖關中語,歲以六米、七米、八米分上、中、下,言在穀取米取數之多也。’黄山谷、徐師川何嘗誤用,乃用元微之‘八米詩成未伏盧’爲證,是知一未知二也。古人爲學,先根柢而後枝葉,先經史而後詞章。侍郎置身石渠金匱,獲窺人間未見之本而所采擷,若此,可以徵其造詣矣!”《四庫全書總目・天禄識餘》:“國朝高士奇撰,士奇有《春秋地名考略》,已著録。是書雜采宋明人説部,綴緝成編,輾轉稗販,了無新解,舛誤之處尤多。杭世駿道古堂集有是書,跋曰:‘錢塘高侍郎以儒臣獲侍先皇禁幄,退而著書二册,題曰《天禄識餘》,意謂延閣廣内秘室之藏,有非窮巷陋儒所得窺見者。今觀其書,則笑牒言鯖,豈足以當天厨一臠也! 迹其所徵引辨説,大半皆襲前人之舊,一二偏解,時有牴牾……‘八米盧郎’既見之齊、隋兩書,姚寬《叢語》云:蓋關中語歲以六米、七米、八米,分上、中、下,言在穀取米取數之多也。黄山谷、徐師川何嘗誤用!乃用元微之‘八采詩成未伏盧’爲證,是知一未知二也。古人爲學,先根柢而後枝葉,先經史而後詞章。侍郎置身石渠金匱,獲窺人間未見之本,而所采擷若此,此可以徵其造詣矣!其排斥士奇可謂不遺餘力,然取此書覆勘之,竟不能謂世駿輕詆也。”

⑤ 近來:指過去不久到現在的一段時間。柳渾《牡丹》:“近來無奈牡丹何!數十千錢買一顆。”王建《早春書情》:“漸老風光不著人,花溪柳陌早逢春。近來行到門前少,趁暖閑眠似病人。” 黄叔度:《後漢書·黄憲傳》:“黄憲字叔度,汝南愼陽人也……郭林宗少游汝南,先過袁閎,不宿而退。進往從憲,累日方還。或以問林宗,林宗曰:‘奉高之器,譬諸氾濫,雖清而易挹;叔度汪汪若千頃陂,澄之不清,淆之不濁,不可量也。’憲初舉孝廉,又辟公府,友人勸其仕,憲亦不拒之,暫到京師而還,竟無所就。年四十八終,天下號曰‘徵君’。”這裏是借“黄叔度”之名喻指當地的名士,究竟指誰,待考。 名刺:亦作“名紙”,猶名片。孔平仲《孔氏談苑·名刺門狀》:“古者未有紙,削竹以書姓名,故謂之刺;後以紙書,故謂之名紙。”《梁書·江淹傳》:“永元中,崔慧景舉兵圍京城,衣冠悉投名刺,淹稱疾不往。”齊己《勉吟僧》:“忍著袈裟把名紙,學他抵折五侯門。” 陂湖:即陂澤,陂澤即湖澤。桓寬《鹽鐵論·貧富》:“夫尋常之污不能溉陂澤,丘阜之木不能成宫室。”王安石《三聖人》:“以聖人觀之,猶泰山之於崗陵,河海之於陂澤。”

[編年]

《年譜》編年本詩長慶三年“越州作”,没有説明具體時間也没有説明理由。《編年箋注》編年本詩:“《再酬樂天》……爲長慶三年(八二三)作品。是年八月,元稹爲越州刺史、浙東觀察使,十月抵越州。

見下《譜》。”不過《再酬樂天》應該是《重酬樂天》之誤。《年譜新編》編年長慶三年，除指出本詩與白居易和詩《酬微之誇鏡湖》、元稹自己《戲贈樂天復言》相互次韵之外，没有説明具體時間也没有説明理由。

根據我們對元稹《戲贈樂天復言》詩篇的編年理由，我們以爲本詩應該作於《戲贈樂天復言》之後，長慶三年“歲末”之前，亦即長慶三年十二月下旬，地點自然是會稽。

◎ 再酬復言(一)①

繞郭笙歌夜景徂，稽山迴帶月輪孤②。休文欲詠心應破，道子雖來畫得無③？顧我小才同培塿，知君險鬥敵都盧④。不然豈有姑蘇郡，擬著陂塘比鏡湖⑤！

録自《元氏長慶集》卷二二

[校記]

(一) 再酬復言：本詩存世各本，包括楊本、叢刊本、《全詩》諸本在內，未見異文。

[箋注]

① 再酬復言：元稹有《戲贈樂天復言》，依次押“徂”、“孤”、“無”、“盧”、“湖”韵，白居易有《酬微之誇鏡湖》酬和：“我嗟身老歲方徂，君更官高興轉孤。軍門郡合曾閑否？禹穴耶溪得到無？酒盞省陪波卷白，骰盤思共彩呼盧。一泓鏡水誰能羨？自有胸中萬頃湖(微之詩云‘孫園虎寺隨宜看，不必遙遙羨鏡湖’，故以此戲言答之)。”元稹接到白居易的酬篇，接著又賦《重酬樂天》、《再酬復言》，韵脚不變，韵次依舊。而要説明的是：白居易的《酬微之誇鏡湖》，又是酬和元稹的《戲

贈樂天復言》的詩篇:“樂事難逢歲易徂,白頭光景莫令孤。弄濤船更曾觀否？望市(望市樓,蘇之勝地也)樓還有會無？眼力少將尋案牘,心情且强擲梟盧。孫園虎寺隨宜看,不必遙遙羡鏡湖。”這樣,元稹《戲贈樂天復言》、白居易《酬微之誇鏡湖》與元稹《重酬樂天》、《再酬復言》連環酬和,而又同爲次韵之作,都是依次押“徂”、“孤”、“無”、“盧”、“湖”韵,可惜今天没有看到李諒的酬和之篇,不知是否也依次押“徂”、“孤”、“無”、“盧”、“湖”韵？這種現象,在我國詩壇並不多見,值得重視,而首作俑者是元稹。但《編年箋注》却没有注明我國文壇上非常獨特也非常珍貴的文人唱和,十分可惜。《年譜》雖然已經注意到三詩同爲次韵的事實,但却認爲三詩次韵分别是“孤”、“無”、“盧”、“湖”,忽略了“徂”也是依次次韵的一個韵脚,第一句押韵,在唐詩中非常常見,不知《年譜》因何疏忽？令人不解。

② 郭:外城,古代在城的週邊加築的一道城墻。《禮記·禮運》:“城郭溝池以爲固。”張九齡《送楊道士往天台》:“此地烟波遠,何時羽駕旋？當須一把袂,城郭共依然。” 笙歌:合笙之歌,亦謂吹笙唱歌。《禮記·檀弓》:“孔子既祥,五日彈琴而不成聲,十日而成笙歌。”王維《奉和聖製十五夜然燈繼以酬客應制》:“上路笙歌滿,春城漏刻長。” 夜景:指月光下的景色,夜晚的景色。陶潛《辛丑歲七月赴假還江陵夜行途中》:“凉風起將夕,夜景湛虚明。”韋應物《晚登郡閣》:“春風偏送柳,夜景欲沈山。” 稽山:會稽山的省稱。《晉書·夏統傳》:“先公惟寓稽山,朝會萬國。”李白《送友人尋越中山水》:“聞道稽山去,偏宜謝客才。” 月輪:圓月,亦泛指月亮。庾信《象戲賦》:“月輪新滿,日暈重圓。”皮日休《天竺寺八月十五日夜桂子》:“玉顆珊珊下月輪,殿前拾得露華新。”

③ 休文:沈約之字,《南史·沈約傳》:“沈約,字休文,吴興武康人也。”仕職南朝宋、齊、梁三代,著作甚富,工於詩文,爲人所推重。撰有《四聲譜》,首倡聲病之説。崔峒《虔州見鄭表新詩因以寄贈》:

“梅花嶺裏見新詩,感激情深過楚詞。平子四愁今莫比,休文八詠自同時。”權德輿《與沈十九拾遺同遊栖霞寺上方於亮上人院會宿二首》二:“名僧康寶月,上客沈休文。共宿東林夜,清猨徹曙聞。” 詠:歌頌,用歌詩的文學樣式寫景抒情。張籍《和裴司空酬滿城楊少尹》:“聖朝偏重大司空,人詠元和第一功。”辛棄疾《玉蝴蝶·追別杜叔高》:“客重來、風流觴詠,春已去、光景桑麻。” 破:破裂,碎裂。《後漢書·郭太傳》:“〔孟敏〕客居太原,荷甑墯地,不顧而去。林宗見而問其意,對曰:‘甑以破矣! 視之何益?’”白居易《琵琶行》:“銀瓶乍破水漿迸,鐵騎突出刀槍鳴。”這裏形容越州的美景,“沈約”因用心過度而心臟破碎,屬元稹讚美白居易的誇張之詞。 道子:唐代傑出畫家吴道玄,字道子,有“百代畫聖”之稱。寒山《詩三百三首》一九二:“余見僧繇性希奇,巧妙間生梁朝時。道子飄然爲奇特,二公善繪手毫揮。”歐陽炯《貫休應夢羅漢畫歌》:“唐朝歷歷多名士,蕭子雲兼吴道子。若將書畫比休公,只恐當時浪生死。” 畫:繪畫,作圖。《儀禮·鄉射禮》:“大夫布侯,畫以虎豹。士布侯,畫以鹿豕。”《漢書·霍光傳》:“上乃使黄門畫者,畫周公負成王朝諸侯以賜光。”

④ 小才:才能较低者。王充《論衡·逢遇》:“所以遇不遇非一也,或時賢而輔惡,或以大才從於小才。”《漢書·董仲舒傳》:“故小材雖累日,不離於小官;賢材雖未久,不害爲輔佐。”這裏元稹用作自谦之词。强至《代都运赵待制谢上表》:“小材而臨大計,不知經畫之所從。” 培塿:本作“部婁”,小土丘。《左傳·襄公二十四年》:“部婁無松柏。”杜預注:“部婁,小阜。”應劭《風俗通·培》引《左傳》作“培塿”。《晉書·劉元海載記》:“當爲崇岡峻阜,何能爲培塿乎?”劉獻廷《廣陽雜記》卷三:“眺望三峰,壁立與天接,衆山皆成培塿。” 都盧:古國名,在南海一帶,國中之人善爬竿之技,借指都盧國人,亦作古代雜技名,即今之爬竿戲。《漢書·西域傳贊》:“〔武帝〕作巴俞都盧、海中碭極、漫衍魚龍、角抵之戲以觀視之。”顔師古注:“晉灼曰:‘都盧,國名

也。'李奇曰:'都盧,體輕善緣者也。'"盧仝《守歲二首》二:"老来經節臘,樂事甚悠悠。不及兒童日,都盧不解愁。"

⑤ 不然:不如此,不是這樣。《論語·八佾》:"王孫賈問曰:'與其媚於奥,寧媚於竈,何謂也?'子曰:'不然,獲罪於天,無所禱也。'"邢昺疏:"然,如此也。言我則不如世俗之言也。"韓愈《短燈檠歌》:"吁嗟世事無不然,墻角君看短檠棄。" 姑蘇:蘇州吴縣的别稱,因其地有姑蘇山而得名。《荀子·宥坐》:"女以諫者爲必用邪?吴子胥不磔姑蘇東門外乎!"張繼《楓橋夜泊》:"姑蘇城外寒山寺,夜半鐘聲到客船。" 陂塘:池塘。杜甫《陪諸貴公子丈八溝携伎納凉晚際遇雨二首》二:"纜侵堤柳繫,幔宛浪花浮。歸路翻蕭颯,陂塘五月秋。"韓愈《唐故江西觀察使韋公墓誌銘》:"築堤扞江長十二里,疏爲斗門,以走潦水……灌陂塘五百九十八,得田萬二千頃。" 鏡湖:古代長江以南的大型農田水利工程之一,在越州會稽山北麓,修築於東漢永和五年(140),以水準如鏡,故名。宋之問《泛鏡湖南溪》:"乘興入幽栖,舟行日向低。巖花候冬發,谷鳥作春啼。"李頎《寄鏡湖朱處士》:"澄霽晚流闊,微風吹緑蘋。鱗鱗遠峰見,淡淡平湖春。"

[編年]

《年譜》編年本詩於長慶三年"越州作",没有具體時間也没有理由。《編年箋注》編年本詩:"《再酬復言》……爲長慶三年(八二三)作品。是年八月,元稹爲越州刺史、浙東觀察使,十月抵越州。見卞《譜》。"《年譜新編》編年長慶三年,認爲"此詩與《再酬樂天》同時作"。

《編年箋注》的編年籠統,編年理由不知所云。《年譜》、《年譜新編》長慶三年"越州作"云云,仍然不够具體,因爲長慶三年元稹在越州的時間衹有二個多月,本詩究竟作於何時?《年譜》、《年譜新編》都没有回答。

根據我們對元稹《戲贈樂天復言》詩篇的編年理由,我們以爲本詩應該作於《戲贈樂天復言》之後，長慶三年“歲末”之前，亦即長慶三年十二月下旬，即與《重酬樂天》作於同時，賦詠的地點自然是會稽。

◎ 酬樂天雪中見寄[①]

知君夜聽風蕭索，曉望林亭雪半糊[②]。撼落不教封柳眼，掃來偏盡附梅株[③]。敲扶密竹枝猶亞，煦暖寒禽氣漸蘇[④]。坐覺湖聲迷遠浪，回驚雲路在長途[(一)][⑤]。錢塘湖上蘋先合，梳洗樓前粉暗鋪[⑥]。石立玉童披鶴氅，臺施瑶席換龍鬚[⑦]。滿空飛舞應爲瑞，寡和高歌只自娱[⑧]。莫遣擁簾傷思婦，且將盈尺慰農夫[⑨]。稱觴彼此情何異？對景東西事有殊[⑩]。鏡水繞山山盡白，琉璃雲母世間無[⑪]！

録自《元氏長慶集》卷二二

［校記］

（一）回驚雲路在長途：原本作“回驚雲路在常途”，楊本、叢刊本同，語義不佳，據《全詩》改。

［箋注］

① 酬樂天雪中見寄：白居易原唱是《雪中即事寄微之》：“連夜江雲黄慘澹，平明山雪白模糊。銀河沙漲三千里，梅嶺花排一萬株。北市風生飄散面，東樓日出照凝蘇。誰家高士關門户？何處行人失道途？舞鶴庭前毛稍定，擣衣碪上練新鋪。戲團稚女呵紅手，愁坐衰翁對白鬚。壓瘴一州除疾苦，呈豐萬井盡歡娱。潤含玉德懷君子，寒助霜威憶大夫。莫道烟波一水隔，何妨氣候兩鄉殊！越中地暖多成雨，

還有瑤臺瓊樹無?”可以元稹酬詩參讀。值得讀者稍加留意的是,元稹此詩與白居易仍然是次韻酬和。

② 蕭索:風雨吹打樹葉的聲音。鮑照《擬行路難十八首》一七:“寒風蕭索一旦至,竟得幾時保光華!”李百藥《謁漢高廟》:“竹皮聚寒徑,枌社落霜叢。蕭索陰雲晚,長川起大風。” 林亭:與樹木竹林連成一體的亭子。錢起《題蘇公林亭》:“平津東閣在,别是竹林期。萬葉秋聲裏,千家落照時。”武元衡《和李中丞題故將軍林亭》:“帝里清和節,侯家邸第春。烟霏瑶草露,苔暗杏梁塵。”

③ 撼落:摇落。楊萬里《春興》:“詩人忽然詩興來,如何見硯不見梅? 急磨玄圭染霜紙,撼落花鬚浮硯水。”周密《癸辛雜識别集·方回》:“每夕與小婢好合,不避左右。一夕痛合,床脚摇拽有聲,遂撼落壁土。” 柳眼:早春初生的柳叶如人睡眼初展,因以爲稱。元稹《生春二十首》九:“何處生春早? 春生柳眼中。”周邦彦《蝶戀花·柳》:“愛日輕明新雪後,柳眼星星,漸欲穿窗牖。” 梅株:即梅樹、梅花,梅樹的花早春先葉開放,花瓣五片,有粉紅、白、紅等顏色,是有名的觀賞植物。駱賓王《西行别東台詳正學士》:“上苑梅花早,御溝楊柳新。”唐庚《惜梅賦》:“閬中縣庭有梅樹,甚大,正當庭中,出入者患之,有勸予以伐去者,爲作《惜梅賦》:縣庭有梅株焉! 吾不知植于何時……”

④ 密竹:密生之竹。何遜《夕望江橋示蕭諮議楊建康江主簿》:“風聲動密竹,水影漾長橋。”柳宗元《永州龍興寺東丘記》:“屏以密竹,聯以曲梁,桂檜松杉楩枏之植,幾三百本,嘉卉美石,又經緯之。” 亞:向下俯伏。劉長卿《陪王明府泛舟》:“出没鳧成浪,蒙籠竹亞枝。雲峰逐人意,來去解相隨。”元稹《使東川·亞枝紅》:“平陽池上亞枝紅,悵望山郵事事同。還向萬竿深竹裹,一枝渾卧碧流中。” 煦暖:使温暖,温暖。夏竦《吹律暖寒谷賦》:“律因陽而煦暖,谷以陰而涸寒。”《蜀中廣記·上下川南道屬》:“《龜陵志》云:‘風土煦暖,五月半

早稻已熟,便可食新。七八月間收割已畢,故有樂温之號。'" 寒禽:越冬之鳥類。儲光羲《臨江亭五詠》四:"古木嘯寒禽,層城帶夕陰。梁園多緑柳,楚岸盡楓林。"劉長卿《秋夜肅公房喜普門上人自陽羨山至》:"寒禽驚後夜,古木帶高秋。却入千峰去,孤雲不可留。" 蘇:蘇醒。杜牧《感懷詩一首》:"往往念所至,得醉愁蘇醒。韬舌辱壯心,叫閽無助聲。"黄庭堅《再辭免恩命奏狀》:"累日委頓,不可支持。已分寘于溝壑,幸得醫藥,稍復蘇醒。"

⑤ 湖聲:湖水波動的聲音。張籍《送朱慶餘及第歸越》:"有寺山皆遍,無家水不通。湖聲蓮葉雨,野氣稻花風。"王之道《和伯父仲球立春即事二首》二:"梅萼封檀香未徹,湖聲撞玉凍初開。疏籬敗屋休興歎!幸事群凶不再來。" 遠浪:遠處的波濤。劉滄《送友人遊蜀》:"日出空江分遠浪,鳥歸高木認孤城。心期萬里無勞倦,古石蒼苔峽路清。"儲嗣宗《宿范水》:"露濕芙蓉渡,月明漁網船。寒機深竹裏,遠浪到門前。" 雲路:高山上的路徑。盧照鄰《贈益府裴録事》:"青山雲路深,丹壑月華臨。"儲光羲《遊茅山五首》二:"巾車雲路入,理棹瑶溪行。" 長途:指高而長的臺階。《文選·司馬相如〈上林賦〉》:"步櫚周流,長途中宿。"李善注:"張揖曰:'步櫚,步廊也。'郭璞曰:'中途,樓閣間陛道。'"張銑注:"長途中宿,謂臺閣高遠,中道而宿,方至其上也。"也作遠程解。李頎《送劉四赴夏縣》:"聲名播揚二十年,足下長途幾千里。舉世皆親丞相閣,我心獨愛伊川水。"本詩應該是指前者。

⑥ 錢塘湖:即"西湖",又稱"錢湖"。白居易《答微之見寄》:"禹廟未勝天竺寺,錢湖不羨若耶溪。"趙彦衛《雲麓漫抄》卷五:"第三門曰錢塘門,乃縣廨在焉!蓋自前古以來,居人築塘以備錢湖之水,故曰錢塘。"亦称"錢塘湖",劉崇遠《金華子雜編》卷上:"崔涓在杭州,其俗端午競渡於錢塘湖。" 蘋:植物名,也稱四葉菜、田字草,多年生草本,生淺水中,葉有長柄,柄端四片小葉成田字形,夏秋開小白花,全

草入藥,也可作豬飼料。《詩・召南・采蘋》:"于以采蘋? 南澗之濱。"毛传:"蘋,大蓱也。"韓愈《和席八十二韵》:"傍砌看紅藥,巡池詠白蘋。"李時珍《本草綱目・蘋》:"蘋乃四葉菜也。" 梳洗樓:樓名,用作梳洗的樓,其餘不詳。蘇軾《菩薩鬘》:"畫檐初挂彎彎月。孤光未滿先憂缺。還認玉簾鈎。天孫梳洗樓。"《陝西通志・山川》:"又南商河東流入之丹水,又折而東逕梳洗樓南爲不静潭,又東至白石灘,入豫之淅川界。"

⑦ 石立:挺拔而立的石頭。陸龜蒙《嚴光釣臺》:"片帆竿外揖清風,石立雲孤萬古中。不是狂奴爲故態,仲華争得黑頭公?"韋驤《雪後遊琅邪山聯句》:"石立翠屏張,霞收丹錦散。覘坐客爐擁,負暄僧衲换。" 玉童:仙童。王嘉《拾遺記・燕昭王》:"西王母與群仙遊員邱之上,聚神蛾以瓊筐盛之,使玉童負筐以遊四極。"王維《贈焦道士》:"縮地朝珠闕,行天使玉童。" 鶴氅:鳥羽製成的裘,用作外套。劉義慶《世説新語・企羨》:"孟昶未達時,家在京口,嘗見王恭乘高輿,被鶴氅裘。"李白《江上答崔宣城》:"貂裘非季子,鶴氅似王恭。謬忝燕臺召,而陪郭隗蹤。" 臺:高而上平的方形建築物,供觀察眺望用。《國語・楚語》:"故先王之爲臺榭也,榭不過講軍實,臺不過望氛祥。故榭度於大卒之居,臺度於臨觀之高。"韋昭注:"積土爲臺。"杜甫《登高》:"萬里悲秋常作客,百年多病獨登臺。" 瑤席:形容華美的席面,設於神座前供放祭品,一説指用瑤草編成的席子。鮑照《代白紵舞歌詞》:"象床瑤席鎮犀渠,雕屏匼匝組帷舒。"魏徵《五郊樂章・肅和》:"瑤席降神,朱弦饗帝。" 龍鬚:草名,莖可織席。吴普《神農本草經・石龍芻》:"〔石龍芻〕一名龍鬚。"李白《魯東門觀刈蒲》:"此草最可珍,何必貴龍鬚!"王琦注:"《蜀本草》:龍芻,叢生,莖如綖,所在有之,俗名龍鬚草,可爲席。"

⑧ 滿空飛舞應爲瑞:冬雪飛舞,是來年豐收的好兆頭,看出詩人關心農業關心百姓的心情,與後面的"莫遣擁簾傷思婦,且將盈尺慰

農夫"相呼應。　滿空:漫空皆是。東方虬《春雪》:"春雪滿空來,觸處似花開。不知園裏樹,若箇是真梅?"包融《和陳校書省中翫雪》:"芸閣朝来雪,飄颻正滿空。褰開明月下,校理落花中。"　飛舞:飛翔飄舞,飛翔盤旋。鮑照《學劉公幹體五首》二:"胡風吹朔雪,千里度龍山。集君瑤臺裏,飛舞兩楹前。"李益《秋晚溪中寄懷大理齊司直》:"鳳翔屬明代,羽翼文葳蕤。昆崙進琪樹,飛舞下瑶池。"　瑞:祥瑞,古人認爲自然界出現某些現象是吉祥之兆。王充《論衡·指瑞》:"王者受富貴之命,故其動出見吉祥異物,見則謂之瑞。"《三國志·先主傳》:"時時有景雲祥風,從璇璣下來應之,此爲異瑞。"韓愈《春雪間早梅》:"誰令香滿座? 獨使浄無塵。芳意饒呈瑞,寒光助照人。"　寡和:能唱和的人很少。陸機《演連珠五十首》二三:"是以南荆有寡和之歌,東野有不釋之辯。"張説《酬崔光禄冬日述懷贈答》:"曲高彌寡和,主善代爲師。"　高歌:高聲歌吟。枚乘《七發》:"高歌陳唱,萬歲無斁。"許渾《秋思》:"高歌一曲掩明鏡,昨日少年今白頭。"　自娱:自找樂趣。杜甫《陪李金吾花下飲》:"勝地初相引,徐行得自娱。見輕吹鳥毳,隨意數花鬚。"白居易《松齋自題》:"况此松齋下,一琴數帙書。書不求甚解,琴聊以自娱。"

⑨ 思婦:懷念遠行、戍邊丈夫的婦人。陸機《爲顧彦先贈婦二首》二:"東南有思婦,長歎充幽闥。"陸游《軍中雜歌》八:"征人樓上看太白,思婦城南迎紫姑。"　盈尺:一尺有餘,這裏指冬雪。孟浩然《寒夜張明府宅宴》:"瑞雪初盈尺,寒宵始半更。列筵邀酒伴,刻燭限詩成。"戴叔倫《孤石》:"迥若千仞峰,孤危不盈尺。早晚他山来,猶帶烟雨迹。"　農夫:指務農的人。《荀子·儒效》:"人積耨耕而爲農夫,積斲削而爲工匠。"特指從事農業勞動的男子。桓寬《鹽鐵論·救匱》:"農夫有所施其功,女工有所粥其業。"歐陽詹《唐天志》:"農夫在畦,蠶婦在林。"

⑩ 稱觴:舉杯祝酒。謝脁《三日侍華光殿曲水宴代人應詔詩十

章》九："降席連綏，稱觴接武。"馬懷素《餞唐永昌》："聞君出宰洛陽隅，賓友稱觴餞路衢。" 彼此：那個和這個，雙方。韋應物《寄諸弟》："歲暮兵戈亂京國，帛書間道訪存亡。還信忽從天上落，唯知彼此泪千行。"權德輿《祇役江西路上以詩代書寄内》："春江足魚雁，彼此勤尺素。早晚到中閨，怡然兩相顧。" 何異：用反問的語氣表示與某物某事没有兩樣。賈誼《鵩鳥賦》："夫禍之與福兮，何異糾纆?"張協《七命》："今公子違世陸沉，避地獨竄……愁洽百年，苦溢千歲，何異促鱗之遊汀濘，短羽之栖翳薈。" 對景：對著眼前景物。劉兼《酬勾評事》："鷺翹皓雪臨汀岸，蓮嫋紅香匝郡樓。對景却慚無藻思，南金荆玉卒難酬。"李煜《浪淘沙》："往事只堪哀，對景難排。" 東西：方位名，東方與西方，東邊與西邊。《墨子·節用》："古者堯治天下，南撫交阯，北降幽都，東西至日所出入莫不賓服。"劉向《九歎·遠逝》："水波遠以冥冥兮，眇不睹其東西。" 有殊：有區别。白居易《議婚》："顔色非相遠，貧富則有殊。貧爲時所棄，富爲時所趨。"來鵠《偶題二首》一："近來靈鵲語何疏？獨凭欄干恨有殊。一夜緑荷霜翦破，賺他秋雨不成珠。"

⑪ 鏡水：指鏡湖。賀知章《採蓮曲》："稽山罷霧鬱嵯峨，鏡水無風也自波。"高適《秦中送李九赴越》："鏡水君所憶，莼羹余舊便。" 繞山：圍繞山峰。閻立本《巫山高》："君不見巫山高高半天起，絶壁千尋盡相似。君不見巫山磕匝翠屏開，湘江碧水繞山来。"戴叔倫《將至道州寄李使君》："九疑深路繞山回，木落天清猨晝哀。猶隔簫韶一峰在，遥傳五馬向東来。" 琉璃：一種有色半透明的玉石。《後漢書·大秦國傳》："土多金銀奇寶，有夜光璧、明月珠、駭鷄犀、珊瑚、虎魄、琉璃、琅玕、朱丹、青碧。"《西京雜記》卷一："雜厠五色琉璃爲劍匣。" 雲母：礦石名，俗稱千層紙，晶體常成假六方片狀，集合體爲鱗片狀，薄片有彈性，玻璃光澤，半透明，有白色、黑色、深淺不同的緑色或褐色等。《淮南子·墬形訓》："磁石上飛，雲母來水。"蘇軾《濠州七絶·彭祖廟》："空餐

雲母連山盡，不見蟠桃著子時。” 世間：人世間，世界上。陶潛《飲酒二十首》三：“有酒不肯飲，但顧世間名。”裴鉶《昆崙奴》：“其警如神，其猛如虎，即曹州孟海之犬也，世間非老奴不能斃此犬耳！”

［編年］

《年譜》長慶四年“詩編年”條下編入本詩，理由是：“居易原唱爲《雪中即事答（一作‘寄’）微之》。‘寄’字是。”《編年箋注》編年：“元稹此詩作于長慶四年（八二四），時在浙東觀察使任。見下《譜》。”《年譜新編》編年長慶三年，理由是：“白居易原唱爲《雪中即事答（疑作寄）微之》，次韵酬和。白詩云：‘莫道烟波一水隔，何妨氣候兩鄉殊？’‘一水’指錢塘江。元詩云：‘錢塘湖上蘋先合，梳洗樓前粉暗鋪……鏡水繞山山盡白，琉璃雲母世間無。’白居易長慶四年五月遷太子左庶子分司東都，故元詩長慶三年冬越州作。”

《年譜》、《編年箋注》的編年值得商榷。白居易原詩有句云：“連夜江雲黄慘澹，平明山雪白模糊。銀河沙漲三千里，梅嶺花排一萬株。北市風生飄散面，東樓日出照凝酥。”元稹酬詩亦曰：“知君夜聽風蕭索，曉望林亭雪半糊……梳洗樓前粉暗鋪……滿空飛舞應爲瑞……鏡水繞山山盡白，琉璃雲母世間無。”兩詩所述完全是大雪飛舞的冬日景象。而據白居易元稹的生平，他們同在杭越之時祇有一個冬天，那就是長慶三年的冬天，此詩即作於其時，亦即十二月之時。《年譜》、《編年箋注》也許以長慶四年初春雪景爲辭，長慶四年杭越兩地初春的景色究竟如何？請看當事人元稹白居易的描述，白居易原唱《早春憶微之》詩云：“聲早雞先知夜短，色濃柳最占春多。沙頭雨染班班草，水面風驅瑟瑟波。”元稹酬唱《和樂天早春見寄》詩云：“雨香雲澹覺微和，誰送春聲入棹歌？萱近北堂穿土早，柳偏東面受風多。湖添水色消殘雪，江送潮頭湧漫波。”兩相對比完全是兩個季節。朱金城將白居易原唱編年長慶三年冬天，我們以爲是有道理的，元稹白居易在杭越期間,來往便利,唱酬頻繁,既然白居易詩作於長慶三年冬,元詩自然也是作於同時。

我們以爲《年譜新編》的編年是對的,不過我們仍然要指出:《年譜新編》一般是採納《年譜》、《編年箋注》的編年意見,很少離開《年譜》、《編年箋注》的結論。但也有些例外,當然各陳己見,無可厚非。但我們也發現一個有趣的現象,凡是《年譜新編》對某一首詩文的編年意見與《年譜》、《編年箋注》不同,而與我們的編年意見相同,幾乎都是我們的意見發表在先,然後是《年譜新編》加以採用。這本來也没有什麼,有人採納我們的意見應該是好事。但奇怪的是《年譜新編》的做法是拿來就用,而且不作任何的説明。我們實在搞不懂,如今的學術研究,難道已經發展到如此"先進"的地步?以本詩的編年爲例,我們的意見發表在《聊城大學學報》二〇〇四年第三期(雙月刊)上,半年不到,《年譜新編》就不動聲色地拿了過去,出現在二〇〇四年十一月出版的大著上。如果這樣的事情是個别現象,也許是巧合。但在我們這部拙稿中,類如的現象屢見不鮮,我們自己都覺得不好意思一提再提。但朋友告訴我:"不提也不行,説不定有人以爲你在這部《新編元稹集》裏採納了《年譜新編》的成果而不作説明呢!這樣你反倒成了剽竊他人成果的罪人?"忠告在耳,因此不得不一再加以説明,這也是無可奈何的事情。

■ 和樂天雪韵(一)①

據《清河書畫舫》

[校記]

(一)和樂天雪韵:元稹《和樂天雪韵》佚失詩依據《四庫全書·

清河書畫舫》所載,不見其他文獻記載。

[箋注]

① 和樂天雪韵:《清河書畫舫》:"山水家畫雪景,多俗嘗,見營丘所作《雪圖》,峰巒林屋,皆以淡墨爲之。而水天空處,全用粉填,亦一奇也。予每以告,畫人不愕然而驚,則莞爾而笑,足以見後學之凡下也。書畫見聞:……許渾《烏絲欄今體詩》、懷素《猛虎吟》、僧宏元昚集《右軍書越州寺碑》、歐陽詢《卜商》等帖、韓文公《書名誥》、魯公《自書誥》、元微之《和樂天雪韵》……白居易《行元微之告》……(《困學齋雜録》)"元稹《酬樂天雪中見寄》:"稱觴彼此情何異? 對景東西事有殊。鏡水遶山山盡白,琉璃雲母世間無。"疑《和樂天雪韵》與《酬樂天雪中見寄》是同一類詩篇。今存《元氏長慶集》不見,據補。　和:以詩歌酬答,依照别人詩詞的題材和體裁作詩詞。岑參《和刑部成員外秋夜寓直寄臺省知己》:"列宿光三署,仙郎直五宵。時衣天子賜,厨膳大官調。"薛奇童《和李起居秋夜之作》:"過庭聞禮日,趨侍記言回。獨卧玉窗前,卷簾殘雨來。"　韵:指一聯詩句。王勃《秋日登洪府滕王閣餞别序》:"一言均賦,四韵俱成。"趙與時《賓退録》卷六:"路德延處朱友謙幕府,作《孩兒詩》五十韵以譏友謙。"韵文。陸機《文賦》:"收百世之闕文,採千載之遺韵。"

[編年]

未見《元稹集》採録,也未見《年譜》、《編年箋注》、《年譜新編》採録與編年。

我們以爲,本詩應該與《酬樂天雪中見寄》賦作於同時,亦即長慶三年十二月,地點在越州,元稹時任越州刺史、浙東觀察使之職。

● 除夜酬樂天①

引儺綏旆亂毶毶，戲罷人歸思不堪②。虚漲火塵龜浦北，無由阿傘鳳城南③。休官期限原同約(一)，除夜情懷老共諳④。莫道明朝始添歲，今年春在歲前三⑤。

本詩不見於馬本《元氏長慶集》，據楊本《元氏長慶集》之《歲時雜詠》補

[校記]

(一) 休官期限原同約：本篇引自《歲時雜詠》，作"休官期限原同約"，楊本補入時作"休官期限元同約"，《全詩》同，"元"、"原"兩字在"本来"、"向来"、"原来"等義項上相通：嵇康《琴赋序》："推其所由，似元不解音聲。"王魯復《詣李侍郎》："文字元無底，功夫轉到難。"吴曾《能改齋漫録・事始》："本朝試進士詩賦題，元不具出處。"故不改。

[箋注]

① 除夜酬樂天：白居易有詩《除夜寄微之》："鬢毛不覺白毶毶，一事無成百不堪。共惜盛時辭闕下，同嗟除夜在江南。家山泉石尋常憶，世路風波子細諳。老校於君合先退，明年半百又加三。"白居易此詩與本詩次韵酬和，據白居易原唱，本詩應該屬於元稹所作。但本詩不見於《元氏長慶集》原刊本，今據《歲時雜詠》補入，編排於此。

② 儺：古代的一種風俗，迎神以驅逐疫鬼。儺禮一年數次，大儺在臘日前舉行。《吕氏春秋・季冬紀》："命有司大儺，旁磔，出土牛，以送寒氣。"高誘注："今人臘歲前一日擊鼓驅疫，謂之逐除是也。"亦指儺禮中戴面具作驅儺表演的人。周密《武林舊事・歲晚節物》："市

井迎儺,以鑼鼓遍至人家,乞求利市。" 綏旆:分别是活動中的旗子之類。丁棱《塞下曲》:"出營紅旆展,過磧暗沙迷。"王融《三月三日曲水詩序》:"暢轂埋轔轔之轍,綏旍卷悠悠之旆。" 毿毿:垂拂紛披貌。陸游《題閻郎中溧水東皋園亭》:"毿毿華髮映朱紱,同舍半已排雲翔。"亦作散亂貌。蘇軾《過嶺寄子由三首》二:"誰遣山雞忽驚起?半岩花雨落毿毿。" 戲:指歌舞雜技等的表演。《史記・孔子世家》:"有頃,齊有司趨而進曰:'請奏宫中之樂。'景公曰:'諾。'優倡侏儒爲戲而前。"《漢書・西域傳贊》:"設酒池肉林以饗四夷之客,作《巴俞》都盧、海中《碭極》、漫衍魚龍、角抵之戲以觀視之。"韓愈《鳳翔隴州節度使李公墓誌銘》:"上爲之燕三殿,張百戲,公卿侍臣咸與。"這裏指迎神驅逐疫鬼的活動。 不堪:不能承當,不能勝任。《國語・周語》:"衆以美物歸女,而何德以堪之?王猶不堪,况爾小丑乎!"《韓非子・難》:"君令不二,除君之惡,惟恐不堪。"忍受不了。《孟子・離婁》:"顔子當亂世,居於陋巷,一簞食,一瓢飲,人不堪其憂,顔子不改其樂。"干寶《搜神記》卷二〇:"自言其遠祖,不知幾何世也,坐事繫獄,而非其罪,不堪拷掠,自誣服之。"

③ 火塵:帶有塵土的熱浪,這裏指過年時燃放爆仗引起的熱浪。《文獻通考》卷二九一:"石勒末年,星隕於鄴東北六十里。初赤黑,黄雲如幕,長數十丈,交錯如雷震聲墜地,氣熱如火塵起連天。"劉克莊《丁酉重九日宿順昌步雲閣絶句七首呈味道明府》:"傍邑曾爲劫火塵,獨兹猶是太平民。兒時所歷今三紀,便唤溪山作故人。" 龜浦:應該是越州境内的一個小地名,具體不詳。 浦:水邊,河岸。《漢書・司馬相如傳上》:"出乎椒丘之闕,行乎州淤之浦。"顔師古注:"浦,水涯也。"指河流入海處。《文選・張衡〈西京賦〉》:"光炎燭天庭,嚻聲震海浦。"李善注:"海浦,四瀆之口。"注入大河的川流。《國語・晉語》:"夫教者,因體能質而利之者也。若川然有原,以卬浦而後大。"港汊,可泊船的水灣。洪邁《夷堅丙志・林翁要》:"驚濤亘天,

約行百餘里,隨流入小浦中,獲遺物一笥,頗有所資而歸。"本詩兼而有之。 無由:没有門徑,没有辦法。《儀禮・士相見禮》:"某也願見,無由達。"鄭玄注:"無由達,言久無因緣以自達也。"李德裕《二猿》:"無由碧潭飲,争接緑蘿枝!" 鳳城:京都的美稱。杜甫《夜》:"步檐倚杖看牛斗,銀漢遥應接鳳城。"仇兆鰲注引趙次公曰:"秦穆公女吹簫,鳳降其城,因號丹鳳城,其後言京城曰鳳城。"韋承慶《寒食應制》:"鳳城春色晚,龍禁早暉通。舊火收槐燧,餘寒入桂宫。"

④ 休官期限原同約:元稹與白居易一直都有隨時挂印歸田的思想準備,元稹元和四年有《東臺去》,詩云:"陶君喜不遇,予每爲君言。今日東臺去,澄心在陸渾。旋抽隨日俸,並買近山園。千萬崔兼白,殷勤承主恩。"白居易有《昔與微之在朝日因蓄休退之心迨今十年淪落老大追尋前約且結後期》詩,也透露了這方面的消息,詩曰:"往子爲御史,伊余忝拾遺。皆逢盛明代,俱登清近司。予繫玉爲珮,子曳繡爲衣。從容香烟下,同侍白玉墀。朝見寵者辱,暮見安者危。紛紛無退者,相顧令人悲。宦情君早厭,世事我深知。常於榮顯日,已約林泉期。況今各流落,身病齒髮衰。不作卧雲計,携手欲何之?待君女嫁後,及我官滿時。稍無骨肉累,粗有漁樵資。歲晚青山路,白首期同歸。" 休官:辭去官職。劉長卿《贈元容州》:"避世歌芝草,休官醉菊花。舊遊如夢裏,此别是天涯。"李商隱《天平公座中呈令狐令公》:"白足禪僧思敗道,青袍御史擬休官。" 期限:限定的一段時間。劉孝威《思歸引》:"乘障無期限,思歸安可論!"司馬光《遺表》:"豐歲穀賤,已自傷農,又迫於期限,不得半價,盡糶所收,未能充數。"指時限的最後界綫。元稹《贈樂天》:"垂老相逢漸難别,白頭期限各無多。" 除夜:即除夕。張説《岳州守歲》:"除夜清樽滿,寒庭燎火多。"杜審言《除夜有懷》:"故節當歌守,新年把燭迎。冬氛戀虬箭,春色候雞鳴。" 情懷:心情,情趣,興致。袁宏《後漢紀・靈帝紀》:"老臣得罪,當與新婦俱歸私門,惟受恩累世,今當離宫殿,情懷戀戀。"杜甫

《北征》:“老夫情懷惡,嘔泄卧數日。”　諳:熟悉,知道。《後漢書·虞延傳》:“延進止從容,占拜可觀,其陵樹株蘖,皆諳其數,俎豆犧牲,頗曉其禮。”韓愈《黄家賊事宜狀》:“比者所發諸道南討兵馬,例皆不諳山川,不伏水土。”

⑤ 莫道:不要説。梁鍠《代征人妻喜夫還》:“春風喜出今朝户,明月虚眠昨夜床。莫道幽閨書信隔,還衣總是舊時香。”李嘉祐《和袁郎中破賊後經剡縣山水上太尉》:“破竹清閩嶺,看花入剡溪。元戎催獻捷,莫道事攀躋!”　明朝:明天,今天的下一天。鮑照《擬行路難十八首》五:“君不見城上日,今暝没盡去,明朝復更出。”戴叔倫《將赴行營勸客同醉》:“絲管霜天夜,烟塵淮水西。明朝上征去,相伴醉如泥。”　添歲:增加年歲。李約《歲日感懷》:“身賤悲添歲,家貧喜過冬。稱觴惟有感,歡慶在兒童。”白居易《七年元日對酒五首》二:“衆老憂添歲,余衰喜入春。年開第七秩,屈指幾多人?”　今年春在歲前三:意謂春節之前的三天,第二年的春天就已經開始。白居易《臘後歲前遇景詠意》:“海梅半白柳微黄,凍水初融日欲長。度臘都無苦霜霰,迎春先有好風光。”李商隱《小園獨酌》:“半展龍鬚席,輕斟瑪瑙杯。年年春不定,虚信歲前梅。”　春:這裏代指立春。李頎《寄司勛盧員外》:“流澌臘月下河陽,草色新年發建章。秦地立春傳太史,漢宫題柱憶仙郎。”岑參《題苜蓿峰寄家人》:“苜蓿峰邊逢立春,胡蘆河上泪沾巾。閨中只是空相憶,不見沙場愁殺人。”

[編年]

《年譜》編年本詩於長慶三年“越州作”,理由是:“白詩云:‘老校於君合先退,明年半百又加三。’長慶四年白居易五十三歲。”《編年箋注》編年:“元稹此詩作于長慶三年(八二三),時在浙東觀察使任,見下《譜》。”未見《年譜新編》編年本詩,可能是因疏忽導致的遺漏。

我們以爲本詩不難編年,理由有二:一、元稹長慶三年十月下旬到越州任,而白居易長慶四年五月離杭州任,他們在杭越衹有長慶三年一個除夜。二、白詩云:“明年半百又加三。”根據白居易的生平,本年白居易五十二歲,明年應該五十三歲。三、元詩云:“莫道明朝始添歲。”與元稹及白居易的詩題一一呼應。白居易原唱是《除夜寄微之》,而元稹酬和之篇也題爲《除夜酬樂天》,因杭州與越州僅僅是隔江而接,白居易作於除夕早上的詩篇,元稹當天可能收到,并立即酬和。當然,寄給白居易可能已經是長慶四年的事情了。據此,本詩應該作於長慶三年的除夜,地點在會稽。把本來可以框定在一天之内的詩作,《年譜》與《編年箋注》却非要含糊到“長慶三年”,這樣的説法未免太籠統了。

長慶四年甲辰(824)　四十六歲

◎ 酬復言長慶四年元日郡齋感懷見寄[①]

臘盡殘銷春又歸，逢新別故欲沾衣[②]。自驚身上添年紀[(一)]，休繫心中小是非[(二)][③]。富貴祝來何所遂，聰明鞭得轉無機(祝富貴、鞭聰明，皆正旦童稚俗法)[④]。羞看稚子先拈酒，悵望平生舊采薇[⑤]。去日漸加餘日少，賀人雖鬧故人稀[⑥]。椒花麗句閑重檢[(三)]，艾髮衰容惜寸輝[⑦]。苦思正旦酬白雪[(四)]，閑觀風色動青旗[(五)][⑧]。千官仗下爐烟裹，東海西頭意獨違[⑨]。

録自《元氏長慶集》卷二二

[校記]

(一) 自驚身上添年紀：《全詩》同，楊本、叢刊本、《唐诗纪事》作"自驚身上添年幾"，語義不佳，不改。

(二) 休繫心中小是非：楊本、叢刊本、《唐诗纪事》、《全詩》同，《全詩》注作"休較心中小是非"，語義相類，不改。

(三) 椒花麗句閑重檢：楊本、叢刊本、《全詩》同，《唐詩紀事》作"椒花麗句開重撿"，語意不同，不改。

(四) 苦思正旦酬白雪：楊本、叢刊本、《全詩》同，《全詩》注作"苦思正朝酬白雪"，《唐诗纪事》作"苦思正直酬白雪"，語義相類，不改。

(五) 閑觀風色動青旗：楊本、叢刊本、《全詩》同，《唐詩紀事》作"閑觀風色助青旂"，語意不佳，不改。

[箋注]

① 酬復言長慶四年元日郡齋感懷見寄：李諒原唱爲《蘇州元日郡齋感懷寄越州元相公杭州白舍人(時長慶四年也)》，詩曰："稱慶還鄉郡吏歸，端憂明發儼朝衣。首開三百六旬日，新知四十九年非。當官補拙猶勤慮，遊宦量才已息機。舉族共資隨月俸，一身惟憶故山薇。舊交邂逅封疆近，老牧蕭條宴賞稀。書札每來同笑語，篇章時到借光輝。絲綸暫厭分符竹，舟楫初登擁羽旗。未知今日情何似？應與幽人事有違。"李諒詩中"舊交邂逅封疆近"四句，就是針對元稹白居易而言。白居易也有詩篇《蘇州李中丞以元日郡齋感懷詩寄微之及予輒依來篇七言八韵走筆奉答兼呈微之》回酬，詩云："白首餘杭白太守，落魄抛名來已久。一辭渭北故園春，再把江南新歲酒。杯前笑歌徒勉强，鏡裏形容漸衰朽。領郡慚當潦倒年，鄰州喜得平生友。長洲草接松江岸，曲水花連鏡湖口。老去還能痛飲無？春來曾作閑遊否？憑鶯傳語報李六，倩雁將書與元九。莫嗟一日日催人，且貴一年年入手。"讀者也許已經注意到：元稹酬和李諒的詩篇是次韵回贈，而白居易的回酬詩則既不步韵更不次韵，這是元稹白居易之間風格的差異與喜好的不同；更爲主要的是白居易的心態歡愉，不同於元稹的哀傷心緒。　酬：詩文贈答。王維《酬張少府》："晚年唯好静，萬事不關心。自顧無長策，空知返舊林。"崔興宗《酬王維盧象見過林亭》："窮巷空林常閉關，悠然獨卧對前山。今朝忽枉嵇生駕，倒屣開門遥解顔。"　元日：正月初一。《書·舜典》："月正元日，舜格于文祖。"孔傳："月正，正月；元日，上日也。"《文選·張衡〈東京賦〉》："於是孟春元日，群后旁戾。"薛綜注："言諸侯正月一日從四方而至。"與"歲日"相同，元稹《歲日》："一日今年始，一年前事空。凄凉百年事，應與一年同。"張義方《奉和聖製元日大雪登樓》："恰當歲日紛紛落，天寶瑶花助物華。自古最先標瑞牒，有誰輕擬比楊花？"也與"正旦"義同，元稹《酬復言長慶四年元日郡齋感懷見寄》："椒花麗句閑重檢，艾髪衰

容惜寸輝。苦思正旦酬白雪,閑觀風色動青旂。"和凝《宫詞百首》六二:"正旦垂旒御八方,蠻夷無不奉梯航。群臣舞蹈稱觴處,雷動山呼萬歲長。" 郡齋:郡守起居之處。白居易《秋日懷杓直》:"今日郡齋中,秋光誰共度?"李商隱《華州周大夫宴席》:"郡齋何用酒如泉?飲德先時已醉眠。" 感懷:有感於懷,有所感觸。《東觀漢記·馮衍傳》:"殃咎之毒,痛入骨髓,匹夫僮婦,感懷怨怒。"蘇舜欽《城南感懷呈永叔》:"覽物雖暫適,感懷翻然移。" 見:用在動詞前面表示被動,相當於被,受到。《孟子·梁惠王》:"百姓之不見保,爲不用恩焉!"韓愈《駑驥贈歐陽詹》:"有能必見用,有德必見收。" 寄:贈送。張固《幽閑鼓吹》:"元載子名伯和,勢傾中外,時閫帥寄樂伎十人,既至半歲,無因得達,伺其門下。"貫休《閑居擬齊梁四首》三:"山翁寄術藥,幸得秋病可。"

② 臘盡殘銷春又歸:據元稹作於長慶三年除夜的《除夜酬樂天》詩所詠,有"今年春在歲前三"之句,故到了第二年的"元日",要抒發"春又歸"的落寞之情,感嘆自己的年紀在不知不覺中暗暗增長。臘:祭名,古代稱祭百神爲"蜡",祭祖先爲"臘",秦漢以後統稱"臘"。《禮記·月令》:"〔孟冬之月〕天子乃祈來年于天宗,大割祠于公社及門閭,臘先祖五祀,勞農以休息之。"孔穎達疏:"腊,獵也,謂獵取禽獸以祭先祖五祀也。"指歲末,因腊祭而得名,通常指農曆十二月或泛指冬月,常與"伏"相對。楊惲《報孫會宗書》:"田家作苦,歲時伏臘,烹羊炮羔,斗酒自勞。"張先《好事近·和毅夫内翰梅花》:"誰教强半臘前開?多情爲春憶。" 沾:浸潤,浸濕。傅玄《雜詩三首》一:"纖雲時髣髴,渥露沾我裳。"韋莊《歸國遙》:"閑倚博山長嘆,泪流沾皓腕。"

③ "自驚身上添年紀"兩句:元稹的這兩句,自然是有所隱喻的:長慶四年年初,唐敬宗初即帝位,立即重用據説是擁立自己爲帝的朝廷大臣,李逢吉與牛僧孺封公進爵,他們派别中的成員都得到了重用,而元稹的好友李紳却被貶爲端州司馬,同貶者還有元稹與李紳在

朝時共同引進的龐嚴與蔣防等人,《舊唐書·龐嚴傳》:"四年昭滑即位,李紳爲宰相李逢吉所排,貶端州司馬。嚴坐累,出爲江州刺史。給事中于敖素與嚴善,制既下,敖封還,時人凛然相顧曰:'于給事犯宰相怒而爲知己,不亦危乎!'及覆制出,乃知敖駁制書貶嚴太輕,中外無不嗤誚以爲口實。初李紳謫官,朝官皆賀逢吉,唯右拾遺吴思不賀。逢吉怒,改爲殿中侍御史充入蕃告哀使。"從吴思、于敖這兩個絶然相反的例證中,我們看到了人情的冷暖,世故的險惡。而這顯然是政敵引用親党排斥異己的一個重要組織步驟,是李逢吉和牛僧孺他們即將控制李唐朝政爲所欲爲的一個危險信號。對於政敵如此囂張跋扈的行徑,元稹深感不滿,其《酬鄭從事四年九月宴望海亭》云:"安知四十虚富貴,朱紫束縛心志空!妝梳妓女上樓榭,止欲歡樂微茫躬。雖無趣尚慕賢聖,幸有心目知西東。欲將滑甘柔藏府,已被鬱噎冲喉嚨。君今勸我酒太醉,醉語不復能冲融。勸君莫學虚富貴,不是賢人難變通!"詩中流露了元稹對朋輩遭受貶謫的不滿與憤懣,自己不能施展平生抱負的苦痛與傷感以及無法壓抑自己鬥志無法掩蓋自己秉性的哀楚與鬱悶。　自驚:自我驚覺。宋之問《發藤州》:"朝夕苦遄征,孤魂長自驚。泛舟依雁渚,投館聽猿鳴。"元稹《遣病十首》八:"炎昏豈不倦?時去聊自驚。浩嘆終一夕,空堂天欲明。"　年紀:年齡。曹操《讓縣自明本志令》:"去官之後,年紀尚少。"唐代崔氏《述懷》:"不怨盧郎年紀大,不怨盧郎官職卑。"　繫:拴縛。《禮記·禮器》:"三月繫,七日戒,三日宿,慎之至也。"鄭玄注:"繫,繫牲於牢也。"楊萬里《紅錦帶花》:"何曾繫住春歸脚!只解長縈客恨眉。"引申爲挂念,牽記。戎昱《題嚴氏竹亭》:"子陵栖遁處,堪繫野人心。"　是非:對的和錯的,正確與錯誤。《禮記·曲禮》:"夫禮者,所以定親疏,决嫌疑,别同異,明是非也。"陶潛《擬挽歌辭三首》一:"得失不復知,是非安能覺?"糾紛,口舌。《莊子·盜蹠》:"摇脣鼓舌,擅生是非。"

④ "富貴祝來何所遂"兩句:通篇詩歌,反映了元稹灰暗的心情、

失望的情緒，即使在涉及兒童遊樂的時候，也是如此，以“何所遂”、“轉無機”自問自答。　富貴：富裕而顯貴，猶言有財有勢。《論語·顏淵》：“商聞之矣：死生有命，富貴在天。”韓愈《省試顏子不貳過論》：“不以富貴妨其道，不以隱約易其心。”　遂：前進，前往。《易·大壯》：“羝羊觸藩，不能退，不能遂。”孔穎達疏：“遂謂進往。”《文選·謝靈運〈九日從宋公戲馬臺集送孔令〉》：“歸客遂海嵎，脱冠謝朝列。”李善注：“《廣雅》曰：遂，往也。”　聰明：謂明察事理。《荀子·王霸》：“聰明君子者，善服人者也。”杜甫《奉酬薛十二丈判官見贈》：“吾聞聰明主，治國用輕刑。”　無機：任其自然，没有心計。張説《龍池聖德頌》：“非常而靈液涓流，無機而神池浸廣。”陸希聲《清輝堂》：“野人心地本無機，爲愛茅檐倚翠微。”没有機會、機遇。司空圖《陳疾》：“自憐旅舍亦酣歌，世路無機奈爾何。”

⑤ 稚子：幼子，小孩，不一定是指男孩。《史記·屈原賈生列傳》：“懷王稚子子蘭勸王行：‘奈何絶秦歡！’懷王卒行。”寒山《詩三百三首》二四八：“余勸諸稚子，急離火宅中。三車在門外，載你免飄蓬。”這裏指保子、小迎等一幫女孩，元稹與安仙嬪所生的男孩元荆已經在長慶元年病故，而另一個與裴淑所生的兒子道護出生尚在四年之後。　拈酒：唐代口語，拿起酒杯吃酒。杜甫《宴戎州楊使君東樓》：“重碧拈春酒，輕紅擘荔枝。”楊倫箋注：“趙曰：元微之《元日》詩‘羞看稚子先拈酒’，白樂天《歲假》詩‘歲酒先拈辭不得’，則‘拈酒’乃唐人語也。”宋代章居安《梅磵詩話·拈酒》亦引元白詩，並曰：“拈，指取物也，乃唐人語，作粘、作酤皆非。”　悵望：惆悵地看望或想望。謝朓《新亭渚别范零陵雲》：“停驂我悵望，輟棹子夷猶。”杜甫《詠懷古迹五首》二：“悵望千秋一灑淚，蕭條異代不同時。”　平生：一生，此生，有生以來。《陳書·徐陵傳》：“歲月如流，平生幾何？晨看旅雁，心赴江淮；昏望牽牛，情馳揚越。”韓愈《遣興聯句》：“平生無百歲，歧路有四方。”　采薇：《史記·伯夷列傳》載，周武王滅殷之後，“伯夷、叔齊

耻之，義不食周粟，隱於首陽山，采薇而食之。”後因以“采薇”指歸隱或隱遁生活。嵇康《幽憤詩》：“采薇山阿，散髮巖岫。永嘯長吟，頤性養壽。”杜甫《别董頲》：“當念著皂帽，采薇青雲端。”

⑥ 去日：已過去的歲月。曹操《短歌行》：“對酒當歌，人生幾何？譬如朝露，去日苦多。”杜甫《成都府》：“但逢新人民，未卜見故鄉。大江東流去，遊子去日長。” 餘日：猶晚年，餘年。荀悅《漢紀・宣帝紀》：“故樂與其鄉黨、宗族共受其賜，以盡吾餘日。”張華《答何劭二首》一：“從容養餘日，取樂於桑榆。” 賀人：祝賀他人的人。杜甫《奉賀陽城郡王太夫人恩命加鄧國太夫人》：“郡依封土舊，國與大名新。紫誥鸞迴紙，清朝燕賀人。”邵雍《賀人致政》：“人情大率喜爲官，達士何嘗有所牽！解印本非嫌薄禄，挂冠殊不爲高年。” 故人：舊交，老友。《史記・范雎蔡澤列傳》：“公之所以得無死者，以綈袍戀戀，有故人之意，故釋公。”王維《送元二使安西》：“勸君更盡一杯酒，西出陽關無故人。”

⑦ 椒花：《晉書・劉臻妻陳氏傳》：“劉臻妻陳氏者，亦聰辨能屬文，嘗正旦獻《椒花頌》。其詞曰：‘旋穹周迴，三朝肇建。青陽散輝，澄景載焕。標美靈葩，爰採爰獻。聖容映之，永壽於萬。’”後遂用爲典實，指新年祝詞。庾信《正旦蒙趙王賚酒》：“柏葉隨銘至，椒花逐頌來。”杜甫《十二月一日三首》一：“未將梅蕊驚愁眼，要取椒花媚遠天。”仇兆鰲注：“春將至，故椒花欲頌。” 麗句：妍麗華美的句子。韓愈《和虞部盧四汀酬翰林錢七徽赤藤杖歌》：“妍辭麗句不可繼，見寄聊且慰分司。”晏幾道《臨江仙》：“東野亡來無麗句，于君去後少交親。”“椒花麗句”，這裏是讚美李諒的原唱《蘇州元日郡齋感懷寄越州元相公杭州白舍人》。 艾髮：蒼白頭髮。鄒元標《文臺陳公傳》：“諸人争笑曰：‘君未艾髮，白公謂爾老而無成。’” 艾：年長，老，亦指年老的人。《荀子・致士》：“耆艾而信，可以爲師。”楊倞注：“五十曰艾，六十曰耆。”沈遼《賀州推官李君墓碣銘》：“道舉之學久已成，五十從

政艾且明。”　衰容：衰老的體態。劉長卿《和州留别穆郎中》：“播遷悲遠道，摇落感衰容。今日猶多難，何年更此逢？”李嘉祐《酬皇甫十六侍御曾見寄》：“自顧衰容累玉除，忽承優詔赴銅魚。江頭鳥避青旄節，城裏人迎露網車。”　寸輝：猶寸陰。蘇軾《與王郎昆仲及兒子邁遶城觀荷花登峴山亭晚入飛英寺分韵得月明星稀四首》四：“能爲無事飲，可作不夜歸。復尋飛英遊，盡此一寸暉。”道潜《淮上三首》二：“今夜沙頭月上遲，小螢零碎傍船飛。可憐光彩雖無限，何似嬋娟一寸輝！”

⑧ 苦思：苦苦思索。刘禹锡《南海馬大夫見惠著述三通勒成四帙上自邃古達於國朝采其菁華至簡如富欽受嘉貺詩以謝之》：“編蒲曾苦思，垂竹愧無名。今日承芳訊，誰言贈衮榮？”劉威《歐陽示新詩因貽四韵》：“衡戛瑶瓊得至音，數篇清越應南金。都由苦思無休日，已證前賢不到心。”　正旦：正月初一。《列子·説符》：“邯鄲之民以正月之旦獻鳩於簡子，簡子大悦，厚賞之。客問其故，簡子曰：‘正旦放生，示有恩也。’”《後漢書·陳翔傳》：“時正旦朝賀，大將軍梁冀威儀不整。”正旦亦即歲日。劉長卿《歲日作》：“建寅迴北斗，看曆占春風。律變滄江外，年加白髮中。”顧況《歲日作》：“不覺老將春共至，更悲攜手幾人全？還丹寂寞羞明鏡，手把屠蘇讓少年。”　白雪：潔白的雪。宋玉《登徒子好色賦》：“眉如翠羽，肌如白雪，腰如束素，齒如含貝。”岑參《熱海行送崔侍御還京》：“岸旁青草常不歇，空中白雪遥旋滅。”喻指高雅的詩詞，所謂“陽春白雪”。羅隱《秋日有酬》：“腰間印佩黄金重，卷裏詩裁白雪高。”韋莊《對酒》：“白雪篇篇麗，清酤盞盞深。”王禹偁《次韵和仲咸送池秀才西游》：“青霄路在何難到！白雪才高豈易酬！”本詩仍然在讚美李諒的高雅原唱。　風色：風。盧照鄰《至陳倉曉晴望京邑》：“澗流漂素沫，巖景靄朱光。今朝好風色，延矚極天莊。”郭震《子夜四時歌六首·春歌》二：“青樓含日光，緑池起風色。贈子同心花，殷勤此何極！”楊慎《藝林伐山》卷二：“今按：風亦可

言色。《楚辭》云:‘光風轉蕙泛崇蘭。’王逸註云:‘雨止日出而風,草木亦有光也。’《樂府》:‘今朝風色好。’是風亦可言色。” 青旗:指酒旗。元稹《和樂天重題別東樓》:“喚客潛揮遠紅袖,賣爐高挂小青旗。”張孝祥《拾翠羽》:“想千歲,楚人遺俗。青旗沽酒,各家炊熟。”

⑨ 千官:衆多的官員。《吕氏春秋·君守》:“大聖無事,而千官盡能。”曹唐《三年冬大禮五首》三:“千官不動旌旗下,日照南山萬樹雲。” 仗下:借指朝堂。王建《宫詞一百首》六:“千牛仗下放朝初,玉案傍邊立起居。每日進來金鳳紙,殿頭無事不多書。”方干《狂寇後上劉尚書》:“獨柱擀天寰海正,雄名盖世古今無。聖君争不酬功業?仗下高懸破賊圖。” 爐烟:熏爐或香爐中的烟。蕭綱《曉思詩》:“爐烟入斗帳,屏風隱鏡臺。”蘇軾《青牛嶺高絶處有小寺人迹罕到》:“暮歸走馬沙河塘,爐烟裊裊十里香。” 東海:海名,所指因時而異,大抵先秦時代多指今之黄海;秦漢以後兼指今之黄海、東海,這裏指杭州灣外面的東海,越州在其“西頭”。杜甫《追酬故高蜀州人日見寄》:“遥拱北辰纏寇盜,欲傾東海洗乾坤。”沈頌《送金文學還日東》:“君家東海東,君去因秋風。漫漫指鄉路,悠悠如夢中。” 西頭:西首,西邊。《三輔黄圖·都城十二門》:“長安城北出西頭第一門曰横門。”杜甫《卜居》:“浣花流水水西頭,主人爲卜林塘幽。” 違:不如意,不順心。王勃《送盧主簿》:“開襟方未已,分袂忽多違。東巖富松竹,歲暮幸同歸。”李商隱《春雨》:“悵卧新春白袷衣,白門寥落意多違。”

[編年]

《年譜》編年本詩於長慶四年,位列《寄浙西李大夫四首》(筆者按:作於大和元年初春)、《酬樂天雪中見寄》(筆者按:作於長慶三年冬)之後,排列次序明顯是錯誤的。而其理由是:“李諒原唱爲《蘇州元日郡齋感懷寄越州元相公杭州白舍人》。自注:‘時長慶四年也。’居易和詩爲:《蘇州李中丞以元日郡齋感懷詩寄微之及予輒依來篇七言八韵走筆奉答兼呈微之》。"《編年箋注》編年:"其原唱《蘇州元日郡齋感懷寄越州元相公杭州白舍人》。自注:'時長慶四年也。'元稹和篇作於同時。"雖然與《年譜》所述相同,但没有"見卞《譜》"字樣,不過詩篇排列的前後次序與《年譜》同,自然也是錯誤的。《年譜新編》亦編年長慶四年,排列次序大致同《年譜》、《編年箋注》,也是錯誤的。理由是:"李諒原唱爲《蘇州元日郡齋感懷寄越州元相公杭州白舍人》。自注:'時長慶四年也。'次韵酬和。"

我們以爲,據李諒和白居易詩,李諒原唱作於長慶四年"元日",蘇州與杭州、越州之間來往十分便利,一二日即可到達越州,故本詩即應該作於長慶四年年初的三五日内,地點在越州,元稹時任浙東觀察使、越州刺史。本詩是我們现在能够見到的元稹本年編年詩篇的第一首詩歌,因此不應該如《年譜》、《編年箋注》、《年譜新編》這樣排列元稹的編年詩篇。

■ 酬樂天元日郡齋感懷見寄(一)①

據白居易《蘇州李中丞以元日郡齋感懷詩寄微之
及予輒依來篇七言八韵走筆奉答兼呈微之》

[校記]

(一)酬樂天元日郡齋感懷見寄:元稹本佚失詩所據白居易《蘇州李中丞以元日郡齋感懷詩寄微之及予輒依來篇七言八韵走筆奉答兼呈微之》,見《白氏長慶集》、《白香山詩集》、《古詩鏡·唐詩鏡》、《歲時雜詠》、《會稽掇英總集》、《咸淳臨安志》、《吴都文粹續集》、《全詩》、《全唐詩録》同,未見異文。

[箋注]

① 酬樂天元日郡齋感懷見寄:關於這件詩壇趣聞,頗爲曲折:首先是李諒寄詩呈元稹白居易,李諒《蘇州元日郡齋感懷寄越州元相公杭州白舍人(時長慶四年也)》:"稱慶還鄉郡吏歸,端憂明發儼朝衣。首開三百六旬日,新知四十九年非。當官補拙猶勤慮,遊宦量才已息機。舉族共資隨月俸,一身惟憶故山薇。舊交邂逅封疆近,老牧蕭條宴賞稀。書札每來同笑語,篇章時到借光輝。絲綸暫厭分符竹,舟楫初登擁羽旗。未知今日情何似?應與幽人事有違。"元稹有《酬復言長慶四年元日郡齋感懷見寄》回酬李諒,白居易也有詩篇《蘇州李中丞以元日郡齋感懷詩寄微之及予輒依來篇七言八韵走筆奉答兼呈微之》回酬:"白首餘杭白太守,落魄拋名來已久。一辭渭北故園春,再把江南新歲酒。杯前笑歌徒勉强,鏡裏形容漸衰朽。領郡慚當潦倒年,鄰州喜得平生友。長洲草接松江岸,曲水花連鏡湖口。老去還能痛飲無?春來曾作閑遊否?憑鶯傳語報李六,倩雁將書與元九。莫嗟一日日催人,且貴一年年入手。"白居易詩又連帶"兼呈微之",作爲白居易的最好朋友,再次慶賀白居易在所必然,但今存元稹詩文未見,故據本補佚失詩。　元日:正月初一。孟浩然《田家元日》:"昨夜斗回北,今朝歲起東。我年已强仕,無禄惟尚農。"韋應物《元日寄諸弟兼呈崔都水》:"一從守兹郡,兩鬢生素髮。新正加我年,故歲去超忽。"亦即歲日,李約《歲日感懷》:"曙氣變東風,蟾壺夜漏窮。新春幾人老?舊曆四時空。"元稹《歲日贈拒非》:"君思曲水嗟身老,我望通州感道窮。同入新年兩行泪,白頭翁坐説城中。"　郡齋:郡守起居之處。韋應物《郡齋卧疾絶句》:"香爐宿火滅,蘭燈宵影微。秋齋獨卧病,誰與覆寒衣?"岑參《郡齋閑坐》:"負郭無良田,屈身狥微禄。平生好疏曠,何事就羈束?"　感懷:有感於懷,有所感觸。劉禹錫《元日感懷》:"振蟄春潛至,湘南人未歸。身加一日長,心覺去年非。"吕温《鞏路感懷》:"馬嘶白日暮,劍鳴秋氣來。我心浩無際,河上空徘徊。"

[編年]

未見《元稹集》採録,也未見《年譜》、《編年箋注》、《年譜新編》採録與編年。

我們以爲,本詩應該賦成於李諒《蘇州元日郡齋感懷寄越州元相公杭州白舍人》、元稹《酬復言長慶四年元日郡齋感懷見寄》、白居易《蘇州李中丞以元日郡齋感懷詩寄微之及予輒依來篇七言八韵走筆奉答兼呈微之》之後,亦即長慶四年正月上旬,具體來説也就是元日之後一二日内,地點在越州,元稹時任越州刺史、浙東觀察使之職。

◎ 和樂天早春見寄[①]

雨香雲澹覺微和,誰送春聲入棹歌[②]? 萱近北堂穿土早,柳偏東面受風多[③]。湖添水色消殘雪[(一)],江送潮頭湧漫波[④]。同受新年不同賞,無由縮地欲如何[⑤]?

録自《元氏長慶集》卷二二

[校記]

(一) 湖添水色消殘雪:原本作"湖添水劑消殘雪",楊本、叢刊本、《淵鑑類函》、《佩文齋詠物詩選》、《全詩》注、《全唐詩録》同,語義不佳,據《唐詩品彙》、《三體唐詩》、《御選唐詩》、《全詩》、《浙江通志》改。

[箋注]

① 和樂天早春見寄:白居易原唱是《早春憶微之》,詩云:"昏昏老與病相和,感物思君嘆復歌。聲早鷄先知夜短,色濃柳最占春多。沙頭雨染斑斑草,水面風驅瑟瑟波。可道眼前光景惡? 其如難見故

人何?”元稹酬篇與白居易原唱次韵,白居易原唱可與本詩并讀。和:以詩歌酬答,依照别人詩詞的題材和體裁作詩詞,亦有與自己詩詞應和者,如唐代王初有《自和書秋》。王維《和僕射晉公扈從温陽》:“天子幸新豐,旌旗渭水東。寒山天仗外,温谷幔城中。”韋應物《和李二主簿寄淮上綦毋三》:“滿城憐傲吏,終日賦新詩。請報淮陰客,春帆浪作期。” 早春:初春。王勃《早春野望》:“江曠春潮白,山長曉岫青。他鄉臨睨極,花柳映邊亭。”張子容《長安早春》:“開國維東井,城池起北辰。咸歌太平日,共樂建寅春。” 見:用在動詞前面表示被動,相當於被,受到。《孟子·梁惠王》:“百姓之不見保,爲不用恩焉!”韓愈《駑驥贈歐陽詹》:“有能必見用,有德必見收。孰云時與命,通塞皆自由。”

② 微和:輕微的暖氣,稍爲暖和。陶潛《擬古九首》七:“日暮天無雲,春風扇微和。”方干《閏春》:“羃羃復蒼蒼,微和傍早陽。” 春聲:春天的聲響,如春水流響、春芽坼裂和禽鳥鳴囀等。李白《侍從宜春苑奉詔賦龍池柳色初青聽新鶯百囀歌》:“間關早得春風情,春風卷入碧雲去。千門萬户皆春聲,是時君王在鎬京。”杜甫《正月三日歸溪上有作簡院内諸公》:“野外堂依竹,籬邊水向城。蟻浮仍臘味,鷗泛已春聲。” 棹歌:行船時所唱之歌。劉徹《秋風辭》:“簫鼓鳴兮發棹歌,歡樂極兮哀情多。”許渾《酬和杜侍御》:“正把新詩望南浦,棹歌應是木蘭舟。”

③ “萱近北堂穿土早”兩句:周弼《三體唐詩》在兩句後注:“時微之以李賞之謗,自同州移浙東。樂天守杭,在北,故以北萱喻樂天之可忘己憂,以東柳喻己之受侮不少也!”可備一説。 萱:萱草,古人以爲萱草可以使人忘憂,故又稱忘憂草。韋應物《對萱草》:“何人樹萱草?對此郡齋幽。本是忘憂物,今夕重生憂。”楊乘《南徐春日懷古》:“愁夢全無蝶,離憂每愧萱。” 北堂:古代居室東房的後部,爲婦女盥洗之所。《儀禮·士昏禮》:“婦洗在北堂。”鄭玄注:“北堂,房中

半以北。”賈公彦疏：“房與室相連爲之，房無北壁，故得北堂之名。”後因以“北堂”指主婦居處。韓愈《示兒》：“主婦治北堂，膳服適戚疏。”指母親的居室，語本《詩・衛風・伯兮》：“焉得諼草，言樹之背？”毛傳：“背，北堂也。”王禹偁《寄金鄉張贊善》：“年少辭榮自古稀，朝衣不著著斑衣。北堂侍膳侵星起，南畝催耕冒雨歸。”　穿土：破土而出。善住《竹石》：“風葉刁騷弄晚凉，影傳縑素豈聞香！石根稺子才穿土，蚤已能齊老幹長。”李昱《學圃齋雜詠五首》一：“淅淅風生砌，沄沄水滿塘。藕根穿土闊，茭葉過人長。”　受風：接受風的吹拂，承受風的壓力。杜甫《春歸》：“遠鷗浮水静，輕燕受風斜。世路雖多梗，吾生亦有涯。”王安石《和御製賞花釣魚二首》二：“蔽虧玉仗宫花密，映燭金溝御水清。珠蕊受風天下暖，錦鱗吹浪日邊明。”

④ 水色：水面呈現的色澤。蕭綱《餞别》：“窗陰隨影度，水色帶風移。”劉長卿《送康判官往新安》：“猿聲近廬霍，水色勝瀟湘。驛路收殘雨，漁家帶夕陽。”　殘雪：尚未化盡的雪。杜審言《大酺》：“梅花落處疑殘雪，柳葉開時任好風。”于良史《冬日野望寄李贊府》：“風兼殘雪起，河帶斷冰流。”　潮頭：潮水的浪峰。竇常《北固晚眺》：“山趾北來固，潮頭西去長。年年此登眺，人事幾銷亡！”劉禹錫《張郎中籍遠寄長句開緘之日已及新秋因舉目前仰酬高韵》：“雲銜日脚成山雨，風駕潮頭入渚田。對此獨吟還獨酌，知音不見思愴然。”漫波：大波。吴泳《溪亭春日》：“不必尋芳出遠郊，八分春盡屬亭皋。漫波緑皺一溪水，暖日紅蒸千樹桃。”王沂《浦口雜詠次劉吟所》：“江浦蘆灰酒最多，江頭人唱竹枝歌。坐看畫舫高低處，又是潮來水漫波。”

⑤ 新年：一年之始，指元旦及其後的幾天。吴自牧《夢粱録・正月》：“正月朔日，謂之元旦，俗呼爲新年。一歲節序，此爲之首。”白居易《繡婦嘆》：“連枝花樣繡羅襦，本擬新年餉小姑。”　同賞：同樣獎賞。《史記・商君列傳》：“告奸者與斬敵首同賞，匿奸者與降敵同

罰。"一同欣賞。韓維《庵中睡起五頌寄海印長老》五:"更欲强招年少客,折花同賞夢中春。" 無由:没有門徑,没有辦法。駱賓王《西京守歲》:"夜將寒色去,年共曉光新。耿耿他鄉夕,無由展舊親。"李頎《奉送五叔入京兼寄綦毋三》:"雲陰帶殘日,悵别此何時! 欲望黄山道,無由見所思。" 縮地:傳説中化遠爲近的神仙之術。葛洪《神仙傳·壺公》:"費長房有神術,能縮地脈,千里存在,目前宛然,放之復舒如舊也。"韋渠牟《步虚詞十九首》四:"羽節忽排烟,蘇君已得仙。命風驅日月,縮地走山川。"後因謂兩地相距遥遠不能迅速會晤爲縮地無術。岑参《阻戎瀘間群盗》:"帝鄉北近日,瀘口南連蠻。何當遇長房,縮地到京關!" 如何:奈何,怎麽辦。《詩·秦風·晨風》:"如何如何,忘我實多。"白居易《新樂府·上陽白髮人》:"上陽人,苦最多:少亦苦,老亦苦,少苦老苦兩如何?"

[編年]

《年譜》編年本詩於長慶四年,理由是:"詩云:'同受新年不同賞。'"《編年箋注》編年:"元稹此詩作于長慶四年(八二四),時在浙東觀察使任。"《年譜新編》亦編年長慶四年,理由是:"白居易原唱爲《早春憶微之》,次韻酬和。白居易長慶四年五月離杭州,元稹長慶三年十月至越州,故詩當作於長慶四年春。"

元詩有句:"同受新年不同賞。"新年是一年之始,應該指元旦及其後的幾天,所以我們的編年意見是本詩賦詠於長慶四年新年之後不多幾天之内,而"長慶四年"、"長慶四年春"的説法都是不够確切的。

◎ 酬樂天早春閑游西湖頗多野趣恨不得與微之同賞因思在越官重事殷鏡湖之遊或恐未暇因成十八韵見寄樂天前篇到時適會予亦宴鏡湖南亭因述目前所睹以成酬答末章亦示暇誠則勢使之然亦欲粗爲恬養之贈耳(浙東時作)(一)①

雁思欲迴賓,風聲乍變新②。各携紅粉妓,俱伴紫垣人③。水面波疑縠,山腰虹似巾④。柳條黄大帶,茭葑(茭葑,草根)緑文茵⑤。雪盡纔通屐,汀寒未有蘋⑥。向陽偏曬羽,依岸小游鱗⑦。浦嶼崎嶇到,林園次第巡⑧。墨池憐嗜學,丹井羡登真(逸少墨池、稚川丹井,皆越中異迹)(二)⑨。雅嘆游方盛,聊非意所親⑩。白頭辭北闕,滄海是東鄰⑪。問俗煩江界,搜畋想渭津⑫。故交音訊少,歸夢往來頻⑬。獨喜同門舊,皆爲列郡臣⑭。三刀連地軸,一葦礙車輪⑮。尚阻青天霧,空瞻白玉塵⑯。龍因雕字識,犬爲送書馴⑰。勝事無窮境,流年有限身⑱。懶將閑氣力,争鬥野塘春⑲。

録自《元氏長慶集》卷一三

[校記]

(一)酬樂天早春閑游西湖頗多野趣恨不得與微之同賞因思在越官重事殷鏡湖之遊或恐未暇因成十八韵見寄樂天前篇到時適會予亦宴鏡湖南亭因述目前所睹以成酬答末章亦示暇誠則勢使之然亦欲

粗爲恬養之贈耳(浙東時作):楊本、叢刊本、《全詩》同,《浙江通志》作“酬樂天早春閑游西湖頗多野趣恨不能與微之同賞因思在越官重事殷鏡湖之遊或恐未暇因成十八韵見寄樂天前篇到時適會予亦宴鏡湖南亭因述目前所睹以成酬答末章亦示暇誠則勢使之然亦欲粗爲恬養之贈耳”,“不得”與“不能”語義相類,不改。

(二)逸少墨池、稚川丹井,皆越中異迹:叢刊本、《全詩》同,楊本作“逸少墨池、稚州丹井,皆越中異迹”,誤,不取,見本詩“箋注”。《浙江通志》無此注文。

[箋注]

① 酬樂天早春閑游西湖頗多野趣恨不得與微之同賞因思在越官重事殷鏡湖之遊或恐未暇因成十八韵見寄樂天前篇到時適會予亦宴鏡湖南亭因述目前所睹以成酬答末章亦示暇誠則勢使之然亦欲粗爲恬養之贈耳(浙東時作):白居易原唱为《早春西湖閑遊悵然興懷憶與微之同賞因思在越官重事殷鏡湖之遊或恐未暇偶成十八韵寄微之》,詩云:“上馬復呼賓,湖邊景氣新。管弦三數事,騎從十餘人。立換登山屐,行携漉酒巾。逢花看當妓,遇草坐爲茵。西日籠黄柳,東風蕩白蘋。小橋裝雁齒,輕浪甃魚鱗。畫舫牽徐轉,銀船酌慢巡。野情遺世累,醉態任天真。彼此年將老,平生分最親。高天從所願,遠地得爲鄰。雲樹分三驛,烟波限一津。翻嗟寸步隔,却厭尺書頻。浙右稱雄鎮,山陰委重臣。貴垂長紫綬,榮駕大朱輪。出動刀槍隊,歸生道路塵。雁驚弓易散,鷗怕鼓難馴。百吏瞻相面,千夫捧擁身。自然閑興少,應負鏡湖春。”元稹酬和之篇是次韵之作,希望讀者認真并讀。《浙江通志·紹興府》:“鏡湖南亭:元微之有《宴鏡湖南亭》詩。”所説《宴鏡湖南亭》,即應該就是本詩。　早春:初春。李涉《过招隐寺》:“每憶中林訪惠持,今來正遇早春時。”花蕊夫人《宫词》二九:“早春楊柳引長條,倚岸緑堤一面高。”　閑游:没有一定目的的閑逛。楊

凌《小苑春望宮池柳色》:"上苑閑遊早,東風柳色輕。儲胥遥掩映,池水隔微明。"韓愈《閑遊二首》一:"雨後來更好,繞池遍青青。柳花間度竹,菱葉故穿萍。" 西湖:湖名,我國以"西湖"名者甚多,多以其在某地之西爲義,本詩是指在浙江杭州之城西,漢時稱明聖湖、唐時始稱西湖,爲我國著名遊覽勝地,有蘇堤春曉、曲院風荷、平湖秋月、斷橋殘雪、柳浪聞鶯、花港觀魚、雷峰夕照、雙峰插雲、南屏晚鐘、三潭印月等十處勝景。白居易《西湖晚歸回望孤山寺贈諸客》:"柳湖松島蓮花寺,晚動歸橈出道場。盧橘子低山雨重,棕櫚葉戰水風凉。"歐陽修《采桑子》:"輕舟短棹西湖好,緑水逶迤。"另外在廣東省惠州市西、河南省許昌縣城外、福建省福州市市區西、安徽省阜陽縣西北等等地方都有名爲西湖的景點。房琯《題漢州西湖》:"高流纏峻隅,城下緬丘墟。决渠信浩蕩,潭島成江湖。"杜甫《陪王漢州留杜綿州泛房公西湖(房琯刺漢州時所鑿)》:"舊相恩追後,春池賞不稀。闕庭分未到,舟楫有光輝。"許渾《潁州從事西湖亭讌餞》:"西湖清讌不知回,一曲離歌酒一杯……獨想征車過鞏洛,此中霜菊遶潭開。"吴融《離岐下題西湖》:"送夏迎秋幾醉來,不堪行色被蟬催。身隨渭水看歸遠,夢挂秦雲約自迴。"説明以"西湖"爲名的小湖泊還有不少。　野趣:山野的情趣。謝惠連《泛南湖至石帆》:"蕭疏野趣生,逶迤白雲起。"周密《癸辛雜識前集・吴興園圃》:"倪文節别墅在峴山之傍,取浮玉山、碧浪湖合而爲名,中有藏書樓,極有野趣。" 鏡湖:古代長江以南的大型農田水利工程之一,在今浙江紹興會稽山北麓,東漢永和五年(140)在會稽太守馬臻主持下修建,以水準如鏡,故名。宋之問《泛鏡湖南溪》:"乘興入幽栖,舟行日向低。巖花候冬發,谷鳥作春啼。"賀知章《回鄉偶書二首》二:"離别家鄉歲月多,近來人事半銷磨。唯有門前鏡湖水,春風不改舊時波。" 重:繁重,沉重。《韓詩外傳》卷一:"任重道遠者,不擇地而息。"劉長卿《奉餞元侍郎加豫章採訪兼賜章服》:"任重兼烏府,時平偃豹韜。澄清湘水變,分别楚山高。" 殷:盛,大。

《文選·王延壽〈魯靈光殿賦〉》:"殷五代之純熙,紹伊唐之炎精。"李善注:"殷,盛也。"鮑照《蕪城賦》:"是以板築雉堞之殷,井幹烽櫓之勤,格高五嶽,袤廣三墳。"衆,多。《詩·鄭風·溱洧》:"士與女,殷其盈矣!"韓愈《順宗實録》:"樞務之重,軍國之殷,纘而承之,不可蹔闕。" 酬答:應酬交往。謝靈運《擬魏太子鄴中集詩·應瑒》:"調笑輒酬答,嘲謔無慚沮。"葉適《宿覺庵記》:"余亦在其下,苦疾痼,非人事酬答不妄出。" 恬養:謂以恬静涵養性情,語本《莊子·繕性》:"古之治道者,以恬養知。"郭象注:"恬静而後知不蕩,知不蕩而性不失也。"郭若虚《圖畫見聞志序》:"余大父司徒公,雖貴仕而喜廉退恬養。"

② 雁思:因大雁的冬來春去而引起的鄉思。白居易《秋思》:"雁思來天北,砧愁滿水南。蕭條秋氣味,未老已深諳。"張耒《從黄仲閔求友于泉》:"炎暑戰已定,清秋當抗衡。碧雲生雁思,幽草見蛩情。" 風聲:聲望,聲譽。《漢書·王貢兩龔鮑傳序》:"自(東)園公、綺里季、夏黄公、甪里先生、鄭子真、嚴君平皆未嘗仕,然其風聲足以激貪厲俗,近古之逸民也。"元結《下客謠》:"豈知保終信,長使令德全。風聲與時茂,歌頌萬千年。"

③ 紅粉:婦女化妝用的胭脂和鉛粉。《古詩十九首·青青河畔草》:"娥娥紅粉妝,纖纖出素手。"歐陽修《浣溪沙》:"紅粉佳人白玉杯,木蘭船穩棹歌催。" 紫垣:星座名,常借指皇宫。令狐楚《發潭州日寄李甯常侍》:"君今侍紫垣,我已墮青天。"楊億《梁舍人奉使巴中》:"紫垣遣使非常例,應有星文動九霄。"紫垣人,是指在皇宫侍侯皇上的官員,這裏指元稹與白居易自己。

④ 水面:水的表面,水上。杜甫《渼陂行》:"船舷暝戛雲際寺,水面月出藍田關。"趙彦昭《秋朝木芙蓉》:"水面芙蓉秋已衰,繁條偏是著花遲。平明露滴垂紅臉,似有朝愁暮落時。" 縠:縐紗。《漢書·江充傳》:"充衣紗縠禪衣。"顔師古注:"紗縠,紡絲而織之也。輕者爲

紗，縐者爲縠。”王融《古意二首》二：“念君淒已寒，當軒卷羅縠。”　山腰：山脚和山頂之間大約一半的地方。庾信《枯樹賦》：“横洞口而欹卧，頓山腰而半折。”白居易《殘暑招客》：“雲截山腰斷，風驅雨脚迴。”虹：大氣中一種光的現象，天空中的小水珠經日光照射發生折射和反射作用而形成的圓弧形彩帶，呈現紅、橙、黄、緑、藍、靛、紫七種顏色。這種圓弧常出現兩個：紅色在外，紫色在内，顔色鮮紅的稱“虹”，也稱正(雄)虹；紅色在内，紫色在外，顔色較淡的稱“霓”，也稱副(雌)虹。《禮記・月令》：“(季春之月)虹始見，萍始生。”陳潤《賦得浦外虹送人》：“日影化爲虹，彎彎出浦東。”　巾：供擦拭、覆蓋、包裹、佩帶等用的一方布帛。《周禮・天官・冪人》：“冪人掌共巾冪。”鄭玄注：“共巾可以覆物。”杜甫《麗人行》：“楊花雪落覆白蘋，青鳥飛去銜紅巾。”趙汸注：“紅巾，蓋婦人之飾。”

⑤ 柳條：柳樹的枝條。蕭綱《春日想上林》：“柳條恒著地，楊花好上衣。”劉禹錫《送春詞》：“蘭蕊殘妝含露泣，柳條長袖向風揮。”大帶：古代貴族禮服用帶，有革帶、大帶之分。革帶以繫佩韍，大帶加於革帶之上，用素或練製成。《禮記・玉藻》：“大夫大帶四寸。”鄭玄注：“大夫以上以素，皆廣四寸；士以練，廣二寸。”《詩・曹風・鳲鳩》：“其帶伊絲。”鄭玄箋：“‘其帶伊絲’，謂大帶也。大帶用素絲，有雜色飾焉！”這裏用來比喻飄動的柳條。　茭葑：菰根，泛指水草。楊萬里《湖天暮景》：“湖面黏天不見堤，湖心茭葑水周圍。”蘇軾《申三省起請開湖六條狀》：“自來西湖，水面不許人租佃，惟茭葑之地，方許請賃種植。”　文茵：車中的虎皮坐褥。《詩・秦風・小戎》：“文茵暢轂，駕我騏馵。”毛傳：“文茵，虎皮也。”《釋名・釋車》：“文鞇，車中所坐者也，用虎皮，有文采。”陶潛《閑情賦》：“悲文茵之代御，方經年而見求。”亦泛稱有花紋的褥席。張華《太康六年三月三日後園會四章》三：“朱幕雲覆，列坐文茵。”這裏以“文茵”喻指茭葑之地的緑色植物清新可愛。

⑥ 屐：木製的鞋，底大多有二齒，以行泥地。《晉書・五行志》：

"初作屐者,婦人頭圓,男子頭方,圓者順之義,所以别男女也。至太康初,婦人屐乃頭方,與男無别。"李白《越女詞五首》一:"屐上足如霜,不著鴉頭襪。"吕祖謙《卧遊録》:"〔謝靈運〕嘗著大屐,上山則去前齒,下山則去後齒。" 汀:水之平,引申爲水邊平地,小洲。《説文·水部》:"汀,平也。"段玉裁注:"謂水之平也。水準謂之汀,因之洲渚之平謂之汀。李善引《文字集略》云:'水際平沙也。'乃引伸之義耳!"張若虚《春江花月夜》:"空裏流霜不覺飛,汀上白沙看不見。" 蘋:植物名,也稱四葉菜、田字草。多年生草本,生淺水中,葉有長柄,柄端四片小葉成田字形,夏秋開小白花。全草入藥,也可作豬飼料。《詩·召南·采蘋》:"於以采蘋?南澗之濱。"毛傳:"蘋,大蓱也。"韓愈《和席八十二韵》:"傍砌看紅藥,巡池詠白蘋。"

⑦ 向陽:面對太陽,朝著太陽。潘岳《閑居賦》:"蘘荷依陰,時藿向陽。"張九齡《園中時蔬盡皆鋤理唯秋蘭數本委而不顧彼雖一物有足悲者遂賦二章》:"場藿已成歲,園葵亦向陽。蘭時獨不偶,露節漸無芳。" 曬羽:鳥類家禽在陽光下暴曬自己的毛羽。蘇子卿《朱鷺》:"欲向天池飲,還遶上林飛。金堤曬羽翮,丹水浴毛衣。"夏竦《晚晴》:"宿鳥幽叢鬧,殘虹遠色開。脱簑人顧步,曬羽鶴徘徊。" 依岸:靠近岸邊。儲光羲《雜詠五首·池邊鶴》:"舞鶴傍池邊,水清毛羽鮮。立如依岸雪,飛似向池泉。"馬戴《送僧歸金山寺》:"迥寺横洲島,歸僧渡水雲。夕陽依岸盡,清磬隔潮聞。" 遊鱗:遊魚。潘岳《閑居賦》:"遊鱗瀺灂,菡萏敷披。"王維《戲贈張五弟諲三首》三:"設罝守毚兔,垂釣伺遊鱗。"

⑧ 浦嶼:水中小島。白居易《舟行阻風寄李十一舍人》:"扁舟厭迫烟波上,杖策閑尋浦嶼閑。"李群玉《桑落洲》:"浦嶼漁人火,蒹葭鳧雁聲。" 崎嶇:形容地勢或道路高低不平。張衡《南都賦》:"上平衍而曠蕩,下蒙籠而崎嶇。"元結《宿無爲觀》:"九疑山深幾千里,峰谷崎嶇人不到。" 林園:山林田園。陶潛《辛丑歲七月赴假還江陵夜行塗

口作》:"詩書敦宿好,林園無世情。"范成大《休寧》:"林園富瓜笱,堂密美杉柏。"　次第:依次。《漢書·燕剌王劉旦傳》:"及衛太子敗,齊懷王又薨,旦自以次第當立,上書求入宿衛。"劉禹錫《秋江晚泊》:"暮霞千萬狀,賓鴻次第飛。"

⑨ 墨池:洗筆硯的池子,著名書法家漢代張芝、晉代王羲之等均有"墨池"傳説著稱後世。裴説《懷素臺歌》:"永州東郭有奇怪,筆家墨池遺迹在。"曾鞏《墨池記》:"〔臨川〕新城之上有池窪然,而方以長,曰王羲之之墨池。"本詩的墨池,傳説是王羲之的墨池,原詩詩注:"逸少墨池……越中異迹。"《六藝之一録》卷三一七轉引《晉書·王羲之傳》,略云:"王羲之,字逸少,司徒導之從子也。善隸書,爲古今之冠。爲右軍將軍、會稽内史,嘗與同志宴集於會稽山陰之蘭亭,羲之爲序。又山陰道士養好鵝,羲之往觀,甚悦,爲寫《道德經》畢,籠鵝而歸。嘗詣門生家,見棐几滑浄,因書之,真草相半,後爲其父刮去,門生驚懊累日。又蕺山老姥持六角竹扇賣之,羲之書其扇,各爲五字,曰:'但言是王右軍書,以求百錢。'人競買之,其書爲世所重,皆此類也。每自稱:'我書比鍾繇,當抗行。比張芝草,猶當雁行也。'曾與人書云:'張芝臨池學書,池水盡黑。'"　嗜:愛好,喜愛。《詩·小雅·楚茨》:"苾芬孝祀,神嗜飲食。"梅堯臣《依韵和永叔勸飲酒莫吟詩雜言》:"我生無所嗜,唯嗜酒與詩。"　丹井羨登真:丹石之井,原詩注:"稚川丹井……越中異迹。"王嘉《拾遺記》卷九:"傍有丹石井,非人工所鑿,下及漏泉,水常沸湧。諸仙欲飲之時,以長綆引汲也。其國人皆多力,不食五穀,日中無影,飲桂漿雲霧。羽毛爲衣髪,大如縷堅,韌如筋伸……此人髪以爲繩,汲丹井之水,久久方得升合之水。水中有白蛙兩翅,常去來井上,仙者食之。至周王子晉臨井而窺,有青雀銜玉杓以授子晉,子晉取而食之,乃有雲起雪飛,子晉以衣袖揮雪,則雲霽雪止,白蛙化爲雙白鳩入雲,望之遂滅。皆頻斯國之所記,蓋其人年不可測也。使圖其國山川、地勢、瑰異之屬,以示張華,華云此神異之

國,難可驗信,以車馬珍服送之出關。”顧況《山中》:“野人愛向山中宿,况在葛洪丹井西。” 稚川:道家傳説的仙都,爲稚川真君所居。據傳,唐玄宗時,僧契虚入商山,遇棒子(肩背竹簍的商販),同遊山頂,見有城邑宫闕,璣玉交映於雲霞之外。棒子指語:“此仙都稚川也。”至一殿,見一人具簪笏,憑玉幾而坐,其貌甚偉,侍衛環列,呵禁極嚴,曰:“是稚川真君。”張讀《宣室志》記述甚詳。按,稚川,晉葛洪字,葛洪好神仙之事,死後,人以爲其成仙。

⑩ 雅:副詞,甚,頗。《後漢書·章德竇皇后》:“肅宗先聞后有才色,數以訊諸姬傅。及見,雅以爲美。”白居易《燕子樓詩序》:“善歌舞,雅多風態。”發語詞。徐集孫《舟中》:“雅陪雲衲三生話,分得漁舟半日凉。”張相《詩詞曲語辭匯釋》卷二:“雅,猶頗也;又爲發語辭……此種‘雅’字,均不爲義。” 嘆:嘆息,嘆氣。《詩·王風·中谷有蓷》:“有女仳離,嘅其嘆矣!”讚嘆,讚美。孔融《論盛孝章書》:“孝章要爲有天下大名,九牧之人,所共稱嘆。” 游:同“遊”,遨遊,遊覽。《詩·大雅·卷阿》:“豈弟君子,來游來歌,以矢其音。”《莊子·秋水》:“莊子與惠子游于濠梁之上。” 方:副詞,表示某種狀態正在持續或某種動作正在進行,猶正。《左傳·定公四年》:“國家方危,諸侯方貳,將以襲敵,不亦難乎?”韓愈《與鄂州柳中丞書》二:“愚初聞時,方食,不覺棄匕箸起立。” 盛:大,盛大。《孟子·公孫丑》:“自生民以來,未有盛於孔子也。”《史記·春申君列傳論》:“吾適楚,觀春申君故城,宫室盛矣哉!” 聊:願意,快樂。《詩·邶風·泉水》:“孌彼諸姬,聊與之謀。”毛傳:“聊,願也。”石崇《王明君辭》:“殺身良不易,默默以苟生。苟生亦何聊,積思常憤盈。” 意:願望,亦引申爲志向。賈誼《過秦論》:“有席捲天下,包舉宇内,囊括四海之意,併吞八荒之心。”《三國志·杜畿傳》:“郡中奇其年少而有大意也。” 所:助詞,相當於“之”、“的”。《史記·平準書論》:“《禹貢》九州,各因其土地所宜,人民所多少而納職焉!”《史記·六國年表》:“或曰:‘東方物所始生,西

方物之成孰。’” 親:喜愛,親愛。《孟子·滕文公》:“夫夷子,信以爲人之親其兄之子。”趙岐注:“親,愛也。”《後漢書·寇恂傳》:“耿府君在上谷,久爲吏人所親,今易之,得賢則造次未安,不賢則秖更生亂。”

⑪ 白頭:猶白髮,意謂年老。元稹離開長安之年是四十四歲,稱老尚早,但白頭却是的的確確的,並無半點虚假。元稹《酬翰林白學士代書一百韵》:“甯牛終夜永,潘鬢去年衰(予今年始三十二,去歲已生白髮)。”就是明證。王熊《奉别張岳州説二首》一:“歲月空嗟老,江山不惜春。忽聞黄鶴曲,更作白頭新。”王維《送楊少府貶郴州》:“青草瘴時過夏口,白頭浪裏出湓城。長沙不久留才子,賈誼何須吊屈平!” 北闕:古代宫殿北面的門樓,是臣子等候朝見或上書奏事之處。《漢書·高帝紀》:“蕭何治未央宫,立東闕、北闕、前殿、武庫、太倉。”顔師古注:“未央宫雖南嚮,而上書、奏事、謁見之徒皆詣北闕。”也用爲宫禁或朝廷的别稱。李陵《答蘇武書》:“男兒生以不成名,死則葬蠻夷中,誰復能屈身稽顙,還向北闕,使刀筆之吏弄其文墨耶?”李白《憶舊遊寄淮郡元參軍》:“北闕青雲不可期,東山白首還歸去。” 滄海:我國古代對東海的别稱。曹操《步出夏門行》:“東臨碣石,以觀滄海。”《初學記》卷六引張華《博物志》:“東海之别有渤澥,故東海共稱渤海,又通謂之滄海。”東海所指因時而異,大抵先秦時代多指今之黄海,秦漢以後兼指今之黄海、東海,本詩是指杭州灣之外的東海。東鄰:位於東面的鄰居,這裏指杭州與越州東面的大海。駱賓王《詠美人在天津橋》:“美女出東鄰,容與上天津。整衣香滿路,移步襪生塵。”沈佺期《李舍人山園送龐邵》:“符傳有光輝,諠諠出帝畿。東鄰借山水,南陌駐驂騑。”

⑫ 問俗:訪問風俗。《禮記·曲禮》:“入竟而問禁,入國而問俗,入門而問諱。”鄭玄注:“俗,謂常所行與所惡也。”王昌齡《武陵開元觀黄煉師院三首》三:“山觀空虚清静門,從官役吏擾塵喧。暫因問俗到真境,便欲投誠依道源。” 江界:江水形成的天然分界,本詩指杭州

與越州的分界綫錢塘江，這裹借指杭州刺史白居易。白居易《元微之除浙東觀察使喜得杭越鄰州先贈長句》："郡樓對玩千峰月，江界平分兩岸春。杭越風光詩酒主，相看更合與何人？"李頻《送侯郎中任新定二首》一："爲郎非白頭，作牧授滄洲。江界乘潮入，山川值勝遊。"搜畋：狩獵。葛洪《抱朴子・君道》："搜畋，則樂失獸而得士，識弛網而悦遠。"元稹《代曲江老人百韵》："星移逐西顧，風暖助東巡。浴德留湯谷，搜畋過渭濱。" 渭津：即"渭濱"，《韓非子・喻老》："文王舉太公於渭濱者，貴之也。"後因以"渭濱"指太公望吕尚。《宋書・周續之傳》："是以渭濱佐周，聖德廣運；商洛匡漢，英業乃昌。"本詩喻指自己的好朋友白居易。

⑬ 故交：舊交，舊友。盧照鄰《羈卧山中》："卧壑迷時代，行歌任死生。紅顔意氣盡，白璧故交輕。"李白《宣州九日聞崔四侍御與宇文太守遊敬亭余時登響山不同此賞醉後寄崔侍御二首》一："遠訪投沙人，因爲逃名客。故交竟誰在？獨有崔亭伯。" 音訊：音信。趙蕃《觀賈元放書迹寄其弟季承》："古寺荒凉客寓居，閉門百事付乘除……追懷存没傷零落，底事秋來音訊疏？"華岳《寄仵判院八首》二："自慚兒女總江湖，鴻雁不來音訊疏。且喜北堂珠玉眷，團圞環誦道家書。" 歸夢：歸鄉之夢。謝朓《和沈右率諸君餞謝文學》："望望荆臺下，歸夢相思夕。"段成式《逸句》："虱暴妨歸夢，蟲喧徹曙更。" 往來：亦作"往徠"，來去，往返。《易・咸》："憧憧往來，朋從爾思。"李鏡池通義引王肅曰："〔憧憧〕，往來不絶貌。"《隸釋・漢仙人唐公房碑》："是時府在西成，去家七百餘里，休謁往徠，轉景即至。"温庭筠《經李徵君故居》："惆悵羸驂往來慣，每經門巷亦長嘶。"

⑭ 同門：同師受業，亦指同師受業者。《禮記・檀弓》"吾離群而索居"鄭玄注："群，謂同門朋友也。"俞樾《茶香室叢鈔・同門》："然則同門之誼，唐人已與同年並重矣！"這裹指元稹白居易同登吏部乙科以及制科"才識兼茂明於體用科"而言。孟雲卿《傷懷贈故人》："二十

學已成,三十名不彰。豈無同門友？貴賤易中腸。”劉禹錫《送張盥赴舉詩並引》:“古人以偕受學爲同門友,今人以偕升名爲同年友。”　列郡:諸郡。鄒陽《上書吴王》:“何則？列郡不相親,萬室不相救也。”劉長卿《送崔使君赴壽州》:“列郡專城分國憂,彤幨皂蓋古諸侯。仲華遇主年猶少,公瑾論功位已酬。”這裏指元稹在越州,兼職刺史,白居易在杭州,拜職刺史,崔玄亮在湖州,正爲使君。元稹、白居易與崔玄亮,都是貞元十九年吏部乙科的同年,故言。請注意,李諒雖然這時在蘇州刺史任,但他與元稹白居易不是“同門”,不應該包括在内。

⑮ 三刀:《晉書・王濬傳》:“夢懸三刀於卧屋梁上,須臾又益一刀。濬驚覺,意甚惡之。主簿李毅再拜賀曰:‘三刀爲州字,又益一者,明府其臨益州乎?’及賊張弘殺益州刺史皇甫晏,果遷濬爲益州刺史。”後遂以“三刀”作爲刺史之代稱。盧綸《送從舅成都縣丞廣歸蜀》:“古郡三刀夜,春橋萬里心。唯應對楊柳,暫醉卓家琴。”柳宗元《奉和周二十二丈酬郴州侍郎衡江夜泊得韶州書并附當州生黄茶一封率然成篇代意之作》:“丘山仰德耀,天路下征騑。夢喜三刀近,書嫌五載違。”　地軸:古代傳説中大地的軸。張華《博物志》卷一:“地有三千六百軸,犬牙相舉。”黄滔《融結爲河嶽賦》:“龜負龍擎,文籍其陽九陰六;共觸愚移,傾缺其天樞地軸。”泛指大地。《南齊書・樂志》:“義滿天淵,禮昭地軸。”范成大《望海亭賦》:“送萬折之傾注,艷寒光之迸射;浸地軸以上浮,盪天容而一色。”這裏意謂自己與白居易、崔玄亮三個同年同爲州郡刺史,地理相連,感情與共,是值得高興的事情。　一葦:《詩・衛風・河廣》:“誰謂河廣,一葦杭之?”孔穎達疏:“言一葦者,謂一束也,可以浮之水上而渡,若桴栰然,非一根葦也。”後以“一葦”爲小船的代稱。杜甫《洗兵馬(收京後作)》:“中興諸將收山東,捷書日報清晝同。河廣傳聞一葦過,胡兒命在破竹中。”蘇軾《游武昌寒溪西山寺》:“今朝横江來,一葦寄衰朽。”　車輪:車輛或機械上能旋轉的輪子。陳子良《遊俠篇》:“洛陽麗春色,遊俠騁輕肥。

水逐車輪轉,塵隨馬足飛。”李白《北上行》:“馬足蹶側石,車輪摧高崗。” 一葦礙車輪:意謂杭州與越州雖僅僅祇是一水之隔,越州與湖州也有運河相連,兩者都可以一葦可渡,但陸路的來往却並不方便。

⑯ 青天:指天,其色藍,故稱。《莊子·田子方》:“夫至人者,上闚青天,下潛黄泉,揮斥八極,神氣不變。”孟浩然《越中逢天台太一子》:“上逼青天高,俯臨滄海大。” 霧:雲氣。《莊子·大宗師》:“孰能登天遊霧,撓挑無極?”《楚辭·遠遊》:“叛陸離其上下兮,遊驚霧之流波。”王逸注:“蹈履雲氣,浮游清波也。”《文選·左思〈魏都賦〉》:“陽靈停曜於其表,陰祇濛霧於其裏。”劉良注:“言樓臺高峻入天……雲雨之神濛雲霧於内也。” 白玉:白色的玉,亦指白璧。《禮記·月令》:“〔孟秋之月〕衣白衣,服白玉。”《楚辭·九歌·湘夫人》:“白玉兮爲鎮,疏石蘭兮爲芳。” 塵:飛揚的灰土。《左傳·成公十六年》:“甚囂,且塵上矣!”韓愈《春雪映早梅》:“誰令香滿座,獨使浄無塵?”

⑰ 龍因雕字識:雕龍,雕鏤龍紋,比喻善於修飾文辭或刻意雕琢文字,語出《史記·孟子荀卿列傳》:“騶衍之術迂大而閎辯,奭也文具難施;淳於髡久與處,時有得善言,故齊人頌曰:‘談天衍,雕龍奭,炙轂過髡。’”裴駰集解引劉向《别録》:“騶奭修衍之文,飾若雕鏤龍文,故曰‘雕龍’。”江淹《别賦》:“賦有淩雲之稱,辯有雕龍之聲。”陸游《舟行過梅市》:“老來無復雕龍思,遇興新詩取次成。”這裹意在讚揚白居易對自己詩文的影響,是詩人的自謙之詞。 犬爲送書馴:歐陽詢《藝文類聚》卷九四:“《述異記》曰:陸機少時頗好獵,在吴,豪客獻快犬,名曰黄耳。機後仕洛,常將自隨。此犬黠慧,能解人語。又嘗借人三百里外,犬識路自還,一日至家。機羈旅京師,久無家問,因戲語犬曰:‘我家絶無書信,汝能齎書馳取消息不?’犬摇尾作聲應之,機試爲書,盛以竹筒,繫之犬頸。犬出驛路,走向吴……先到機家,口銜筒,作聲示之。機家開筒取書,看畢。犬又伺人作聲,如有所求。其家作答書,内筒,復繫犬頸。犬既得答,仍馳還洛,計人

行程五旬,犬往還裁半月。後犬死,殯之遣送還葬機村,去機家二百步,聚土爲墳,村人呼爲黄耳冢。"這裏指元稹白居易在杭越以竹筒傳遞書詩之事。

⑱ 勝事:美好的事情。《南齊書・竟陵文宣王子良傳》:"子良少有清尚,禮才好士……善立勝事,夏月客至,爲設瓜飲及甘果,著之文教。"劉長卿《送孫逸歸廬山》:"常愛此中多勝事,新詩他日佇開緘。"無窮:無盡,無限,指事物没有窮盡。《孫子・虚實》:"人皆知我所以勝之形,而莫知吾所以制勝之形,故其戰勝不復,而應形於無窮。"《史記・田單列傳論》:"兵以正合,以奇勝。善之者,出奇無窮。"《通典・選舉》:"人之心智,蓋有涯分,而九流七略,書籍無窮。" 流年:如水般流逝的光陰、年華。鮑照《登雲陽九裏埭》:"宿心不復歸,流年抱衰疾。"黄滔《寓言》:"流年五十前,朝朝倚少年。流年五十後,日日侵皓首。" 有限:有限制,有限度。《文選・曹丕〈與朝歌令吴質書〉》:"塗路雖局,官守有限。"李善注引《孟子》:"吾聞有官守者,不得其職則去。"杜甫《前出塞九首》六:"殺人亦有限,立國自有疆。"

⑲ 氣力:體力,力氣。《戰國策・西周策》:"夫射柳葉者,百發百中,而不以善息,少焉氣力倦,弓撥矢鉤,一發不中,前功盡矣!"《史記・齊悼惠王世家》:"朱虚侯年二十,有氣力,忿劉氏不得職。"指精力。《朱子語類》卷六八:"他錯説了,後來四子費盡氣力去解,轉不分明。" 争鬥:争奪,鬥毆。《禮記・聘義》:"勇敢强有力,而不用之於禮義戰勝,而用之於争鬥,則謂之亂人。"孔穎達疏:"此云用之於争鬥者謂私争忿鬥。"荀悦《漢紀・元帝紀》:"朝有變色之言,則下有争鬥之患。" 野塘:野外的池塘或湖泊。張籍《春堤曲》:"野塘鵁鶄飛樹頭,緑蒲紫菱蓋碧流。狂客誰家愛雲水?日日獨來城下遊。"元稹《寄樂天二首》一:"山入白樓沙苑暮,潮生滄海野塘春。老逢佳景唯惆悵,兩地各傷何限神。" 春:這裏意謂老天的恩寵、朝廷的恩寵。李白《携妓登梁王栖霞山孟氏桃園中》"碧草已滿地,柳與梅争春。謝公

自有東山妓，金屏笑坐如花人。"戎昱《紅槿花》："花是深紅葉麴塵，不將桃李共争春。今日驚秋自憐客，折來持贈少年人。"元稹在這裏的用意正與此同，也與後來陸游的《卜算子・詠梅》詞意相似："驛外斷橋邊，寂寞開無主。已是黄昏獨自愁，更著風和雨。　無意苦争春，一任群芳妒。零落成泥碾作塵，只有香如故。"另外請注意元稹同一時期對"野塘春"的反復運用，一在同州，一在越州。長慶二年，元稹遭到李逢吉的誣陷，被迫出貶同州。長慶四年一月，唐穆宗謝世，李逢吉執掌朝政，元稹與李紳，還有李德裕等人一再遭到排斥，詩人的真正含意，正在於此。

[編年]

《年譜》編年本詩於長慶四年，理由是："題下注：'浙東時作。'"《編年箋注》編年："元稹此詩作于長慶四年（八二四），時在浙東觀察使任。見下《譜》。"《年譜新編》亦編年長慶四年，理由是："次韵酬和。參前篇。"所指"前篇"是《和樂天早春見寄》。

我們以爲，元稹長慶三年八月赴任越州，而白居易長慶四年五月離杭州任，他們在杭越唱和中，僅長慶四年有春天。詩題曰"早春"，應該是初春季節，但與《和樂天早春見寄》又並不同時：《和樂天早春見寄》有"同受新年不同賞"之句，應該是詠於長慶四年新年之後不多幾天之内；而本詩雖然也説"早春"，但與"新年"還是有早遲、前後之分，本詩所云"柳條黄大帶，茭葑（茭葑，草根）緑文茵。雪盡才通屐，汀寒未有蘋"就是最好的證明。據元稹作於長慶三年除夜的《除夜酬樂天》所云："今年春在歲前三。"那一年的立春是在除夜之前，春天的氣息顯然也比往年來得早一些。

● 春遊(此一篇乃白樂天所書,錢穆父在越摸刻于蓬萊閣下,今亡矣)(一)①

酒户年年減,山行漸漸難②。欲從心懶慢(二),轉恐興闌散(三)③。鏡水波猶冷,稽峰雪尚殘④。不能辜物色(四),乍可怯春寒⑤!遠目傷千里,新年思萬端⑥。無人知此意,閑凭小欄干(五)⑦。

録自《元氏長慶集》補遺卷一

[校記]

(一) 春遊(此一篇乃白樂天所書,錢穆父在越摸刻于蓬萊閣下,今亡矣):叢刊本同,《石倉歷代詩選》、《全詩》作"春遊",無此題注,均全文引録本詩。另外洪邁《容齋五筆・元微之詩》引録本詩:"……";王士禎《池北偶談・杜律細》也引録本詩"酒户年年減"以下四句,稱爲"元詩";楊慎《升庵集・廣陵散》也引録:"酒户年年減"以下四句,稱爲"元稹詩"。

(二) 欲從心懶慢:原本作"欲終心懶慢",叢刊本、《全詩》、《石倉歷代詩選》同,歷史博物館藏拓本作"欲從心懶慢",語義更佳,據改。

(三) 轉恐興闌散:歷史博物館藏拓本、叢刊本、《全詩》同,《石倉歷代詩選》作"轉覺興闌珊",語義不同,各備一説,不改。

(四) 不能辜物色:叢刊本、《全詩》、《石倉歷代詩選》同,歷史博物館藏拓本作"不能孤物色",語義不同,各備一説,不改。

(五) 閑凭小欄干:叢刊本、《全詩》、《石倉歷代詩選》同,歷史博物館藏拓本作"閑凭曲欄干",語義不同,各備一説,不改。

[箋注]

① 春遊：關於本詩的作者歸屬，前人有不同的看法，分歧甚大：一、《春遊》的作者是白居易。清人朱彝尊《曝書亭集》卷四十九《跋》八《白樂天草書春遊詩拓本跋》云："右白傅草書一十九行，錢穆父在越勒石，置蓬萊閣下。今《長慶集》不載。或以是詩補入元微之《集》中，誤也。"顧學頡先生在《白居易集·春遊》下同意此説："據册葉（筆者按：所謂'册葉'，即顧學頡先生引録《春遊》詩之'明代王氏藏宋拓本法書册葉'，藏於歷史博物館）及朱説，知此詩確係白氏之作。"朱金城先生《白居易集箋校》也據此將《春遊》歸屬白居易名下。二、《春遊》的作者是元稹。宋人洪邁《容齋五筆·元微之詩》："《唐書·藝文志》：元稹《長慶集》一百卷，《小集》十卷，而傳於今者，惟閩、蜀刻本，爲六十卷，三舘所藏，獨有《小集》。文惠公鎮越，以其舊治而文集蓋缺，乃求而刻之，外《春遊》一篇云：'酒户年年減，山行漸漸難。欲終心懶慢，轉恐興闌散。鏡水波猶冷，稽峰雪尚殘。不能辜物色，乍可怯春寒？遠目傷千里，新年思萬端。無人知此意，閑凭小闌干。'白樂天書之，題云：'元相公《春游》。'錢思公藏其真迹，穆父守越時摹刻于蓬萊閣下，今不復存，集中逸此詩，文惠爲列之於集外。李端民平叔嘗和其韵寄公云：'東閣經年別，窮愁客路難。望塵驚岳峙，懷舊各雲散。茵醉恩逾厚，檣歌興未殘。馮唐嗟已老，范叔敢言寒！玉燭調魁柄，陽春在筆端。應憐掃門役，白首滯江干。'樂天所書，予少時得其石刻，後亦失之。"《宋詩紀事·李端民》："《和元微之春遊韵寄洪景伯》：'東閣經年別，窮愁客路難。望塵驚岳峙，懷舊各雲散。茵醉恩逾厚，檣皷興未殘。馮唐嗟已老，范叔敢言寒？玉燭調魁柄，陽春在筆端。應憐埽門役，白首滯江干（《容齋五筆》）。"清人毛奇齡也持此種見解，其《古今通韵》卷四："其註引此詩爲據稱白樂天詩，後見同官檢討朱氏（竹垞，名彝尊）云曾見樂天手書，石刻係宋錢穆父刻於越郡蓬萊閣下者，凡十九行草書，前有寄元札，《春遊》題下有'寄元八相

公'數字,言之鑿鑿。但予按是詩中有'稽山''鏡水'語(鏡水波猶冷,稽峰雪尚殘。不能辜物色,乍可愛春寒),細繹之,似屬元作。是時白在吴,元在越,白未東渡,安有遠指越中山水寫游情者? 此必錢刻時誤增數字傳會! 樂天未可知也。若元集《春遊》題下註云:此篇乃樂天所書,錢穆父在越填刻于蓬萊閣下,今亡矣! 則錢刻亦但言樂天書,未嘗言樂天作,不知檢討所見者又何本耳(此斷是元詩,非白詩,不特詞義不合,即以韵押考之,元詩好用去聲字入平韵,如此部散字、判字,灰部怪字,删部訕字,咸部鑒字,俱三聲字,雖排律用三聲者少,而元獨有之,以此知斷屬元詩非白詩也。第三唐以前極多三聲,必如晁增字,則不勝增矣! 其説見東部及各部韵首)?"毛奇齡對同僚朱彝尊的批駁可謂深而詳。三、《年譜》編年《春遊》於"癸卯至己酉在越州所作其他詩"欄内,并在編年欄内附録:"《容齋五筆》卷二《元微之詩》云:'外《春遊》一篇云:"……鏡水波猶冷,稽峰雪尚殘……"白樂天書之,題云"元相公《春游》"。錢思公藏其真迹,穆父守越時,摹刻于蓬萊閣下,今不復存。集中逸此詩,文惠爲列之於集外……'(朱彝尊《曝書亭集》卷四十九《跋》八《白樂天草書春遊詩拓本跋》云:'右白傅草書一十九行,錢穆父在越勒石,置蓬萊閣下。今《長慶集》不載。或以是詩補入元微之《集》中,誤也。'顧學頡同意此説。)"首鼠兩端,讓人無所適從。《編年箋注》編年本詩,但列在《贈劉採春》之後,也没有説明理由,而《編年箋注》編年《贈劉採春》於大和三年。在《春遊》後按語舉洪邁《容齋五筆·元微之詩》、朱彝尊、顧學頡水火不容之見解,同樣作出"今兩存之,供參考"這樣首鼠兩端的表態。《年譜新編》編年本詩於"癸卯至己酉在越州所作其他詩"欄内,其後引録朱彝尊之文,接著又引録顧學頡之説,結論是:"此詩或是白居易大和三年'想東游'時作(參《想東遊五十韵》序),或是白氏手書元稹之作。"難以取捨,故而騎墻不下。我們以爲朱彝尊、顧學頡、朱金城先生之説有誤,應該商榷;《年譜》、《編年箋注》、《年譜新編》首鼠兩端很不應該:"此一篇乃白樂天所書"云云,明確告訴我們,白居易衹是"書"而不是"賦"或"詠",《石倉歷代詩選》、《全詩》題作"春遊",無題注,均全文引録本詩,歸屬元稹名下。另外洪邁《容齋五筆》、王士禎《池北偶談》、楊慎《升庵集》均引録《春遊》,稱爲"元稹詩"。我們以爲,白居易雖然有"想東游"之計劃,但没有成行,其一生并没有到過越州,"鏡水波猶冷,稽峰雪尚殘"云云不可能出自白居易的詩篇之中;而元稹前後在越州七年,"鏡水波"是他每天都能映入眼簾的美景,"稽峰雪"是他每年冬春都能够看到的美色,故將鏡湖美色、會稽雪景攬入自己的詩篇之中十分自然。《石倉歷代詩選》、《全詩》删除題注,歸屬元稹名下,洪邁《容齋五筆》、王士禎《池北偶談》、楊慎《升庵集》均加引録,歸屬元稹,無疑是準確的。所以我們認爲,本詩應該出自元稹之手。謝思煒《白居易詩集校注・外集卷下・附見》也認爲:"朱彝尊等因其爲白氏所書,便以爲白居易詩,實誤。"意見可取。　春遊:泛指春日出游。陸機《日出東南隅行》:"冶容不足詠,春游良可嘆!"柳永《荔枝香》:"金縷霞衣輕褪,似覺春遊倦。"　錢穆父:宋人,蘇軾《次韵錢穆父紫薇二首》一:"虚白堂前合抱花,秋風落日照横斜。閲人此地知多少?物化無涯生有涯。"岳珂《寶真齋法書贊・錢穆父赴越詩帖》:"鑑湖清泚對胥山,兩地相望一水間。共佩天涯太守印,猶聯丹陛侍臣班。君方白傅才何愧,我比微之思苦慳。"　蓬萊閣:越州著名樓閣之一。《會稽志・府廨》:"設廳之後曰蓬萊閣:元微之《州宅》詩云:'我是玉皇香案吏,謫居猶得住蓬萊。'蓬萊之名取此,故錢公輔詩云:'蓬萊謫居香案吏,此語昔自微之始。後人慷慨慕前修,高閣雄名由是起。'"

② 酒户:酒量,古稱酒量大者爲大户或上户,不能多飲的稱小户或下户。元稹《和樂天仇家酒》:"病嗟酒户年年减,老覺塵機漸漸深。飲罷醒餘更惆悵,不如閑事不經心。"陸游《深居》:"病來酒户何妨小,老去詩名不厭低。"錢仲聯校注:"户,唐人語,指酒量。"　年年:每年,

一年又一年。盧照鄰《昭君怨》:“漢地草應緑,胡庭沙正飛。願逐三秋雁,年年一度歸。”宋之問《有所思》:“年年歲歲花相似,歲歲年年人不同。” 山行:在山中行走。謝靈運《初去郡》:“登嶺始山行,野曠沙岸浄。”周瑀《臨川山行》:“朝見青山雪,暮見青山雲。雲山無斷絶,秋思日紛紛。” 漸漸:逐漸。荀悦《漢紀·武帝紀》:“廣僞死,漸漸騰而上馬,抱胡兒而鞭馬南馳。”張籍《早春病中》:“更憐晴日色,漸漸暖貧居。”

③ 從:跟從,跟隨。《詩·邶風·擊鼓》:“從孫子仲,平陳與宋。”杜甫《石壕吏》:“老嫗力雖衰,請從吏夜歸。” 懶慢:懶惰怠慢,懶惰散漫。語本嵇康《與山巨源絶交書》:“又縱逸來久,情意傲散,簡與禮相背,懶與慢相成。”皇甫冉《田家作》:“顧物皆從爾,求心正儻然。嵇康懶慢性,衹自戀風烟。”杜甫《絶句漫興九首》六:“嬾慢無堪不出村,呼兒日在掩柴門。蒼苔濁酒林中静,碧水春風野外昏。” 轉:返回。劉孝綽《夕逗繁昌浦》:“岸迴知舳轉,解纜覺船浮。”馬子嚴《賀聖朝·春遊》:“遊人拾翠不知遠,被子規呼轉。” 闌散:消沉,衰減。 闌:衰退,消沉。謝靈運《長歌行》:“亹亹衰期迫,靡靡壯志闌。”元稹《箭鏃》:“發硎去雖遠,礪鏃心不闌。” 散:散落,凋謝。劉楨《公宴詩》:“芙蓉散其華,菡萏溢金塘。”李賀《牡丹種曲》:“美人醉語園中烟,晚花已散蝶又闌。”王琦匯解:“散,落也。”亡失,喪失。《逸周書·文酌》:“留身散真。”孔晁注:“散,失也。”《國語·齊語》:“其畜散而無育。”韋昭注:“散謂亡失也。”

④ 鏡水:指镜湖。楊廣《賜書召釋惠覺》:“其義端雄辯,獨演暢於稽陰;談柄微言,偏引汲於鏡水。”賀知章《採蓮曲》:“稽山罷霧鬱嵯峨,鏡水無風也自波。” 稽峰:會稽山的山峰。李頎《送山陰姚丞携妓之任兼寄蘇少府》:“山陰政簡甚從容,到罷惟求物外蹤。落日花邊剡溪水,晴烟竹裏會稽峰。”皇甫冉《秋夜宿嚴維宅》:“昔聞玄度宅,門向會稽峰。君住東湖下,清風繼舊踪。”

⑤ 物色：景色，景象。鮑照《秋日示休上人》："物色延暮思，霜露逼朝榮。"蘇舜欽《寄王幾道同年》："新安道中物色佳，山昏雲澹晚雨斜。" 乍可：寧可，唐時口頭語。駱賓王《代女道士王靈妃贈道士李榮》："乍可匆匆共百年，誰便遥遥期七夕！"元稹《决絶詞三首》一："乍可爲天上牽牛織女星，不願爲庭中紅槿枝。" 春寒：春意料峭，形容春天的寒意。王維《春園即事》："宿雨乘輕屐，春寒著弊袍。開畦分白水，間柳發紅桃。"王昌齡《春宫曲》："昨夜風開露井桃，未央前殿月輪高。平陽歌舞新承寵，簾外春寒賜錦袍。"

⑥ 遠目：遠望。羊士諤《書樓懷古》："遠目窮巴漢，閑情閲古今。"張先《憶秦娥》："參差竹。吹斷相思曲。情不足。西北有樓窮遠目。" 千里：指路途遥遠或面積廣闊。王之涣《登鸛雀樓》："白日依山盡，黄河入海流。欲窮千里目，更上一層樓。"岑參《送宇文舍人出宰元城得陽字》："雙鳧出未央，千里過河陽。馬帶新行色，衣聞舊御香。" 新年：一年之始，指元旦及其後的幾天。舊按農曆，今亦按陽曆。庾信《春賦》："新年鳥聲千種囀，二月楊花滿路飛。"吴自牧《夢粱録・正月》："正月朔日，謂之元旦，俗呼爲新年。一歲節序，此爲之首。" 萬端：形容方法、頭緒、形態等極多而紛繁。《史記・魏公子列傳》："公子患之，數請魏王，及賓客辯士説王萬端。"韓愈《殿中侍御史李君墓誌銘》："〔李君〕最深於五行書……其説汪洋奥美，關節開解，萬端千緒，參錯重出。"

⑦ 無人：没有人，没人在。《史記・范雎蔡澤列傳》："秦王屏左右，宫中虚無人。"應璩《與侍郎曹良思書》："足下去後，甚相思想。《叔田》有無人之歌，闉闍有匪存之思，風人之作，豈虚也哉！" 欄干：亦作"欄杆"，以竹、木等做成的遮攔物。王筠《奉和皇太子懺悔應詔》："睿艷似烟霞，欄杆若珠琲。"李紳《宿揚州水館》："閑憑欄干指星漢，尚疑軒蓋在樓船。"

[編年]

關於本詩編年,有"鏡水波"、"稽峰雪"爲證,本詩自然應該賦詠於元稹越州任内,因此《年譜》、《編年箋注》、《年譜新編》"癸卯至己酉在越州"的説法是不確切的。元稹長慶三年十月之後才到達越州,詩題"春遊",故長慶三年亦即癸卯不應該包括在内,所以大和三年春天之後的半年歲月同樣應該排除。而本詩又云"酒户年年減,山行漸漸難",表明本詩應該不是元稹初到越州任的詩篇,"遠目傷千里,新年思萬端。無人知此意,閑凭小欄干"又表明,元稹的心情灰暗,應該是長慶四年正月唐穆宗被害而李逢吉執政的唐敬宗時期的詩篇。爲了確切編年,我們轉引顧學頡先生《白居易所書詩書志石刻考釋·書札及〈春遊〉詩》的材料作爲有力的證據:"(白居易書):違養漸久,瞻念彌深。伏承比小乖和,仰計今已痊復。居易到杭州已逾歲時,公私稍暇,守愚養拙,聊以遣時。在掖垣時,每承歡眷。今拘官守,拜謁未期。瞻望光塵,但增誠戀。孫幼復到此物故,余具回使諮報,伏惟昭悉。居易再拜。《春遊》:'酒户年年減,山行漸漸難。欲終心懶慢,轉恐興闌散。鏡水波猶冷,稽峰雪尚殘。不能辜物色,乍可怯春寒?遠目傷千里,新年思萬端。無人知此意,閑凭小欄干。'以上白居易所書書札及《春遊》詩拓本,見於明代王氏所藏宋拓四名人法書册頁(歷史博物館藏)。書札又見于《初拓星風樓法帖》(故宫博物院藏)。"白居易長慶二年七月出任杭州刺史,據白居易"居易到杭州已逾歲時"語并《春遊》之詩題,我們以爲本詩應該賦詠於長慶四年"波猶冷","雪尚殘"的"新年"、"春寒",亦即初春時分,地點自然在越州。當時白居易還在杭州刺史任,故極有可能看到元稹的《春遊》詩,因有同感而抄録元稹之詩。

◎ 寄樂天[①]

莫嗟虛老海壖西，天下風光數會稽[②]。靈汜橋前百里鏡，石帆山崪五雲溪[(一)③]。冰銷田地蘆錐短，春入枝條柳眼低[④]。安得故人生羽翼，飛來相伴醉如泥[⑤]！

録自《元氏長慶集》卷二二

［校記］

（一）石帆山崪五雲溪：楊本、叢刊本同，《全詩》作“石帆山崦五雲溪”，語義相類，不改。

［箋注］

① 寄樂天：白居易酬和詩篇《答微之見寄（時在郡樓對雪）》云：“可憐風景浙東西，先數餘杭次會稽。禹廟未勝天竺寺，錢湖不羡若耶溪。擺塵野鶴春毛暖，拍水沙鷗濕翅低。更對雪樓君愛否？紅欄碧甃點銀泥。”兩詩韵脚相同，且一一次韵。白居易以老朋友的戲謔口吻，告訴元稹：與杭州相比，會稽還差了一點，這是白居易對元稹“莫嗟虛老海壖西，天下風光數會稽”的回答，當然帶著老朋友的戲謔成份。

② 嗟：嘆詞，表悲傷。《詩・魏風・陟岵》：“父曰：‘嗟！予子行役，夙夜無已。’”韋應物《酬豆盧倉曹題庫壁見示》：“宴罷常分騎，晨趨又比肩。莫嗟年鬢改！郎署定推先。” 老：歷時長久。《左傳・僖公三十三年》：“老師費財。”杜預注：“師久爲老。”《陳書・高祖紀》：“我師已老，將士疲勞，歷歲相持，恐非良計。”疲憊，困乏。《國語・晉語》：“且楚師老矣！必敗，何故退？”韋昭注：“老，罷也。圍宋久，其師

罷病。”陸游《老學庵筆記》卷九:“今據大江之險,以老彼師,則有可勝之理。”衰老,凋謝。《詩·衛風·氓》:“及爾偕老,老使我怨。”孔穎達疏:“老者以華落色衰爲老,未必大老也。”《古詩十九首·冉冉孤生竹》:“思君令人老,軒車來何遲!” 海壖:海邊地,亦泛指沿海地區。柳宗元《南省轉牒欲具江國圖令盡通風俗故事》:“聖代提封盡海壖,狼荒猶得紀山川。”蘇軾《真相院釋迦舍利塔銘》:“流傳至此誰使然?並包齊魯窮海壖。”在唐人的眼裏,與中原相比,浙東仍是邊遠之地。天下:古時多指中國範圍内的全部土地。朱灣《寒城晚角》:“二十年來天下兵,到處不曾無此聲。洛陽陌,長安路,角聲朝朝兼暮暮。”武元衡《送裴戡行軍》:“珠履三千醉不歡,玉人猶苦夜冰寒。送君偏有無言泪,天下關山行路難。” 風光:風景,景色。張渭《湖上對酒行》:“風光若此人不醉,參差辜負東園花。”蘇軾《追和子由去歲試舉人洛下所寄·暴雨初晴樓上晚景之一》:“秋後風光雨後山,滿城流水碧潺潺。”也指繁華景象。李咸用《同友人秋日登庾樓》:“六代風光無問處,九條烟水但凝愁。” 會稽:郡名,秦置,原指今江蘇省東部及浙江省西部地。《漢書·嚴助傳》:“嚴助,會稽吴人。”劉義慶《世説新語·政事》:“賀太傅作吴郡,初不出門,吴中諸强族輕之,乃題府門云:‘會稽鷄,不能啼。’”這裏指以越州爲首府的浙東觀察府所轄的七個州郡。劉長卿《送李校書赴東浙幕府》:“方從大夫後,南去會稽行。森森滄江外,青青春草生。”賈島《送朱兵曹迴越》:“磧鳥辭沙至,山鼯隔水啼。會稽半侵海,濤白禹祠溪。”

③ 靈氾橋:橋名,施宿等撰《會稽志·會稽縣》卷一一:“靈氾橋在縣東二里,石橋二,相去各十步。《輿地志》云:‘山陰城東有橋名靈氾。’《吴越春秋》:‘句踐領功於靈氾。’《漢書》:‘山陰有靈文園,此園之橋也。’自前代已有之……唐李公垂詩云:‘靈氾橋邊多感傷,水分湖派達回塘。’元微之詩云:‘……’” 百里鏡:即鏡湖,古人號稱鏡湖三百里,亦稱百里鏡湖。李白《子夜四時歌四首·夏歌》:“鏡湖三百

里，菡萏發荷花。五月西施采，人看隘若邪。"元稹《送王十一郎游剡中》："越州都在浙河灣，塵土消沉景象閑。百里油盆鏡湖水，千峰鈿朵會稽山。" 石帆山：地名，在越州山陰縣。《太平寰宇記・山陰縣》："石帆山在縣東南十五里，夏侯曾先記云：石帆壁立臨川，通石魚山，遥望之有似張帆也。"宋之問《遊禹穴回出若邪》："石帆摇海上，天鏡落湖中。水底寒雲白，山邊墜葉紅。" 崦：即崦，山，山曲。李商隱《送從翁從東川弘農尚書幕》："一川虚月魄，万崦自芝苗。瘴雨瀧間急，離魂峽外銷。"張耒《柯山賦》："升柯之巔，明遠眺兮！筑柯之崦，可以老兮！" 五雲溪：地名，在越州。《會稽志・會稽縣》："若邪溪在縣南二十五里，溪北流與鏡湖合。《越絶》云：'若邪之溪涸而出銅。'《吴越春秋》云：'赤堇之山已合無雲，若邪之溪深而莫測。'《戰國策》云：'涸若邪而取銅，破堇山而取錫，溪旁即赤堇山也。'後漢劉寵爲會稽太守，去郡，若邪父老人齎百錢相送，爲受一大錢。'《十道志》云：'後人因此名劉寵溪。'唐徐季海嘗遊溪，因嘆曰：'曾子不居勝母之間，吾豈遊若邪之溪？'遂改爲五雲溪。李白詩云：'若邪溪邊採蓮女，笑隔荷花共人語。'李公垂詩云：'傾國佳人妖艷遠，鑿山良冶鑄爐深。'自注云：'若邪溪乃西子採蓮、歐冶鑄劍之所。'"

④ 田地：耕種用的土地。《史記・蕭相國世家》："今君胡不多買田地，賤貰貸以自汚？"元稹《景申秋八首》六："經雨籬落壞，入秋田地荒。"地方，處所。陸龜蒙《奉酬苦雨見寄》："不如驅入醉鄉中，只恐醉鄉田地窄。" 蘆錐：蘆芽。厲鶚《汎舟河渚過曲水秋雪諸庵二首》一："蘆錐幾頃界爲田，一曲溪流一曲烟。記取飛塵難到處，矮梅下繋庳篷船。" 蘆：植物名，即蘆葦。《淮南子・修務訓》："夫雁順風以愛氣力，銜蘆而翔，以備矰弋。"江總《贈賀左丞蕭舍人》："蘆花霜外白，楓葉水前丹。" 芽：尚未發育成長的枝、葉或花的雛體。韓愈《獨釣四首》二："雨多添柳耳，水長減蒲芽。"辛棄疾《鷓鴣天・代人賦》："陌上柔桑破嫩芽，東鄰蠶種已生些。" 枝條：樹枝，枝子。應劭《風俗通・

正失·封泰山禪梁父》:“柘桑之林,枝條暢茂,烏登其上。”李咸用《同友生題僧院杜鵑花》:“鶴林太盛今空地,莫放枝條出四鄰!” 柳眼:早春初生的柳葉如人睡眼初展,因以爲稱。元稹《生春二十首》九:“何處生春早?春生柳眼中。芽新纔綻日,茸短未含風。”周邦彦《蝶戀花·柳》:“愛日輕明新雪後。柳眼星星,漸欲穿窗牖。”

⑤ 安得:怎麽能够。董思恭《詠雲》:“參差過層閣,倏忽下蒼梧。因風望既遠,安得久踟躕?”薛曜《子夜冬歌》:“朔風扣群木,嚴霜凋百草。借問月中人,安得長不老?” 故人:舊交,老友。李頎《遇劉五》:“洛陽一别梨花新,黄鳥飛飛逢故人。携手當年共爲樂,無驚蕙草惜殘春。”儲光羲《田家即事答崔二東皋作四首》二:“有客山中至,言傳故人訊。蕩漾敷遠情,飄颻吐清韵。” 羽翼:禽鳥的翼翅。《管子·霸形》:“寡人之有仲父也,猶飛鴻之有羽翼也。”嚴忌《哀時命》:“勢不能淩波以徑度兮,又無羽翼而高翔。” 相伴:陪伴,伴隨。薛令之《靈巖寺》:“草堂栖在靈山谷,勤苦詩書向燈燭。柴門半掩寂無人,惟有白雲相伴宿。”錢愐《錢氏私志》:“上出簾觀看,令梁守道相伴,賜酒果。” 醉如泥:爛醉貌。杜甫《將赴成都草堂途中有作先寄嚴鄭公五首》三:“肯藉荒亭春草色,先判一飲醉如泥。”張孝祥《西江月》:“三杯村酒醉如泥,天色寒呵且睡。”

[編年]

《年譜》編年本詩於“長慶四年春作”,理由是:“元詩云:‘春入枝條柳眼低。’”《編年箋注》編年:“此詩作于長慶四年(八二四)春。元稹時在浙東觀察使任。見下《譜》。”《年譜新編》編年本詩於長慶四年:“白居易酬和爲《答微之見寄》,次韵酬和。”

我們的編年意見也是編年長慶四年的春天,但還應該補充編年的理由:除了元稹詩中“冰銷田地蘆錐短,春入枝條柳眼低”和白居易和詩中的“擺塵野鶴春毛暖”外,元稹長慶三年十月中旬到任,而白居易長慶四年五月離任,他們共同在杭越衹有一個春天,那就是長慶四年的春天。如果僅僅以詩歌的"春天"爲理由,每年都有春天,因而斷然編年長慶四年仍然是不合適的。而衹有找出元稹白居易共同在杭越衹有一個春天的證據,結合詩篇中的春景,作於長慶四年春天的結論才能成立。

另外,詩文的編年除了要對某詩準確編年之外,還有一個條件必須滿足:要儘量合理地科學地安排好前前後後詩文的次序,否則留給讀者的衹能是混亂的模糊的印象,仍然没有達到詩文編年應該達到而又必須達到的清晰效果,對梳理詩人思想發展脈絡不僅起不到積極幫助的作用,而且常常會反過來幫倒忙。以《編年箋注》編年本詩爲例,本詩賦詠於長慶四年春天雖然不錯,但它的前面是《寄浙西李大夫四首》,作於大和元年;它的後面是《酬樂天雪中見寄》,作於長慶三年的冬天,給人的感覺除了混亂還能有什麼呢?

● 和樂天示楊瓊[①]

我在江陵少年日,知有楊瓊初唤出[②]。腰身瘦小歌圓緊,依約年應十六七[③]。去年十月過蘇州,瓊來拜問郎不識[④]。青衫玉貌何處去?安得紅旗遮頭白[⑤]?我語楊瓊瓊莫語,汝雖笑我我笑汝[⑥]。汝今無復小腰身,不似江陵時好女[⑦]。楊瓊爲我歌送酒,爾憶江陵縣中否[⑧]?江陵王令骨爲灰,車來嫁作尚書婦[⑨]。盧戡及第嚴澗在,其餘死者十八九[⑩]。我今賀爾亦自多,爾得老成余白首(楊瓊本名播,少爲江陵酒妓。去年姑蘇過瓊叙舊,及今見樂天此篇,因走筆追書此曲)(一)[⑪]。

録自《才調集》卷五

[校記]

(一) 爾得老成余白首：原本作"爾得老成亦白首",《全詩》注同，楊本、叢刊本、《全詩》作"爾得老成余白首",兩者語義不同。元稹出貶江陵之年是元和五年，元稹三十二歲，而當年楊瓊"依約年應十六七",至長慶四年，元稹四十六歲，楊瓊三十歲或三十一歲，屬於"老成"之年，但外貌不應該"亦白首",故據楊本、《全詩》改。

[箋注]

① 和樂天示楊瓊：本詩馬本、楊本均不存，見録於《才調集》。白居易原唱即是《寄李蘇州兼示楊瓊》:"真娘墓頭春草碧，心奴鬢上秋霜白。爲問蘇臺酒席中，使君歌笑與誰同？就中猶有楊瓊在，堪上東山伴謝公?"但這次元稹並不是嚴格意義上的唱和，韵脚不同，句數不等，但詩意顯然是前後相連，楊瓊是其中重要的主角。《白居易集箋校》認爲:《寄李蘇州兼示楊瓊》作於開成二年(837),并考證出"李蘇州"爲李道樞的結論，偶誤。我們以爲"李蘇州"是元稹白居易的朋友李諒，元稹本詩賦詠於長慶四年(824)。元稹《永福寺石壁法華經記》"其輸錢之貴者，若杭州刺史吏部郎中嚴休復、中書舍人杭州刺史白居易、刑部郎中湖州刺史崔元亮、刑部郎中睦州刺史韋文恪、處州刺史韋行立、衢州刺史張聿、御史中丞蘇州刺史李諒、御史大夫越州刺史元稹、右司郎中處州刺史陳岵……長慶四年四月十一日，浙江東道都團練觀察處置等使、通議大夫、使持節都督越州諸軍事、越州刺史兼御史大夫、上柱國、賜紫金魚袋元稹記"就是其中最有力的證據，《唐刺史考》亦證實，李諒長慶二年至寶曆元年在蘇州刺史任。諸多《元氏長慶集》不見刊録，今據《才調集》卷五、《全詩》卷四二二補録，編排於此。　楊瓊：江陵酒妓，在江陵曾與元稹有過泛泛的交往。長慶三年十月，楊瓊曾在蘇州刺史李諒招待過蘇州之境赴越州任的元

稹的宴席上再次重逢。翻過年頭，亦即長慶四年，白居易有《寄李蘇州兼示楊瓊》相示，詩篇已經上引，此不重複，元稹隨即追和本詩。除此而外，白居易還有《問楊瓊》："古人唱歌兼唱情，今人唱歌唯唱聲。欲説向君君不會，試將此語問楊瓊。"建議讀者參讀。

② 我在江陵少年日：元稹貶任江陵府士曹參軍在元和五年，時元稹三十二歲，從江陵奉詔回京在元和九年年底，時元稹三十六歲。元稹自稱"少年"，是與賦詠本詩之時的"老年"相對而言。　少年：古稱青年男子，與老年相對。曹植《送應氏二首》一："不見舊耆老，但覩新少年。"高適《邯鄲少年行》："且與少年飲美酒，往來射獵西山頭。"唤：召請，招之使來。劉義慶《世説新語・豪爽》："武帝唤時賢共言伎藝事，人皆多有所知，唯王都無所關，意色殊惡。"《魏書・孝文幽皇后馮氏》："高祖乃唤彭城北海二王，令入坐。"

③ 腰身：身段，體態。鮑照《學古》："嬛緜好眉目，閑麗美腰身。"韓愈《辭唱歌》："幸有伶者婦，腰身如柳枝。"　瘦小：形容身材瘦、個兒小。《北史・叱羅協傳》："協形貌瘦小，舉措褊急，既以任，每含容之。"元稹《酬樂天得稹所寄紵絲布白輕庸製成衣服以詩報之》："湓城萬里隔巴庸，紵薄綈輕共一封。腰帶定知今瘦小，衣衫難作遠裁縫。"圓：圓熟。白居易《江樓夜吟元九律詩》："冰扣聲聲冷，珠排字字圓。"嚴羽《滄浪詩話・詩法》："下字貴響，造語貴圓。"郭紹虞校釋："蓋謂詩貴圓熟也。"　依約：大約，大概。白居易《贈鄰里往還》："問予何故獨安然，免被饑寒婚嫁牽？骨肉都盧無十口，糧儲依約有三年。"蘇軾《江神子》三："忽聞江上弄哀箏。苦含情，遣誰聽？烟斂雲收，依約是湘靈。"

④ 去年十月過蘇州：指元稹長慶三年十月從同州刺史轉任浙東觀察使時，自西京而潤州而蘇州，又從蘇州而杭州，然後達越州的行程。過：經過。《論語・憲問》："子擊磬於衛，有荷蕢而過孔氏門者。"杜甫《送蔡希魯都尉》："身輕一鳥過，槍急萬人呼。"　拜問：跪拜訊問。《後漢書・樊英傳》："嘗有疾，妻遣婢拜問，英下床答拜。"曹唐《小遊仙詩九

十八首》四一:“酒盡香殘夜欲分,青童拜問紫陽君。月光悄悄笙歌遠,馬影龍聲歸五雲。”　郎:偶爾亦用作自稱。劉禹錫《元和十年自朗州承召至京戲贈看花諸君子》:“玄都觀裏桃千樹,盡是劉郎去後栽。”劉禹錫《再遊玄都觀》:“種桃道士歸何處?前度劉郎今又來。”

⑤ 青衫:唐制,文官八品、九品服以青。白居易《琵琶引》:“座中泣下誰最多?江州司馬青衫濕!”後因借指失意的官員。王安石《杜甫畫像》:“青衫老更斥,餓走半九州。”蘇軾《古纏頭曲》:“青衫不逢湓浦客,紅袖謾插曹綱手。”　玉貌:對人容顏的敬稱。《戰國策·趙策》:“辛垣衍曰:‘今吾視先生之玉貌,非有求於平原君者。’”謂貌美如玉。鮑照《蕪城賦》:“東都妙姬,南國麗人,蕙心紈質,玉貌絳脣。”指青春年少。盧綸《送黎燧尉陽翟》:“玉貌承嚴訓,金聲稱上才。”何處:哪里,什麽地方。《漢書·司馬遷傳》:“且勇者不必死節,怯夫慕義,何處不勉焉!”王昌齡《梁苑》:“萬乘旌旗何處在?平臺賓客有誰憐?”　安得:怎麽能够。張九齡《與弟遊家園》:“善積家方慶,恩深國未酬。栖栖將義動,安得久情留?”薛曜《子夜冬歌》:“朔風扣群木,嚴霜凋百草。借問月中人,安得長不老?”　紅旗:古代用作軍旗或用於儀仗隊的紅色旗幟。江淹《齊太祖誄》:“縞鏑星流,紅旗電結。”王昌齡《從軍行七首》五:“大漠風塵日色昏,紅旗半捲出轅門。”　頭白:猶白髮,形容年老。岑參《衙郡守還》:“世事何反覆?一身難可料。頭白翻折腰,還家私自笑。”杜甫《兵車行》:“或從十五北防河,便至四十西營田。去時里正與裹頭,歸來頭白還戍邊。”

⑥ 語:告訴。顧況《棄婦詞》:“回頭語小姑,莫嫁如兄夫。”韓愈《剥啄行》:“從者語我:子胡爲然?”　語:談話,談論。《論語·鄉黨》:“食不語,寢不言。”朱熹集注:“答述曰語,自言曰言。”司馬光《蘇騏驥墓碣銘序》:“大將軍某北征,公踵軍門上謁。延入,與語兵事,大悦。”汝:你,多用於稱同輩或後輩。《書·舜典》:“汝陟帝位。”《列子·湯問》:“孔子不能決也,兩小兒笑曰:‘孰爲汝多知乎?’”

⑦ 無復:不再,不會再次。《吕氏春秋·義賞》:"詐僞之道,雖今偷可,後將無復。"陳奇猷校釋:"此文意謂詐僞之道,雖今可以苟且得利,後將不可復得利也。"韓愈《落葉送陳羽》:"落葉不更息,斷蓬無復歸。"不能恢復。董仲舒《春秋繁露·必仁且知》:"其規非者,其所爲不得其事,其事不當,其行不遂,其名辱,害及其身,絶世無復,殘類滅宗亡國是也。" 不似:不像。杜審言《渡湘江》:"遲日園林悲昔遊,今春花鳥作邊愁。獨憐京國人南竄,不似湘江水北流。"東方虯《昭君怨三首》三:"胡地無花草,春來不似春。自然衣帶緩,非是爲腰身。" 好女:苗條秀美的年輕女子。李郢《自水口入茶山》:"蒨蒨紅裙好女兒,相偎相倚看人時。使君馬上應含笑,横把金鞭爲詠詩。"司馬光《功名論》:"語曰:好女之色,惡者之孽也;公正之士,衆人之痤也;修乎道之人,汚邪之賊也。"

⑧ 送酒:檀道鸞《續晉陽秋》:"陶潛九月九日無酒,於宅邊菊叢中摘盈把,坐其側,人望見白衣人乃王弘送酒,即便就酌而後歸。"後因以爲典。李嘉佑《答泉州薛播使君重陽日贈酒》:"共知不是潯陽郡,那得王弘送酒來?"奉酒,敬酒。張鷟《遊仙窟》:"十娘曰:'遣緑竹取琵琶彈,兒與少府公送酒。'"本詩是指後者。 江陵縣:江陵府的下轄縣,人們常常代指江陵府。《舊唐書·地理志》:"荆州江陵府……江陵:漢縣,南郡治所也,故楚都之郢城,今縣北十里紀南城是也。後治於郢,在縣東南,今治所,晉桓温所築城也。"張九齡《初發江陵有懷》:"極望涔陽浦,江天渺不分。扁舟從此去,鷗鳥自爲群。"祖詠《渡淮河寄平一》:"天色混波濤,岸陰匝村墅。微微漢祖廟,隱隱江陵渚。" 否:語末助詞,表詢問。韓愈《與孟尚書書》:"籍、湜輩雖屢指教,不知果能不叛去否?"歐陽修《爲君難論上》:"是不審事之可否,不計功之成敗也。"

⑨ 令:官名,秦漢時大縣的行政長官。《漢書·百官公卿表》:"縣令、長,皆秦官,掌治其縣。萬户以上爲令……減萬户爲長。"自魏

晉至南北朝末,凡縣之長官一律稱令,歷代相沿,明、清時改稱知縣。元稹《中書省議舉縣令狀》:“伏請但依起請節文處分,仍請據今年縣令員闕,先盡舉薦人數,留闕有餘,然後許注擬平選人等,冀將允當。”白居易《唐河南元府君夫人滎陽鄭氏墓誌銘》:“夫人,睦州次女也,其出范陽盧氏,外祖諱平子,京兆府涇陽縣令。”　骨:指尸骨。《左傳·僖公三十二年》:“必死是間,余收爾骨焉!”杜甫《自京赴奉先縣詠懷五百字》:“朱門酒肉臭,路有凍死骨。”　灰:塵土,污垢。陸機《挽歌詩三首》二:“昔爲七尺軀,今成灰與塵。”白居易《燕子樓三首》三:“見説白楊堪作柱,争教紅粉不成灰?”　車來:猶“車載”,用車載運。《三國志·華佗傳》:“佗行道,見一人病咽塞,嗜食而不得下,家人車載欲往就醫。”李端《雜詩》:“主第辭高飲,石家赴宵會。金谷走車來,玉人騎馬待。”　尚書:官名,始置於戰國時,或稱掌書,尚即執掌之義。秦爲少府屬官,漢武帝提高皇權,因尚書在皇帝左右辦事,掌管文書奏章,地位逐漸重要。漢成帝時設尚書五人,開始分曹辦事。東漢時正式成爲協助皇帝處理政務的官員,從此三公權力大大削弱。魏晉以後,尚書事務益繁。隋代始分六部,唐代更確定六部爲吏、户、禮、兵、刑、工。從隋唐開始,中央首要機關分爲三省,尚書省即其中之一,職權益重。在唐代,也有職帶此榮銜的官員,並非實職,本詩的“尚書”疑即此種。源乾曜《奉和聖製送張尚書巡邊》:“匈奴邇河朔,漢地復戎旅。天子擇英才,朝端出監撫。”袁暉《奉和聖製送張尚書巡邊》:“出師宣九命,分閫用三台。始應幕中畫,言從天上來。”　婦:泛指婦女。桓寬《鹽鐵論·救匱》:“而葛繹、彭侯之等,隳壞其緒,紕亂其紀,毁其客館議堂以爲馬廄婦舍。”杜甫《大麥行》:“大麥乾枯小麥黄,婦女行泣夫走藏……安得如鳥有羽翅,託身白雲還故鄉。”

⑩ 盧戡:元稹的朋友,相識於東都履信坊,再次重逢於江陵,進士及第,後任桂府副使。元稹江陵詩《送盧戡》:“紅樹蟬聲滿夕陽,白頭相送倍相傷。老嗟去日光陰促,病覺今年晝夜長。”白居易《授

盧戡桂府副使制》:"戡行義有聞,積學多識。去於榮進,樂在閑放。以是爲請,宜乎得人。" 嚴澗:元稹在江陵時期結識的朋友,並且一直留在元稹美好的記憶裏。元稹後來初到鄂州,就曾暫時借居嚴澗在鄂州的館舍。元稹《鄂州寓館嚴澗宅(時澗不在)》:"鳳有高梧鶴有松,偶來江外寄行踪。花枝滿院空啼鳥,塵榻無人憶卧龍。心想夜閑惟有夢,眼看春盡不相逢。何時最是思君處? 月入斜窗曉寺鐘。"

⑪ 自多:自滿,自誇。《後漢書·仲長統傳》:"幹雅自多,不納其言,統遂去之。"《三國志·華歆傳》:"賊憑恃山川,二祖勞於前世,猶不克平,朕豈敢自多,謂必滅之哉?" 老成:成年。《北史·程駿傳》:"卿尚年幼,言若老成,美哉!"精明練達,精明强幹。歐陽修《爲君難論》:"忠言讜論,皆沮屈而去,如王猛、苻融,老成之言也,不聽。" 叙舊:叙談過去交往的舊事。《南齊書·劉悛傳》:"世祖自尋陽還,遇悛於舟渚閑,歡宴叙舊,停十餘日乃下。"杜甫《寄族弟唐十八使君》:"歸朝跼病肺,叙舊思重陳。" 走筆:謂揮毫疾書。杜甫《江閣卧病走筆寄呈崔盧兩侍御》:"客子庖厨薄,江樓枕席清。衰年病祇瘦,長夏想爲情。"白居易《餘思未盡加爲六韵重寄微之》:"走筆往來盈卷軸,除官遞互掌絲綸。" 追書:追述。《左傳·襄公元年》:"元年春己亥,圍宋彭城。非宋地,追書也。"杜預注:"成十八年,楚取彭城以封魚石,故曰非宋地。夫子治《春秋》,追書繫之宋。"元稹《贈鄭餘慶太保制》:"宜加追書保養之榮,用彰明允之德。"

[編年]

《年譜》編年本詩於長慶四年,理由是:"元詩云:'去年十月過蘇州。'當爲長慶四年作。"《編年箋注》編年:"元稹所云'去年十月過蘇州',爲長慶三年事,則此詩作于長慶四年(八二四)。元稹時在浙東觀察使任。見下《譜》。"《年譜新編》編年本詩於長慶四年,理由是:

“白居易原唱爲《寄李蘇州兼示楊瓊》,一般酬和。元詩云:‘去年十月過蘇州。’當作于長慶四年。”

我們以爲,本詩有“去年十月過蘇州”之句,本詩確實應該作於長慶四年。而白居易在杭州,元稹在越州,李諒在蘇州,他們之間詩筒往來,唱和不絶,這是大家公認的史實,因此還必須説明白居易的原唱、元稹的酬和都是長慶四年“五月盡”白居易離開杭州之前。而白居易原唱《寄李蘇州兼示楊瓊》“真娘墓頭春草碧”,又泄露了白居易原唱的賦詠時間是長慶四年“春草碧”之時,地點在杭州,而元稹的酬和也應該在長慶四年的春天,地點在越州。

■ 酬夢得戲酬杭州白舍人兼寄浙東元微之(一)①

據劉禹錫《白舍人自杭州寄新詩有柳色春藏蘇小家之句因而戲酬兼寄浙東元相公》

[校記]

(一) 酬夢得戲酬杭州白舍人兼寄浙東元微之:元稹本佚失詩所據劉禹錫《白舍人自杭州寄新詩有柳色春藏蘇小家之句因而戲酬兼寄浙東元相公》,見《劉賓客文集》、《浙江通志》、《全詩》、《全唐詩録》,未見異文。

[箋注]

① 酬夢得戲酬杭州白舍人兼寄浙東元微之:劉禹錫《白舍人自杭州寄新詩有柳色春藏蘇小家之句因而戲酬兼寄浙東元相公》:“錢塘山水有奇聲,暫謫仙官領百城。女妓還聞名小小,使君誰許唤卿卿? 鰲驚震海風雷起,蜃鬭嘘天樓閣成。莫道騷人在三楚,文星今向

斗牛明。”現存元稹詩文未見酬篇，據補。　戲酬：遊戲性質的酬和，常常用作詩歌唱和時的謙辭。王建《戲酬盧秘書》：“芸香閣裏人，採摘御園春。取此和仙藥，猶治老病身。”白居易《題靈隱寺紅辛夷花戲酬光上人》：“紫粉筆含尖火燄，紅胭脂染小蓮花。芳情鄉思知多少？惱得山僧悔出家。”　白舍人：即白居易，白居易出任杭州刺史之前，曾任職中書舍人，故言。楊巨源《送章孝標校書歸杭州因寄白舍人》：“不妨公事資高卧，無限詩情要細論。若訪郡人徐孺子，應須騎馬到沙村。”劉禹錫《始至雲安寄兵部韓侍郎中書白舍人二公近曾遠守故有屬焉》：“天外巴子國，山頭白帝城。波清蜀柝盡，雲散楚臺傾。”

[編年]

未見《元稹集》採録，也未見《年譜》、《編年箋注》、《年譜新編》採録與編年。

我們以爲，劉禹錫詩同時提及杭州白舍人、浙東元相公，而白居易與元稹同時在杭州、越州的時間衹有七個多月，亦即長慶三年十月半至長慶四年五月間，劉禹錫詩、白居易詩以及元稹已經佚失的酬和之篇都應該賦作於這一時期。計及夔州、杭州、越州之間的距離以及來往所需要的時間，劉禹錫的賀詩應該滯後於湖州刺史崔玄亮。又劉禹錫詩題有“白舍人自杭州寄新詩有柳色春藏蘇小家之句”，白居易詩、劉禹錫詩應該撰作於長慶四年春天，元稹的酬和之篇應該在白居易詩、劉禹錫詩之後，亦即長慶四年的春天，時劉禹錫在夔州刺史任，白居易在杭州刺史任，元稹在浙東觀察使、越州刺史任。

◎春　詞[①]

山翠湖光似欲流，蜂聲鳥思却堪愁[(一)②]。西施顔色今何在？但看春風百草頭[③]。

録自《元氏長慶集》卷二〇

[校記]

(一) 蜂聲鳥思却堪愁：蘭雪堂本、叢刊本、《萬首唐人絶句》、《古詩鏡·唐詩鏡》、《全詩》同，楊本作“蛙聲鳥思却堪愁”，語義不同，不改。

[箋注]

① 春詞：有關男女戀情的書信或文辭，舊題宋代尤袤《全唐詩話·鶯鶯》：“鶯鶯姓崔氏，有張生者，托其婢紅娘以《春詞》二篇誘之。”又作春天的歌。沈亞之《春詞酬元微之》：“黄鶯啼時春日高，紅芳發盡井邊桃。美人手暖裁衣易，片片輕花落翦刀。”就是酬和元稹本詩的作品，兩詩題旨相同。其實，唐代詩歌中以“春詞”爲題的詩篇不少，我們選録部份詩篇，讀者可以自行比較，如常建《春詞二首》，其一：“菀菀黄柳絲，濛濛雜花垂。日高紅妝卧，倚對春光遲。寧知傍淇水，腰裹黄金羈。”其二：“翳翳陌上桑，南枝交北堂。美人金梯出，素手自提筐。非但畏蠶飢，盈盈嬌路傍。”又常建《春詞》：“階下草猶短，墻頭梨花白。織女高樓上，停梭顧行客。問君在何所？青鳥舒錦翮。”盧綸《春詞》：“北苑羅裙帶，塵衢錦繡鞵。醉眠芳樹下，半被落花埋。”王建《春詞》：“紅烟滿户日照梁，天絲軟弱蟲飛揚。菱花霍霍繞帷光，美人對鏡著衣裳。庭中並種相思樹，夜夜還栖雙鳳凰。”又王建

《春詞》"良人早朝半夜起，櫻桃如珠露如水。下堂把火送郎回，移枕重眠曉窗裏。"令狐楚《遊春詞》:"高樓曉見一花開，便覺春光四面來。暖日晴雲知次第，東風不用更相催。"王涯《送春詞》:"日日人空老，年年春更歸。相歡在尊酒，不用惜花飛。"又王涯《遊春詞二首》，其一:"曲江緑柳變烟條，寒谷冰隨暖氣銷。纔見春光生綺陌，已聞清樂動雲韶。"其二:"經過柳陌與桃蹊，尋逐春光著處迷。鳥度時時銜絮起，華繁衮衮壓枝低。"劉禹錫《送春詞》:"昨來樓上迎春處，今日登樓又送歸。蘭蕊殘妝含露泣，柳條長袖向風揮。佳人對鏡容顔改，楚客臨江心事違。萬古至今同此恨，無如一醉盡忘機。"又劉禹錫《和樂天春詞》:"新妝面面下朱樓，深鎖春光一院愁。行到中庭數花朵，蜻蜓飛上玉搔頭。"白居易《傷春詞》:"深淺檐花千萬枝，碧紗窗外囀黄鸝。殘妝含泪下簾坐，盡日傷春春不知。"吴融《春詞》:"鸞鏡長侵夜，鴛衾不識寒。羞多轉面語，妒極定睛看。金市舊居近，鈿車新造寬。春期莫相誤，一日百花殘。"其中白居易有《春詞》一首:"低花樹映小妝樓，春入眉心兩點愁。斜倚欄干背鸚鵡，思量何事不回頭?"與元稹本詩次韻，也許存在前後酬唱關係，而兩者孰先孰後，已經不得而知，而沈亞之《春詞酬元微之》則顯然是酬和元稹本詩之作。

② 山翠:翠緑的山色。王維《華子岡》:"雲光侵履迹，山翠拂人衣。"歐陽修《逸老亭》:"池光開小幌，山翠入重城。" 湖光:湖面泛起的光彩。張子容《自樂城赴永嘉枉路泛白湖寄松陽李少府》:"西行礙淺石，北轉入溪橋。樹色烟輕重，湖光風動摇。"劉長卿《東湖送朱逸人歸》:"山色湖光併在東，扁舟歸去有樵風。莫道野人無外事，開田鑿井白雲中。" 蜂聲:蜜蜂的鳴聲。白居易《和微之四月一日作》:"四月一日天，花稀葉陰薄。泥新燕影忙，蜜熟蜂聲樂。"李建勛《薔薇二首》二:"拂檐拖地對前墀，蝶影蜂聲爛熳時。萬倍馨香勝玉蕊，一生顔色笑西施。" 鳥思:鳥的鳴叫聲，常常透露出它們的歡樂與哀愁。元稹《生春二十首》一一:"何處生春早? 春生鳥思中。鵲巢移舊

歲,戴羽旋高風。”馬戴《春思》:“初日照楊柳,王樓含翠陰。啼春獨鳥思,望遠佳人心。”

③ 西施:春秋時期越地美女,或稱先施,別名夷光,亦稱西子,施姓,春秋末年越國苧羅(今浙江諸暨南)人。越王勾踐敗於會稽,范蠡取西施獻吴王夫差,使其迷惑忘政,越遂亡吴。後西施歸范蠡,同泛五湖,事見《吴越春秋·勾踐陰謀外傳》。王維《西施詠》:“艷色天下重,西施寧久微?”關於《春詞》,《年譜》、《編年箋注》、《年譜新編》都曾經將《古艷詩二首》作爲《鶯鶯傳》中“立綴《春詞》二首以授之”之《春詞》,其實是天大的笑話,更與本詩無關,我們已經在涉及《古艷詩二首》時加以必要的説明,僅在此作一必要的提醒。　顏色:面容,面色。《禮記·玉藻》:“凡祭,容貌顏色,如見所祭者。”江淹《古離别》:“願一見顏色,不異瓊樹枝。”姿色。《墨子·尚賢》:“不論貴富,不嬖顏色。”貫休《偶作五首》五:“君不見西施緑珠顏色可傾國,樂極悲來留不得。”　何在:在何處,在哪里。杜甫《哀江頭》:“明眸皓齒今何在?血污遊魂歸不得。”韓愈《左遷至藍關示侄孫湘》:“雲横秦嶺家何在?雪擁藍關馬不前。”　春風:春天的風。宋玉《登徒子好色賦》:“寤春風兮發鮮榮,絜齋俟兮惠音聲。”元稹《鶯鶯傳》:“春風多厲,强飯爲嘉。”　百草:各種草類,亦指各種花木。《莊子·庚桑楚》:“夫春氣發而百草生,正得秋而萬寶成。”杜甫《自京赴奉先縣詠懷五百字》:“歲暮百草零,疾風高岡裂。”

[編年]

《元氏長慶集》中有元稹詩《春詞》一首,未見《年譜》編年。《編年箋注》列入“未編年詩”。《年譜新編》編年本詩於“癸卯至己酉在越州所作其他詩”欄内,並加“疑爲越州作”之語。

我們以爲,西施是我國古代美女,爲春秋末年越國人,她的出生地苧羅(今浙江諸暨南)正在唐代的越州境内,而“山翠湖光似欲流”

的描繪也正是越州的秀美風光。這首詩應是元稹浙東觀察使任内所作,不編年肯定不對,但籠統編年越州任内也不太合適。根據詩中"春風百草頭"的字句,結合元稹長慶三年十月中旬赴任越州的史實,長慶三年應排除,這首詩至少應編年於長慶四年至大和三年間的某個春天,以元稹浙東任前期最爲可能。而以情理計,應該是元稹剛剛來到越州的第一個春天,亦即長慶四年春天最爲可能。白居易《春詞》也許爲我們提供了必要的旁證,元稹、白居易都在杭越的春天,衹有長慶四年。

◎ 永福寺石壁法華經記(一)①

按沙門釋惠皎自狀其事云:永福寺,一名孤山寺,在杭州錢塘湖心孤山上,石壁《法華經》在寺之某所②。始以元和十二年嚴休復爲刺史,時惠皎萌厥心。卒以長慶四年白居易爲刺史,時成厥事③。

上下其石六尺有五寸,短長其石五十七尺有六寸。座周於下,蓋周於上。堂周於石,砌周於堂。凡買工鑿經六萬九千二百有五十錢(二),十經之數(三)。經既訖,又成二石爲二碑:其一碑,凡輸錢於經者,由十而上皆得名於碑。其輸錢之貴者,若杭州刺史、吏部郎中嚴休復,中書舍人、杭州刺史白居易,刑部郎中、湖州刺史崔元亮,刑部郎中、睦州刺史韋文恪(四),處州刺史韋行立,衢州刺史張聿,御史中丞、蘇州刺史李諒(五),御史大夫、越州刺史元稹,右司郎中、處州刺史陳岵。九刺史之外,搢紳之由杭者,若宣慰使、庫部郎中、知制誥賈餗以降,無不附於經石之列(六)。必以輸錢先後爲次第,不以貴賤老幼多少爲先後。其一碑,僧之徒思得名聲人聞其事以自廣(七)④。

予始以長慶二年相先帝無狀,譴於同。又明年,徙會稽,路出於杭(八)。杭民競相觀睹,刺史白怪問之,皆曰:"非欲觀宰相,蓋欲觀曩所聞之元白耳!"由是,僧之徒誤以予爲名聲人,相與日夜攻刺史白,乞予文⑤。

予觀僧之徒所以經於石文於碑,蓋欲相與爲不朽計(九),且欲自大其本術。今夫碑既文,經既石,而又九諸侯相率貢錢於所事。由近而言,亦可謂來異宗而成不朽矣!由遠而言,則不知幾萬千歲而外(一〇),地與天相軋,陰與陽相蕩,火與風相射,名與形相滅,則四海九州皆大空中一微塵耳!又安知其朽與不朽哉⑥!然而羊叔子識枯樹中舊環,張僧繇世世爲畫師,歷陽之氣,至今爲城郭。苟一叱而異世卒不可化(一一),鍛之子學數息則易成(一二),此又性與物一相遊而終不能兩相忘矣!又安知夫六萬九千之文,刻石永永,因衆性合成,獨不能爲千萬劫含藏之不朽耶⑦?由是思之,則僧之徒得計矣!至於佛書之妙奥,僧當爲予言,予不當爲僧言(一三)。況斯文止於紀石刻,故不及講貫其義云⑧。

長慶四年四月十一日,浙江東道都團練觀察處置等使、通議大夫、使持節都督越州諸軍事、越州刺史兼御史大夫、上柱國、賜紫金魚袋元稹記⑨。

録自《元氏長慶集》卷五一

[校記]

(一) 永福寺石壁法華經記:楊本、叢刊本、《全文》同,《唐文粹》

作“孤山永福寺石壁法華經記”，各備一説，不改。

（二）凡買工鑿經六萬九千二百有五十錢：宋蜀本、叢刊本、《唐文粹》、《佛祖歷代通載》、《全文》同，楊本誤作“凡買二鑿經六萬九千二百有五十錢”，不從不改。

（三）十經之數：原本作“經之數”，楊本、叢刊本同，語義難通，據《唐文粹》、《佛祖歷代通載》、《全文》補。

（四）刑部郎中、睦州刺史韋文恪：原本作“刑部郎中、睦州刺史韋文悟”，楊本、叢刊本、《佛祖歷代通載》、《全文》同，據《唐文粹》改。《舊唐書·史憲誠傳》、《新唐書·史憲誠傳》、《資治通鑑·穆宗長慶二年》都有“遣司門郎中韋文恪宣慰”之句，均可以作爲本文改動的旁證。

（五）御史中丞、蘇州刺史李諒：原本作“御史中丞、蘇州刺史李乂”，楊本、叢刊本、《佛祖歷代通載》同，據《唐文粹》、《全文》改。

（六）無不附於經石之列：楊本、叢刊本作“□不附於經石之列”，宋蜀本、《佛祖歷代通載》、《全文》作“鮮不附於經石之列”，《唐文粹》作“鮮不輸於經石之刻”，各備一説，不改。

（七）僧之徒思得名聲人聞其事以自廣：原本作“僧之徒思得聲名人文其事以自廣”，楊本、叢刊本、《佛祖歷代通載》、《全文》同，宋蜀本作“僧之徒思得名聲人文其事以自廣”，據《唐文粹》改。

（八）予始以長慶二年相先帝無狀，譴於同。又明年，徙會稽，路出於杭：楊本、叢刊本同，《全文》作“予始以長慶二年相先帝無狀，譴於同州。又明年，徙會稽，路出於杭”，《唐文粹》作“余以長慶二年相先帝無狀，譴於同州，明年徙於會稽，路於杭”，《佛祖歷代通載》作“予以長慶二年相先帝無狀，譴於同州。明年徙於會稽，路出於杭”，各備一説，不改。

（九）蓋欲相與爲不朽計：楊本、叢刊本、《全文》同，《佛祖歷代通載》作“蓋欲爲不朽計”，《唐文粹》作“蓋欲爲不朽”，各備一説，不改。

（一〇）則不知幾萬千歲而外：楊本、叢刊本、《全文》同，張校宋本、《唐文粹》、《佛祖歷代通載》作“即不知幾萬歲而外”，各備一説，不改。

（一一）苟一吪而異世卒不可化：楊本、叢刊本、《佛祖歷代通載》、《全文》同，原本“狗”，據張校宋本、《唐文粹》“苟一吐而異世卒不可化”改爲“苟”。

（一二）鍛之子學數息則易成：楊本、叢刊本、《佛祖歷代通載》、《全文》同，張校宋本、《唐文粹》作“鍛之中學數息則易成”，各備一説，不改。

（一三）僧當爲予言，予不當爲僧言：原本作“僧當爲予言，不當爲僧言”，楊本、叢刊本同，《唐文粹》、《佛祖歷代通載》作“僧當爲余言，余不當爲僧”，據《容齋隨筆》、《全文》補。

［箋注］

① 永福寺：寺名爲永福的寺院有多所，散佈各地，所建年月也有先有後。而本文的永福寺一名孤山寺，又名廣化寺，在杭州西湖中之孤山上，唐時已經香火甚盛。白居易《西湖晚歸回望孤山寺贈諸客》：“柳湖松島蓮花寺，晚動歸橈出道場。盧橘子低山雨重，棕櫚葉戰水風涼。”張祜《題杭州孤山寺》：“樓臺聳碧岑，一徑入湖心。不雨山長潤，無雲水自陰。”　石壁：陡立的山巖。酈道元《水經注·漸江水》：“山下臨溪水，水際石壁傑立，高百許丈。”杜甫《返照》：“返照入江翻石壁，歸雲擁樹失山村。”本文指寺院中人爲的石壁，爲刻寫經文之用。　法華經：佛家經典之一。《六藝之一録·西湖志碑碣》：“石壁《法華經》，舊在孤山寺，即廣化寺，見元稹《孤山石壁法華經記》。”朱灣《同清江師月夜聽堅正二上人爲懷州轉法華經歌》：“若耶溪畔雲門僧，夜間燕坐聽真乘。蓮花秘偈藥草喻，二師身住口不住。”白居易《與濟法師書》：“猶恐説法者不隨人之根性也，故又《法華經》戒云：若

但讚佛乘，衆生没在罪苦，不能信，是法破。法不信，故如此。”　永福寺石壁法華經記:《容齋隨筆・儒人論佛書》:“韓文公《送文暢序》言：儒人不當舉浮屠之説以告僧，其語云:‘文暢浮屠也，如欲聞浮屠之説，當自就其師而問之，何故謁吾徒而來請也?’元微之作《永福寺石壁記》云:‘佛書之妙奥，僧當爲予言，予不當爲僧言。’二公之語，可謂至當!”

② 沙門:梵語的譯音，或譯爲“娑門”、“桑門”、“喪門”等。一説“沙門”等非直接譯自梵語，而是吐火羅語的音譯。原爲古印度反婆羅門教思潮各個派别出家者的通稱，佛教盛行後專指佛教僧侣。袁宏《後漢紀・明帝紀》:“浮屠者，佛也……其精者，號爲沙門。沙門者，漢言息心，蓋息意去欲而歸於無爲也。”《魏書・釋老志》:“諸服其道者，則剃落鬚髪，釋累辭家，結師資，遵律度，相與和居，治心修浄，行乞以自給。謂之沙門，或曰桑門，亦聲相近，總謂之僧，皆胡言也。”釋:釋迦牟尼的簡稱，亦泛指佛教或僧人。慧皎《高僧傳・釋道安》:“初，魏晉沙門依師爲姓，故姓各不同。安以爲大師之本，莫尊釋迦，乃以‘釋’命氏。”按，僧尼稱“釋”，自此始。盧綸《敎顔魯公送挺贇歸翠微寺》:“挺贇惠學該儒釋，袖有顔徐真草迹。”齊己《懷金陵李推官僧自牧》:“秣陵長憶共吟遊，儒釋風騷道上流。蓮幕少年輕謝朓，雪山真子鄙湯休。”　惠皎:據本文，中唐時人，杭州永福寺僧人。《新唐書・藝文志》:“僧惠皎:《高僧傳》十四卷。”葛澧《錢塘賦》:“惠皎石壁而鏤《法華》，元稹撰《記》以紀之。”《佛祖歷代通載》:“會稽沙門惠皎以寶唱所撰《名僧傳》頗多浮泛，因著《高僧傳》十四卷。”唯時代框爲梁代，後面又引述元稹本文，節略云:“甲辰四年正月，帝崩。是年，杭州永福寺刊石壁《法華經》成，相國元稹爲之記，其辭曰:‘……’”據此及元稹本文，“梁代”之説似誤。覺範《題修僧史》:“有獻言者曰:‘僧史自惠皎、道宣、贊寧而下，皆略觀矣！然其書與《史記》、“兩漢”、“南北史”、“唐傳”大異。’”　自狀:自己陳述。黄庭堅《自和答爲之》:“自

狀一片心，碧潭浸寒月。"鄒浩《趙約等復官制》："朕既嗣位，與天下更始，凡以罪廢，蕩然一新。而况自狀厥情，如爾懇切，固宜在所恤也。"　孤山寺：古代杭州西湖湖心島孤山上的寺院。白居易《錢塘湖春行》："孤山寺北賈亭西，水面初平雲脚低。幾處早鶯争暖樹？誰家新燕啄春泥？"許渾《夜歸孤山寺却寄盧郎中》："青山有志路猶賒，心在琴書自憶家。醉别庾樓山色曉，夜歸蕭寺月光斜。"　錢塘湖：又稱"錢湖"，亦即西湖。白居易《答微之見寄》："可憐風景浙東西，先數餘杭次會稽。禹廟未勝天竺寺，錢湖不羨若耶溪。"趙彦衛《雲麓漫抄》卷五："第三門曰錢塘門，乃縣廨在焉！蓋自前古以來，居人築塘以備錢湖之水，故曰錢塘。"亦稱"錢塘湖"，劉崇遠《金華子雜編》卷上："崔涓在杭州，其俗端午競渡於錢塘湖。"

③ 嚴休復：曾任職杭州刺史，時間在元和十二年至元和十五年之間。白居易《聞歌妓唱嚴郎中詩因以絶句寄之(嚴前爲郡守)》："已留舊政布中和，又付新詞與艷歌。但是人家有遺愛，就中蘇小感恩多。"章孝標《贈杭州嚴使君》："風騷處處文章主，井邑家家父母君。長恐抱轅留不住，九天鴛鷺待成群。"其後任是元藇，元稹作於元和十五年二月五日之後至三月三十日間的《元藇等可餘杭等州刺史制》："以藇之理課甄明，以弘度之奏議詳允，以玄亮之學古從政，以公逵之守道立身，僉命爲邦，庶可勝殘而去殺矣！"接替元藇的是長慶二年七月從中書舍人出任杭州刺史的白居易，《舊唐書·穆宗紀》："(長慶二年)秋七月己丑朔……壬寅，出中書舍人白居易爲杭州刺史。"白居易長慶四年五月離任，改任太子左庶子分司東都。　厥：代詞，其，表示領屬關係。《書·伊訓》："古有夏先後方懋厥德，罔有天灾。"韓愈《祭柳子厚文》："遍告諸友，以寄厥子，不鄙謂余，亦托以死。"

④ 輸錢：繳納錢財。《南史·齊武帝紀》："六月辛未，詔省州郡縣送故輸錢者。"《宋史·河渠志》："陽武縣民邢晏等三百六十四户言：'田沙鹹瘠薄，乞淤溉，候淤深一尺，計畝輸錢，以助興修。'詔與淤

溉，勿輸錢。” 崔元亮：即崔玄亮，貞元十九年，與元稹、白居易等人一起吏部乙科登第，從此成爲無話不談的摯友。元稹撰寫本文之時，崔玄亮正在湖州刺史任。《舊唐書·崔玄亮傳》：“崔玄亮，字晦叔，山東磁州人也。玄亮貞元十一年登進士第，從事諸侯府。性雅澹，好道術，不樂趨競，久遊江湖。至元和初，因知己薦達入朝。再遷監察御史，轉侍御史，出爲密、湖、曹三郡刺史。每一遷秩，謙讓輒形於色。太和初入爲太常少卿，四年拜諫議大夫，中謝日面賜金紫，朝廷推其名望，遷右散騎常侍。來年，宰相宋申錫爲鄭注所構，獄自内起，京師震懼。玄亮首率諫官十四人詣延英請對，與文宗往復數百言。文宗初不省其諫，欲置申錫於法，玄亮泣奏曰：‘孟軻有言：衆人皆曰殺之，未可也；卿大夫皆曰殺之，未可也；天下皆曰殺之，然後察之，方置於法。今至聖之代，殺一凡庶尚須合於典法，況無辜殺一宰相乎？臣爲陛下惜天下法，實不爲申錫也。’言訖，俯伏嗚咽，文宗爲之感悟，玄亮繇此名重於朝。七年以疾求爲外任。宰相以弘農便其所請，乃授檢校左散騎常侍、虢州刺史。是歲七月，卒於郡所，中外無不嘆惜。”白居易《晚春寄微之并崔湖州》：“洛陽陌上少交親，履道城邊欲暮春。崔在吴興元在越，出門騎馬覓何人？”白居易《郡中閑獨寄微之及崔湖州》：“蘋洲會面知何日？鏡水離心又一春。兩處也應相憶在，官高年長少情親。” 韋文恪：長慶中任職睦州刺史，官終將作監。《舊唐書·史憲誠傳》：“長慶二年正月……遣司門郎中韋文恪宣慰。時李㝏爲亂，與憲誠書問交通，憲誠表請與㝏節鉞，仍於黎陽艤舟，示欲渡河。及見文恪，舉止驕倨，其言甚悖。旋聞㝏爲帳下所殺，乃從改過，謂文恪曰：‘憲誠，蕃人，猶狗也。唯能識主，雖被棒打，終不忍離。’其狡譎如此。”《寶刻類編·名臣》：“《將作監韋文恪墓誌》，庾敬休撰，太和五年二月。”《長安志·宣陽坊》：“將作監韋文恪宅（文宗時人）。” 韋行立：長慶初任職處州刺史。元稹《韋行立可處州刺史制》：“敕：守衛尉少卿、襄邢國公韋行立，聞爾貴遊之子也，出入省寺二十餘年，終無尤違,斯亦鮮矣!江南諸郡,户籍非少,皆有賦入之難,爾爲吾往理縉雲,以宣朕化。無虐惸獨,俾傷惠和。可使持節處州刺史。"朱慶餘《和處州韋使君新開南溪》:"携榼巡花遍,移舟惜景沈。世嫌山水僻,誰伴謝公吟?"　張聿:長慶中衢州刺史。白居易《張聿可衢州刺史制》:"中散大夫、行尚書工部員外郎、上柱國、吴縣開國男、食邑三百户張聿:内外庶官,同歸共理;牧守之任,最親吾人。蓋施張舉措由其心,賞罰威福懸其手。若一日失其職,一郡非其人,而名未達於朝聽之間,爲害已甚矣!選授之際,得不慎夫!以爾聿前領建溪有理行,次臨沔郡著能名,用爾所長,副吾所急。宜輟郎署,往頒詔條。來暮之聲,佇入吾耳。可使持節衢州刺史,散官勛如故。"白居易《歲暮枉衢州張使君書並詩因以長句報之》:"西州彼此意何如?官職蹉跎歲欲除。浮石潭邊停五馬,望濤樓上得雙魚。"　李諒:字復言,長慶二年至寶曆元年在蘇州刺史任。白居易《初到郡齋寄錢湖州李蘇州》:"霅溪殊冷僻,茂苑太繁雄。唯此錢塘郡,閑忙恰得中。"元稹《戲贈樂天復言》:"樂事難逢歲易徂,白頭光景莫令孤。弄濤船更曾觀否?望市樓(望市樓,蘇之勝地也)還有會無?"　陳岵:元稹白居易的制科同年,據本文,陳岵長慶四年前後任職處州刺史,爲韋行立的後任,有《履春冰賦》傳世。《唐大詔令集·放制舉人敕》:"才識兼茂明於體用科人第三次等元稹、韋惇,第四等獨孤鬱、白居易……第五上等陳岵,咸以待問之美,觀光而來詢。"《舊唐書·穆宗紀》:"(長慶元年)十一月甲午朔……詔中書舍人白居易、膳部郎中陳岵、考功員外郎賈餗同考制策。"李純《處分及第舉人詔》:"才識兼茂明於體用科人第三次等:元稹、韋惇;第四等:獨孤郁、白居易、曹京伯、韋慶復;第四次等:崔韶、(崔琯)、羅讓、崔護、元修、薛存慶、韋珩;第五上等:蕭俛、李蟠、沈傳師、柴宿。達於吏理可使從政科第五上等:陳岵、(蕭睦)等。咸以待問之美,觀光而來。"　搢紳:插笏於紳,紳是古代仕宦者和儒者圍於腰際的大帶。《周禮·春官·典瑞》:"王晉大圭。"鄭玄注引鄭司農曰:"晉讀爲搢紳之搢,謂插於紳帶之間,若帶劍也。"《資治通鑑·漢武帝元封元年》:"乙卯,令侍中儒者皮弁搢紳,射牛行事,封泰山下東方。"後用爲官宦或儒者的代稱。《東觀漢記·明帝紀》:"是時學者尤盛,冠帶搢紳,遊雍而觀化者,以億萬計。"權德輿《知非》:"名教自可樂,搢紳貴行道。" 賈餗:長慶中與白居易、陳岵同爲制科考官,大和中死於甘露事變之中。《舊唐書·賈餗傳》:"賈餗,字子美,河南人。祖渭,父寧。餗進士擢第,又登制策甲科,文史兼美,四遷至考功員外郎。長慶初,策召賢良,選當時名士考策,餗與白居易俱爲考策官,選文人以爲公。尋以本官知制誥,遷庫部郎中,充職。四年爲張又新所構,出爲常州刺史。太和初入爲太常少卿,二年以本官知制誥,三年七月拜中書舍人,四年九月權知禮部貢舉,五年榜出後,正拜禮部侍郎。凡典禮闈三歲,所選士七十五人,得其名人多至公卿者。七年五月轉兵部侍郎,八年十一月遷京兆尹、兼御史大夫,九年四月檢校禮部尚書、潤州刺史、浙西觀察使。制出未行,拜中書侍郎、同平章事,進金紫階,封姑臧男,食邑三百户。未幾加集賢殿學士,監修國史。其年十一月李訓事發,兵交殿廷,禁軍肆掠,餗易服步行出内,潛身人間。翌日自投神策軍,與王涯等皆族誅。餗雖中立自持,然不能以身犯難,排斥奸纖,脂韋其間,遂至覆族。逢時多僻,死非其罪,世多冤之。"崔群《春池泛舟聯句·送賈院長》:"柳絲迎畫舸,水鏡寫雕梁。"賈餗《春池泛舟聯句》:"杯停新令舉,詩動綵箋忙。" 名聲:名譽聲望。司馬相如《喻巴蜀檄》:"名聲施於無窮,功烈著而不滅。"韓愈《舉張正甫自代狀》:"嫉惡如仇仇,見善若饑渴,備更内外,灼有名聲。" 自廣:擴大自己的地盤、聲望、識見等。《史記·張耳陳餘列傳》:"願王毋西兵,北徇燕代,南收河内以自廣。"蘇轍《上樞密韓太尉書》:"所見不過數百里之間,無高山大野可登覽以自廣。"

⑤ 先帝:前代已故的帝王。張説《五君詠五首·魏齊公元忠》:"見深吕禄憂,舉後陳平計。甘心除君惡,足以報先帝。"高適《三君

詠·魏鄭公徵》:"道光先帝業,義激舊君恩。寂寞卧龍處,英靈千載魂。" 無狀:謂所行醜惡無善狀,亦多作自謙之辭。《漢書·東方朔傳》:"妾無狀,負陛下,身當伏誅。"王安石《與徐賢良書》:"向蒙賢者不以無狀,遠賜存省。" 譴:舊時官吏被貶降或謫戍。韋嗣立《奉和張岳州王潭州别詩序》:"予昔忝省閣,與岳州張使君説、潭州王都督熊同官聯事,後承朝譴,各自東西。"宋之問《至端州驛見杜五審言沈三佺期閻五朝隱王二無競題壁慨然成詠》:"逐臣北地成嚴譴,謂到南中每相見。豈意南中岐路多,千山萬水分鄉縣。" 徙:升調,調動。《史記·張釋之馮唐列傳》:"中郎將袁盎知其賢,惜其去,乃請徙釋之補謁者。"《隋書·李德林傳》:"以才學見知,及位望稍高,頗傷自任,争名之徒,更相譖毁,所以運屬興王,功參佐命,十餘年間竟不徙級。"貶謫,流放。韓愈《順宗實録》:"有薛約者嘗學於城,狂躁以言事得罪,將徙連州。"岳珂《桯史·尊堯集表》:"時了翁坐其子正彙獄,徙通州。" 觀睹:亦作"觀覩",觀看。楊衒之《洛陽伽藍記·開善寺》:"醜多亡日,像自然金色,光照四鄰。一里之内,咸聞香氣,僧俗長幼,皆來觀覩。"黄庭堅《次韵時進叔二十六韵》:"舍前花木深,春物麗觀覩。" 乞:求討,祈求,請求。《左傳·定公二年》:"邾莊公與夷射姑飲酒,私出。閽乞肉焉!奪之杖以敲之。"王讜《唐語林·德行》:"〔孫觳〕因春時遊宴歡,忽念温凊,進狀乞省覲。"

⑥ 僧徒:僧人,僧衆。《魏書·釋老志》:"太祖聞其名,詔以禮徵赴京師,後以爲道人統,綰攝僧徒。"韓愈《送僧澄觀》:"皆言澄觀雖僧徒,公才吏用當今無。" 相與:互相,交相。《韓非子·五蠹》:"毁譽賞罰之所加者,相與悖繆也,故法禁壞而民愈亂。"《史記·廉頗藺相如列傳》:"卒相與歡,爲刎頸之交。" 不朽:不磨滅,永存。《左傳·襄公二十四年》:"大上有立德,其次有立功,其次有立言。雖久不廢,此之謂不朽。"《後漢書·李固傳》:"明公踵伯成之高,全不朽之譽,豈與此外戚凡輩耽榮好位者同日而論哉!" 自大:自己誇大。《禮記·

表記》:"是故君子不自大其事,不自尚其功。"《孔叢子·居衛》:"子思謂孟軻曰:'自大而不修其所以大,不大矣!'" 文:謂刺畫文字或花紋。歐陽修《仙草》:"仙書已怪妄,此事况無文。"吴曾《能改齋漫者·記事》:"司馬文正公言:'契丹之法……民爲盜者,一犯文其腕爲賊字,再犯文其臂,三犯文其肘,四犯文其肩,五犯則斬。'" 諸侯:喻指掌握軍政大權的地方長官。張子容《雲陽驛陪崔使君邵道士夜宴》:"一尉東南遠,誰知此夜歡?諸侯傾皂盖,仙客整黄冠。"儲光羲《同張侍御宴北樓》:"今之太守古諸侯,出入雙旌垂七旒。朝覽干戈時聽訟,暮延賓客復登樓。" 貢錢:義近"輸錢",繳納錢財。《新唐書·李全略傳》:"是時杜叔良兵敗博野,故以全略爲横海軍節度、滄德棣州觀察使,賜今姓名。未幾貢錢千萬,使子同捷入朝。"《資治通鑑後編·宋紀》:"河東轉運使李放貢錢三十萬貫,糧百二十萬石,詔獎之。" 異宗:不同宗派。周南《池陽月試策問》:"漢儒隨文生義,由是訓詁出焉!然古説本由口授,後學乃以書傳,厥或師承異宗,於是角立詭辯。"道璨《送西苑徑上人見深居馮常簿求寺記》:"桃李一家春,萬古無異宗。" 地與天:即"天地",天和地,指自然界或社會。《荀子·天論》:"星隊木鳴,國人皆恐……是天地之變、陰陽之化,物之罕至者也。"柳宗元《封建論》:"天地果無初乎?吾不得而知之也。" 相軋:互相傾軋。《莊子·人間世》:"名也者,相軋也,知也者,争之器也。"互相擠壓。韓愈《别知賦》:"山磝磝其相軋,樹蓊蓊其相摎。" 陰與陽:即陰陽,古代指宇宙間貫通物質和人事的兩大對立面,指天地間化生萬物的二氣。《易·繫辭》:"陰陽不測之謂神。"《新唐書·魚朝恩傳》:"陰陽不和,五穀踴貴。" 相蕩:亦作"相盪",相推移,來回運動。《易·繫辭》:"是故剛柔相摩,八卦相盪。"韓康伯注:"相推盪也,言運化之推移。"《禮記·樂記》:"陰陽相摩,天地相蕩。"鄭玄注:"蕩,猶動也。" 火與風:即火風,佛經所説"四大"中的火和風。劉禹錫《聞董評事疾因以書贈》:"火風乖四大,文字廢三餘。"佛教以地、水、火、風爲四大，認爲四者分别包含堅、濕、暖、動四種性能，人身即由此構成，因亦用作人身的代稱。慧遠《明報應論》:“夫四大之體，即地、水、火、風耳！結而成身，以爲神宅。”《圓覺經》:“我今此身，四大和合，所謂髮毛爪齒、皮肉筋骨、髓腦垢色，皆歸於地；唾涕膿血、津液涎沫、痰泪精氣、大小便利，皆歸於水；暖氣歸火；動轉歸風。四大各離，今者妄身，當在何處?”　射:激，激蕩。《南史・沈約傳》:“〔約〕自負高才，昧於榮利，乘時射勢，頗累清談。”王安石《復至曹娥堰寄剡縣丁元珍》:“溪水渾渾來自北，千山抱水清相射。”　名與形:即形名，事物的實在和名稱，古代思想家常用作專門術語，以討論實體和概念的關係、特殊和一般的關係。《淮南子・説山訓》:“凡得道者，形不可得而見，名不可得而揚，今汝已有形名矣！何道之所能乎?”王安石《九變而賞罰可言》:“修五禮，同律度量衡，以一天下，此之謂明形名。”　滅:淹没。《莊子・秋水》:“赴水則接腋持頤，蹶泥則没足滅跗。”酈道元《水經注・河水》:“河出孟門之上，大溢逆流，無有丘陵，高阜滅之，名曰洪水。”引申爲埋没，抹煞。《荀子・臣道》:“明主尚賢使能而饗其盛，闇主妒賢畏能而滅其功。”《續列女傳・聶政姊》:“愛妾之軀，滅吾之弟名，非弟意也。”　四海:猶言天下，全國各處。李嶠《中秋月二首》二:“圓魄上寒空，皆言四海同。安知千里外，不有雨兼風?”武平一《送金城公主適西蕃》:“廣化三邊静，通烟四海安。還將膝下愛，特副域中歡。”　九州:指大九州，中國僅其中之一州。戰國時鄒衍稱中國爲赤縣神州，謂“中國外如赤縣神州者九，乃所謂九州也”。《淮南子・地形訓》:“何謂九州? 東南神州曰農土，正南次州曰沃土，西南戎州曰滔土，正西弇州曰並土，正中冀州曰中土，西北台州曰肥土，正北泲州曰成土，東北薄州曰隱土，正東陽州曰申土。”楊樹達以爲所舉九州，自正中冀州與《禹貢》九州之冀州偶同外，餘皆名號差異；其稱東南神州，與鄒衍所稱中國名曰赤縣神州者相合；疑該篇乃取自鄒衍之書，所舉九州之名即鄒衍所稱之九州。盧照鄰《登封大醻歌四首》一:"明君封禪日重光,天子垂衣曆數長。九州四海常無事,萬歲千秋樂未央。"張九齡《經江寧覽舊迹至玄武湖》:"桑田東海變,麋鹿姑蘇遊。否運争三國,康時劣九州。" 大空:佛教謂大乘徹底之空,既不執有,亦不執空,相對小乘之"偏空"而言。《入愣伽經·集一切佛法品》:"何者第一義聖智大空?謂自身内證聖智法空,離諸邪見熏習之過。"李邕《海州大雲寺禪院碑》:"分之則别位二事,合之則同列大空。"又謂天地之間,宇宙。韋應物《詠聲》:"萬籟自生聽,太空長寂寥。" 微塵:佛教語,色體的極小者稱爲極塵,七倍極塵謂之"微塵",常用以指極細小的物質。《大毗婆沙論》卷一三六:"應知極微是細色,不可斷截破壞貫穿,不可取捨乘履摶掣,非長非短,非方非圓,非正不正,非高非下,無有細分,不可分析,不可覩見,不可聽聞,不可齅嘗,不可摩觸。故説極微是最細色,此七極微,成一微塵,是眼識所取色中最微細者。"張喬《雨中宿僧院》:"勞生無了日,妄念起微塵。"喻指卑微不足道者,常用作謙詞。陶弘景《冥通記》卷二:"劉夫人曰:'周生,爾知積業樹因從何而來,得如今日乎?'子良答曰:'微塵下俗,實所不究。'"杜光庭《洋州宗夔令公本命醮詞》:"伏念臣獲以微塵,累叨皇澤,入參輔衛,出領藩維。"

⑦ 羊叔子識枯樹中舊環:典見《晉書·羊祜傳》:"羊祜字叔子,泰山南城人也……祜年五歲時,令乳母取所弄金鐶,乳母曰:'汝先無此物!'祜即詣鄰人李氏東垣桑樹中探得之,主人驚曰:'此吾亡兒所失物也!云何持去?'乳母具言之,李氏悲惋。時人異之,謂李氏子則祜之前身也。"元稹《陽城驛》:"今來過此驛,若吊汨羅洲。祠曹諱羊祜,此驛何不侔?"白居易《和陽城驛》:"荆人愛羊祜,户曹改爲辭。一字不忍道,況兼姓呼之!" 枯樹:凋枯之樹。《晉書·王羲之傳》:"觀其字勢疏瘦,如隆冬之枯樹。"杜甫《乾元中寓居同谷縣作歌七首》五:"四山多風溪水急,寒雨颯颯枯樹濕。" 張僧繇:五代梁時著名畫家,吴興人,有《維摩詰像》、《漢武射蛟圖》、《吴王格虎圖》等十九卷。其

子善果、儒童並爲當代著名畫家，可謂“世世爲畫師”。張彦遠《歷代名畫記》：“其後北齊曹仲達、梁朝張僧繇、唐朝吴道玄、周昉，各有損益。”姚最《續畫品·張僧繇》：“善圖塔廟，超越群工。朝衣野服，今古不失。奇形異貌，殊方夷夏。實參其妙，俾晝作夜。未嘗厭怠。惟公及私，手不揮筆，但數紀之内，無須臾之閑。然聖賢曬矚，小乏神氣。豈可求備於一人？雖云晚出，殆亞前品。”　畫師：畫工，畫家。薛道衡《昭君詞》：“不蒙女史進，更無畫師情。”梅堯臣《看山寄宋中道》：“安得老畫師，寫寄幽懷客？”　“歷陽之氣”兩句：典見《論衡·命義篇》：“墨家之論，以爲人死無命；儒家之議，以爲人死有命。言有命者，見子夏言‘死生有命，富貴在天’。言無命者，聞歷陽之都，一宿沉而爲湖。”《淮南·淑真篇》高誘注：“歷陽，淮南國之縣名，今屬九江郡。歷陽中有老嫗，常行仁義。有兩諸生告過之，謂曰：‘此國當没爲湖，嫗視東城門閫有血，便走上山，勿顧也。’自此，嫗數往視門，門吏問之，嫗對如其言。東門吏殺鷄，以血塗門。明日，嫗早往，視門有血，便走上山，國没爲湖。與門吏言其事，適一宿耳！”　苟一叱而異世卒不可化：典見《雲笈七籤·徐彎》“徐彎者，吴郡海鹽人也。少有道術，能收束邪精。錢塘杜氏女患邪，彎爲作術召魅。即見丈夫著白袷葛單衣入門，彎一叱之即成白龜。一旦爲群從兄弟數人登石崎山斫春柴，日暮彎不返。明旦尋覓，見彎在山上，腋挾鐮，倚樹而不動。或向前抱，唯有空殼。”　鍛之子學數息則易成：典見《大莊嚴論經》卷七：“我昔曾聞：尊者目連教二弟子，精專學禪而無所證。時尊者舍利弗問目連言：‘彼二弟子得勝法不？’目連答言：‘未得。’舍利弗又問言：‘汝教何法？’目連答言：‘一教不净，二教數息。然其心意，滯而不悟。’時舍利弗問目連言：‘彼二弟子從何種姓而來出家？’答言：‘一是浣衣，二是鍛金師。’時舍利弗語目連言：‘金師子者應授安般，浣衣人者宜教不净。’目連如法以教弟子，弟子尋即精勤修習得羅漢果。既成羅漢，歡喜踴躍，即便説偈贊舍利弗。”　數息：静修方法之一，數鼻息的出入,使心恬静專一。葛洪《抱朴子·論仙》:“安得掩翳聰明,歷藏數息,長齋久潔,躬親爐火,夙興夜寐,以飛八石哉?”楊衒之《洛陽伽藍記·景林寺》:“净行之僧,繩坐其内,飧風服道,結跏數息。” 性與物:即“物性”,事物的本性。韋應物《效陶彭澤》:“霜露悴百草,時菊獨妍華。物性有如此,寒暑其奈何!”張世南《游宦紀聞》卷九:“嗚呼! 地土風氣之能移物性如是耶?” 相忘:彼此忘却。《莊子·大宗師》:“泉涸,魚相與處於陸,相呴以濕,相濡以沫,不如相忘於江湖。”蘇軾《送穆越州》:“江海相忘十五年,羨君松柏蔚蒼顔。” 六萬九千之文:疑是《法華經》的總字數。 永永:謂長遠,長久。《大戴禮記·公符》:“陛下永永,與天無極。”李翱《於湖州别女足娘墓文》:“鬼神有知,汝骨安全。永永終古,無有後艱。” 衆性:佛教語,義同“衆生”,梵文薩埵 Sattva 的漢譯詞,一譯“有情”,有多義:一、衆人共生於世。《妙法蓮華經文句·釋方便品》引《中阿含十二》:“劫初光音天,下生世間,無男女尊卑衆共生世,故言衆生。”二、由衆多之法,假和合而生。《大乘義章·十六神我義》:“依於五陰和合而生,故名衆生。”《大法鼓經》卷上:“皮、木及桴,此三法和合,是名爲鼓。佛如迦葉,如是和合施設,名爲衆生。”三、經衆多之生死。《大乘義章·十不善業義》:“多生相續,名曰衆生。”《般若燈論·觀業品》:“何故名衆生? 謂有情者數數生故。” 萬劫:佛經稱世界從生成到毁滅的過程爲一劫,萬劫猶萬世,形容時間極長。沈約《内典序》:“俱處三界,獨與神遊。包括四天,卷舒萬劫。”蘇軾《書孫元忠所書華嚴經後》:“故佛説此等,真可畏怖。一念差失,萬劫墮壞。” 含藏:包含,藴藏。《周禮·春官·大宗伯》:“以貍沈祭山林川澤。”鄭玄注:“祭山林曰埋,川澤曰沈,順其性之含藏。”賈公彦疏:“以其山林無水,故埋之;川澤有水,故沈之:是其順性之含藏也。”

⑧ “至於佛書之妙奥”三句:宋人吕南公《灌園集·與王夢錫書》:“僕嘗愛元微之《鎸經記》云:‘佛教之言,僧當爲我説,我不當爲

僧言也。'此段尤精。"其實這是本文中的一段話，不過表述有所不同而已：而所謂的《鐫經記》，也就是本文，應予辨明。　僧徒：僧人，僧衆。《魏書·釋老志》："太祖聞其名，詔以禮徵赴京師，後以爲道人統，綰攝僧徒。"韓愈《送僧澄觀》："皆言澄觀雖僧徒，公才吏用當今無。"　佛書：佛典。嚴維《贈别至弘上人》："年老從僧律，生知解佛書。"鮑溶《懷惠明禪師》："解空長老蓮花手，曾以佛書親指授。雪嶺無人又問來，十年夏臘平安否？"　妙奥：即奥妙，深奥微妙。傅毅《琴賦》："盡聲變之奥妙，抒心志之鬱滯。"賈島《寄武功姚主簿》："静棋功奥妙，閑作韵清淒。"　石刻：刻有文字、圖畫的碑碣或石壁，亦指上面所刻字畫的拓本。《史記·秦始皇本紀》："作琅邪臺，立石刻，頌秦德，明得意。"黄庭堅《書磨崖碑後》："平生半世看墨本，摩挲石刻鬢成絲。"　講貫：猶講習。《國語·魯語》："晝而講貫，夕而習復。"韋昭注："貫，習也。"黄滔《啓薛舍人》："金口開時，講貫則處其異等。"

⑨ 通議大夫：正四品下，文散官，並非實職，衹表示職級而已。元稹《秋分日祭百神文》："維長慶元年歲次辛丑，八月甲子朔，十八日辛巳，皇帝遣通議大夫、行内侍省常侍、賜紫金魚袋李某，祭于百神之靈。"白居易《唐故通議大夫和州刺史吴郡張公神道碑銘》："張之爲著姓，尚矣！自漢太傅良、侍中肱、晉司空華、丞相嘉以降，勛賢軒冕，歷代不乏。"　御史大夫：官名，秦置，漢因之，爲御史臺長官，地位僅次於丞相，掌管彈劾糾察及圖籍秘書，與丞相(大司徒)、太尉(大司馬)合稱三公。丞相缺位時，往往即由御史大夫遞升，後改稱大司空、司空。晉以後多不置，唐雖復置，但實權已輕，常常作爲榮譽性質的職務。張説《爲魏元忠作祭石嶺戰亡兵士文》："維長安二年月朔日敕并州道行軍大總管、兼宣勞使、左肅政、御史大夫、同鳳閣鸞臺三品、兼知并州事魏元忠遣裴思益，以酒脯時果之奠，致祭於石嶺戰亡兵士之靈。"張九齡《敕幽州節度張守珪書》："敕幽州節度副大使、兼御史大夫張守珪：近有降人云虜騎東下，其數稍衆，固宜有以待之。"　上柱